POUSSIÈRE
DANS LE VENT

Leonardo Padura

POUSSIÈRE DANS LE VENT

ROMAN

Traduit de l'espagnol (Cuba)
par René Solis

Éditions Métailié

TEXTE INTÉGRAL

TITRE ORIGINAL
Como polvo en el viento

ÉDITEUR ORIGINAL
Tusquets Editores, Barcelone, Espagne

ISBN 978-2-7578-9982-3

Pour ma Lucía, fille de la diaspora.

Pour mon cher Elizardo Martínez,
qui en exil a toujours été,
jusqu'à son dernier souffle,
un gamin aristocrate du Vedado.

« Tu perdras la guerre, tu n'as pas le choix,
Mais tu gagneras toutes les batailles. »

José Saramago,
L'Évangile selon Jésus-Christ

« Enfin est arrivé celui qu'on attendait,
Les portes de la maison se sont ouvertes
Et de nouveau les lumières se sont allumées.
[…]
Nous avons refranchi le seuil.
Nous les familiers de toujours.
Personne ne manquait au rendez-vous. »

José Lezama Lima, « Celui qu'on attendait »,
Fragmentos a su imán

« Dust in the wind
All we are is dust in the wind
Dust in the wind
Everything is dust in the wind
The wind… »

Kansas, « Dust in the wind »,
Point of Know Return, 1977
Paroles de Kerry Livgren

I

ADELA,
MARCOS ET LA TENDRESSE

... rien n'est réel, sauf le hasard.

Paul Auster, *Trilogie new-yorkaise*

Adela Fitzberg entendit la sonnerie de trompettes réservée aux appels familiaux et lut sur l'écran de son iPhone le mot *Madre*. Sans réfléchir, car elle savait d'expérience qu'il valait mieux s'en abstenir, la jeune femme fit glisser son doigt sur l'icône verte clignotante.

– Loreta ? demanda-t-elle, comme si quelqu'un d'autre que sa mère avait pu l'appeler.

Trois heures plus tôt, à l'heure du petit-déjeuner, tandis qu'elle avalait avec le manque d'entrain matinal qui la caractérisait un yaourt faussement grec, mais peut-être vraiment *light*, accompagné de céréales et de fruits, et qu'elle humait le parfum revigorant du café que Marcos préparait chaque matin, la jeune femme avait ressenti la tentation de consulter son téléphone.

Cédant à cet élan inhabituel, elle avait passé en revue le journal des appels pour constater que *Madre* n'avait pas essayé de la joindre une seule fois depuis seize mois : durant tout ce temps, à en croire la mémoire du téléphone, c'était toujours elle qui, luttant contre ses appréhensions, avait appelé Loreta, en moyenne deux fois par mois. Peut-être parce qu'elle avait effectué un peu plus tôt cette recherche inhabituelle, Adela ne fut pas si surprise ; c'était comme de la transmission de pensée. À moins que ce fût seulement un caprice du hasard. Alors, sans s'autoriser à réfléchir, elle avait sauté dans le vide. Si elle survivait à la chute, elle verrait bien ce qu'il y avait au fond.

– Hé, Cosi, comment tu vas, toi ?

La voix grave, une voix de fumeuse et de buveuse – pourtant sa mère jurait ses grands dieux qu'elle n'avait jamais fumé, et sa fille ne l'avait jamais vue boire autre chose de plus fort qu'un bloody mary ou deux verres de vin rouge –, cette façon tellement cubaine d'ajouter des *toi* un peu partout dont elle n'avait pas réussi à se défaire en espagnol, et cette manie de l'appeler Cosi depuis qu'elle était bébé – elle ne l'appelait Adela que lorsqu'elle était fâchée contre elle, voire *Adela Fitzberg*, en soulignant bien le prénom et le nom de famille, quand elle était vraiment très fâchée –, lui confirmèrent l'évidence. Et très vite s'ajouterait son intime conviction que le coup de fil de Loreta, après tous ces mois, allait foutre sa journée en l'air. C'était donc à cela que servait sa mère ?

– Ça va bien... Au boulot... je viens d'arriver... Oui, je vais bien...

Elle n'osa pas lui demander comment elle allait, elle, et encore moins s'il y avait un problème. Surtout ne pas lui dire qu'elle était encore une fois arrivée en retard à cause de la circulation infernale sur l'*expressway*, dont Loreta disait qu'il contribuait à empoisonner le monde et les poumons de sa fille.

– Tant mieux pour toi... Moi, par contre, ça ne va pas du tout...

– C'est pour ça que tu m'appelles ? Tu es malade ? Il t'est arrivé quelque chose ? Quelle heure il est, là-bas ?

– Il est... six heures dix-huit... Il fait encore noir... très noir, et un peu froid... Et non, je ne suis pas malade. Pas physiquement... Je t'appelle parce que je suis ta mère et que je t'aime, Cosi. Et parce que je t'aime, j'ai besoin de te parler. Toi, tu crois que c'est possible ?

– Bien sûr, bien sûr... Tu n'es pas « physiquement malade » ? Mais alors qu'est-ce que tu as, Loreta ?

Adela ferma les yeux et entendit un long soupir : un classique chez sa tragédienne de mère. Par une sorte de vengeance inconsciente, quand sa mère la surnommait Cosi, elle, depuis toute petite, l'appelait par son prénom, Loreta, et ne lui disait *Madre*, Mère, que quand elle avait des envies de meurtre.

– Et avec ton copain, ça va ?

Cette fois, ce fut au tour d'Adela de soupirer.

– On ne s'était pas dit que tu ne voulais rien savoir de mon copain ? Tu ne m'appelles quand même pas pour ça… hein ?

Encore un soupir, plus long, plus profond. Authentique ? La dernière fois que Loreta l'avait appelée, sa mère lui avait juré qu'elle ne s'intéresserait plus jamais à la vie intime de sa fille, et lui avait une fois de plus balancé que si elle prenait plaisir à patauger dans la merde, grand bien lui fasse : en plus de sentir la merde, elle finirait par en bouffer aussi. Et Adela savait que sa mère était du genre à tenir ses promesses.

– Il faut sacrifier Ringo, finit par dire la voix insomniaque.

– De quoi tu parles, Mère ?

Comme une avalanche soudaine, l'image du bel alezan, avec une étoile de poils blancs sur le front à laquelle il devait son nom de Ringo Starr, avait surgi dans le cerveau de la jeune femme, déplaçant celle de son interlocutrice. Depuis que Loreta s'était installée à The Sea Breeze Farm, un élevage de chevaux des environs de Tacoma, son premier et plus grand amour avait été ce superbe Cleveland Bay. L'étalon, déjà adulte, avec ses yeux toujours pâles et larmoyants, comme ceux d'une personne tristement lucide, l'avait rapidement choisie, elle, comme âme sœur.

Depuis – dix, douze ans ? – qu'elle vivait dans ce ranch au nord-ouest du pays, Loreta avait insisté pour prendre personnellement soin de l'étalon, et elle s'en était occupée comme elle ne l'avait jamais fait avec rien ni personne dans sa vie. Sur l'échine généreuse de ce spécimen de la race des chevaux de trait de la couronne britannique, profitant de son pas énergique et d'une docilité inhabituelle chez un animal entier et à sang chaud, Adela s'était promenée à travers les champs et les bois de ce coin du monde où sa mère s'était confinée.

– Ne me fais pas répéter ces mots, Cosi.

– Mais qu'est-ce qu'il a ? La dernière fois qu'on s'est parlé, tu ne m'as pas dit… – La jeune femme s'interrompit, regrettant d'avoir cru que sa mère l'appelait pour lui parler de ses éternels soucis, ou pour se moquer de ses relations sentimentales et de sa décision d'aller s'installer avec son copain à Hialeah… Hialeah, non mais j'y crois pas ! Elle allait finir par y arriver, à foutre en l'air sa journée ; d'ailleurs, vu ce qu'elle venait de dire, c'était déjà le cas.

– Des coliques… ça fait des jours qu'on fait tout ce qu'on peut, Rick et moi… On a demandé conseil… Le meilleur vétérinaire d'ici l'a pris en charge. Le diagnostic définitif est tombé il y a deux jours. On lui a fait une ponction abdominale… et c'est grave. Il est trop vieux pour une opération, sauf qu'il est tellement fort, on ne voulait pas… Je le savais, mais le vétérinaire nous a confirmé qu'il n'y a pas d'autre issue possible.

– Mon Dieu… Est-ce qu'il souffre ?

– Oui… depuis plusieurs jours… il est sous calmants.

Adela sentit sa gorge se serrer.

– Il n'y a rien à faire ?

– Non. Pas de miracles.

– Quel âge a Ringo ?

– Exactement le même âge que toi… vingt-six ans… On ne dirait pas, mais c'est un vieillard…

Adela déglutit et réfléchit avant de répondre :

– Alors il faut l'aider, Loreta.

Nouveau soupir au bout du fil. Adela attendit.

– C'est bien ce que j'ai l'intention de faire… Mais je ne sais pas si je dois le faire moi ou demander à Rick de s'en charger. Ou au vétérinaire.

– Fais-le toi. Avec tendresse.

– Oui… C'est vraiment dur, tu le sais, toi ?

– Bien sûr que je le sais… Tu es comme sa mère, lança la jeune femme, sans y mettre de sous-entendus.

– C'est ça le pire… le pire… Toi, tu ne sais pas ce que c'est que d'être mère et de ne pas pouvoir… Les joies et les souffrances d'une mère, toi, tu n'en as pas idée.

– Tu as beaucoup souffert, n'est-ce pas ? De ne pas pouvoir quoi ? demanda Adela, malgré elle.

Malgré la solennité du moment, elle était une nouvelle fois tombée dans le piège, elle y tombait toujours, et elle se prépara pour la tirade maternelle. Mais la réponse de Loreta la prit de court.

– C'est tout ce que je voulais te dire. Savoir que toi, tu vas bien, te dire que je t'aime fort fort, et… Cosi, je n'arrive plus à parler. Je crois que je vais…

– *I'm so sorry…*

C'est seulement à cet instant qu'Adela prit conscience que ses dernières questions étaient à côté de la plaque et que la douleur de sa mère devait être immense : elle lui avait parlé tout le temps en espagnol, avec ce *toi* révélateur de sa cubanité ; et, renversant la logique de l'année et demie écoulée, c'était sa mère qui l'avait appelée et qui, pour couronner le tout, avait raccroché. Elle devait être anéantie par la décision qu'il lui fallait prendre, au point d'être incapable de relever le défi verbal qui s'annonçait.

Adela resta quelques instants les yeux fixés sur l'iPhone et, malgré elle, imagina le moment où Loreta manipulerait la terrifiante seringue métallique et piquerait le pelage brillant du cou de Ringo pour le plonger dans un sommeil éternel. Les doux yeux perspicaces de l'animal né avec une étoile au front la contemplèrent depuis son souvenir. Elle laissa tomber le téléphone dans le tiroir en haut de son bureau, qu'elle referma brusquement, et se leva. Elle sortit dans le couloir menant à l'entrée des locaux abritant les *Special Collections* de l'université où elle avait décroché un poste de spécialiste en bibliographie cubaine et, en passant devant le bureau de Yohandra, l'archiviste, elle lui dit qu'elle avait besoin de prendre l'air et de boire un café.

– Il y a un problème ?

– Oui… enfin non, ce n'est rien, murmura Adela, qui n'avait pas la moindre envie d'expliquer le tourbillon de sentiments déclenché par le coup de fil de sa mère et la vision des yeux du cheval. T'aurais pas une clope ?

Yohandra haussa les sourcils, sortit une cigarette du paquet qui se trouvait dans son sac et la lui tendit en même temps qu'un briquet.

– Ouah, c'est si grave que ça ?

Adela murmura un merci, tenta de sourire et hocha à peine la tête quand sa collègue, montrant l'écran de son ordinateur, lui commenta que la visite du président Obama à Cuba semblait se confirmer, décidément super ce type… Adela sortit dans le jardin arboré qui entourait la bibliothèque et fut saisie par la chaleur humide de Miami déjà forte en cette matinée d'avril. Au nord, le ciel nuageux annonçait un orage probable dans l'après-midi, à Hialeah et peut-être aussi plus au sud, au-dessus de Miami, ce qui transformerait son trajet retour par le Palmetto Expressway en torture physique et psychologique susceptible de la faire craquer.

Elle suivit le sillage d'une bonne odeur de café cubain fraîchement préparé et traversa le campus jusqu'à la cafétéria située au rez-de-chaussée du bâtiment de la fac de lettres, où elle demanda un café peu sucré. Le gobelet de plastique à la main, elle retourna dans le jardin et chercha le banc le plus à l'ombre et le plus reculé pour boire son breuvage et fumer en cachette la première cigarette qu'elle allumait depuis un nombre incalculable de mois.

Un vice de merde pour un jour de merde, se dit-elle, refusant de s'avouer vulnérable tout en appréciant le shoot de nicotine. Adela Fitzberg eut à cet instant précis la conviction que son énervement n'était pas dû au sacrifice imminent du vieux Ringo. Ou pas seulement. En plus de lui gâcher la journée avec une mauvaise nouvelle, pourquoi Loreta l'avait-elle appelée ?

La menace annoncée sous forme d'un talweg dans les couches moyennes de l'atmosphère se transforma en torrents d'eau. Adela était à peine à mi-chemin du retour par le Palmetto Expressway, l'autoroute à dix voies où chaque jour, du lundi au vendredi, elle perdait au bas mot deux heures de sa vie, un délai exaspérant durant lequel elle finissait toujours par se demander combien de milliers de voitures pouvaient rouler en même temps sur le bitume bouillant. Le ciel était régulièrement déchiré par des éclairs qui accéléraient son pouls et freinaient l'élan des moteurs surchauffés de tous ces véhicules avançant pare-chocs contre pare-chocs, de Miami vers l'infini. La mauvaise humeur qui la tenaillait, avec en toile de fond l'image de l'aiguille plantée dans la carotide de Ringo, redoubla quand elle sentit les tiraillements dans son bas-ventre, signal sans équivoque de l'arrivée imminente de ses règles. D'un geste presque violent, elle arrêta le CD de Habana Abierta qui plaisait tant à Marcos : au milieu de ce bouchon agaçant et noyé de pluie, prétendre que tout le monde était *happy*, comme le répétait la chanson, semblait très exagéré. Il lui restait trois sorties avant de quitter l'*expressway*. Adela eut envie de pleurer de rage et d'impuissance. Sa voiture avança de dix mètres avant de stopper à nouveau.

Cela ferait bientôt dix-huit mois que la jeune femme avait accepté de déménager à Hialeah avec Marcos, une décision qui avait déclenché plusieurs des plus vives discussions entre Adela et Loreta, la mère se déclarant totalement, absolument, définitivement incapable de comprendre les choix de sa fille, jusqu'à ce que, au terme de l'une de ces engueulades, elle finisse par déclarer qu'elle renonçait à comprendre *Adela Fitzberg* et par jurer solennellement de ne plus se mêler de la vie privée de sa fille. Que la jeune femme, malgré les notes qu'elle avait obtenues, ait quitté New York pour aller faire ses études à Miami – mais pourquoi justement Miami – avait semblé à Loreta un inepte caprice de jeunesse. Que quelques années plus tard, après avoir achevé sa licence de lettres à la FIU, l'université internationale de Floride, elle ait postulé et obtenu un poste minable à la bibliothèque de l'université tout en faisant un master dans une matière aussi inutile et fleurant le sous-développement que les études latino-américaines, avait été qualifié par sa génitrice de gâchis de neurones… Mais que, pour comble de déchéance, elle tombe amoureuse d'un *balsero*, un réfugié cubain, et que, cerise sur le gâteau, à peine quelques mois plus tard, elle aille s'installer avec ce type dans un appartement immonde de l'immonde Hialeah, non mais j'y crois pas, Hialeah, avait été pour la mère la preuve définitive du dérangement mental qui affectait sa fille et rajoutait une couche à l'accumulation de décisions lamentables qui, avec le temps, répétait-elle, provoqueraient des effets désastreux sur l'existence de la jeune femme.

Profitant d'une brèche durant l'une des harangues de sa mère, Adela lui avait crié qu'elle déménageait pour la simple raison que son travail et son avenir étaient dans le sud de la Floride et que, en plus, pour la première fois de sa vie, elle savait qu'elle était amoureuse. En l'entendant, Loreta avait éclaté de rire et lui avait demandé ce que voulait dire être amoureuse, et si sa décision n'était pas plutôt liée à la taille de la bite cubaine de son fiancé. Des grosses bites, c'est pas ça qui manque sur Terre, Adela Fitzberg, cherche dans ta collection du *National Geographic*, je suis sûre qu'il y en a une dans ta bibliothèque ridicule, avait-elle ajouté avant de raccrocher et de la rappeler vingt secondes plus tard pour lui demander si elle connaissait quelqu'un d'autre en ce bas monde prêt à quitter un appartement de Coconut Grove pour déménager à Hialeah, Hialeah ! avait-elle hurlé avant de raccrocher à nouveau. Au silence maternel qui avait suivi, Adela avait répondu sur le même registre, et elles avaient passé plusieurs semaines sans s'appeler.

Adela avait fait la connaissance de Marcos à The Hunter, la discothèque à côté de son appartement de Coconut Grove où elle allait parfois le vendredi soir avec Yohandra et d'autres copines célibataires. L'atmosphère décontractée, plus cubaine que ricaine, lui avait toujours plu ; Adela appréciait tout particulièrement les cigarettes H. Upmann que Yohandra se faisait envoyer de Cuba ; et aussi se déhancher sur la piste en compagnie de son amie métisse, qui était une danseuse virtuose, quand le disc-jockey mettait une musique en provenance d'une île que ces exilés reniaient vingt-quatre heures sur vingt-quatre tout en ne voulant pas (ou en ne pouvant pas) s'en défaire. Quand Adela était trop crevée, elle adorait prendre un peu de repos en profitant depuis sa table du spectacle de son amie en train de danser, avec une parfaite maîtrise de tous les genres et toutes les chorégraphies. Yohandra savait traduire dans ses gestes la sensualité profonde de ces rythmes, avec une cadence et un naturel venus du fond des âges, qui semblaient hors d'atteinte pour Adela malgré ses efforts consciencieux.

Adela appréciait tellement ces soirées et la compagnie de Yohandra qu'elle avait même craint qu'une sibylline attirance lesbienne soit à l'œuvre dans son subconscient. Voilà pourquoi, quand elle s'était rendue à New York pour le soixantième anniversaire de son père (festivités auxquelles, une fois de plus, Loreta n'avait pas assisté), comme si de rien n'était, elle s'était risquée à faire état de ses craintes à la seule personne au monde à qui confier ce qui la tracassait car, même si elle s'était toujours sentie sexuellement définie, elle avait l'inquiétante impression que quelque chose clochait en elle. Bruno Fitzberg, après un repas arrosé au Blue Smoke, le restaurant situé au 115 East 27th Street où ils avaient leurs habitudes, avait souri en entendant sa fille lui exprimer ses doutes et l'avait rassurée avec ce qui ressemblait à un diagnostic de psy, lui qui exerçait la psychanalyse depuis ses années argentines : le seul problème d'Adela résidait dans le fait qu'elle était encore très jeune et n'avait pas rencontré l'homme dont elle tomberait amoureuse, le mâle chargé de réveiller tous les instincts féminins que plusieurs amants et prétendants juvéniles n'étaient pas parvenus à pleinement déclencher.

– Il faut donner du temps au temps, avait-il conclu, comme aurait pu le faire Loreta. Ne le cherche pas, il apparaîtra tout seul.

– Mais, papa, on dirait le prince charmant dans un conte de fées, s'était-elle moquée.

Bruno Fitzberg lui avait saisi les mains par-dessus la table et s'était armé de son meilleur accent argentin et de sa mine la plus persuasive :

– Tu mérites bien ça, ma fille. Tu sais que tu es jolie et très féminine. Ta bouche ferait mourir de jalousie Angelina Jolie et son chirurgien esthétique, sans parler de *l'éclat unique de ces grands yeux noirs*, avait-il dit en fredonnant le boléro dont il avait tiré les paroles, avant d'ajouter, en lui serrant encore plus les mains : Il ne te manque que le choc… ce sera un choc… Mais au fond… dis-moi… qu'est-ce que ça changerait si tu étais lesbienne ?… Cette métisse, ta copine, elle est belle aussi, elle est même canon… Mais je peux te dire que les femmes, c'est pas son truc, ne te fais pas d'illusions là-dessus, cette fille, elle a la cuisse légère.

– Et d'où tu sors qu'elle a la cuisse légère ? rétorqua-t-elle en prenant à son tour l'accent argentin qui lui était naturel quand elle parlait avec Bruno.

Il avait eu un petit sourire en coin.

– Je parle d'expérience.

– Quand tu es venu me voir à Miami, tu… ?

– *No comments*.

Comme pour confirmer un destin déjà écrit, quelques mois à peine après cette conversation, Adela avait rencontré Marcos dans sa discothèque favorite.

La soirée s'annonçait ennuyeuse, parce que Yohandra était confinée chez elle avec une pharyngite et de la fièvre. L'insistance des autres copines et son envie de trouver un sens à une soirée festive indépendamment de la présence ou de l'absence de Yohandra et de ses cigarettes brunes, l'avaient poussée à se faire belle pour sortir. Mais ses envies d'émancipation avaient rapidement fait long feu et, même si elle savait qu'elle devrait reprendre le volant pour rentrer chez elle, ce qui heureusement n'était pas loin, elle demanda un deuxième puis un troisième verre de vin, le coude sur la table, presque toujours seule, se détestant un peu elle-même à cause de sa façon d'être et de vivre, tellement insipide, et essayant en même temps de se distraire en observant le sens du rythme des Cubains qui fréquentaient l'endroit et squattaient la piste de danse. Et c'est alors que l'étincelle avait jailli.

Le type, qu'elle n'avait jamais vu à The Hunter, semblait une caricature de figurant dans un film de Hollywood des années 50 : pantalon ample et chemise à manches longues en lin blanc. Le haut de sa chemise était déboutonné et, sur sa poitrine glabre, ou épilée, pendait une médaille étincelante de la Vierge de la Caridad del Cobre, au bout d'une chaîne tout aussi dorée. Il portait un panama, de contrefaçon sans aucun doute (acheté peut-être aux puces de Miami, en même temps que la chaîne et la médaille trop brillantes) et, quand il le jugeait nécessaire, il utilisait le chapeau comme accessoire d'un spectacle particulier : il l'enlevait et l'agitait à la manière d'un torero présentant la cape au taureau, ou il le lançait en l'air pour le rattraper à l'issue d'une figure de danse – longuement répétée à l'avance, sans le moindre doute. Les cheveux, ondulés, noir d'ébène, brillaient sous l'effet du gel et de la sueur, et ses pieds, chaussés de mocassins marron à semelle fine, sans chaussettes, marquaient les pas avec une précision millimétrique, se soulevant à peine du sol lisse, tandis qu'il laissait à ses bras l'illusion du mouvement et que ses épaules étaient chargées de marquer le pouls profond du rythme soutenu par les basses.

Vu sa tenue et sa gestuelle, Adela, qui était un peu dans les vapes, se dit que le jeune homme devait être un professionnel engagé par les gérants de la discothèque pour mettre l'ambiance qu'il était bel et bien parvenu à créer. Car à l'apogée du morceau, quand les tambours et les cymbales se déchaînèrent, les autres couples arrêtèrent de danser pour former un cercle autour du jeune homme et de la noire aux cheveux frisés moulée dans une robe verte brillante qui était sa partenaire. La lascivité des ondulations pelviennes, le sans-gêne des regards, les visages souriants et humides exprimaient la sensualité débordante d'un spectacle à haute tension sexuelle. Le numéro terminé, les autres danseurs et les curieux applaudirent, tandis que résonnait le cri intempestif du jeune homme :

– *I love you, Miami !* essaya-t-il de dire, même si ce qu'on entendit ressemblait plutôt à quelque chose du genre aïelofyoumayamiii…

Adela était en train d'entamer le troisième verre de vin de l'ennui quand elle sentit qu'on tirait une chaise à côté d'elle et elle vit le personnage vêtu de blanc s'asseoir à côté d'elle.

– Et toi, ma jolie, qu'est-ce qui t'arrive ? Ton copain t'a larguée ou tu ne sais pas danser ?

Il sentait l'eau de Cologne et la sueur : une odeur masculine, c'est la première chose que perçut Adela qui regarda le type, lequel, sans demander la permission, était déjà installé sur la chaise, en train de boire une longue gorgée de la Heineken qu'il tenait à la main, avant d'enlever son panama pour le poser sur la table et de s'essuyer le front avec un foulard rouge tout en souriant de toutes ses dents parfaites.

– Ni l'un ni l'autre. – C'est la réponse qui lui vint.

– En tout bien tout honneur, j'étais prêt à t'apporter une solution pour chacun de ces problèmes…

Son sourire s'élargit encore tandis qu'il haussait un sourcil, comme pour la fixer mieux encore.

– Tu es arrivé quand ? demanda Adela, impressionnée par le sans-gêne du jeune homme.

– Il y a deux mois… – Il baissa la voix. – Ça se voit tant que ça ?

– À des kilomètres. T'as pas les bons codes.

Le garçon sourit à nouveau. Adela se dit qu'il lui plaisait bien, ce spécimen de macho insulaire cent pour cent made in Cuba, charriant tous les attributs visibles de sa condition et les tares les plus courantes liées à ses origines.

– Je fais peur ?

– Non. Tu es… attendrissant. Ou on peut dire plutôt, tu provoques la tendresse ? demanda Adela, qui n'avait pas pu contrôler la réaction de son subconscient, déclenchée par l'une de ses interrogations linguistiques dans lesquelles elle se perdait.

– Arrête, tu me tues. Je provoque la tendresse ??… Putain ! Si c'est ça, je risque de me faire renvoyer à Cuba.

Adela finit par sourire. Il était presque trop parfait dans son genre, comme s'il avait été obtenu par manipulation génétique.

– *Sorry*… désolée… Tu danses très bien, dit-elle pour arranger les choses.

– Et toi ? Sérieusement… tu ne sais vraiment pas danser ?

– Qui a dit que je ne savais pas ?

– Ben, t'as pas l'air. Ou alors, fais voir, dit-il en s'épongeant à nouveau le visage avec son foulard rouge et en ramassant le chapeau sur la table. Il se mit debout (avait-il l'air plus grand ?) et tendit la main droite en direction d'Adela.

Celle-ci l'observa à nouveau. Non, j'y crois pas, pensa-t-elle, elle ne pouvait jamais s'empêcher de penser. Trop : son père le lui disait depuis qu'elle était petite, mais il ne lui avait jamais précisé si c'était une qualité ou un défaut. Le procédé de drague était si éculé que c'en était risible, et c'est peut-être pour ça qu'elle arrêta de penser et se laissa entraîner sur le terrain de jeu. Elle n'avait rien à perdre. Elle accepta la main du jeune homme et se mit debout, même si, avant de faire un pas, elle le prévint :

– À la première singerie, je te plante là.

– D'accord, pas de singerie.

– Le chapeau, tu l'as acheté aux puces ?

Il sourit et la dévisagea en se touchant le nez.

– Tu es d'où, toi ? Tu es une *yuma*, non ?

– Oui, je suis américaine… états-unienne. De New York. Pourquoi ?

– Vous autres *yumas*, vous vous croyez toujours chez Walt Disney… Non, c'est un authentique panama équatorien, du vrai, de la qualité. Un pote me l'a ramené de là-bas il y a quinze jours. Je l'ai mis aujourd'hui pour la première fois parce que, depuis ce matin, je sentais, je sais pas, un truc…

– Un pressentiment…

– Ou un message de papa Changó. Je savais qu'un truc chouette allait m'arriver.

– Tu es *santero* ?

– Non, mais je crois à tout… au cas où… – Il lui montra le foulard rouge puis la médaille de la Vierge.

Il la traîna presque jusqu'à la piste, en lui tenant la main gauche, pour ensuite lui saisir la taille de la main droite et l'attirer à lui, pour l'éloigner aussitôt, comme s'il avait un doute.

– Attends, attends… Ma mère ne me laisse pas danser avec des inconnues… *What is your name, baby ?*

Adela se sentit de nouveau touchée. Oui, il était vraiment brut de décoffrage, un vrai spécimen.

– Adela Fitzberg.

Il lâcha sa main droite et lui tendit la sienne.

– Enchanté, Adela-machin-chose… Moi, je suis Marcos Martínez Chaple, et à Cuba on m'appelait Marquito le Lynx, et parfois Mandrake le Magicien… donc… tu es née à New York… mais toi, tu es quoi en vrai ? Vraie Yuma, demi-Argentine, Cubaine honteuse ?

– Tout ça à la fois.

– Non !… Un cocktail molotov… Bon, ça fait rien… c'est parti pour la danse !

Dès les premiers pas, il fut évident qu'Adela ne savait pas vraiment ce qui s'appelle vraiment danser et que la seule issue digne pour elle était de se laisser guider par son partenaire. La jeune femme comprendrait par la suite que cette décision avait été déterminante ; elle avait offert à Marcos bien plus que les rênes de la danse : une docilité qui ne lui ressemblait pas, alors même qu'elle était propriétaire d'un territoire où le jeune homme était un étranger, charriant avec lui un nombre considérable de préjugés et de tares. Mais elle se laissa bel et bien conduire ; et Adela fut entraînée toujours plus loin, toujours plus profond, jusqu'à tomber dans les tourbillons vertigineux de l'univers agité de Marcos Martínez Chaple, le Lynx, une chute qui allait l'amener quelques mois plus tard dans ce ghetto qui se vantait aux yeux du monde d'être Hialeah, « la ville qui progresse », et dont elle suivait enfin la West 49th Street, dans la zone appelée Palm Springs Mile, entre flaques d'eau, bouchons, hurlements de klaxons, laissant derrière elle plus de panneaux publicitaires que l'on ne pouvait en ingurgiter et encore plus de mauvais goût que ce qui est souhaitable pour la santé.

Durant les deux rendez-vous précédant le choc sexuel, ce choc physique et psychologique (son père aurait pu se féliciter de l'exactitude de sa prédiction) qui bouleversa tous ses os et ses neurones (le 18 août 2014, impossible d'oublier la date), Adela put découvrir que derrière le bouclier protecteur de déguisements qui n'en étaient pas, de poses exagérées qui étaient en fait naturelles, et de tentatives plus ou moins réussies d'agilité verbale, le jeune homme fraîchement débarqué de Cuba était, en fait, quelqu'un qui, dans sa fusion d'innocence cosmique et de malice cubaine, pouvait inspirer ce qu'il avait provoqué en elle dès les premiers mots échangés : de la tendresse. Et Adela tomba amoureuse de Marcos Martínez Chaple.

En septembre 2007, le pays vivait dans l'euphorie de la stabilité économique, de la foi en la victoire sur le terrorisme et de l'espoir d'un changement. À New York, on décelait déjà les mélancoliques signes avant-coureurs de l'automne, après un été épuisant. À Miami, bien sûr, le soleil fissurait les cailloux et la mer était au maximum de sa transparence. Et Adela décida de profiter des bonnes choses et de ne se plaindre ni des aléas climatiques ni des relations toujours compliquées avec sa mère, qui étaient en ce moment au plus bas. Elle n'avait pas le droit de se lamenter. Elle avait fait ses choix, elle assumait ses décisions : elle allait travailler dans la mesure du possible pour la campagne du très prometteur et charismatique sénateur Barack Obama, elle continuerait à parier sur l'antibellicisme et le traitement décent pour les immigrants, et elle allait s'installer dans le sud de la Floride pour commencer ses études universitaires à la FIU.

Jusqu'à ses dix-sept ans, qu'elle avait eus en mai de cette année 2007, elle avait fêté chacun de ses anniversaires dans un appartement à loyer bloqué de Hamilton Heights, à West Harlem, occupé depuis près de vingt ans par son père, Bruno Fitzberg. C'était là qu'avait atterri sa mère, quelques mois après son départ de Cuba, au début de l'année 1989, quand ce qui était au départ un bref séjour à Boston pour assister à un congrès sur la santé animale s'était transformé en décision de ne pas retourner sur l'île, alors même qu'elle savait très bien qu'aux États-Unis il était plus facile et moins cher de devenir astronaute que d'obtenir une équivalence pour un titre de vétérinaire décroché dans une université cubaine.

La foudroyante relation entre la déserteuse cubaine et le psychanalyste argentin avait commencé par une banale conversation dans l'une des salles du Metropolitan Museum consacrées à l'impressionnisme. La discussion sur le dessin de Manet, la gaieté des couleurs chez Cézanne, la puissance de Van Gogh, fut suivie par une invitation à prendre un café, puis à manger un morceau, jusqu'à ce que, en fin d'après-midi, Loreta Aguirre Bodes et Bruno Fitzberg se retrouvent à faire l'amour dans l'appartement de Hamilton Heights. D'après ce qu'Adela en savait, sa mère avait toujours pensé que le manque absolu de points d'appui dans sa vie d'alors avait beaucoup compté dans le début de sa relation avec le psychanalyste argentin et, presque aussitôt, par une négligence qu'elle n'expliquait pas, elle s'était retrouvée enceinte et était devenue Loreta Fitzberg. Et quelques mois plus tard, dans les premiers mois de l'année 1990, mère d'Adela Fitzberg.

Après la séparation de Loreta et Bruno, en 2005, les parents s'étaient mis d'accord pour qu'Adela reste dans l'appartement de Manhattan et poursuive ses études secondaires et ses cours d'arts plastiques, avec dans l'idée l'obtention d'une bourse privée, ou au moins d'un prêt à taux zéro de l'État de New York, pour lui permettre d'intégrer la Columbia University, ainsi que ses géniteurs l'espéraient. Les mois d'été, selon l'accord de partage des responsabilités, elle devrait les passer avec sa mère, à voyager dans le pays avant d'atterrir dans l'appartement d'Union City où s'était installée Loreta, après avoir emporté en vrac ses livres, ses bâtons d'encens, son karma et ses névroses.

Les deux premières années loin de sa mère, à la fin de son adolescence, Adela s'était sentie plus libre d'assouvir son profond désir de se rapprocher de ses origines cubaines, dont Loreta s'était éloignée de manière radicale. La jeune fille était peut-être mue par une prédisposition génétique, ou bien tout relevait d'une simple question de rivalité entre mère et fille, mais le sentiment persistant d'attirance pour tout ce qui était cubain avait pris une place exagérée chez l'adolescente qui, en réalité, était juste une New-Yorkaise, si tant est que cela existe. Pourquoi ne ressentait-elle pas la même chose vis-à-vis des origines culturelles de son père, ou de l'éducation britannique de sa mère, ou de la culture des Dominicains qui s'étaient appropriés son quartier et au milieu desquels elle avait grandi ? Elle se le demanderait des années plus tard.

Dans l'appartement de West Harlem, Adela avait été élevée comme une plante sans racines. Son père, argentin d'origine juive, haïssait silencieusement et opiniâtrement tout ce qui était en rapport avec son pays de naissance (excepté la sélection nationale de football, la viande, les romans de Soriano et de Piglia et le bandonéon de Piazzolla), le lieu dont il s'était enfui à cause de ses engagements politiques de jeunesse. En même temps, et avec une pareille intensité, Bruno détestait aussi la tyrannie de la culture juive de ses parents, qu'il considérait manipulée par le détestable (fascisant, disait-il parfois) système politique sioniste. De son côté, sa mère, de façon encore plus radicale, avait coupé toute relation avec un pays natal qui lui semblait une pépinière de gens mesquins, fiers sans raison mais avec de bonnes raisons d'être frustrés. Et elle critiquait sa culture d'origine avec la même véhémence qu'elle mettait à taper sur le mode de vie anglais, subi durant ses années d'études et de séjour à Londres en tant que fille de diplomates cubains, parmi des gens avec la bouche en cul-de-poule qui passaient leur temps à détruire la langue qu'ils avaient eux-mêmes créée. Et New York…

oui, c'était bien, mais il ne fallait pas non plus exagérer : un sale climat, beaucoup de crasse et de drogue, trop d'arrogance.

Avec ses rejets enflammés, incluant ses origines familiales, Loreta avait imposé à sa fille le chemin de l'assimilation : elle préférait lui parler anglais, avec l'intonation britannique dont elle n'avait pas pu ou voulu se défaire, elle lui faisait lire des auteurs nord-américains et sentir que son univers était de culture anglophone, nettoyée il est vrai de plusieurs atavismes religieux et moraux qu'elle qualifiait d'hypocrites, ce qui l'avait même poussée à l'initier à d'autres types de savoir, plus nobles selon elle, tels que le bouddhisme. Ils avaient la chance de vivre à New York et il fallait profiter de tout ce que New York leur offrait (New York qui, en fait, avait tout et n'offrait rien), disait-elle souvent. Quant à Cuba, mieux valait ne pas en parler.

Heureusement, grâce à l'insistance de son père, Adela parlait depuis l'enfance un espagnol correct – avec parfois un infime accent argentin –, même si au début elle avait un certain mal à l'écrire. L'étude de la langue espagnole avait été au centre de son cursus scolaire, et par elle-même, peut-être seulement par esprit de révolte, elle s'était lancée dans l'aventure de la lecture de la littérature et de l'histoire de l'île de ses ancêtres maternels, personnages vagues dont elle savait au début très peu de choses, hormis les immuables commentaires catastrophistes et accusateurs de sa mère. Dès qu'elle avait été en âge, Adela avait assisté à des concerts de musique latino, où se mélangeaient musiciens et danseurs de toutes les origines possibles et où il était toujours possible de rencontrer quelques Cubains. C'était là qu'elle avait connu Anisley, qui avait son âge et qui était arrivée à New York à onze ans, ce qui aux yeux d'Adela la rendait encore plus cubaine que *La Guantanamera*.

Avec Anisley et ses parents – père entraîneur de baseball et de softball ; mère pédiatre recyclée comme infirmière –, Adela avait suivi un cours intensif de cubanité, auquel participa aussi le cousin d'Anisley, avec lequel elle flirta plusieurs semaines, avant que tous deux perdent tardivement à l'âge de seize ans leurs virginités respectives (avec plus de curiosité que de passion de son côté à elle). Ces week-ends chez sa copine, dans le Queens, l'avaient initiée aux méandres d'une histoire non écrite faite d'attitudes, de comportements, d'expressions, l'avaient familiarisée avec des lieux et lui avaient fait découvrir la pesanteur d'une société politique qu'ils rendaient responsable de leur exil.

À la place du rejet absolu de Loreta et du refus fondamentaliste de la moindre tolérance envers la société cubaine toujours présent dans le discours de nombreuses figures publiques à Miami et dans le New Jersey, la famille d'Anisley lui ouvrit des perspectives tout en nuances. Même si leurs opinions étaient contraires au système en vigueur dans l'île, ils reconnaissaient *mezza voce* que leur origine leur avait donné des opportunités, à l'intérieur et surtout à l'extérieur de leur pays, où ils profitaient d'avantages induits par un traitement différent qui faisait d'eux de grands privilégiés par rapport à l'immense majorité des émigrants latinos arrivant aux États-Unis, le pays merveilleux où ils vivaient et se démenaient à présent...

De façon naturelle, cette tribu exhibait une fierté sans préjugés et la satisfaction sans complexes d'une appartenance à laquelle ils se raccrochaient dans chaque activité où cela était possible. Et ils l'exprimaient, de la façon de cuisiner les haricots noirs jusqu'à celle de chanter les *Larmes noires* (elles aussi), du Trio Matamoros ; du plaisir de voir des films en provenance de l'île repérés dans des festivals new-yorkais jusqu'à la lecture d'un romancier cubain contemporain, en passant par les soirées à rire aux larmes en écoutant les histoires drôles de Guillermo Álvarez Guedes, des blagues dans lesquelles les habitants de l'île étaient toujours les plus malins et les plus grossiers. Si, à l'extérieur, la famille et ses amis proches débarqués aussi de Cuba vivaient dans une ville ouverte et multiculturelle appelée New York, les mêmes, rétifs au déracinement, une fois chez eux ou dans des réunions amicales, continuaient par bien des côtés à vivre à l'intérieur de leur île perdue. Pourquoi sa mère semblait-elle venir d'une planète différente, brumeuse et aux contours flous ? se demandait parfois la jeune femme.

Grâce à cette capacité bien cubaine à défendre férocement son essence propre, l'adolescente devint presque militante d'une religion sans dieu, qui avait en revanche un apôtre appelé Joseph comme le patriarche biblique : José Martí, poète prophétique qui plus est. La jeune fille parvenait à comprendre et à admirer le credo d'Anisley et des siens : continuer à être ce qu'ils avaient été et refuser de cesser de l'être. Mais Adela sentait que, s'il lui était possible de les comprendre, jamais elle ne parviendrait à être comme eux : elle avait quelque chose en moins ou en trop pour être ce qu'ils étaient et voulaient continuer à être.

Quand approcha le moment de choisir l'université où poursuivre ses études, Adela, sans hésiter, informa sa mère qu'elle opterait pour la licence de lettres à la Florida International University où, grâce à ses excellentes notes, on lui offrait une bourse couvrant le tiers des frais d'inscription.

Aussitôt, comme c'était prévisible, avait commencé une guerre dans laquelle le père s'était déclaré neutre mais disposé à contribuer au financement, à condition que la jeune fille poursuive ses études jusqu'au master. Pendant ce temps, la mère, dans une tentative ultime et désespérée de modifier le chemin choisi par sa fille, convainquit Adela de passer quelques jours avec elle dans le magnifique ranch où elle vivait et travaillait, aux environs de Tacoma. Et là-bas, après quatre jours de trêve, alors que la jeune fille pensait s'en sortir sans dommage, elles avaient eu une de leurs pires disputes, et durant un temps Adela cesserait d'être Cosi pour se faire appeler Adela Fitzberg. Dans cette épreuve, la jeune fille démontra une force de caractère que personne ne lui connaissait et fit face à l'ouragan de force 5 qu'était Loreta Fitzberg (ou était-elle à nouveau Aguirre Bodes ?), jamais à court d'arguments pour démontrer que, si sa fille se plongeait dans le tas de fumier politique, culturel, urbain de Miami, elle allait par cette décision transformer sa vie en ce que l'on trouve d'ordinaire dans les tas de fumier.

Deux mois après l'amère dispute, en septembre de cet automne 2007 si plein d'espoir, un taxi déposait Adela au 116402 sw 35th Street, dans le quartier de Westchester, où elle avait trouvé sur Internet une petite chambre proposée à la location par Miguel et Nilda Vasallo, où elle devait habiter jusqu'à son installation dans la résidence universitaire. Les sexagénaires qui l'attendaient à la porte de l'immeuble lui proposèrent d'abord un jus de goyave fait maison, un flan très sucré (maison, également) et un café fraîchement filtré (sucré, lui aussi), avant de finir par lui remettre les clés de l'*efficiency* en lui disant monts et merveilles de l'endroit, du pâté de maisons, du quartier, de la ville, du comté, non sans lui avoir réaffirmé de façon typiquement cubaine que leur maison était la sienne.

Adela gara sa Toyota Prius hybride devant la maison à l'angle de la 53rd Terrace et de la 10th Avenue de West Hialeah où Marcos et elle s'étaient installés quelques mois plus tôt. Ils avaient trouvé un loyer très abordable, les derniers propriétaires nord-américains du pâté de maisons, désireux de vivre dans un contexte moins pesant, ayant décidé de mettre leur maison en location. Marcos était rapidement parvenu à redonner un certain lustre à un logement que les propriétaires avaient par lassitude négligé. Le jardin devant, dont Marcos s'occupait aussi (il avait obtenu une diminution du loyer en échange), resplendissait sous les rayons d'un soleil soudain revenu pour réchauffer un après-midi qui dix minutes plus tôt était encore sombre et pluvieux, et pour tirer du sol des vapeurs infernales. Ce coin de Hialeah avec des maisons individuelles au toit à deux ou trois pentes, dont certaines avec des jardins fleuris et même des arbres bien taillés, fonctionnait comme une oasis à l'intérieur du ghetto cubain bigarré qui, en un demi-siècle, s'était non seulement maintenu mais était parti à la conquête de la ville.

En arrivant, la jeune femme vit que son fiancé n'était pas encore là : l'endroit où il garait son pick-up dans l'allée était vide. Elle se sentit pour une fois soulagée de cette absence : elle préférait avoir un moment de solitude pour, après le dernier café de la journée, fumer tranquillement et lentement la cigarette qu'elle avait pris la précaution de demander à Yohandra. Avant d'entrer, elle alla au bout du jardin relever le panneau avec la photo de Hillary Clinton, qui avait peut-être été renversé par la bourrasque ou par un voisin républicain zélé. Adela savait qu'ils heurtaient ainsi certaines sensibilités, mais la conviction de sa liberté de choix dans le pays de la liberté de choix l'avait poussée à mettre l'une des rares affiches du voisinage souhaitant la victoire démocrate aux élections de novembre (Marcos, habitué à ce que d'autres décident à sa place dans ce genre de questions, se fichait de l'occupant de la Maison-Blanche, tant qu'il ne s'intéressait pas à lui : il vaut mieux qu'on m'ignore, disait-il).

Sitôt entrée, elle mit l'air conditionné à fond et se rendit à la salle de bains où elle eut la confirmation que sa culotte était tachée. Après avoir mis tous ses vêtements dans un sac, elle se lava consciencieusement – elle avait toujours ses règles en horreur – et mit le tampon super absorbant qu'elle utilisait. Rattrapée par le sentiment de sa féminité, elle s'arrêta devant le miroir vertical vissé sur la porte de la salle de bains pour observer son corps nu : ses hanches généreuses, son mont de Vénus sombre, touffu même si bien taillé, ses petits seins pointus couronnés par les tétons couleur cannelle, son ventre plat, ses cuisses fermes et ses fesses rebondies. Marcos disait qu'elle était belle, il la faisait se promener nue dans la maison et disait être convaincu que dans ses veines coulait du sang avec des globules blancs, rouges, mais aussi quelques noirs, hérités d'une grand-mère oubliée à la peau sombre à qui elle devait ses lèvres charnues et son derrière saillant, entre autres qualités appétissantes. Comme si elle avait eu besoin d'en être sûre, Adela étudia la courbe prononcée de fesses qui lui avaient valu bien des regards lascifs depuis que ses attributs physiques avaient commencé à mûrir.

Vêtue d'un mini-short et d'un tee-shirt dont l'étoffe contenait mal la poussée des seins libérés du soutien-gorge, la jeune femme se prépara l'expresso et sortit sur la terrasse couverte que Marcos venait de réparer, accessible depuis le salon, que les habitants de Floride continuaient à appeler *flórida*. Elle chercha à l'intérieur de la carafe en verre remplie de coquillages le briquet qu'elle y avait laissé quelques mois auparavant et but une gorgée de café avant d'allumer sa cigarette. Elle sentait un poids sur ses épaules et une lourdeur diffuse dans son bas-ventre qui la poursuivrait vingt-quatre heures au moins. Poussée par un instinct presque physiologique, elle retourna dans la chambre et sortit du petit coffre de la réserve stratégique une fine cigarette de marihuana qu'elle alluma, de retour sur la terrasse.

Très vite, Adela sentit redescendre les tensions accumulées durant l'heure et demie passée sur l'*expressway*, et commença à apprécier la dose d'apaisement en train de se répandre dans son organisme et d'atténuer les mauvaises vibrations déclenchées par la conversation téléphonique de la matinée. Sa mère l'avait-elle vraiment appelée pour lui parler du cheval malade ? Y avait-il quelque chose d'autre, de plus grave ? Pourquoi pressentait-elle que oui, comme si cet appel remuait des boues plus profondes ? Elle en avait l'intuition parce qu'elle pensait connaître sa mère…

Adela continua à fumer et fut tirée de sa léthargie par la chaleur de la braise tout près de ses doigts ; elle écrasa le mégot dans le fond de la tasse de café, avant de chercher un endroit où le faire disparaître, même si elle savait que l'odeur la trahirait et provoquerait les reproches de Marcos d'avoir enfreint leur pacte de ne toucher à ces joints que pour des occasions spéciales et pour s'amuser ensemble.

Adela se sentit coupable. Et se sut faible. Elle se sentait aussi lucide et eut à cet instant le sentiment étrange de s'observer du dehors : une jeune femme qui fume de la marihuana sans être accro, qui a besoin d'être seule même en se sachant bien accompagnée, qui aime planifier l'avenir et est persuadée d'y parvenir, mais qui s'est laissé conduire dans un présent prolongé suspendu à un fil. Elle et son contraire, elle et son double. Qu'est-ce qui clochait, qu'est-ce qui l'inquiétait, et, surtout, qu'est-ce qui lui faisait peur ? S'agissait-il du sacrifice d'un cheval malade ou de l'existence même d'une mère telle que la sienne ? Ou de la possibilité d'avoir pris des décisions erronées ? Ou des complications professionnelles, académiques et économiques qu'elle s'était elle-même créées ? Elle n'avait pas les réponses, ou ne voulait peut-être pas les avoir. Non, se disait-elle, elle n'allait plus se poser de questions ni chercher de justifications au malaise qui la poursuivait depuis le matin, quand elle sentit une forte odeur de sueur et de terre. Et la voix qui fusait dans la foulée :

– Tu as fumé, *Bob Marley* !

Le premier grand rêve frustré de Marcos Martínez Chaple avait été d'être un joueur de base-ball célèbre. Encore faut-il préciser que, ce rêve étant partagé par une interminable cohorte de Cubains, le présenter comme un échec s'avère ridicule : ceux qui ont goûté à cette défaite sont tellement nombreux et ceux qui ont connu le succès si rares – si nous nous en tenons aux chiffres proportionnels ou, encore plus, aux statistiques, si nombreuses et révélatrices s'agissant du base-ball –, que la frustration a toujours été beaucoup plus fréquente que l'inverse. Plus tard, au fil des ans et des va-et-vient de son existence, Marcos affronterait d'autres désillusions, qu'il relativiserait d'ailleurs toujours par rapport à ce que subissait beaucoup de monde autour de lui, à commencer par certains de ses êtres les plus chers, si souvent malmenés dans tous les domaines. De toute façon, frustration mise à part, Marcos devait au base-ball beaucoup de ses meilleurs souvenirs et aussi cet esprit de compétition qui allait toujours l'accompagner et lui ouvrir certaines des portes qu'il franchirait.

Dans son enfance et son adolescence, à l'époque où Cuba vivait les effets dévastateurs de la crise économique qui avait commencé dans les années 1990, le jeune garçon avait eu conscience des difficultés dans lesquelles était plongé le pays, entre les incessantes coupures d'électricité, le petit morceau de pain rabougri et acide qui pouvait constituer le seul repas de la journée, et la sensation permanente d'étouffement thermique. Mais, surtout, il avait souffert de la difficulté à trouver des balles pour pratiquer son sport.

De ces temps sombres et troubles, Marcos conservait dans le coin préféré de sa mémoire la fois où il avait décidé du sort d'un match entre l'équipe de son quartier et celle, plus forte (et par conséquent plus arrogante) de Boyeros. Dans ce match particulier parmi ses souvenirs, un défi de plus parmi les milliers joués par les deux équipes de neuf joueurs au fil de nombreuses années, l'alignement des astres avait dû être parfait pour que, dans ce qui devait être la fin du match et une nouvelle victoire de Boyeros, Marcos se retrouve dernier batteur de son équipe avec deux partenaires sur des bases, deux points de retard et deux batteurs déjà éliminés. Il était, comme on dit, le dernier espoir de son équipe. Marcos avait fait un swing sur une balle rapide avec l'intention de la frapper croisée, et la balle était entrée en contact avec la batte de bois : un impact précis, assuré, impeccable, qui surprit la sphère de cuir, déclencha une accélération parfaite résultant de l'interaction des forces en présence et la propulsa au-delà des arbustes qui formaient la limite du terrain pour sceller la victoire de son équipe. L'apothéose !

Vingt ans après, quand il fermait les yeux et se concentrait, Marcos parvenait à retrouver cette microseconde de grâce : il pouvait encore entendre le son de l'impact, ressentir la décharge dans ses bras à travers la batte, et il revoyait la balle s'éloigner en s'élevant pour disparaître au loin. Le bonheur absolu, la joie débordante, la satisfaction la plus pure face à la vie et au monde. Le seuil d'un rêve très vite déçu.

Le premier espace où il avait nourri sa vocation de joueur de base-ball avait été une aire improvisée en bordure du quartier Fontanar, tout près du domicile familial, un terrain vague sur lequel, depuis des décennies, se retrouvaient les gamins des environs. Cet endroit n'avait cessé d'être utilisé par les jeunes joueurs jusqu'au jour où – Marcos à l'époque était déjà au lycée – quelqu'un avait eu l'idée de labourer cet endroit en particulier parmi beaucoup d'autres possibles pour y semer des tubercules ramenés d'Argentine, présentés comme riches en protéines et destinés à l'alimentation de millions de têtes de bétail susceptibles d'inonder (l'inondation, c'était toujours le mot consacré) l'île de viande et de lait. À la fin, comme en tant d'autres occasions, il n'y eut plus de terrain de baseball, mais pas non plus de tubercules, et encore moins de bétail, pour le plus grand bien du taux de cholestérol national d'un pays où l'oncle Horacio, l'un des amis de ses parents, disait que les vaches figuraient désormais sur la liste des espèces en voie de disparition.

Les plus privilégiés des joueurs en herbe avaient la possibilité de progresser et de suivre une meilleure formation s'ils étaient admis auprès des entraîneurs assignés au stade du proche et indestructible Hôpital psychiatrique de La Havane, un terrain aux dimensions réglementaires où étaient organisés des tournois et où se succédaient des joueurs de différentes catégories selon leur âge et leur niveau. Marcos ne devait jamais oublier que l'une des premières fois où il put s'entraîner sur le terrain des élus, lui et ses camarades virent arriver un métis aussi costaud que sérieux, avec le crâne rasé, qu'ils reconnurent immédiatement, car ils l'avaient admiré pendant des années dans les stades officiels du pays et du monde entier, sous le maillot des Industriales de La Havane, ou de la sélection nationale, toujours porteur du numéro 26. Bouches ouvertes, ils virent le paria s'approcher : Orlando Hernández alias « le Duque » en personne, qui à voix basse dit quelques mots à l'entraîneur du jour, qui des années plus tôt avait été son formateur. Ils surent après que le joueur, champion olympique, meilleur joueur cubain de l'histoire en termes de statistiques de victoires et de défaites et radié à vie de toute compétition officielle après avoir été accusé d'avoir planifié un départ clandestin du pays (ou, selon les versions, d'avoir été au courant de la fuite de son frère durant une tournée au Mexique), demandait à son vieux professeur l'autorisation de venir jouer avec des amis quand le terrain se libérerait et que l'entraîneur, paralysé de trouille, lui avait dit qu'il lui fallait en référer avant de donner son autorisation au pestiféré.

Malgré son amour pour le base-ball, et malgré sa taille et un physique musclé, à seize ans Marcos avait dû accepter le fait que ses talents sportifs étaient insuffisants pour espérer ne serait-ce que rejoindre la sélection junior du quartier. Même s'il ne cessa de jouer dans ses moments de loisir et de suivre les championnats du pays, son rêve d'enfance et son amour du base-ball s'étaient transformés en ce qu'ils étaient quand il s'installa aux États-Unis : une passion qu'il assouvissait en spectateur ou en amateur, jamais en protagoniste.

Six mois après son arrivée à Hialeah, alors que sa situation financière se stabilisait, Marcos avait commencé à consacrer deux heures les lundi, mercredi, vendredi et samedi après-midi, à s'entraîner à la salle de sport proche de Westland Mall, où travaillait l'un de ses vieux potes de base-ball de Fontanar, qui lui avait obtenu un abonnement gratuit. Le mardi et le jeudi, il avait décidé d'occuper ces deux heures d'après-midi (et parfois aussi le dimanche matin) comme entraîneur adjoint de l'équipe de base-ball des Tigres de Hialeah. Le coach principal, et l'âme de l'équipe, n'était autre que Agustín Casamayor, un ancien joueur cubain, première base des Industriales de La Havane, qui, à l'époque de son déclin, avait été une autre des idoles de l'enfance de Marcos.

Le terrain où ils s'entraînaient se trouvait à proximité d'un ensemble d'immeubles très peuplés, à la hauteur de la West 76th Street. Casamayor, décidé à faire quelque chose pour les gamins du quartier, avait rameuté les jeunes âgés de dix à quatorze ans, avec l'intention de leur enseigner de façon correcte (scientifique, disait-il) les rudiments et la philosophie du jeu tout en s'amusant, mais aussi, surtout, pour éviter qu'ils traînent dans la rue tentés par des occupations moins nobles.

Presque tous les adolescents qui avaient répondu à l'appel, près de deux douzaines, étaient des fils de Cubains émigrés de fraîche date, qui n'avaient pas les moyens d'inscrire leurs enfants dans une académie classique. En général, leurs parents travaillaient tard le soir et les enfants passaient leur temps libre enfermés chez eux devant un écran ou à rôder dans le quartier, en flirtant avec un monde sordide qui pouvait marquer leur vie pour le pire. Casamayor, avec la contribution de certains joueurs cubains établis aux États-Unis et des quelques parents qui pouvaient donner quelque chose, était parvenu à acquérir l'équipement nécessaire et même à faire fabriquer les maillots des Tigres dans l'une des rares usines textiles ayant survécu en ville. À l'époque où Marcos les avait rejoints, l'équipe participait à un championnat local, avec plus de déconvenues que de succès, mais avec la passion et la fierté transmises par le coach et la responsabilité de représenter le quartier le plus pauvre de la peu reluisante « ville qui progresse ».

Les heures qu'il consacrait à entraîner bénévolement les gamins représentaient pour Marcos non seulement des retrouvailles intimes avec sa passion pour le base-ball, mais la meilleure façon de se vider la tête des innombrables tensions d'un processus d'intégration et de survie dans un monde qui exigeait qu'il vive le couteau entre les dents sans jamais cesser de surveiller ses arrières. À l'instant où il enfilait son pantalon de joueur, chaussait ses crampons (les meilleures qu'il ait eues de sa vie), mettait son maillot blanc à manches orange (qui presque toujours sentait mauvais et était maculé de terre) et, surtout, au moment où il se coiffait de la casquette avant de fouler le revêtement rougeâtre du terrain, il avait la sensation de pénétrer dans une dimension douce du temps et de l'espace où la vie consistait seulement à essayer de faire le mieux possible ce qu'il était nécessaire de bien faire sur un terrain de base-ball : courir, lancer, frapper, rattraper et, encore plus, penser comme un joueur de base-ball. Et il espérait que l'un de ses disciples rêverait aussi, comme lui-même l'avait fait, d'être un grand joueur remplissant les stades, d'être aimé pour sa maestria à réaliser ce que tant de Cubains faisaient depuis plus d'un siècle. Peut-être l'un d'entre eux réaliserait-il ce rêve. Et arriverait même à être un As, comme Le Duque, plusieurs fois champion à Cuba, médaillé d'or aux Jeux olympiques, et qui, après sa fuite de l'île, avait fait les beaux jours de la Major League nord-américaine.

À l'issue de l'un de ses premiers entraînements, Casamayor invita Marcos à boire des bières chez lui. Le dimanche d'avant il avait reçu ses enfants, et quelques bouteilles avaient survécu aux assauts des buveurs de sa famille et des volontaires enthousiastes débarqués d'autres appartements de l'immeuble, toujours partants pour participer à ce genre d'activités.

– Tu sais que mes fils n'aiment pas jouer au base-ball ? avait avoué le coach à Marcos en lui tendant une bouteille de Corona. Casamayor avait choisi le petit balcon de chez lui pour savourer les bières et Marcos avait sous les yeux, de l'autre côté de la rue, la masse d'un autre immeuble, plus dégradé que celui du vieux joueur de base-ball, avec des balcons encombrés d'étendoirs, les murs lépreux et le jardin dévasté. L'immeuble parvenait à être aussi moche et aussi sale que ceux dessinés par ses grands-parents architectes à Fontanar.

– Tel père, tel fils, tu parles, crut bon de renchérir Marcos.

– Le problème, c'est que pratiquement rien ne leur plaît… mais qu'ils veulent tout avoir. Ils ne savent pas vivre. Ils n'ont pas compris les règles du jeu. Y compris celui qui est ingénieur, comme toi… Il n'a pas pu avoir d'équivalence pour son diplôme et, comme il s'y connaît en ordinateurs et ce genre de trucs, il a monté son petit business de clonage de cartes de crédit pour acheter des choses et les revendre à domicile.

Marcos préféra ne pas faire de commentaire (il avait souvent acheté de l'essence volée à Casamayor Jr.) et se contenta de hocher la tête.

– Et pour toi, ça va, non ? lui demanda alors le coach.

– Je crois que oui. Difficile de me plaindre. Surtout que ça ne fait pas longtemps que je suis là.

– Tu vas essayer d'obtenir l'équivalence pour ton diplôme d'ingénieur ?

– Pour le moment, je ne peux pas. Il faudrait que je recommence presque tout à zéro… Tu sais ce que c'est, le manque de temps et d'argent… Et les Américains sont très chiants pour ces histoires de diplômes. Ce n'est pas comme à Cuba, ici, faire des études, ça coûte une couille et la moitié de l'autre…

Casamayor hocha la tête, but une gorgée et regarda l'horizon, c'est-à-dire la masse de ciment de l'autre côté de la rue.

– Quel gâchis… encore un ingénieur qui ne sera jamais ingénieur… Combien d'ingénieurs et de médecins de ton âge ont quitté Cuba ?

– J'en connais plein… la moitié de mes camarades de fac, à vue de nez… Mon frère est parti avant d'obtenir un diplôme. Mais lui, oui, il a terminé ses études, en France. Mon frère, c'est une tronche…

Casamayor garda un silence songeur.

– Si ce n'est pas indiscret… pourquoi toi, tu es parti de Cuba ? Aujourd'hui tout le monde s'en va, les jeunes comme toi s'en vont, c'est pas les raisons de partir qui manquent, mais toi…

– Il fallait que je m'en aille… Je voulais une maison, une voiture, et là-bas… même pas la peine d'y songer.

– Une maison et une voiture… oui, ça peut être une bonne raison… Moi, je suis parti pour suivre mes enfants. Eux aussi voulaient avoir une maison et une voiture. En un seul bloc : une maison et une voiture… Mais toi, tu n'es pas comme ça, je le sens…

– Non, Casamayor, je suis comme les autres… un Cubain lambda qui habite maintenant Hialeah et…

– Et pourquoi tu viens entraîner les gamins ? À la place, tu pourrais gagner du fric ou étudier.

Marcos sentit que la conversation prenait un tour périlleux. Quand on le pressait trop de questions, il ne pouvait s'empêcher de ressentir un pincement à l'estomac. Effets héréditaires de la fameuse paranoïa de son père ? Contamination par la peur permanente d'Irving, le meilleur ami de sa mère, qui prétendait même que des agents secrets étaient chargés de le surveiller ? Marcos se dit que la vérité était suffisamment anodine et floue pour pouvoir la dire au premier venu.

– Le fric, j'en manque, comme tout le monde. J'aime le fric, comme presque tout le monde. Mais me battre comme un lion vingt-quatre heures par jour, ça me fatigue… Faire quelque chose avec les autres ou pour les autres, c'est peut-être ce que ma mère m'a inculqué de mieux, la pauvre, la dernière romantique au monde… Mais bon, en réalité je ne lui ressemble pas. Pas du tout… La vérité, mon vieux, c'est que si je passe deux heures sur ce terrain, c'est pour moi que je le fais, plus que pour toi ou pour les gamins. Tu comprends ça ? Écoute, un jour j'ai vu un film où un type explique à son fils qu'une balle de base-ball c'est comme l'univers, et quand j'ai entendu ça… Bon, c'est pas grave si tu piges pas ; moi non plus, j'y pige pas grand-chose… Sur le terrain je me sens bien et j'en ai rien à foutre du reste… File-moi une autre bière et arrête de me prendre la tête. Tu veux pas parler de base-ball plutôt ? Je t'ai pas encore raconté la fois où j'ai fait un *home run* décisif ? J'avais dix ans et, je te le jure, le coup que j'ai frappé, je le sens encore ici, dans les mains…

Par la mer, par la terre, par les airs, par les frontières nord, sud, est, ouest. Par le détroit de Floride, les chutes du Niagara, les confins du Mexique ou, via Moscou, jusqu'au lointain détroit de Béring et les neiges de l'Alaska… Durant les dernières années de sa vie à La Havane, Marcos le Lynx était devenu une véritable encyclopédie des stratégies, moyens et systèmes pouvant permettre aux Cubains d'entrer aux États-Unis pour y obtenir le statut qui leur assurait au bout d'un an et un jour un titre de résidence légale. Marcos avait énormément d'amis qui avaient testé l'un ou l'autre de ces moyens, beaucoup d'entre eux avec succès.

Même si dans ses plans (du moins les plus immédiats) le départ ne constituait pas une urgence, Marcos avait su que le moment était venu d'utiliser son savoir, et qu'il était cette fois plus que temps. Il avait commencé par tenter ce qui pouvait constituer, en même temps, la façon la plus simple et la plus compliquée : arriver directement sur l'un des îlots de Floride et, une fois sur terre, « les pieds au sec », se présenter au premier flic qu'il trouverait pour lui dire qu'il était cubain et donc immigrant légal. Le risque étant de se faire intercepter en mer par les garde-côtes états-uniens et que les occupants de l'embarcation, comme les accords le prévoyaient, soient renvoyés à Cuba. L'avantage, si on parvenait à poser le pied en territoire nord-américain, résidait dans la rapidité du voyage et la réduction du nombre d'intermédiaires, des types dangereux dont il était préférable de se tenir à distance. Comme tout le monde le savait, la garantie du succès dépendait pour cinquante et un pour cent de la qualité de l'embarcation, le reste étant affaire de chance.

À sa première tentative, au printemps 2013, Marcos n'avait pas dit au revoir à sa mère, pour lui éviter l'épreuve d'attendre sans savoir si son fils était vivant ou mort, libre ou en prison. Ses compagnons de traversée étaient le père de l'un de ses amis, avec ses fils adolescents, deux véritables espoirs du base-ball, aspirant à rejoindre une équipe de Major League et à gagner des millions. Mais c'était la part de chance qui leur avait fait défaut, car l'embarcation affrétée à Miami par son ami était solide, mais pas plus rapide que la vedette des garde-côtes qui les avaient repérés. Pour que le propriétaire du bateau puisse prendre la fuite sans être accusé de trafic d'êtres humains, Marcos et ses compagnons (ils s'étaient mis d'accord là-dessus) durent enfiler leurs gilets de sauvetage et se jeter à la mer pour que les garde-côtes soient obligés de les repêcher pendant que le bateau s'enfuyait.

L'échec n'avait pas découragé Marcos, il préparait déjà la seconde tentative de traversée quand un autre de ses camarades de fac, ingénieur comme lui, l'avait appelé pour lui dire qu'il venait de découvrir un chemin aussi nouveau qu'inattendu, apparemment dégagé et, de plus, sans risque d'être dévoré par les requins et sans intermédiaires pour les faire chier.

Marcos et son copain Maikel, après deux jours de recherches intenses pour trouver les fonds, étaient prêts à se lancer dans l'aventure (Marcos, face à l'imminence de cette possibilité, avait obtenu de sa mère qu'elle lui remette, les larmes aux yeux, quelques bijoux ayant appartenu à la défunte grand-mère architecte, que le jeune homme avait revendus en quelques heures). Tôt le matin, ils s'étaient pointés à l'agence de voyages qui avait eu l'étrange idée de mettre en vente un séjour touristique pour des Cubains désireux de passer dix jours en Italie. Des touristes cubains en Italie ? Même si les deux amis continuaient à penser que quelque chose clochait dans ce film, neuf jours plus tard ils s'envolèrent pour l'Italie avec des passeports Schengen. Comme l'attestaient leurs photos publiées sur Facebook, les touristes cubains ne s'étaient pas ennuyés à Rome (Leonardo da Vinci : aéroport d'arrivée), Florence, Sienne, Venise et Milan (Malpensa : aéroport de départ), ils avaient visité des monuments, bu du vin, mangé de vraies pizzas et avaient même fait l'expérience d'une nuit d'amour à la vénitienne grâce à deux touristes espagnoles en manque.

De retour à Cuba (en compagnie d'à peine un tiers de leurs compatriotes touristes qui étaient partis avec eux quelques jours plus tôt), les jeunes gens s'étaient aussitôt rendus dans les bureaux d'Aeroméxico où, avec l'argent envoyé en Italie par Ramsés, le frère de Marcos, ils avaient acheté des billets aller-retour La Havane-Mexico-La Havane, billets auxquels ils avaient accès grâce à leur passeport orné du précieux visa Schengen, qui, comme un sésame, octroyait aux Cubains la possibilité d'entrer au Mexique.

Et, deux jours plus tard, ils étaient dans l'avion pour les terres aztèques, selon l'expression de Marcos, avant de se lancer dans la remontée par la route vers « l'hostile et inhospitalière » Tijuana. À la gare routière de cette ville, après avoir donné chacun deux cents dollars au flic mexicain qui les avait interpellés et prétendait les retenir (à moins qu'ils ne paient la somme convenue), les deux amis montèrent dans un taxi (appelé par le même policier, soudain très aimable) qui les conduisit juste à côté du poste-frontière. C'est là qu'ils prononcèrent les mots magiques capables de leur ouvrir la double porte si dure à franchir : nous sommes cubains, nous arrivons de

Cuba, tout en montrant leurs passeports et cartes d'identité. Aussi facile que ça. Quatre jours plus tard, munis du document qui officialisait leur admission dans le pays, Maikel et Marcos descendaient du Greyhound qui les avait emmenés jusqu'à Miami.

Pendant que Maikel s'installait à Fort Lauderdale chez des cousins, Marcos avait été hébergé par Laura, la sœur de son oncle Horacio, dans le South West de Miami. Horacio n'était pas vraiment son oncle, mais c'était tout comme : camarade d'études et ami intime de ses parents, Darío et Clara, Horacio avait toujours été présent à la maison durant l'enfance de Marcos, qui, pour une raison inexpliquée et prémonitoire, l'appelait depuis tout petit « oncle », comme si cette proximité pouvait lui être utile un jour ou l'autre dans l'avenir. En 1994, quand Marcos avait dix ans, oncle Horacio (celui-là même qui lui expliquait des mystères tels que la raison pour laquelle les mangues mûres tombaient des arbres et même pourquoi les avions qu'ils apercevaient depuis la maison de Fontanar volaient) avait quitté Cuba sur une embarcation, comme des dizaines de milliers de Cubains, et depuis très longtemps habitait Porto Rico, marié à une habitante de l'île où il enseignait la physique à l'université. Oncle Horacio que, des mois avant son départ de Cuba, Marcos, prévoyant, avait contacté par Facebook pour lui demander tous ses numéros de téléphone.

Mais c'était seulement à l'arrivée au Mexique, à l'abri de possibles écoutes cubaines, que le jeune homme avait fini par appeler Horacio pour lui demander les coordonnées de quelqu'un susceptible de l'accueillir quelques jours à Miami. Sans hésiter, le physicien lui avait donné le nom, l'adresse et le téléphone de sa sœur Laura, qui, lui avait-il promis, le recevrait chez elle à Miami et lui remettrait de l'argent pour ses premières dépenses, argent qu'il lui enverrait dès qu'il serait entré aux États-Unis. Et tu n'aimerais pas venir vivre à Porto Rico ? Par politesse,

Marcos avait répondu à oncle Horacio qu'il fallait qu'il y réfléchisse, en fait il savait parfaitement où et comment il voulait vivre. Entre son père Darío, son frère Ramsés et tout un tas d'amis hors de Cuba, Marcos était aussi une encyclopédie des stratégies, méthodes et combines des Cubains pour survivre en exil. Il était prouvé que le monde était vaste, mais il était plus que prouvé qu'il n'y avait pas de raison pour qu'il soit totalement et bêtement étranger.

Quinze jours après son arrivée aux États-Unis, Marcos loua son premier appartement, cinquante-deux mètres carrés dans le lotissement Hialeah Club Villas, tout près du Westland Hall, le centre commercial autrefois pimpant et à présent en décrépitude. Son frère Ramsés et l'oncle Horacio avaient obtenu que son père, Darío – maintenant financièrement très à l'aise mais réticent à ouvrir son portefeuille selon Ramsés ; indécrottable grigou selon son ami Horacio –, lui envoie de l'argent depuis Barcelone. La somme, bien gérée par Marcos, pouvait suffire à payer pendant quelques mois un loyer modeste et à acheter une voiture d'occasion très bon marché, avec un moteur correct, puisqu'il n'était pas possible de vivre en Floride sans un moyen de transport individuel.

Dans sa Honda Civic de 2005 (le jeune homme avait acheté pour presque rien dans une casse tenue par des Cubains un dispositif d'éclairage en bon état, il avait décabossé avec des outils prêtés par un copain carrossier le garde-boue avant et, perfectionniste, avait camouflé les dégâts avec une bombe de peinture), muni d'une valise de vêtements et de quelques ustensiles de cuisine fournis par la sœur d'Horacio, Marcos ouvrit la porte de l'appartement 1621 du Hialeah Club Villas et reçut de plein fouet la puanteur de nicotine et de goudron émanant d'une chose qui semblait avoir été un jour une moquette.

Tandis qu'il ouvrait portes et fenêtres, versait de l'eau de Javel dans la cuvette des toilettes, l'évier, le lavabo, et frottait tout avec un désinfectant parfumé, sortait le vieux matelas et installait celui qu'il venait d'acheter, Marcos se promit que cet endroit ne serait qu'une étape, la plus courte possible, et décida en plus que, au pays de l'air conditionné et du fondamentalisme sanitaire, il paraissait évident que fumer était une mauvaise habitude ; après avoir pissé pour la première fois dans son nouveau logement, il balança dans la cuvette des W-C les cigarettes qu'il avait sur lui et actionna la chasse d'eau javélisée.

Grâce à d'autres copains et connaissances, qui avaient quitté l'île durant les dernières années et s'étaient installés à Hialeah, Marcos entreprit de se plonger dans l'ambiance d'une ville qui fonctionnait comme un grand quartier. Quinze jours après son arrivée, sur la recommandation du copain carrossier qui lui avait prêté ses outils, il obtint son premier boulot, comme aide-mécanicien. Ce qui signifiait en fait nettoie-toute-la-merde-et-porte-tout-ce-qui-est-lourd dans un garage spécialisé dans la réparation des complexes boîtes de vitesses de poids lourds, régenté par Alipio le Gros Nez, vieux copain d'enfance du quartier où avait grandi son père (est-ce que décidément, dans ce patelin, tout le monde connaissait tout le monde ?). Heureusement pour Marcos, Alipio venait de virer un Salvadorien, un type qui, en plus de bosser un minimum, était un vrai magicien pour faire disparaître pinces, tournevis et câbles de démarrage. Le salaire de dix dollars de l'heure était en fait une misère, mais Marcos savait que dix dollars valent mieux que rien et qu'avec ses connaissances d'ingénieur mécanicien et ses années de vie dans la jungle cubaine, soit il quitterait vite le garage, soit il en deviendrait le patron. Et il se mit à étudier le milieu ambiant et à analyser les façons de se l'approprier.

Sa première impression sur la préférence de nombreux Cubains pour la ville de Hialeah s'avéra superficielle, même si fondamentalement correcte : il était possible d'y vivre « à la cubaine » et presque tout le monde se connaissait. Par bien des aspects, la ville de banlieue copiait les us et coutumes de l'île, à la notable et salvatrice différence près que toutes les deux rues on pouvait trouver un supermarché avec des rayons pleins. Même si, pour peu que tu saches où, comme à Cuba, tu pouvais aussi tomber sur un type vendant à moitié prix les produits du supermarché (viande, conserves, confiseries) – il était toujours conseillé de vérifier les dates limites de consommation.

L'une des raisons clés expliquant cette préférence territoriale de la part des Cubains était la facilité à trouver du boulot et le fait que, dans cet endroit de plus en plus laid et dégradé (d'où, bien entendu, s'échappaient vers d'autres localités du comté ou du pays la majorité de ceux dont la situation économique devenait plus florissante), on trouvait les loyers les plus bas des districts cubains au sud de la Floride. Mais ce qui avait une importance décisive dans le choix, c'était qu'il n'y avait pas besoin de passer par le difficile apprentissage de l'anglais pour réaliser tous les actes de la vie quotidienne, y compris pour acquérir la nationalité états-unienne.

Dans les restaurants de Hialeah, on servait des plats cubains et, dans les cafés, on buvait du café cubain, dans les lieux de divertissement on écoutait de la musique cubaine, dans les salons de coiffure et de beauté ne travaillaient que des Cubains et l'on y colportait les ragots à la cubaine (la chute prochaine du régime communiste était l'un des sujets favoris), tandis que dans les hôpitaux la langue universelle était l'espagnol. Les églises, catholiques ou protestantes (avec des curés et des pasteurs très souvent latinos), côtoyaient les « herboristeries » cubaines proposant tout ce qui était nécessaire pour les cérémonies de *santería*, y compris les animaux prévus dans les sacrifices rituels – ce qui avait le don d'effrayer les Nord-Américains ultra-civilisés, même ceux qui s'adonnaient à la chasse ou possédaient un arsenal dans leur maison et un pistolet automatique dans la boîte à gants de leurs voitures. Bien entendu, les résidences et les immeubles étaient habités par des Cubains et, histoire d'enfoncer le clou, le chef de la police, le chef des pompiers et même le maire de Hialeah étaient cubains. La pression du milieu ambiant était si forte que, dans une cafétéria d'une chaîne nord-américaine, une serveuse cubaine avait refusé de servir une cliente parce qu'elle ne parlait pas espagnol… « Ici, c'est Hialeah, ma fille ! » avait-elle lancé à la *gringa*.

Dans un des livres amassés par sa mère, Marcos avait trouvé un personnage d'immigré charriant son mode de vie comme un escargot sa coquille : pourquoi cette comparaison lui était-elle restée en tête ? Était-ce parce que son destin était de se transformer en escargot, comme sa mère Clara, bien que d'une autre espèce ? Porterait-il lui aussi sur son dos et à jamais sa maison culturelle ?

La conquête de Hialeah par les Cubains avait fini par chasser même les familles nord-américaines les plus résistantes et, à son arrivée dans la ville, Marcos put se rendre compte que les rares qui résistaient encore le faisaient en plaçant une bannière étoilée dans un endroit visible de leurs habitations, peut-être pour se rappeler à eux-mêmes dans quel pays ils vivaient. De leur côté, ceux qui étaient originaires d'Amérique centrale, de Porto Rico ou du Venezuela repartaient eux aussi le plus vite possible, car ils avaient du mal à supporter l'orgueil et l'arrogance des Cubains, qui même à demi morts de faim se comportaient comme des êtres supérieurs. Pour leur part, les Afro-Américains de la zone East (Marcos avait vite appris que, pour être politiquement correct, c'était ainsi qu'il fallait désigner ceux qui à Cuba avaient toujours été des noirs, parce qu'ils étaient noirs) ne se rapprochaient des Cubains (ou vice-versa) que pour les affaires les plus louches, et chacun retournait ensuite sur son territoire, car il valait mieux ne pas faire monter la température dans une ville où la vente, la location et la mise en gage des armes à feu constituaient l'une des activités les plus prospères.

Plus tard, une seconde évaluation du milieu ambiant, plus transcendantale ou métaphysique, lui avait révélé que l'essence de Hialeah résidait dans le fait qu'il était possible d'y vivre un pied dans un territoire colonisé à l'intérieur des États-Unis et l'autre à Cuba, et que la ville était un refuge parfait pour des réfugiés farouchement déterminés à le rester et, enfin, que tout cela pouvait constituer une véritable mine d'or. Sa grande découverte, en même temps, avait été de constater que, dans cette enclave hispanique d'une planète anglo-saxonne, parler correctement et couramment anglais te donnait un gros avantage.

Quatre mois après son arrivée, alors qu'il venait juste de débuter sa relation avec Adela et était sur le point d'aller voir Agustín Casamayor pour lui proposer d'être entraîneur adjoint des Tigres de Hialeah, Marcos était déjà devenu associé commercial de Gros Nez. Son ascension avait été fulgurante et avait commencé à se forger quand il avait demandé à son employeur de le laisser parler, lui, avec ses fournisseurs nord-américains ; grâce au seul fait de leur parler dans leur langue de quelque chose qu'en plus, grâce à ses études, il connaissait mieux qu'Alipio, il avait obtenu entre dix et quinze pour cent de réduction sur les prix de nombreuses pièces détachées. Et il avait même, à la surprise du mécanicien, commencé à acheter des pièces sur Internet pour vingt pour cent moins cher que dans un établissement traditionnel.

C'était peu après qu'il était devenu indispensable, le jour où il avait sauvé les ordinateurs du propriétaire du garage d'un virus qui menaçait de dévorer tous les fichiers techniques, administratifs et financiers, tout ça parce que, pour économiser cinq cents dollars, le mécanicien avait acheté à un Dominicain une copie pirate d'un nouveau logiciel d'évaluation du fonctionnement des boîtes de vitesses des camions grues GM. Alors que Gros Nez, au bord de la crise cardiaque, avait déjà embarqué l'unité centrale pour l'amener chez un copain technicien, Marcos lui avait demandé de le laisser essayer. En s'aidant de l'ordinateur portable de la femme du mécanicien, le jeune homme avait sauvé les fichiers, désinfecté la machine et, au passage, téléchargé sur un site équatorien recommandé par un autre copain ingénieur basé à Stockholm (qui lui avait fourni un mot de passe piraté) le même logiciel que son patron avait acheté vérolé... Une semaine plus tard, il était passé du statut de nettoie-toute-la-merde-et-porte-tout-ce-qui-est-lourd à celui de responsable de la comptabilité, des achats et même de la révision technique des embrayages et de la supervision des tâches logistiques et informatiques que l'habile mécano était incapable d'effectuer de façon simple et efficace... il suffisait de savoir s'y prendre. Et, dès lors, c'était un Hondurien récemment arrivé et sans-papiers qui avait repris le boulot de nettoie-toute-la-merde-et-porte-tout-ce-qui-est-lourd, payé huit dollars de l'heure, tandis que lui-même commençait à en gagner vingt-cinq tout en percevant un petit pourcentage sur les bénéfices en augmentation du garage. Son patron l'aimait bien, mais il ne fallait pas exagérer.

Le jeune ingénieur était si évidemment doué que Gros Nez n'avait guère hésité à mettre les fonds de départ pour le projet que Marcos, après sa fulgurante ascension professionnelle, lui avait proposé. En collaboration avec un autre de ses camarades de fac, qui, lui, vivait à Moscou, Marcos se lança dans l'importation depuis la Russie de pièces détachées pour Lada, Moskvitch, et pour des marques de motos allemandes et soviétiques, des pièces vendues au détail ou en gros dans le magasin, entièrement rénové, du garage de Gros Nez, afin d'être réexportées et revendues à Cuba. Pour faciliter la traversée du détroit de Floride des pièces les plus encombrantes, Marcos s'associa avec un ex-indic de la police cubaine, le Gordo Téllez, personnage plus douteux et sale que l'immonde pissotière de la gare de Manzanillo, qui avait monté une agence d'envois à destination de l'île, grâce aux vieilles relations nouées à l'époque où il était gardien de prison, ce qui n'avait pas empêché, ou peut-être avait précipité, son départ de Cuba en catastrophe.

Six mois après, l'affaire était sur les rails et élargissait son offre avec la vente de pièces détachées pour voitures américaines des années 1950 (également en vue de leur réexportation à Cuba), Marcos gagnait en moyenne trois mille dollars par mois et la première manifestation concrète de son ascension sociale fut l'abandon de l'infect appartement du Hialeah Club Villas où, une fois par semaine au moins, pour des raisons diverses (bagarres, drogue, musique à fond), la police débarquait.

Marcos loua un appartement plus vaste et confortable avec air conditionné au 1708 West 17th Avenue. Dès qu'il le reçut de Cuba, il accrocha bien en vue sur le mur du salon son diplôme d'ingénieur mécanicien, certifié par le ministère de l'Éducation de la république de Cuba, et deux mois plus tard il s'occupait de déménager depuis Miami – la porte à côté – d'abord les affaires d'Adela puis Adela elle-même ; Adela, cette fille qui n'était ni cubaine, ni argentine, ni de Miami, et parfois même pas de New York… la jeune femme dont cette tête brûlée de Marquitos le Lynx – ou Mandrake le Magicien –, parce qu'elle le mettait à l'aise, qu'il se sentait protégé et dans les dispositions requises pour provoquer (ou donner, ou susciter ?) de la tendresse, était aussi tombé amoureux.

Passé le choc hormonal du 18 août 2014, Adela et Marcos commencèrent à faire l'amour comme des désespérés. N'importe où, à n'importe quelle heure, dans n'importe quelle position. Le lieu préféré de leurs ébats était la chambre du petit mais très accueillant appartement d'Adela, dans l'immeuble de Coconut Grove, qui disposait en outre de larges baies vitrées au travers desquelles on voyait une partie de la ville et, au fond, le port, la mer et même, vers l'infini et avec de l'imagination, les côtes et les plages de Cuba, que Marcos décrivait à sa fiancée comme la matérialisation du paradis terrestre perdu. De cet étage élevé, les amants se sentaient flotter au-dessus du monde et retrouvaient toujours des forces, des désirs, des fluides à échanger. Ce fut là qu'ils commencèrent à soupçonner que, s'ils avaient parcouru dans leurs vies les chemins les plus tortueux et les plus rocambolesques, c'était seulement dans le but de se croiser, car l'histoire et le destin avaient voulu qu'ils se rencontrent, qu'ils s'aiment et que, sans qu'ils le sachent encore, ils referment une boucle du destin le plus improbable qu'ils auraient jamais pu imaginer. Un autre choc qu'Adela n'allait pas tarder à encaisser.

Quatre mois après le début de ce déchaînement amoureux, la banque à laquelle Adela devait presque un tiers du prêt pour ses études lui fit part de sa préoccupation suite à certains retards dans le paiement de ses mensualités. En 2007, avant l'explosion de la crise financière, la jeune femme avait obtenu un généreux crédit à faible intérêt pour payer le complément des frais d'inscription et du coût de la vie étudiante, avec de nombreux avantages assortis. La même banque lui signalait à présent l'état déplorable de ses finances, et un conseiller financier qu'elle voyait pour la première fois avait insinué que sa piètre situation avait peut-être un lien avec le prix du loyer de son appartement situé dans l'un des meilleurs quartiers de la ville.

La très grossière intrusion de cet obscur cerveau financier dans sa vie privée lui sembla une véritable agression : Adela se sentait traquée et sinistrement contrôlée dans les faits et gestes de sa vie quotidienne. Débarqué de Cuba et les méandres du monde bancaire lui échappant largement, Marcos proposa à sa fiancée une solution simple : aller voir ce connard d'enculé de pédé de conseiller financier pour lui botter le cul. Après avoir copieusement insulté sa putain de mère. En anglais, en espagnol et même en sumérien.

Quand ils analysèrent plus froidement la situation, Marcos lui proposa sans détour de rendre les clés de son appartement et de venir habiter avec lui à Hialeah, où les loyers étaient beaucoup plus accessibles, où il avait son boulot et où il se sentait particulièrement à son aise. La jeune femme, éduquée selon des codes au fond plus nord-américains que latinos, n'aurait pas osé lui proposer cette solution, ni non plus l'inverse, le déménagement de son fiancé à Coconut Grove pour partager les frais, et elle avait beaucoup réfléchi avant d'accepter d'aller vivre avec Marcos. Ce n'était pas, loin de là, la pire option, se répéta-t-elle jusqu'à s'en persuader, et elle eut le sentiment de retrouver une part de liberté tout en ayant son amant auprès d'elle toutes les nuits de tous les jours.

Quand elle fit part de sa décision, sa copine métisse Yohandra fut la première à lui demander si elle était devenue folle : quitter un appartement à Coconut Grove pour la crasse de Hialeah ? Mais en même temps, ignorant les problèmes économiques d'Adela, elle attribua cette décision à une fatalité plus forte qu'elle : quand on tombe amoureuse, on devient conne et on est capable de n'importe quoi, même d'aller vivre à Hialeah ! La réaction de sa mère, comme il fallait s'y attendre, fut beaucoup plus brutale :

– Continue à t'enfoncer, Cosi, toi, tu es en train de toucher le fond. Et en plus tu aimes ça, lui avait balancé Loreta, sans raccrocher, bien sûr. Cette phrase n'était que le début d'une avalanche de reproches qui pointaient tous dans la même direction : elle était en train de gâcher sa jeunesse et ses dons exceptionnels. – Cosi : l'obscur ne génère que de l'obscurité, lui avait-elle rappelé, en mode bouddhiste.

– Voyons, Loreta, avait supplié la jeune femme, qui ne voulait surtout pas rappeler à sa mère que, depuis qu'elle avait pris la décision d'aller faire ses études en Floride, Loreta avait coupé toute aide financière.

– Chérie, ta vie c'est ma vie. Mais rappelle-toi que tu es différente. Ta famille est différente. Nous sommes tous différents parce que nous sommes meilleurs.

– Arrête ces conneries, Loreta Fitzberg ! Quelle famille ? Meilleurs que qui ?

– OK, OK… Mais laisse-moi te dire quelque chose : quelqu'un comme toi, qui a eu la chance de ne pas connaître les comportements humains les plus sordides et n'a pas été victime de violences, n'a jamais eu faim, qui n'a eu dans sa vie que des contrariétés passagères comme celle que tu vis en ce moment, devrait comprendre qu'elle vaut mieux, que sa vie vaut mieux… Même si elle a décidé de faire des études de merde dans un endroit de merde…

Au fond, Adela savait que sa mère avait en grande partie raison. Mais ce dont elle avait besoin à ce moment-là, c'était d'un soutien, d'une approbation minimum pour ce tournant dans sa vie, qui en fait n'était qu'en partie lié à ses grosses difficultés économiques, à la passion amoureuse ou au fait que son destin immédiat était d'aller vivre dans un endroit aussi pourri que Hialeah. C'était l'addition de tous ces facteurs, dont elle ne pouvait soustraire aucun, qui rendait l'opération inquiétante.

Pour terminer le mieux possible son master, Adela avait accepté un boulot plutôt mal payé dans le département de la bibliothèque universitaire où se trouvaient les *Special Collections*, qui étaient justement celles qu'elle devait consulter pour sa recherche. Son sujet d'étude était centré sur une analyse socio-historique complexe de diverses correspondances et journaux intimes cubains du XIXe siècle (Martí, Carlos Manuel de Céspedes, le Père Varela, Domingo del Monte, José Antonio Saco et d'autres figures plus mineures), et les concepts de nation, de souveraineté et d'identité tels qu'ils étaient débattus à l'époque, tant sur le plan philosophique que pratique, dans le cadre de la fondation d'une patrie. Le champ de la recherche s'était élargi plus qu'elle ne le pensait, à un grand nombre de volumes imprimés mais aussi d'archives non publiées et son projet initial s'était révélé excessivement ambitieux. Mais il n'était pas question qu'elle recule devant un effort qui, elle en était sûre, la mènerait à la publication sous forme de livre d'une étude révélatrice et, sans aucun doute, à la possibilité de postuler à un poste d'enseignant à la fac, qui lui permettrait de réaliser son rêve. Et de solder ses dettes. Mais ça, c'était dans un futur idéal mais encore flou, alors que ce qui la tourmentait c'était le présent, très net, lui.

Le plus agaçant, peut-être, c'était qu'elle allait vivre pour la première fois de façon plus ou moins formelle avec un homme ; et aussi que c'était la première fois qu'elle se sentait amoureuse et, par conséquent, démunie ; la première fois que même son père lui avait dit que sa décision de déménager ne lui plaisait pas beaucoup et qu'il avait proposé de lui envoyer de l'argent, ce que la jeune femme, dans un accès de dignité, n'avait pas voulu accepter. La liberté, les ambitions et l'avenir ont un prix, non ? se disait-elle, et il fallait bien qu'elle en assume le prix. Elle serait docteur (futur), auteur d'un livre (futur) et femme de quelqu'un (présent).

Au moment du déménagement, Adela s'était résolue à raconter à Loreta l'histoire de sa relation avec Marcos, qu'elle avait seulement mentionné auparavant comme « un garçon cubain avec lequel je sors », tout en esquivant toute explication supplémentaire sur un sujet qui donnait de l'urticaire à sa génitrice et ne pouvait qu'engendrer reproches et disputes. Elle lui expliqua alors en détail qui était son fiancé, d'où il venait, à quel point elle était elle-même surprise de se sentir de plus en plus dépendante.

– D'accord, d'accord, je ne te dirai plus rien… J'ai un peu de mal, mais je crois que je te comprends… Il y a des gens qui ont un caractère faible, comme toi… Donc… si j'ai bien compris, tout cela est lié à la taille de la bite de ton fiancé cubain, c'est bien ça, Cosi ? – Le sarcasme était plus fort qu'elle et elle en avait ri. Loreta était, par moments, tout à fait capable de rire. Et Adela d'avoir envie de la tuer.

Ce fut au point culminant de cette confession cathartique de craintes, de ce combat verbal de plus en plus sanglant, qu'Adela mentionna le nom de Marcos Martínez. Loreta, qui avait gardé un silence inhabituel et presque respectueux tandis que sa fille énumérait ses arguments, lui demanda, en entendant le nom du jeune homme :

– Comment ? Tu peux me répéter son nom de famille ?

– Martínez… Marcos Martínez.

Le nouveau silence depuis l'autre bout du pays sembla à Adela plus étrange que le silence sans doute exaspéré qui avait précédé, pendant qu'elle expliquait à sa mère les différentes manifestations de sa faiblesse de femme amoureuse sur le point d'entamer une vie commune.

– Marcos Martínez, et quoi d'autre ? – La voix de Loreta était plus grave, le ton plus inquisiteur.

– Qu'est-ce que ça peut faire, Loreta ?

Nouveau silence. Nouveau soupir téléphonique maternel.

– Rien, rien… C'est juste pour savoir… Des Martínez, il y en a beaucoup… Martínez comment ?

– Martínez Chaple, précisa Adela.

– Mais ça va pas, Adela Fitzberg ! lança Loreta, et la jeune femme sentit que quelque chose de bizarre venait de se passer.

– Qu'est-ce qui cloche, Loreta ?

– Comment ça, qu'est-ce qui cloche ? Tout cloche… Tu t'entiches d'un immigré cubain débarqué d'un radeau, mort de faim, sans métier et sans le sou, les ongles pleins de gras…

– Tu ne vas pas recommencer ? Je t'ai dit qu'il n'était pas débarqué d'un radeau, mais ça, on s'en fiche. Et qu'il est ingénieur, informaticien ou presque… qu'il gagne bien sa vie… Il exporte des choses à Cuba et… c'est ça qui te gêne ?

Ce n'est pas un soupir qui se fit entendre au bout de la ligne mais un beuglement.

– *What ?...* Il vaut mieux que j'arrête de te parler…

– Mais dis-moi ce qui cloche avec mon mec.

Loreta lâcha un de ses meilleurs soupirs.

– Je ne sais pas quoi faire avec toi, Cosi, je ne sais pas quoi faire. J'ai besoin de réfléchir, de me détendre, de me détendre pour de bon. Je vais sortir Ringo. – Elle avait raccroché sans en dire plus.

Cette conversation avait laissé à Adela un drôle de goût : comme si elle avait mordu dans un fruit pourri. La réaction disproportionnée de sa mère lui semblait absurde, déplacée, excessive. Que Loreta ne veuille rien savoir de Cuba ni des Cubains relevait de son libre arbitre et elle pouvait le respecter, mais cela ne l'autorisait pas à critiquer de cette façon la décision d'Adela, qui avait passé l'âge de solliciter la bénédiction de ses parents pour prendre des décisions sur sa vie, à plus forte raison s'agissant de sa vie sentimentale. Mais pourquoi cette aversion, cette répulsion viscérale envers tout ce qui avait trait à son pays d'origine ? Loreta pensait-elle qu'Adela était tombée amoureuse d'un Cubain rien que pour l'embêter ? Et comment pouvait-elle être assez insensible pour la laisser au milieu d'une phrase sans lui manifester le moindre soutien, sans un signe de compréhension ? L'intraitable réaction maternelle ne suscitait en elle que du rejet et une tristesse envahissante qui l'empêchèrent de creuser les raisons de l'attitude de Loreta Fitzberg.

C'est le lendemain de cet échange qu'Adela reçut ce qui, durant seize mois, allait être le dernier appel de sa mère jusqu'à cette matinée du printemps 2016 où elle lui dirait que Ringo était au plus mal.

– Je t'appelle pour te dire un truc, Cosi, avait commencé Loreta. Je vais te parler en espagnol parce que je tiens à être précise. Je veux juste que tu m'écoutes, sans poser aucune question… Tu sais que la vie est très compliquée. Tu as eu une vie facile, tu as pu en faire ce que tu as voulu et, pour être franche, je t'envie pour ça. Nous n'avons pas tous autant de chance. Moi, je n'en ai pas eu autant. Il y a des circonstances qui déterminent tout un tas de choses de la vie, sans te demander ta permission. Il y a des événements qui changent tout. On agit parfois dans un sens et c'est le contraire qui arrive…

– Mais de quoi tu parles, Loreta ? – Adela osa l'interrompre. – Encore tes histoires de karma et d'obscurité ?

– Je te parle de moi. Oui, de mon karma… de ma vie de merde et des choix que j'ai dû faire. De mes fautes et de mes péchés, certains très gros… Et si je dis ça, c'est parce que j'ai besoin que tu saches quelque chose que tu as peut-être oublié ou que je ne suis pas arrivée à te montrer : tu es la personne la plus importante de ma vie et je serais capable de faire n'importe quoi pour te rendre heureuse. J'ai fait des choses que tu n'imagines même pas.

– Tu me fais peur.

– *Sorry*… Désolée. Mais j'en viens aux faits : hier, j'ai parlé à ton père et il a bien été obligé de me parler de tes problèmes de fric… Tu as besoin de combien pour te remettre à flot et ne pas aller vivre avec ce type ?

Adela sentit le sang lui monter au visage. Bruno Fitzberg n'aurait pas dû parler à Loreta de ses problèmes d'argent.

– Un paquet de fric. Mais ne t'en fais pas, je vais régler ça toute seule.

– Mais je peux t'aider, moi, Cosi. Si besoin, je peux braquer une banque, ou une diligence… Sérieusement, tu sais qu'ici je gagne bien ma vie et que je ne dépense presque rien.

– Je te remercie, mais c'est non… Pour tout un tas de raisons. Laisse-moi vivre ma vie, Loreta. Comme toi, tu as vécu la tienne !

Sa mère resta silencieuse un moment. Adela attendait l'explosion et elle fut presque soulagée de l'entendre dire :

– OK, Cosi, vis ta vie comme tu voudras. Je suis la personne la moins indiquée au monde pour te reprocher quoi que ce soit… Bonne chance et sois heureuse quoi qu'il arrive, ma fille. Je t'aime plus que tout ce que tu peux imaginer, dit-elle avant de raccrocher.

Adela sentit l'habituel nœud dans la gorge. Que s'était-il passé ? Sa mère était-elle devenue folle ou son « conseiller spirituel sur les chemins » du bouddhisme avait-il fait d'elle une autre personne ? Fautes et péchés ? Et cette déclaration d'amour pour couronner les injures qui avaient précédé ? Sans plus réfléchir, elle appuya sur la touche de rappel et entendit la voix métallique l'avertir que le téléphone était éteint et qu'elle pouvait laisser un message sur la boîte vocale. Adela faillit raccrocher, mais quelque chose l'en empêcha.

– Loreta Fitzberg, moi aussi je t'aime… Mais je t'assure, maman, des fois c'est difficile de t'aimer.

Les premiers mois de sa relation avec Marcos, Adela était allée de surprise en surprise. Tout ce qu'elle avait étudié et digéré à propos de Cuba, les expériences qu'elle avait eues, ses lectures depuis son entrée à la fac et, bien sûr, son séjour d'études de dix jours sur l'île en 2010 n'étaient pratiquement d'aucune utilité dans la vie quotidienne. L'irruption dans sa vie d'un amant cubain engendra un cortège de situations et de découvertes qui la déroutèrent complètement. Et, de ce point de vue, le déménagement à Hialeah fonctionna comme un cours supérieur de formation intensive dans une matière presque ésotérique, une confrontation charnelle avec un entourage qui lui révéla la profondeur de son ignorance.

Installée avec Marcos, allant faire les courses une fois par semaine et un footing chaque fois qu'elle le pouvait, accompagnant parfois son fiancé dans son travail ou pour rendre visite à d'anciens ou nouveaux amis et parfois au base-ball le dimanche pour un match des Tigres, Adela commença par constater que le rapport viscéral de son amant avec ses habitudes et sa culture d'origine semblait imperméable au territoire où il vivait à présent, même s'il s'agissait de Hialeah. Pourquoi une personne quitte-t-elle ainsi son pays ? Pourquoi quelqu'un s'éloigne-t-il de son pays sans en sortir ? (Bien sûr, c'est vrai, Heredia, Martí, Saco, Varela, Cirilo Villaverde, tous avaient vécu en exil, beaucoup étaient morts dans la diaspora, tous poursuivis par l'appartenance indélébile, comme le révélaient la correspondance et les journaux sur lesquels elle travaillait.) Pour avoir vécu parmi des émigrés, Adela savait que personne ne quitte l'endroit où il est heureux, à moins d'y être forcé – et c'est alors en général qu'il perd le fragile état de bonheur. Elle était persuadée que Loreta et Bruno avaient abandonné leurs pays parce qu'ils n'y étaient pas heureux et que, pour cette raison, ils avaient mis en pratique leurs renoncements, de façon radicale chez Loreta et de façon plus dramatique dans le cas de Bruno. Et elle pouvait comprendre leurs réactions. Mais Marcos, lui, et d'autres parmi ses compatriotes, surtout ceux de sa génération, ne rentraient le plus souvent pas dans ces schémas si logiques en apparence.

D'après ce qu'Adela savait – et elle en savait déjà beaucoup –, Marcos n'avait pas d'idées politiques radicales au point d'être obligé d'opter pour l'exil, et n'avait pas non plus ressenti sur l'île la nécessité de changer de vie pour connaître un autre contexte culturel, ni décidé de bouger à la recherche de nouvelles expériences. Au contraire, malgré l'extrême précarité de ses conditions de vie, Marcos évoquait souvent son enfance et son adolescence dans le quartier de Fontanar avec nostalgie, et ses années étudiantes aussi, marquées par une soif de connaissance que, comme s'il s'agissait d'une aventure, lui et ses camarades essayaient d'assouvir parfois par des chemins détournés face à la difficulté d'accéder à de nombreuses informations dans un endroit où tout manquait, y compris l'information. Pourtant, dans les récits du jeune homme, les gens semblaient vivre des vies presque normales et lui-même évoquait les jours et les nuits de La Havane comme une fête permanente.

Dans un endroit où les gens vivaient les uns sur les autres et dans des conditions matérielles précaires, avec peu ou pas d'argent, Marcos occupait avec sa mère une maison de plusieurs pièces dont il décrivait la beauté avec fierté. Il avait même eu beaucoup d'argent à dépenser, si ce qu'il racontait sur ses plaisirs était vrai, fêtes, vêtements, motos et vacances sur des plages de rêve. Tout était si anormal que, à son travail officiel dans une entreprise de construction où il dirigeait l'atelier d'entretien, le jeune ingénieur se rendait au boulot tout au plus deux heures par jour, quand il y allait, et son chef était en plus l'un de ses camarades de bringues.

Adela écoutait et se sentait privée des outils qui lui auraient permis de bien comprendre le fonctionnement de ce mécanisme rudimentaire et singulier, les engrenages d'une société où ce qui n'était pas illégal était interdit, mais où les gens trouvaient des failles et se permettaient de voler (l'État) sans se considérer pour autant comme des délinquants, et vivaient mieux sans travailler qu'en travaillant.

Elle savait, par exemple, que grâce à un coup de chance, son fiancé était devenu un important fournisseur de fromage pour les restaurants et les pizzerias privés de La Havane : le fromage faisait l'objet d'une forte demande en ville et il avait trouvé le moyen d'y répondre, en organisant même une équipe d'achat et de distribution avec des ramifications à Camagüey (d'où il était transporté caché dans les coffres à bagages difficilement accessibles d'autobus interprovinciaux) et La Havane, où il était consommé. Mais en même temps elle ne comprenait pas qu'il soit nécessaire de monter un réseau de contrebande de fromage comme s'il s'était agi de cocaïne. Et elle comprenait encore moins pourquoi Marcos avait décidé de quitter Cuba et avait même tenté la toujours dangereuse traversée du détroit de Floride, où plusieurs milliers de Cubains, sans que l'on ait le chiffre exact, avaient disparu dans les fonds marins.

La mauvaise humeur qui ne l'avait pas quittée de la journée, aggravée par la conversation avec sa mère, l'image de Ringo et de la seringue métallique, la lassitude physique provoquée par l'arrivée de ses règles, tout cela était si lourd à porter qu'elle avait allumé en solo un joint, et ensuite, comme s'il s'agissait d'une urgence, elle avait senti qu'il fallait absolument que Marcos lui révèle quelque chose qu'il lui avait caché pendant plusieurs mois, derrière ses récits de pénuries, d'horizon bouché, d'ennui, de risques financiers, commerciaux, judiciaires, d'envie d'avoir une voiture, une maison à lui. Des justifications tout à fait banales qui, venant d'un homme tel que son fiancé, lui avaient toujours paru incomplètes. Ce soir, parce qu'elle avait besoin de mettre de l'ordre dans ses pensées, elle exigerait la vérité.

Quand Marcos l'avait surprise, encore baignée d'effluves de marihuana, Adela n'avait pas trouvé d'autre issue que d'opposer un sourire à ses reproches.

– C'est bon, lui avait alors dit Marcos, une fois par an ça ne fait pas de mal. Mais ne fais plus jamais la fête sans moi, ma jolie, ajouta-t-il en se penchant pour l'embrasser tout en glissant une main sous son tee-shirt pour lui pincer le bout du sein qui, malgré la douleur, se redressa sous le contact.

– Ne profite pas de ma faiblesse, protesta-t-elle, quand elle put retrouver l'usage de sa langue.

Marcos sourit tout en portant la main à son entrejambe gonflé et lui lança un regard interrogateur.

– Pas aujourd'hui… pas maintenant, dit-elle d'un ton presque suppliant. Palmetto m'a achevée… et j'ai… et, en plus, tu pues… Il faudrait vraiment que tu laves ce maillot.

Marcos hocha la tête et alla s'asseoir sur le banc de l'autre côté de la table de la terrasse, un meuble que le jeune homme avait récupéré à la poubelle et avait remis en état avec deux vis et une couche de peinture. Il se releva aussitôt, en portant la main à sa tempe, et entra dans la maison pour revenir avec deux bouteilles de bière. Il buvait déjà la sienne quand il tendit la bouteille à Adela.

– Moi aussi, je suis crevé, avoua-t-il tout en ôtant son maillot d'entraînement crasseux et en le posant sur le dossier de son siège. En plus, à cause de l'orage, on n'a même pas pu s'entraîner. On était à peine sur le terrain, que paf, cette pluie de merde… Et dimanche on joue contre ces connards de Maristes, qui se croient meilleurs… Je suis retourné au garage et j'y suis resté jusqu'à maintenant.

– Moi, aujourd'hui, j'ai réfléchi à pas mal de trucs. Et un de ces trucs, c'est que tu ne m'as jamais dit vraiment pourquoi tu avais quitté Cuba.

– Mais je te l'ai raconté mille fois, chérie.

– Non, tu m'as dit des trucs… mais pas ta vraie raison… Vous, les Cubains, toi, ma mère, Yohandra, vous n'arrêtez pas de parler mais vous ne dites jamais tout…

Marcos la regarda dans les yeux, but une longue gorgée de bière et reposa la bouteille sur la table. Il ébouriffa ses cheveux, comme pour enlever quelque chose de son crâne.

– À Cuba, personne ne dit tout. Personne… Et ça tu l'apprends dès la naissance… Tu veux toute la vérité ? OK… Je vais te la dire… de toute façon… La vérité, c'est que ça allait nous exploser à la gueule… on avait été trop loin dans le business.

– De quel business tu me parles ? Du fromage ?

Il secoua la tête.

– Des business dans l'entreprise où je travaillais. Je t'en ai déjà parlé… Là-bas on volait et on revendait de tout : des matériaux de construction, de l'essence, des pièces de rechange pour camions, du bois, des cuvettes de chiottes… n'importe quoi, ce qu'il y avait. C'était comme ça avant que j'arrive, depuis des années… c'est des choses normales, je n'avais pas besoin de t'en parler. Il y avait des entreprises qui nous envoyaient plus de marchandise que celle qui était facturée. D'autres qui n'envoyaient rien, mais c'était quand même facturé. On avait plusieurs intermédiaires auxquels on livrait ce qui les intéressait et eux, ils fournissaient des gens organisés en brigades de construction ou en ateliers, je ne sais pas exactement... L'essence était vendue à des types qui la revendaient à d'autres qui avaient des camions ou des taxis... L'argent tombait du ciel. Comme s'il coulait d'un tuyau... Une folie. Tout le monde volait tellement que ça ne pouvait pas durer, et j'avais tout le temps la trouille, même si je continuais à prendre ce qui me revenait et que j'en profitais bien. Le Colorao, mon chef, lui, je t'en ai parlé, il avait deux maîtresses, chacune dans une maison, et les deux fils qu'il avait avec son épouse officielle, il leur avait acheté des voitures récentes qui coûtaient je ne sais pas combien... C'était n'importe quoi... Bien sûr, il graissait la patte des inspecteurs, de ses chefs, des flics... Comme on dit à Cuba : quand un requin se baigne, il éclabousse.

– Je ne comprends pas, comment c'est possible ? l'interrompit Adela.

– N'essaye pas de comprendre. C'est comme ça, un point c'est tout. Ça a toujours été comme ça. Comment tu crois que les gens font pour vivre là-bas ? – Il indiqua la direction supposée être celle de là-bas. – Mais moi j'ai du flair... L'atmosphère était en train de changer et... Bon, même si mon nom n'apparaissait sur aucun papier et que mon rôle, c'était de regarder ailleurs avant de tendre la main pour prendre ma part, j'ai senti que ça allait péter et qu'il fallait que je me tire le plus vite possible. J'y ai pas réfléchi à deux fois et, quand il y a eu l'opportunité du départ avec le père de ce copain, j'ai payé ma place : dix mille dollars, presque tout ce que j'avais. Tu sais ce que c'est d'avoir dix mille dollars à Cuba ?... C'est comme dix millions ici !... Imagine, je gagnais quarante dollars par mois... Mais, même avec tout ce que je dépensais, je les avais… Sauf que le voyage a mal tourné, ça tu le sais déjà. Du fric jeté à la mer… Ils m'ont ramené à Cuba et, le lendemain, je cherchais un nouveau moyen de partir et Dieu m'a lancé une corde : Maikel m'a appelé pour me proposer le coup de l'Italie.

– Et tu étais recherché par la police ?

– Non, pas encore, mais ça pouvait éclater à tout moment, comme ça a fini par éclater.

– Vraiment j'y comprends à peu près rien, mais surtout maintenant je ne comprends pas pourquoi tu n'es pas resté en Italie, comme les autres qui étaient du voyage, et tu as pris le risque de rentrer à Cuba. Et si on t'y avait attendu ?… Tu ne pouvais pas rester là-bas et après, je ne sais pas, aller en Espagne chez ton père ou en France chez ton frère ?

– J'aurais pu, mais… renoncer à faire du tourisme pendant dix jours en Italie ? Non, surtout pas… Et vivre en Espagne avec mon père ou à Toulouse avec mon frère ? Encore moins, et en plus avec la justice, la mafia et le loup-garou à mes trousses… Mon frère est un maniaque de l'ordre. Et mon père est complètement chtarbé : depuis qu'il a quitté le pays, il n'arrête pas de chanter les louanges de la lutte des classes et du socialisme du XXIe siècle ou de ce qu'on voudra, mais avec une maison en ville et une autre à la plage et une grosse femme qui se prétend de gauche. Imagine, quand j'étais à Cuba, Montse – elle s'appelle Montse –, m'expliquait depuis Barcelone que nous devions résister et vaincre… mais mon frère Ramsés m'a raconté qu'elle met une tunique japonaise et des chaussures italiennes pour chanter *L'Internationale* avec un foulard jaune Dolce & Gabbana autour du cou. Tu y comprends quelque chose ?

– Non… sauf que tu as pris le risque de rentrer à Cuba.

– Il fallait bien que je change de valise, tu ne crois pas ? Et me voilà, *baby*… Quelque chose me disait qu'aux States, tu m'attendais…

Malgré son trouble, Adela ne put s'empêcher de sourire.

– Et il y a eu une suite ?

– Il y a eu. J'étais pas là depuis deux mois que le Colorao a fait la connerie de trop et qu'ils ont découvert le pot aux roses. Il paraît que mon nom n'est pas dans le dossier, mais j'ai du mal à y croire… Mais le Colorao en a pris plein la gueule, même s'il avait fait un gros ménage avant de se faire choper. Il s'est pris trois ans de taule et on lui a confisqué jusqu'à ses chaussettes, même si je suis sûr qu'il lui reste un paquet de fric planqué quelque part… Désolé pour toi mais, comme tu peux l'imaginer, quand j'aurai un passeport pour voyager, je ne peux pas prendre le risque de retourner à Cuba. C'est comme ça, ma belle : pas de retour pour Johnny. Je suis condamné à l'exil éternel. Mais nous aurons toujours Paris… ou Casablanca… et Hialeah.

Adela s'était mise au lit. Avec, à côté d'elle, le roman de Paul Auster qu'elle avait commencé à lire, même si elle se sentait vide. De là où elle était, elle pouvait apercevoir, par la porte ouverte de la salle de bains et la vitre de la douche, le corps nu de Marcos sous le jet d'eau. Elle attendait le moment où il allait se rincer les parties génitales qu'il frottait à deux mains avec des litres d'eau. Sa mère n'avait pas entièrement tort : elle était aussi amoureuse du membre fibreux de son amant, d'une longueur et d'une grosseur considérables, couronné par un gland qui, certains jours, lui faisait penser à un bouton de rose et, d'autres, à une fraise.

Tout en se frottant avec la serviette – il prenait aussi son temps pour se sécher l'entrejambe –, Marcos lui adressa la parole.

– Écoute, ma belle, vu ton état aujourd'hui, c'est moi qui fais à manger… De quoi tu as envie ?

Adela regrettait d'avoir ses règles. La nudité de son fiancé et les effluves de marihuana lui avaient fait oublier ses troubles physiques et elle sentait dans son vagin un surcroît d'humidité, surexcitée par ses hormones de femme fertile. Mais elle savait que Marcos était réticent quand elle avait ses règles et elle essaya de réfréner ses désirs.

– Je ne sais pas, un truc léger… vu mon état…

– Un truc léger ? demanda-t-il, comme s'il était en train de réfléchir tout en enfilant son slip avant de se mettre du déodorant, de peigner ses mèches rebelles, tout en répétant à voix basse la question, de remettre sa chaîne en or avec la médaille de la Vierge de la Caridad, de s'asperger d'eau de Cologne et enfin de mettre son bermuda qu'il avait accroché à la porte de la salle de bains et d'entrer dans la chambre. Je m'en occupe. Prends ta douche et repose-toi un moment.

– Merci… tu m'embrasses ?

Marcos s'approcha du lit pour l'embrasser sur les lèvres.

– Ne t'excite pas… il faut que je prépare à manger…

– Tu sens bon…

– Et tu ne m'as pas goûté… question saveur, c'est le top, dit-il avec un petit sourire. Écoute, ma belle, pas besoin d'avoir trop peur à cause de ce que je viens de te raconter… Comme je te l'ai dit, il y a un million de gens qui vivent comme je vivais à Cuba, de la débrouille. Certains gagnent plein de fric, d'autres survivent, mais toujours en se débrouillant… Les gens de mon âge ont grandi à une époque où il n'y avait rien et se sont habitués à ne croire à rien. Sauf aux moyens de survivre. Bon, il y a de tout, d'accord, et même des militants de la vieille école, mais la majorité… la majorité ne se rappelle pas qu'il y a eu un mur à Berlin et que les Soviétiques étaient nos frères. La politique ne les intéresse pas et ils ne gobent pas les histoires d'avenir meilleur racontées par les politiques, ils ne les écoutent même pas, et cet avenir meilleur, ils le cherchent par eux-mêmes, comme ils peuvent… Ceux qui restent à Cuba continuent à se débrouiller, et nous, on est partis, et on est nombreux à être partis. Et il y en a tout un tas d'autres qui continuent à partir. Tu sais combien de joueurs de base-ball comme le Duque se sont tirés de là-bas, ces deux ou trois dernières années ? Combien d'ingénieurs comme moi ?

Adela hocha la tête. Elle ignorait le nombre. Elle savait juste qu'il y en avait eu beaucoup.

– Pourquoi tu me dis ça ? T'étais pas obligé…

– Si tu lis le roman, il faut que tu ailles jusqu'à la fin. Et tout est bien qui finit bien…

Sur le fauteuil qu'ils avaient mis dans la chambre, Marcos prit un tee-shirt sans manches et chercha du pied sous le siège les sandales imitation Birkenstock. Il prit sur le meuble de la salle à manger les clés de son pick-up Chevrolet de 2014, son portable et son portefeuille, et en sortant décrocha du portemanteau qu'il avait lui-même vissé derrière la porte sa casquette « pour sortir ». Elle était d'un bleu intense, avec sur le devant un I gothique blanc : la casquette des Industriales de La Havane, son club. Restèrent accrochés son panama et la casquette « de la chance » d'un bleu plus sombre, un peu délavé, ornée du N et du Y blancs des Yankees de New York : la casquette que, bien des années auparavant, oncle Horacio lui avait offerte lors d'une visite à Cuba et qui ne l'avait pas quitté pendant le périple jusqu'au sud de la Floride.

Le petit restaurant de Santa était situé à l'angle de la 12th Avenue et de la 68th Street, face à la dernière enseigne survivante des Morro Castle qui, durant des années, avaient inondé Hialeah de frites cubaines. Marcos avait découvert l'endroit sur les conseils d'Alipio le Gros Nez et, depuis lors, l'établissement était son endroit préféré pour acheter des plats maison, tout frais et typiquement cubains. Le menu d'El Pilón était basique, fiable et abondant : toujours du riz blanc aux haricots noirs ; deux sortes de potages aux haricots et, deux fois par semaine, une impressionnante soupe de plat de côtes ; plusieurs sortes de viande, depuis l'escalope de veau aux fritons (les fritons les plus tendres et juteux du quartier, qui devaient leur réputation à un éleveur de porcs de Homestead qui les nourrissait à la cubaine, donc de la meilleure façon au monde) en passant par le bifteck sauté, la viande séchée, la queue de bœuf en ragoût et le hachis aux olives, raisins secs et câpres ; un poisson plutôt à éviter et du poulet grillé ou frit ; des tubercules bouillis ou frits (manioc, pommes de terre, malanga, patates douces) et des salades où il y avait toujours de l'avocat. Les desserts, tout aussi classiques : goyave confite, noix de coco râpée, pudding et flan aux œufs. La clientèle aussi était simple et fidèle, cubaine à quatre-vingt-dix pour cent, avec parmi eux des gratteurs professionnels de tickets de loterie, des personnes âgées qui n'avaient pas envie de faire la cuisine, des employés des commerces alentour – plus nombreux à l'heure du déjeuner, quand Marcos et Gros Nez y allaient, surtout si c'était le jour de la soupe de plat de côtes.

L'endroit était toujours fréquenté par des vieux amis des années cubaines de Santa et de son mari Tito, une grosse bedaine avec une figure de pingouin qui, quand il n'était pas bourré ou en train de gratter des tickets de loterie avec ses potes, tenait la caisse et recevait les fournisseurs qui pouvaient débarquer avec des produits insolites ; huîtres fraîches, boîtes de cigares arrivées de Cuba, bidons d'huile d'olive grecque ou *turrón* espagnol en plein mois d'août.

En attendant que sa commande soit prête, Marcos but une Heineken en discutant avec Tito qui, ce jour-là, était en compagnie de ses copains le Bigleux et Mongo (déjà perdus dans les brumes de l'alcool). Tito était en train de parler de sa décision de vendre le commerce, trop d'esclavage, je te jure, et de son désir d'acheter un yacht et d'aller vivre à Key West. Marcos, qui savait que Tito parlait depuis vingt ans de vendre le commerce, de s'acheter des yachts et des maisons et de déménager à Key West, Palm Beach et même en Californie sans que jamais rien ne se passe, lui demanda s'il ne vaudrait pas mieux qu'il vende et rentre sur l'île pour y ouvrir un commerce du même genre, et aller passer ses vacances à

Key West. À Cuba ? Ça va pas ? protestait toujours Tito, quel que fût son niveau d'alcoolisation. Avec les cocos, tu peux jamais être sûr : ils cherchent qu'à te baiser. C'est pour ça, je te jure, que Cuba est dans cet état, disait-il, et Marcos riait.

De retour à la maison avec des récipients en plastique contenant le repas, Marcos trouva la table mise et Adela en train de préparer une limonade avec de la glace et du sucre brun (ni le café ni la limonade ne se boivent avec des sucrettes, de la stévia ni aucune de ces inventions : rien que du sucre brun, avait insisté Marcos). Tout en répartissant la nourriture dans des plats et des assiettes, le jeune homme se sentit envahi par une profonde sensation de bien-être, sa nouvelle vie était là, à mi-chemin de beaucoup de choses, encore en phase de construction et peut-être encombrée de trop de rêves ; les enfants qui viendraient ; le besoin de plus d'argent pour changer la voiture d'Adela, commencer à rembourser le prêt d'une maison à eux (mais pas à Hialeah) ; le doctorat de la jeune femme et le prêt pour ses études qu'il faudra bien solder un jour ; le rêve toujours possible de retourner à Cuba passer quelques jours avec sa mère et le pauvre Bernardo, qui était maintenant bien malade, ou de faire un voyage en Italie avec sa fiancée pour lui montrer les endroits qu'ils avaient visités et d'autres qu'il avait envie de connaître ; peut-être essayer d'obtenir l'équivalence de son diplôme d'ingénieur, comme Adela le lui demandait. Non, cette vie n'était vraiment pas mal, se dit-il à cet instant, et il avait l'impression de flotter sur un épais nuage de tendresse compacte, tout proche de la perfection.

Il ne fut donc pas surpris par l'impulsion qui le conduisit dans la cuisine où il s'approcha d'Adela qui était devant l'évier pour la prendre par les hanches et l'embrasser sur la nuque, et se soûler du parfum du savon, du shampoing, de l'après-shampoing qui décuplaient son parfum de femme. Sa femme. Ici, à Hialeah, d'où tant de gens avaient envie de s'enfuir et où tant de gens avaient trouvé leur place dans le monde, où tant de gens s'acharnaient à vivre comme en exil et à ressasser des haines et des regrets qui les enchaînaient au passé et où beaucoup d'autres profitaient de l'existence – comme ils le pouvaient, certains plus que d'autres –, oui, c'était ici que Marcos avait découvert un espace qui lui appartenait et une fente par où scruter l'avenir.

Avant de s'asseoir à table, le jeune homme mit son disque et sa chanson préférés, presque son hymne de guerre : « Siempre Happy ».

Il restait une demi-heure avant le début de l'épisode de la série *Better Call Saul* et Adela s'installa dans son fauteuil préféré et ouvrit le roman de Paul Auster. Marcos alla chercher son ordinateur dans la chambre et le posa sur un torchon plié qu'elle tenait à mettre sous l'appareil pour éviter de rayer la table de la salle à manger, déjà débarrassée, qui n'avait pour seule décoration qu'un vase rempli de roses noires séchées et de branchages sombres repêchés dans la mer, une idée d'Adela. Il alluma l'ordinateur et cliqua directement sur Facebook où il découvrit une demande d'amitié de la part de Clara Chaple. Le jeune homme sourit et décida de ne pas interrompre la lecture d'Adela, éperdument amoureuse du bienheureux Paul Auster et de son monde de Brooklyn. Marco accepta aussitôt la demande de sa mère et accéda à son profil public. Il affichait une photo de groupe et, rien qu'en la voyant, Marcos fut incapable de se retenir.

– Putain, c'est trop bien !… Viens voir, Adela, viens voir !

Quinze jours plus tôt, Marcos avait lancé la procédure qui lui permettait ce soir d'avoir accès au compte Facebook de sa mère. Comme tout ce qui avait trait à Cuba, cela avait entraîné des démarches comportant plus de complications et de conditions que la normale. Parmi les choses que Marcos n'avait pas voulu vendre pour se payer le voyage en Italie et le départ via Mexico figurait son ordinateur, car c'est grâce à lui que sa mère restait en contact par mail avec Ramsés, son fils qui habitait Toulouse, et avec des amis comme Irving, à Madrid, et Horacio, à San Juan. Les appels téléphoniques à Cuba pouvaient se révéler les plus chers au monde et l'alternative des e-mails leur permettait en plus d'envoyer des photos en pièces jointes, en basse définition uniquement, seul format digérable par les serveurs cubains constipés. Mais Marcos avait insisté pour élargir les modes de communication entre les fils et leur mère. Pour cela, il avait décidé de lui créer un compte Facebook pendant qu'elle-même, à Cuba, ouvrait la boîte mail – payée en devises avec de l'argent presque toujours envoyé par Marcos, quelquefois par Ramsés – qui devait lui permettre, pour peu qu'elle se rende dans l'un des lieux dans la ville où avaient été installées des « zones wifi », de se connecter pour échanger des nouvelles, des photos, des commentaires entre tous les trois et d'autres personnes proches. Il pouvait même, si c'était vraiment indispensable, communiquer avec son père, Darío, dont les messages, sans doute imbibés de ses nouvelles obsessions politiques, pouvaient menacer l'accès de Clara à un réseau cubain soumis à un étroit contrôle.

Ce qui avait accéléré la détermination de Marcos, c'était la maladie de Bernardo, qui l'inquiétait beaucoup et dont il voulait être tenu au courant, et la récente ouverture de l'une de ces zones wifi dans son quartier de La Havane qui devait permettre à sa mère, grâce à son ordinateur portable et à la technologie, d'être plus proche de ses fils et de ses amis dispersés à travers le monde.

Depuis plusieurs soirs, Marcos allait sur Facebook avec l'espoir que sa mère ait mis la machine en route. Il savait que, comme presque tous les Cubains de sa génération, Clara était une diplômée universitaire aussi compétente que technologiquement analphabète, et Marcos avait insisté pour qu'elle demande de l'aide à Bernardo, de plus en plus mal en point, mais qui devait encore savoir comment préparer le terrain. Et le miracle avait fini par arriver… depuis la veille au soir, justement le seul jour où Marcos n'avait pas pris la peine de consulter ses messages sur Facebook.

Comme photo de couverture sur son compte, Clara avait mis une vue de la maison de Fontanar, et pour son premier post, une vieille photo de groupe à laquelle elle avait ajouté une légende : « Notre Clan avant la bourrasque. 21 janvier 1990. » Marcos se souvenait de ce cliché, qui, à une époque, avait été sur l'une des étagères de la maison de Fontanar, jusqu'à ce que, quelque temps après le départ de son père de Cuba, Clara l'enlève. Ils étaient tous là, jeunes et souriants, le jour où sa mère avait fêté ses trente ans.

Adela s'était appuyée sur l'épaule de Marcos et elle souriait encore.

– Là, c'est toi et Ramsés ?

– Mais oui… Ramsés avait huit ans, et moi six… sans dents. Regarde comme je suis moche !

– Et derrière vous, c'est Clara et Darío…

– Oui… Voyons… de gauche à droite il y a Fabio et Liuba, qui ont été tués dans un accident à Buenos Aires, les parents de Fabiola ; à côté, Irving et Joel, le couple gay qui vit en Espagne, tu sais qui c'est ; ensuite, Elisa et celui qui était son conjoint, Bernardo, qui aujourd'hui, je te l'ai dit, est le mari de ma mère ; oncle Horacio et sa copine de l'époque, Guesty, qui était canon, moi j'étais amoureux d'elle. Ensuite, quelqu'un a commencé à dire que Guesty était une espionne. Et la dernière, c'est la Pintá, je ne me rappelle plus de son nom de famille, celle qui sortait avec Walter, le peintre… Elle avait un vitiligo et ce salopard racontait qu'elle lui plaisait parce qu'elle était bicolore… La photo a été prise le jour de l'anniversaire de ma mère, dans le jardin de ma maison.

– Guesty était une espionne ?... Elle espionnait pour qui ? tarda à demander Adela, qui observait attentivement la jeune Elisa sur la photo ; les cheveux coupés au carré, les yeux mi-clos, légèrement penchée vers la gauche et vêtue d'une tunique longue qui, de toute évidence, était légèrement bombée au niveau du ventre.

– Bon, pas vraiment une espionne... Plutôt une indic, une moucharde qui les surveillait... Mais ça, c'était sûrement un des délires de mon père. Le pauvre, complètement parano... Il faut dire qu'à Cuba, la parano elle pousse naturellement... C'est Walter qui a pris la photo.

– L'ami de tes parents qui s'est suicidé ?

– Oui, on l'a retrouvé mort le lendemain de cette fête.

– Le lendemain ?... Tu ne m'avais pas dit ça...

– En fait, je ne sais pas si c'était vraiment le lendemain, mais c'était pas longtemps après... Il s'est jeté du haut d'un immeuble... On n'a pas très bien su pourquoi il avait fait ça, et Horacio a toujours dit que Walter ne pouvait pas s'être suicidé. Mon père disait que oui, parce que...

– Marcos, quand est-ce que ta mère a posté cette photo ?

– Il y a deux jours et, regarde...

– Attends, Marcos, et cette fille, Elisa ? – Sans écouter les commentaires de Marcos, Adela montrait la jeune femme au ventre légèrement saillant. Elle devait avoir entre vingt-cinq et trente ans, les cheveux noirs ou châtain sombre et des lèvres fines. Tout en l'observant, Adela sentait comment les prémonitions, malaises, frustrations et agacements de la journée commençaient à faire sens, quelle était l'explication de l'appel de Loreta, même si elle ne pouvait s'empêcher de ne pas y croire : non, ce n'est pas possible.

– Je te l'ai déjà dit, c'est Elisa, celle qui était la femme de Bernardo...

– Elle était enceinte ?

– Oui… et il lui est arrivé quelque chose de très bizarre…

– Comment s'appelle cette Elisa ? Son nom complet…

Marcos continuait à scruter la photo de groupe, il réfléchissait et finit par lâcher :

– Correa ! Elisa Correa ! lança-t-il, heureux d'avoir retrouvé la mémoire. Tous les personnages de la photo postée par sa mère avaient été des présences permanentes dans son enfance et son adolescence, avant de se détacher du groupe, les uns vers la mort, d'autres partis de Cuba par divers chemins, vers divers destins, y compris son père Darío et son frère Ramsés. De tous ceux-là ne restaient plus à Cuba que sa mère, Clara, et Bernardo, qui vivait avec elle depuis presque trente ans et qui, quand la photo avait été prise, était justement le mari d'Elisa, celle qui était peut-être entrée en lévitation, commenta Marcos.

– Comment ça en lévitation ? Qu'est-ce qui lui est arrivé ? demanda Adela, de plus en plus troublée, et en même temps convaincue.

– Un truc très bizarre, comme je te disais… Un jour, elle a disparu et on n'a plus jamais eu de ses nouvelles… Personne ne sait si elle est partie, si elle est morte, si elle s'est cachée… L'histoire de la lévitation, c'est une invention de mon père…

Adela s'écarta de Marcos et garda un moment le silence.

– Elisa a disparu après cette photo ? Début 1990 ?

– Oui, et c'était vraiment très curieux… Il y a des choses que je ne sais pas bien. Ma mère n'aimait pas beaucoup reparler de cette histoire, ça la mettait mal à l'aise. C'est oncle Horacio qui m'a raconté certaines choses, mais ça fait un paquet d'années. Et celui-là, Irving, je crois que c'était celui qui en savait le plus parce que tout le monde venait lui raconter sa vie, bon, c'est parce qu'il est gay, tu vois ce que je veux dire… Le pauvre Irving, moi je l'adorais, c'était un mec super.

Je ne sais pas si Elisa a disparu avant ou après qu'Irving aille en prison… Il semble que ça a vraiment tout foutu en l'air… Au fait, maintenant que j'y pense, Elisa, elle ressemble à quelqu'un…

Marcos se retourna et fut surpris de trouver le visage d'Adela baigné de larmes. Marcos sourit de plus belle.

– Qu'est-ce qui t'arrive, ma belle ? Ce n'est pas si grave… tout ça c'était il y a longtemps…

– Vingt-six ans, mon âge… Regarde… regarde bien… Non, Elisa ne ressemble pas à… Cette Elisa Correa, c'est ma mère !… Et si cette photo a été prise en janvier 1990 et que je suis la fille de cette Elisa qui est ma mère, Loreta… Marcos, Marcos, ce qu'il y a dans son ventre… ce ventre, c'est moi !

Deux heures plus tard, quand elle alla enfin se coucher après avoir fini d'essorer la mémoire de Marcos, Adela avait l'impression que le sol s'était dérobé sous ses pieds. La seule fois dans sa vie où elle s'était sentie aussi désorientée, c'était le 11 septembre 2001, dans l'appartement de West Harlem. Ce jour-là, sa perception de la vie avait changé. Cet épisode horrible avait bouleversé de nombreuses existences, et même altéré l'ordre du monde, mais il n'était pas pire pour Adela que le séisme de révélations et de questions qui la secouait : cette fois l'attaque ne venait pas du dehors mais du plus profond d'elle-même. Et elle savait aussi que désormais le choc pouvait être encore plus dévastateur. C'est seulement quand la fatigue la rattrapa et qu'elle tomba dans la léthargie qui précède le sommeil qu'Adela se rappela qu'elle avait manqué l'épisode de *Better Call Saul*.

II

ANNIVERSAIRE

Chacun des éléments était disposé comme si la composition avait été arrangée par un artiste pour la figer dans un tableau ou une photo : au centre, une jeune femme pelotonnée dans le fauteuil vert émeraude, les jambes repliées contre la poitrine, le menton appuyé sur l'un des genoux, le visage à moitié dissimulé par la cascade de cheveux châtain foncé que l'éclairage, à cette distance, rendait encore plus sombres. La puissance des lumières de la terrasse parvenait à dessiner sa silhouette, plongée dans des ténèbres presque insondables, dignes d'un tableau du Caravage.

De là où elle était dans la cuisine, à travers le long couloir qui menait à la terrasse couverte et au jardin à l'arrière, Clara pouvait observer Elisa, doublement encadrée par les montants de la porte et par les colonnes de fer forgé qui soutenaient le toit de la terrasse et accentuaient la sensation d'une image fabriquée. Dans cette position, la jeune femme essayait de se protéger contre la fraîcheur de l'aube, et sa position fœtale lui donnait un air de vulnérabilité, comme si elle avait été oubliée là, tout en permettant à Clara d'observer la pâleur de la face postérieure de ses cuisses et, au-dessous, ce qui devait être le tissu sombre de sa culotte serrée contre le sillon profond du périnée. Hors du temps, en proie à des instincts aussi palpitants que réprimés, Clara eut le clair sentiment d'être dans les coulisses en train d'attendre l'ordre d'entrer en scène pour aller s'agenouiller près de la jeune femme, lui prendre délicatement les bras, lui caresser les mains avant d'écarter ses jambes fléchies pour plonger son visage dans son intimité et boire au plus profond d'elle. L'image tout à la fois idyllique et glauque, les évidents désirs de transgression que trahissait l'humidité de son vagin et qui inquiétaient son cerveau, la profonde agitation de ses sens, tout cela resterait dans la mémoire de Clara comme une révélation de ce que pourrait être son moi le plus véritable, censuré durant des années par son propre subconscient, et comme une évidence indomptable dont, même quand elle la sentirait loin d'elle, surmontée, et même étrangère, elle n'arriverait jamais à se défaire complètement.

Les halètements désespérés de la cafetière italienne sur le feu rompirent le charme et Clara éteignit le gaz. Machinalement, elle se passa plusieurs fois la main sur le visage, comme pour essayer d'effacer sur ses traits les possibles traces physiques d'appétits de plus en plus récurrents qui, uniquement à des moments bien particuliers de rencontre avec une part enfouie d'elle-même, suscités par les effluves qui émanaient d'Elisa, d'Elisa seulement, remontaient du plus profond d'elle-même.

– Putain de merde, qu'est-ce qui m'arrive ? murmura-t-elle, en attribuant à l'épuisement et à l'alcool ses élucubrations, tandis qu'avec des gestes machinaux elle mettait deux cuillerées de sucre brun dans le pot en faïence pour adoucir le café que, aussitôt, elle servit dans deux tasses en plastique. En arrivant dans le jardin avec son plateau, elle se rendit compte qu'elle avait oublié quelque chose, elle ne savait pas quoi exactement, et elle retourna dans la cuisine pour essayer de se souvenir. Ce n'est qu'en la voyant qu'elle sut que c'était une petite couverture, qu'elle posa sur son avant-bras.

Elisa était dans la même position, mais Clara fit en sorte de garder ses yeux à la hauteur du visage et de bannir tout accès de faiblesse. Sans lâcher le plateau, en se penchant légèrement, elle approcha de son amie le bras d'où pendait la couverture bleue avec les liserés rouges indiquant qu'elle appartenait à la Cubana de Aviación. Elisa lui sourit et la posa sur ses épaules. De la main droite, elle en serra les pointes autour de son cou et, de la gauche, elle recouvrit ses jambes, mettant fin à la vision de ses cuisses.

– J'étais gelée. Putain, j'y crois pas, je me reconnais pas, dit Elisa en changeant de position dans le fauteuil.

– Tu sais qu'ici, à Fontanar, ça se rafraîchit toujours beaucoup la nuit et que, si une goutte d'eau doit tomber à La Havane, elle est pour Fontanar, lança Clara, qui avait besoin de dire des banalités, craignant encore que sa voix ne la trahisse, et elle se pencha de nouveau pour qu'Elisa prenne l'une des tasses, du même bleu que la couverture. Tu devrais aller dormir sans boire de café… et ne pas prendre froid.

La première aube de l'année 1990 se révélait plus fraîche que prévu, la soirée du 31 décembre avait été agréablement chaude et les invités au dîner du dernier jour de l'année, qui s'était à nouveau tenu dans le jardin de Clara et Darío, ne s'attendaient pas à cette baisse subite de la température.

Elisa se redressa sous la couverture pour examiner la tasse en plastique.

– D'où tu sors des trucs pareils, Clara ? Le plaid, les serviettes, les ramequins pour le dessert… Ces horribles tasses ! Tout ça, c'est volé ?

– Les voisins du quartier… dit Clara avec un sourire. Il y en a plusieurs qui travaillent à l'aéroport et ils embarquent même le kérosène pour les avions.

– Le kérosène aussi ?

– Ils piquent tout ce qu'il y a… Les pilotes et les hôtesses de la Cubana rapportent tout ce qu'ils peuvent de l'étranger pour le revendre. – Clara but une gorgée de café. – Tu serais intéressée par un magnétoscope ou un ventilateur qui fait vraiment du froid ? Ces tasses sont une merveille : elles sont russes et, pour les casser, il faut y aller à coups de marteau.

Les deux jeunes femmes sourirent et Clara sentit qu'elle redevenait celle qu'elle devait être. Il était près de trois heures du matin et il n'y avait plus qu'elles dans le jardin. Darío, le mari de Clara, après avoir dit qu'il n'en pouvait plus, s'était traîné jusqu'à sa chambre, ayant obtenu que les petits Ramsés et Marcos, surexcités par la fête, aillent enfin se coucher, sans même se laver les dents. Bernardo, le mari d'Elisa, était lui aussi crevé, mais il n'avait rien dit : son énième verre de rhum à la main, il pionçait affalé sur le canapé du salon où il se réveillerait le lendemain, ou deux jours plus tard. Le reste des membres du Clan avaient commencé à partir deux heures plus tôt, après les toasts, les embrassades, les vœux de minuit qui avaient accompagné un nouvel an qui, d'où qu'on l'envisage, s'annonçait sombre, surchargé d'événements dramatiques. Une mauvaise année qui allait rapidement briser tout ce qui semblait solide et qui surpasserait dans les grandes largeurs les pires prédictions.

Horacio et sa dernière fiancée, Guesty la blonde, largement plus jeune que les autres filles et aussi exubérante que toutes les conquêtes du métis, avaient été les premiers à partir. Les suivants bien malgré eux avaient été Irving et Joel, parce qu'ils voulaient passer un moment avec la mère d'Irving, qui se plaignait éternellement de la solitude. Ensuite, à une heure du matin passée, cela avait été le tour de Walter, passablement bourré, et de sa femme la plus récente, Margarita (alias « la Pintá », à cause des dépigmentations du vitiligo), toujours rabat-joie, toujours aux prises avec l'envie de dormir ou la migraine, cherchant à s'en aller avant que Walter ne passe de l'ivresse joyeuse à l'ivresse agressive.

Les derniers, qui étaient partis depuis peu, avaient été Fabio et Liuba, portant leur fille Fabiola endormie, avec leur optimisme militant et leur foi en l'avenir redoublée pour entamer l'année, encore fiers de la Moskvitch Aleko flambant neuve qui quelques mois plus tôt avait été attribuée à Liuba par le ministère. Cette auto laide, peu pratique et lourde, mais neuve, faisait partie d'un lot de véhicules qui, pour beaucoup, était peut-être la dernière livraison solidaire que le pays des Soviets en plein bouleversement faisait à l'encore île sœur socialiste. Profitant du départ du couple, Clara était passée par la cuisine pour préparer du café, chercher dans un placard la couverture réclamée par son amie et, comme cadeau inattendu, elle avait eu la vision troublante des parties intimes d'Elisa.

– Couche-toi quand tu voudras, insista Clara, qui avait envie d'être seule.

– Et toi ? demanda Elisa.

– Je suis morte de fatigue mais je n'ai pas sommeil.

– Moi non plus. Et quand j'ai sommeil, je me couche et je ne dors pas.

Les trois semaines exactement séparant la fin de l'année de la date de son anniversaire, le 21 janvier, avaient toujours constitué pour Clara une attente presque insupportable. Depuis qu'elle et plusieurs de ses amis les plus proches étaient entrés à la fac, et que Clara avait décidé de retourner à Fontanar, sa maison était devenue une sorte de refuge collectif et, de façon tacite, l'endroit parfait pour fêter le 31 décembre et, bien entendu, pour célébrer chaque 21 janvier l'anniversaire de la propriétaire de la maison… et tout autre événement réel ou inventé.

Dans cette maison de rêve, entourée de terrains vagues et située dans un quartier encore tranquille à la périphérie de la ville, le Clan pouvait se réunir et tous pouvaient s'y sentir libres : pour parler de ce dont on ne pouvait pas parler ailleurs, s'installer dans un coin pour lire un livre ou profiter d'une solitude complète ou pas, et même aller s'isoler une heure dans l'une des quatre chambres de l'étage pour assouvir de vieux désirs ou de nouvelles passions.

Mais Clara, avec son grand sens des responsabilités et sa profonde propension à la mélancolie, qui n'avait pas encore résolu tous ses différends affectifs avec la maison, se sentait incapable de profiter de ces réunions avec la même intensité que ses amis. Elle avait fini pourtant par se résigner, d'autant que sans aucun doute celui qui tirait le plus avantage des possibilités de la demeure était son propre mari, Darío, et ce depuis l'époque où, alors qu'ils étaient encore fiancés, il avait apporté dans la maison de Fontanar une préhistorique machine à écrire, ses livres et les trois ou quatre vêtements qu'il possédait, prêt à se retrancher là jusqu'à la mort. Pour quelqu'un comme lui, né dans un immeuble populaire de la rue Perseverancia où il était censé passer le reste de son existence, aller vivre dans une grande maison avec sa propre salle de bains, une chambre pour lui, un bureau et même une terrasse et un jardin avait été le plus beau cadeau que la vie pouvait lui réserver.

Le goût du café qu'elle buvait chaque soir avant d'aller au lit poussa Clara à prendre le paquet de cigarettes et à en allumer une. Elle s'était dit à un moment qu'elle pourrait commencer l'année en arrêtant de fumer, mais la saveur du café réclamait le complément de la nicotine.

– Donne-m'en une, demanda Elisa en sortant la main de sous la couverture.

Clara la lui tendit.

– Tu ne devrais pas arrêter de fumer ?

– Je vais arrêter, assura Elisa tout en allumant la cigarette.

– Tu m'as dit que tu en étais à combien de semaines ?

– Quinze, je crois... trois mois et demi à peu près. Mon ventre commence à se voir. Et j'ai les seins qui grossissent, j'ai l'air d'une vache... je deviens affreuse.

– Ne dis pas ça, tu es très belle... Écoute, je te propose un deal : dans trois semaines, c'est mon anniversaire. Trente ans pour moi, quatre mois pour ton ventre... On arrête toutes les deux de fumer ce jour-là ?

– Tu pourras ?

– Je crois que oui. Je suis plus forte que ce que tu crois...

– Écoute, moi je vais arrêter immédiatement, affirma Elisa en tirant une longue bouffée sur la cigarette qu'elle avait allumée avant de la laisser tomber dans la tasse en plastique où restait un fond de café. Voilà, c'est fait... Mais il faut que toi aussi tu le fasses, OK ?

Clara eut un sourire. Elle savait que son amie était de celles qui tenaient parole et elle l'avait toujours enviée pour ça. En fait, elle enviait beaucoup de choses chez Elisa, et elle avait même peur de certaines de ses réactions, même si elle la considérait comme son amie la plus proche.

Cela faisait quinze ans qu'elles se connaissaient, quand Elisa était revenue d'un séjour de plusieurs années à Londres et qu'elles s'étaient rencontrées dans une salle de classe du lycée du Vedado, où Clara s'était inscrite et où elle ne connaissait presque personne. Elisa, même si elle ne se vantait pas beaucoup de ses privilèges familiaux et de son expérience de la vie mondaine, arrivait auréolée du mystère d'avoir vécu six ans à Londres avec ses parents diplomates (elle assurait être allée à un concert des Rolling Stones, avoir visité la maison de Sherlock Holmes et avoir vu une représentation de *Jesus Christ Superstar*), elle était intelligente, tourmentée et fascinante, elle dégageait un mélange d'assurance et d'esprit rebelle. Et c'est avec joie et un peu de surprise que Clara, la timide, l'anonyme, avait bénéficié de son amitié. Elles étaient depuis lors inséparables et elles avaient formé le noyau d'un groupe d'amis auquel appartenait déjà Irving (ami d'enfance, gay de naissance, ainsi que le présentait Elisa) et qu'avait rapidement rejoint Liuba, elle aussi vieille copine d'Elisa et, à sa suite, son nouvel amoureux, Fabio.

– Être enceinte me rend bizarre, avoua Elisa. J'ai l'impression que cela me change. Je me sens, comment dire, si différente…

– C'est parce que tu es différente et qu'on n'y est pas préparée. Mais regarde-moi : je suis indemne et j'ai deux gamins qui n'arrêtent pas de faire des bêtises toute la journée. Surtout Marcos.

– Ramsés est un gentil garçon, mais Marcos est spécial. Il suffit de le voir pour s'en rendre compte.

– Oui, Marcos a quelque chose… admit Clara, avec une étincelle d'amour dans les yeux. Je n'aime pas y penser, mais j'ai l'impression que Ramsés, c'est l'enfant de Darío, et que Marcos, c'est le mien…

– Moi, j'ai très peur, Clara… Jusqu'à ce qu'ils sortent, on ne sait pas ce qu'on a là à l'intérieur, dit Elisa en montrant son ventre qui saillait à peine. Comment sera-t-il ? Quel sera son caractère ? À qui va-t-il ressembler ?

– N'y pense pas. Pourquoi tu penses à ça ? Tu as toujours été la plus positive.

– Mais je pense à trop de choses.

– Elisa, si tu n'étais pas prête, pourquoi tu as décidé de le garder ?… Bon, c'est vrai, moi non plus je n'étais pas prête quand ça m'est arrivé… Maintenant il faut assumer et faire ce que je te dis : positive.

– Tu sais pourquoi je l'ai gardé…

– Oui, mais ils se sont trompés. Toi, tu n'avais rien d'atrophié et Bernardo n'est pas stérile… C'est un cadeau du ciel.

– Je ne crois pas en Dieu. Tu le sais. En tant que vétérinaire, je crois en la biologie… et en ses caprices. Ou ses folies. Et toi, camarade, tu n'es plus marxiste-léniniste ?

– Elisa… moi, ce que je sais, c'est que la biologie me dit que l'un des dix spermatozoïdes au mètre carré qu'a Bernardo est arrivé là où il fallait arriver et… un spermatozoïde de Bernardo, Elisa ? – Clara avait baissé la voix et s'était penchée sur son amie.

– Un cadeau du ciel, tu l'as dit toi-même, Clara. Un miracle. Et chacun sait que Dieu est grand et tout-puissant.

Durant les vingt premières années de sa vie, Clara Chaple Doñate avait détesté sa maison et, durant les dix dernières, elle l'avait tolérée comme un bien inévitable. Mais sa maison l'avait toujours poursuivie et son rapport à elle s'était mis à changer quand ce qu'elle avait voulu croire et ce qu'on avait voulu lui faire croire sur sa vie avait commencé à se distordre, à se fissurer, à s'effondrer. La maison, fidèle au poste, allait devenir alors un complément physique et existentiel, son meilleur refuge, et Clara allait découvrir à quel point elle avait été injuste à son égard et, bien entendu, à quel point elle aimait cette maison, sa maison : une coquille d'escargot qu'elle devait porter comme une bénédiction et une condamnation, devait-elle dire à son fils Marcos bien des années plus tard.

La haine exagérée de Clara s'était nourrie d'ingrédients qui renvoyaient à la géographie urbaine, au manque de perspectives dans sa vie, au désarroi qui l'habitait. Mais en réalité ses sentiments ne faisaient que répondre, comme une réaction organique de défense face à une infection, à ce qui était peut-être à la racine de son caractère, un trait que de façon douloureuse elle allait découvrir avec l'âge : le besoin ou le désir ou l'aspiration à être une anonyme, un membre quelconque dans un troupeau où elle pouvait se sentir accompagnée, complétée et même protégée.

Mais elle ne devait en prendre conscience que quand elle se verrait menacée par la plus lugubre solitude et l'abandon de ceux que justement elle avait fuis toute sa vie. Un sentiment d'être d'une certaine façon orpheline qui l'accompagnerait dans le dernier versant de sa vie, la plupart de ses amis partis au loin, ses enfants eux aussi partis, même si, par chance, elle était accompagnée par l'homme le plus inattendu et le plus approprié, grâce auquel, avec retard mais opportunément, elle allait découvrir l'amour le plus vrai.

Durant son enfance et son adolescence, le fait de vivre dans une maison située à Fontanar, une zone longtemps à moitié dépeuplée et très éloignée du centre de la ville (Clara se considérait comme une victime de la géographie), faisait de cette résidence une prison dorée. Que la maison, construite dans un quartier qui avait des prétentions de modernité, ait eu le plan le plus osé et original de toute la zone, ce qui à tous les coups provoquait l'admiration des visiteurs, fonctionna sur elle comme un répulsif, la mise en avant d'une distinction non désirée. À chaque fois que l'un de ses amis, dont le nombre croissait régulièrement, visitait la demeure et admirait sa beauté, Clara assimilait les compliments à une agression. Et c'est pour cela qu'à l'époque la plus grégaire de ses années de lycée, elle s'était éloignée le plus possible de la maison et, pour entrer à la fac, avait même essayé d'officialiser l'adresse de sa grand-mère maternelle dans le Vedado, pour pouvoir demander une chambre dans la résidence universitaire, qui n'était qu'à deux kilomètres de Fontanar, mais en dehors de ce qu'à ce moment-là on pouvait difficilement appeler son foyer. La dénonciation d'un camarade qui avait révélé sa véritable adresse allait frustrer sa tentative d'obtenir une chambre dans la résidence universitaire, et elle avait dû retourner chez elle. Et ce fut alors, cherchant d'une certaine manière un remède à sa solitude, qu'elle avait ouvert à Darío les portes de la demeure.

La maison avait été construite en 1957, selon les plans de ses propriétaires, les architectes Vicente Chaple et Rosalía Doñate. Même dans un quartier qui prétendait se distinguer par la modernité de ses constructions, voué à être une zone de résidence privilégiée pour des personnalités, des artistes consacrés de la radio et de la télévision et quelques commerçants fortunés, la maison imaginée et construite par Rosalía et Vicente détonnait de façon spectaculaire. Pour commencer, la bâtisse était hexagonale et le rez-de-chaussée comportait trois entrées (ou trois sorties, selon le sens de la circulation) : l'une qui donnait sur ce qui devait être un salon de réception, dont le fond, avec des colonnes et des panneaux vitrés, s'ornait d'un immense et accueillant vitrail multicolore conçu par un ami peintre ; l'autre sur la fonctionnelle cuisine-salle à manger avec une terrasse attenante équipée d'un four à briques réfractaires, espace également utilisable pour les repas, et qui s'étendait jusqu'au jardin à l'arrière, couvert de gazon anglais ; et une troisième qui donnait sur un salon en forme de triangle décapité, avec des murs en briques nues saillantes et disposées en escaliers de façon à former des niches et des étagères de différentes tailles et profondeurs, dans lesquelles on pouvait ranger des livres, des disques, des rouleaux de plans et des tableaux encadrés. Juste au centre de cet espace, qui tenait d'une pyramide tronquée, étaient restées pendant des années, placées en vis-à-vis, les tables à dessin de Vicente et Rosalía. Les chambres à l'étage avaient chacune une forme différente et celle des propriétaires et créateurs des lieux était une sorte de cube vitré qui donnait sur les jardins de derrière et de devant.

D'après Vicente et Rosalía, l'intérêt de la construction était en premier lieu et logiquement dû à son plan singulier et à un usage audacieux du verre, de l'acier et du bois dans un but fonctionnel ou ornemental, pour lequel ils avaient fait appel à plusieurs artistes parmi leurs proches, membres pour la plupart du révolutionnaire Groupe des Onze. Le secret de son magnétisme, affirmaient-ils très sérieusement, résidait dans des caractéristiques dissimulées au cœur de ses fondations : un fer à cheval ; une statuette en terre cuite fabriquée par les Indiens Tainos, qui représentait Huracán, un dieu majeur ; deux dents de lait de Rosalía et les restes pulvérisés du cordon ombilical de Vicente ; une clé en fer qui, juraient les architectes, avait été celle des chaînes de José Martí quand il avait été condamné aux travaux forcés dans les carrières de San Lázaro ; et un caillou brillant ramené des mines d'El Cobre, proches du sanctuaire de la miraculeuse Vierge de la Caridad, qui, à la surprise des architectes, des dessinateurs, des constructeurs et même d'un ami géologue, possédait d'inhabituelles et très puissantes qualités magnétiques.

À la naissance de Clara, ses parents étaient deux des jeunes architectes les plus sollicités du pays, en train de devenir riches et célèbres, en contact avec ce qui se faisait de plus novateur en matière d'art et de culture sur l'île, même compte tenu de la dispersion des talents provoquée par les redoutables derniers coups de griffe d'une dictature aux abois qui savait ses jours comptés. Après le triomphe de la révolution en 1959, au moment où certains de leurs amis rentraient d'exil et où d'autres commençaient à prendre le chemin inverse devant les premières évidences de la nature du processus en marche, ils avaient décidé, comme beaucoup d'autres, de rejoindre ceux qui travaillaient pour le changement social et la construction d'un pays neuf. Chauffés à blanc par leur romantisme et leur nouvelle foi, ils renièrent sans peine une part de leur avant-gardisme bourgeois pour mettre leur talent au service de projets fonctionnels à portée sociale destinés à répondre aux besoins collectifs.

Avec des responsabilités croissantes dans divers ministères, directions nationales et autres institutions, les deux architectes eurent à peine le temps de réaliser de nouveaux projets (quelques bâtiments à l'est de la baie, des supermarchés dans différents points de la ville), mais ils arpentèrent une île en pleine ferveur révolutionnaire en transmettant une expérience qu'ils approfondirent aussi en visitant les pays socialistes. Les murs de leur studio se garnirent de photos où ils apparaissaient en compagnie de Mao Tsé-toung (une image opportunément substituée par une autre où ils saluaient Hô Chi Minh), Jean-Paul Sartre (échangée à un moment avec une autre où ils étaient en conversation avec Salvador Allende) ou avec un souriant Youri Gagarine (à la place du souvenir de leur rencontre avec Nikita Khrouchtchev). Durant les journées les plus intenses du processus d'engagement social, leurs tables à dessin se retrouveraient dans un coin du garage. Et leur fille Clara, également passée au second plan compte tenu de toutes ces responsabilités professionnelles et politiques, fut largement prise en charge et élevée par les grands-parents maternels, ballottée entre la maison du Vedado et celle de Fontanar.

En 1971, après avoir passé plusieurs mois dans les champs où l'on coupait la canne pour produire la prodigieuse récolte de dix millions de tonnes de sucre, les architectes à la machette dérouillèrent leurs mains caleuses en dessinant le premier projet dont ils étaient chargés depuis des années et qui devait être le dernier de leur existence. Il s'agissait d'un ensemble d'immeubles d'habitation dont les appartements devaient répondre à plusieurs critères impératifs : très modestes, très fonctionnels, très économiques. Leurs plans devaient suivre au plus près les solutions humaines et esthétiques socialistes, nécessaires dans un pays en lutte pour sortir du sous-développement et déterminé à construire le communisme comme étape supérieure et dernière de l'évolution de l'humanité, où tous, tous les citoyens, devaient avoir un logement digne, ainsi qu'on le leur avait promis. Sur les tables à dessin ramenées du garage, Vicente et Rosalía, prenant comme source d'inspiration (suggérée de façon subtile par les hautes sphères du pouvoir) des immeubles moscovites qui, avec un certain effort, pouvaient être réadaptés au climat tropical, firent de leur mieux durant deux mois et, quand ils rendirent les plans et les maquettes, ils furent félicités pour leur capacité à interpréter les desiderata des promoteurs du projet. Les immeubles, qui finiraient par être construits à Fontanar justement, avec la volonté d'effacer la dimension bourgeoise du quartier en le prolétarisant, représentaient l'antithèse de leur propre maison si exubérante et… bourgeoise. Qui plus est, en lançant les travaux, les responsables du chantier, par souci de rapidité et d'économie, écartèrent plusieurs préconisations figurant sur les plans et qui ne leur semblaient pas indispensables, ils travaillèrent avec les médiocres matériaux dont ils disposaient et, à l'arrivée, cela donna des blocs carrés et sombres qui, construits à toute vitesse, avaient des escaliers aux marches irrégulières et des toits par où ne tardèrent pas à s'infiltrer les fréquentes pluies qui tombaient sur Fontanar.

Vicente Chaple et Rosalía Doñate, dont les noms circulaient comme candidats à des responsabilités politiques et administratives de rang plus élevé, vécurent dans ce tourbillon d'engagement illimité jusqu'à ce jour de septembre 1974 où, redescendant de la cordillère d'Escambray, où était en projet une coopérative expérimentale de producteurs de fraises et de raisin, Vicente s'endormit au volant d'une Ford Falcon argentine toute neuve. La dernière conversation entre les deux architectes resta à jamais perdue. Peut-être évoquaient-ils la joie de se consacrer à la construction d'un monde meilleur qui, très bientôt, et d'après les lois du développement historique et dialectique, ferait le bonheur de l'humanité. Clara pour sa part, à presque quinze ans, eut une raison supplémentaire de détester une maison qui resta même fermée à certaines périodes.

Même si ses grands-parents prenaient une importante place affective que ses parents n'avaient jamais remplie et ne rempliraient plus jamais, Clara avait trouvé depuis l'enfance chez les amis et les camarades de classe ce qui lui manquait pour se sentir entourée, protégée, pour vaincre sa timidité et avoir un sentiment d'appartenance. C'est pour cela que, lorsqu'elle avait décidé de laisser Fontanar derrière elle pour vivre chez ses grands-parents et s'inscrire au lycée du Vedado, loin de chez elle, de la fatalité géographique et de son sentiment d'abandon, elle avait cherché parmi ces jeunes gens qu'elle ne connaissait pas encore la personne la plus indiquée pour la connecter avec un monde nouveau auquel elle devait et voulait s'intégrer. Clara devait se dire par la suite que tout était calculé et organisé pour que son besoin trouve en la belle et populaire Elisa, la fille qui connaissait le sens des paroles de toutes les chansons en anglais, exactement l'amie qu'il lui fallait. Une relation dont Clara plus tard devait regretter de n'avoir pas exigé qu'elle soit plus réciproque, car elle n'avait jamais été complète.

Agitant les mains comme s'il s'était brûlé, Irving passa devant Clara en criant « MacGuiss, MacGuiss, il faut que tu pisses ! », avant de s'engouffrer dans les toilettes du rez-de-chaussée.

Trois minutes plus tard, il en ressortit avec sur le visage un air de profond soulagement.

– Mais qu'est-ce que tu criais, mon gars ? lui demanda Clara qui était dans la cuisine et finissait de revisser l'éternelle cafetière italienne achetée par ses parents au Sears de La Havane en 1958.

Irving sourit.

– Tu ne te souviens pas au lycée du garçon maigre et moche qui s'appelait MacGuiss ?...

Claire sourit en hochant la tête tout en approchant l'allumette du brûleur.

– Quand on nous envoyait travailler dans les champs et qu'un des gars voulait pisser, il criait ça, « MacGuiss, MacGuiss, il faut que tu pisses ! »... Et là, en venant chez toi, j'avais tellement envie que je m'en suis souvenu... Tu sais combien de temps j'ai dû attendre cette saloperie de bus ? Plus d'une heure, et tu imagines comment il était quand il a fini par arriver : il y avait du monde jusque sur le toit !... Je te le dis, c'est le bordel, chère amie... Où on va ? Mais où on va ?

– On dit que ça va être encore pire, abonda-t-elle. L'Union soviétique tombe en morceaux… Qui l'aurait dit, hein ?

– Ma mère le disait… Tu sais que ma sœur a fait ses études là-bas et que, quand elle est revenue, elle était plus conne qu'avant son départ, et à moitié alcoolique… Et ma vieille a toujours dit qu'ils étaient bien sympas les Ruskovs avec leurs cosmonautes et leur canal Baïkal-Amour… mais que si les lames de rasoir russes ne rasaient pas et que leur dentifrice te faisait enfler la bouche, c'est qu'il y avait un truc qui ne tournait pas rond…

– C'est Gorbatchev qui a tout foutu en l'air.

– Tu ne crois pas plutôt que c'était foutu et que Gorbatchev, il l'a juste publié dans le journal, comme dit Walter ? Tu crois vraiment, Clara, qu'on peut rendre la société plus juste en donnant aux gens des coups de pied au cul, en ayant aussi mauvais goût et en puant des aisselles ? Regarde Berlin, regarde Berlin !… Nous qui pensions que les Allemands étaient heureux, démocratiques en plus !… Tu sais qu'après la chute du mur, ils se sont précipités sur les archives de la Stasi et ils sont en train de découvrir que tout le monde mouchardait et dénonçait tout le monde ? Une horreur. Ça craint… Tu crois que moi aussi, j'ai un dossier ? J'en ai sûrement un et…

– Tu es remonté aujourd'hui… pire que Darío. Et tu devrais faire gaffe à ce que tu racontes.

– Mais je dis que la vérité !

– Tu crois que c'est ça qui compte ? demanda Clara en ôtant la cafetière du feu avant de verser, comme toujours, le breuvage dans le pot en faïence où elle avait déjà mis le sucre brun. Tiens, passe-moi deux tasses…

Irving se retourna pour saisir les tasses en plastique bleu foncé et les reposa au même endroit. Sans dire un mot, il alla dans la salle à manger attenante, ouvrit l'armoire où étaient rangés les restes de la vaisselle d'origine de la maison et revint avec les deux seules tasses en porcelaine art nouveau qui avaient survécu.

– Et pourquoi tu n'es pas allée bosser aujourd'hui, Clarita ?

– Il faut économiser le pétrole… L'atelier va travailler du lundi au jeudi. Économiser et ne pas produire ?… Où ça va nous mener ?

– Tout se casse la gueule… À la maison d'édition, il n'y a plus de papier. Ils ne prennent même plus de manuscrits… Viens, on va s'asseoir dehors. Il fait bon ce soir, dit-il tandis qu'elle servait le café. Comme toujours dans ce pays, il y a sûrement quelqu'un qui va débarquer pour le foutre en l'air…

– T'es gonflé, celle-là, elle n'est pas de toi. – Tous deux éclatèrent de rire.

Ils sortirent sur la terrasse et s'installèrent dans deux fauteuils aux coussins fatigués. Les chaises longues, design suédois, fabrication britannique, achetées à Miami, faisaient partie du mobilier d'origine de la maison et avaient été utilisées pendant plus de trente ans. Comme tout le reste, elles avaient vieilli et leur âge était évident.

Clara regarda Irving boire son café. Il le faisait avec élégance, à petites gorgées, les yeux mi-clos. Ils se connaissaient depuis quinze ans et Clara connaissait le rituel par cœur : Irving ne dirait pas un mot avant d'avoir terminé son café.

– Un délice, dit-il en reposant la tasse sur la table basse.

Irving avait été l'un des premiers amis de Clara quand elle s'était inscrite au lycée du Vedado. Contrairement à d'autres élèves homosexuels, Irving ne dissimulait pas – ou il lui était impossible de le faire – son maniérisme, et il avait courageusement affronté toutes les conséquences de son orientation sexuelle : le mépris de ses camarades et les regards hostiles de certains des professeurs, qui, suivant la tradition et le machisme ancestral, le considéraient comme un être faible, peu fiable, physiquement et mentalement malade. Mais le fait d'être plus ou moins un protégé d'Elisa avait rendu sa condition plus supportable. Au contraire d'Irving, Elisa était forte, belle, combattive, séductrice, très féminine, et en même temps prête à flanquer une trempe au premier volontaire, avait-elle proclamé à plusieurs reprises. Des années plus tard, Darío raconterait aux autres les bagarres menées par Elisa au sein du comité de base de la Jeunesse pour défendre Irving, et les menaces de sanctions que s'était attirées la militante, accusée de vouloir protéger les pédés et autres vermines.

– Alors, tu vas m'aider ? lui demanda Clara.

– Et qu'est-ce que tu crois que je fais ici, mon amour ? Plus d'une heure à attendre cette saloperie de bus…

Clara hocha la tête. La plus grande qualité de cet homme qui, depuis l'enfance, avait subi mépris, violences et mises à l'écart résidait peut-être dans sa capacité à s'engager pour les autres. Irving n'était ni le plus intelligent, ni le plus cultivé, ni le plus sympathique d'entre eux, mais en revanche il avait toujours été le plus solidaire et le plus disponible, et aussi le plus discret, et plusieurs des garçons du Clan et toutes les filles l'utilisaient comme confident de leurs peines et de leurs ambitions. Et quand l'une ou l'un d'entre eux essayait de lui arracher une indiscrétion sur un tiers, il se heurtait en général à un mur de réponses évasives.

– Je suis encore crevée après la fête du 31 et je suis déjà crevée rien que de penser à ma fête d'anniversaire…

– T'en fais pas, Clarita. J'ai déjà parlé à ton mari, et Darío va s'occuper du problème des boissons avec un patient qui a des plans. Fabio, qui a une voiture neuve et l'essence qu'il veut, je vais l'envoyer à Pinar del Río chercher un cochon à la ferme des cousins de Joel. Ils nous le donnent pour pas cher du tout, ce sera mon cadeau et celui de Joel… Bernardo et moi, on va préparer le reste avec ce qu'on trouvera, on trouve toujours quelque chose : du riz, du manioc… Je crois que les parents de Liuba vont trouver des trucs dans ce magasin militaire où les prix sont hyper bas… Et Elisa va préparer ces brownies au chocolat qu'elle sait faire et…

– La même chose que ce qu'on a mangé pour Noël et le jour de l'an ?

– Les mêmes ingrédients… c'est tout ce qu'il y a… mais avec des nouvelles recettes !

– Arrête ton char…

– Trente ans, Clarita ! Et… j'allais oublier, l'abominable Walter a trouvé une boîte de douze rouleaux de pellicules. Les derniers rouleaux Orwo en provenance de la moribonde RDA ! Les photos aussi sont garanties… Tu crois que c'est vrai, l'histoire de la Stasi ?

Clara se pencha pour prendre les mains d'Irving.

– Tu es le meilleur, et tu le sais.

– Bien sûr que je le sais… Au fait, par le plus grand des hasards… Bernardo n'aurait pas laissé quelque part un peu de ce bon rhum de l'autre jour ?

Clara hocha la tête en se levant.

– Je lui ai caché ce matin. Il en voulait au petit-déjeuner. Bernardo, si on le laissait faire, il arrêterait pas…

Clara prit deux petits verres sur une étagère de la cuisine et de dessous l'évier la bouteille à moitié pleine de rhum Caney. Elle servit les verres sur la table de la terrasse et en tendit un à son ami.

– Irving, toi qui sais tout, il s'est passé quelque chose entre Elisa et l'abominable Walter, comme tu l'appelles ?

Irving haussa les sourcils.

– Non, je ne sais pas… pourquoi ?

Clara secoua la tête.

– C'est sûrement mon imagination, mais je crois qu'Elisa ne lui parle plus… Je voulais lui demander l'autre jour mais je n'ai pas osé.

– Ma chère, ne perds pas ton temps avec Walter. Il est vraiment insupportable. Ça a toujours été un trouduc, et là il fait des heures supplémentaires de travail volontaire. Et tu connais Mère Courage…

Clara sourit malgré elle.

– Bon, je voulais aussi te parler d'autre chose. C'est pour ça que je t'ai demandé de venir aujourd'hui. Les garçons sont chez ma grand-mère et Darío avait une réunion du parti à l'hôpital.

– Les réunions, ils adorent ça !… Et ils règlent des choses ?

– Irving, arrête de te moquer… Le problème, c'est Darío… – Clara fit une pause, mais son interlocuteur n'en profita pas. Tous deux burent une gorgée de rhum et Clara tira de la poche de sa jupe le paquet de cigarettes et le briquet. – On ne s'entend pas, je ne sais pas ce qui nous arrive, moi je me sens bizarre, lui est bizarre et j'ai un mauvais pressentiment… Ou plutôt, un soupçon.

Clara alluma sa cigarette, but le reste de son verre et se resservit.

– Tu fais un match avec Bernardo ? lui demanda Irving, en indiquant la bouteille du menton. Excuse-moi, je ne comprends rien…

– L'autre problème, c'est justement Bernardo… Tu as vu comment il est ?

– Il boit beaucoup et il cause comme un malade ? C'est pas nouveau…

– La grossesse d'Elisa. Les médecins lui avaient dit qu'il était stérile.

– Pas exactement, rectifia Irving.

– Pratiquement stérile… Moins de spermatozoïdes que le minimum nécessaire…

– Où tu veux en venir, Clarita ? Darío ou Bernardo ? Tu disais que tu avais un soupçon… ?

– C'est de la grossesse d'Elisa dont je veux parler… de comment Darío est bizarre… et de Bernardo qui ne peut pas avoir d'enfants…

Irving porta les mains à sa tête et fit non de toutes ses forces.

– Parce que tu penses qu'Elisa et ton mari ont peut-être… ? – Irving joignit les paumes de ses mains et sourit. – Hou là là, mais c'est n'importe quoi. Sors-toi ces conneries de la tête et pense plutôt à ce qui vous arrive, à ton mari et à toi, parce qu'il s'agit sûrement d'autre chose.

Clara trempa ses lèvres dans le rhum et tira une autre bouffée.

– Je n'arrive pas à m'enlever ça de la tête. Tu sais bien que vous tous… Bon, qu'Elisa a toujours plu à tous les gars : à Darío, Fabio, Walter… même à Horacio. Même à toi, merde.

– Mais ce sont tous des potes de Bernardo et ils ne seraient pas capables… En plus, maintenant ils sont tous en train de baver devant cette Guesty, la copine d'Horacio : avec son cul, ses seins et son air bête… Tu as remarqué qu'elle a toujours les yeux comme ça, écarquillés, comme si elle était toujours étonnée ?… Ou plutôt comme le loup du Petit Chaperon rouge : c'est pour mieux te voir… Moi, par exemple, il y a un tas de mecs qui me plaisent, mais je ne couche pas avec eux. Ce sont deux choses différentes, et tu le sais.

– Oui, je le sais… Et toi, il t'est arrivé qu'une fille te plaise ? Elisa, elle t'a vraiment jamais plu ?

– Pourquoi tu demandes ça ?

Clara but une gorgée, tira une dernière bouffée sur sa cigarette et l'écrasa dans le cendrier à pied à côté d'elle.

– Je ne sais pas, simple curiosité… Et qu'est-ce que tu dirais si je t'avouais qu'il y a une fille qui me plaît ?

Irving suspendit le geste de son verre vers ses lèvres.

– Là, ça devient vraiment bizarre… Toi, il y a une fille qui te plaît ?

– Je ne sais pas… ces derniers temps, j'ai du mal à le faire avec Darío et…

– Il y a une fille qui te plaît, Clara ?

– Et merde, je ne sais pas ! Des fois… des fois oui, des fois non… Mais je sais que je ne suis pas lesbienne…

– C'est depuis quand ?

Ça fait des années… mais j'ai jamais…

Irving se mordit la lèvre supérieure avant de demander :

– Clarita, ce sont les filles qui te plaisent ou *une* fille ?

Clara regarda Irving dans les yeux.

– *Une* fille, dit-elle en insistant sur le *une* et en se sentant soulagée d'un poids qui l'empêchait d'avancer. Elle ne voulait pas changer de vie, elle ne prétendait pas compliquer la vie des autres, les conséquences possibles lui faisaient horreur, elle ne voulait faire souffrir personne, surtout ses enfants, encore moins au moment où le monde de dehors menaçait de s'effondrer, elle avait la responsabilité de consolider le sien. Mais le poids qu'elle traînait était devenu insupportable et le seul fait de se confier à l'unique personne sur cette planète avec qui elle pouvait le faire lui procura un sentiment de soulagement. Et sans pouvoir se retenir, elle tendit les mains pour saisir celles d'Irving qu'elle serra avec force et, pour la première fois depuis des années, elle se mit à pleurer.

Le Clan s'appelait déjà le Clan quand plusieurs d'entre eux avaient découvert *1984*, trois ans avant l'année choisie par Orwell pour situer sa fable d'anticipation politique. Elisa, qui l'avait apporté au conclave, avait eu accès au livre (avec, en guise de couverture, la première page d'une revue coréenne) grâce à Irving, à qui il avait été prêté par un ami de Joel qui l'avait hérité d'un ami qui, quelques mois auparavant, avait quitté Cuba au moment de l'exode massif par le port de Mariel. Encore sous le choc de la lecture, Elisa, avec le soutien enthousiaste d'Horacio, s'était chargée d'inciter Clara à le lire, et des années plus tard, alors que le Clan était réduit à l'état de restes et que le roman avait fini par être publié à Cuba, Clara avait décidé de le relire.

Dès la relecture des premières pages de l'inattendue édition cubaine d'un texte toujours considéré comme subversif par les commissaires culturels soviétiques et cubains, la jeune femme se rappellerait les soixante-douze heures qu'on lui avait concédées en 1981 pour dévorer le livre. Cela avait été comme la traversée stimulante d'un tunnel angoissant au bout duquel l'attendait Elisa, lui projetant au visage et dans l'âme une lumière aveuglante, mais pleine d'avertissements : Orwell était-il un auteur de fables particulièrement inventif ou un écrivain réaliste ?

Apparemment c'était Horacio, durant la dernière année de lycée, qui avait eu l'idée de baptiser leur petit groupe « le Clan », même si tout le monde croirait ensuite que la promotrice de ce nom avait été Clara – elle-même n'avait jamais démenti. Peut-être parce que la cellule de base avait été formée par Clara, Elisa et Irving, auxquels s'étaient joints Liuba et Fabio, et parce que ensuite la maison de Fontanar, malgré son éloignement du centre, allait devenir le noyau magnétique de la confrérie.

Horacio aussi s'était intégré très vite, même si, comme toujours, à sa façon. Il s'en était rapproché au retour d'un séjour de deux mois dans un campement agricole où il avait occupé la couchette inférieure d'un lit superposé où personne ne voulait aller : celui que le chef de brigade avait assigné à Irving. En partie à cause de ses éternelles étourderies de professeur Nimbus en herbe et de ses lectures précoces d'auteurs qui lui avaient chauffé le cerveau (Camus, Ortega, Burroughs et les autres écrivains de la *beat generation*, Soljenitsyne, *L'Orange mécanique* d'Anthony Burgess, livres dont personne ne savait d'où il les sortait) et, dans une large mesure, parce que les orientations sexuelles de son camarade lui étaient indifférentes, lui-même n'ayant aucun doute sur les siennes propres, Horacio avait accepté la place dédaignée par les autres. Il avait ainsi eu la possibilité de connaître ce compagnon ouvertement gay – à une époque où personne ne disait gay, mais pédé, tapette, tantouze, tante, tarlouze, pédale, pédoque, lopette – et pour lequel il n'eut pas besoin de ressentir de compassion pour l'accepter : Irving se révéla si ouvert et accessible que ce fut le début d'une amitié qui allait offrir à Horacio la connexion avec le reste du groupe, même s'il ne s'y intégra pas aussi à fond que les autres, choisissant toujours d'autres territoires pour ses aventures sentimentales (et il en avait eu beaucoup, avec un goût marqué pour des femmes approchant la trentaine, décidées, expérimentées, célibataires, divorcées et même mariées).

À la suite d'Horacio était arrivé son copain Darío, qui était dans la classe supérieure et avait déjà remarqué Clara même si, avec la timidité qui était la sienne à l'époque, il avait tardé plus d'un an avant de passer à l'offensive, et un an de plus pour faire sa conquête. À la différence des autres membres du Clan (Horacio excepté), Darío n'appartenait pas à la caste de ceux qui habitaient dans des maisons élégantes et de bons appartements à Kohly, Miramar ou dans le Vedado. Certains d'entre eux – Elisa, Liuba, Bernardo – étaient les rejetons de parents haut placés qui voyageaient à l'étranger et leur ramenaient des vêtements, des chaussures, des lecteurs de cassettes qu'on ne trouvait pas dans le pays, et ils avaient toujours de l'argent pour aller s'acheter le soir des glaces chez Coppelia et même aller goûter au Carmelo ou chez Potín. Darío, non. Darío venait d'un autre monde. Il était né dans un immeuble communautaire du centre de La Havane, où il vivait encore avec sa mère qui travaillait comme cuisinière, et il allait dans les fêtes avec les mêmes chaussures qu'il mettait pour aller au lycée ; mes eunuques chaussures, comme il disait. Darío était un élève brillant et sympathique, et les autres n'attachaient pas beaucoup d'importance au fait qu'il soit d'un milieu économiquement et socialement défavorisé, mais pour lui c'était une douleur, et la façon qu'il avait trouvée de combattre ses manques et ses origines avait été de s'efforcer, depuis l'enfance, d'être toujours le meilleur, et il y était parvenu.

Bernardo, quant à lui, arriva quand ils étaient en première, et ce fut un apport particulier d'Elisa : il était inscrit à l'École supérieure Lénine, où se retrouvaient les lycéens les plus privilégiés de la ville, et ils s'étaient rencontrés pendant les vacances d'été précédentes au bord de la mer, à Varadero, où leurs familles s'étaient retrouvées à partager une des maisons de luxe réservées aux membres de la nomenklatura (le père d'Elisa travaillait dans une institution rattachée au ministère des Relations extérieures, et celui de Bernardo était vice-ministre de la Santé, et sa mère directrice d'un institut médical). Et Bernardo, qui aspirait à devenir mathématicien spécialisé en informatique, était non seulement intelligent, un élève exceptionnel selon beaucoup, un jeune homme bien dans sa peau et sûr de lui, mais en plus, pour friser la perfection, un très beau garçon : grand, bien nourri, les cheveux cuivrés et des yeux vert sombre qui lui donnaient un air de mystère. Et, pour couronner le tout, il était aussi un bon joueur de basket et de volley. Le mec parfait pour quelqu'un comme Elisa.

En arrivant dans le groupe – pas encore baptisé le Clan par Clara ou Horacio –, Bernardo fournit un endroit idéal pour se réunir et faire la fête le week-end : sa maison dans le quartier d'Altahabana avait un énorme jardin ; avec, dans le salon, un bar où il était toujours possible de récupérer une bouteille de whisky écossais et où une chaîne stéréo dernier cri – importée du Japon – pouvait diffuser à plein volume les nombreux disques et cassettes que lui-même, Elisa et Liuba possédaient, rapportés de partout, y compris des États-Unis. Cerise sur le gâteau, la maison disposait de plusieurs chambres qui étaient totalement disponibles quand ses parents s'absentaient pour l'un de leurs nombreux voyages à l'étranger ou en province.

Des années plus tard, quand il lui fut possible de voir le passé et d'entrevoir l'avenir à travers les fissures des murailles les plus solides, Clara repenserait avec émotion à l'état de grâce dans lequel ces jeunes gens aisés avaient vécu dans les années 1970. Des êtres débordant de confiance pour lesquels, y compris Elisa, Bernardo et Horacio, les plus en désaccord avec presque tout – la longueur de cheveux autorisée, la pénurie de bière, l'avalanche de films soviétiques –, le monde était agencé selon une satisfaisante simplicité verticale qu'ils admettaient et partageaient sans poser de questions : leur mission dans la vie était d'être l'illustration obéissante de l'Homme Nouveau, et donc d'aller au bout de leurs études – le diplôme universitaire – sans cesser de participer à des activités politiques, au travail volontaire, aux manifestations, pour être plus tard de bons professionnels dans leur domaine. Et pendant ce temps, de faire la fête, même quand il n'y avait qu'une bouteille de rhum ou de whisky piquée dans le bar (ce qu'ils fumaient de plus fort, c'étaient des cigarettes de marque Vegueros, longues et très brunes), beaucoup de musique et de danse, d'intenses sessions de roulage de pelles et, de temps à autre, une incursion dans l'une des chambres pour les couples qui étaient déjà passés à un stade supérieur d'intimité (Elisa et Bernardo les premiers). Ils mettaient en commun leurs goûts et échangeaient des lectures (Elisa, Horacio, Irving et Bernardo avaient toujours des livres difficiles à trouver ou des nouveautés), des cassettes de musique, assistaient à des représentations théâtrales et à des concerts, allaient camper dans un endroit isolé, dormant sur des matelas gonflables ou sur une couverture tendue sur le sable ou l'herbe, et mangeant du *spam*, ce corned-beef russe en boîte, et du poulet bulgare en jardinière.

L'enfermement physique et mental auquel ils étaient soumis, sans en avoir vraiment conscience (sauf Elisa, la *British*), leur faisait voir le monde extérieur comme une carte divisée entre deux couleurs antagoniques : les pays socialistes (les gentils) et les pays capitalistes (les méchants). Dans les pays socialistes (où il était en plus possible de se rendre) on construisait avec ardeur l'avenir radieux (même si pas très joli, disait Irving) d'égalité et de démocratie juste, régie par la dictature du prolétariat confiée à l'avant-garde politique du Parti durant la phase de construction du communiste dont l'avènement constituerait le point culminant de l'Histoire, le bonheur de l'humanité. Dans les États capitalistes décadents prédominaient le vol et la discrimination, l'exploitation de l'homme par l'homme, la violence et le racisme, l'hypocrite démocratie bourgeoise, des guerres comme celle du Viêtnam y étaient générées, il se produisait des scandales comme celui du Watergate, il s'instaurait des dictatures sanguinaires comme au Chili, même s'ils devaient bien reconnaître que c'était de là que venait la musique qu'ils aimaient écouter, les vêtements qu'ils préféraient porter et même la majorité de ces livres qu'ils adoraient lire (comme le soutenait Bernardo).

Pendant ce temps, ils assumaient l'avenir individuel et collectif comme une réalité vague mais garantie : s'ils étaient bons, ou, mieux, s'ils étaient les *meilleurs*, ils seraient récompensés de leurs efforts et de leurs sacrifices par une existence de plein épanouissement personnel, social, spirituel (affirmaient Darío et Liuba). Ils profiteraient d'un pays où l'on vivrait dans une plénitude de plus en plus complète, car les objectifs de développement et de prospérité, mis à part quelques exceptions (souvent imputables à l'action de l'ennemi, disait Fabio), étaient largement dépassés, tous les jours, toutes les semaines, tous les mois, tous les ans, tous les quinquennats, comme le répétaient sans cesse les discours intégralement et scrupuleusement publiés dans les journaux avant d'être étudiés durant les heures de classe consacrées à l'approfondissement idéologique. Et pour cela chacun d'entre eux se consacrait corps et âme (comme l'exemplaire Darío) à ce mouvement qui supposait l'engagement inconditionnel et l'acceptation sans réserve de toutes les restrictions, sacrifices, missions. Et ils rêvaient, ils rêvaient, ils rêvaient… parce qu'ils y croyaient.

Ils étaient déjà à la fac et Irving se sentait moins sous pression quand il leur avait présenté officiellement son copain, Joel, un maquettiste de presse, noir, viril, mince. Un noir asthmatique qui ne sait pas danser ! On aurait dit qu'Irving leur présentait un phénomène de foire. À l'époque ils s'appelaient déjà le Clan et la maison de Bernardo avait cessé d'être un lieu d'accueil, car son père avait été sanctionné pour un motif jamais bien éclairci et ses privilèges s'étaient évaporés en même temps que sa fierté (une chute qui allait peut-être provoquer son décès précoce), et le groupe n'était plus le bienvenu dans la maison d'Altahabana, où il n'y avait de toute façon plus de whisky à piquer. Mais, à cette époque, Clara faisait ses études d'ingénieur industriel à l'Institut technologique proche de Fontanar et, devant l'impossibilité d'aller vivre en résidence universitaire, elle avait résolu de récupérer sa maison et d'y profiter pleinement de la liberté sans restrictions familiales. Le Clan avait pris alors l'habitude de se réunir sur les domaines de Clara quand l'occasion s'en présentait.

C'était là qu'un frais dimanche soir de 1981, Clara et Darío avaient accueilli Horacio, Bernardo et une Elisa oscillant entre euphorie et désenchantement après l'inquiétante lecture d'Orwell. Les autres, pour lesquels le semestre n'était pas encore terminé, avaient promis de les rejoindre plus tard, ils voulaient profiter de la journée pour réviser avant d'aller se rafraîchir les neurones en mangeant des spaghettis et en disant du mal des autres, selon l'expression d'Irving. Quant à Walter, l'électron libre qui depuis quelques mois était sur une orbite qui coïncidait parfois avec celle du Clan, un peintre qui vivait de la façon dont il pensait que devaient vivre les peintres, ils pouvaient aussi bien l'attendre que l'oublier, le voir arriver avec de l'alcool dans des bouteilles ou dans les veines, seul ou accompagné par l'une de ces folles qu'il avait comme copines, moitié hippies, moitié peintres, généralement très grosses ou très maigres.

Assis sur la terrasse et buvant le rhum qui restait de la fête de l'anniversaire de Clara, Elisa sortit de son sac tissé latino-américain un exemplaire déjà bien usé de *1984* et le tendit à Clara.

– Je vous laisse trois jours pour le lire, dit-elle en incluant Darío. Il faut que je le rende à Irving qui doit le rendre au plus vite… Mais il faut absolument que vous le lisiez.

– Moi, la science-fiction, c'est pas mon truc, dit Darío en lisant sur la couverture le titre à moitié effacé.

– Ce n'est pas de la science-fiction. Ou ce n'est pas la science-fiction à laquelle tu penses, précisa Elisa.

– C'est de la littérature subversive, intervint Bernardo. De l'anticommunisme pur…

– Ne sois pas dogmatique… intervint Horacio. C'est une histoire qui parle de contrôle et de surveillance. De comment on manipule les gens et on leur lave le cerveau. Et toute leur vie…

– Et ça se passe où ? voulut savoir Clara.

– Dans une société du futur, dit Horacio. Un monde apparemment parfait.

– Communiste ou capitaliste ? demanda Darío.

Elisa répondit vivement :

– Pire que ça !… Le problème c'est… le problème c'est… que ça te fait réfléchir. Et c'est une réflexion super angoissante !…

– C'est pour ça que c'est de la bonne littérature, appuya Horacio. Qui n'épargne personne : c'est la métaphore d'une société sous surveillance où les individus perdent toute possibilité de liberté. Et où tout le monde surveille et peut dénoncer tout le monde et…

– Et donc il ne s'agit pas du communisme et ça ne parle pas non plus de l'Union soviétique ? demanda Bernardo sur un ton sarcastique après avoir bu cul sec une bonne gorgée de rhum. Fais pas chier, Horacio, fais pas chier…

– Ah bon, parce que toi tu penses que c'est ça le communisme ? – Horacio se pencha en avant. – Surveillance, contrôle, peur et délation ?

– Bien sûr que non… mais la propagande ennemie, le déviationnisme idéologique, ça existe, non ? – Bernardo regarda son verre désespérément vide et secoua la tête. – Le copain d'Irving va apporter du rhum, non ? Et Walter, il ne vient pas aujourd'hui ?

– Moi, si vous voulez savoir, ça ne m'intéresse pas de lire ce genre de choses, intervint Darío. J'ai assez de bouquins sur les neurosciences à me taper pour ne pas perdre mon temps avec ces conneries.

– Ce ne sont pas des conneries. Je vous jure que moi, ça m'a mise très mal, déclara Elisa. Si Darío ne veut pas, qu'il ne le lise pas… mais lis-le, toi, Clara. Je te le répète : tu ne peux pas ne pas le lire. Ensuite on parlera…

Et Clara avait obéi. Elisa n'était pas seulement le leader de la troupe. Elle était pour Clara un modèle, une lumière si puissante qu'elle l'aveuglait. Comme l'éblouissement qu'elle éprouva à la sortie du tunnel de la lecture d'Orwell durant le doux hiver cubain de 1981, quand le Clan était très loin d'imaginer que l'avenir leur réserverait la rupture ou la décomposition de leurs aspirations, qu'ils en aient eu peu ou beaucoup, et le drame de la dispersion.

Plus de trente ans après cette première et bouleversante lecture de *1984*, quand elle eut enfin entre les mains la nouvelle édition cubaine du roman, Clara revint encore et encore avec les yeux de la mémoire sur ses années d'innocence et se redemanda ce qui valait mieux : savoir ou ne pas savoir ? Vivre dans l'obscurité ou découvrir que non seulement les ombres mais aussi la lumière (ou vice-versa) existent ? Croire sans douter ou douter pour ensuite perdre la foi, ou garder la foi et continuer à croire malgré les doutes ? À nouveau en proie au désenchantement provoqué par la fable d'Orwell (ou par son réalisme, aurait dit Elisa), la Clara de 2014 qui venait de dire au revoir à son fils Marcos sentit le besoin d'aller se replonger dans sa mémoire perdue et dans les convictions tirées des réponses trouvées tout au long de ces années placées sous le signe de la perte. Autant de douloureuses évidences qui l'avaient incitée à se poser encore plus de questions, à essayer même de comprendre les raisons pouvant expliquer un échec pareil. Établir des causes et des effets directement liés à ce qui avait été, à ce qui était, et même à ce qui serait le déclin déjà entamé de sa propre vie et de celle de ses amis chers : des questions auxquelles elle n'obtenait pas toujours de réponses.

Debout devant l'une des étagères de briques rouges, Clara regarda comme si elle venait de les découvrir à l'instant les deux gros flacons de verre à l'intérieur desquels flottaient dans le formol, dans un triste état, les deux cerveaux d'étude de Darío. Les récipients étaient restés là comme témoignages d'une obsession et la preuve de l'appartenance du neurochirurgien à ce lieu. Depuis longtemps, chaque fois que Clara les voyait, elle se disait qu'elle devrait les jeter mais elle ne s'y décidait pas. Sur l'une des niches destinées aux livres, la jeune femme remit l'exemplaire de l'édition cubaine de *1984*, et c'est alors qu'était arrivé ce qui désirait arriver, ce qui devait arriver. Comme si elle était mue par une impulsion, il lui sembla impératif de descendre la vieille édition de *L'Insoutenable Légèreté de l'être*, un cadeau d'Horacio avant son départ, un roman qu'elle n'avait pas lu depuis plus de quinze ans.

Le livre dans les mains, Clara se rappela que la mort dans un accident de la route de Tereza et Tomas, les personnages du roman, s'était transformée pour elle en l'image de la mort de ses parents, également dans un accident. Tomas et Tereza, sans rien d'autre qu'eux-mêmes, avaient trouvé dans un lieu retiré de la société l'insaisissable bonheur. Et ses parents qui disaient tout avoir et construisaient une nouvelle société, étaient-ils aussi morts heureux, convaincus de la justesse de leur engagement social ? Avec une attention presque inquiétante, Clara observa l'illustration sur la couverture du roman, une œuvre de Max Ernst représentant une femme nue et sans tête flottant à la dérive dans une substance non identifiée, gazeuse ou liquide. Tout en secouant la poussière accumulée sur les tranches du livre, en proie à la sensation d'abandon que lui avait causée le départ de Cuba de son fils Marcos, elle se dit que cette femme mutilée et sans appuis, c'était elle. C'est alors qu'elle vit surgir d'entre les pages du livre et tomber à ses pieds la photo perdue du dernier dîner du Clan et qu'elle sut que oui, en effet, la femme flottant sans tête d'Ernst, c'était elle, et qu'il était évident que ses parents n'avaient pas eu la chance réparatrice de Tomas et Tereza.

Darío, lui, aimait la maison. Pour lui, elle était son Xanadu, un paradis dont, même dans ses fantasmes les plus intenses et les plus fréquents, le jeune homme n'aurait jamais imaginé pouvoir profiter un jour.

Depuis que, alors qu'il était encore fiancé à Clara et qu'il venait d'entrer à l'université, ils avaient décidé d'aller vivre ensemble à Fontanar, Darío pensait vraiment qu'il avait trouvé là l'endroit qui lui était destiné, le lieu qu'il méritait. À partir de là, comme s'il assouvissait un besoin naturel ou que cela avait été une question d'hygiène mentale, les rares temps libres que lui laissaient ses journées prolongées à la fac de médecine ou dans les hôpitaux dans lesquels il avait fait l'apprentissage ardu des insondables mystères neurologiques et où il avait ensuite déployé ses talents grandissants qui avaient fait de lui un spécialiste reconnu, les jours où il n'avait pas de réunions du parti ou du syndicat et pas non plus de réunions de travail, les moments qui lui restaient après avoir aimé Clara et, quand ses enfants étaient arrivés, après avoir été près d'eux et avoir exaucé leurs vœux (dans la mesure du possible), Darío Martínez adorait s'efforcer d'entretenir et d'améliorer l'endroit où ses rêves s'étaient matérialisés. Oui, il croyait pour de bon avoir trouvé son paradis.

Tous connaissaient la pointe de l'iceberg de son histoire personnelle, mais Horacio était le seul à connaître une partie de la montagne cachée sous la surface. Fils d'une mère célibataire violée et mise enceinte à seize ans, semi-analphabète, cuisinière dans un restaurant minable et ne pouvant guère aspirer à mieux, née dans la promiscuité bruyante d'un immeuble populaire de la rue Perseverancia, en plein centre de La Havane, elle y avait élevé le fils que, malgré la façon dont il avait été conçu, elle avait tenu à avoir. Même si Darío préférait ne pas parler de ses origines, ses amis savaient qu'il avait passé sa jeunesse dans cet environnement dégradé, avec certaines personnes capables de conserver des principes et beaucoup d'autres avilies par une pauvreté ancestrale. Au début seuls Horacio puis Clara savaient que Darío avait grandi en étant souvent en butte au mépris, à l'exclusion et même à la violence parce que depuis toujours il était ce qu'il était, quelqu'un de différent : un petit con toujours dans son coin qui lisait des livres et allait tous les jours à l'école. Qui, même avec ses pantalons rapiécés, était, grâce à ses notes, le premier de la classe et l'exemple à suivre, celui qui était toujours élu étudiant d'avant-garde chez les pionniers et auquel on avait même accordé le privilège de sauter une classe.

La grande différence entre la mère et le fils, avait dit un jour Horacio, était qu'elle avait une croix noire sur le front et son fils, une étoile brillante. Selon Bernardo, tout cela était dû au fait que la mère avait été une victime du capitalisme alors que le fils, lui, était une réussite du socialisme. Pour Irving, matérialiste de l'école mystique, tout fonctionnait comme la démonstration terrestre que Dieu existait parfois et touchait du doigt le front d'un élu. Mais selon l'intéressé, son sort renvoyait à une équation plus simple : il n'était que le résultat visible de l'émanation de ses efforts et d'une urgence physique et existentielle dont l'essence restait cachée. Car ce que ces mêmes amis – y compris Horacio et ensuite Clara – ignoraient, c'était que, sous la partie montrable de ce passé déjà assez douloureux, Darío dissimulait les éléments les plus sordides de sa vie.

Avec la conviction qu'il ne reviendrait jamais sur ses pas, le jeune homme se fixait des objectifs qui dépendaient de sa volonté et l'obligeaient à se surpasser, sur tous les terrains où il devait intervenir, et il lui arrivait même, parfois, d'aller au-delà : presque toujours en se servant de son intelligence mais aussi, si c'était nécessaire, avec ses poings et sa rage, la solution généralement la plus efficace qu'il avait dû employer dans son enfance pour gagner le respect dans un quartier où on avait le sang chaud. Le studieux et solitaire Darío était aussi un être vacciné contre la peur de la douleur physique et donc capable de libérer une violence volcanique quand quelqu'un le cherchait.

Comme il aimait la maison qui allait au-delà de ses rêves, Darío taillait et nettoyait le jardin avec autant de soin et d'habileté qu'il en mettait pour s'occuper d'une boîte crânienne. Il réparait les clôtures, peignait les murs, nettoyait réservoirs et citernes et, si c'était à sa portée, faisait des travaux de plomberie, d'électricité, de menuiserie et de maçonnerie, avec ses mains habiles et son cerveau bien fait : si je peux extirper une tumeur d'un cerveau, comment je ne serais pas capable, merde, de réparer une fuite d'eau ou d'enduire une fissure. Et la maison, délaissée durant de nombreuses années par ses premiers propriétaires, tout à leur participation à l'œuvre collective de construction d'un monde meilleur (alors que le leur s'effritait), et, après leur mort, inhabitée à certaines époques, ne tarda pas à retrouver grâce à la passion de Darío la beauté harmonieuse dont profitèrent, jusqu'à l'explosion du désastre et même après, Clara, les enfants, et les autres membres du Clan.

Dans les jours qui avaient précédé la célébration de la fin de l'année 1989, d'abord, et ensuite pour la fête des trente ans de Clara, en janvier 1990, Darío avait pris soin que toute la demeure soit en ordre, et avait même formé une Troupe de Choc dont lui-même était le général et ses fils Ramsés, huit ans, et Marcos, six ans, ses fidèles auxiliaires de combat. Tandis que Clara, qui comme toujours au moment des célébrations n'avait pas le moral et était dans un état psychologique que son mari considéra proche de la dépression, restait à l'arrière-garde pour parer à toute éventualité. En fait, cette année-là, Darío se consacra aux préparatifs avec encore plus d'ardeur que d'habitude, conscient qu'il était urgent de réveiller l'enthousiasme de sa femme et, en même temps, que lui-même se concentrait sur une action concrète, visible, rentable, au milieu des multiples incertitudes dont l'origine et les conséquences dépassaient sa volonté de fer et assombrissaient de plus en plus son bonheur. Les convulsions du monde et de sa vie intime menaçaient de devenir insurmontables et de le toucher au front avec un doigt (ou une batte de base-ball), pour le jeter au sol et bouleverser sa vie.

En novembre 1989, quand flottait encore dans le ciel de Berlin la poussière soulevée par la chute inattendue du mur, le médecin avait appris que la soutenance de sa thèse de spécialité en neurochirurgie était suspendue, tout comme le reste des activités académiques de la prestigieuse faculté et de l'hôpital neurologique de Leipzig, rattachés à l'université Karl Marx. Selon les accords interministériels entre pays du Comecon, il devait se présenter fin mars 1990 dans ce centre de recherches réputé pour y recevoir à l'issue de quelques mois un diplôme scientifique reconnu dans pratiquement tous les pays d'Europe et d'Amérique latine. Mais l'université s'était soudainement retrouvée à la dérive, de même que les accords intergouvernementaux, et de nombreuses vies avaient dû en subir les conséquences, et parmi elles celle d'un individu en particulier : Darío Martínez, qui avait le sentiment d'avoir été pris en traître. Comme alternative, le Conseil scientifique du ministère de la Santé avait émis l'idée de réaliser des démarches pour que le médecin soutienne un doctorat à l'Institut de neurosciences de Barcelone, et il attendait avec anxiété la réponse, tous les jours un peu plus convaincu que cette piste se révélerait stérile.

Trois jours avant l'anniversaire de Clara, Darío était parvenu à acheter quatre cartons de bière par l'intermédiaire d'un ancien patient, administrateur d'un hôtel. Et de la cantine ouvrière où elle travaillait, sa mère avait récupéré cinq kilos de riz et un sac d'oignons et de têtes d'ail. Euphorique, il avait décidé, avant de rentrer à Fontanar avec la précieuse récolte, de passer à l'hôpital pour revoir l'agenda des opérations prévues le lendemain, sa dernière garde de chirurgien de la semaine. Dans son casier, il trouva une note succincte signée par le directeur de l'institution : il était au regret de lui dire que l'accord scientifique avec Leipzig avait été définitivement annulé par l'université, et que la possibilité de soutenir la thèse à Barcelone ne pouvait être prise en charge par la partie cubaine, car la situation économique dans laquelle entrait le pays ne permettait pas l'usage de fonds à cet effet. Tout l'argent disponible devait être employé pour maintenir à flot le système sanitaire et pour la célébration, l'année suivante, des Jeux panaméricains (pour lesquels, notait-il, le programme de travaux accusait un retard notable), événement historique dans lequel, comme tu ne l'ignores pas, Cuba aspire à la première place au tableau des médailles, au-dessus des présomptueux et riches rivaux yankees, pour démontrer une fois de plus la supériorité du sport socialiste sur le sport esclave. « Désolé, les priorités sont les priorités. » Et le directeur, maniant la rhétorique et changeant de style, ajoutait : « Reste l'espoir que les Catalans prennent en charge tous les frais… alors prie la Vierge de Montserrat ! De toute façon, avec ou sans diplôme, tu es le meilleur. Ne perds pas la foi (surtout en la Vierge de Montserrat) », écrivait-il en conclusion.

Darío eut le sentiment qu'on l'avait placé dos au mur et, pour la première fois de sa vie d'adulte, il ne savait de quel côté se tourner pour trouver une sortie. Il avait trente et un ans, on lui répétait qu'il était le meilleur, on lui avait programmé deux délicates opérations à crâne ouvert pour le lendemain, mais il pressentait que tout ce qu'il avait imaginé pour s'ouvrir un avenir merveilleux et mérité, ce qu'il pourrait obtenir grâce à ses efforts et à son talent, commençait à se défaire.

Dans sa Lada qui le ramenait vers le refuge de son paradis personnel, ce soir-là, Darío n'arrêtait pas de penser à l'inquiétante conversation qu'il avait eue quelques jours plus tôt avec Walter, l'élément maudit du groupe.

Walter Macías avait été le dernier à rejoindre le Clan, à l'époque où ils étaient déjà étudiants, même s'ils le connaissaient depuis quelques années déjà. Ancien ami de Fabio, les deux adolescents s'étaient rencontrés dans une école d'arts plastiques où Fabio avait compris qu'il manquait à sa sensibilité le composant mystérieux qui fait la créativité et avait pour cette raison bifurqué vers l'architecture, tandis que Walter démontrait que, s'il débordait de quelque chose, c'était bien de créativité, d'imagination, de mauvais esprit et de manque de discipline : un vrai artiste. Fabio et Liuba parlaient souvent de lui, toujours avec admiration, et en quelques occasions Walter était venu à des soirées et à des fêtes, quand il n'était pas avec ses camarades de l'École des beaux-arts.

Walter Macías avait ensuite disparu durant plusieurs années, quand par un miracle de la nature ou une irresponsabilité flagrante, il avait été envoyé étudier le muralisme et la sculpture monumentale à l'Institut des beaux-arts Sourikov de Moscou, une institution qui se proclamait l'héritière de l'esthétique et des méthodes de plusieurs des grandes figures du réalisme puis de l'avant-garde russe : des maîtres tels que Constantin Melnikov, Léopold Survage, Vassili Perov ou le paysagiste Alexeï Savrassov avaient fréquenté et ajouté au prestige de ce qui était jusqu'à la Révolution l'École de peinture et d'architecture de la société des Arts de Moscou. Malgré l'omniprésence du réalisme socialiste au moment de sa fondation, l'institut était une des écoles d'art les plus réputées au monde grâce à son rigoureux programme de formation, ainsi que l'assurait fièrement Walter. Et il avait fait pendant deux ans son apprentissage de peintre en Union soviétique, étudiant peu, apprenant beaucoup, profitant d'une vie de plaisirs façon russe – vodka, sexe avec la moitié de l'institut, virées de plusieurs jours avec un copain brésilien qui avait de l'argent plein les poches et en compagnie duquel il avait visité Samarcande, s'était baigné sur les plages de Sotchi, et s'était même rendu dans un ancien goulag proche de Anadyr, sur la côte du détroit de Béring –, jusqu'à ce que, racontait Walter avec le sourire, à l'issue de ses premières vacances à Cuba, les responsables politiques des étudiants cubains décident qu'un indiscipliné tel que lui, qui fréquentait des étrangers à l'étranger, ne pouvait pas retourner en Union soviétique.

De retour à Cuba, Walter avait trouvé du travail comme dessinateur de couvertures et d'affiches chez un éditeur, tout en commençant une chaotique carrière de peintre et de photographe : trop de talent, trop de manque de sérieux, un caractère difficile. Le groupe l'avait accepté à l'époque comme si Walter avait toujours été là, ils s'amusaient de ses histoires improbables (ils supposaient, ils en étaient parfois tout à fait persuadés, que beaucoup d'entre elles étaient de purs mensonges) et ils voyaient en lui un adepte de cette irrévérence dont seule Elisa, avec son histoire personnelle particulière, savait faire preuve, même si d'une autre manière, sans compter une résistance à l'alcool dont seul Bernardo était de taille à relever le défi… tout en perdant à tous les coups.

Walter était allé voir Darío à l'hôpital parce que, en raison de fréquents maux de tête, il s'était autodiagnostiqué une tumeur au cerveau. Rien qu'en le voyant, Darío avait conclu qu'il n'y avait pas de tumeur. Mais il lui avait prescrit des analyses et des examens plus approfondis qui donnèrent le résultat attendu.

– Bien… bien… puisque je n'ai pas de tumeur et que je ne suis pas en train de crever, je vais me bourrer la gueule en sortant, comme ça j'aurai un bon motif pour ce foutu mal de tête et, au passage, pour moins gamberger, avait dit Walter en apprenant qu'il avait seulement des problèmes cervicaux et que Darío l'envoyait chez un orthopédiste tout en lui conseillant sans plus attendre de porter autant que possible une minerve quand il travaillait pour limiter les mouvements du cou.

L'autre raison de ses maux, lui avait dit le médecin, pouvait être le stress, qui provoquait les réactions les plus inattendues…

– Stress, mon cul ! avait rigolé Walter. Moi, je me fous du tiers comme du quart, qu'éclate la guerre intergalactique ou qu'arrive l'apocalypse, je m'en tape. Et je vais te dire, quand je me sens vraiment pas bien, je me fume un joint et je vois le monde en technicolor.

Comme il avait donné rendez-vous à Walter pour la fin de l'après-midi, Darío avait accepté l'invitation à aller boire des bières au bar du restaurant Rancho Luna, où il y avait toujours des bières au frais pour Walter, qui était copain avec le barman et le payait avec des petites aquarelles et des dessins imitant la peinture figurative de Servando Cabrera, ledit barman les revendant à ses clients russes et bulgares en les présentant comme des originaux.

Darío ne savait pas comment une consultation médicale, suivie par ce qui aurait dû être une anodine conversation de bar, avait pris la tournure énervante et dangereuse qu'il devait se rappeler durant le trajet de retour à Fontanar, pile le jour où ses rêves avaient commencé à se fracasser. Un dialogue qu'il revivrait souvent après la tragédie.

– Il y a un truc que je veux te dire… tu sais que je m'en fous de mourir d'une tumeur au cerveau, non ? – C'était comme ça que le peintre avait commencé. – Mais j'avais besoin de savoir si c'était une saloperie trop grave pour faire ce que je veux faire, et qui me donne mal à la tête.

– Tu es en forme aujourd'hui : dans la plus pure abstraction conceptualiste… C'est comme ça qu'on dit ? Le chaos des systèmes dynamiques, comme dirait Horacio, avait répondu Darío, encore avec le sourire. Je n'ai rien pigé à ce que tu m'as dit.

Walter vérifia la distance entre eux et les autres clients, et dit dans un murmure :

– Je vais m'en aller… Il faut que je m'en aille…

Les deux phrases, telles qu'elles étaient construites et dans le contexte où elles étaient dites, étaient sans ambiguïté : Walter quittait le pays. Ou du moins essayait de le faire.

– Comment ? Et où tu vas ? finit par demander Darío, après avoir vérifié que personne ne pouvait les entendre parler d'un sujet délicat.

– Je ne sais pas, mais je vais m'en aller… Et si je te le dis, c'est que j'ai besoin que tu m'aides. Mais de ça, tu ne peux en parler à personne. Tu sais comment sont les choses ici. C'est pour ça que je veux m'en aller.

– Tu peux répéter ?, je pige rien à ce que tu dis. Et pourquoi tu me dis ça ?

– Ça fait des mois qu'on me surveille. Et ce n'est pas de la parano. Je sais qu'il y a des gens qui n'aiment ni ma personnalité ni ma façon de vivre, et qui veulent me faire chier… Je crois même… Tu me jures que tu ne diras rien à personne ? Jure-le.

– Walter, Walter… Oui, je te le jure…

– Je crois que Guesty, la copine d'Horacio, est la nana chargée de m'espionner. Elle fait des rapports sur moi… et, au passage, sur tous les autres, sur toi aussi, tu peux en être sûr. Comme ça, elle fait d'une pierre deux coups.

– Et tu me dis que tu n'es pas parano ni stressé ? Mais qu'est-ce que tu as fumé aujourd'hui, mec ?… Merde, mais de quoi tu parles, mon pote ?… Une espionne pour toi tout seul ?… Mais t'es pas Soljenitsyne ! – Darío se rendit compte qu'il avait été trop loin.

– Très bien, ne me crois pas… Tant pis, ça vous regarde… Je dois être fou, mais il faut que tu m'aides.

– Putain, mais comment tu veux que je t'aide à t'en aller ? Je te prête mon yacht bleu, ou le blanc avec une bordure grise ?

– Ce diplomate tchèque, que tu as opéré de la colonne vertébrale et qui est devenu ton ami. Dis-lui que tu veux lui offrir un tableau, tu me le présentes et je me charge du reste. Dis-lui que c'est un Servando…

Darío ravala sa salive. La conversation était arrivée sur un terrain marécageux.

– Je ne sais pas si… Tu veux t'en aller parce qu'on en a après toi ?

– Oui, aussi… Je n'ai pas ma place ici. Ils veulent que je sois d'une certaine manière, et moi je suis d'une autre. J'étouffe. Ça me donne mal à la tête !… Et s'il arrive ce qui va sûrement arriver, ça va devenir très très dur, et quand les choses tournent mal, ils resserrent toujours les boulons les plus faibles. Et je ne me sens pas capable de vivre ça. Je suis fatigué… Le Tchèque, tu vas me le présenter ?

– Tu me demandes de jouer avec le feu. Si Guesty l'apprend et le répète, j'en prendrai plein la gueule, dit-il avec un sourire forcé. Tu es sûr que tu veux t'en aller ? Qu'il faut que tu t'en ailles ? Tu crois vraiment que la bimbo d'Horacio te surveille toi, et tous les autres au passage ? Et sachant tout cela, tu me demandes de t'aider ?

– Je ne suis sûr de rien, mec. Je veux faire un truc pour m'enlever cette pression. Je ne veux plus avoir mal à la tête.

– Qu'est-ce que tu feras quand tu seras parti ? Tu vivras de la peinture ?

– Peut-être que oui, ou peut-être que je ne repeindrai plus jamais de ma foutue existence. Mais ce qui me rend dingue, c'est l'enfermement et la surveillance. Ici, le mal est partout… Darío, je te jure, je veux m'en aller parce que je veux vraiment m'en aller et c'est une raison suffisante. Plus que suffisante.

Darío se dit qu'il était peut-être égoïste. Lui aussi avait souhaité s'en aller, même si c'était pour mieux revenir. Il rêvait de la possibilité d'aller à des congrès, et même d'être promu directeur de l'institut, de se voir attribuer une voiture neuve. Pourquoi Walter ne pourrait-il pas se tirer, faire sa vie ailleurs et devenir peut-être un meilleur peintre ou une meilleure personne ? Le comportement compulsif de Walter était-il lié à la consommation d'une drogue plus forte que la marihuana, comme il le soupçonnait ? Mais être le dépositaire des envies de l'autre le rendait nerveux. Il avait peur.

– Oui, c'est une raison suffisante, admit alors le médecin, qui à cette minute aurait voulu être très loin de là, loin de Walter.

– Tout ça, c'est de la folie, mec. Vouloir aller vivre ailleurs, c'est presque un délit… On peut même enlever le « presque »… Ça ne devrait pas être un droit ? Ça ne devrait pas être un problème personnel, et pas une affaire d'État ? Toutes ces conneries, ça me donne encore plus envie de me tirer. Je ne suis pas un soldat, je suis un artiste et, en plus, je fais partie des imbéciles qui croient au droit à l'erreur. Si je me casse la gueule, c'est mon problème, je le fais parce que je l'ai bien voulu. Tu vas m'aider, oui ou non ?… Darío… je le sais, ils en ont après moi, ils veulent m'écraser. Je le sais…

Darío lui avait demandé un peu de temps pour établir le contact, mais dès le début il savait qu'il n'en ferait rien : Walter le poussait à jouer avec le feu et il n'avait pas l'intention de se brûler. Parler à un diplomate tchèque ? Guesty, une moucharde ? Walter sous surveillance ? Une fuite du pays ? Ce dont le peintre avait besoin, c'était d'un psy, pas d'un neurochirurgien. Ou d'un passeport avec un visa… Mais il n'arrivait pas à chasser la conversation de ses pensées et elle lui revint à l'esprit tandis qu'il était au volant pour rentrer à Fontanar, transportant avec lui des bières, du riz, des têtes d'ail et des tonnes de frustration.

Le médecin était arrivé chez lui au moment où commençait à tomber la précoce nuit d'hiver, renforcée par une oppressante obscurité urbaine, due à l'une de ces pannes d'électricité de plus en plus fréquentes. La coupure du courant lui flanqua un coup supplémentaire au moral, déjà pas bien haut, et il ne se donna même pas la peine de relever les vitres de sa brinquebalante Lada 1600, qu'il laissa à côté du garage au lieu de la rentrer. Darío prenait soin de sa voiture comme de ses mains de chirurgien : on la lui avait attribuée trois ans plus tôt, à l'état d'épave, quand le directeur de l'hôpital féru de rhétorique en avait reçu une neuve (une Aleko, comme celle de Fabio), et grâce aux pièces que d'une façon ou d'une autre Clara pouvait trouver dans les entrepôts de son atelier et avec le concours d'un mécanicien du quartier expert en résurrection, la vieille Lada était redevenue un objet roulant que le chirurgien chérissait et défendait.

Avec un profond sentiment de lassitude, Darío longea la maison jusqu'au jardin où Ramsés, Marcos et d'autres gamins du quartier essayaient de terminer un match de foot dans les dernières lueurs du jour, et il demanda à ses fils de descendre les sacs entassés dans le coffre de la voiture. Le père ne leur laissa même pas le temps de protester. Le ton sec surprit les enfants, qui obtempérèrent.

Par la porte arrière, Darío entra directement dans la cuisine où Clara préparait le repas en s'éclairant avec une vieille mais efficace lampe chinoise à pétrole.

Il s'approcha et tous deux se regardèrent sans dire un mot. On pouvait lire sur leurs visages toutes les mimiques reflétant la situation : obscurité, moustiques, découragement, peur, incertitude. Il s'approcha pour la prendre par la taille et l'embrasser dans le cou.

– Je suis toute sale, dit-elle.

– Je m'en fous, dit-il. J'ai besoin de toi. Vraiment besoin. Je m'écroule, ajouta-t-il, et elle se retourna pour lui offrir ses lèvres. Ce fut un baiser si normal et passionné que tous deux sentirent qu'il était anormal et passionné. Ils l'apprécièrent et le prolongèrent, tandis qu'il lui caressait les seins par-dessus sa robe.

– Si j'avais pris ma douche, si le repas était prêt, si je n'avais pas deux fils qui puent le fauve et qui dans trois minutes vont commencer à râler parce qu'ils sont morts de faim… énuméra-t-elle.

– Oublie tout ça, garde ton élan, l'implora-t-il.

– Tu tires une de ces tronches… qu'est-ce qu'il y a ?

– Tout. Toujours la même chose. Je n'ai pas envie d'en parler, dit-il, mais il ne put se retenir. Le coup de Barcelone, c'est presque impossible. Les budgets pour ça sont gelés. Il n'y a pas d'argent.

– Non, il n'y a pas d'argent… ni de pétrole, ni d'électricité… tout ça tu le savais.

– Mais je t'ai, toi… et ces deux sauvages affamés… et cette maison… et on va faire une fête… Mais je veux te raconter une chose que je ne t'ai pas dite.

– Qu'est-ce qui se passe ?

– Walter… Guesty… les murs qui tombent… Mais aide-moi d'abord à soulager cette foutue tension. – Et il embrassa à nouveau sa femme, encore plus passionnément.

Darío et Clara allaient se souvenir durant de nombreuses années de la fusion charnelle de ce soir-là, comme de la dernière fois où tous deux s'étaient livrés en donnant le meilleur de leurs capacités sexuelles. Peut-être parce que tous deux avaient besoin de libérer leurs cohortes de démons intérieurs.

Deux jours plus tard Clara aurait trente ans. Et cinq jours plus tard éclaterait l'orage qui allait de façon étrange et définitive altérer le cours de l'existence de chacun des membres du Clan.

Après avoir balayé le golfe du Mexique, précédé par une pluie fine, le front froid atteignit l'île le 20 janvier. La baisse des températures fut immédiate, et l'après-midi du 21, sous un ciel couvert et une lumière grise mais brillante, le thermomètre dans le jardin de Fontanar afficha 16 degrés, un froid polaire pour la majorité des invités.

Clara avait à peine fermé l'œil de la nuit. Au début, la fatigue avait eu raison d'elle et, au bout d'un quart d'heure dans le lit, ses yeux s'étaient fermés aussi facilement qu'ils s'étaient rouverts à deux heures et demie du matin, quand elle avait été réveillée en sursaut par un rêve où elle cherchait des enfants égarés qui étaient ses enfants sans l'être et où elle s'approchait d'un précipice où l'on ne voyait qu'une brume épaisse, asphyxiante, alors qu'elle-même se sentait aveugle et gelée. L'esprit lucide et en ébullition, elle sut qu'elle aurait du mal à retrouver le sommeil. Son réveil en sursaut était accompagné d'un torrent de pensées insidieuses : le fait d'avoir à organiser et, pire encore, d'être l'élément central de la fête ; le mélange complexe de désir et de rejet dans ses relations intimes avec un Darío de plus en plus désabusé ; la tension nerveuse étrange que provoquait la proximité d'Elisa ; les annonces et même les premières conséquences des difficultés matérielles et spirituelles qui les cernaient et troublaient toute projection dans l'avenir.

S'ajoutaient en plus les histoires de la paranoïa, des plans de Walter et de ses soupçons concernant le rôle de Guesty, qui venaient grossir l'avalanche d'évidences lui indiquant qu'elle assistait au début de la fin de beaucoup de choses. Et que ce qui menaçait d'arriver ensuite serait peut-être encore plus grave et douloureux que tout ce qu'elle aurait jamais pu imaginer ou concevoir aujourd'hui, et l'avenir personnel, familial, national, universel, qui s'ouvrait devant elle avait dans cette nuit d'insomnie les couleurs les plus sombres. Comme c'est d'ordinaire le cas dans les nuits d'insomnie.

En observant les gouttes de pluie qui s'entrechoquaient et les formes capricieuses des filets d'eau sur la vitre donnant sur le jardin, la sensation d'angoisse finit par se dissiper, entraînée par une mollesse physique et mentale. Presque au lever du jour, elle fut rattrapée par un sommeil qui, ce n'était pas dans ses habitudes, dura jusqu'à neuf heures du matin de ce jour destiné à devenir le plus mémorable de ses anniversaires.

Avec des manteaux qui sentaient le renfermé, les membres du Clan retournèrent cet après-midi-là dans le jardin de Fontanar pour y fêter les trente ans de Clara. Les premiers arrivés furent Bernardo et Elisa, suivis par Fabio et Liuba, car Fabio devait seconder Darío dans le processus déjà entamé de faire rôtir le porc au barbecue, tandis que Bernardo et Liuba se chargeaient de préparer le riz, les haricots noirs et les tubercules de manioc aux formes tarabiscotées qu'Elisa et Clara devaient éplucher. En guise d'échauffement, Bernardo s'était servi le premier verre de rhum et les autres s'étaient regardés, pressentant que son apport à la cuisine ne durerait pas très longtemps. Heureusement, Irving et surtout Joel étaient toujours prêts à le remplacer, sachant qu'on ne pouvait guère compter sur Horacio et Walter – qui arrivaient généralement en derniers –, et encore moins sur Guesty la blonde, avec ses ongles vernis, ni sur Margarita la

Pintá, plus antipathique qu'une planche pourrie, selon l'avis toujours bienveillant d'Irving.

Clara s'offrit une longue douche chaude, et sans se maquiller encore, rejoignit les autres en plein travail. Un couteau à la main, s'apprêtant à déshabiller le manioc, elle s'adossa à l'évier pour fumer une cigarette. Pourrait-elle pour de bon arrêter de fumer ? De là où elle était, grâce au plan de la cuisine conçu par ses parents, elle avait une vue panoramique sur la terrasse et le jardin, au centre duquel trônait la table où brillait le gâteau au chocolat qu'avait décidé de préparer Elisa, déjà orné de trente petites bougies rouges. En guise de décoration pour la fête, des guirlandes de papier pendaient du plafond, ainsi que quatre préservatifs gonflés, en substitution de ballons introuvables dans le pays. Quand l'épluchage du manioc commença, sans qu'elle puisse l'éviter, la vision mi-drôle mi-surréaliste de cette cuisine décorée ramena à sa conscience, comme un boomerang pervers, l'image d'Elisa pelotonnée les bras autour des jambes. Et comme si la pensée l'avait fait surgir, Elisa s'approcha et lui demanda un couteau pour l'aider dans sa tâche.

– Mets un tablier, ce manioc est plein de terre, dit-elle à son amie en lui tendant un couteau.

Elisa décrocha le tablier qui était près de l'évier avant de le remettre à sa place. Elle enleva son pull en shetland et reprit le tablier pour se protéger. À cet instant, Clara remarqua un bleu sur son biceps gauche.

– C'est quoi cette marque ?

Elisa secoua la tête avant de sourire.

– Les risques du métier… un coup de sabot.

– Bonté divine, Elisa !… Tu n'arrêtes pas… Et si tu en prends un dans le ventre ?

Elisa hocha la tête.

– Ne t'inquiète pas… Aujourd'hui, j'ai demandé un congé sans solde jusqu'à mon congé de maternité.

– Tant mieux, soupira Clara en reprenant sa tâche.

De là où elle était, elle sentait l'odeur d'Elisa, qui avait aussi commencé à nettoyer le manioc. Et, comme cela lui arrivait de plus en plus souvent, elle se sentit perdue, avec la sensation d'être quelqu'un de différent, sans savoir ni qui ni comment, mais quelqu'un d'autre. Elle s'obligea à penser à autre chose.

– Au fait, qu'est-ce qui arrive à Bernardo ? Tu ne crois pas qu'il boit trop ?

– Il boit autant que d'habitude.

Clara secoua la tête.

– Et… Bernardo et toi, vous avez un problème avec Walter ?

Elisa garda les yeux fixés sur sa tâche.

– Non, aucun. On ne le supporte pas et… aïe, putain ! Ce manioc de merde…

Clara entendit le cri de son amie et le tintement métallique d'un couteau dans l'évier qui la ramena à la réalité. Elle vit le pouce d'Elisa tout rougi avec le sang qui commençait à couler.

– Mais comment… ? Mets le doigt sous le robinet.

– Putain de merde, lâcha Elisa en mettant son doigt blessé sous le jet, qui se teinta de rouge.

– C'est une petite coupure, c'est une petite coupure, constata Clara. – Elle tira d'un tiroir un torchon propre. – Appuie ça là-dessus et lève le doigt.

Elisa obéit. On voyait sur son visage qu'elle avait mal. Clara l'aida à tenir le torchon.

– Je suis capable d'inséminer une vache et d'opérer un taureau, mais je n'apprendrai jamais à peler le manioc.

– Tu n'es pas née pour peler du manioc. – Toutes deux sourirent. – Fais voir…

Clara relâcha la pression et souleva délicatement le torchon du doigt blessé. Elle vit à peine une fente entre les sillons du doigt, mais qui pouvait resaigner.

– Tu as des pansements ? demanda Elisa.

– Dans la salle de bains d'en haut… Je vais t'en chercher un. Garde ça sur ton doigt, et ne le mets pas vers le bas.

– Merde, Clara… Rappelle-toi que c'est moi qui suis censée m'y connaître en blessures…

Clara enleva son tablier et monta jusqu'à l'étage par les marches en bois incrustées dans le mur. Elle entra dans sa chambre, alla dans la salle de bains et chercha sur l'étagère sous le miroir jusqu'à trouver la boîte de pansements. Elle l'ouvrit : il en restait deux. La boîte à la main, elle sortit de la salle de bains et, en entrant dans la chambre, tomba sur Elisa, le pouce levé, comme si elle faisait du stop pour le ciel.

– Il ne fallait pas monter…

– Sauve qui peut, la Pintá vient de débarquer avec son mec… Je le supporte pas… Tu étais obligée de l'inviter ?

– Lui, pas besoin de l'inviter… il débarque quand il faut débarquer.

Clara sourit tout en sortant un des pansements, laissant la boîte sur une commode. En faisant attention à ne pas l'abîmer, elle tira sur les côtés pour enlever la bande de protection.

– Voyons voir ce doigt, demanda-t-elle à Elisa et, avec encore plus de délicatesse, en essayant de ne pas lui faire mal, elle plaça la gaze absorbante sur la blessure qui ne saignait presque plus et commença à tirer de chaque côté du pansement pour le coller le mieux possible. Tout en réalisant cette opération, Clara sentit que le ventre déjà arrondi d'Elisa touchait le sien et elle respira goulûment les odeurs de parfum, de shampoing, de maquillage de son amie : des odeurs de femme. Quand elle eut fini de fixer le pansement sur le doigt, Clara garda un instant la main d'Elisa entre les siennes. Combien de temps dure un instant ? Que contient un instant ? Et elle ne sut à quelle fraction de cet instant peut-être détaché du temps ou maître du temps tout entier, tandis que sur son abdomen plat elle ressentait la pression du ventre gonflé, un mouvement s'ébaucha (de sa part ? de celle d'Elisa ? des deux ?) et les lèvres des deux femmes se joignirent. Clara sentit comment ses jambes tremblaient pendant que son cerveau analysait le goût fruité de la salive d'Elisa, la pulpe de ses lèvres, la vigueur de sa langue douce et pointue, ses dents cherchant la chair. Un autre instant ou plus qu'un instant ? Que pensa-t-elle, que sentit-elle, que savoura-t-elle et avala-t-elle, donna et reçut ? Laquelle avait rompu l'équilibre ? Toutes ces questions elle se les poserait après, car un cri la paralysa et effaça l'intense processus d'assimilation de sensations que troublaient les battements de son cœur.

– Maman, maman ! criait son fils Marcos, déjà sur le seuil de la chambre.

Clara tenait encore dans ses mains la main blessée d'Elisa et tarda peut-être plus qu'un instant (le même ou un autre instant ?) à tourner la tête, sentir un haut-le-cœur, se reprendre et répondre à son petit garçon.

– Marcos, mon chéri, ne crie pas ! cria-t-elle, troublée. Qu'avait vu son fils ?

– Elle a quoi, Elisa ? demanda l'enfant.

– Une petite coupure… Voilà, c'est soigné, dit Elisa en lâchant les mains de Clara et en s'avançant vers Marcos pour lui montrer le pansement sur le doigt. En passant devant l'enfant, elle lui ébouriffa les cheveux de sa main valide et Clara se dit que c'était en fait ses idées qu'elle voulait ébouriffer. Qu'avait vu son fils de six ans ? S'il avait vu quelque chose, que pouvait-il penser ? Toute la soirée, Clara attendit un commentaire de l'enfant, qui ne vint ni ce soir-là ni les jours suivants. Et Clara dut attendre près de trente ans les réponses à ses questions, alors que de nombreuses réponses ne lui importaient guère ou l'affectaient d'une autre façon.

Clara rejoignit les réjouissances, tout en se tenant à distance d'Elisa. Elle salua les derniers amis qui arrivaient

– Horacio et Guesty, et quand la blonde aux yeux étonnés l'embrassa, elle ne put s'empêcher de penser au soupçon de Walter et au baiser d'Elisa –, elle mit le manioc à cuire, rajouta du sel et se servit un verre de rhum Flor de Caña apporté par Walter : un verre anesthésiant. Elle ne voulait pas penser, elle ne pouvait pas se permettre de penser : il lui aurait fallu trop penser, repenser à tout.

Alors que les invités étaient rassemblés entre le jardin et la terrasse, en train de boire du rhum et des bières, de parler de tout et de rien tandis que le manioc bouillait dans une gigantesque casserole en aluminium, que le riz cuisait dans trois marmites, que les haricots parfumés au cumin et à l'ail épaississaient à feu doux et à découvert dans les cocottes-minute, et que le porc au-dessus des braises avait été retourné une nouvelle fois en exhalant de prometteurs effluves, Bernardo, le verre à la main, réclama l'attention. D'une voix forte il souligna que c'était le moment de porter un toast et il fit signe à Ramsés d'éteindre la musique – un disque de boléros célèbres chantés par Pablo Milanés qu'Elisa adorait à en pleurer – et de changer de cassette sur le magnétophone.

D'un pas rendu hésitant par la quantité de rhum ingérée, le mathématicien chercha alors la dalle la plus élevée de la terrasse d'où il pourrait surplomber le jardin. Clara essaya d'éviter les regards que, elle le savait, les autres échangeaient, peut-être avec un petit sourire moqueur, car elle sentait que regarder Bernardo lui causait une pointe de culpabilité. Le flash de l'appareil photo de Walter illumina les lieux et Bernardo s'éclaircit la gorge tout en attendant qu'achève de s'éloigner l'avion qui venait de décoller de l'aéroport de Rancho Boyeros, qui n'était pas loin.

– Ramsés, s'il te plaît, finit par dire Bernardo. L'enfant sourit et appuya sur la touche *play* du magnétophone.

Des accords de guitare acoustique, reconnaissables entre tous et aussitôt identifiés par tous, inondèrent le jardin de la maison de Fontanar. Quelques-uns sourirent, d'autres tournèrent la tête, pour observer, intrigués, Bernardo qui restait immobile, les yeux fermés, tandis que s'élevait la voix diaphane de Steve Walsh, le chanteur de Kansas.

I close my eyes, only for a moment,
And the moment's gone
All my dreams pass before my eyes, a curiosity
Dust in the wind
All they are dust in the wind.

Bernardo ouvrit les yeux et regarda l'assistance. Clara craignit que quelque chose de grave ne soit arrivé. Elle savait que Bernardo adorait cette chanson, mais elle avait du mal à comprendre sa pertinence en pleine fête d'anniversaire. Le son mélancolique du violon de Robby Steinhardt flotta alors dans l'air, avant les paroles et les derniers accords de la chanson.

Dust in the wind
All we are is dust in the wind
Dust in the wind
Everything is dust in the wind
The wind...

Bernardo regarda une nouvelle fois les visages des convives, qui avaient gardé un silence expectatif.

– Vous ne trouvez pas que c'est une des plus belles chansons jamais composées ?… Une des plus vraies ?… Eh oui, merde, tout n'est que poussière dans le vent… Et c'est pour ça que, avant que vous ne commenciez à vous remplir la panse avec du porc grillé et du riz aux haricots, je veux vous dire un truc. – Bernardo sourit alors, ses yeux se remirent à briller, avec ce vert profond toujours attirant et mystérieux. – Je ne sais pas si vous avez fait les comptes… faire les comptes, c'est mon boulot, je suis pas mathématicien informaticien pour rien. Et les comptes disent que c'est la onzième fois que nous sommes réunis ici pour fêter l'anniversaire de notre chère Clara. La première, c'était en 1980 et nous étions presque tous là, sauf l'abominable Walter, comme disent certains, qui était à la chasse aux ours en Sibérie. Et pas non plus Joel, qui était encore dans un placard ; ni Margarita, parce que nous ne savions pas qu'elle existait, et pas non plus Guesty, qui était à l'école primaire… Mais ceux d'entre nous qui étions ici, vous vous rappelez comment nous étions en 1980 ? Au top, non ? Et maintenant comment nous sommes en 1990 ? Et on a presque tous fêté nos trente ans et nous autres, ceux d'alors, nous ne sommes plus les mêmes, comme disait José Martí.

– Ignorant !… C'est Neruda qui l'a dit, lança Irving.

– Un poète !… Le fait est que nous ne serons plus jamais les mêmes ni la même chose, ce qui n'est pas tout à fait pareil… Parce que c'est ce que nous sommes : poussière dans le vent… Mais avec nos rides et nos cicatrices… nous sommes ensemble, et c'est ce que je voulais dire. Et nous sommes ensemble parce que Clara a été l'aimant qui nous a maintenus ainsi, serrés, comme le Clan que nous sommes. – Il hocha la tête, but, sourit. – Clara et cette maison. Clara et sa force de résistance, il en faut pour nous résister !… Mais avant de trinquer en l'honneur de Sainte Clara des Amis, de Maman Clara, je voulais porter un premier toast à ma femme, Elisa, mon amour… Et quoi encore, Irving ?

– « Quand dans cette vallée rafraîchie par le vent / Nous ramassions ces fleurs fragiles… »

– Merci, Irving… Rafraîchie par le vent… un peu trop rafraîchie, non ? dit Bernardo, et tous, sauf Walter, Elisa et Clara, avaient déjà le sourire. Je disais donc… Elisa, mon amour, pour qui je serais capable de tuer, parce que est en train de grandir dans ses entrailles l'enfant que, vous le savez, nous avons eu tant de mal à avoir. Un enfant que, quelqu'un a pu dire grâce à Dieu, à un miracle, mais moi je dis grâce à moi et à ma femme, nous allons enfin avoir et qui, je le promets, si c'est une fille s'appellera Clara Elisa, et si c'est un garçon, Attila – il sourit et presque tous les autres sourirent –, parce qu'il sera un barbare, et j'en ferai un joueur de base-ball, un boxeur ou un musicien, qu'est-ce qu'on peut en faire de mieux dans ce pays de merde… Je bois à la santé d'Elisa et de son utérus ! Et à la victoire finale ! À la vôtre ! cria-t-il en levant son verre, tandis que les autres répondaient et imitaient son geste. Et je bois à la santé de Clara, qu'elle fête beaucoup d'autres anniversaires et que nous soyons toujours, toujours, tous réunis pour les fêter ! À la tienne, Clara, bon anniversaire ! – Et l'on entendit des cris, des applaudissements, des sifflets, on réclama encore du rhum et de la bière.

Même Margarita la Pintá avait l'air émue par le discours de Bernardo, tandis que les vieux amis se serraient dans les bras, s'embrassaient, trinquaient, riaient, se félicitaient. Clara, de son côté, évita de s'approcher d'Elisa, tout en observant avec inquiétude comment elle évitait Walter (ou était-ce Walter qui l'évitait ?) et avec crainte le moment où Elisa et Irving s'embrassèrent et se mirent à parler ensemble, certainement du discours étrange prononcé par Bernardo qui se déclarait prêt à tuer pour la femme qui, supposaient la majorité des autres, portait dans son ventre l'enfant d'un autre. Ou pas ?

– Une photo avec tout le Clan, réclama alors Horacio, en passant un bras autour des épaules de Clara tout en prenant la main de Guesty pour qu'elle ne se sente pas à l'écart.

– Oui, des photos…

– Venez dans le jardin, sur la terrasse il y a un contre-jour ! demanda Walter en faisant des moulinets avec les bras, comme s'il guidait un troupeau.

Fabio, à l'extrême gauche, posa un bras sur les épaules de Liuba. Irving prit la main du timide Joel et ils se placèrent à côté des architectes. Elisa et Bernardo se mirent près d'eux, Elisa juste en face du photographe. Clara prit le bras de Darío et, sans le vouloir, appuya son épaule contre celle d'Elisa. Horacio, sans lâcher Guesty, se plaça aux côtés des propriétaires de la maison, et à l'extrême droite se plaça Margarita, essayant de dissimuler sa posture habituelle, les genoux en dedans. Ramsés et Marcos coururent se placer devant tandis que Liuba appelait Fabiola, qui n'arrivait pas.

– Je crois que Fabiola est en train de chier ! lança Marcos, et tous rirent tandis qu'au même moment Walter, qui les surplombait et les observait dans le viseur de l'appareil, leur demandait de se serrer un peu plus. Bernardo prit alors Elisa par les épaules et la plaça devant lui, de profil par rapport à l'objectif.

– Mais continuez à rire, bordel, Fabiola est en train de chier ! demanda Walter, l'œil collé à l'appareil, et la lumière du flash les illumina une fois, ne bougez pas, deux fois, et Horacio cria alors :

– Putain, le porc est en train de cramer !

Et tandis que Walter rembobinait et sortait du Zenith le rouleau de pellicule Orwo qui était terminé, le Clan, souriant, se dispersa. Comme poussière dans le vent.

III

IL FAIT CHAUD À LA HAVANE ?

Irving le savait mais la réalité se chargeait toujours de le lui faire bien sentir : chacun traîne ses peurs. Sauf que, pour certains, le poids est plus lourd.

Quand il sortit enfin du bâtiment de l'aéroport et reçut comme une gifle la bouffée de chaleur humide, il se dit que cette fois il allait vraiment s'évanouir. Ce n'est pas possible ! Quatorze ans loin de l'île l'avaient fait mythifier et oublier les effets d'une sensation thermique accablante. Chaque pore de sa peau se dilata en grand et il ressentit à nouveau la sueur couler du haut du crâne jusqu'à la pointe des pieds, s'infiltrer dans ses yeux jusqu'à lui donner encore plus envie de pleurer. Mais Irving savait que la chaleur pâteuse et sale n'était pas la seule cause de cette suée de plus en plus violente et encore moins de son envie quasi irrépressible de pleurer : la faute à sa peur, aux effets permanents de la peur auxquels il ne pouvait échapper parce qu'ils faisaient partie de l'oxygène qu'il respirait sur l'île, le mélange toxique qui l'avait poussé à partir. La même peur que, au bout de toutes ces années, il avait cru exorciser et qui, comme un boomerang insidieux égaré dans la quatrième dimension, revenait pour le frapper de plus belle, la peur qui l'avait durant des heures maintenu les bras crispés sur les accoudoirs de son siège dans l'avion, sans appétit et avec la diarrhée.

Deux heures et demie plus tôt, quand il avait quitté l'appareil enfin posé sur sa terre natale, Irving avait dû passer entre trois hommes en uniforme qui scrutaient chaque passager comme s'il avait été coupable de quelque chose ou de tout. Cette peur qui ne le lâchait pas avait alors explosé, grossi jusqu'à la phase supérieure, proche de la terreur, et il avait senti qu'elle continuait à grandir tout le temps où il se dirigeait vers les guérites des services de l'immigration, avec son cœur qu'il entendait battre si fort qu'il craignait de s'évanouir et redoutait que, quand ce serait son tour de présenter son passeport, le garde-frontière entende lui aussi ses battements.

Pour passer le contrôle, trente minutes de queue : tu débarques à Cuba et c'est une queue qui t'attend. « Le pays des longues queues », se dit-il, tout en lisant sur une affiche qu'il était arrivé dans « un paradis sous le soleil ». Au bord de la déshydratation à force de transpirer nerveusement et à cause des diarrhées, le corps endolori, tremblotant plus que tremblant, il s'arrêta enfin devant le guichet, murmura un bonsoir et tendit son passeport cubain orné d'un permis d'entrée dans son propre pays tamponné par le consulat de Madrid.

– Ir… commença le fonctionnaire.

– Irving Castillo Cuesta, termina-t-il, terrorisé.

– Fixez l'objectif, lui demanda l'officier, et Irving regarda l'appareil. Clic. – Sur quel vol étiez-vous ?

– Cubana.

– Provenance ?

– Heu, Madrid.

– Vous avez aussi un passeport espagnol ?

– Oui.

– Montrez-le.

– Voilà, camarade.

– Vous logez où ?

– Chez ma mère qui est bien malade, la pauvre, dans le Vedado, rue K, numéro 312, entre les rues 15 et 17... Ah oui, deuxième étage... Appartement 24 !

– Votre billet retour ?

– Le voici...

Irving parlait et l'autre ne le regardait pas. Il sentait ses jambes de plus en plus molles tandis que le fonctionnaire, avec une rigueur distante presque scientifique, lisait, regardait les passeports, examinait attentivement le billet d'avion, puis, en plissant en peu les yeux, comparait les informations avec quelque chose qui devait s'afficher sur l'écran de son ordinateur (est-ce qu'il était mentionné qu'il était allé en prison, ou avait été arrêté, comment qualifiaient-ils ses terribles jours d'enfermement ?), et il scrutait à nouveau Irving avant de continuer les vérifications. Merde, pourquoi est-ce qu'il prend tout ce temps ? C'est sûr, il y a sûrement indiqué qu'il est allé en prison, ou a été arrêté, ils doivent avoir numérisé mon dossier, un gros dossier bien nourri, se disait celui qui venait d'arriver, le ventre de plus en plus noué et la peau luisante de sueur.

Il eut à cet instant envie qu'on lui refuse l'entrée dans son pays et qu'on le renvoie en Espagne par le même avion. Depuis qu'il avait quitté Cuba, près de quinze ans plus tôt, en se promettant de ne jamais revenir, Irving avait fait le même cauchemar que tous les Cubains jetés dans l'exil : il revenait un jour sur l'île et... on ne le laissait pas repartir. Il avait beau expliquer, dire qu'il n'avait rien fait de mal, supplier... il était piégé sans issue possible. Parmi ceux qu'il connaissait, tous avouaient avoir fait non seulement un rêve du même genre, mais ressenti aussi une peur semblable à celle qui l'envahissait dans ce moment qui aurait dû être celui de l'heureux retour – temporaire – dans sa patrie.

– En quelle année dites-vous avoir quitté Cuba ? insista le représentant de l'autorité.

– En 1997… non, pardon, en 1996. Presque quinze ans…

– Vous n'êtes pas revenu depuis quatorze ans ?

L'homme le scruta encore plus intensément, et Irving parvint seulement à secouer la tête, comme si admettre le chiffre précis de son absence, le tiers de sa vie, pouvait faire retomber sur lui le poids d'un péché quelconque.

– Et le motif de votre voyage ?

L'exilé avait souvent réfléchi à cette question : il avait deux réponses prêtes, l'une courageuse et l'autre raisonnable, toutes deux vraies. Il aurait adoré prendre son courage à deux mains et s'écrier : « Parce que je reviens dans mon pays quand ça me chante, merde ! » Bien évidemment, il opta pour la raisonnable :

– Ma mère, comme je vous l'ai dit, est au plus mal… Ma sœur m'a demandé…

Le fonctionnaire demeura impassible, mais finit par tamponner l'autorisation d'entrée sur le passeport cubain avant de lui rendre tous ses papiers.

– Bienvenue, dit le policier. – Et il avait souri ?

La peur redescendit de quelques degrés, mais ne disparut pas. À l'autre bout du contrôle migratoire, les douaniers, innombrables, accompagnés par de petits chiens à longues oreilles qui, dans un autre contexte, auraient pu même être qualifiés de mignons, arpentaient la salle de réception des bagages, qui mirent des siècles à arriver sur les tapis. Les fonctionnaires en uniforme regardaient les passagers, vérifiaient les étiquettes des valises, demandaient à nouveau les passeports, posaient des questions à ceux qui se disposaient à sortir, des questions, des questions, toujours des questions. Vous transportez des appareils électriques ? Des aliments ? Des cadeaux ? Des livres ? Je peux voir votre passeport ? Les douaniers espagnols ne te posent jamais de questions, à moins que tu transportes dans l'avion deux éléphants peints en bleu. Pourquoi les avez-vous peints en bleu ? Ceux-là, oui, ils te posaient des questions : et ils faisaient peur, se dit-il. Durant ce défilé de questions, de vérifications, de contrôles, d'inspections, de regards inquisiteurs, soupçonneux, accompagnés d'autres questions (une femme en blouse blanche lui demanda s'il avait eu de la fièvre, des symptômes étranges, s'il venait d'Afrique, et il faillit lui dire : oui, la chiasse, mais il sourit et secoua la tête à chaque nouvelle demande), Irving fut forcé de faire une escale dans les toilettes infectes de l'aéroport où, tout en évacuant un liquide fumant, il constata qu'il n'y avait pas de papier hygiénique et n'eut d'autre option que son mouchoir pour essuyer son cul brûlant, à la chair presque à vif d'avoir autant et si souvent déféqué, et il se demanda à lui-même, mille, deux mille fois, comment il était possible qu'un imbécile comme lui ait osé rentrer et se mettre tout seul dans ce qui était peut-être la gueule d'un loup particulièrement vicieux.

Le taxi qui le conduisit en ville n'avait pas la clim, et Irving dut baisser les deux vitres arrière pour faire entrer un peu de la brise générée par la vitesse. Au-dehors régnait l'obscurité totale et, dans la nuit étouffante, il se sentit pour la première fois en terrain familier quand, au milieu de la pénombre, alors qu'il était encore étourdi par la chaleur et la peur qui ne cédait pas, la voiture passa devant la station-service à peine éclairée de Fontanar. Irving imagina alors les retrouvailles avec Clara, avec le nouveau Bernardo, les restes d'un clan défait, éparpillé, frappé par des morts concrètes et des morts annoncées, porteur de tant de souvenirs, des bons, des mauvais et des pires moments vécus ensemble au long de vingt années d'amitié partagée et de vingt autres d'amitié maintenue malgré l'éloignement et dans la nostalgie. Ces retrouvailles aussi lui faisaient peur. Et celles avec sa mère le terrorisaient tout bonnement.

Oui, décidément : chacun traîne ses peurs. Sauf que, pour certains, le poids est plus lourd.

Est-il vrai que personne n'abandonne le lieu où il a été heureux, comme le répétait toujours un Horacio philosophe, lesté de lectures inquiétantes ? Et le lieu où il ne l'a pas été, mais qui est le sien et dont il n'aurait jamais pensé ni souhaité s'éloigner ? Est-il possible de marquer le moment précis où une existence se tord, cette rupture funeste qui pousse une ou plusieurs vies sur des chemins inattendus ? Combien dure, combien pèse ce moment où tout se décide, ce moment précis ou imprécis, visible ou indiscernable à l'instant où il éclot, ainsi que Clara l'aurait formulé avec ces mots ou avec d'autres ? Et le bonheur : combien dure le bonheur ? Et après les échecs, est-il encore possible qu'existe une victoire finale, comme Bernardo le disait souvent ? Mais, surtout, ainsi que s'était plaint une fois Darío : faut-il vivre avec ce genre de questions, sans réponses convaincantes, ni même au moins consolatrices ?

Irving passerait de nombreuses années de sa vie à traîner comme un forçat le boulet des interrogations qui, d'une certaine façon, résumaient son destin, car il ne pourrait jamais effacer de sa mémoire l'écœurant réveil au matin du dimanche 27 janvier 1990, qui allait marquer l'une des origines – et il pensait même parfois qu'il s'agissait parfois de l'origine qui englobait toutes les autres – de la décision de choisir un éloignement physique, qui impliquerait peut-être qu'il ne trouverait jamais le bonheur, même si elle préfigurait la découverte d'un apaisement reconstructeur et, de fait, le favoriserait.

Comme cela arrivait de plus en plus à cette époque, cette nuit de samedi à dimanche Irving l'avait passée dans le petit appartement de son amant Joel, dans le quartier du Cerro, à dormir d'un sommeil placide, nourri certainement par le plaisir des heures passées en compagnie de plusieurs collègues de la moribonde maison d'édition après avoir vu une pièce de théâtre et bu quelques verres chez l'un d'entre eux. Malgré les pénuries dont tout le monde se plaignait, la soirée post-théâtrale avait eu les ingrédients spirituels et matériels (rhum, cornets de cacahuètes et crackers tartinés de quelque chose) qui l'avaient rendue satisfaisante et pour Irving même nécessaire, car elle avait eu sur lui l'effet d'une soupape permettant de libérer les tensions accumulées depuis plusieurs jours. Et il avait tout fait pour qu'elle marque un rebond permettant d'effacer une expérience regrettable, d'en profiter comme d'une extension de l'anniversaire de Clara, célébré quatre jours plus tôt. Car la fête à Fontanar, il le savait déjà – et une balafre verdâtre sur son visage était là pour le confirmer – avait rassemblé pour la dernière fois tous les membres du Clan. Et parce que très vite (et cela, il ne le savait pas encore), cette fraîche et lumineuse matinée du dimanche 27 janvier 1990, ce qui était apparemment la dernière réunion de quelques amis commencerait à se charger de sous-entendus alarmants, et même proprement macabres.

La sonnerie du téléphone l'avait expulsé du sommeil profond et vide où il était toujours plongé avec plaisir quand il se sentait en paix avec lui-même, une torpeur visqueuse qu'il aimait faire durer les dimanches matin, synonymes de flemme et de lenteur. Quand il ouvrit les yeux, sur l'insistance de la sonnerie, il découvrit que son esprit flottait encore dans les vapeurs des alcools forts de la nuit de bringue et, en se déplaçant maladroitement, il donna un coup de pied dans une chaise (dans le petit appartement de Joel, Irving passait son temps à donner des coups de pied dans les meubles) et il put à peine réprimer un cri de rage et de douleur (putain, elle fait quoi là cette chaise de merde ?), avant d'arriver à saisir le satané téléphone qui n'arrêtait pas de sonner, tout en entendant des protestations en sourdine de Joel.

– Oui… murmura-t-il, quand il parvint à décrocher, en essayant de ne pas déranger Joel, qui était en train de retrouver la respiration régulière du sommeil tranquille.

– Irving, c'est Horacio…

– Horacio ? Quintus Horatius Flaccus ? arriva-t-il même à plaisanter. Et pourquoi tu m'appelles un dimanche à une heure pareille, tronche de con ?

L'autre mit quelques instants à réagir.

– En fait… il est presque onze heures du matin et… donc tu ne sais rien ? Non, bien sûr, tu ne sais pas.

Irving ne comprit pas. Il n'était pas encore assez lucide pour comprendre quoi que ce soit. Sans avoir bu de café, il avait du mal à penser et même à assimiler la moindre chose, mais il se déplaça quand même avec le téléphone le plus loin possible de Joel.

– Mais mec, qu'est-ce que je devrais savoir… ? – Il regarda le plafond de l'appartement strié de fissures, le réveil qui marquait onze heures moins dix, la chaise pas à sa place contre laquelle il avait trébuché, puis Joel, de nouveau étalé dans le lit et profondément endormi malgré les sonneries et les éclats de voix, exhibant une superbe érection qui gonflait le drap qui le recouvrait. Il faudrait s'occuper de ce morceau de chair noire bien dur, se dit-il. C'est aussi à ce genre de choses que servent les réveils pâteux du dimanche matin, eut-il encore le temps de se dire. Et, par la suite, il se dirait que tout ce qu'il avait vu et senti durant les secondes de silence provoquées par Horacio formait le stade ultime d'une vie quotidienne simple qui s'évanouirait à jamais quand son ami finit par lâcher la bombe.

– Walter est mort…

– Quoi, comment… ?

– Putain, je te dis que Walter est mort !

– C'est pas possible !

– Il s'est suicidé la nuit dernière.

À part les mauvais rêves où il fuyait toujours quelque chose et se réveillait troublé et en sueur, avec parfois une irrépressible envie de pleurer et d'aller n'importe où, voire de disparaître dans le néant, Irving, au bout du compte, n'avait pas eu trop de mal à commencer à construire sa nouvelle existence à Madrid.

Les premières semaines s'étaient sans surprise révélées énervantes et compliquées, car il devait dormir sur le canapé du petit appartement du quartier Embajadores où la sœur de Joel vivait, avec son mari espagnol et leurs deux enfants, nés l'un et l'autre en Espagne. Pour utiliser la salle de bains, il lui fallait toujours attendre que les autres soient partis vaquer à leurs occupations et, les week-ends, il priait pour qu'ils aillent se promener ou faire les courses, et il s'offrait alors de longues douches. Grâce à quelques milliers de pesetas envoyées de Barcelone par Darío, il pouvait contribuer aux dépenses de la maison (l'eau, l'électricité) ; ou, quand il sortait pour voir quelqu'un qu'il connaissait ou dont il avait le contact pour lui trouver ou lui promettre un emploi et qu'il sentait qu'il était sur le point de tourner de l'œil, il pouvait entrer dans un bar et dépenser quelques pesetas dans un café au lait et des tartines sur lesquelles il mettait tout le beurre et la confiture possible. Et, pour ne pas dépenser en moyens de transport, il parcourait des kilomètres à pied un plan à la main, ce qui lui permit de commencer à mieux connaître la ville dans laquelle, même s'il n'osait même pas l'imaginer, il allait passer le reste de sa vie.

Depuis qu'il avait entrepris les premières démarches, Irving avait attendu impatiemment des réponses d'employeurs potentiels prêts à prendre le risque de l'embaucher alors qu'il n'avait pas encore les autorisations nécessaires, sachant aussi – tout le monde le lui rappelait, Darío le premier quand il l'appelait de Barcelone – qu'à presque quarante ans et vu la situation du marché du travail dans le pays, ses chances étaient plutôt réduites. Mais lui croyait fermement que sa bonne fortune ne l'avait pas complètement abandonné, et le destin n'avait pas tardé à lui faire signe : quinze jours après son arrivée en Espagne, il avait commencé à gagner un peu d'argent en s'occupant d'une vieille dame qui habitait au dernier étage de l'immeuble d'Embajadores quand sa fille, qui était plus ou moins une copine de la sœur de Joel, devait s'absenter plusieurs jours de Madrid pour son travail. Comme, de plus, il faisait mieux le ménage que l'Ukrainienne censée le faire et, pour couronner le tout, savait cuisiner des plats que la vieille adorait, il avait doublé son salaire et travaillé de façon régulière. Quelques semaines plus tard, grâce à un graphiste cubain qui avait été son collègue à la maison d'édition, Irving (tout en continuant de s'occuper de la vieille dame les nuits où l'on avait besoin de lui, ce qui avait pour avantage supplémentaire de lui éviter de squatter le canapé et la salle de bains de la sœur de Joel) avait trouvé un boulot plus stable dans une imprimerie où il devait surveiller la qualité d'impression – des livres aussi bien que des étiquettes –, et où on l'exploitait sans vergogne, en lui demandant de contrôler l'ensemble du processus, depuis la programmation des systèmes d'impression jusqu'au réglage des couleurs et des formats sur les machines.

Avec ces deux tout petits salaires, Irving avait même commencé à mettre de l'argent de côté pour avoir le plus rapidement possible la liberté d'aller habiter seul. Concentré sur ce besoin, il passait sans s'arrêter devant les vitrines des magasins, débordant de jolis vêtements en vente, en solde, en liquidation. Il entrait dans les supermarchés pour regarder, étudier et apprendre, analysant toute cette nourriture, en partie inconnue pour lui. Il souffrait devant les pâtisseries, regardant tous ces gâteaux qui le faisaient saliver, et souvent la tentation était la plus forte et il finissait par se permettre un écart : comme d'acheter ce croissant tout brillant, le premier qu'il ait goûté de sa vie et qui, accompagné d'un café crème, l'avait conduit au paradis. Irving observait, calculait, projetait, économisait. Il essayait de mettre les choses en ordre et de comprendre le fonctionnement basique de la ville, forcé de tout réapprendre, comme s'il était – ainsi se voyait-il – un extraterrestre débarqué d'une autre planète.

Pour entamer ce processus de réapprentissage des repères, la sœur de Joel l'avait accompagné pour acheter un téléphone portable (le mari espagnol n'était pas censé savoir qu'elle lui faisait ce cadeau) qui lui permettrait d'être joignable, et ensuite elle l'avait emmené ouvrir le premier compte en banque de sa vie, sur lequel il déposa les trois mille soixante-douze pesetas qu'il possédait, car il était arrivé à s'éviter l'achat d'un manteau, nécessaire pour les soirées encore fraîches du printemps madrilène, grâce à Darío qui, en plus d'un chèque de trois mille pesetas, lui avait envoyé depuis Barcelone une veste, deux pull-overs et quelques chemises, pratiquement neuves, qui, lui avait avoué son ami, ne lui couvraient plus assez bien le ventre.

Durant les premiers mois d'exil, ce qui le hantait encore le plus était le rêve récurrent de son séjour de six jours et cinq nuits à la division des enquêtes criminelles où il avait été retenu après la mort de Walter. Quelque chose ou quelqu'un l'avait mis en cause, et avait éveillé le soupçon d'un rapport possible avec une tragédie entourée de zones d'ombre, de motifs possibles et de haines personnelles notoires. Et même si tous les amis du groupe avaient eu leur propre expérience avec la police, celle d'Irving avait été beaucoup plus intense, tellement que ni le temps, d'abord, ni la distance, ensuite, n'avaient pu tout à fait le guérir du traumatisme épuisant qu'avait constitué l'obligation de répondre encore et encore aux mêmes questions, posées doucement ou hurlées dans son oreille. Ni de la peur qui, depuis lors, l'avait puissamment serré contre elle.

Joel, qui était resté à Cuba avec l'espoir de trouver une occasion auprès d'un consulat européen pour venir le rejoindre, lui avait demandé, plus tôt qu'il s'y attendait, d'accélérer sa recherche de logement. Sa sœur si généreuse – une noire magnifique, la version féminine de Joel – l'avait supplié de demander très discrètement à son fiancé (c'était comme ça qu'elle appelait Irving, avait ri Joel à l'autre bout du fil et du monde) de s'en aller le plus tôt possible de chez elle, parce qu'elle ne voulait pas perdre son mari, le meilleur homme du monde, mais avec le sale caractère propre aux Espagnols depuis l'époque du Cid. Irving avait dit à son amant qu'il avait compris et ce même soir – huit semaines tout juste après son arrivée en Espagne – il avait informé ses protecteurs de son intention de trouver un endroit où déménager.

C'était le beau-frère de Joel en personne, ravi d'apprendre que son hôte allait bientôt dégager, qui avait parlé de lui à un de ses amis au courant de locations pas chères mais très bien, et souvent proches du centre. Quelques jours plus tard, sous-locataire d'une chambre lumineuse avec salle de bains privative dans l'appartement d'une designer extravertie, lesbienne et andalouse (qui, sans surprise, s'appelait Macarena et avait même diminué son loyer contre l'engagement de faire le ménage dans l'immeuble), Irving devint citoyen de la République démocratique de Chueca.

Dans le quartier de Chueca, Irving put assister au spectacle de deux moustachus musclés s'embrassant en pleine rue ; et découvrir aussi, avec horreur, le tableau d'un jeune se faisant un shoot d'héroïne à la vue de tous. C'est là qu'il vécut son premier été espagnol et sentit sur sa peau déshydratée la terrible chaleur madrilène. Mais là, surtout, qu'il découvrit l'existence d'une sensation presque épuisante de liberté et d'absence de préjugés telles qu'il n'aurait jamais pu l'imaginer. Et il sentit très vite qu'il avait peut-être trouvé sa place dans ce monde. Expulsé du paradis originel, avait-il découvert son propre paradis ?

Dès que le fils prodigue foula le sol de ce qui avait été sa ville, il fut surpris par la sensation de pénétrer dans un monde dont il connaissait le plan et les signaux, mais qu'il ne re-connaissait pas. En principe, tout était à sa place : la mer, au-delà du mur du Malecón, et, de l'autre côté, l'avenue sur laquelle circulaient les véhicules. À leur place habituelle, les hauts immeubles du Vedado, le quartier ombragé où il était né et où il avait vécu jusqu'à son départ en exil, une zone avec de nombreux parcs eux aussi ombragés et certaines rues encore recouvertes de leurs pavés originaux. Il croisa des gens aux mouvements harmonieux, vêtus d'habits légers, des jeunes gens souriants, des visages sensuels, l'image d'une vie normale qui avait pu, qui aurait dû être la sienne. Mais, en même temps, bizarrement, c'était comme s'il respirait un air ambiant inconnu, comme s'il se déplaçait dans un territoire exsangue, où tout était en cours de démolition, rongé, vaincu par la négligence plus que par le passage des ans, un univers encrassé, fétide, en attente d'un miracle salvateur. Il croisait d'autres gens qui lui semblaient bizarres, abîmés, des créatures surgies de l'exubérante précarité alentour, des mauvaises caricatures des personnes au milieu desquelles il avait vécu, dont il avait fait partie durant les trente-six premières années de son existence sans les avoir vues à travers ce prisme sombre, modelé par la distance, l'absence, les découvertes, les souvenirs, les oublis et l'abandon.

Quel était son monde ? Où était-il ? Que lui était-il arrivé ? Ce qu'il parcourait à l'occasion de son retour constituait-il *son monde* ou passait-il seulement au travers d'un hologramme dégradé de l'endroit auquel il avait cru appartenir et qui, aujourd'hui, se révélait étranger, prêt à le rejeter ? Était-il déjà, de façon irréversible, un homme coupé en deux moitiés déterminées à se repousser mutuellement, un homme dans la cinquantaine qui n'arrivait pas à retrouver sa place dans ce qui, durant trente-six ans, avait été son lieu, et qui ne se reconnaîtrait jamais complètement dans le territoire qui, depuis presque quinze ans, avait commencé à l'être sans jamais y réussir vraiment ?

Les retrouvailles avec sa mère avaient été dévastatrices. Même si la vieille dame ne se plaignait que de problèmes de santé bénins, comme si elle était indifférente aux douleurs et aux soucis, à ce qui pouvait la soulager ou lui donner de l'espoir, l'être ridé dont il avait embrassé et mouillé de larmes les joues lui apparut comme un cadavre encore chaud (à peine chaud). Tout en elle s'était réduit, rétracté, comme si elle s'était consumée, et Irving avait pleuré, envahi par la culpabilité de ne pas avoir partagé avec elle ce qui allait être, ce qui était, ses dernières années, peut-être ses dernières semaines.

Mais ce n'était rien à côté de ce qu'il ressentit en revoyant son unique sœur, qui avait quatre ans de plus que lui, et qui aurait pu passer pour la jumelle de la mère. Prématurément vieillie, des cheveux blancs clairsemés, la bouche édentée et à moitié tordue depuis l'AVC dont elle avait été victime deux ans plus tôt, elle semblait à présent seulement bonne à proférer des lamentations et des plaintes, des griefs et des malédictions, des accusations et des regrets, le tout accumulé dans des phrases pâteuses, enrobées de postillons et de bouffées de mauvaise haleine, une suite d'imprécations répétées encore et encore, comme si elle était mue par une noria verbale bancale. Deux cent vingt pesos, deux cent vingt pesos, c'était ce qu'elle remâchait le plus, en référence au montant de sa retraite, l'équivalent de dix dollars par mois… Sa mère et sa sœur avaient donc faim ?

Le soir de son arrivée, Irving eut la lancinante impression que c'était la dernière fois qu'il voyait ces deux êtres méconnaissables, qui avaient retenu leur souffle jusque-là, jusqu'à ce naufrage, après avoir nagé tant bien que mal durant ses années d'absence grâce à l'aide qu'il tirait de ses poches mal remplies pour la leur envoyer. Des sommes insuffisantes qui, malgré tout, avaient assuré aux deux femmes de quoi survivre d'extrême justesse, confinées dans un appartement qui avait eu un jour un certain charme, qui ressemblait à un foyer et qui s'était transformé en poubelle : des montagnes de flacons de médicaments vides, d'appareils hors d'usage, de meubles éventrés, de livres poussiéreux, de murs qui ne se souvenaient plus de leur dernière couche de peinture, débordant de puanteurs internes et externes. Ce qui avait été sa maison était à présent une sorte d'antichambre de toutes les morts à venir, le cimetière de ses souvenirs. Il avait beau depuis Madrid s'attendre au pire, tenu au courant par Clara et Bernardo, et grâce à ce que lui avait dit Joel quand il était allé les voir, quelques années plus tôt, le coup avait été si brutal, tant la situation dépassait largement tout ce qu'il avait pu imaginer, que, sans qu'il s'en rende compte, la peur qui le poursuivait avait laissé place à un sentiment de consternation absolue face à l'agonie visible de ces deux êtres qu'il arrivait à peine à reconnaître.

Le pire pour lui, qui était fort de l'expérience d'avoir dormi à de nombreuses époques de sa vie sur des lits de fortune dans des campements agricoles, sur un entassement de sacs de jute où étaient posés de minces matelas pleins de pustules, était de découvrir qu'il ne pouvait s'empêcher d'être dégoûté quand il s'allongeait sur le drap grisâtre du lit préparé avec ce qu'elles avaient de mieux, lui avait dit la bouche édentée de sa sœur, ingénieure en génie nucléaire diplômée à Moscou et mise à la retraite anticipée à cause de ses problèmes physiques (polynévrite généralisée, paralysie faciale) et de son délabrement mental (anxiété et dépressions). Deux cent vingt pesos, deux cent vingt pesos… Et il avait pleuré presque toute la nuit, honteux de tenir autant à son petit confort, accablé par le poids d'une sidérante impuissance qui le faisait se sentir égoïste et ingrat, une souffrance qui lui faisait horreur et rendait sinistre la nuit du retour du fils prodigue dans sa patrie, jusqu'à ce que la fatigue physique et mentale le rattrape. Dès que le jour se leva et qu'il ouvrit les yeux (deux cent vingt pesos, deux cent vingt pesos…), il s'enfuit de chez lui comme s'il tentait de s'enfuir de lui-même pour se perdre dans la ville, familière et lointaine tout à la fois, le territoire de ses meilleurs et de ses pires souvenirs. La terre qui avait nourri son autre vie, une vie à jamais morte et enterrée, comme d'autres vies, littéralement mortes et enterrées.

Devant un hôtel qui n'existait pas quand il avait quitté Cuba, il monta dans un taxi.

– À Fontanar, s'il vous plaît. C'est combien ?

– Vous êtes cubain, vous ?

– Oui…

– Bon, parce que c'est vous… dix dollars… ou deux cent vingt pesos…

Si seulement trois jours après l'anniversaire, Walter ne s'était pas pointé à Fontanar avec les photos de la fête et, sans aucun doute, pour renouveler avec insistance ses demandes à Darío ; si le peintre et Irving ne s'y étaient pas retrouvés au même moment et ne s'étaient pas violemment disputés lors de ce qui allait être la dernière visite de Walter chez Clara et Darío ; si les journées antérieures et postérieures au 26 janvier 1990 n'avaient pas été remplies de mauvaises, et même très mauvaises nouvelles et d'événements étranges qui rendirent tout plus compliqué et plus douloureux pour chacun… Si toutes ces tensions n'avaient pas chauffé l'atmosphère et, surtout, si Walter n'était pas mort écrasé sur le bitume après une chute du dix-huitième étage cette maudite nuit du 26 janvier, alors certains comportements et certaines actions du défunt et de plusieurs de ceux qui l'entouraient, à commencer par Elisa suivie par Irving, auraient certainement été interprétés autrement. De façon plus ou moins dramatique ou mémorable, mais sans aucun doute différente. Certains de ces événements, même, n'auraient pas eu besoin d'interprétation et seraient passés dans les limbes de l'oubli.

De façon tout à fait inhabituelle et à la grande surprise de plusieurs des membres du groupe qui connaissaient l'indolence naturelle de Walter, celui-ci s'était pointé dans la maison de Fontanar le 24 janvier au soir avec deux douzaines de tirages des photos qu'il avait prises trois jours avant à peine, lors de la fête d'anniversaire de Clara. Walter avait expliqué qu'il venait voir la nouvelle trentenaire avant tous les autres pour qu'elle puisse choisir les photos qu'elle voulait garder avant qu'il ne distribue celles qui restaient parmi les autres. Clara, d'abord surprise par l'efficacité de Walter (en plus des rouleaux, il avait aussi trouvé du papier ; il ne s'était pas contenté de prendre les photos, il avait fait des tirages) et par la possibilité de les choisir, en sélectionna plusieurs, dont celle où tous les membres du Clan posaient en souriant.

Après avoir regardé les clichés et bu un café, Walter et Darío se rendirent au fond du jardin, où le neurochirurgien était en train de réparer une clôture, et ils discutèrent un long moment. C'était évident : le développement rapide des photos était le prétexte trouvé par Walter pour avoir une nouvelle conversation avec Darío, pensa Clara qui les observait depuis la cuisine. Ou le pensa-t-elle après, quand elle se retrouva face à ses propres interrogations ?

Irving, qui lui avait annoncé sa visite, arriva à la maison alors que les deux autres étaient toujours dans le jardin et il s'assit au salon avec Clara. Il but dans une tasse de porcelaine le café encore tiède (il n'y avait plus de café moulu pour en refaire) et il passa un moment à regarder les images choisies par son amie et celles destinées à être réparties entre les autres qui figuraient sur les photos. Au début il fit des commentaires, se moqua même des expressions de certains des invités (les yeux de « c'est pour mieux te voir » de Guesty ; la tête de poivrot de Bernardo), mais à un moment il cessa de parler.

Irving était venu jusqu'à Fontanar parce qu'il s'inquiétait du repli sur soi, d'une sorte de rétraction y compris physique qu'il avait remarquée dans l'attitude de Clara durant sa fête d'anniversaire. Même s'il savait que ce genre de comportement pouvait être habituel chez elle, qui n'était jamais très à l'aise avec les festivités, cela pouvait cette fois être en lien avec les inquiétants aveux qu'elle lui avait faits quelques jours avant : une révélation susceptible d'engendrer des vents qui, s'ils se libéraient, se transformeraient à tous les coups en tempête dévastatrice. Ou pas si dévastatrice, s'était dit Irving après y avoir mieux réfléchi et s'être décidé à aller en parler avec elle : tout bien pensé, ce ne serait pas la première fois que deux couples mariés apparemment modèles se cassent la figure sous la pression d'une relation naissante, impossible à dompter. Parce que chacun – comme lui-même – avait le droit de vivre ses désirs de la façon dont il le voulait, même si cela devait provoquer de la douleur et des ruptures brûlantes, guérissables ou pas. Personne n'en mourrait, s'était-il dit. Il n'allait pas tarder à savoir qu'il se trompait sans doute.

Peut-être parce qu'il avait ce genre d'idées en tête, Irving s'arrêta plus longtemps sur la photo de groupe, la seule où apparaissaient tous les amis, y compris Guesty et Margarita, et où il ne manquait que Walter qui tenait l'appareil.

– Je ne sais pas pourquoi… mais cette photo me rend triste, dit-il en finissant par la rendre à Clara, avec le reste des tirages.

– Et moi, je la trouve plus pathétique que triste. Regarde comment Bernardo exhibe le ventre de sa femme. Qu'est-ce qu'il lui prend, à Bernardo ? Toute cette mise en scène…

– Moi… moi… ce que je crois, c'est que cette photo, ce sera la dernière comme ça… parce que… ah, Clara, ce soir-là, Horacio m'a dit qu'il voulait s'en aller.

– Horacio ? s'inquiéta Clara.

– Oui, Horacio.

Clara réfléchit un moment avant de se lancer.

– Walter aussi veut s'en aller. C'est de ça qu'il est en train de parler avec Darío. C'est pour ça qu'il est venu, les photos c'est le prétexte.

Irving regarda l'image une nouvelle fois.

– Tu vois ?... Là, ils veulent tous s'en aller, il y a un truc qui a cassé, ou qui a toujours été cassé, et là ça explose...

– Irving, tu passes ton temps à dire que chacun a le droit de mener la vie qu'il veut. Si quelqu'un veut s'en aller, qu'il le fasse... Ce qui m'ennuie, c'est que Walter ne lâche pas Darío. Il veut qu'il l'aide à obtenir un visa, dit-elle, et elle lui raconta la conversation tenue quelques semaines plus tôt entre Walter et son mari, dont elle n'avait eu les détails que deux ou trois jours avant son anniversaire. En même temps que des intentions de Walter, Clara avait été mise au courant de ses soupçons paranoïaques sur les possibles raisons de la présence dans le groupe de Guesty la blonde.

– C'est de la folie, Clara, lança Irving une fois informé. Mais... si Walter sait que cette fille est une indic, comme il le prétend, pourquoi il n'en a rien dit à Horacio, qui l'a amenée ? À Horacio qui veut s'en aller et... ? Et Walter ne sait pas que si quelqu'un apprend que Darío est en contact avec un diplomate pour qu'il puisse l'aider à partir... ? Bon sang, il sait pourtant parfaitement qu'il peut foutre en l'air la vie de ton mari, et au passage la tienne et celle de tes enfants ? Il ne sait pas que, dans ce pays, on ne joue pas avec ce genre de choses ? Tu ne crois pas que c'est un abus de confiance et d'amitié ?

– Si... c'est ce que je crois aussi. Walter sait parfaitement que Darío est en train de remuer ciel et terre pour faire son doctorat à Barcelone. C'est sa seule, peut-être sa dernière chance... et s'il fait le moindre faux pas, il va se faire crucifier.

Irving soupira.

– Merde, Clara, qu'est-ce qui nous arrive ? Les gens sont devenus fous ? Je repense à ce que tu disais de Bernardo exhibant le ventre d'Elisa et donnant même un prénom à l'enfant qui va naître… Un type aussi sensé que Bernardo, qu'est-ce qu'il cherche, qu'est-ce qui lui arrive ? Parce que ça, c'était pas à cause de l'alcool…

– Ce qui se passe, c'est que plein de choses sont en train de s'effondrer… et qu'on est en train de prendre sur la tête les débris du désastre… Je vais te dire un truc que je ne me suis même pas dit à moi… Si Darío arrive à partir pour Barcelone faire sa thèse, je suis certaine que lui, il ne rentrera pas à Cuba.

– Mais qu'est-ce que tu dis ? – L'étonnement d'Irving était explosif. – Lui aussi ?

Clara se frotta les mains sur sa jupe avant de répondre.

– Il me répète tous les jours qu'il est fatigué. Qu'il n'en peut plus. Qu'il va à l'hôpital pour ses malades qui vont mal et ont besoin de lui, mais qu'il se sent au bord de quelque chose… et qu'il est sur le point de tomber. Et entre nous… ça ne marche plus. On se dispute sans arrêt… Je ne sais pas combien de temps on va tenir comme ça. Des fois, on s'engueule et ensuite Darío se met à pleurer, il me demande pardon… Il va mal, Irving, il va mal…

Irving secoua la tête, regarda en direction de Darío et Walter, qui ne s'occupaient pas du tout de la clôture et discutaient en gesticulant.

– Et tu es sûre que ce qui se passe entre vous deux n'est pas lié à ce que tu m'as dit sur Elisa ? murmura Irving.

– Je n'en sais rien, je n'en sais rien, admit Clara. Je ne sais plus rien… Ne me parle pas de ça.

– Je voulais juste te mettre en garde avant qu'il soit trop tard. Toi aussi, tu es libre de faire ce que tu veux de ta vie, mais regarde autour de toi, Clarita… Elisa, c'est

Elisa… Et elle est capable de tout : aussi bien de te sauver que de te tuer. Des fois, elle est très bizarre…

– Bizarre comment ?

Irving se toucha la tempe : bizarre ici, dans sa tête.

– Tu le sais, Clara… C'est pour ça qu'elle a couché avec Horacio, et apparemment aussi avec Walter, et elle s'est fait mettre enceinte par je ne sais qui et elle a décidé de garder l'enfant, en sachant que son mari est stérile. Je croyais mieux connaître Elisa, mais…

Clara resta les yeux écarquillés et brillants pendant qu'Irving se touchait à nouveau la tempe. Avait-elle vraiment entendu ce qu'elle venait d'entendre ?

– Mais de quoi tu parles ?

– Des conneries d'Elisa… de celles que je connais et que tu dois savoir. Il y en a peut-être d'autres. Mais, de ces conneries-là, je suis au courant. Elle a couché avec les deux, avec les deux ! Et tu n'as pas vu comment Liuba a regardé Fabio l'autre jour, quand on a parlé de la grossesse d'Elisa ?

Clara, ahurie, secouait la tête.

– Mon Dieu, Irving ! Ce n'est pas possible… Elisa s'est vraiment tapé Walter et Horacio ? parvint-elle enfin à dire. Vraiment ? Tous les deux ?

– Je te raconterai ce que m'a dit Horacio… Mais remets-toi, ils débarquent, dit Irving en voyant Darío et Walter se diriger vers la maison. Dehors montait la fraîcheur d'une soirée de fin janvier, une belle soirée qui, ils ne le savaient pas encore, ne tarderait pas à se gâcher et marquerait la mémoire et le destin du Clan. Au même instant un avion s'éloignant de l'île traversait le ciel de Fontanar.

Darío et Walter entrèrent dans le salon avec quatre verres et la bouteille de rhum apportée par le photographe.

– Tu ne pourras pas dire que c'est la dèche, dit Darío à Irving, qui, après avoir donné les verres à Clara, tendit la main à son ami. Walter et Irving se saluèrent à peine et Darío commença à servir le rhum.

– Non, pas pour moi aujourd'hui, lui dit Clara. J'ai une migraine qui menace. Et il faut que je prépare à manger… Vous restez avec nous ? demanda-t-elle en regardant les visiteurs.

– Moi non… je bois un verre et je m'en vais, dit Irving. Je reviendrai un autre jour, Clarita…

– Si tu as de quoi me nourrir, moi je veux bien rester, dit Walter. J'ai pas envie de voir la tronche de la Pintá. L'autre jour, j'ai failli l'étrangler…

– Qu'est-ce qui s'est passé ? demanda Clara.

– Ce qui s'est passé, c'est que je ne la supporte plus et que je ne me supporte plus. Je lui ai dit de se barrer et elle m'a dit que non. Elle a fait une crise d'hystérie et elle s'est jetée sur moi et… hier soir elle a fini par se tirer. J'espère que c'est pour de bon…

– Walter, Walter… Fais gaffe à ce que tu fais, lui lança Clara. Reste pour manger, on aura toujours assez. Moins, mais assez. Et elle se rendit dans la cuisine d'où elle cria : Reste toi aussi, Irving, s'il te plaît, j'ai encore des choses à te dire…

Les trois autres gardèrent un moment le silence. Une obscurité pesante les enveloppait.

– Walter, mon gars, excuse-moi de me mêler de ce qui ne me regarde pas… en fait si, ça me regarde. – Irving avait commencé à parler comme mû par une impulsion, presque sans réfléchir, peut-être sans le vouloir, et il ne put que poursuivre. – Je ne sais pas dans quels problèmes tu t'es fourré ni pourquoi, mais… tu ne trouves pas que ce que tu demandes à Darío, c'est de l'abus de confiance ?

La première réaction de Walter fut de sourire. Exactement le genre de réactions du photographe qui avaient toujours énervé Irving. Un certain air de supériorité, une autosatisfaction affichée qui collait avec son personnage très travaillé de génie maudit impertinent, de mondain incontrôlable, de pragmatique pour lequel le reste du monde était peuplé de gens à son service, pensait Irving. La seconde réponse de Walter fut cinglante, même s'il l'exprima à voix basse, d'un ton calme qui ne fit que renforcer son côté menaçant.

– Et toi, putain de merde, pourquoi tu ne te mêles pas de tes oignons ?

Darío se pétrifia sur place. Irving encaissa, mais renchérit.

– Et l'amitié que j'ai pour lui et pour sa femme depuis vingt ans, c'est pas mes oignons peut-être ? Le respect, le bon sens, c'est pas mes oignons ? Et ton arrogance de merde, c'est pas mes oignons ? Tu te prends pour qui, toi ? Le centre du monde ?

Walter sourit à nouveau.

– C'est sûr que, côté oignon, tu t'y connais, avec toutes les bites que tu t'es enfilées dans le tien, sale pédé de merde, explosa Walter. Tu ne me parles pas comme ça, tu entends ?

Darío, qui était celui du Clan qui connaissait le mieux les explosions de violence chez les individus, se demanderait souvent comment il n'avait rien vu venir et était resté paralysé devant la dureté de l'échange. Quand Clara, alertée par les éclats de voix, sortit de la cuisine avec son tablier et un couteau à la main, Darío se demandait si ce type qui avait pété les plombs était bien le Walter qu'ils connaissaient (et oui, c'était bien le cas) ou si la paranoïa l'avait rendu fou (et oui, elle le dominait). C'était bien le même Walter qui, quelques minutes plus tôt, au bord des larmes, avait une nouvelle fois imploré son aide.

– Messieurs, s'il vous plaît. – Darío réagit enfin et essaya de s'interposer. – Ça suffit…

– Mais qu'est-ce qui se passe ? demanda Clara, le couteau toujours à la main.

– Il se passe que ce pédé fouille-merde ne veut pas… commença Walter avec un demi-sourire, avant de s'arrêter net parce que Irving lui avait balancé au visage son verre de rhum.

Au fil des ans, Irving reconstruirait dans sa tête ces quelques minutes. Est-ce que cela avait été son moment de rupture ? Irving parviendrait même à suivre la séquence comme un film dont il aurait été le spectateur, projeté par moments au ralenti, et il parvenait à se voir de l'extérieur, comme une représentation grotesque de lui-même. Il avait reconstitué la scène à de multiples reprises et trouvé différentes explications à son comportement et à celui de Walter, et il était presque arrivé à comprendre le sien : une accumulation de tristesse, d'angoisse et de frustration dans sa vie l'avait poussé à se comporter comme un être différent de celui qu'il avait toujours été et qu'il continuerait à être naturellement. Ironique et moqueur, peut-être, c'était son bouclier pour résister aux agressions auxquelles ses goûts sexuels l'exposaient. Timide et réservé, peut-être, parce qu'il se savait perpétuellement observé et jugé. Mais jamais violent et agressif au point d'agir comme il l'avait fait (pourquoi ne me suis-je pas arrêté, pourquoi ?) quand, comme s'il avait passé des années à le souhaiter, et peut-être pour cela, il avait balancé son verre au visage de Walter. Ou bien était-ce seulement parce que le peintre lui était apparu comme un possible provocateur, qui avait toutes les qualifications requises pour être lui-même le salopard qui les surveillait tout en détournant l'attention sur Guesty et qui, pour cette raison, tentait d'attirer Darío dans ce que Clara avait qualifié de crucifixion ? Cela aussi, il le penserait, sans pouvoir préciser par la suite si c'était cette idée qui l'avait poussé, au moment fatal.

Surpris par l'agression, Walter resta plusieurs secondes à fixer son propre verre, comme s'il cherchait dans le récipient la réponse adéquate, avant de le poser, délicatement, sur une petite table et de s'essuyer le visage, comme s'il épongeait un peu de sueur. Il finit par lever la tête et son regard, rougi par l'alcool qui lui brûlait les pupilles et par la colère qui bouillonnait, se planta sur son agresseur. Alors, comme un ressort, il se jeta sur Irving, un bras tendu en arrière, qu'il projeta à une vitesse et avec une force telles qu'il asséna une gifle dont la violence fit pivoter le visage de son adversaire. Puis, presque dans le même temps, il lui balança un coup de pied dans l'entrejambe et, pendant que la douleur faisait se ployer en deux Irving, il le frappa des deux mains sur la nuque pour précipiter sa chute retentissante.

Clara s'était mise à crier, les mains devant la bouche, le couteau tout près de l'une de ses joues, et Darío, surpris par la rapidité des gestes de Walter, finit par réagir et se jeta sur lui au moment où il s'apprêtait à balancer de nouveaux coups de pied sur Irving à terre.

– Mais putain de merde, hurla le médecin, t'es dingue ou quoi ? – Il continua à crier tout en bousculant violemment Walter pour empêcher le coup de pied qui visait la tête d'Irving. Déséquilibré, Walter trébucha contre la table basse où il avait laissé son verre et passa par-dessus avant d'aller heurter le mur tête la première sans pouvoir amortir le coup, alors que le verre volait en éclats.

Durant quelques secondes, tout ressembla à un arrêt sur images, où l'on n'entendait que la respiration de Darío et les gémissements d'Irving. Mais soudain, comme sur commande, la séquence reprit son déroulement. Irving, mû par le désespoir, trouva la force de se relever pour courir en direction de Clara et lui arracher le couteau qu'elle tenait à la main, et de faire demi-tour pour se lancer sur Walter encore groggy qui essayait de se relever tout en se touchant de la main l'arcade sourcilière d'où jaillissait le sang. Clara eut le réflexe d'attraper Irving par la chemise qui se déchira et dont il se libéra mais Darío en avait profité pour s'approcher lui aussi et il lui fit un croc-en-jambe. Irving perdit l'équilibre, bascula sur le côté et, pour se protéger de la chute, dut lâcher le couteau qui glissa aux pieds de Clara. Entre Irving au sol et Walter qui s'était remis debout, Darío choisit Walter et, l'attrapant par les aisselles, il l'immobilisa, avant de commencer à le traîner hors de la maison. Clara de son côté, livide et en larmes, lançait le couteau dans la cuisine et sans savoir ce qu'elle faisait exactement soulevait sa jupe pour s'asseoir à califourchon sur la poitrine d'Irving et essayer de le plaquer au sol ou du moins le gêner s'il tentait de se relever.

Les cuisses de Clara tout près de son visage, Irving sentit son corps se détendre et il se mit à pleurer. Des sanglots sourds, profonds, de douleur et de honte plus que de colère.

– Mon Dieu, mon Dieu, Irving, dit Clara, qui prit la tête de son ami entre ses mains et se pencha vers lui pour pleurer elle aussi.

C'est dans cette position mi-ridicule mi-lascive que Darío les trouva quand il rentra dans la maison pour leur dire :

– Walter est parti… Manolo, le voisin, l'a amené à l'hôpital pour qu'ils s'occupent de sa blessure au visage… Je pense qu'il en aura pour deux ou trois points de suture. Et il interrogea alors, à voix haute : Mais qu'est-ce qui s'est passé ? Qu'est-ce qui nous arrive, merde ?

Darío se pencha sur sa femme et son ami. Il essaya de les entourer d'un bras protecteur et sentit que lui aussi était sur le point de pleurer : oui, putain de merde, qu'est-ce qui leur arrivait ?

Les derniers jours de sa vie, Walter Macías Albear n'était plus qu'un fantôme.

La brève veillée mortuaire du défunt dut être reportée de quarante-huit heures et l'enterrement eut lieu l'après-midi pluvieux, sombre et très froid du 29 janvier 1990. Le mauvais temps contribua peut-être à la maigre assistance. D'autres raisons jouèrent sans doute. La mère de Walter et ses deux sœurs – son père, officier de réserve, était mort quelques années plus tôt en combattant en Angola –, plus qu'affligées semblaient en colère, peut-être contre le jeune homme qui avait pris la décision de se tuer, peut-être contre le monde qui l'avait poussé à prendre la terrible décision. Ou peut-être contre la vie en général, capable d'infliger des coups aussi dévastateurs, de s'acharner contre une famille.

L'enquête et l'autopsie avaient pris un jour et demi, le temps de procéder à des vérifications qui, pour les amis abasourdis, n'avaient qu'un sens : mettre en lumière l'absence de sens de ce qui semblait être un suicide.

Petit à petit, il fut possible de reconstituer une partie des faits. Le 26 janvier au soir, Walter était entré dans un grand immeuble de la rue E, dans le Vedado. Personne ne savait comment il avait fait pour y entrer, car la porte de devant était en principe fermée suite à la vague de cambriolages que connaissait le pays. Personne ne l'avait vu entrer. Personne ne s'expliquait comment il était arrivé à ouvrir le cadenas qui, d'après les voisins, fermait la porte en fer donnant accès à la terrasse de la tour de dix-huit étages d'où, selon toute vraisemblance, son corps avait chuté. Un cadenas que, pour rendre les choses encore plus inexplicables et inquiétantes, la police semblait avoir retrouvé verrouillé de l'intérieur, et qui, s'il n'y avait pas eu ce paquet de cigarettes abandonné sur un banc en bois et un mégot écrasé sur les dalles de la terrasse, aurait pu remettre en cause la présence du suicidé à cet endroit. Personne ne savait non plus, bien entendu, s'il était seul ou accompagné. Mais si son dernier saut avait en effet eu lieu depuis la terrasse et si l'information comme quoi le cadenas de l'accès par l'escalier avait été retrouvé fermé de l'intérieur (durant de nombreuses années, aucun d'entre eux ne pourrait établir l'origine de l'info, ni sa vraisemblance ou son impossibilité), le fait impliquait l'existence d'une autre personne et rendait l'événement beaucoup plus trouble. Personne n'avait trouvé de mot, d'indice, de preuve trahissant les terribles intentions de celui qui, peu après huit heures du soir, s'était écrasé contre le bitume. Les médecins légistes dirent avoir trouvé dans son organisme des traces d'alcool (était-il ivre ?), mais pas d'autres drogues.

Parmi les gens les plus proches de Walter, personne ne l'avait vu dans les deux derniers jours, et même, pour les plus intimes, depuis la soirée d'anniversaire de Clara, et plusieurs de ses collègues peintres, comme ceux de l'atelier où il imprimait ses gravures, déclarèrent qu'ils n'avaient pas de nouvelles de lui depuis plusieurs semaines. Margarita, la fille qui avait été plus ou moins avec lui durant les derniers mois, avait pris la décision de le quitter le 23 janvier au soir (elle n'avait pas fait état d'une dispute, seulement mentionné que Walter était déprimé, ou irascible, ou plus bizarre que d'habitude) et elle l'avait fait sans lui dire au revoir, pendant qu'il était enfermé dans la chambre noire installée dans l'ancien garage de la maison. Margarita disait n'avoir plus eu aucun contact avec lui depuis son déménagement chez un de ses frères à Guanabacoa, à l'autre bout de la ville, où elle se trouvait au moment des faits. Cela laissait deux journées vides, qui commençaient par une bagarre à Fontanar, passaient par l'hôpital où on lui avait posé deux points de suture à l'arcade sourcilière droite et se perdaient dans l'ombre, pour n'en ressortir qu'avec le grand saut depuis un dix-huitième étage.

Pendant ce temps, les proches qui avaient partagé avec Walter les journées précédant les quarante-huit dernières heures de sa vie se mirent à évoquer des indices de comportements étranges du défunt, dont, comme c'était prévisible, la bagarre avec Irving. Mais aucun événement ne suffisait à expliquer son geste : de comportements étranges, la vie du jeune homme en était pleine, lui qui avait traversé l'existence en balayant tout sur son passage et la quittait à présent comme un ouragan tropical.

La révélation par Darío que Walter se sentait harcelé (il n'avait pas dit par qui) et qu'il cherchait à cause de cela un moyen de quitter Cuba fut une surprise pour ceux qui ne se doutaient de rien. Mais s'il avait le projet de partir, de recommencer ailleurs, pourquoi se tuer ? Seulement parce qu'il était difficile de quitter Cuba ? Mais ça, tout le monde le savait, Walter le savait… Ou bien était-il tombé ou s'était-il laissé tomber dans le vide parce qu'il était soûl, si tant est qu'il ait été soûl ? Et tous, plus ou moins stupéfaits, plus ou moins émus à leur manière, se répétaient la question qui commençait à les poursuivre : qu'est-ce qui nous arrive ?

Avant et après les obsèques, chacun des membres du Clan, séparément ou par groupes de deux ou trois, furent interrogés par les enquêteurs, d'abord comme s'ils étaient seulement des sources d'information, puis comme des gens étant partie prenante d'un processus et susceptibles de fournir des éléments permettant d'éclairer les motivations de cet acte, ou possédant un indice révélateur, en lien avec sa mort.

La pression de l'enquête policière rendait encore plus exaspérante une situation déjà très déstabilisante et poussait les membres du Clan à des réactions bizarres ou imprévisibles. Elisa refusait d'aborder un sujet qui l'affectait trop, disait-elle ; Bernardo, comme de bien entendu, buvait tout ce que son corps pouvait ingérer, comme si plus que jamais son objectif était le coma éthylique ; la Pintá fit plusieurs crises d'hystérie et dut suivre un traitement psychologique parce qu'elle se sentait coupable de ce qui était arrivé, Walter était de plus en plus bizarre, assurait-elle, comme fou, répétait-elle, et elle aurait dû se douter de ce dénouement ; Darío, assailli par un sentiment de culpabilité, se referma sur lui-même au point de ne plus vouloir parler avec personne et de demander quinze jours de congé, il ne se sentait pas en état de pratiquer des opérations ; Fabio et Liuba, même s'ils étaient les plus vieux amis du défunt, et même d'une certaine façon des amis de la famille, s'éloignèrent et, ce qui n'était guère étonnant venant d'eux, n'assistèrent même pas à l'enterrement ; Joel, en apprenant la mort de Walter, eut honte de la fureur qui l'avait envahi quand il avait appris la bagarre du suicidé avec son amant, tandis qu'Irving, toujours si combatif, tomba dans une inertie dépressive hantée par la peur, puisque de tous les amis proches il pensait être le seul à avoir des motifs valables et connus pour désirer ou même provoquer la mort de Walter ; et sa peur se révéla justifiée.

Guesty, de son côté, avait exigé d'Horacio qu'il ne cherche pas à la revoir, et quand Clara et Darío l'avaient retrouvée, plusieurs semaines plus tard, forts de l'élément nouveau apporté par Irving confirmant un possible rôle de la blonde comme indic de la police, elle leur avait crié qu'ils pouvaient tous aller se faire foutre et qu'elle n'avait pas l'intention de revenir vers le groupe. Sérieusement affecté, Horacio, pour sa part, avait été pris d'une mélancolie coupable, se reprochant de n'avoir pas su discerner les intentions de Walter et de ne pas avoir eu la perspicacité de découvrir la raison épouvantable pour laquelle un type tel que Walter, même ivre, pouvait prendre une décision pareille. Horacio, qui croyait aux causes et aux effets déchiffrables et transposables en formules, se posait les questions les plus inquiétantes et répétait sa conviction que quelque chose de très bizarre était survenu. Mais, à la différence des autres, sa réaction fut d'aller de l'avant, comme pour rompre l'inertie, et il commença à enquêter pour son compte, de façon obsessionnelle, sur les raisons qui avaient pu motiver la décision de Walter… si tant est qu'il y ait eu décision de Walter.

Grâce à cette attitude, quinze jours après la nuit fatale, Horacio avait pu éclairer quelque peu les ténèbres. Aux amis réunis dans la maison de Fontanar pour une pâle célébration de la Saint-Valentin (cette fois, Fabio et Liuba étaient là), il leur raconta que, deux jours auparavant, il avait été convoqué dans la sinistre caserne coloniale qui abritait le bureau central du département des enquêtes criminelles et que, quelques heures plus tôt, il avait de nouveau été entendu par les policiers, très brièvement cette fois et chez lui. Par rapport aux convocations et interrogatoires précédents, Horacio avait remarqué ces deux dernières fois un changement dans la stratégie des enquêteurs : les questions concernaient à présent seulement la personnalité et les agissements de Walter, et les motifs plausibles de ce qui apparaissait de plus en plus clairement comme un suicide, et on avait cessé de l'interroger sur les relations entre le défunt et d'autres membres du Clan, ou certains de ses collègues peintres. Les policiers savaient-ils quelque chose permettant d'exclure définitivement tout lien entre l'acte de Walter et les membres du Clan ? Avaient-ils une explication concernant le cadenas fermé, peut-être par un voisin zélé ou distrait (qui avait mentionné en premier le fichu cadenas ?), et la conviction qu'il s'agissait d'un suicide, ce qui expliquait leur perte d'intérêt pour des tierces personnes ? Horacio était persuadé que quelque chose avait changé, sans s'aventurer quant aux motifs de ce changement, quand Elisa, très effacée durant les derniers jours, déploya à nouveau ses ailes et fournit en criant une réponse qui glaça tout le monde :

– Ce n'est pas compliqué, Horacio… ce qui s'est passé, c'est que quelqu'un a fini par comprendre que Walter était un ignoble salopard, dingue, drogué, alcoolique, hystérique et sans scrupules, et que des mecs pareils sont capables de choses pareilles… dit-elle, comme si elle avait soudain retrouvé une force de caractère qui l'abandonna aussitôt car elle éclata en sanglots. Ce fut la première et l'unique fois où plusieurs de ses amis la virent pleurer.

Le lendemain, les conclusions d'Horacio volèrent en éclats quand Irving reçut chez lui la visite de deux officiers de police qui lui demandèrent de le suivre dans leurs bureaux. C'était le quatrième interrogatoire, sauf que, cette fois, ce ne fut pas une conversation de deux heures. Un mandat judiciaire autorisait la détention pour une durée indéfinie d'Irving Castillo Cuesta dans l'enquête en cours sur la mort de Walter Macías Albear.

À tous les coups, à chaque fois qu'il écouterait la chanson de Joaquín Sabina « 19 días y 500 noches » et son refrain aussi intelligent que paradoxal, Irving revivrait les six jours et cinq nuits, qui lui avaient semblé des centaines de jours et de nuits, où il avait été détenu dans la vieille prison militaire de la très peuplée rue del Ejido, à La Havane. Ces journées, mesurables ou impossibles à compter, furent comme un voyage en enfer dont il ne guérirait jamais tout à fait, car il en ressortirait malade de peur et d'hypertension. Dans les rares choses qu'il raconta à certains de ses amis les premiers jours, et dans les longues confessions qu'il fit à Joel son compagnon et à ses chères Elisa et Clara, Irving ne mentionna jamais avoir enduré de la moindre violence physique. Au contraire, on le conduisait avec une amabilité impassible dans les diverses salles d'interrogatoire, où il devait parler aux deux officiers, Rodríguez et Fernández, qui, ensemble ou séparément, se chargèrent de l'interroger plus de vingt fois, parfois pour à peine dix minutes, et d'autres durant plusieurs heures à l'issue desquelles le détenu se sentait au bord de l'effondrement nerveux.

La cellule du bâtiment colonial où on l'avait mis contenait un lit avec sommier métallique recouvert d'un fin matelas ; il y faisait humide et froid à cette époque de l'année, et dans une niche au plafond il y avait une lampe au néon qui ne s'éteignait jamais et qui lui fit rapidement perdre la notion des heures et des jours. On lui servait ses repas avec des intervalles qui lui semblaient parfois plus courts et d'autres fois plus espacés, et toujours avec les mêmes ingrédients (une assiette en plastique avec du riz, un peu de potage aux petits pois ou aux haricots rouges, deux croquettes et un morceau de pain), ce qui ne l'aidait pas non plus à savoir s'il s'agissait du petit-déjeuner ou du déjeuner. On ne lui donnait jamais de café et le manque de caféine lui provoquait des maux de tête permanents.

Les premiers entretiens avec les enquêteurs furent la copie conforme de ceux qui avaient précédé. Irving dut réexpliquer à plusieurs reprises ses faits et gestes lors de la soirée du 26 janvier : représentation au théâtre (situé à sept rues de l'immeuble mortel), visite à un ami, chez qui il avait bu des verres de rhum, toujours, tout le temps, en présence de tierces personnes. Irving se disait qu'ils cherchaient une faille dans son alibi, comme si les témoignages de Joel et de trois autres personnes ne leur suffisaient pas ou qu'il s'agissait d'un véritable complot.

En une occasion, après lui avoir fait répéter la même histoire pour la cinquième ou la énième fois, l'un des enquêteurs (Rodríguez, le métis ; l'autre, Fernández, était blond) lui demanda de ne pas bouger de sa chaise jusqu'à ce qu'il lui en donne l'ordre. Les mains sur les cuisses, la tête droite, les pieds fermement posés sur le sol. Au bout de vingt minutes dans cette position, Irving sentit que son corps commençait à s'engourdir, se mettait à cesser de lui appartenir, mais, mort de peur, il ne bougea pas. Au bout de quarante minutes, il se rendit compte que c'était son cerveau qui s'engourdissait et dégoulinait. Au bout de cinquante minutes – croyait-il, supposait-il, imaginait-il, alors que les minutes étaient impossibles à compter – il s'était évanoui. Plusieurs années plus tard, alors qu'il vivait déjà en Espagne, Horacio lui envoya une description littéraire du procédé : elle correspondait pile-poil au récit d'Irving et il l'avait trouvée dans un roman écrit par un certain Vassili Grossman. Ses interrogateurs semblaient avoir suivi des cours dans la même académie que les personnages soviétiques d'un romancier mort après avoir été totalement marginalisé, dans la plus pure tradition politique soviétique.

Le détenu dut aussi répéter plusieurs fois l'histoire de sa dispute avec Walter et, bien entendu, suivant un mécanisme de défense, il révéla dès le début comme origine de la dispute le projet obsessionnel de Walter de quitter le pays, ce qui, espérait-il, contribuerait à diaboliser le suicidé. Il comptait sur le fait que Darío ne parlerait pas des intentions de Walter ni ne mentionnerait le diplomate tchèque, car il savait qu'avouer la demande du peintre pourrait compliquer la vie de Darío pour n'avoir pas dénoncé à la police ou aux autorités le projet de feu Walter Macías. Mais quand les enquêteurs lui mentionnèrent ce que Walter envisageait comme voie d'évasion, il n'eut pas de mal à déduire que Darío en avait parlé (ou était-ce un autre de ceux qui étaient au courant ?), peut-être convaincu que le fait de ne pas avoir répondu à la demande du suicidé lui sauvait la mise. Et si tel était le cas, il n'avait pas d'autre choix que de confirmer l'information.

L'autre sujet délicat qu'Irving avait tenté d'esquiver était la probable addiction à des drogues de la part de Walter. Mais les policiers semblaient en savoir tellement sur la question que, dans un moment de lucidité, il comprit que son attitude n'avait aucun sens et reconnut qu'il l'avait déjà entendu mentionner avoir fumé de la marihuana. Même s'il ne l'avait jamais fait devant lui, avait souligné Irving, qui dit pouvoir seulement confirmer le penchant du défunt pour l'alcool. Et, bien entendu, il n'avait pas la moindre idée d'où Walter pouvait trouver ce qu'il consommait, si tant est qu'il consommait bien de la drogue.

Le plus surprenant durant ces échanges avec les policiers, ce furent les questions sur une relation charnelle entre Elisa et Walter. Irving se posa des questions sur l'origine d'une information aussi intime et conclut que l'un de ceux qui étaient au courant (Darío, Clara, Horacio, Elisa elle-même ?) avait dû cracher le morceau. Avec l'alibi qui était le sien, est-ce qu'ils l'interrogeaient, lui, pour lui soutirer quelque chose qui les mènerait à Elisa, Bernardo ou un autre membre du groupe ? Terrifié par cette hypothèse pas absurde du tout, il répéta sans cesse qu'il avait entendu la rumeur, mais que ni Elisa et encore moins Walter ne lui avaient parlé d'une relation charnelle entre eux. C'était tout ce qu'il savait. À qui Horacio avait-il raconté cette histoire et d'où l'avait-il sortie ? Lequel de ceux qui étaient au courant de la relation trouble entre le mort et la jeune femme enceinte en avait parlé à la police ? De par sa propre expérience, Irving supposait que, sous la pression, n'importe lequel avait pu lâcher cette information ou une autre.

Dans la mesure où il laissait échapper des confidences probables et répondait à nouveau aux mêmes questions, au lieu d'éprouver du soulagement Irving commença à se sentir seul, vide, aveugle. À partir du moment où il n'y avait rien à cacher, tout se réduisit à lui-même, à son impuissance et à sa peur, mal protégées par le bouclier de son innocence. Car les interrogatoires n'en restèrent pas là.

Le pire, c'était que les mêmes questions revenaient sans cesse, formulées différemment et sur divers tons, l'obligeant à tenter de se rappeler ce qu'il avait déjà répondu, pour essayer d'éviter de se contredire, jusqu'au moment où il laissa tomber cette stratégie : il était innocent parce qu'il était innocent, et s'ils voulaient un indice les menant à Elisa ou Bernardo, il n'avait rien à leur donner. L'inspecteur Rodríguez insistait pour dire que quelqu'un avait joué un rôle dans la mort de Walter, et qu'il s'agissait par conséquent d'un assassinat. Et qu'ils ne s'arrêteraient pas avant d'avoir trouvé le coupable. Pendant ce temps, Fernández lui répétait que tout cela était de la simple routine, qu'il y avait des cas de suicide qui, pour diverses raisons, exigeaient d'être pleinement confirmés comme tels (plus encore s'agissant d'un artiste, on sait bien comment sont les artistes), et il le mettait en confiance en promettant que, dès que les choses auraient été tirées au clair, il retrouverait immédiatement son domicile et son travail. Si Irving ne se trompait pas (même s'il n'aurait jamais pu le jurer), jamais aucun des deux policiers ne l'avait accusé d'avoir assassiné Walter… Alors pourquoi le retenaient-ils et le harcelaient-ils ? S'acharnaient-ils sur lui parce que, connaissant son orientation sexuelle, ils le jugeaient faible, timoré, sournois, susceptible d'impliquer les autres ?

Ce fut durant l'un des trajets vers une salle d'interrogatoire, au cinquième ou au centième jour de sa détention, qu'Irving eut une vision fugitive, dont il ne sut si c'était un délire ou une réalité : il avançait dans le couloir qui ressemblait à un tunnel et, à un moment, la porte d'un bureau s'était ouverte et il avait tourné la tête. Il vit alors, ou il crut voir, ou il rêva qu'il voyait assise derrière un bureau, avec des papiers à la main, une jeune femme blonde, avec des yeux étonnés (avait-il vu ses yeux ?)… qui devait être Guesty, la copine d'Horacio dont Walter justement assurait qu'elle était une indic de police infiltrée dans le Clan. Après cette image fugace mais terriblement inquiétante (qu'avait-il dit devant elle, qu'est-ce qu'Horacio lui avait confié, qu'est-ce que Guesty savait de lui et de ses amis ?), il fut pris d'un tremblement dans les jambes qui l'empêcha de faire un pas de plus, et faillit s'effondrer, il dut être aidé pour s'asseoir au sol par Rodríguez qui fit aussitôt appeler le médecin. Le docteur lui prit la tension et ordonna son transfert à l'infirmerie où il lui fit une piqûre intraveineuse après lui avoir mis un comprimé sous la langue, pour le laisser se reposer quelques heures.

Le cerveau d'Irving tournait sans relâche quand il sortit du sommeil vide où l'avait plongé le fort traitement administré par le médecin de la caserne pour le détendre et faire baisser sa tension. Si la fille qu'il avait entrevue était bien Guesty, et si comme tout semblait l'indiquer Guesty travaillait pour la police, alors ses amis et lui-même étaient des proies nues et sans défense : plusieurs de leurs secrets intimes avaient été exhibés et on savait sur chacun d'entre eux l'imaginable et l'inimaginable, et on devait déjà avoir de nombreuses réponses à ce qu'on lui avait demandé durant les interrogatoires. Et, pour couronner le tout, il savait à présent que oui, bien entendu, chacun d'entre eux devait avoir un dossier tout neuf. Son seul soulagement fut de se dire que lui et ses amis n'avaient rien de grave à cacher (ou rien de trop grave) dans un pays où presque tout le monde cachait quelque chose, et que lui-même n'avait dit que des vérités dans ses conversations avec les policiers durant les six jours et les cinq nuits les plus noirs de son existence.

Irving n'aurait jamais la possibilité de savoir à coup sûr si la blonde qu'il avait entrevue était bien Guesty, et aucun des membres du Clan, y compris le tenace Horacio, ne le saurait de façon certaine. Ils n'en seraient même pas convaincus quand, des années plus tard, Darío tomberait sur la blonde au regard étonné à Florence sur le Ponte Vecchio et lui demanderait si, à l'époque, elle avait été chargée de les surveiller…

Le lendemain de sa crise nerveuse (ou mille jours plus tard ?), après deux autres interrogatoires beaucoup moins poussés, un officier qu'il ne connaissait pas vint le chercher dans sa cellule pour l'informer qu'il pouvait rentrer chez lui et pour lui demander de bien vouloir les excuser pour les désagréments qu'ils avaient pu lui faire subir. À la sortie du bâtiment, ils lui donneraient un document officiel pour justifier ses jours d'absence au travail, afin qu'ils ne soient pas décomptés de son salaire. Il lui dit que les enquêteurs espéraient qu'il comprendrait qu'il avait été retenu, pour des raisons évidentes, dans le cadre d'une enquête pour homicide présumé, une enquête toujours en cours, et qu'il était sûr que ses collègues l'avaient traité de façon à respecter son intégrité physique et psychologique. Le fait qu'ils aient enfin su comment le défunt avait pu accéder au toit de l'immeuble éclairait beaucoup de choses, ajouta-t-il, sans fournir plus de détails. Ce fut à l'instant où l'officier lui tendit la main qu'Irving, qui avait hoché vigoureusement de la tête durant toute l'explication, eut la conscience précise de son abyssale vulnérabilité et qu'il se mit à pleurer, avec des sanglots qui sortaient de son âme plus que de ses poumons, et eut le sentiment insidieux que la peur éprouvée durant ce qui n'avait été que six jours et cinq nuits ne le quitterait pas, pas plus que l'hypertension chronique, durant le reste de son séjour sur terre.

Toujours, jusqu'à la fin et même au-delà, dans la réalité ou dans les souvenirs, dans la proximité ou dans la distance, il leur resterait Fontanar. La coquille de Clara. L'Aleph. Le centre magnétique généré peut-être par une pierre de cuivre aimantée, rendue à la terre après en avoir été sortie.

Le lendemain de sa libération, toujours avec la sensation qu'on pouvait à tout moment le reconvoquer et le renvoyer en enfer, Irving surmonta sa peur. Accompagné de Joel, il fit le trajet jusqu'à la maison que Clara avait détestée en son temps, l'endroit où ils s'étaient si souvent sentis heureux, car Irving savait qu'il devait à ses amis le récit de son séjour dans les geôles de la police où il avait perdu cinq kilos et gagné la révélation de la nudité dans laquelle, il pouvait l'affirmer, avaient vécu durant des mois (ou même des années ?) les actes et les pensées de tous et de chacun d'entre eux.

La réunion du Clan ce soir-là rassembla des membres profondément ébranlés, avec des sentiments où se mélangeaient le deuil et la peur, la colère et l'inquiétude. En plus d'Irving et de son fidèle Joel il y avait là Clara et Darío, les hôtes, et aussi Horacio, Fabio et Liuba qui étaient réapparus, et Elisa, avec l'excuse (vraie ou fausse ?) que Bernardo ne viendrait pas parce qu'il avait la grippe, avec de la fièvre. Horacio était arrivé à dégoter Dieu sait où un poulet, canadien et dodu, découpé par Clara de façon à ce que chacun en ait un morceau dans le riz au poulet qu'elle se mit à préparer, tandis que Liuba apportait une boîte de croquettes à la viande, *made in Vietnam*, qui avaient été distribuées au ministère comme récompense pour avoir atteint des objectifs dont personne n'avait souvenir de l'existence ni de la réalisation. Comme, heureusement, la réserve secrète de bouteilles reçues par Darío en cadeau de ses patients semblait être sans fond (même s'il n'arrêtait pas de dire que le stock s'épuisait), le médecin avait sorti un litre de White Horse qu'il présenta comme le meilleur remède à l'anxiété de l'assemblée, recommandé même – avec l'aval de la médecine – contre l'hypertension… et suffisant pour tout le monde, vu l'absence de Bernardo le bois-sans-soif, officiellement malade, et de Walter à la voracité assouvie à jamais.

Ils s'installèrent sur la terrasse et aucun d'entre eux ne s'intéressa au rapide coucher de soleil hivernal et au magnifique déploiement de couleurs de feu pendant qu'Irving racontait son expérience, sans arriver à renoncer à l'emphase et aux silences appuyés qu'il savait si bien manier et qui, consciemment ou pas, le poussèrent à conserver pour la fin la révélation de la vision fugitive de Guesty la blonde (était-elle en uniforme ou en civil ?) précédant son effondrement physique et psychologique.

– Je l'ai à peine vue, deux secondes, mais je suis prêt à jurer sur ma mère que c'était elle. Ces yeux… assura-t-il, tout en regardant Horacio.

– « La peur dévore l'âme », comme a dit Fassbinder, dit sentencieusement le physicien qui secouait la tête.

– Fass qui ? demanda Fabio.

– T'occupe, c'est un mec qui fait des films… Et, et… – Horacio semblait avoir perdu le fil de ses pensées. – Oui, et la terreur provoque des visions ou des drôles de choses… Le coup de Guesty super-espionne, c'était une invention de Walter… Parce que vous savez quoi ? Moi, j'y ai beaucoup réfléchi et je crois que si quelqu'un pouvait être flic, ou plutôt indic, ce quelqu'un c'était plutôt Walter…

– Je vais faire comme toi, Horacio, intervint à nouveau Fabio. « La meilleure défense c'est l'attaque », comme a dit un autre qui disait des trucs…

– Napoléon ? renchérit Darío, pour tenter d'alléger la tension, et il but dans le verre qu'il tenait à la main et mordit dans la croquette vietnamienne qu'il avait attrapée dans l'autre. Le goût indéfinissable de l'ersatz déclencha une réaction chimique bizarre dans sa mémoire affective. – Ou bien c'est de Nguyen Sun, le guérillero ? – Il sourit à cette évocation du jeune héros du feuilleton radio qui abattait des avions yankees avec les flèches de son invincible arbalète vietcong.

– Soyons sérieux, messieurs, reprit Fabio. Walter, je le connaissais depuis un paquet d'années et il aurait pu être tout ce qu'on veut sauf flic. Tout ce qu'on veut… même suicidaire.

– Et ce n'était pas un provocateur ? intervint Irving.

– Ou un salopard, dit Joel en écho. Vous avez vu comment il a réagi quand Irving le lui a dit ? Pourquoi ? Parce que c'était un salopard, même si maintenant il est mort. Et que personne ne vienne me dire qu'on ne parle pas comme ça des morts… Un très gros salopard…

Horacio ne cessait de secouer la tête. Quelque chose au-dedans de lui, comme le balancier d'une pendule à mouvement perpétuel, semblait le mouvoir.

– Je ne veux défendre personne, Fabio. J'essaye d'être rationnel… Pourquoi est-ce que quelqu'un voudrait nous surveiller, nous ?

– Je n'en sais rien… mais…

– On nous surveillait peut-être par routine, par déformation professionnelle, par vice, ou bien au cas où…

lança Elisa, qui avait gardé jusque-là un mutisme inhabituel. Oublie d'être rationnel, Horacio. Moi, je sais bien que parfois tout est irrationnel, un point c'est tout. Ça pouvait aussi bien être Guesty que Walter ou…

– Je n'aime pas qu'on parle de ça, l'interrompit Liuba. Ça me rend nerveuse…

– Sois nerveuse, qu'est-ce que tu veux que je te dise ? rétorqua Elisa. Moi, je le sais. À cause de mon père, je le sais très bien. N'importe qui ici peut-être un salopard d'indic. Et moi, je crois que Walter l'était. Sinon, pourquoi toute cette enquête des flics ?

– C'est bon, Elisa, supplia presque Liuba. Changez de sujet !

– On peut toujours parler de base-ball, reconnut Horacio.

La demande de Liuba de s'éloigner d'un terrain marécageux, où il s'était enfoncé jusqu'au menton, le soulageait. Mais il se dit qu'il devait réfléchir et allait réfléchir : pourquoi Liuba refusait-elle le sujet avec une telle insistance ? se demanda-t-il pour commencer. L'indic, ça pourrait être elle ? Et il se dit aussi qu'Irving avait peut-être bien vu Guesty, tout était possible. Ce qui lui semblait clair, comme il devait l'avouer des semaines plus tard à Irving, quand, dans le groupe d'amis, commencèrent à se déclencher des alarmes beaucoup plus stridentes, c'était la conviction que, dans tout ce qui était arrivé, il y avait quelque chose de plus trouble qu'une simple et douteuse surveillance de routine de la part de qui que ce soit, Elisa avait raison de dire que cela pouvait être n'importe lequel d'entre eux. Décidément, de la merde était en train de s'accumuler quelque part, de la vraie merde, et il pouvait la sentir, même s'il n'était pas capable de la voir. Mais il trouverait la source d'où émanait la mauvaise odeur.

– Et vous savez le dernier truc que m'a dit l'officier qui m'a relâché ? demanda Irving, ce qui fit se lever de nombreux sourcils : qu'est-ce qu'il a dit ? – Qu'ils savaient comment Walter avait fait pour monter sur la terrasse.

– Comment ils l'ont su ? interrogea Elisa.

– Il avait la clé du cadenas ? s'étonna Fabio.

– Probablement… acquiesça Irving.

– Et d'où l'avait-il sortie ? voulut savoir Clara, et Irving haussa les épaules.

– Donc ils t'ont relâché parce qu'ils pensent qu'il s'est suicidé, c'est ça ? conclut Fabio.

– Et ils t'ont dit si le cadenas avait été refermé de l'intérieur ? intervint Horacio et, en l'absence de réponse d'Irving, la question resta ouverte.

Une fois la nuit tombée, Irving, qui à cause de ses récents problèmes de tension n'avait bu qu'un verre de whisky, et Elisa, qui avait cessé de boire et de fumer à cause de sa grossesse, s'éloignèrent à un moment du groupe de plus en plus éméché et sortirent dans l'obscurité du jardin. Peut-être par besoin de parler, ou aimantés par les atomes crochus qui les rapprochaient toujours, ou tout simplement parce qu'ils en avaient marre d'une discussion qui retombait une nouvelle fois sur la véritable nature éthique et humaine du défunt Walter et les possibles raisons de son suicide presque confirmé.

Dans les dernières semaines, le ventre d'Elisa était devenu plus proéminent, même si elle le trouvait petit pour ses presque cinq mois de grossesse. Son état de femme enceinte, qu'elle considérait comme une agression et la rendait lourde et lente, l'embellissait aux yeux d'Irving, et il le lui avoua en caressant la rondeur de ce ventre.

– Le pire, ce n'est pas la sensation physique, lui dit Elisa. C'est ce que ça déclenche à l'intérieur. – Elle se toucha le front. – Je me sens quelqu'un d'autre…

– C'est parce que tu es quelqu'un d'autre, avec des hormones complètement chamboulées. Et parce que tu as un problème à régler.

Elle hocha la tête.

– Pas qu'un... Mais arrêtons de parler de comment je me sens ou de mon ventre, et venons-en à tes problèmes... Je n'arrive pas à comprendre pourquoi les flics, s'ils croient que Walter s'est suicidé, t'ont gardé aussi longtemps... Tu peux pas savoir comme j'ai pensé à toi et à ce que tu subissais.

– Tu peux pas imaginer... Je n'ai pas tout dit... et je n'ai pas dit le pire.

– Qu'est-ce que tu n'as pas dit, Irving ?

Il essuya du dos de la main ses yeux humides, soupira et tourna les yeux vers l'obscurité insondable. C'était comme ça qu'il se voyait à l'intérieur de lui-même : entouré de ténèbres menaçantes.

– Je crois que les flics m'ont interrogé pour que je leur dise quelque chose sur toi ou sur Bernardo. Si vous étiez en conflit avec Walter. Ils savent quelque chose.

– Je t'en prie, Irving ! Putain, ils savent rien. Il n'y a aucun conflit entre nous et Walter. S'ils t'ont relâché, c'est parce qu'ils savent rien.

– Ben, j'en suis pas si sûr, vraiment pas.

– Mais qu'est-ce que tu crois qu'ils pourraient bien savoir ?

– À peu près la même chose que nous, mais avec plus de détails, Elisa chérie... Qu'il y a quelque chose de pas clair dans le suicide de Walter. Cette histoire de cadenas refermé...

– Arrêtez de faire chier avec ce cadenas, Irving. Celui qui était pas clair dans sa tête, c'était Walter, surtout bourré comme il devait l'être. C'est pour ça qu'il s'est jeté de là-haut, ou qu'il a été assez con pour tomber, ça revient au même...

– Et si Walter était vraiment flic et que c'est pour ça que les flics sont si inquiets ? Tu l'as dit toi-même…

– Flic, ce connard ? Mon cul ! Moi, un flic, je sais ce que c'est. J'ai grandi avec un vrai ! Walter, oublie… Et je crois que Guesty non plus.

Irving s'arrêta pour la regarder.

– Tu sais qu'il n'était pas flic ni rien… tu le sais parce que tu as couché avec lui, non ?

Elisa le regarda droit dans les yeux et parvint presque à sourire.

– Mais de quoi tu parles, toi ?

– Horacio pense que oui, je ne sais pas pourquoi, mais il le pense. Et je ne sais pas si lui ou quelqu'un à qui il en aurait parlé l'a dit aux flics… C'est eux qui me l'ont dit. Et ils l'ont peut-être dit aussi à Bernardo. Il y a fait allusion ?… Elisa, Bernardo, c'est lui qui l'aurait tué ?

Elisa s'était arrêtée pour le regarder. Elle répondait aux questions d'Irving en faisant non de la tête. À un moment, elle ferma les yeux et Irving remarqua qu'elle avait pâli, mais elle les rouvrit et soutint son regard :

– Mais putain, c'est quoi toutes ces conneries ? Non, j'ai jamais couché avec lui… Je te le jure sur ce que j'ai de plus sacré… sur ce ventre que je me trimballe, dit-elle, et il se sentit soulagé. En plus, tout le monde sait que le soir où cet imbécile s'est tué, Bernardo était avec moi, à la maison et… complètement bourré. Laissez Bernardo tranquille.

– Alors… ? Ton ventre ?

La réponse tarda plusieurs secondes.

– C'est un cadeau du ciel, je l'ai déjà dit…

– Elisa, je t'en prie, je t'en supplie… Moi aussi, j'ai beaucoup pensé à toi quand j'étais enfermé là-bas… Je pensais à ta force. J'aurais voulu avoir ta force pour mieux supporter ce que j'étais en train de vivre.

Elisa secoua une nouvelle fois la tête.

– Là-bas, c'est pas la force qui compte… Ou plutôt, la seule qui compte, c'est celle que tu avais : savoir que tu n'as rien fait. C'est ton seul soutien.

– Oui, mais ça ne t'aide pas à surmonter la peur.

– En ce moment, on a tous peur.

– Bernardo ?

– Lui aussi il a peur, même s'il ne sait pas si j'ai couché avec quelqu'un, et il n'a tué personne, le pauvre. Merde, comment tu veux que je te le dise ? Tu imagines Bernardo tuant quelqu'un ?… Moi aussi, j'ai peur.

– Mais tu es toujours forte.

– Non, ne crois pas ça… Ça – elle toucha son ventre gonflé – me rend vulnérable. Je te l'ai déjà dit : je me sens quelqu'un d'autre. Quelquefois je ne me reconnais pas moi-même. Il y a des jours où je me regarde dans la glace et je ne me vois pas… Ce n'est pas Elisa qui est là… Et quand tout sera fini, celle qui va tuer Horacio, c'est moi, je te le jure, dit-elle, et Irving vit des larmes couler sur le visage de son amie, son idole, son modèle, dont le visage soudain se tordit et qui arriva difficilement à dire : Coucher avec Walter, je n'y ai même jamais pensé… Si j'ai couché avec quelqu'un, c'est avec Horacio.

– Mon Dieu, Elisa, mon Dieu… qu'est-ce que tu dis ?

– Ce que tu as entendu, merde, murmura-t-elle dans un sanglot.

– Pas possible… Mais ne te mets pas dans cet état, dit-il en la serrant dans ses bras, en l'embrassant sur le front, en séchant ses larmes ; elle était si réelle, si proche. Son Elisa.

Irving ne se doutait pas que par cette nuit fraîche de Fontanar, tandis qu'il pénétrait l'un de ces secrets susceptibles de gâcher plusieurs vies, il parlait, serrait, embrassait pour la dernière fois avant longtemps ou avant toujours son amie Elisa Correa.

La mer à nouveau. Depuis ce quatrième étage, par-dessus des pins, des palmiers et quelques autres constructions, sur cette légère élévation prolongée par une petite chaîne montagneuse, on pouvait se laisser hypnotiser par l'étendue bleu pâle des eaux apaisées de la Méditerranée. La mer, à nouveau la mer qu'il n'avait plus vue depuis un an exactement, après avoir vécu toute sa vie près de l'océan. Et la mer à présent lui transmettait des sensations équivoques qui allaient de la paix intérieure sur fond de plaisir esthétique au trouble causé par la liste des absences et des pertes (son amant, sa mère, ses amis, son monde, peut-être irrécupérables). Et c'est ce matin-là, en voyant une mer qu'il ressentait comme sienne mais qui n'était pas sienne, qu'Irving eut l'insidieuse certitude que son déracinement serait un mal aux effets prolongés, ou peut-être incurable, comme son hypertension. Son choix, une addition de gains et de pertes.

La veille au soir il avait pris un avion de Madrid à Barcelone. Darío l'attendait à l'aéroport El Prat et, à bord d'une Citroën Xantia flambant neuve qui sentait le cuir, ils avaient roulé par des routes sombres jusqu'à Calafell, ce vieux port de pêcheurs de plus en plus envahi par des résidences secondaires et les mois d'été par des vacanciers, situé sur la côte du Baix Penedès, à équidistance de Tarragone et de Barcelone. C'est là, dans la zone urbaine de Segur de Calafell que le chanceux Darío et Montse, son épouse catalane, venaient d'acheter leur résidence secondaire.

L'appartement occupait tout le quatrième et dernier étage, un penthouse, comme on disait à Cuba, au sommet d'un immeuble où, comme dans la Xantia, tout sentait le neuf. L'appartement, bien sûr, se devait d'être l'illustration la plus spectaculaire de la fierté de Darío, qui, alors qu'ils venaient à peine d'arriver, sous prétexte de lui montrer la chambre d'amis, l'avait obligé à faire la visite complète – chambres, salles de bains, vaste cuisine-salle à manger et même un bureau, où il aperçut deux petits drapeaux entrecroisés aux couleurs de la Catalogne et du Barça. Le tour des lieux s'était terminé par la grande terrasse orientée vers la côte, un rideau sombre à cette heure de la nuit, au fond duquel se nichait la promesse que le lendemain matin, debout avant ses hôtes, Irving en profiterait en solitaire, une tasse de café à la main.

Depuis son arrivée en Espagne, un an auparavant, Irving avait eu plusieurs conversations au téléphone avec Darío, il avait reçu du médecin quelques aides matérielles – des manteaux qui étaient devenus trop petits pour Darío, trois ou quatre envois d'argent –, mais c'était seulement maintenant qu'ils se retrouvaient, car le vieil ami – qui, lui, avait quitté Cuba cinq ans plus tôt – l'avait averti de son aversion pour Madrid, qu'il appelait « la Capitale du Royaume, arrogante et dictatoriale ». C'était quoi ces conneries ? C'était bien le même Darío qu'il avait connu ? Comment pouvait-il parler ainsi de dictature, avec passion et colère, au téléphone et en élevant la voix, en plus ?

Irving n'avait pas été trop surpris quand Montse l'avait appelé pour lui demander s'il voulait venir en Catalogne pour passer avec eux un week-end prolongé, dans l'appartement qu'ils venaient d'acheter à Segur de Calafell. Darío mourait d'envie de le voir, avait dit sa femme, et si Irving était d'accord, ils lui enverraient cet après-midi même un billet d'avion. Il avait immédiatement accepté, surpris et impressionné par l'ampleur de cette invitation détaillée par Montse, avec un sens de l'organisation bien catalan : une visite de Tarragone et de ses ruines romaines, et bien entendu une journée à Barcelone où il connaîtrait l'appartement qu'ils avaient en ville. Ce voyage le tentait beaucoup, même s'il le craignait d'une certaine façon, et il n'avait pas les moyens de l'effectuer d'une autre manière.

Quand il sortit dans le hall d'arrivée, Irving eut le premier choc de ses quatre jours de visite en Catalogne : un monsieur qui lui semblait familier, complètement chauve ou le crâne rasé, le visage rond comme un biscuit, vêtu d'un élégant manteau Burberry et accompagné d'une blonde pulpeuse plus jeune que lui de dix ans, lui ouvrit les bras en souriant, avec trop d'enthousiasme. Il dut faire un effort pour accepter qu'il s'agissait bien du même ami très cher qu'il avait accompagné cinq ans plus tôt à l'aéroport de La Havane, la peau sur les os et la tête encore ornée d'une chevelure qui commençait à grisonner, pleurant au moment du départ pour un voyage dont il savait parfaitement – même si c'était un secret bien gardé – qu'il serait sans retour.

Alors qu'il n'avait pas encore surmonté son étonnement face à la transformation physique, Irving fut encore plus surpris par la modification de la voix et de l'intonation de son vieil ami, qui prononçait maintenant mots et phrases avec un léger accent catalan, comme s'il était né du côté de Gérone. Irving, qui ne s'attendait pas à être confronté à des transformations aussi variées et radicales (il gesticulait de façon différente ?), ressentit le malaise étrange d'être en face, à côté et dans les bras de quelqu'un qu'il connaissait sans connaître.

Une heure plus tard, tandis qu'il lui montrait l'appartement de Segur de Calafell (qualifié de super affaire…) tout en tenant Montse par la main, comme s'ils étaient deux jeunes fiancés jouissant de leur complicité triomphale (de fait, entre eux ils ne parlaient que catalan), Irving eut la pensée perverse que l'invitation de Darío était due au besoin que quelqu'un tel que lui, justement, soit le témoin et peut-être le porte-parole de son succès, symbolisé de manière spectaculaire par une maison de rêve. Darío et les belles maisons à travers lesquelles il matérialisait son besoin irrépressible de s'éloigner du taudis sombre et violent de ses origines ! Oui, ce devait être la raison, se dit Irving, et il avait un sourire amusé en y repensant le lendemain de son arrivée, tandis qu'il profitait de la solitude matinale. C'est bien connu, se disait Irving, pour un Cubain faire savoir qu'il couche avec une jolie femme est plus important que le fait en lui-même. Et ce trait d'identité correspondait bien à Darío avec sa nouvelle maison, face à la mer, une résidence secondaire en plus !

– Ton café est très bon, même s'il est déjà à moitié froid. – La voix dans son dos tira Irving de ses réflexions et, en se retournant, il découvrit Darío qui, une tasse à la main, vêtu d'un peignoir en soie orné de fleurs, lui donna une petite tape sur l'épaule avant de s'installer à côté de lui. – Nous allons attendre que Montse se lève pour prendre le petit-déjeuner. On va voir à quelle heure madame ressuscite, vu tous les comprimés qu'elle s'enfile…

Irving se sentit à nouveau dérouté, ou peut-être de retour là où il aurait toujours dû être : le Darío de 1997 était toujours gros et chauve comme la veille au soir, vêtu d'une tenue d'intérieur élégante et classique, trop bourgeoise pour son goût, mais il parlait à nouveau comme le Darío qu'il avait connu à Cuba. Et avec sa voix et son intonation cubaines retrouvées, son image commença à se recomposer entre présent et souvenir.

– Ne t'en fais pas, on va l'attendre. Irving sourit : Tu veux que je refasse du café ?

– Super… mais prends la boîte du Illy. Sur l'étagère de… gauche. Putain, qu'est-ce que j'ai envie de retourner en Italie !

Irving retourna à la cuisine pour y préparer la cafetière italienne avec le café moulu aussi italien. Il savait que Darío, qui ne rechignait pas aux tâches domestiques, n'avait jamais aimé faire le café, et il pensa au mélange de grains qui avaient à peine le goût de café et menaçaient toujours de boucher la cafetière, que là-bas, à Fontanar, Clara et les enfants de Darío devaient boire. S'ils avaient encore du café.

– J'étais en train de penser… commença Irving quand il revint sur la terrasse avec les deux tasses bien odorantes.

– À Clara et au café, l'interrompit Darío.

– Mais comment tu as fait pour deviner ?

– Je te connais… et je me connais… ça fait un bail qu'on se connaît, et qu'on se connaît bien, mon vieux. Il faut que je t'achète des tasses en porcelaine, dit Darío qui, avant de boire la première gorgée de café, se leva et ouvrit les bras pour serrer Irving contre lui. Bordel à queue, Irving, toi ici, j'y crois pas.

Surpris par l'explosion d'affection de son vieil ami, d'ordinaire peu enclin aux effusions, il ne tarda pas à retrouver ses esprits et à lui donner la réponse qu'il méritait.

– Darío, la queue c'est celle que tu es en train de frotter contre moi… Tu es à poil sous ce peignoir de pédé.

Les deux amis éclatèrent de rire. Ils rirent comme ils n'avaient pas ri depuis longtemps : et ce n'était pas affaire d'intensité mais de qualité.

Après le petit-déjeuner, Darío, dans son catalan fluide, proposa à Montse de profiter d'une matinée aussi splendide (splendide, c'est ainsi qu'il la qualifia) pour aller se promener sur le front de mer du village. Elle lui répondit dans la même langue que malheureusement il lui fallait terminer la correction de copies de ses étudiants de l'université de Barcelone et passer quelques coups de fil pour finaliser la vente d'un appartement, l'activité dont elle tirait ses principaux revenus.

– Allez-y tous les deux, ajouta-t-elle en espagnol. Je vous retrouverai pour l'apéritif, et après on ira déjeuner à Tarragone, d'accord ? J'ai promis à Irving que nous irions visiter les ruines romaines et…

– D'accord, mon amour. *Adéu*…

Pour aller marcher, Darío avait mis un pantalon et une chemise en coton d'un blanc immaculé, de grosses sandales de cuir et un chapeau en fibre naturelle (acheté en Crète, précisa-t-il) destiné à le protéger du soleil, même si Montse insista quand même pour l'enduire d'une crème solaire visqueuse et parfumée sur les joues, le front et le cou. En le voyant ainsi vêtu avec des rayures blanches de chef indien sur la figure, Irving se dit que Darío s'éloignait à nouveau ou que dans le même corps cohabitaient à présent deux créatures semblables mais différentes : l'homme qu'il avait été et qu'il était encore, et le nouveau qu'il avait besoin d'être. Il se rappela que le premier homme, quelques semaines avant de partir pour l'exil, sous l'implacable soleil cubain qui tannait la peau, avait passé du temps à creuser dans le jardin de la maison de Fontanar pour essayer de déterrer quelques rachitiques patates douces pour le repas, sans chapeau ni chemise et sans se douter qu'il existait des crèmes de L'Occitane en Provence comme celle qui lui donnait l'allure d'un tigre domestique parfumé. Le petit soleil minable de Segur de Calafell au mois de mai provoquait des cancers de la peau et le soleil furieux de Cuba, non ? Irving ne se laissa pas impressionner et sortit en bermuda et débardeur.

Les deux amis descendirent vers la mer et, l'accent et le vocabulaire cubains pleinement retrouvés, Darío raconta à Irving combien il était satisfait de sa nouvelle vie. Il faisait le même travail qu'à Cuba – il ouvrait des crânes et tripotait des masses encéphaliques, il incisait des dos et redressait avec des vis des colonnes vertébrales, et il obtenait pour son travail des compensations dont il n'aurait jamais rêvé.

– Quitter Cuba, mon vieux, c'est ce qui pouvait m'arriver de mieux. Et je remercie ceux qui m'ont poussé à le faire. Je ne sais pas comment je continuerais à vivre là-bas, ce serait sûrement de pire en pire. Là-bas c'est sans remède, sans remède…

Irving hocha la tête. Il ne trouvait rien à répondre à Darío si heureux de son exil, ni à ses opinions concernant la vie qu'il aurait eue en restant à Cuba et les perspectives de recomposition nationale. Il décida qu'il valait mieux ne pas jouer les rabat-joie face à tant d'euphorie, réelle ou surjouée, ou mélangeant les deux ingrédients. Et il s'abstint donc de lui parler de Clara et de ses fils Ramsés et Marcos, laissés là-bas, dans une autre vie à tous égards insatisfaisante et même pire, de l'avis même du médecin.

– En plus, tu as vu la femme que j'ai trouvée, poursuivit Darío. Elle me traite comme un dieu… Bon, elle est un peu *crazy*, mais c'est un ange. Et elle n'est pas pingre… Et au lit… ! Je te dis même pas. Avec ses rondeurs… Et après une pause, il ajouta : Elle me met dans l'état où Clara ne me mettait plus.

Irving se souvint des conversations sur le sujet avec Clara et il lui sembla qu'elles dataient d'il y a mille ans, et il décida de rester dans le présent.

– Je suis content pour toi. Et il ajouta, sans pouvoir se retenir : Et vous baisez en catalan ?

Darío rit.

– Toi, tu ne changes pas…

Ils étaient arrivés sur la large promenade de front de mer, bordée d'un côté à perte de vue par des palmiers et de l'autre côté par une étendue de sable immaculé et une mer aussi calme qu'implacablement froide.

– Irving, vieux frère, tu ne sais pas tout ce qu'ont souffert les Catalans du seul fait de vouloir être catalans, commença Darío. Mais moi, je les comprends. Moi qui ai vécu à Cuba et qui ai vu les crocs des Américains, je les comprends. Et je partage leurs revendications. Tu verras, ce ne sera pas demain ni après-demain, mais un jour ça va exploser, c'est moi qui te le dis… Et si j'habite et travaille ici, si je me sens bien ici… pourquoi ne pas être comme les gens d'ici ?… Ces petits messieurs de Madrid sont…

– C'est bizarre. Là-bas tu étais de ceux qui ne parlaient pas de politique…

– Parce qu'on ne pouvait pas parler de politique… Obéir, un point c'est tout. Tu le sais bien, ne fais pas semblant de…

– Nous, on parlait de politique. À voix basse, mais on en parlait… Et toi, tu étais au Parti…

– C'est vrai… reconnut Darío. Et vous avez réglé quoi en parlant ? À part vous plaindre, il y a quelque chose qui a changé ?… Tu sais ce qu'il y a de mieux, dans toutes les choses que j'ai vécues ici ?

– Quoi ? demanda Irving pour l'inciter à continuer.

– Je peux parler de ce que je veux avec qui je veux. Je peux vivre sans masque, vieux, sans masque. Et sans parano ! Et je préfère ne même pas me rappeler comment c'était là-bas…

Irving hocha la tête tout en se disant qu'il ne servait à rien de vouloir retenir l'image d'un Darío à présent disposé à tirer dans tous les sens, et il se dit qu'il n'avait de toute façon aucune autorité pour le faire : chacun avait le droit de penser et de vivre selon son désir, avec pour seule limite de ne pas agir ou prendre des décisions qui causeraient du tort aux autres. Il avait lui-même toujours revendiqué cela et il n'était pas le mieux placé pour critiquer Darío parce qu'il était content de sa vie matérielle et spirituelle.

– Je suis content pour toi, Darío, je t'assure… et désolé s'il m'arrive d'être un peu bêta… C'est comme ça que ma mère m'appelait, gros bêta…

– Irving, Irving, je t'en prie, ne t'excuse pas… Hier, je pouvais lire tes pensées sur ton visage, dit-il tout en touchant sa tête couverte du chapeau de paille. Et je crois que je te connais un peu… Oui, c'est vrai, je voulais t'inviter pour te montrer comment je vis. Avant que tu repartes, je veux que tu voies aussi l'appartement de Montse à Barcelone, et ma bibliothèque. Et je veux t'emmener à l'hôpital où je travaille, on dirait un hôtel cinq étoiles. Là-bas tout le monde m'appelle monsieur, docteur, professeur, fini les camarades… Et j'ai envie que tu voies tout ça – il écarta les bras comme si la plage, la promenade de bord de mer, les immeubles alentour lui appartenaient aussi –, et c'est pas parce que je suis devenu plus con que ce j'ai toujours été. Ça, ce n'est pas possible…

– Tu te rappelles ce slogan qu'ils nous faisaient crier au lycée : « On peut toujours faire mieux ! »

– Lâche-moi un peu, tu veux ? Bon, la vérité vraie, c'est que je vais devoir bosser trente ans pour payer cet appartement à la mer, et que s'il n'y avait pas Montse et son fric, je n'en serais pas là, et toi et moi on ne serait pas en train de profiter du joli côté du monde. Et ne crois pas que j'ai oublié grâce à quelles saloperies le joli côté du monde est ici, et pas en Bolivie ou au Congo… Oui, j'ai demandé à Montse de t'inviter pour que tu voies tout ça par toi-même, Irving, toi qui sais que je me suis battu toute ma vie pour m'éloigner de la merde dans laquelle je suis né et j'ai grandi, mais qui n'imagines pas tout ce que j'ai traversé… Je fais ça pour que toi, qui es mon ami et qui, quand j'ai quitté Cuba, m'as donné la moitié de tout ce que tu avais, et ça je ne l'oublierai jamais, même si maintenant je parle catalan, oui, merde, j'ai fait ça pour que toi qui es un frère, tu me dises que je ne me suis pas trompé… Je t'ai déjà raconté les bons côtés de ma vie, mais tout n'est pas rose non plus : quand je pense à tout ce que j'ai et que je peux avoir, il y a des jours où je me dis que peut-être rien de tout ça n'a d'importance, ou peut-être que si, je ne sais pas. Mais je me dis aussi parfois que ce n'est pas plus important que ce que je n'ai plus parce que je l'ai perdu… ou parce qu'on me l'a pris. Y compris les camarades diplômées en serpillière, oui, celles qui nettoyaient par terre et qui me préparaient le café que m'offraient parfois mes patients et me demandaient deux patates douces quand on m'avait apporté des patates douces… Tu me comprends, Irving ?

– Oui, moi je te comprends, Darío… Et si quelqu'un ne comprend pas… qu'il aille se faire foutre.

– Oui, qu'il aille se faire enculer…

– Bon… – Irving regarda la mer, différente de la sienne mais tout aussi vaste, tentante… – Non, Darío, je ne crois pas que tu te sois trompé. À Cuba, il y a trop de trucs qui ont foutu nos vies en l'air… Et en plus Walter, Elisa, ne pas savoir, ou savoir que quelqu'un nous surveillait, les problèmes que tu avais avec Clara… Tu as fait ce que tu croyais devoir faire, et c'est tout… Au fait, excuse-moi, mais je dois te rappeler qu'on est un certain nombre qui aimons bien nous faire enculer.

Dans la matinée du 15 février 1990, Irving était allé ne rien faire dans la maison d'édition moribonde qui, pour une durée indéfinie, n'allait plus publier de livres à cause de la pénurie nationale de papier. À midi, il s'apprêtait à attaquer son plateau avec du riz, des pois chiches baignant dans l'eau, des filaments de chou et deux croquettes de nature inclassable recouvertes de ce qui ressemblait à des pustules éclatées, presque le même menu que celui servi dans les geôles de la police. Un régime où, les croquettes alternant avec des œufs durs ou du soja haché à l'odeur fétide, était devenu le menu normal du pays entier. Juste à cet instant, on le prévint qu'il avait un appel à la réception et qu'on ne pouvait pas le lui transférer, car une fois de plus, en raison d'une panne de courant, le commutateur d'appels était hors service. En maugréant, la cuillère à la main, Irving avait descendu les escaliers pour prendre le combiné ; il fut aussitôt assailli par une rafale verbale.

– Irving, enfin, c'est toi… C'est moi, dit Clara.

– Salut, ça va ?

– Irving, tu as des nouvelles d'Elisa ?

– Elisa… je l'ai vue hier soir comme toi et…

– Et après ?

– Après ? – Irving sentit les signaux d'alarme se déclencher. – Clara, qu'est-ce qui se passe ?

– Bernardo ne sait pas où est Elisa. Ses parents non plus… Elle n'est pas allée travailler, elle n'est dans aucun hôpital… Personne ne sait où elle est…

– Comme si tu ne connaissais pas Elisa… Elle est là où elle a envie d'être… Clara, ne t'en fais pas pour Elisa. Elle n'est pas à l'hôpital ? Alors, il ne lui est rien arrivé, dit-il en essayant de se convaincre lui-même. Non, il ne voulait pas croire à autre chose.

– Bon, si tu le dis. Mais ce n'est pas ça qui m'inquiète le plus… Le problème…

– Le problème ?

– C'est qu'Elisa est folle, Irving… Hier soir, après votre départ, quand il n'y avait plus qu'elle, Darío et moi… Bernardo a débarqué. À moitié bourré, le pauvre, comme on pouvait s'y attendre… Et Elisa lui a balancé que ce n'était pas de lui qu'elle était enceinte.

Irving ferma les yeux avant de s'exclamer :

– Elle le lui a dit ! Elle m'avait juré qu'elle ne lui dirait rien… Elle m'a presque laissé entendre que Bernardo pouvait être le père.

– Eh bien, elle lui a balancé ça devant nous.

– Et elle lui a dit qui c'était ? cria presque Irving.

– Non, ça, elle ne l'a pas dit… Mais le plus bizarre, c'est que Bernardo a fait comme si de rien n'était. Je crois que lui, il savait… Il est resté immobile, il a terminé son verre, et puis il s'est levé et il est parti, sans dire un mot… Irving, tu ne crois pas que Bernardo a fait quelque chose à Elisa et que c'est pour ça qu'elle a disparu ?

Irving se sentit frissonner des pieds à la tête. L'hypothèse de Clara semblait absurde s'agissant de quelqu'un comme Bernardo, bien trop faible et, depuis qu'il était devenu alcoolique, presque lâche. Mais le monde était aussi plein de faibles et de lâches capables de prendre des décisions radicales et de commettre des actes terribles. L'alcool n'arrangeant rien.

– Où est Bernardo ?

– Qu'est-ce que j'en sais ? – Cette fois, Clara semblait hors d'elle. – Il m'a appelée tout à l'heure pour demander si je savais quelque chose.

– Je vais l'appeler tout de suite… Je vais passer le voir… Et toi, Clara, ne t'en fais pas, on connaît tous Elisa. – Il répéta la phrase comme si le caractère d'Elisa pouvait être un protecteur universel contre l'adversité. – Allez, à plus tard…

– Irving, qu'est-ce que tout ça veut dire ?

– Ne t'en fais pas.

– Merde, arrête de me dire de ne pas m'en faire ! – L'explosion de colère n'était pas dans ses habitudes. – Bien sûr que je m'en fais ! Irving, j'ai peur. Ce n'est pas normal…

– Clara, t'en fais… je veux dire, calme-toi… laisse-moi aller voir Bernardo pour qu'il me dise ce qu'il sait. Je t'appellerai dès que possible, ou j'irai chez toi. Ne t'en… bon, tu vas voir que tout ira bien, tu connais Elisa. – Et il raccrocha.

Peu après quatre heures de l'après-midi, quand Irving, qui n'avait pas pu trouver Bernardo, débarqua enfin dans la maison de Fontanar où il fut accueilli par une Clara de plus en plus sur les nerfs, il trouva sur la terrasse à l'arrière de la maison Fabio, Liuba et Horacio, comme s'ils avaient été convoqués, en compagnie de Darío. Joel arriverait plus tard. Et alors que le Clan avait épuisé toutes les hypothèses, sur le coup de huit heures du soir, Bernardo se montra enfin.

Deux heures auparavant, juste à l'instant très bref où le soleil de février disparaissait à l'horizon, Horacio s'était éloigné du groupe pour emmener Irving devant la maison.

– Irving… commença-t-il, avant d'ouvrir une parenthèse de silence qu'il mit à profit pour vérifier que personne ne pouvait les entendre. Ces derniers jours… Elisa ne t'aurait pas parlé de moi ?

Irving maudit à cet instant d'être le dépositaire des doutes et des péchés de ses amis. Énervé, il se lâcha.

– Si, Horacio… elle m'a dit que tu avais couché avec elle. Je ne sais pas combien de fois.

Horacio soupira.

– Deux fois. Et c'est plutôt le contraire. Elle a couché avec moi. Tu sais que je ne ferais jamais un truc pareil à un ami.

– Excuse-moi, mais j'ai quelques doutes sur la chasteté de ta bite, mec. Tu l'as baisée !

– Je te jure… Ce n'est pas moi qui l'ai cherchée, c'est elle, tu la connais et… Mais on s'en fout maintenant… Dis-moi la vérité, Irving, Elisa t'a dit si elle pensait être enceinte de moi ?

– Après ce qui s'est passé hier soir… qui d'autre ça pourrait être, si Bernardo ne peut pas… ?

– Je ne suis pas fou à ce point. J'ai toujours mis des préservatifs…

– Alors, c'est vraiment un don du ciel ?

– Ou un don de Walter.

– Elle m'a juré qu'elle n'avait pas couché avec lui.

– Et tu l'as crue ?

– Qu'est-ce que tu veux dire, Horacio ?

– Que… rien, je ne dis rien. Je ne dirai plus jamais rien, murmura le physicien avant de rentrer dans la maison tandis qu'Irving le mettait en garde.

– Elisa veut te tuer parce que tu racontes qu'elle a couché avec Walter…

Irving le vit s'éloigner et, pour la première fois depuis le coup de fil de Clara, à midi, il eut la conviction que quelque chose de très grave était peut-être en train de se produire. Qu'était-il arrivé à Elisa ? L'Elisa frontale, sans peurs ni faiblesses qu'il avait connue, qu'il croyait encore connaître, comment une fille comme elle avait-elle pu se retrouver dans ce labyrinthe de secrets, de trahisons, de dénis, et même de mensonges ? Qu'elle ait avoué à son mari qu'il n'était pas le père de l'enfant qu'elle portait pouvait être vu comme une réaction à peu près normale, la seule façon de ne pas vivre dans un mensonge aussi absurde que cruel, mais la façon dont elle l'avait fait lui semblait inappropriée, terriblement humiliante, une agression que ce brave Bernardo ne méritait pas. Et pourquoi justement devant Clara et Darío ? Que pouvaient-ils croire de ce qu'Elisa lui avait dit ? Peut-être sa façon d'agir résultait-elle de l'accumulation d'événements bizarres, qui pour Irving commençaient à être révélateurs de certaines réactions récentes de son amie, plus violentes qu'à l'accoutumée, comme si elle avait en elle une colère, un désespoir qui la poussait à se cogner aux murs et à agresser son entourage. Qu'arrive-t-il, qu'est-ce qui nous arrive ? commença aussi à se demander Irving.

Quand Bernardo arriva peu après, Clara fut la première à demander :

– Alors, qu'est-ce qu'on sait ?

– Rien, dit Bernardo. On ne sait rien…

– Tu as bu ? lui demanda Irving.

– Un verre… juste un verre. J'ai même pas eu le temps de me bourrer la gueule.

– Qu'est-ce qui s'est passé ? demanda Darío.

Irving observa les réactions de Clara, Horacio et Bernardo : à sa connaissance, c'étaient les membres du groupe qui avaient eu les relations les plus intimes, passées ou présentes, avec Elisa et, ils étaient peut-être, d'une façon ou d'une autre, à l'origine de sa disparition, ou directement visés par elle. Mais après sa conversation avec Horacio et l'aveu d'Elisa que le mathématicien n'était pas le père de son futur enfant, un soupçon le hantait et lui faisait penser que tout habitant connu ou inconnu de la planète était susceptible d'avoir eu une relation trouble avec elle. Avec combien de personnes Elisa avait-elle couché ?

– J'en peux plus… vous me laissez une minute ?… J'ai besoin d'un autre verre. Et de manger quelque chose, dit enfin Bernardo. J'ai avalé qu'un café de toute la journée… Darío, je peux prendre une douche ? Je suis crade. Je me sens crade.

Pendant que Bernardo se douchait, Clara et Liuba préparèrent à manger avec les restes de la veille et du déjeuner que certains n'avaient même pas touché. Et, avec deux bouteilles de rhum qui avaient survécu aux pâles festivités du soir d'avant, jour de la Saint-Valentin, ils allèrent tous s'asseoir sur la terrasse. Les températures étaient à nouveau en hausse et il était agréable d'être à cet endroit, même si l'atmosphère était morose et chargée d'électricité. À un moment Ramsés et Marcos étaient venus voir ce qui se passait, et Marcos s'était approché de sa mère pour lui demander si quelqu'un d'autre était mort, ce qui avait provoqué une réponse très sèche de Clara.

Aussitôt la première gorgée bue, Bernardo posa sur une petite table la serviette avec laquelle il était sorti de la salle de bains et commença à parler.

– Vous êtes au courant de ce que m'a dit Elisa hier soir, tu leur as raconté, Clara ? – Celle-ci hocha la tête. – Je n'ai pas été surpris, je savais que l'enfant n'était pas de moi… J'attendais qu'elle me l'avoue à un moment. Mais qu'elle me le dise comme ça, devant témoins… devant Clara et Darío… ça, c'était un coup bas.

– Je crois qu'elle n'était pas dans son état normal, intervint Darío. Ça fait plusieurs jours que personne n'est dans son état normal. Et elle, avec sa grossesse…

– Non, elle me l'a dit comme ça parce qu'elle voulait que tout le monde soit au courant. Pour m'humilier…

– Je t'en prie, Bernardo ! intervint Irving. Tu n'as pas dit que tu savais que l'enfant n'était pas de toi ?

Une chape de silence retomba sur la terrasse. Bernardo finit son verre de rhum avant de répondre.

– Je le savais, oui, de mon côté… mais elle ne me l'avait pas dit. Je lui ai posé la question mille fois et elle me disait que ça ne pouvait être personne d'autre… C'était ce qu'elle me disait !… Et donc je ne vous cacherai pas que, quand elle a lâché qu'il n'était pas de moi, j'ai eu envie de lui flanquer une raclée, ici même… dit-il en montrant la terrasse où ils étaient. Je suis peut-être un alcoolo, et je suis pas capable d'avoir des enfants, mais je vaux mieux qu'elle. Je l'ai attendue dehors et je l'ai laissée à la maison en lui disant que je me tirais, que ce matin je viendrais chercher quelques affaires et que je ne voulais plus jamais la revoir sur cette putain de terre, qu'elle attirait le malheur… Et ce matin, quand je suis arrivé, vers dix heures, Elisa n'était pas à la maison et je m'en suis réjoui. Je vous jure que je n'avais pas envie de la voir ni qu'elle me parle, parce que j'aurais pu sortir de mes gonds… Quand je suis venu ramasser mes affaires, j'ai cherché une valise en cuir qu'on avait et je ne l'ai pas trouvée. Mais je ne me suis pas inquiété. Chez nous, on perd tout… J'ai pris certains trucs, mais je n'ai pas non plus trouvé un crucifix mexicain peint à la main que j'ai acheté quand je suis allé au Mexique, qui était toujours sur mon bureau et qu'elle adorait… Et donc, avant de repartir j'ai appelé chez ses parents, pour voir si elle était là-bas, et ils m'ont dit qu'ils n'avaient aucune nouvelle d'Elisa. C'est là que j'ai appelé Clara qui ne savait rien non plus. Je me suis souvenu alors de la valise, je l'ai de nouveau cherchée et elle n'était nulle part. En fouillant, il m'a semblé qu'il manquait certaines affaires à elle. Il y avait moins de sous-vêtements, sans aucun doute… et deux ou trois autres choses qui n'étaient pas là.

– Donc elle n'a pas disparu… elle a pris des affaires et elle se cache, assura Horacio, et Irving remarqua du soulagement dans sa voix et il regretta de le contredire.

– Elisa ne se cache de personne, Horacio. Moi, je crois qu'Elisa est partie…

– Mais où ? s'exclama Clara. Toi, tu sais quelque chose, Irving ?

– Je ne sais rien !... Je suppose seulement...

– Irving a raison, intervint Bernardo. De qui et pourquoi se cacherait-elle ? De moi elle n'avait pas à se cacher... Elisa est partie... C'est sûr...

Fabio se racla la gorge.

– Et vous êtes sûrs qu'elle n'est pas à l'hôpital ?... Une fausse couche, des douleurs... Elle n'a peut-être pas pu donner son nom.

– Je suis allé à la maternité et elle n'y est pas. Ni à l'hôpital de Marianao, ni à celui de Luyanó. Après j'ai appelé Mojena, celui qui était au lycée avec nous, c'est lui qui suit sa grossesse, et lui non plus, il ne sait rien. Si elle avait eu un problème, Elisa l'aurait appelé lui...

– Elle m'a dit hier que sa grossesse se passait bien, murmura Liuba en sachant que le sujet était douloureux.

– On ne serait pas en train de faire une tempête dans un verre d'eau ? dit Darío pour essayer de calmer les esprits. Moi, je crois qu'elle doit être quelque part et qu'à un moment ou un autre... Merde, on quitte pas Cuba comme ça !

– Après, je suis allé chez son père, poursuivit Bernardo comme s'il n'avait pas entendu les derniers commentaires. Vous connaissez le carnet d'adresses de Roberto Correa... Il m'a dit qu'il n'avait pas idée d'où Elisa pouvait bien être, que cela faisait plusieurs jours qu'il ne l'avait pas vue. La mère en savait encore moins, elle est de plus en plus larguée. – Il se toucha la tempe. – J'ai proposé à Roberto d'aller à la police signaler sa disparition...

– Putain, Bernardo ! protesta Irving.

– Quoi, putain, Irving ? – Bernardo était énervé.

– Rien, sauf que mêler les flics à ça... Encore les flics... Ils vont peut-être te dire qu'ils l'ont arrêtée !... Ton beau-père, il a dit quoi ? Ce dinosaure en sait beaucoup...

Même si Elisa ne l'avait jamais confirmé, tous les autres soupçonnaient que son père, Roberto Correa, n'avait pas été un simple diplomate avec les fonctions normales en matière de renseignement qui sont du ressort des diplomates, et qu'il n'était pas non plus le directeur d'entreprises qu'il disait être ces dernières années. La confirmation, ils l'avaient eue dans les derniers mois, quand à la suite du procès de l'été précédent contre des officiers de l'armée et du renseignement, accusés de délits qui allaient jusqu'au trafic de drogue et la haute trahison, Roberto Correa avait été renvoyé chez lui après avoir été écarté des fonctions qu'il occupait au ministère des Affaires étrangères, qui l'amenaient à voyager souvent à l'étranger et, ces dernières années, surtout au Panamá, l'un des épicentres du trafic de drogue et des comptes en banque ouverts avec les dollars obtenus dans toutes sortes de contrats. Et si Elisa avait disparu de façon volontaire, il n'était pas absurde d'imaginer que ce sombre personnage, qui même marginalisé devait conserver quelque influence, avait pu jouer un rôle dans l'évaporation de sa fille.

– Il m'a dit qu'il allait passer quelques coups de fil… Et, ça va te rassurer, Irving… il m'a mis en garde contre toute velléité d'aller voir les flics, il m'a dit que ça ne pourrait qu'empirer les choses. Que je n'avais qu'à rentrer chez moi, il m'appellerait.

– Mais tu es allé voir les flics ou pas ? insista Irving. La révélation faite par Horacio d'une relation charnelle avérée entre Elisa et Walter rajoutait du sordide à une histoire qui se révélait de plus en plus tordue.

– Non… je suis rentré chez moi… je me sentais, non, je me sens toujours comme la merde que je suis. Et je crois qu'en fait je m'en fous de savoir où est-ce qu'Elisa s'est taillée. Qu'elle aille se faire foutre… C'est sûrement ce qu'elle est allée faire…

– Tu n'as rien à te reprocher, Bernardo, intervint Joel qui pesait toujours ses mots et avait un sens élémentaire de la justice. Si quelqu'un est une merde dans tout ça, c'est Elisa.

– Tu ferais mieux de ne rien dire, chéri, s'il te plaît, le coupa Irving.

– Je sais ce que je dis !… Moi, des saloperies pareilles, je les supporte pas, dit Joel en repoussant son assiette avant de se lever de table et d'aller tout seul au fond du jardin.

– Mais j'ai eu la visite d'un flic, dit Bernardo.

– Roberto a prévenu la police ? – Irving se sentait à nouveau inquiet.

– C'était un ami de mon beau-père… Il m'a posé des questions… à propos d'Elisa, de nous… On a dû parler une demi-heure, et à la fin il m'a dit de ne pas m'inquiéter, qu'ils se chargeraient de la retrouver. C'est à cause de ce flic que je suis arrivé en retard, et grâce à lui que je ne me suis pas bourré la gueule…

Un silence épais retomba sur la table. Bernardo but le reste de son verre et le fit glisser vers Fabio, qui le remplit à nouveau de rhum.

– Elisa a quitté Cuba, dit alors Fabio, et les autres, excepté Bernardo, se tournèrent vers lui.

– Tu sais quelque chose ? lui demanda Liuba, en regardant son mari d'un air perplexe.

– Qu'est-ce que je pourrais bien savoir ?… Bien sûr que je ne sais rien… mais je pense comme Bernardo et Irving. Je suis prêt à parier sur ma tête qu'Elisa n'est planquée nulle part. Elle s'est barrée. Son père l'a aidée à se barrer.

– Mais comment ? insista Liuba. Elle est partie comme ça, les mains dans les poches ? De quoi tu parles ?… Elle est allée à l'aéroport et est montée dans un avion ? Déconne pas, Fabio… Et pourquoi elle serait partie ? Elle n'a pas eu peur de dire à Bernardo ce qu'elle lui a dit… Comment et où elle serait partie ?

– Sur un canot ? Avec son ventre ? demanda Clara, non sans inquiétude.

– Il y a d'autres façons de partir, souligna Fabio. Compliquées, mais possibles. Mais, oui, Liuba, Elisa est peut-être partie par l'aéroport. – Il montra de la main la direction que tout le monde savait être celle de l'aéroport de Rancho Boyeros. – Elle avait un passeport, non ?

Irving hocha la tête avant d'intervenir.

– Si elle est partie par la mer, par avion ou dans une fusée… elle n'a pas décidé ça du jour au lendemain. Cela a été réfléchi et préparé. Mais oui, bien sûr, c'est pour ça qu'hier elle a tout balancé à Bernardo sur sa grossesse… Ce n'était pas pour t'humilier, Bernardo, mais pour être sincère… Et elle n'a rien dit à personne… parce qu'elle ne voulait pas qu'on le sache. Et parce qu'elle avait peur de quelque chose… et ne me regardez pas comme ça… tout le monde peut avoir peur un jour, même Elisa Correa, bordel de merde. C'est elle-même qui me l'a dit !

Qu'est-ce qui leur était arrivé ? Mais qu'est-ce qui avait bien pu leur arriver ? Irving aussi se l'était demandé depuis ces semaines chaotiques du début de l'année 1990, et il se le redemanderait bien souvent durant de nombreuses années. Quelque chose s'était brisé, et il avait eu très vite la conviction qu'il s'agissait d'une cassure définitive. Ils en étaient arrivés au point où ceux d'alors ne redeviendraient plus jamais ni les mêmes ni la même chose. C'était plus ou moins ainsi qu'un poète l'avait formulé. Et c'était ainsi qu'Irving le voyait.

Des jours sombres suivirent la disparition d'Elisa, tandis que rien n'indiquait encore comment ni vers où elle s'était enfuie. Et même s'ils émettaient des hypothèses, ils n'avaient aucune certitude sur les raisons de sa disparition. Ou, si quelqu'un savait quelque chose, il ne le disait pas. L'absence de nouvelles nourrissait même la possibilité, pourtant rejetée au début, qu'Elisa soit morte. En plus du fait que Walter se soit suicidé et du mystère enveloppant encore les raisons de sa décision (s'il avait bel et bien opté pour le suicide, ainsi que la police semblait l'avoir admis), l'histoire d'Elisa rajoutait une couche de sordide aux événements antérieurs et postérieurs.

Horacio, plus que les autres, avec son esprit habitué aux structures logiques, qui avait toujours besoin de motifs, de causes ayant entraîné des conséquences, se posait des questions : y avait-il un lien entre les deux événements ? Walter et sa mort avaient-ils à voir avec la grossesse d'Elisa, avec sa disparition ? Et, poussant ses déductions jusqu'au bout, à l'indignation d'Irving et de Clara, le physicien se demanda, leur demanda si Elisa n'avait pas une responsabilité, indirecte ou même directe, dans le destin de Walter ?

Les soirées dans la maison de Fontanar survécurent difficilement à la succession de coups durs aussi bien à l'intérieur qu'à l'extérieur du Clan. Lequel Clan, diminué et affecté par des sentiments de culpabilité, d'abandon, de trahison, de honte, dut également affronter le soupçon empoisonné de la présence d'un délateur parmi eux. Guesty ? Walter ? Ou bien un des piliers ?

Au fil des mois, dans un processus que rien ne semblait pouvoir arrêter, avec de multiples points d'interrogation au-dessus de toutes les têtes, pour les membres du Clan comme pour tous les habitants du pays, le désespoir, le désenchantement, l'angoisse et l'anxiété se firent de plus en plus pesants. Une gigantesque incertitude recouvrait tout, tandis qu'un monde connu et ordonné se défaisait. Le présent les asphyxiait avec ses pénuries et ses dilemmes douloureux, et l'avenir s'estompait dans un brouillard impénétrable.

Irving voulut croire que le plus atteint d'un point de vue affectif et psychologique par la disparition d'Elisa et la mort de Walter, c'était lui. Le traumatisme de son expérience avec la police et la proximité qu'il avait toujours eue avec la leader de la bande, son amie et protectrice dans les années les plus difficiles, semblaient aller dans ce sens. Mais le naufrage d'un Bernardo noyant son humiliation dans l'alcool, l'évidente tristesse de Clara, les signes de dépression chez un combattant tel que Darío, les recherches obsessionnelles d'Horacio, le lent éloignement silencieux de Fabio et Liuba étaient de sérieux concurrents à la première marche sur le podium de la douleur.

Ce qui avait en fait le plus affecté Irving, c'était cette peur qui s'était emparée de son âme. Une peur plus forte, impossible à maîtriser et beaucoup plus corrosive que la crainte longtemps présente des réactions sociales, politiques et même individuelles à propos de sa sexualité ou de certaines façons de comprendre et de vouloir vivre sa vie. À présent, il avait peur de tout, ou de presque tout. Il mesurait chacune de ses paroles, il surveillait ses actes, il se retournait même dans la rue. La maladie de cette nouvelle peur totale et enveloppante avait volé à Irving une part importante de sa gaieté, de son sans-gêne, de son ironie vitale. Elle commençait à faire de lui un autre être, pas précisément meilleur, loin de là.

Autour de lui, pendant ce temps, l'entreprise de démolition se poursuivait jour après jour à un rythme de plus en plus accéléré et le pays se retrouvait sans alliés politiques mais surtout sans nourriture, sans pétrole, sans transport, sans électricité, sans médicaments, sans papier et même sans cigarettes et sans rhum, et l'on décrétait l'arrivée d'un nouveau moment historique qui par un aimable euphémisme fut baptisé « Période spéciale en temps de paix ». Une période ? Combien de temps dure une période ? Est-elle constituée d'instants, de moments, de jours, d'années, de décennies, de siècles ? Et pour la seule vie, fugace et unique dont nous disposons, quelle part d'elle est contenue dans une période sans limites prévisibles ? Le paléolithique et le néolithique, qui ont duré des milliers d'années, n'étaient-ils pas des périodes ?…

L'évidence était que la réalité de l'île était entrée dans un tunnel noir dont on ne distinguait pas la sortie. La maison d'édition où travaillaient Irving et Joel fut pratiquement fermée et lui-même et beaucoup de ses collègues envoyés dans un atelier où, sans que l'on sache très bien dans quel but commercial (s'il en existait un), on tissait des pièces de tissus en macramé (cela faisait-il en fait partie d'un traitement psychiatrique collectif ?). Liuba et

Fabio, les architectes, furent mutés dans des bureaux où, quand il était possible de travailler, ils devaient dresser la liste des logements de la ville présentant des détériorations importantes et même en danger d'écroulement, et pour la première fois ils prirent conscience des proportions d'une crise de la construction et du logement (c'était ainsi qu'ils la qualifiaient) entretenue et en même temps passée sous silence durant des années (disaient-ils en baissant la voix) : une découverte qui les convainquit, tant sur le plan quantitatif que qualitatif, qu'ils vivaient dans une ville au bord de l'effondrement, dans un pays où un quart des constructions étaient à l'agonie, souvent maintenues debout par des étais et des madriers.

Clara, de son côté, vu l'impossibilité dans laquelle était son entreprise de poursuivre les chantiers en cours, fut considérée comme « en arrêt provisoire » et priée de rester chez elle tout en touchant soixante-dix pour cent de son salaire, dont la valeur fut rapidement égale à zéro vu le prix des produits qui augmentaient en suivant le taux de change du peso cubain face au dollar : cent vingt pesos pour un dollar, la monnaie de l'ennemi qu'il était illégal de posséder sous peine d'être condamné à plusieurs années de prison. Clara gagnait à présent trois dollars. Et un poulet, déniché au marché noir, coûtait entre un dollar et un dollar cinquante, selon la taille. Clara gagnait deux poulets par mois…

À un moment, dans les discours officiels, on se mit même à évoquer une mesure de résistance nationale, surnommée Opération Zéro. Cela consistait, en gros, à vider les villes et à envoyer les habitants dans des zones rurales du pays pour vivre dans une économie de subsistance assez semblable à celle d'une communauté d'Indiens agriculteurs-cueilleurs (période paléolithique ou néolithique ?). Et face à cette perspective et au sentiment croissant d'étouffer, Irving, en accord avec Joel et sans en parler à personne, décida lui aussi que la meilleure solution était de partir, sans savoir encore ni où ni comment.

Alors que la crise nationale se faisait encore plus profonde, au début de l'année 1992, les membres survivants du Clan, y compris Fabio et Liuba, qui étaient de plus en plus fuyants et abattus, se retrouvèrent à Fontanar pour un motif qui méritait d'être fêté. Par la grâce d'un miracle du ciel – de l'avis de beaucoup –, le Collège médical de Catalogne avait accordé à Darío une bourse à Barcelone couvrant tous ses frais pour qu'il y termine une formation en nouvelles techniques chirurgicales et passe son diplôme supérieur de spécialiste en neurochirurgie.

La proximité entre la date de départ possible de Darío et l'anniversaire de Clara fut une raison pour renouer avec une tradition rompue l'année précédente, 1991, quand le fantôme obsédant d'une Elisa disparue et l'esprit errant d'un Walter mort et enterré avait trop lourdement pesé sur eux pour qu'ils aient l'envie d'organiser des réjouissances. Mais du temps s'était écoulé et la chance de Darío méritait d'être fêtée.

Le trente-deuxième anniversaire de Clara fut un événement pauvre mais plein d'imagination. Darío fournit de maigres poulets qu'il élevait dans le patio de la maison de Fontanar et Joel parvint à se faire envoyer de Pinar del Río quelques kilos de malangas, manioc et patates douces et, avec les légumes, les poulets plus des pieds et des oreilles de cochon qu'Horacio avait pu acheter, ils préparèrent un ragoût roboratif en plat unique. Il n'y eut pas de bière ; seulement un peu de vin, et fait maison ; du rhum, pas beaucoup, et Darío tira de sa malle aux souvenirs un autre magnum de whisky White Horse, en jurant ses grands dieux que, cette fois, c'était vraiment le dernier de ses trésors de guerre. Ramsés, qui avait dix ans et montrait déjà des dons remarquables pour obtenir ce qu'il voulait, était parvenu à dénicher grâce au père d'un camarade de classe un rouleau de pellicule qu'ils placèrent dans l'appareil de Fabio pour que le garçon, briefé par Joel, soit chargé d'enregistrer graphiquement le témoignage de l'anniversaire de sa mère et de la fête de départ de son père. La fête se déroula, et ils burent, chantèrent, s'amusèrent parce qu'ils avaient besoin de boire, de chanter et de s'amuser pour ne pas pleurer ou se couper les veines.

Quinze jours plus tard, alors que le départ de Darío semblait imminent (ils avaient enfin envoyé le billet d'avion !), Irving, au bord de l'évanouissement, monta jusqu'à Fontanar sur la bicyclette chinoise qu'il utilisait à présent. Il était hors de question que Darío s'en aille sans qu'il vienne lui dire au revoir et lui apporter un cadeau très spécial.

Quand il se laissa tomber sur le premier siège qu'il trouva dans la maison, Irving devina que Clara était seule. Darío n'était pas encore de retour des dernières démarches sans fin qu'il devait effectuer avant son départ. Marcos et Ramsés s'étaient rendus à bicyclette chez des voisins qui, à cette heure-là, avaient de l'électricité pour voir un match de base-ball à la télé. Tout en mâchonnant un cracker caoutchouteux et en buvant le verre d'eau sucrée que Clara lui avait servi en urgence, Irving remarqua le silence pesant qui régnait dans la maison : pas un éclat de voix, pas un bruit de moteur, pas une radio pour rompre une atmosphère qu'il trouva presque sépulcrale. Avantage ou inconvénient des coupures de courant.

Installés sur les coussins crevés des fauteuils de la terrasse, Clara et Irving avaient toute la maison pour eux. Clara avait préparé une infusion de feuilles d'oranger, très sucrée également, qui contribua à accélérer la récupération du cycliste urbain épuisé.

– Quand tu as parlé à Darío, tu lui as dit que tu avais un cadeau pour lui… Mais où est-ce que tu as trouvé un cadeau ? – Clara ne put empêcher un sourire qu'Irving, qui se sentait mieux, tenta de lui rendre.

– Tu vas en rester sur le cul, ma chérie… – Il tira un petit paquet de la poche de son pantalon et l'ouvrit. – Avant-hier, j'ai repris ma bicyclette en sortant de cet endroit où on fait ces atroces macramés et, en tournant au coin de la rue… qu'est-ce que j'ai vu ?… un portefeuille jeté dans la rue. J'ai freiné net, j'ai regardé de tous les côtés, je n'ai vu personne, je l'ai ramassé… Et à l'intérieur, tu sais ce qu'il y avait ? – Il finit d'ouvrir le paquet et agita devant Clara plusieurs billets de vingt dollars…

– Mais, Irving !

– C'est Dieu qui a laissé ce portefeuille à cet endroit. Il l'a laissé pour que je le ramasse. Parce que, en plus de ces cent vingt dollars… tu sais la seule chose d'autre qu'il y avait dans le portefeuille ?… une petite image de la Vierge. Pas un document, pas un papier, pas un numéro de téléphone… rien !… La Vierge et cent vingt dollars !…

Clara n'en revenait pas, mais elle ne tarda pas à retrouver sa capacité de raisonnement.

– Et le cadeau ?

– Comme c'est un don du ciel, envoyé directement par la Vierge, je vais en laisser la moitié à Darío pour qu'il ait un peu plus d'argent à son arrivée en Espagne.

– Mais, tu es fou ?… Là-bas il va toucher une bourse, et toi ici avec cet argent, tu peux…

– Clarita, j'en ai parlé avec Joel et il est d'accord. Avec cet argent, on peut acheter des trucs qui, dans deux jours, ne seront qu'une merde de plus emportée par la chasse d'eau. Donc prends ça, garde ces soixante dollars, et que Darío en profite à Barcelone.

Clara prit les trois billets que lui tendait Irving, les regarda avec gourmandise, étonnement, stupéfaction presque, et leva les yeux vers lui.

– Merde, Irving, tu… – Et elle ne sut pas quoi ajouter pour saluer un geste si incroyablement désintéressé.

Quand elle ressortit de sa chambre, Clara avait dans les mains deux enveloppes de papier kraft et elle lui dit que, la veille, Ramsés avait rapporté les photos de la soirée d'anniversaire et d'adieu. Et elle tendit à Irving l'enveloppe la plus gonflée. Il l'ouvrit et se mit à examiner les photos.

– Désolé, Clara, mais ton fils n'a pas d'avenir comme photographe, dit-il, et il sourit en voyant que, sur les vingt-quatre tirages, beaucoup étaient à moitié flous et d'autres avec les têtes coupées. Des images de couples, de trios, de groupes et de tous les participants passèrent dans les mains d'Irving qui les regarda sans rien dire, sérieux par moments, souriant à d'autres.

– Celle-là, de tout le groupe, n'est pas si mal, non ? lui demanda Clara.

– Non… je dirais même que c'est la meilleure.

– Oui, c'est ce que je pense moi aussi… mais regarde ça, s'il te plaît. – Elle sortit une photo de l'enveloppe qu'elle avait gardée. C'était la photo du Clan prise deux ans avant par Walter où apparaissaient aussi Elisa, Guesty et la Pintá. En la voyant, Irving sentit comme un nuage de tristesse et de peur l'envahir.

– Oh, putain, parvint-il à dire.

– Compare les deux photos et dis-moi un peu. Oh, putain, c'est peu dire.

Irving obtempéra et porta aussitôt la main à sa bouche.

– Merde !… Qu'est-ce qui nous est arrivé ? s'écria-t-il.

Deux ans seulement séparaient les deux images. Mais l'intervalle avait été si intense et si féroce que ses effets nocifs sautaient aux yeux. Ce n'était pas parce que Elisa manquait, ou parce que Marcos avait grandi autant que peut le faire un enfant entre six et huit ans et qu'il ressemblait à présent à un ver de terre avec des yeux saillants et une grande bouche avec des dents de cheval. L'évidence, c'était la dévastation des adultes présents sur les deux clichés. Même si, sur les deux, presque tous avaient le sourire, les visages étaient très différents, comme des soufflés dégonflés, car chacun des corps sur l'image la plus récente devait peser entre dix et vingt kilos de moins. En plus, Bernardo avait un teint violacé, Horacio les yeux enfoncés dans un visage d'une maigreur extrême, Liuba semblait flotter dans sa robe, le petit ventre de Fabio était devenu creux, les visages d'Irving et Clara deux paysages après une bataille sanglante. Entre eux, Darío. Ce qui avait été une chevelure noire, fière, bien peignée, s'était transformé en territoire en voie de désertification et de décoloration. Seul Joel, grâce peut-être à la résistance génétique de son sang noir, se ressemblait sur les deux clichés… Les autres étaient les preuves inquiétantes du passage de ces deux années, qui avaient érodé tant de choses, pas seulement les aspects physiques, mais aussi une grande partie des espoirs d'un groupe de jeunes gens qui, définitivement, ne l'étaient plus et n'en avaient plus l'air.

Irving, qui depuis son expérience avec la police pleurait facilement, sentit les larmes couler sur son visage à présent décharné, aux joues creusées.

– Pauvres de nous ! parvint-il à dire.

– Moi aussi, j'ai eu envie de pleurer en comparant les photos. C'est terrible.

Irving hocha la tête.

– Sur celle-ci – il agita la plus récente – manquent Elisa, la Pintá et cette salope de Guesty. Ah oui, et Ramsés…

– Parce que Walter n'est pas là.

– Parce que Walter n'est pas là.

– Incroyable ce qui est arrivé en deux ans !

– Oui… je me disais l'autre jour… si Elisa a accouché, son enfant doit avoir un an et demi. Tu crois que c'est un garçon ou une fille ?

– Moi aussi je pensais à tout ça, répondit Clara. Walter s'est tué, Elisa a disparu et tout a commencé à s'écrouler.

Ou bien est-ce que c'est le contraire : tout a commencé à s'écrouler, et ensuite… ?

– Je n'arrête pas de penser à Elisa. Des fois j'essaie d'imaginer comment elle vit, à quel endroit, et je n'y arrive pas…

– Moi, elle a foutu ma vie en l'air, dit Clara. À moins qu'elle me l'ait sauvée. Je vais te dire un truc avant de te parler. Mais je veux que tu ne le répètes jamais à personne…

– Arrête avec ça… Tu sais très bien que, même mort de trouille et avec quarante de tension, je n'ai pas dit aux flics que Darío savait que Walter voulait se barrer grâce au Tchèque. C'est ton mari qui leur a parlé des projets de Walter, pas moi, et ce n'est pas moi non plus qui ai lâché qu'il y avait eu quelque chose entre Elisa et Walter, si tant est que ce soit vrai…

– Pardon, Irving… la parano, c'est contagieux.

Irving hocha la tête.

– Et la peur est une dévoreuse d'âmes, comme disait je ne sais pas qui… Allez, continue…

– Le jour de cette photo – elle montra à son ami le cliché de 1990 –, Elisa et moi on s'est embrassées…

– Je le savais ! lâcha Irving en portant la main à son front, et Clara le regarda en haussant les sourcils.

– C'est elle qui te l'a dit ? – Irving fit non de la tête et Clara bredouilla. – Marcos t'en a parlé ? – Irving secoua la tête encore plus fort.

– Marcos ?

– Il est entré dans la chambre pendant qu'on s'embrassait et je ne sais pas ce qu'il a vu… Mais comment tu savais alors ?

– Je le savais parce que je le savais. À cause de la tête que tu faisais et que faisait Elisa… Regarde bien la photo, chérie…

– Ça se voyait ?

– Moi, je l'ai remarqué… mais n'oublie pas que c'était plus facile pour moi.

– Mon Dieu, murmura Clara. Ça a été la meilleure et la pire soirée de ma vie… Et quand elle a disparu… imagine un peu. Tu sais quoi ? J'ai cru que tout allait se compliquer quand elle a avoué devant moi à Bernardo que ce n'était pas lui le père, je me suis dit qu'Elisa me demandait peut-être de venir vivre avec moi, je ne savais plus quoi penser. J'étais morte de trouille… Tu sais comment était Elisa…

– Comment *est* Elisa… capable de tout.

Clara fit d'abord non, puis hocha la tête.

– Ce que je n'imaginais pas, c'est que tout s'embrouillerait à ce point. Au début, je me suis même dit qu'Elisa s'était peut-être cachée à cause de ce qu'on avait fait…

– Non, ça, je ne crois pas. Ça m'étonnerait beaucoup… Elisa a toujours été Elisa… et elle est encore Elisa, où qu'elle soit… Tu sais comme je l'aime… mais, des fois, je me disais qu'elle avait le diable au corps. Qu'on ne l'a jamais vraiment connue. Bon, tu avais encore quelque chose à me dire.

Poussée par un instinct venu du fin fond de ses neurones, Clara regarda tout autour d'elle. Elle savait qu'il n'y avait personne à proximité, mais la peur et la paranoïa se manifestaient de manière incontrôlable et rapide. Et, surtout, contagieuse.

– Il faut que je te dise que… Darío s'en va…

– Il s'en va ? – Irving murmura les trois syllabes, mais en lui elles résonnaient aussi fort qu'un cri. À Cuba, l'expression n'a qu'un sens définitif : il s'en va.

– Oui… il s'en va. Il a l'intention de rester en Espagne.

– Je ne veux pas m'en aller. Je ne veux pas m'en aller, avait dit Irving.

– Comment ça ? lui avait demandé Clara. Tu ne vas pas t'en aller ?

– Si, bien sûr que je m'en vais. Mais je ne veux pas. Ce sont deux choses différentes.

Irving avait bien entendu passé cette dernière journée dans la maison de Fontanar, tout près de l'aéroport par lequel, si rien ne clochait, il partirait ce soir de 1996 à la rencontre d'un avenir imprévisible même si peut-être moins incertain que son présent. Un avenir soi-disant libérateur mais rempli de zones d'ombre, de déchirements, de sentiments de culpabilité et de peurs variées. Résisterait-il à l'éloignement, surmonterait-il la nostalgie à venir mais qu'il ressentait déjà ?

Les restes abîmés de ce qui avait été un Clan de bonne taille, réduit à présent aux derniers représentants d'une espèce en voie de disparition, rendaient à la fois plus difficile et plus doux le moment de nouveaux adieux, d'un nouvel abandon, conséquence inéluctable d'une fatigue insurmontable ou irréversible. Irving avait, avant, fait l'expérience des départs de Darío, Horacio, Fabio et Liuba, tous dans des circonstances différentes, avec des adieux bruyants ou furtifs. Tous avaient souffert de la disparition traumatisante d'Elisa et du suicide de Walter, toujours vécus comme des arrachements, comme des derniers chapitres venant gonfler le long épilogue d'une histoire collective.

Mais le souvenir le plus marquant de la journée de ses propres adieux, accompagné seulement de Clara, Joel et un Bernardo par chance sobre, était encore la peur : peur qu'on ne le laisse pas s'en aller et peur de s'en aller, peur de vouloir revenir et de ne pas pouvoir, peur même que les diarrhées nerveuses provoquées par l'inflammation suspecte de son côlon ne se calment pas et l'obligent à vivre l'épisode humiliant de devoir chier dans son pantalon avant le décollage de l'avion qui devait l'éloigner de son pays, à tout jamais, supposait-il.

Quatre années durant, Irving avait planifié son départ et cherché les stratégies les plus variées et la façon de les mettre en œuvre. Avant la rupture dramatique dans sa vie, et dans la vie du noyau d'amis de la maison de Fontanar, Irving n'avait jamais sérieusement envisagé de s'en aller quelque part. Comme tout être humain normal avec des questionnements intellectuels, l'envie de voyager l'avait toujours titillé. Mais entre voyager et émigrer, il y avait un gouffre insondable. Et entre émigrer et se procurer un onéreux permis de « sortie définitive », scellant la transmutation du statut de citoyen en celui d'apatride, une horreur semblable au bannissement.

Un mélange explosif de joie et de tristesse habitait Irving. Mais il se sentait poussé, par-dessus tout, par une détermination plus puissante que le sentiment d'appartenance ou de déracinement, que la famille ou les amis : le désir de vivre sans peur.

Pour Irving, le dimanche matin avait toujours été un moment de détente où il aimait être seul. Et l'endroit qu'il avait finalement choisi pour profiter de ce rituel était le parc du Retiro.

Depuis qu'en 1999 Joel était enfin arrivé à Madrid et que, plusieurs mois plus tard, grâce à un contact de son beau-frère, il avait commencé à travailler comme superviseur d'un service téléphonique de la Communauté de Madrid, le couple avait pris congé de l'aimable designer andalouse lesbienne (Irving et Macarena avaient pleuré au moment des adieux, tous les deux avaient la larme facile et, comme de bien entendu, une tendance au mélodrame) et s'était installé dans un très modeste appartement de la rue Santa Brígida, dans ce même quartier de Chueca où Irving se sentait si bien. L'endroit était à peine plus qu'un studio, avec une salle de bains de taille acceptable, une vaste chambre, une cuisine-salle à manger-salon de bonne proportion et un petit balcon donnant sur la rue. L'imagination d'Irving et l'habileté manuelle de Joel avaient eu vite fait de transformer l'appartement en un lieu accueillant et fonctionnel.

Tout ce dont ils avaient besoin tenait là (ils avaient les poutres sous le haut plafond pour, avec un système de poulies et de câbles, y monter des choses : livres, sièges pliants, malles avec des vêtements d'hiver), et la cuisine-salle à manger-salon était conçue comme un espace où recevoir les amis cubains et espagnols qui leur rendaient assez souvent visite et aidaient Irving à combattre la nostalgie et Joel à adoucir sa mélancolie ancestrale de noir déraciné.

Que Joel soit à la maison ou à son travail, selon s'il était ou non de service ce jour-là, tous les dimanches matin Irving sortait par la petite rue Santa Brígida – qui faisait à peine cent mètres de long – et, par un itinéraire aussi sinueux que tranquille, rejoignait la rue du Barquillo, à la hauteur de las Infantas, puis de là Alcalá, presque à la hauteur de Cibeles. Avant, dans un bar de la petite place de Vázquez de Mella, il mangeait un croissant et des churros trempés dans une tasse de café au lait, et achetait au kiosque de la place del Rey l'édition dominicale d'*El País*. Le journal sous le bras et la saveur du café à la bouche, il traversait Recoletos ou le Prado, montait la côte et observait la Porte d'Alcalá – qui est toujours là, qui est toujours là, fredonnait-il comme dans la chanson – et il entrait dans le parc au coin d'Alcalá et de la rue Alfonso XII.

Au fil de ses nombreuses visites et promenades dans le parc madrilène, Irving avait fini par trouver son endroit préféré : depuis le Grand Bassin, avançant par l'allée qui ne s'appelait pas allée de Cuba par hasard, on arrivait à la place au centre de laquelle se dressait la fontaine de l'Ange déchu avec son impressionnante sculpture de bronze, inspirée du *Laocoon et ses fils* et consacrée ni plus ni moins au démon. Là, les matins d'été, il s'installait sur un banc à l'écart où les arbres du jardin le protégeaient du soleil et, en hiver, sur un autre pour profiter de sa chaleur, tout en regardant défiler les gens, le temps, ses pensées. Le moment venu, après avoir feuilleté le journal, il se décidait à lire quelques articles de fond et, sauf cas exceptionnels, des commentaires sur l'actualité. Au fond, se disait Irving, le plus probable était que la majorité des nouvelles publiées, souvent épouvantables, cesseraient de l'être le lendemain, chassées par d'autres tout aussi épouvantables, puisque c'était ainsi que marchaient les affaires du monde.

Avant la lecture, ou pendant, Irving passait toujours un moment à observer l'étrange statue de *L'Ange déchu*, conçue par le sculpteur Ricardo Bellver en 1885 et placée sur un piédestal dessiné par l'architecte Francisco Jareño, qui ne déparait pas l'œuvre qu'il soutenait. Le promeneur du dimanche se sentait attiré par l'élan dramatique se dégageant de l'ensemble, le visage terrifié de l'ange jeté en enfer à cause de sa vanité, condamné à devenir un habitant des ténèbres ; l'enroulement des serpents autour de ses bras et de ses jambes pour le faire souffrir et décupler ses remords d'avoir surestimé ses capacités ; la forme audacieuse de ses ailes, l'une pointée vers le ciel perdu, l'autre vers les entrailles terrestres de sa condamnation ; et les visages diaboliques des monstres entourant l'octogone du piédestal, projetant l'eau dans le bassin par la commissure de leurs mâchoires.

La contemplation de la représentation du mythe luciférien suscitait toujours chez Irving une perplexité où entrait une part de dégoût. C'était comme un aimant, ou un message mystérieux, qui cherchait à lui communiquer quelque chose dont il n'avait pas les clés, mais dont il sentait qu'il lui était adressé. Irving ne se considérait pas comme religieux et il avait écarté toute connotation mystique, même si on assurait que quelque part sur la statue les fondeurs français avaient placé un 666, le plus démoniaque des chiffres – Irving avait mis du temps à le trouver –, et il était prouvé que la fontaine était située à exactement 666 mètres au-dessus du niveau de la mer. Il préférait penser que la puissance esthétique de l'œuvre expliquait l'attirance, ou la relation profonde qu'il avait cherché à établir entre la sculpture et un poème de Lezama Lima qu'il avait lu un jour sans parvenir à le déchiffrer. Pourtant, une inquiétante conviction lui soufflait qu'il manquait un élément, un fait encore plus ensorcelant expliquant sa fascination et le lien personnel entre le symbole de la plus haute trahison et la leçon du châtiment le plus terrible, entre lui et la notion de perte du paradis et de condamnation au supplice sans fin ; une errance éternelle parmi les hommes qui, d'après ce qu'il avait lu, constituait la véritable peine infligée aux bannis du ciel. Jusqu'à l'avènement du Jugement dernier.

Perdu dans la contemplation du bronze, l'esprit d'Irving finissait toujours par larguer les amarres pour l'emmener vers d'autres réflexions ou idées qui l'accompagnaient, ou plutôt, le poursuivaient. Son expérience madrilène pouvait être considérée plus que satisfaisante, avec, en prime, la compagnie de Joel, l'amour de sa vie, et avec les amitiés forgées au cours des ans avec des Cubains, des Espagnols et même des gens venus d'ailleurs, parmi lesquels il se sentait si à l'aise qu'il commençait à les considérer comme des amis. Ses seconds amis, en fait. Et il avait pu connaître des endroits dont il avait toujours rêvé comme des destinations inatteignables : Berlin et Genève ; Paris et Aix-en-Provence ; la Costa Brava où Darío avait sa résidence secondaire, et Joel et lui un endroit toujours disponible pour y passer un week-end, ce dont ils profitaient, surtout quand l'été transformait Madrid en fournaise. Et tous les jours à sa portée, il avait la Cuesta de Moyano, où pour presque rien il pouvait acheter d'occasion les livres qu'il avait envie de lire et même ceux dont il ne savait pas qu'il voulait les lire, et, pour couronner le tout, il avait tout Madrid.

Pourtant, l'impression de vivre au mauvais endroit et au mauvais moment ne l'avait jamais quitté. Il sentait que sa condition d'exilé, d'émigré ou d'expatrié – peu importe, le résultat pour lui était le même – l'avait empêché de penser même à un bref retour et l'avait condamné à vivre une existence amputée, qui lui permettait d'imaginer un avenir mais où il ne pouvait pas se défaire du passé qui l'avait mené jusque-là et à être qui il était, ce qu'il était et comme il était. La conviction de ne plus jamais avoir d'appartenance ne le quittait jamais.

Depuis son départ en exil, le transplanté souffrait même d'une forme d'hypocondrie, une sensation de décalage entre plénitude physique (à Chueca, à Madrid) et dérive de l'âme (dans l'infini purgatoire des anges déchus). Le fait d'avoir surmonté nombre de ses peurs, de s'en croire à l'abri, avait été sa plus grande victoire, mais l'absence d'une véritable capacité à s'adapter et à s'approprier les choses le tenaillait. Il enviait la faculté – du moins telle qu'ils la montraient en public – d'un Darío disant se sentir tous les jours un peu plus catalan et refusant de penser à Cuba, ou celle d'Horacio se prétendant presque portoricain. Irving, quant à lui, ne pouvait s'empêcher de repérer des codes qui n'étaient pas les siens, opération qu'il n'avait jamais eu à faire avec ses propres codes, puisqu'on naît avec eux, ou même contre ou malgré eux.

Nageant à contre-courant, Irving n'avait même pas la consolation de se complaire dans la haine. Il était incapable de pratiquer la recherche et l'identification de coupables, de lancer les accusations dans lesquelles s'obstinaient certains de ses compatriotes exilés, ancrés dans une lamentation perpétuelle et un rejet viscéral à cause de la perte ou des blessures subies pour de bon ou dans leur imagination. Ce flot de diatribes lui semblaient souvent une stratégie de défense contre le déracinement ; et d'autres fois un moyen de gagner sa vie en exhibant le martyre souffert ou inventé, comme cette écrivaine littérairement très limitée qui, pour se faire une place, s'était approprié toutes les condamnations possibles alors que, en fait – il le savait bien, tout le monde le savait –, avant de s'auto-exiler, elle avait vécu à Cuba et hors de Cuba comme une privilégiée, sous l'aile d'un pouvoir qui, paradoxalement, l'avait même aidée à partir en exil.

Lui, de son côté, essayait d'engranger les plaisirs et de profiter de ce qu'il avait gagné, il le savourait autant que le rituel de ses dimanches matin, et il échappait ainsi à un ressentiment qui, dans son cas, aurait été justifié. Les plaintes n'auraient rien réglé, elles l'auraient rendu malade, même si au plus profond de lui-même (il s'en ouvrait rarement à Joel, avait vaguement fait un commentaire à Darío ou y avait fait allusion dans une des lettres envoyées à Clara, Horacio et même Bernardo le ressuscité) il se sentait en proie à une impénétrable tristesse : cette chaleur n'était pas sa chaleur, ses nouveaux amis étaient seulement cela, des nouveaux (ou des seconds) amis, et non *ses amis*, ce qu'il avait perdu était irréparable, et les mangues ou les avocats qu'il mangeait n'étaient pas à son goût. Et il s'interrogeait sans fin : merde, qu'est-ce qui leur était arrivé ? Pourquoi étaient-ils tombés dans un état aussi lamentable où satisfactions et frustrations étaient inséparables ?

Par un chaud matin de juillet 2004, alors qu'il vivait à Madrid depuis presque huit ans et que son cher rituel dominical était presque aussi ancien, sans raison précise il avait passé plus de temps que d'habitude à examiner la statue de *L'Ange déchu*, plongé dans ses pensées, car on l'avait prévenu depuis Cuba de la détérioration de la santé de sa mère et de l'état mental dégradé de sa sœur. Devait-il rentrer ? Résisterait-il à un retour ? Retranché sur son banc ombragé, Irving devait tourner la tête pour observer la sculpture et, à un moment, pour une raison sûrement (il y avait bien sûr une raison), il s'était penché et avait baissé les yeux. Une force magnétique ? Un échange d'ondes cérébrales ? Les manœuvres du destin ?

Elle était là, de l'autre côté de la fontaine. Ce fut comme un coup au cœur soudain : oui, cela faisait presque quinze ans qu'il ne l'avait pas vue mais il n'eut pas de doutes. La femme blonde qui, *L'Ange déchu* à sa gauche, tendait le bras au-dessus d'une adolescente aux cheveux sombres et se faisait photographier par un homme robuste, chauve et souriant… cette femme était Elisa Correa.

Le pouls battant plus fort, Irving se mit debout sans cesser d'observer le trio, de toute évidence une famille, qui regardait à nouveau le monument, presque en face de lui, avec la fontaine au milieu. Ses tempes bourdonnaient, signal sans équivoque qu'il faisait une poussée de tension. Il pensait ou tentait de penser : Elisa, un homme et une magnifique adolescente aux cheveux noirs et aux lèvres pulpeuses. Sa fille ? Le cadeau du ciel ? Irving n'arrivait pas à mettre en ordre ce qui arrivait ni ce qu'il voulait, ou devait ou avait besoin de faire, tant il avait pensé, imaginé, rêvé durant des années ce qu'il ferait s'il retrouvait Elisa un jour. Il finit par avancer d'un pas, sans cesser de regarder le trio.

Et c'est à cet instant (un instant précis, rien qu'un instant : un temps presque impossible à mesurer) que les yeux de la femme redescendirent de la statue de *L'Ange déchu* à hauteur humaine et que les regards d'Irving et de celle qui ne pouvait être que sa chère Elisa se croisèrent. Irving, qui s'était pris le visage entre les mains, sourit, prêt à courir à sa rencontre. De façon presque imperceptible, de l'autre côté de la fontaine, la femme blonde fit un geste de la tête, un geste exprimant une négation. Pour qu'il n'y ait aucune ambiguïté, elle répéta son geste et détourna les yeux. Irving cessa de sourire. Ses oreilles étaient sur le point d'exploser.

C'est alors qu'Elisa, car c'était Elisa Correa, sa chère Elisa, fit demi-tour et commença à s'éloigner de la fontaine, suivie par le robuste chauve qui posa son bras droit sur les épaules de l'adolescente aux cheveux très noirs chez qui Irving crut reconnaître des traits familiers. Le trio qui s'en allait ne tarda pas à se fondre dans la foule des promeneurs du parc du Retiro et disparut au lointain dans la lumière éblouissante du soleil madrilène. Comme s'ils n'avaient jamais existé. Irving, toujours sous le choc, refit un pas en arrière et se laissa retomber sur son banc. Il venait de voir Elisa, et celle qui avait été son amie de cœur et sa protectrice dans les temps les plus difficiles lui avait défendu de s'approcher ? Est-ce que cela avait vraiment eu lieu ?… « Il me souvient qu'endormi tout une heure ici / Près de moi à mon réveil Elisa je vis ? »… Les vers de Garcilaso de la Vega lui revinrent à l'esprit.

À ses pieds traînait, pliée en deux, l'édition dominicale d'*El País*, avec un titre en manchette : LA GRÈCE REMPORTE LA COUPE D'EUROPE, et un sous-titre d'anthologie : « Les Grecs, soudés comme une phalange hoplite, ont subi en première mi-temps et poignardé les Portugais après la pause. »

IV

LA FILLE DE PERSONNE

Jusqu'au 11 septembre 2001, Adela n'avait eu qu'une vie. Ce jour-là, à neuf heures deux minutes du matin, à l'âge de onze ans et quatre mois, l'adolescente avait commencé une autre vie, celle qui depuis avait été la sienne. Ce matin-là, elle avait éprouvé pour la première fois la pernicieuse sensation de la peur incontrôlée, le poids écrasant de la douleur et de la mort là où il n'y avait avant que légèreté et innocence. Elle avait même appris à haïr, à ressentir l'impuissance et la rage, et elle avait voulu fuir, sans savoir encore ni comment ni où.

Son père, Bruno, était parti à son travail avant huit heures, il recevait un premier patient à huit heures et demie au cabinet qu'il partageait à Tribeca, dans le Lower Manhattan. Sa mère, Loreta, venait de prendre une douche et pouvait prendre son temps. Le mardi, elle commençait seulement à midi son service à la clinique vétérinaire où elle était médecin auxiliaire, une longue garde qui se prolongeait jusqu'à minuit. Adela, pour sa part, avait ramené la veille au soir de la bibliothèque de l'école les livres dont elle avait besoin pour le *paper* qu'elle devait rendre dans la semaine – le premier de l'année –, et elle avait décidé de rester à la maison, où elle travaillait toujours mieux.

Loreta avait mis en route la seconde cafetière du matin et Adela attendait que le café soit prêt pour aller dans la petite pièce qui servait de bureau à son père, quand un vacarme intempestif, plus strident que de coutume, s'était fait entendre dans le quartier et était remonté depuis la rue jusqu'à l'appartement au troisième étage de l'immeuble ancien mais agréable du 568 West 149th Street, à Hamilton Heights. Les gens criaient, en anglais et en espagnol, s'interpellaient pour savoir ce qui se passait et disaient à tout le monde d'allumer la télé.

– *What the hell is going with these lunatics now ?...* Je te jure, Cosi, j'en peux plus de ces Dominicains, murmura Loreta en rajustant autour de son cou le peignoir de bain et le serrant pour se pencher au petit balcon. Quand elle revint au salon, elle prit la télécommande pour allumer l'indestructible Sony Trinitron à la recherche d'une chaîne locale. *Oh, my God ! Oh, my God !* s'exclama-t-elle, et Adela la rejoignit.

Sur l'écran de la télé, la tour nord du World Trade Center était transformée en torche sinistre. Mère et fille, sans un mot, regardaient l'image et lisaient le bandeau qui défilait en dessous : un accident d'avion. Un Boeing avait heurté le bâtiment à 8 h 46 du matin.

– Mais, mais... *What are they talking about ?* se demanda Loreta.

– Loreta, oh, Loreta, dit Adela.

La femme et l'adolescente, debout, assistaient à la rupture de toute logique, au cinéma de Hollywood transformé en réalité proche, surtout quand, quelques minutes après, leurs yeux perçurent les images de l'inimaginable : par le bord de l'écran était entré un avion (un autre avion !) qui disparut à l'intérieur de la tour sud, d'où s'éleva un nuage de poussière puis des flammes. Mère et fille, mains sur la bouche pour s'empêcher de crier, sentirent que ce n'était pas seulement la logique qui s'écroulait mais les équilibres, les croyances, les limites de la raison, et Adela eut très peur. Dans la rue on entendait des cris de « une attaque, une attaque ! » et l'adolescente se mit à trembler et à pleurer, tandis qu'un filet d'urine courait le long de ses jambes. Quelle était la suite ? Encore des avions, des bombes, des explosions ? La guerre ? La mort ? Et son père ? Où était son papa ?

Quinze ans plus tard, en voyant la photo que la mère de Marcos avait postée sur Facebook, devant l'évidence qu'Elisa Correa était la femme qu'elle avait toujours connue comme Loreta Fitzberg, ou Loreta Aguirre Bodes avant son mariage, et que de façon presque certaine – au moins une certitude, mon Dieu – elle devait être sa mère, il fallait qu'elle le soit, Adela sut que sa vie avait changé à nouveau. De nouveau la logique se brisait, la raison s'altérait, et elle allait à nouveau devoir se battre contre ses peurs et ses incertitudes. Un avion s'était écrasé contre la tour de son identité, une attaque avait été commise contre l'essence de son être.

Bleu infini. Elle leva à nouveau les yeux. Elle ne se rappelait pas avoir jamais vu un ciel d'un bleu aussi pur, sans le moindre nuage et donnant à ce point l'impression de préfigurer la démesure, la perfection, la représentation de la demeure du Créateur. Ce ciel parfait l'accueillait pour lui transmettre quelque chose, de transcendantal ou de seulement rassurant, qu'elle n'était pas encore en état de déchiffrer. En d'autres occasions, des forêts de conifères, des fjords, des montagnes couronnées de glaciers et de neiges éternelles avaient été les signes destinés à lui révéler clairement la petitesse de l'être humain face à la nature. Cette fragilité émouvante face à la création divine qu'avaient ressentie le grand poète José María Heredia et ensuite l'insignifiante Adela Fitzberg en contemplant les chutes du Niagara, devant lesquelles, des années auparavant, la jeune femme avait relu les vers du premier poète cubain gravés sur une plaque rappelant son existence tumultueuse et son œuvre magnifique.

À présent, sous un ciel limpide et pourtant inquiétant, Adela venait de laisser derrière elle la ville de Tacoma et traversait le toujours impressionnant pont Narrows au-dessus du bras de mer du détroit de Puget. La flèche sur l'écran de son GPS lui indiquait de suivre la route 16 pour traverser en diagonale la péninsule Olympique jusqu'au village de Gig Harbor, où elle était souvent allée dîner avec sa mère dans un restaurant au bord de l'embouchure de la Henderson Bay.

Jusqu'à Gig Harbor, Adela était capable de conduire en se fiant seulement à sa mémoire et aux panneaux sur les routes. Elle se rappelait qu'à la sortie du village elle devait traverser le petit pont Purdy, sur l'un des bras de la baie et, une fois sur la Key Peninsula, continuer par la route 302, en laissant derrière elle le marché aux fruits et produits régionaux très coloré qui lui plaisait beaucoup, pour ensuite faire une espèce de boucle sur la 118th Avenue NW. De là, en se fiant aux indications de son GPS, elle chercherait la direction de Minter et tâcherait de ne pas louper le premier panneau indiquant la route menant au village The Home, qui lui avait toujours servi de référence pour savoir qu'elle était tout près de The Sea Breeze Farm, le ranch où depuis plus de dix ans travaillait et vivait Loreta. Ou, selon les termes de sa mère, le superbe *back arse of nowhere*, ou trou du cul du monde, selon ce qui lui venait en premier, un coin éloigné auquel n'arrivaient que ceux qui tenaient vraiment à y arriver.

Les autres fois où elle était venue voir Loreta (la dernière, deux ans plus tôt, quelques mois avant de rencontrer Marcos), sa mère était toujours allée la chercher à l'aéroport Sea-Tac, qui desservait les villes de Seattle et de Tacoma, car Loreta savait qu'elle devait couver sa fille, qui n'avait jamais pu surmonter complètement son traumatisme post-11 septembre : chaque fois qu'elle montait dans un avion, elle ne pouvait s'empêcher d'y voir une bombe volante et elle en descendait aussi épuisée que si elle avait parcouru tout le trajet en courant. Mais, cette fois, le vieux pick-up Ford que conduisait Loreta n'était pas là et Adela avait dû se débrouiller toute seule. À la violence mentale du vol depuis Miami avec escale et changement d'avion à Dallas s'ajoutaient pour la jeune femme les craintes à propos des indispensables révélations qu'elle était venue trouver.

Le soir où elle avait vu la photo prise le 21 janvier 1990 par un photographe qui, en plus, allait être retrouvé mort quelques jours plus tard et sur laquelle figurait une femme qui devait être sa mère, enceinte d'elle et à côté de celui qui était son mari et peut-être son père biologique, entourée de ses vieux amis, Adela ne se sentit ni la force ni l'esprit assez clair pour parler à Loreta, et décida d'attendre jusqu'au lendemain pour la contacter. Mais quand elle avait essayé, le portable de sa mère était éteint. Elle avait refait le numéro d'heure en heure sans plus de succès. Le soir, elle avait décidé d'appeler son père et, sans lui dire ce qu'elle avait découvert, elle lui avait demandé s'il connaissait un autre moyen de localiser Loreta en cas d'urgence : le téléphone du ranch ou le téléphone personnel de Miss Miller, la propriétaire de l'exploitation. Bruno non plus ne connaissait pas d'autre façon de contacter son ex, avec laquelle ses contacts étaient sporadiques, mais il avait remarqué que quelque chose d'important était arrivé à sa fille.

– Et tout va bien pour toi, ma chérie ? lui avait demandé l'homme que, jusque-là, elle avait considéré comme son père.

– Oui, un peu fatiguée, c'est tout…

– Et pourquoi tu tiens tant à parler à ta mère ? Tu sais comment elle est…

– Non, je ne sais pas comment elle est. C'est pour ça que je veux lui parler. Quand je l'aurai trouvée, je t'appellerai, papa. – Le mot « papa » avait failli ne pas sortir de sa bouche, et Adela eut la sensation que ce dialogue la brûlait. – À toi aussi, il faudra que je te parle. Mais ne t'inquiète pas, ce n'est pas urgent. – Et elle avait raccroché, avant d'éclater en sanglots.

Sans plus réfléchir, Adela avait cherché et réservé un vol pour Sea-Tac le lendemain et avait informé Marcos de sa décision irrévocable d'aller chercher des réponses. Ce dernier lui avait proposé des solutions alternatives, trouver le numéro du ranch, appeler La Havane pour parler à sa mère et essayer d'avoir des éclaircissements sur ce supposé mystère, ou essayer du côté d'Horacio à San Juan, ou mieux encore, parler à Irving, à Madrid, celui qui était le plus au courant de tout. Mais Adela l'en dissuada : il s'agissait d'une question entre elle et sa mère, et elle ne voulait aucune interférence.

Après avoir appelé sa chef à l'université pour lui demander une semaine de congé sans solde, la jeune femme fit sa valise en tenant compte des conditions climatiques dans le nord du pays : elle avait vérifié sur Internet et la température en ces nuits encore printanières tournait autour de dix degrés.

Sur le pas de la porte, Marcos la regardait chercher et plier ses affaires.

– À propos de la photo… je me suis souvenu de l'une des dernières fois où j'ai vu Elisa là-bas, à Cuba… Sur la photo, elle a un pansement au doigt… Ma mère le lui avait mis, à l'étage de la maison. En fermant les yeux, je les revois toutes les deux, face à face, très près l'une de l'autre… J'avais oublié ça…

Marcos ouvrit les yeux et secoua la tête.

– Mais comment elle était, cette Elisa ? Quels souvenirs tu as d'elle ?

– Je ne sais pas, Adela, je t'ai déjà dit que j'avais six ans… Elle n'était pas blonde comme Loreta, elle était différente, c'est pour ça que je n'ai pas fait le lien avec les photos que tu as d'elle… Merde, comment veux-tu que j'imagine que quelqu'un qui s'appelle Loreta puisse être l'Elisa que j'ai connue il y a… je ne sais plus combien d'années ? Ma mère, oncle Horacio, mon père… Moi, je crois que c'est à eux que tu devrais demander. Elisa, ils en parlaient tout le temps… Ou demande une bonne fois à Bruno…

– Non, il faut d'abord que je lui parle à elle. S'il te plaît…

– Et si Elisa était une femme qui ressemblait beaucoup à ta mère mais qui n'est pas elle ?

– C'est elle, Marcos. Et elle sait qui tu es, toi... Je te l'ai déjà dit.

– Et s'il lui est arrivé quelque chose et que c'est pour ça qu'elle ne décroche pas le téléphone ?

– Il ne lui est rien arrivé. J'en suis sûre.

– Et si elle n'est plus au ranch ?

– Je la chercherai... Arrête, de toute façon j'ai décidé d'y aller.

– D'accord... mais laisse-moi te dire un truc... – Marcos hésitait. – Bernardo, le mari d'Elisa, ne pouvait pas avoir d'enfants... J'ai souvent entendu dire que l'enfant n'était pas de lui.

Adela encaissa et resta un moment sans rien dire.

– Il était de qui, alors ?

– Je ne sais pas. Je crois que personne ne le savait. Je crois... Si tu veux, j'appelle...

– Non, non... Et merde, là je me sens comme si j'étais la fille de personne.

D'après le GPS, Adela était sur le chemin de Vipond, qui longeait un bras de mer de très près et la rapprochait de sa destination. Ses souvenirs de l'endroit où elle était allée plusieurs fois, y compris pour des séjours d'une semaine dans des étés antérieurs à son déménagement en Floride, lui confirmaient que le satellite ne se trompait pas, et elle aperçut avec soulagement le portail métallique par lequel on accédait à la ferme, juste avant un virage du chemin de Vipond, qui se terminait non loin de là, dans la baie de Minter.

L'endroit avait toujours donné à Adela une pesante sensation de paix et d'équilibre. La combinaison de prairies et de forêts de pins, de sapins et de cèdres, la proximité de l'un des bras de mer descendant du détroit de Juan de Fuca, à la frontière du Canada qui était toute proche, et les constructions en bois du bâtiment principal, des écuries, des silos pour le fourrage et le tourteau, avec leurs tuiles noircies par la mousse que l'on trouvait partout dans la région, formaient un ensemble dont émanait une magnifique harmonie propice à l'apaisement spirituel le plus complet. Selon Loreta, cette enclave précisément, peut-être en raison de la concentration de minéraux due à la proximité du pic Tahoma, « la montagne qui fut Dieu », possédait des pouvoirs magnétiques spéciaux, une force occulte mais tangible qui influençait de façon directe le moral et la conscience des gens y vivant. Parce qu'il était tout près de la mer et que le premier étalon Cleveland Bay qu'avait acheté Miss Miller quarante ans plus tôt s'appelait comme cela, le ranch avait été baptisé The Sea Breeze.

Dans les années 1970, la ferme, qui était alors presque en ruine, avait été rachetée par une jeune femme originaire de Chicago, amoureuse des chevaux, désormais sexagénaire et deux fois veuve, que tout le monde appelait « mademoiselle » Miller.

Son histoire était directement liée à celle de la contre-culture et du mouvement de révolte des années 1960 et 1970. Dans sa jeunesse, Miss Miller avait déménagé, en compagnie de ses parents avocats, sur la côte ouest des États-Unis où elle avait connu des groupes de militants des droits civiques, de jeunes opposants à la guerre du Viêtnam, et avait été partie prenante de la culture hippie et connu les concerts sur les plages de Californie où, racontait-elle, elle avait fumé des champs entiers de marihuana et goûté au LSD. Quand son petit ami de l'époque s'était réfugié au Canada pour ne pas être enrôlé dans l'armée, la jeune femme, qui à l'époque portait le nom de famille de ses parents, Sanders, avait trouvé ce qui devait être seulement un refuge provisoire dans cet endroit en marge de la civilisation, qui était en piètre état, mais à un jet de pierre de la frontière canadienne. Peut-être était-ce la force tellurique des lieux qui l'avait arrêtée là, dans une cabane annexe de la maison principale que les propriétaires lui louaient pour quelques dollars.

Miss Miller n'avait jamais traversé la frontière. Les premières et dernières nouvelles qu'elle avait reçues de son copain, deux mois après sa fuite, étaient qu'il était mort à Vancouver dans une bagarre de rue, victime qui plus est d'un Vienamien auquel, apparemment, il voulait acheter de la drogue. L'événement ne l'avait pas seulement traumatisée mais avait porté un coup à ses idéaux et à son action militante, et Margaret Sanders avait décidé de s'appeler dès lors Miss Miller et avait commencé à chercher de l'argent pour racheter la propriété. Elle avait rassemblé presque aussitôt la somme, généreusement fournie par ses parents, de riches avocats liés au milieu du spectacle, qui avaient investi à fonds perdus, dans l'espoir que la jeune femme rebelle, qui avait même été proche de groupes néo-anarchistes prônant la violence, se pose quelque part, loin des tentations dangereuses.

Et l'éternelle mademoiselle Miller, désormais mariée à un jeune Anglais qui s'appelait Tom Foster et était lui aussi amoureux des chevaux et encore plus désabusé, avait édifié dans ce lieu idyllique et reculé un domaine entièrement basé sur la communion avec la nature et l'univers. Leur plus grand trésor était deux jeunes juments, arrivées quelques mois après l'étalon Sea Breeze, amené par Tom Foster depuis Manchester en Angleterre. Des animaux tous certifiés comme de purs spécimens de la race de plus en plus rare Cleveland Bay, l'espèce qui durant deux siècles avait fourni ses chevaux de trait aux carrosses de la couronne britannique.

Adela pénétra avec sa jeep de location dans l'allée de gravier, en faisant attention d'éviter les paons qui braillaient pour avertir de la présence d'un étranger, et elle arrêta son véhicule près du chemin menant aux écuries et aux enclos. L'odeur de la nature – herbe, forêt, mer, animaux, détritus organiques – l'enveloppa comme une étreinte au moment où elle vit sortir des écuries Rick Adams, le jeune et attirant entraîneur qui travaillait avec sa mère. À côté de Rick (à qui elle avait toujours trouvé une ressemblance avec Brad Pitt époque *Fight Club*) trottaient deux gigantesques labradors, avec leurs inévitables regards doux de gentils.

Rick eut un sourire en la reconnaissant. Depuis la première fois qu'elle l'avait vu, Adela avait soupçonné que, malgré la différence d'âge et le fait qu'il avait femme et enfants à Gig Harbor, le cow-boy Rick était l'amant de sa mère. Le salut fut affectueux.

– Qu'est-ce que tu fais dans le coin ? demanda Rick, comme si la question allait de soi.

– Qu'est-ce que je peux faire d'autre que venir voir ma mère ?

– Mais tu n'es pas au courant… ?

– Au courant de quoi ?

– Elle est partie il y a deux jours…

– C'était donc ça… Elle est partie où ? Elle revient quand ?

Rick sourit et secoua la tête. Quelque chose ne tournait pas rond.

– Mon Dieu… Viens, on va boire un café. – Il la précéda sur le chemin du « hameau » comme ils baptisaient les quatre cabanes au-delà des écuries où habitaient les employés permanents du domaine, y compris Loreta, qui occupait la plus grande et la plus confortable. Adela savait qu'à plusieurs reprises Miss Miller avait offert à sa mère de s'installer dans une des ailes de la maison principale qui, quand son dernier mari était encore vivant, servait pour les invités et qui, depuis la mort de celui-ci, était inoccupée. Mais Loreta avait préféré conserver son espace.

Adela vit les ouvriers agricoles qui travaillaient aux écuries et sur le terrain d'entraînement. Elle reconnut Andrés le Mexicain, et l'Indien Puyallup au nom imprononçable rebaptisé, à partir des deux premières syllabes,

Wapo. Tous deux étaient employés au ranch avant l'arrivée de Loreta, et c'était l'Indien, héritier d'une tradition nomade, qui avait assuré à la vétérinaire que, selon ses ancêtres, l'endroit occupé à présent par The Sea Breeze était magnétique : physiquement et émotionnellement magnétique. De là où ils étaient, Andrés la salua en espagnol et Wapo tenta de l'imiter, tous deux avec le sourire.

Rick la fit entrer dans la cabane, lui offrit un siège et se mit à préparer un café allongé à l'américaine tout en parlant.

– Loreta m'a dit qu'elle t'avait eue au téléphone… qu'elle t'avait parlé de l'état de Ringo.

– Vous l'avez achevé ? C'est elle qui l'a fait ?

– Elle ne te l'a pas dit ?… Oui, c'est elle qui l'a fait. Elle n'a pas voulu me laisser… Le pauvre Ringo souffrait trop. Avec ses problèmes et à son âge… il n'y avait pas d'autre solution.

Adela sentit que le café commençait à sentir le café. Mais elle savait que le liquide n'aurait pas le goût du café. Du moins ce qu'elle considérait comme étant du café depuis qu'elle avait déménagé à Miami et avait goûté le breuvage noir concentré que buvaient les Cubains.

– Quand l'avez-vous fait piquer ?

– Il y a trois jours…

– Le jour où elle m'a appelée… Cela faisait un an et demi qu'elle ne m'avait pas appelée… Après, j'ai essayé de la joindre mais son téléphone était éteint.

– Elle ne voulait parler à personne. La fin de Ringo l'a beaucoup affectée. Elle disait tout le temps qu'il était comme son fils.

– Oui, elle me l'avait dit…

– Et ensuite elle a parlé avec Miss Miller… Tu sais depuis combien de temps ta mère travaille ici ?

– Douze ans.

– Dix… et cela fait neuf ans qu'elle ne prenait pas de vacances. Durant tout ce temps, elle n'est jamais allée plus loin que Portland ou Seattle, pour des questions de travail, des concours hippiques, presque toujours avec Miss Miller… Et elle a demandé à la patronne un congé pour s'éloigner. Miss Miller lui a dit de prendre le temps nécessaire…

– Combien de temps ?

– Je crois qu'elles n'ont pas précisé, juste le temps nécessaire.

– Elle est partie où ?

– Loreta ne savait pas. Ou n'a pas voulu le dire… À moi en tout cas. Elle parlait des fois d'aller en Alaska. Elle racontait que quelqu'un qu'elle avait connu dans une autre de ses vies, tu connais la façon dont elle parle, un type qui était un comte ou un truc dans le genre, lui avait transmis le rêve d'aller en Alaska. C'est pour ça que je te dis qu'elle est peut-être en Alaska…

– Sans téléphone ?

– Sans son téléphone. Il est sur la table de sa cabane. Elle est partie avec deux sacs à dos et le pick-up. Elle n'a pas non plus appelé ton père ?

– Non, finit par dire Adela. À l'inquiétude des derniers jours venait à présent se mêler une insidieuse sensation de dépit et d'abandon. C'était elle que Loreta fuyait, et pas la douleur pour la mort d'un cheval, aussi fort qu'elle l'ait aimé : elle fuyait la fille qu'elle avait trompée, comme elle avait fui avant Elisa Correa et Dieu sait combien d'autres choses encore.

– Rick, est-ce que ma mère s'était fait refaire un passeport ?… Elle en avait un quand nous sommes allés en Espagne, mais je ne sais pas si elle l'a fait renouveler. Elle n'est pas venue en Argentine avec mon père et moi…

– Je crois qu'elle en a fait refaire un il y a deux ou trois ans. Au cas où elle irait au Tibet ou au Japon, tu sais de quoi je veux parler. Quels endroits ! L'Alaska, le Tibet, le Japon ! De toute façon, parle à Miss Miller… Ah oui, et à Tacoma, il y a son maître spirituel qui y habite,

Chaq l'éclairé. Si elle est partie au Japon, il est peut-être au courant… Loreta était de plus en plus dans des trucs de bouddhisme et de méditation.

Adela hocha la tête.

– Et tu es sûr qu'elle ne t'a rien dit sur sa destination ? – Rick fit non de la tête, tout en buvant dans son mug. – Même si vous couchez ensemble ?

– Qui t'a dit qu'on couchait ensemble ? sourit Rick.

– Mon petit doigt… mais ça ne fait rien.

– Non, on ne couche pas ensemble… ton petit doigt te dit n'importe quoi.

– Avec Loreta, on n'est sûr de rien… Donc elle ne t'a rien dit ?

– Elle m'a demandé si je pouvais m'occuper de l'élevage. Elle m'a dit qu'elle avait besoin d'être seule… Le jour de son départ, je suis venu lui dire au revoir, et quand je suis entré elle était sous la douche. Il y avait plusieurs trucs posés sur la table et j'ai vu son passeport dans une pochette. Mais il y en avait un autre et je l'ai sorti par curiosité. C'était un passeport cubain, à couverture rouge… Ça m'a rendu encore plus curieux parce que je n'avais jamais vu de passeport cubain et j'ai commencé à le feuilleter…

– Il était au nom de qui ?

– J'ai regardé… Elisa L. Elisa Loreta, non ? Et son nom de famille cubain… Bien sûr, puisqu'elle était célibataire.

– Tu te souviens du nom ?

– Non, parce que je n'y ai pas fait attention… Un nom cubain qui n'avait rien de particulier. Sur la photo, Loreta ne ressemblait pas à Loreta… elle était différente.

– Plus jeune ?

– Plus jeune, bien sûr. Mais… je ne sais pas, différente.

– Je crois qu'elle ne s'appelait pas Loreta et n'était pas blonde, dit Adela en regardant autour d'elle. Quelque chose avait bougé, en elle ou hors d'elle. – Rick, tu peux m'autoriser ou c'est Miss Miller qui peut me donner la permission de passer un ou deux jours ici ? Dans la cabane de ma mère…

Adela observait le téléphone portable au centre de la table : ouvert, la batterie démontée et la carte à puce enlevée. Près de l'appareil, il y avait une croix en bois qu'Adela reconnut : de l'artisanat mexicain très coloré que sa mère emportait sur son lieu de travail ou gardait dans sa chambre, son talisman, disait-elle. Pas un verre, pas une tasse, une miette de pain ou une trace d'humidité, rien qui trahisse une habitude ou de la hâte : sur la surface polie, rien que le téléphone éventré et son talisman, comme un avertissement, un signal clair. Je ne veux parler à personne, je veux que personne ne me parle, je veux que personne ne me trouve, je ne veux pas avoir de passé. Qui suis-je en train de rechercher, Loreta Fitzberg ou Elisa Correa, Loreta Aguirre Bodes ? Elisa L., peut-être Loreta ? Qu'est-ce que cette femme fuit, qui, pourquoi ? Pour aller où ?

La jeune femme sentit la tension, la peur, la colère, l'incertitude qui ne la quittaient pas depuis trois jours lui retomber dessus, et, prenant le crucifix mexicain, elle alla jusqu'au lit. Il était fait, avec des draps propres, comme s'il l'attendait, et elle s'y laissa tomber. Elle s'aida de ses pieds pour enlever ses boots et enfouit sa tête dans un oreiller qui avait au fond de ses entrailles l'odeur de Loreta, et elle essaya d'étouffer son envie de pleurer de rage et d'impuissance. À un moment, elle s'endormit, le crucifix entre les mains.

Quand elle se réveilla, plusieurs heures plus tard, la nuit précoce du Nord l'enveloppait de ténèbres. Elle alluma à tâtons la lampe de chevet et se rendit à la salle de bains, en allumant les lumières sur son passage. Elle avait une soif dévorante, comme si elle avait la gueule de bois, et elle traversa le salon qui servait aussi de salle à manger et de cuisine. C'est alors qu'elle aperçut la feuille de papier glissée sous la porte : Rick lui disait que Miss Miller l'attendait pour dîner à sept heures. Adela regarda sa montre : sept heures moins vingt. Elle aurait à peine le temps de prendre une douche, se dit-elle, mais elle se sentait sale, souillée, et elle préférait arriver au rendez-vous avec quelques minutes de retard mais propre. Elle avait besoin de s'ôter un poids. Et elle espéra qu'il n'y aurait pas au dîner un de ces saumons que l'on voyait nager dans le bras de mer, et encore moins un de ceux qui grouillaient dans l'élevage voisin, où ils mangeaient même leurs propres déjections.

Douché et vêtu d'une chemise à carreaux, Rick l'attendait à la porte de la maison. Il sourit en la voyant et lui demanda comment elle allait. Mieux, dit-elle, et il ouvrit la porte. Adela connaissait la maison et elle le suivit à travers un grand salon derrière lequel se trouvait la salle à manger. Au bout d'une table pour huit recouverte d'une nappe brodée, Miss Miller était assise, ses cheveux blancs retombant sur ses épaules et son sourire de femme bien dans sa peau, vêtue peut-être du même ensemble en jean qu'elle lui avait connu deux ans plus tôt, ou deux ans encore plus tôt. La propriétaire du domaine qui valait à présent plusieurs millions de dollars se leva et Adela s'approcha pour lui faire un baiser sur la joue, un peu flasque, que l'autre lui tendit, comme un cadeau.

Les verres de vin étaient servis et Miss Miller lui souhaita la bienvenue en levant le sien. Puis elle montra à

Adela la chaise placée à sa gauche et Rick occupa celle de droite.

Quand Adela fut assise, Miss Miller fouilla dans l'une de ses poches et en tira une enveloppe pliée en deux qu'elle tendit à Adela.

– Ta mère m'a demandé de te la remettre au cas où tu viendrais.

– Merci, dit Adela. Elle vit son nom écrit sur l'enveloppe, qu'elle hésita à ouvrir. Miss Miller lui adressa un geste d'encouragement et Adela déchira le bord. À l'intérieur il y avait seulement un chèque à son nom, d'un montant de quarante mille dollars. Adela fut à peine étonnée.

En accord avec les goûts désormais plus radicaux de Miss Miller, tout le dîner fut végétarien, et peut-être végane, car il n'y avait pas non plus de fromage ni de beurre. Adela ne put s'empêcher de penser à Marcos et à son avidité insatiable et bien cubaine pour la viande, et elle se rappela aussi qu'elle ne l'avait pas appelé. Que faisait en ce moment son fiancé, dans la chaleur de Hialeah ? Avait-il appelé sa mère ?

– Que comptes-tu faire ? lui demanda Miss Miller au deuxième verre de vin, une fois les généralités évacuées.

– Il faut que je la trouve. J'ai besoin de lui parler. Et je ne sais pas quoi faire… Je peux rester deux jours ici avant de rentrer ?

– Tu crois qu'elle sera revenue d'ici deux jours ? Tu peux rester aussi longtemps que tu veux, bien sûr, mais je ne crois pas que Loreta reviendra à Minter d'ici deux jours.

– Merci, Miss Miller… Mais qu'est-ce qu'elle vous a dit ? Elle a laissé entendre ce qu'elle voulait faire, où elle pensait aller ?

– Elle n'a rien dit de plus que ce que tu sais déjà. Elle avait besoin de vacances, et elle les avait bien méritées. Sans le moindre doute… J'ai insisté pour que ce soit Rick ou même le vétérinaire de Tacoma qui pique Ringo, et elle semblait d'accord. Mais elle a soudain changé d'avis. Ta mère est une femme très courageuse, Adela. De celles qui affrontent aussi les difficultés de la vie. Et l'histoire de Ringo a été terrible pour elle.

La jeune femme hocha la tête et regarda Rick, qui restait silencieux. Le regard d'Adela le poussa à parler.

– Loreta participait au projet Clean Water, pour dépolluer l'eau que nous utilisons dans les fermes. Elle en faisait la propagande dans toute la région. Il y a deux mois, elle a fait venir un musicien anglais qui reprend des chansons des Beatles et a organisé ici un concert Clean Water… Elle voulait aussi dénoncer les élevages de saumons. Elle était vraiment très concernée.

– Cela ne m'étonne pas d'elle, reconnut Adela. Donc… je suis censée croire qu'elle a fait un break à cause de la mort de Ringo ?

– Je dirais que oui, répondit Miss Miller trop vite.

– Moi, je n'en suis pas si sûr, lâcha Rick. Je n'avais jamais vu Loreta anxieuse, troublée. Je ne sais pas… c'est juste une impression.

À la façon dont Miss Miller regarda Rick, Adela eut alors, plus qu'une impression, la certitude que sa mère de cinquante-six ans était bien la maîtresse de cet homme qui avait peut-être deux ans de plus que Marcos. Et qu'elle l'avait quitté sans compassion, comme elle l'avait fait avant avec Bruno Fitzberg et, d'une certaine façon, avec elle, sa Cosi, et avec une jeune femme cubaine qui s'appelait Elisa L. Correa.

De quoi pouvait-elle donc bien parler avec Rick au lit, dans les écuries, quand ils allaient faire des courses à Tacoma, dîner au restaurant ? Lui avait-elle parlé de son passé à Cuba ? Qui était sa mère, qui la connaissait ? Adela vida son verre de vin et se força à sourire.

Après le dîner, Rick amena Adela à l'endroit où ils avaient enterré Ringo, près de son père, Sea Breeze, et de sa mère, Paloma. Loreta n'avait pas participé à l'enterrement, lui raconta Rick. C'était lui qui s'en était chargé, avec l'aide de Wapo et d'Andrés.

– Elle est restée près de lui un bon moment après sa mort. Quand elle l'a laissé, son dernier geste a été de couper une mèche de sa crinière et elle a posé une couverture sur sa tête, dit Rick. Loreta pense que les chevaux ont non seulement de la mémoire et sont intelligents, mais qu'ils ont des sentiments.

– Elle disait toujours que Ringo était spécial. Ou qu'il avait quelque chose de spécial.

– Il avait quelque chose de spécial, confirma le cow-boy.

Malgré le décalage horaire et son moral en berne, une fois seule après le départ de Rick, Adela appela Marcos. Il y avait heureusement ce soir-là un match de base-ball sur la côte Ouest, et son fiancé ne pouvait pas manquer une partie des Yankees de New York, une des équipes qu'il soutenait parce que c'était celle avec laquelle son idole, le Duque Hernández, avait glorieusement gagné trois fois de suite la Série mondiale de Major League, Adela lui fit un résumé de la situation et lui dit qu'elle allait rester deux jours de plus dans le coin, dans l'espoir de découvrir quelque chose.

– Ne tarde pas trop, ma jolie… Oncle Horacio m'a appelé aujourd'hui… Sacrée coïncidence, il arrive demain, pour passer quelques jours à Miami. Je le verrai, bien sûr, et je crois que toi aussi, tu devrais lui parler, non ?

– Je crois que oui. Tu lui as demandé des choses sur ma mère ?

– Tu m'as dit de ne pas le faire… ni à lui, ni à ma mère. Mais Horacio a vu la photo et on en a un peu parlé… Irving l'a vue aussi, et il a posté un long commentaire sur le mur de ma mère… Adela, ils ont vu la photo, pourquoi tu ne leur demandes pas ce qu'ils savent sur Elisa… ou sur Loreta ?

– Je ne sais pas, je n'ai pas envie… Tu peux respecter ça ? Je dois d'abord lui parler à elle, savoir ce qu'elle a à me dire… Qu'elle me dise directement pourquoi elle a fait ce qu'elle a fait, ce qui n'est pas rien, c'est grave… Je veux sa version en premier.

– Bon, comme tu voudras… Tu sais quoi ? Ça ressemble vraiment à un comportement d'Amerloque. Si tu étais cubaine-cubaine, tu aurais déjà ameuté la terre entière…

– Oh, Marcos…

– C'est vrai, je t'assure. Dis-moi, est-ce que je te manque ?

– Mais j'ai quitté Miami ce matin !

– Hé ben moi, tu me manques beaucoup, tu peux pas savoir… oh, putain, quel coup de batte ! cria Marcos, et Adela décida de le laisser à son match. Elle lui parlerait à un autre moment du chèque et de ses hypothèses.

Elle avait tellement dormi dans l'après-midi qu'elle était sûre qu'elle aurait du mal à trouver le sommeil, même si pour son organisme il était déjà près de minuit, à l'heure de la côte Est. En sachant qu'elle commettait presque un péché, elle chercha dans son sac le paquet de cigarettes qu'elle avait acheté à l'aéroport de Miami et, son téléphone dans la poche, sortit dans la nuit sombre de la baie de Minter à la recherche d'un lieu plus propice pour encrasser ses poumons. Elle prit un petit sentier entre les arbres qui descendait jusqu'au bras de mer en forme d'estuaire qui débouchait dans la Henderson Bay et, au-delà, dans l'océan Pacifique. Assise sur un rocher, enveloppée par l'épaisse pénombre qui lui permettait d'observer un firmament rempli d'étoiles, elle entendit le ressac de la marée montante. Adela savait qu'avec l'eau de l'océan entraient par l'estuaire les saumons adultes qui, suivant un commandement inscrit dans leur nature, nageaient des centaines de kilomètres avant de remonter à la recherche de leur lieu d'origine pour y pondre dans des eaux calmes qui étaient comme des berceaux propices à leurs alevins. Les poissons qui revenaient de leurs errances à travers le monde comme des fils prodigues suivant l'instinct le plus profond de leur espèce sautaient pour éviter les écueils et leurs dos rosés scintillaient à la lueur de la lune. Le lendemain, quand la marée commencerait à descendre, ces mêmes saumons se laisseraient glisser en direction de la pleine mer et, épuisés par plusieurs jours d'efforts, resteraient pour certains coincés, surpris par les fortes marées de la baie, et se transformeraient en proies faciles pour les ours et les aigles.

Adela alluma sa cigarette et vérifia que son iPhone avait du réseau. Elle se connecta et se rendit depuis le compte Facebook de Marcos sur le mur public de sa mère, et regarda à nouveau la photo qui avait bouleversé son existence. Au-dessous du cliché, elle trouva quelques commentaires succincts, certains se limitant à un simple « like », comme celui d'Horacio, ou à un emoji faussement horrifié, posté par Darío. Elle trouva enfin le texte de l'ami de Clara qui s'appelait Irving. Entre la photo de 1990 et l'image actuelle d'Irving c'étaient mille ans et non vingt-six qui semblaient s'être écoulés.

> Clara de mon cœur, je te félicite d'avoir rejoint Facebook, toi l'ingénieure la plus préhistorique et anti-informatique du monde. Mais pourquoi, pour tes débuts, nous offres-tu ce bain de souvenirs alors que, pour vivre loin, l'oubli est préférable ? (Je soupçonne que, pour vivre près, l'oubli est aussi parfois préférable.) Tant d'années ! Quelle nostalgie ! Quelle douleur ! Voir l'image de la dernière soirée où notre Clan a été réuni, et savoir que nous sommes aujourd'hui un clan dispersé. Qu'est-ce qui nous est arrivé ? Pourquoi cela devait-il nous arriver ? Peut-on chercher un responsable ?

Est-ce que ça sert à quelque chose de chercher un responsable ? Certains là-bas, d'autres ici, et d'autres au ciel, comme les pauvres Fabio et Liuba, un autre en route vers le paradis, et Elisa… Où peut bien être ma chère Elisa ???? Elisa, ma chérie, peut-être liras-tu cela alors que sans moi des fleurs tu cueilleras… Je sais que tu es vivante. Je le sais. Tu sais que je le sais, parce qu'un ange déchu me l'a dit. Et tu sais quoi ? Je crois que je pourrais tout te pardonner. Tout. Je sais que je comprendrai tes raisons, même si je ne les comprends pas. Tu sais pourquoi ? Parce que je t'ai toujours aimée et je t'aime encore. Tu le sais… Et je t'aime aussi toi, Clara. Et toi, cher Bernardo, prends soin de toi, tout ira bien… Et même toi, Horacio, qui ne m'appelles jamais parce que tu es plus faux qu'un billet de cinq pesos à l'effigie d'Alicia Alonso !

Adela relut deux fois le commentaire et fut convaincue que ces lignes renfermaient de nombreuses informations cryptées qu'elle n'avait aucun moyen de déchiffrer. Un ange déchu ? Qu'est-ce qu'elle pouvait savoir d'un ange déchu, elle ? Mais la jeune femme avait de nouveau la preuve qu'il avait existé une vie d'Elisa avec des amis, des complicités et des secrets que pour une raison quelconque sa mère avait enfouis, et que vingt-six ans après elle ne voulait toujours pas dévoiler. Pourquoi à l'époque, pourquoi aujourd'hui encore ? Sa mère et la mère de Marcos avaient été des amies intimes, et eux, sans savoir que ce lien existait, s'étaient rencontrés et s'aimaient. Adela comprenait que le monde, comme disaient souvent les Cubains, n'était pas plus grand qu'un mouchoir. Ou, comme sa mère aimait le répéter, façon bouddhiste : aussi petit qu'un bec d'oiseau, et pourtant prédestiné et déterminant.

Qu'avait-il vu ? L'avait-il vraiment vu ? Marcos ne voulait pas réfléchir. Réfléchir l'énervait, le déconcertait. Il avait toujours vécu dans l'instant présent, depuis l'enfance, où il avait appris que la seule préoccupation était la nourriture qu'ils avaleraient ce jour-là et que la première préoccupation du lendemain serait la même, et que trop réfléchir impliquait une dépense inutile de neurones. Mais avec la photo postée par sa mère sur Facebook, certains des fondements de son existence avaient bougé.

Depuis qu'il avait dit au revoir à Adela ce matin, il se sentait bizarre. Et tout au long de la journée il avait senti monter en lui la pression des idées et des doutes. Merde, qu'est-ce qu'il avait donc vu ? Nerveux, il avait eu du mal à se concentrer à son travail, et dans l'après-midi, à l'entraînement des Tigres de Hialeah, il avait couru, lancé, manié la batte comme s'il se préparait pour un championnat alors que tout ce qu'il cherchait c'était à maltraiter son corps, à s'épuiser physiquement pour s'empêcher de penser. Vêtu du maillot puant qu'il n'avait encore eu ni le temps ni l'envie de laver, il prit un dîner à emporter chez Santa et Tito. Il se doucha et, profitant de l'absence d'Adela, lava enfin le maillot crasseux à manches jaunes dont même lui ne supportait plus la puanteur. Il mangea, but deux Heineken, se brossa les dents, alluma la télé et se mit à regarder distraitement un match de base-ball. Il sortit de la petite boîte en bois le joint que lui avait vendu le Salvadorien qui avait travaillé au garage de Gros Nez et, bravant tous les interdits, il le fuma à l'intérieur de la maison, les yeux fixés sur la télé et les pieds sur la table basse où était posé un morceau de bois poli par la mer, ramassé par Adela sur le rivage, et qui pouvait rappeler une tête de tortue ou un phallus prodigieux. Il ressentit à ce moment un peu plus l'absence de sa compagne.

Sans trop réfléchir, il prit le téléphone pour demander à la personne qui, à Hialeah, proposait des communications bon marché pour Cuba d'appeler le numéro de sa mère. On lui dit d'attendre quelques minutes et il pourrait passer un appel d'une demi-heure. Il devait aller le lendemain matin régler les huit dollars de la communication.

Quand retentit la sonnerie annonçant que les pirates du téléphone avaient établi la communication avec La Havane, Marcos hésita. Il savait qu'il était sur le point de trahir une exigence de sa fiancée, mais il avait besoin de savoir. Et il ne s'agissait plus d'elle, mais de lui-même.

Les premiers échanges du dialogue avec sa mère se bornèrent aux questions de rigueur. Clara allait bien, même si son genou droit la faisait toujours souffrir, et on lui avait prescrit un traitement par ultrasons qu'on devait lui faire à l'hôpital orthopédique proche de la maison de Fontanar, où travaillait encore un collègue de Darío. Marcos lui demanda de le prévenir immédiatement si elle avait besoin d'un médicament impossible à trouver à Cuba, pour se le procurer dans une pharmacie de Hialeah où on lui vendait certains produits, parfois même sans ordonnance, ou pour le réclamer à son père, là-bas, à Barcelone.

Celui qui n'allait vraiment pas bien, c'était Bernardo, lui dit ensuite sa mère, la chimiothérapie avait toujours des effets secondaires très violents qui affectait même certaines fonctions physiologiques (névrites, prostatites et autres joyeusetés en *ite*), des faiblesses qui, même s'il ne buvait plus depuis longtemps, étaient directement liées à ses années de consommation quotidienne d'alcool. Et Bernardo avait décidé de ne plus subir la torture des perfusions. Clara n'ignorait pas les conséquences de cette décision, les choses allaient en empirant, et elle ne pouvait pas faire autrement que de s'occuper de lui du mieux qu'elle pouvait.

– C'est pour ça qu'Irving lui a écrit de prendre soin de lui ? demanda Marcos.

– Je ne sais pas, dit Clara, d'un ton trop assuré. Il n'est pas au courant de la rechute.

– Maman, il va très mal ?

– Il a un traitement, ne t'inquiète pas... Je garde la foi.

– Mais c'est quoi, cette manie de ne pas dire les choses clairement ! Sa chimio, il va la reprendre, oui ou non ? Bon, d'accord, d'accord. Dis à Bernardo que je l'embrasse... Et je vous envoie cette semaine un peu d'argent pour que vous mangiez un peu mieux et que vous preniez des taxis si nécessaire...

– Ne t'inquiète pas, il n'y a pas besoin...

– Bien sûr que si, il y a besoin. Là-bas, il y a toujours besoin...

– Comme tu voudras... Et elle ajouta en haussant la voix sans s'éloigner du combiné : Bernardo, c'est Marcos, il t'embrasse... Il dit que lui aussi... Comment ? – Clara fit une pause. – Bernardo dit que... si tu vois Obama, tu lui signales que, quand il est venu à Cuba, il n'est pas venu le voir... Ah, et que tu n'as rien écrit à propos de la photo que nous avons mise sur Facebook...

Marcos, qui hésitait encore, décida alors de profiter du commentaire sur la photo du Clan pour avancer sur le chemin qu'il avait tellement besoin d'explorer et qu'il avait évité jusque-là. Sa mère lui raconta comment elle l'avait retrouvée, plusieurs mois avant, après que Irving, Horacio, Darío et Ramsés étaient venus voir Bernardo, et ce fut Clara qui demanda elle-même à Marcos s'il se souvenait du jour où elle avait été prise.

– Je crois que je me souviens de Walter prenant plein de photos… Ou je me souviens de ce que toi, tu m'as raconté.

– Et ce que tu as dit sur Fabiola ?

– Ah oui, c'est vrai… qu'elle était allée chier !

La mère et le fils rirent ensemble. Et Marcos se sentit mesquin, mais il ne pouvait plus revenir en arrière.

– Tu sais quoi, maman ? Sur cette photo, j'ai vu un truc qui m'a rappelé quelque chose dont je ne suis pas sûr. Pas sûr… ou peut-être que si… je ne sais pas…

– C'est quoi, Marcos ?

Marcos ferma les yeux.

– On peut parler ? Bernardo est à côté ?

– Qu'est-ce qu'il y a ?

– Maman, Elisa a un pansement à un doigt…

À Fontanar, Clara garda le silence.

– Oui, parce qu'elle s'était coupée en pelant du manioc, je m'en souviens.

– Maman… et c'est toi qui lui as mis le pansement au doigt ?

– Oui… c'est moi.

– Dans votre chambre, à papa et à toi ?

Nouveau silence de Clara, plus prolongé.

– Ça, je ne m'en souviens pas vraiment…

Marcos gonfla d'air ses poumons avant de se jeter dans le gouffre qui, depuis deux jours, l'attirait comme une exigence perverse.

– Eh bien je crois que moi, oui, je m'en souviens. Je suis entré dans la chambre et vous étiez là, Elisa et toi, et tu tenais Elisa par la main… Qu'est-ce que j'ai vu d'autre, maman ?

– Sûrement ça, que j'étais en train de mettre le pansement à Elisa. – La réponse fusa, et Marcos fit une pause.

– Et pourquoi est-ce que je crois avoir vu autre chose… ?

– Je ne vois pas ce que tu peux avoir vu.

– Maman, s'il te plaît, dis-le-moi, toi… Ne me fais pas…

Le jeune homme n'eut pas le courage de poser la question. Sa mère prit son temps avant de prononcer les mots suivants : elle le fit en baissant la voix, au rythme de quelqu'un qui pèse chacun de ses mots, et il eut sa réponse.

– Alors tu nous as vues ?

Marcos hocha plusieurs fois la tête avant de répondre.

– Je l'avais effacé de ma mémoire… merde, je ne sais pas pourquoi ce souvenir est revenu. Je vous ai vues vous embrasser, maman. Sur la bouche…

Le silence de Clara fut si prolongé que Marcos eut le temps de se dire qu'il était cruel, qu'il n'avait pas le droit de se mêler de choses aussi profondément intimes.

– Marcos, je t'en prie ! Il n'y a rien eu d'autre… Juste un moment, je ne sais pas, de faiblesse. Parfois, il peut nous arriver des choses bizarres… Tu crois que je suis lesbienne ?

– Non, maman, je ne crois pas et d'ailleurs je m'en fiche, tu es ma mère et je t'aime pareil… Je t'aime plus que personne au monde, mais… après ça, Elisa a disparu. Tu crois que c'est lié à ce que vous aviez fait ?

Clara prit son temps pour réfléchir.

– Pourquoi tu me demandes ça, Marcos ?

Le jeune homme aussi prit son temps. Clara avait appuyé sur le vrai point sensible : allait-il trahir la promesse faite à Adela et avouer à sa mère un truc aussi dingue que la réapparition d'Elisa sous les traits de Loreta, la mère de sa copine ?

– C'est à cause d'un truc que je ne peux pas encore te dire… mais ce que tu me diras peut m'aider à savoir…

– Qu'est-ce que tu ne peux pas me dire ? Quel genre de truc ?

– Un truc que je ne sais pas encore, bordel ! – Marcos avait haussé le ton.

– Marcos, tu n'as pas le droit…

– Excuse-moi, maman, je sais que je n'ai pas le droit… Pardonne-moi, s'il te plaît… Je ne veux pas me mêler de ta vie privée, je sais que c'est super dur pour toi avec la maladie de Bernardo, toi toute seule avec lui, là-bas… Mais s'il te plaît, maman, dis-moi juste un truc : ce que vous avez fait, c'est lié à la disparition d'Elisa… ? Et… à la mort de Walter ?

Clara garda un autre de ces silences qui rythmaient ce dialogue déchirant. Marcos s'arma de patience.

– Oublie Walter… les deux choses n'ont rien à voir… Elisa était une personnalité très complexe, Marcos… Et il y avait plein de choses qui lui pesaient…

– Une grossesse, par exemple.

– Une grossesse très compliquée… Bernardo ne pouvait pas avoir d'enfants, et…

– Tu es vraiment sûre que l'enfant n'était pas de Bernardo ?

– Vraiment, non… Mais je crois que non, et lui aussi…

– Et Bernardo a toujours su qu'il n'était pas de lui ? Vous saviez déjà qu'il était stérile ?

Marcos sentit qu'il pénétrait sur un territoire de plus en plus sombre, où les pièces du jeu se déplaçaient et rendaient impossible tout mouvement logique et autorisé.

– Au début, il a voulu croire qu'il était de lui, dit Clara. Il le disait… Il m'a dit une fois qu'il l'avait vraiment cru.

– Mais Elisa, qu'est-ce qu'elle disait ?… Avec cette relation que vous aviez…

– Mais ce n'était pas une relation ! Ça, ça s'est passé ce jour-là… mais on était seulement amies depuis très longtemps. Seulement amies…

– OK, OK… Et elle ne t'a rien dit ?

– Elle m'a dit que cette grossesse était un don du ciel. Un miracle… Elle a dit ça à tous les amis… C'est ce que dit aussi Irving, qui savait tout sur tout le monde, parce que c'était à lui qu'on racontait tout.

Marcos avait envie d'un autre joint. Ou, au moins, d'une cigarette. Il était dévoré d'anxiété. Mais il ne pouvait plus s'arrêter.

– Et quelqu'un a pensé que Walter s'était tué à cause d'un truc en rapport avec Elisa ?

– On y a pensé des fois… Surtout quand ils ont arrêté Irving parce qu'on le soupçonnait d'avoir un lien avec la mort de Walter.

– Oui, je m'en souviens… Et qu'est-ce qui s'est passé ?

– Ils ont gardé Irving quelques jours et puis ils l'ont relâché, il n'avait rien à voir avec l'histoire de Walter… Walter, c'était un suicide. Étrange, mais un suicide… C'est après qu'Elisa a disparu.

– Et quelqu'un a pensé que… je ne sais pas… Elisa avait participé à ce suicide ?

– Qu'est-ce que tu veux dire ? Participer à un suicide ?… Elisa n'a rien à voir avec le fait que Walter se soit tué. Ni Elisa, ni personne. Walter était à moitié dingue…

– D'accord… Donc, si je me souviens bien, on n'a plus jamais rien su d'Elisa, c'est ça ?

– Non, on n'a jamais rien su. Moi, en tout cas…

– Si elle était vivante, morte ou cachée ?

– Non, rien.

Marcos sentit soudain un poids en moins.

– Mais Irving dit qu'elle est vivante, quelque part… Et toi, qu'est-ce que tu crois ? Je ne te parle pas de ce que vous pensiez à l'époque ou de ce que j'ai entendu ensuite quand vous en reparliez… Dis-moi ce que toi, tu crois vraiment. Dis-moi la vérité, s'il te plaît… Je ne voudrais pas apprendre d'autres choses de la bouche d'Irving ou d'Horacio… Et encore moins de mon père…

Clara poussa un gros soupir.

– Non, n'en parle pas à Darío, s'il te plaît… ni à personne.

– Bien sûr que non, maman, ne t'en fais pas… ça restera entre toi et moi.

– Elisa avait avoué à Bernardo que l'enfant n'était pas de lui… Elle le lui a dit devant Darío et moi, et ensuite Bernardo l'a dit à tout le monde… Tu ne savais pas ça ?… Mais Elisa n'a jamais révélé de qui il était.

– Oh, putain ! s'exclama Marcos. Et qui tu crois que ça pouvait être ? Toi, Irving, papa, c'était la faute à qui ? Bernardo, qu'est-ce qu'il en pense ?

– Ah, Marcos…

– Maman, s'il te plaît…

– On croit que ça pouvait être Horacio… ou Walter. Ou un autre…

Marcos mit un moment à digérer l'information. Putain, mais c'était qui, cette Elisa ? Un démon ?

– C'est dingue ! fut la seule chose qu'il parvint à répondre. N'importe lequel des deux, ou aucun des deux ?

– Ben, heu… Horacio… Horacio a dit à Irving qu'il avait couché avec Elisa, mais qu'il ne pouvait pas l'avoir mise enceinte…

– Merde, maman…

– Non, Marquitos, écoute, je suis sûre, je ne sais pas pourquoi mais je suis sûre qu'Elisa est vivante quelque part dans le monde. Ça fait vingt-six ans que j'ai cette idée plantée là, dans ce machin moche et grisâtre que ton père manipule comme si c'était de la pâte à pain… Oui, plantée là, dans mon cerveau. Et tu sais quoi ? Irving dit qu'elle est vivante parce qu'il croit l'avoir vue un jour à Madrid, mais Irving, il n'arrête pas de voir des fantômes… Mais il n'a pas pu lui parler… Ce que je te demande, c'est que quand tu le pourras, tu me dises ce que tu ne veux pas me dire là. Est-ce que tu sais si Elisa est vivante ou si elle est morte ?

Adela consacra une partie de la nuit à fouiller de fond en comble la cabane où Loreta Fitzberg avait vécu plus de dix ans. Elle ne pouvait pas savoir ce qu'elle avait emporté dans son sac à dos, mais il n'y avait sans doute pas tant de choses, et elle trouva révélateur le fait qu'il y ait aussi peu d'affaires personnelles laissées derrière elle : tout juste le crucifix en bois. La cabane que, durant des séjours précédents, elle avait partagée avec sa mère donnait cette fois l'impression de n'avoir été qu'un endroit de passage. Elle ne trouva sur les étagères que des livres vétérinaires, presque tous apportés par Loreta de New York, en plus de revues et de prospectus sur des questions environnementales, et des manuels bon marché sur la pratique du yoga et sur le bouddhisme, mais aucun roman, alors qu'elle se rappelait avoir vu ici même sa mère lire des romans, surtout ceux de Philip Roth, Paul Auster, John Fante et Elmore Leonard, ses préférés. À côté du placard, une paire de bottes usées et, à l'intérieur, une pile de vêtements de tous les jours, pour le travail, et deux robes plus élégantes, démodées, sans étiquette, achetées dans un de ces magasins de l'Armée du Salut que Loreta aimait tant. Ni lingerie, ni parfums, ni crèmes, ni accessoires féminins aux endroits où elle en avait vu. Adela savait que sa mère n'avait jamais été très portée sur le maquillage et les bijoux, mais elle en utilisait parfois et, depuis qu'elle était petite, elle se souvenait l'avoir vue se mettre de la crème hydratante sur les mains et les avant-bras, car elle avait la peau irritée par le port des gants et les fréquents lavages quand elle manipulait les animaux. Et aussi des produits capillaires qui lui servaient à s'éclaircir les cheveux. Ou un collier en argent très travaillé, un cadeau de Bruno Fitzberg ramené d'Argentine, à l'occasion du seul voyage effectué par Adela et son père dans le pays de l'hémisphère Sud.

Elle ne trouva que quelques ustensiles dans la cuisine et très peu de réserves de nourriture : du café, de la tisane, un sachet de quinoa péruvien et deux conserves périmées de haricots mexicains. Lors des séjours précédents, Loreta préférait l'emmener dîner à Gig Harbor ou à Tacoma, et à midi elles mangeaient avec les autres employés les plats préparés par Miss Miller et Mikela, l'employée grecque toujours ronchon mais très douée pour la cuisine. Dans les tiroirs, du linge de lit, des serviettes, des couvertures, des couettes, bien pliées et qui apparemment n'avaient pas servi depuis longtemps.

Dans la cabane, il n'y avait ni radio ni télé, ce qu'Adela savait déjà : cela correspondait à la volonté farouche de Loreta de se tenir à l'écart du monde depuis qu'elle avait quitté New York. Pourtant, ne lui avait-elle pas parlé une fois de la série *The Wire* ? L'ordinateur portable qu'Adela connaissait devait être parti avec Loreta, ainsi sans aucun doute que le reste des affaires importantes, peut-être révélatrices, se dit la jeune femme : papiers personnels, photos, lettres, affaires de toilette et médicaments. Les passeports vus par Rick. À moins qu'elle ait tout balancé à la mer, pour entamer sans entraves cette autre traversée possible dont elle parlait, prête à affronter un nouveau naufrage, peut-être une autre renaissance à laquelle, depuis qu'elle s'était rapprochée du bouddhisme, elle aspirait, se rappela sa fille. Une traversée spirituelle ? À la recherche de quoi ? Pour se sentir légère, détachée, de nulle part, militante d'un déracinement total et sans appel, pour elle peut-être libérateur. Liberté, *freedom*, étaient des mots qui revenaient souvent dans son vocabulaire. Et c'était pour cette traversée qu'elle avait besoin de passeports ? Était-elle capable, comme les saumons, de revenir au lieu d'origine, même au prix de sa vie ?

Décrépite et prétentieuse, attirante et repoussante, aimable et agressive, exotique et familière, c'était l'image qu'elle avait eue de La Havane. Et tout cela en même temps. Un endroit avec chacun des ingrédients nécessaires à la satisfaction de beaucoup de ses attentes et, en même temps, à la multiplication de ses angoisses et de ses questions. C'était ce à quoi elle s'attendait ; mais aussi le contraire de ce qu'elle s'était construit dans sa tête durant des années. Elle comprenait chacun des mots des messages qu'on lui transmettait, mais le sens de nombreuses phrases lui échappait. Les gens qu'elle voyait dans la rue, avec qui elle était en contact à l'université, ceux qui la recevaient dans la maison d'hôtes trouvée par le professeur organisateur du voyage, tous lui semblaient proches et étrangers, familiers et quasiment inconcevables, des êtres humains normaux ou des aliens. Elle ne savait jamais qui mentait ou qui disait la vérité, et encore moins pourquoi. Elle avait eu la conviction, cependant, que sa condition de Nord-Américaine ne constituait pas un stigmate dans un pays avec lequel son gouvernement s'était comporté de façon horriblement agressive, d'après ce qu'elle voyait. Dans ce pays mesquin dont parlait souvent sa mère, était-il possible que personne ne la haïsse ?

Pour quelqu'un qui avait vécu ses dix-sept premières années dans une ville aussi insaisissable que New York, l'existence d'un endroit avec des contrastes pareils pouvait être assimilée à un espace avec des comportements singuliers, mais compréhensibles. Sauf que dans son cas, avec des connaissances construites à partir de préjugés et de stéréotypes les plus favorables ou les plus désapprobateurs, de lectures littéraires, de conférences universitaires et de légendes urbaines, la réalité qu'elle avait constatée ou que, du moins, elle avait cru constater durant son séjour à La Havane en 2010 lui avait permis de découvrir un panorama si particulier qu'il avait fini par être parfaitement résistant à ses tentatives de décodage. Cela ressemblait à un territoire en quelque sorte parallèle au reste du monde, une planète qu'on ne pouvait comprendre qu'en y vivant – même si des années plus tard, quand elle raconterait son expérience à Marcos, il lui dirait que lui-même n'était pas sûr d'en être capable.

Le voyage d'études avait été organisé par un des enseignants en études cubaines de la FIU et vingt étudiants de dernière année de licence avaient pu y participer. Ce n'est qu'une fois le programme bouclé, les visas accordés et les billets d'avion réservés que la jeune fille avait communiqué à sa mère une décision dont elle pressentait qu'elle provoquerait une explosion. Mais Loreta, à la surprise d'Adela, peut-être en raison des effets bénéfiques que semblaient avoir l'atmosphère du ranch mais aussi son engagement dans le bouddhisme et l'approche de ses cinquante ans, s'était contentée de murmurer merde mais tu vas chercher quoi à Cuba, Cosi ? Enfin bon, si c'est ce que tu veux... profites-en. Et Adela, qui se préparait au gros orage, n'avait pas su quoi lui répondre : un passé inconnu et enfoui par sa mère ? La satisfaction d'une curiosité intellectuelle et humaine ? La découverte d'une partie d'elle-même dont elle ignorait la nature exacte ?

Loreta l'avait prévenue que cela faisait des années qu'elle n'avait aucune nouvelle des membres de sa famille, s'il en existait encore et s'ils vivaient à Cuba, et elle lui rappela qu'il ne restait personne de ses proches : ses parents – les fantomatiques grands-parents cubains d'Adela – étaient décédés dans un accident de la route quand Loreta était étudiante, et les grands-parents maternels qui l'avaient accueillie chez eux étaient morts aussi depuis plus de vingt ans, peu après son départ de l'île, et ils représentaient son dernier lien personnel avec sa terre d'origine, lui répéta-t-elle. Au décès de ses grands-parents, la maison, faute d'héritiers, était devenue propriété de l'État, et Loreta avait appris qu'elle abritait à présent des bureaux, ce qui, comme toujours, devait signifier qu'elle avait été éventrée. Elle avait fait ses études au lycée du Vedado et son endroit favori était une cafétéria qui s'appelait El Carmelo, deux endroits dont elle n'était pas sûre d'avoir envie que sa fille lui ramène des photos pour voir leur état vingt ans après. Et plus d'une fois elle lui dit que le pays imaginé par Adela était bien mieux que celui qu'elle trouverait dans la réalité et l'avertit que c'était une très mauvaise idée de confronter les deux. Et la discussion fut close.

Des années plus tard, quand Marcos l'interrogeait sur ce qu'elle avait vécu à Cuba, le jeune homme riait à l'énumération de tout ce qu'elle avait vu ou fait, qu'on aurait pu croire sortie de n'importe quel guide touristique : la vieille ville coloniale de Trinidad, le daïquiri au Floridita, les collines et vallées plantées de tabac de Pinar del Río, la maison d'Hemingway, le quartier décati de Centro Habana et l'élégance immortelle du Vedado, le quartier où avait vécu et étudié Loreta, le même que celui de Clara, la mère de Marcos. Adela lui parla, de plus, des tentatives pour coucher avec elle de chacun des Cubains de moins de quatre-vingt-dix ans avec lesquels elle avait été en contact, ce qui semblait au jeune homme la chose la plus logique au monde. Tu es canon et étrangère là-bas, ma chérie, lui dit-il.

Cependant, Adela avait fait d'autres recherches et appris des choses inquiétantes dont elle n'avait pas pu mesurer la portée exacte. Car, même si elle avait pu se rendre compte de la difficulté de trouver une information dans un pays presque complètement étranger au monde numérique, où tout était considéré comme un secret d'État (y compris la lecture de certains journaux dans d'archaïques bibliothèques publiques), grâce aux contacts du professeur-guide, elle était parvenue à consulter des registres du ministère de l'Éducation supérieure. Et elle avait pu vérifier à quel point sa mère avait raison quand elle parlait du désordre généralisé régnant sur l'île : sur la liste des diplômés de la faculté de médecine vétérinaire de La Havane en 1982, il n'y avait personne du nom de Loreta Aguirre Bodes. Autant de négligence et de manque de professionnalisme étaient-ils possibles ? Peut-être que oui, lui avait dit à l'époque son prof. Ou bien on avait retiré son titre à sa mère parce qu'elle avait déserté ? On pouvait s'attendre à tout à Cuba, lui dirait Marcos plus tard, et pour donner un exemple il lui avait raconté l'histoire de l'évaporation civile et sportive du Duque Hernández, sa grande idole du base-ball. Avec le socialisme, tu ne sais jamais le passé qui t'attend, avait ajouté le jeune homme.

Durant plusieurs mois, le cumul d'expériences vécues durant son séjour à Cuba et l'absence totale de traces de la vie passée de sa mère ne cessèrent de tourbillonner dans sa tête. Mais les clichés et les zones d'ombres contribuèrent sans doute à ce que l'échec dans la recherche d'un point d'ancrage pour le passé lointain de sa mère et pour une part de sa propre identité ne l'affecte pas plus que ça : rien qu'une déception de plus.

Son incapacité à comprendre les complexités cubaines et à se comprendre elle-même fut par ailleurs décisive : à son retour, Adela avait pris la décision non seulement de terminer sa licence, mais aussi d'aller jusqu'à un doctorat pour approfondir ses connaissances et ouvrir des brèches lui permettant de pénétrer dans ce monde parallèle auquel une partie d'elle appartenait. En étudiant les origines du pays, peut-être comprendrait-elle mieux ses propres origines.

Le caractère chaotique de tout ce qu'elle avait perçu, qui l'avait poussée à prendre de grandes décisions, expliquait peut-être pourquoi l'absence du nom de Loreta sur le registre consulté et l'impossibilité de retrouver un lien quelconque entre sa mère et le pays ne l'avaient pas inquiétée sur le moment, alors qu'il y avait de quoi être intriguée, se dirait-elle plus tard. Et Adela ne devait prendre la mesure de sa légèreté et de sa naïveté face à la duplicité des êtres humains que lorsque la vérité se serait frayé un passage, et avec elle la lumière. Le projecteur sous le feu duquel elle vivait à présent ne lui permettait pas de voir autre chose que des visages sans contours définis.

La musique sirupeuse aux inflexions lentes et descendantes s'infiltrait jusqu'au porche par les murs en bois. Chaq l'éclairé et ses disciples étaient en pleine séance de méditation dans la Hongwanji Buddhist Church de Tacoma, où se réunissait le *sangha* bouddhiste le plus fréquenté de la ville. La femme sans âge au visage placide qui faisait office de réceptionniste ou de cerbère renseigna Adela et lui indiqua que, si elle souhaitait méditer elle aussi, elle pouvait entrer dans la salle : elle était la bienvenue et n'avait pas besoin de payer. La paix de l'esprit et la réception des bonnes énergies étaient à la disposition de tous. Adela dit qu'elle voulait seulement parler à M. Chaq et qu'elle préférait attendre à l'entrée. En fumant une cigarette si cela ne la gênait pas. Cela la gênait et la jeune femme s'abstint.

Adela se demanda si c'était le moment d'appeler son père, Bruno Fitzberg, l'homme qui, apparemment, n'était pas son père, son père biologique. Que savait-il ? Que ne savait-il pas ? Adela nourrissait le faible espoir que l'éclairé ou « l'indicateur de chemins » lui donne une piste pour retrouver la trace de sa mère.

Au bout d'une heure, les membres du *sangha* qui avaient participé à la séance de méditation commencèrent à sortir. Les femmes étaient plus nombreuses que les hommes, presque tous avaient plus de quarante ans, certains même au-dessus de quatre-vingts : des gens qui ont vécu et découvrent le besoin d'une meilleure relation avec leur monde, avec le désir de racheter une existence certainement décevante. Minée par l'inquiétude, Adela se sentit jalouse des visages détendus de ces personnes convaincues de s'être rechargées en énergies positives, de ces chanceux qui avaient pris le bon chemin et découvert (ou étaient en train de découvrir) non pas une, mais quatre nobles vérités susceptibles de les soulager eux, et même le reste de l'univers, qui a tant besoin de vérités, de progrès et d'énergies renouvelables. Elle attendit que la femme sans âge lui dise qu'elle pouvait entrer, l'éclairé l'attendait.

Adela entra dans une salle aux murs blancs, au sol recouvert d'une moquette verte comme un gazon anglais. Dans un coin, une statue de Bouddha d'un mètre cinquante de haut, en méditation, peint en bronze sale brillant. Contre un mur, elle vit une rangée de chaises repliées qui avaient peut-être été utilisées par certains des participants qui n'étaient plus en état de prendre la position du lotus. Sur une table recouverte d'une nappe blanche, une cafetière et deux plateaux avec des biscuits. Une agréable odeur douceâtre flottait dans l'air mais elle ne vit rien qui ressemblât à un brûle-parfum ou un encensoir. Au fond, devant une fenêtre avec un rideau qui laissait passer un peu de lumière, elle aperçut une silhouette assise. Le costume couleur Fanta orange dont il était revêtu semblait encore plus vif à contre-jour et, avec son crâne rasé en forme d'ampoule, l'homme avait l'air plus incendié qu'éclairé. Adela se déchaussa avant de s'avancer vers l'indicateur de chemins et ne vit précisément à quoi il ressemblait que quand elle fut tout près : c'était un homme blanc d'une cinquantaine d'années aux traits réguliers, même si une cicatrice barrait le côté droit de son visage de la tempe à la mâchoire.

– Bonjour, désolée de vous déranger.

– *Om Shanti*, lui répondit-il, en lui indiquant de s'asseoir sur la moquette devant lui. Tu ne me déranges pas… tu préfères une chaise ?

Sans hésiter, Adela se laissa tomber par terre, jambes croisées, en essayant d'imiter la position de son hôte.

– Je viens parce que je suis à la recherche de ma mère… c'est une de vos disciples.

– Loreta.

Adela hocha la tête.

– J'habite en Floride et je suis venue la voir, mais elle a demandé un congé il y a trois jours, et personne ne sait où elle a bien pu aller… Peut-être que vous… on m'a dit que vous étiez très proches. Et qu'elle parlait d'aller un jour au Japon ou au Tibet ou, je crois… en Alaska.

L'éclairé sourit. Sa cicatrice se tendit mais il exhiba une dentition parfaite.

– Elle voulait aller au Japon… à Kyoto, pour voir le temple aux mille statues, le Sanjūsangen-dō… une merveille de foi et d'habileté humaines… Loreta est une femme à fort caractère. Nous parlions souvent… de notre philosophie. Elle voulait toujours apprendre. Vaincre l'ignorance, comme nous disons.

– Désolée, je ne connais pas grand-chose au bouddhisme. Elle parlait de libération… de parcours spirituels… Elle ne vous a pas dit pourquoi elle partait ni où elle allait ?

Il sourit à nouveau.

– Non… Elle est passée me dire qu'elle partait et je ne lui ai pas demandé où ni quand elle reviendrait. Je n'avais pas le droit de le faire. La vie individuelle de chacun mérite le respect des autres. Chaque personne est responsable de ses actes… Je peux juste te dire que Loreta m'a avoué plusieurs fois qu'elle avait envie d'une autre vie. Elle ne parlait pas d'une renaissance bouddhiste. Elle parlait de cette vie, de changer quelque chose de cette vie… Et cela peut inclure un départ. Pour le

Japon, le Tibet. Ou Seattle, qui est à côté. Mais aussi rester sur place…

– Elle n'était pas heureuse à The Sea Breeze ?

– Si… elle disait qu'elle avait trouvé l'endroit du monde le plus équilibrant pour elle… Mais même ainsi, elle n'était pas contente d'elle. Et il y a eu la maladie et la décision de sacrifier ce cheval…

– Ringo.

– Ringo. Nous avons parlé de tout ça au téléphone. Plusieurs fois. Ç'a été très dur pour elle… la souffrance, c'est toujours dur.

– Et Loreta vous a-t-elle parlé de sa vie passée ? Quelque chose de grave est arrivé, qui a un lien avec moi et avec le passé de ma mère.

L'éclairé fit glisser la paume de ses mains de ses cuisses aux genoux et répéta le geste plusieurs fois avant de répondre.

– Quelque chose de grave ?

– Oui. Pour moi… et je crois que pour elle aussi.

Il se frotta encore les cuisses.

– Je ne crois pas trahir la confiance de Loreta ni violer son intimité. Tu es sa fille et… Loreta m'a raconté une fois qu'elle était convaincue d'avoir vécu d'autres incarnations. Il y a beaucoup d'escrocs qui mentent et prétendent avoir eu ce genre d'expérience, mais il existe aussi des gens très spéciaux, qui éprouvent cette perception pour de vrai… Est-ce qu'elle m'a menti ? Non, je ne crois pas… Ou alors elle mentait très bien… – Il fit une pause. – Elle croit que, dans une de ces vies, elle a eu un lien avec la mort de quelqu'un… Et elle m'a raconté qu'elle avait passé les trente premières années de sa vie en étant une certaine personne, et qu'un mauvais karma, en partie fabriqué par elle, l'avait obligée à vivre une autre existence… celle qui est la sienne aujourd'hui.

– La mort de quelqu'un ? Elle vous a parlé de Cuba ? – Adela essayait de cerner l'information. Dans les vies réelles ou imaginaires vécues par Loreta, entre vérités possibles et affabulations supposées, cette nouvelle donnée était inquiétante et pouvait être liée à ce que la jeune femme avait découvert ou était en train de découvrir à propos de la vie de sa mère. Est-ce que ses disparitions s'expliquaient par un acte aussi grave que celui d'avoir causé la mort de quelqu'un ? Le dénommé Walter, qui avait photographié le groupe, ne s'était-il pas suicidé ? Mais pour quelle raison ? Est-ce que tout cela, si l'on prenait en compte cette mort, pouvait expliquer sa rupture radicale avec Cuba et avec tout ce qui la reliait, d'une façon ou d'une autre, à son passé ? Où étaient la vérité et le mensonge dans ce que Loreta pouvait raconter de ses autres « vies » ? Adela se sentait incapable de préciser quoi que ce soit.

– Elle m'a seulement dit qu'elle venait de Cuba et qu'elle préférait ne pas parler de son pays. Que cela lui faisait mal et qu'elle l'avait enterré… le pays, je veux dire… et avec lui, son passé. Ce qui peut être une sage décision. Le grand enseignement de Bouddha, c'est que la seule façon de se libérer complètement de la souffrance est de se libérer radicalement du désir ; et le moyen d'y parvenir, c'est d'exercer son esprit pour vivre la réalité telle qu'elle se présente. Je sais que ce n'est pas facile… L'un des dépassements les plus importants que nous indique Bouddha est justement celui du passé, parce qu'il a déjà été vécu, bien ou mal, il est écoulé et il n'est pas réparable. Et, en même temps, ne pas essayer de prévoir l'avenir… puisqu'il n'a pas encore eu lieu, et que vouloir le prédire est une source d'anxiété, et que l'anxiété génère de la souffrance. C'est pour ça que j'ai encouragé Loreta dans cette voie, celle du voyage spirituel… et je me demandais toujours si ce qui lui faisait mal, c'étaient les souvenirs ou la nostalgie ou la culpabilité. Ou la haine. Qui est un sentiment que les Cubains entretiennent souvent. – L'éclairé fit une pause et Adela attendit. – Je lui ai posé la question une fois, car la méditation nous aide justement à nous débarrasser de ces fardeaux… D'après ce qu'elle disait, elle en traînait encore beaucoup dont elle avait besoin de se défaire. Et avant de découvrir les enseignements du Bouddha, elle traitait tous ces tourments par la négation, le rejet, la violence parfois…

Adela hocha la tête.

– J'ai bien peur que Bouddha n'ait pas pu faire grand-chose pour elle.

L'éclairé eut un sourire.

– Eh bien moi, je crois que si… En y pensant, je crois que sa façon d'être était une réaction face à l'exil… Tous les exils ont une part traumatique. Pour beaucoup de gens, quitter sa terre pour arriver sur une autre, c'est abandonner une vie et en trouver une différente, déjà commencée, qu'ils doivent apprendre à construire depuis le début et cela peut être la source de nombreux conflits mentaux… Mais, tu sais quoi ? J'ai parfois douté que Loreta soit vraiment venue de Cuba…

– Pourquoi ?

– Moi aussi, j'ai vécu en Floride et je connais un peu les Cubains. Dans mon autre vie… – Il montra la cicatrice sur son visage. –… ta mère ne leur ressemble pas.

– Bon, il y a Cubains et Cubains… Elle ne vous a pas parlé de moi ?

– De toi… elle m'a dit qu'elle t'aimait beaucoup…

– Rien d'autre ?

– Qu'elle s'inquiétait pour toi… Mais Loreta me confiait des sentiments, jamais des histoires. J'ignore les raisons de son inquiétude… Tout comme j'ignore son lien avec une mort… Je te l'ai déjà dit, la méditation aide à bonifier les sentiments. Méditer nous aide à changer le pôle de nos énergies, et j'étais content de pouvoir y contribuer. Je crois que ta mère essaye de dépasser son ignorance, même si elle ne prétend pas à la sagesse. Peut-être a-t-elle perdu l'ambition. Mais elle cherche une libération. Pour trouver la plénitude du présent. Et elle rêve de ce parcours spirituel…

Adela hocha plus fort la tête. L'image que sa mère avait donnée d'elle à cet homme auquel elle faisait confiance et se livrait spirituellement correspondait à ce qu'elle était. Du moins à ce qu'Adela croyait savoir d'elle. Plus d'une fois, elle l'avait entendue dire que la seule chose qu'elle ne regrettait pas, c'était d'être mère : elle aurait voulu changer tout le reste. Elle-même, disait-elle souvent, était une énorme erreur. Et elle répétait toujours le mot : liberté, *freedom*. Était-ce pour cela qu'elle s'était exilée ?

– Ma mère et moi avons une relation compliquée… je crois que vous la connaissez mieux que moi… Donc… aucune piste ?

– Désolé, aucune piste. Aucune de celles que tu cherches… Mais, si tu sais écouter, je t'en ai dit beaucoup.

Adela acquiesça encore. Que savait-il vraiment et que lui cachait-il ? Tout son prosélytisme bouddhiste lui semblait un bouclier pour échapper à son enquête. Et elle hésita à lui poser la question qui commençait à la tourmenter. Elle se lança.

– Et vous croyez que… il lui est arrivé, pour accéder à une autre de ses vies, à la renaissance bouddhiste… ou que sais-je… vous pensez que Loreta aurait pu envisager un suicide ?

L'éclairé retrouva le sourire. Adela sentit que cela avait été une réaction franche, sans arrière-pensées, et elle en fut immédiatement soulagée.

– Je vois qu'en effet tu connais bien mal ta mère. Je ne me demanderais jamais une chose pareille. Pas s'agissant de Loreta. Elle se voit comme une survivante. Et si elle traîne une ignorance, un chagrin, une erreur… ou plusieurs… elle les traînera jusqu'à la fin ou jusqu'à ce qu'elle s'en libère. Je ne crois pas que Loreta Fitzberg pense à en finir physiquement. Et si elle veut en finir avec certaines choses, ce n'est pas dans le sens où tu me l'as demandé.

Adela médita les paroles de « l'indicateur de chemins ».

– Vous croyez qu'elle est retournée à Cuba ? – C'était une hypothèse qu'Adela n'avait pas envisagée jusque-là.

– C'est possible. Tout est possible.

– Et si c'était elle-même qu'elle voulait fuir ? Et si elle avait vécu sa vie actuelle comme une fuite ? Et si pour cesser de fuir autant, elle avait voulu se débarrasser de ce qui la poursuivait, parce qu'il n'y a pas de refuge possible pour certaines persécutions ?

– J'en reviens au même point : tout est possible, dit sans se mouiller l'homme à la cicatrice et à la tunique safran. Et il se massa de nouveau les cuisses avant d'ajouter : Tu as beau avancer, tu as beau t'éloigner, ton enfer personnel te suit partout. Tu peux te défaire de certains fardeaux, mener une vie meilleure dans un meilleur endroit, tenir à distance les mauvaises énergies. Bouddha est un bon chemin. D'autres croient en Dieu et au ciel, certains à la société égalitaire… Mais il existe pour tous des chagrins et des culpabilités indélébiles et, éventuellement, tu peux apprendre à vivre avec. J'ai dit quelque chose de ce genre à Loreta la première fois où nous avons parlé…

Adela retourna au ranch sans réponses à beaucoup de ses questions, ou peut-être avec toutes les réponses, se dit-elle en repensant aux dernières phrases de l'éclairé. Mais elle revenait aussi avec une conviction : ce salopard d'éclairé en savait beaucoup plus que ce qu'il disait. Ce type était glissant comme une couleuvre.

Comme c'était encore pendant les heures de travail, elle put garer sa jeep de location sans croiser personne. Elle se rappela alors que cela faisait des heures qu'elle avait envie de fumer et elle prit le sentier dans le bois qui menait au bras de mer. C'était marée basse et les mouettes faisaient leur razzia de poissons et d'huîtres.

Adela vit dans le ciel, toujours dégagé, le vol imposant de deux aigles à la recherche de saumons échoués. Tout en fumant, elle se dit que, avec tout ce qui se bousculait dans sa tête, ce n'était peut-être pas le meilleur moment pour parler avec Bruno Fitzberg. Dans la solitude de la forêt nordique où la vie pouvait se montrer si simple et si cruelle, si sincère et si dramatiquement équilibrée, où chacun occupait encore la place qui lui revenait dans une organisation qui préservait sa logique essentielle, elle sentait paradoxalement qu'elle se trouvait sur le meilleur tremplin possible pour sauter dans le vide. Elle était comme l'aigle que, en accord avec la place qu'il occupait dans l'ordre naturel, elle vit descendre jusqu'à la surface pour remonter en tenant un énorme saumon entre ses serres. Ou bien était-elle plutôt le saumon ? Était-elle affectée par le puissant sortilège de l'endroit ? Sa mère aussi avait-elle éprouvé ce sentiment dans ce paisible bout du monde qu'elle avait considéré comme son paradis et où il était si facile de se sentir en communion avec la nature et l'éternité ? Qu'était-il arrivé à Elisa Correa, quels étaient ses chagrins, ses fardeaux et ses fautes, l'enfer personnel qu'elle fuyait depuis vingt-six ans, en essayant de s'en libérer ?

– Papa, est-ce qu'on peut se parler ?

– Mais oui, bien sûr… mais… si ce n'est pas trop urgent, je préfère te rappeler dans dix minutes. *Va bene ?*

– *Va bene*, dit-elle avant de raccrocher.

Adela se demanda ce que pouvait bien être en train de faire Bruno Fitzberg pour lui demander dix minutes. Il était sept heures du soir à New York et peut-être rentrait-il du travail. Depuis qu'il vivait seul, quand il n'avait pas envie de faire la cuisine, il passait fréquemment par le restaurant dominicain à l'angle de la West 157th et Broadway, où l'on vendait des boules de manioc, des kebbé, des empanadas et, bien entendu, du riz aux *habichuelas*, le mot utilisé par les natifs d'Hispaniola pour désigner les haricots rouges. De plus, c'était là que travaillait une Dominicaine du nom de Marisley, qui avait la quarantaine et un cul d'anthologie, et était fière de ses cheveux défrisés à coups de produits chimiques, qu'Adela soupçonnait (faisait plus que soupçonner depuis qu'elle avait vu la plaquette de Viagra dans l'armoire de toilette de son appartement) de ne pas donner à Bruno seulement de la nourriture pour l'estomac. Il lui arrivait aussi d'acheter des provisions au supermarché à l'angle de la West 149th Street et Broadway et il se préparait un plat à base de bœuf ou de porc, car il y avait longtemps qu'il avait renoncé aux interdictions dictées par ses origines religieuses. L'endroit qu'il préférait dans le quartier était ce que ses voisins appelaient le « jardin communautaire », un petit espace arboré avec des bancs et des tables en bois où, quand il n'y avait pas de parties de domino, on pouvait même entendre le chant des oiseaux au beau milieu de la bruyante Manhattan. Il venait parfois s'y asseoir et boire un verre de rhum (ou deux, ou trois…) avec son compatriote Edgardo Sguiglia et son ami, l'acteur dominicain Freddy Ginebra.

Dans le quartier de West Harlem où Bruno habitait depuis trente ans, où Adela avait grandi, le fait d'être argentin ou dominicain ou cubain n'était ni un handicap ni un avantage : ses voisins, blancs, noirs, asiatiques, latinos, venaient des quatre points cardinaux de la planète et chacun se sentait chez lui. Excepté quand les Dominicains qui étaient majoritaires faisaient la fête et que le rythme du merengue envahissait les rues du quartier et que les autres habitants avaient envie de disparaître ou de voir tous les Dominicains disparaître de la surface de la planète Terre. Bruno Fitzberg se sentait-il seul au milieu de tout ce monde ? Adela pensait que oui, et elle souffrait de la solitude de celui qui, jusqu'à il y a quelques heures, avait été son père et qu'elle continuait à aimer comme s'il l'avait vraiment été. De fait, se dit-elle, c'était la personne qu'elle aimait le plus au monde, sans compter Marcos bien sûr, qu'elle aimait d'une autre façon. Qu'est-ce que Bruno Fitzberg savait et ne savait pas ? Connaissait-il l'identité de son vrai père ? Les trompettes familiales de son portable la tirèrent de ses réflexions et elle décrocha.

– Désolé, ma chérie, j'étais dans la rue.

– Tu faisais quoi ?

– Je m'occupais du dîner… Il y avait du chevreau en sauce chez les Dominicains…

– Tu adores le chevreau de Marisley…

– Et il se marie très bien avec une bouteille de malbec… Le gros Edgardo et Freddy el Loco vont venir le goûter… J'aimerais que tu sois là toi aussi, petite… tu me manques.

– Et moi, je t'aime. Tu sais ça ?

– Bien sûr que je le sais…

– Je veux dire que je t'aime vraiment, vraiment… Et que je voudrais bien être avec toi, t'accompagner.

Il garda le silence avant de répondre.

– Je sais, je sais… mais dis-moi ce qui se passe, ma chérie.

Adela ne retarda pas son saut dans le vide.

– Je veux que tu me dises qui est Elisa Correa. Et que tu me dises pourquoi, si tu n'es pas mon père biologique, ni toi ni elle ne me l'avez jamais dit. Je suis allée au ranch pour la voir, mais Loreta a disparu. Encore une fois…

Le silence de Bruno Fitzberg dura si longtemps qu'Adela craignit que la communication ait été coupée.

– Papa ? Papa ?

– Je suis là, ma chérie… Bon… le moment est donc arrivé. Et comme toujours ta mère laisse les autres dans la mouise… elle s'enfuit et elle croit tout résoudre comme ça… Elle balance la merde dans le ventilateur en espérant qu'il lui rendra de l'air frais… Bon, mais on ne va pas en parler comme ça au téléphone… Je te rappelle pour te dire à quelle heure j'arrive à l'aéroport de Tacoma demain.

Adela passa toute la nuit et la journée du lendemain à réfléchir à ce qu'elle pourrait dire à Bruno Fitzberg. Et elle se rendit compte qu'elle avait très peur. Mais elle avait besoin de la vérité : c'était seulement ainsi qu'elle pourrait éclairer les méandres de son passé et peut-être programmer sa vie à venir. Soucieuse de trouver pour son père un endroit neutre ou propice, elle chercha dans le guide de Tacoma un restaurant argentin tenu par des Argentins et réserva une table pour sept heures du soir.

Sur le trajet entre l'aéroport et la ville, Adela fit en sorte de ne pas brusquer les choses et se contenta de poser à Bruno des questions sur son travail, sur la retraite qu'il évoquait, sur son désir exprimé dans leurs dernières conversations de retourner pour la première fois depuis plus de dix ans dans ce pays lointain appelé l'Argentine, le même dont il était parti épouvanté par la capacité des êtres humains à créer de la terreur et où il n'était revenu que pour y amener quinze jours sa fille adolescente. Bruno adorerait, s'il y retournait enfin, qu'Adela fasse à nouveau ce voyage avec lui.

– En fait, j'ai peur de tout… je crois même que j'ai plus peur qu'avant. Je sens que je ne suis plus de là-bas, mais qu'aussi je ne peux être de nulle part ailleurs. Là-bas, j'ai plus de morts que de vivants. Inutile de te le rappeler : mes parents, en plus de mon frère et de mon cousin assassinés par les militaires. Et puis ma sœur, ta tante Martina, qui avait le cœur fatigué, la pauvre. Mais tu sais quoi ? La tante de Córdoba vit toujours, tu te rappelles ? Celle qui paaaarle en allongeant les aaaaaa. Elle a quatre-vingt-dix ans. Ah, ma chérie, quelle tristesse… Ici, je ne sais pas bien d'où je suis. Là-bas, je suis sûr que je ne le saurai jamais.

– Des fois, ça m'arrive à moi aussi… dans ton cas, je comprends, mais pourquoi dans le mien ?

Le restaurant se voulait authentique au point de s'appeler La Pampa, ce qui éveilla la méfiance de Bruno, malgré les garanties offertes par Adela.

– *Che*… de la vraie viande argentine ? demanda Bruno, avec son plus pur accent de Buenos Aires, quand le serveur s'approcha.

– Tu as ma parole, lâcha l'autre, qui avait l'âge de Bruno.

– Tu es de Buenos Aires ?

– La Boca…

– Je m'en doutais… Je te préviens, moi je suis supporter de River… *che*, donc ce n'est pas vrai que, depuis quinze ans, le gouvernement d'ici a interdit d'importer de la viande de là-bas ?

Le serveur sourit. Et Bruno eut le soupçon que tout ce qu'il y avait d'argentin dans cet endroit, c'était le serveur, de Buenos Aires et de la Boca.

– Hé, si tu le sais, pourquoi tu demandes ? Tu es con ou tu ne sais toujours pas que, dans ce pays, tout est bidon ?… Mais bon, je peux te garantir que c'est la meilleure viande qu'on trouve en ville. Elle n'est pas argentine, mais, allez, on va dire qu'elle n'en est vraiment pas loin.

– Si tu me le jures sur la tête de ta mère…

Le serveur sourit à nouveau et Adela eut l'impression d'être en train de regarder un film des années 40.

– Et sur la mémoire de Gardel, sur la main de Maradona et sur la tête du pape François, tant que tu y es. Un super type, le pape, non ?… Je t'assure que c'est vraiment la meilleure viande du coin…

– Alors, un asado pour deux… bien servi… je n'ai rien avalé depuis ce matin.

– Boudin et chorizo ?

– Mais pas d'abats… même si tu me les garantis et me jures sur… Et un malbec de Mendoza. Je te fais confiance, le prix je m'en fous.

Le serveur sourit un peu plus et regarda Adela. Il se dit peut-être que le vieux avait dragué cette beauté aux lèvres pulpeuses, et le sous-entendu n'échappa pas à Bruno.

– La gamine, c'est ma fille… Allez, bouge-toi…

– C'est comme si c'était fait.

Adela et le serveur se mirent à rire, et Bruno se joignit à eux. Après le départ de l'employé, Bruno regarda sa fille et haussa les épaules, l'air de dire : c'est plus fort que moi.

– Vous, les Argentins, quand vous vous rencontrez… vous devenez encore plus argentins, non ?

– C'est une tare nationale. Et il faut faire gaffe, parce que la seconde personne qu'un Argentin a envie de faire chier, c'est toujours un autre Argentin. La première, c'est un Uruguayen.

– J'adorerais vraiment y retourner avec toi, un jour…

Bruno hocha la tête et soupira.

– Oui, il faudra qu'on y aille… même si tout fout le camp là-bas. – Il ferma les yeux, en appuyant sur ses paupières avec le pouce et l'index. Quand il eut retiré sa main, il commença. – Ma chérie, ça fait vingt-six ans que je répète ce discours. Et je peux te dire que des versions, j'en ai imaginé à la pelle… Depuis hier, je n'arrête pas de corriger la dernière que j'ai dans la tête et c'est un très mauvais roman, mais c'est le seul qui me vient, et le seul qui est vrai. Du moins la vérité pleine de trous que moi, je connais. Et ce que je sais d'autre, professionnellement parlant, c'est que ta mère est capable d'agir comme une menteuse compulsive. Et le pire, c'est que cliniquement c'en est une.

Comme le reste des participants au congrès organisé par la Northeastern University de Boston, Massachusetts, Bruno Fitzberg, ce 6 avril dans l'après-midi, était invité à faire une visite guidée des sites historiques de la ville coloniale, l'un des berceaux de l'indépendance nord-américaine. L'excursion comprenait la visite de bâtiments vétustes, très anciens, certains datant de plus de trois cents ans, affirmaient fièrement les organisateurs. Au moment où il s'apprêtait à monter dans l'autobus, Bruno se dit qu'il faisait trop froid pour une Histoire aussi courte et décida d'aller voir plutôt du côté du Museum of Fine Arts, où pour diverses raisons il n'avait pas pu aller lors de ses précédents séjours à Boston. Il savait, comme tout le monde, que le splendide bâtiment néoclassique abritait l'une des plus importantes collections de peinture française du XIXe siècle, en particulier tout ce qui était proche de l'impressionnisme, c'est-à-dire justement la période de l'histoire de l'art qui lui plaisait le plus et faisait qu'Orsay était son préféré parmi tous les musées du monde. La possibilité de contempler d'un seul coup plus de trente Monet, des peintures et des sculptures de Degas, des œuvres de Renoir, Millet et Gauguin lui semblait une meilleure façon d'employer son temps, tout en se mettant à l'abri du vent glacé de l'Atlantique Nord.

C'est pour toutes ces raisons précises que Bruno Fitzberg se retrouva à arpenter, cet après-midi-là et pas un autre de tous les après-midis du monde, les salles de peinture européenne du musée et que, devant un tableau de Renoir, il tomba sur une jeune femme totalement absorbée dans sa contemplation, les cheveux châtains, un manteau rouge en laine trop serré pour sa grossesse déjà avancée.

Ce fut elle qui engagea la conversation. Elle fit un commentaire apparemment fortuit pour exprimer son admiration devant tant de liberté dans la composition et l'usage des couleurs, et la sensation de vie qui s'en dégageait, et ils échangèrent deux ou trois commentaires pour dire à quel point ils aimaient Renoir. En entendant son accent, il se dit qu'elle devait être britannique, mais il n'en était pas sûr et il osa le lui demander. Elle répondit : « Moi, je ne suis de nulle part. » Et cette réponse trop cérébrale, prétentieuse et énigmatique, mais qui ne déplut pas à Bruno, comme si elle avait été dite par un personnage de García Márquez arrivant à Macondo, faillit conclure cet échange, qui n'était encore qu'une simple rencontre sans conséquences.

Souriant à la réponse de la jeune femme, Bruno s'apprêtait à poursuivre sa visite quand il lut que cette toile de Renoir, intitulée *Le Déjeuner des canotiers*, avait été prêtée pour être exposée au Fine Arts de Boston par la Phillips Collection de Washington, alors qu'il aurait juré l'avoir vue à Orsay. Il se remit alors à examiner le tableau, et il finit par comprendre qu'en fait il ne l'avait vue auparavant dans aucun musée, mais qu'il l'avait confondue dans ses souvenirs avec le *Bal du moulin de la Galette*, une autre des œuvres majeures du peintre, qui l'avait tellement enthousiasmé quand il l'avait vue à Paris.

Ce qui arriva dans les minutes qui s'écoulèrent entre la réplique prétentieuse de la jeune femme enceinte et la révélation qu'il avait mélangé dans son esprit deux œuvres de Renoir d'inspiration proche, mais, surtout, la façon dont la rencontre fortuite de deux personnes devant une peinture allait avoir des conséquences pour les mois et même les années à venir, fit que le psychanalyste n'allait jamais arrêter de se demander ce qui serait advenu de sa vie, de celle de la jeune femme et de l'enfant qu'elle portait s'il n'avait pas décidé d'aller au musée plutôt qu'à la visite historique. Et si, par un drôle de hasard, *Le Déjeuner des canotiers* n'avait pas été prêté à Boston par la Phillips Collection et si lui ne s'était pas attardé pour lire la notice au pied du tableau qui n'avait jamais appartenu à Orsay, ce qui signifiait que c'était la première fois qu'il avait la possibilité d'observer de près, et dans toute sa splendeur, l'œuvre originale. Et, bien entendu, il n'arrêterait pas de se prendre la tête en se demandant si quelque chose de tout cela serait arrivé s'il n'avait pas entendu, au moment où il s'éloignait pour la seconde fois de l'œuvre et de la salle, la jeune femme enceinte au manteau rouge trop serré dire :

– La jeune femme accoudée à la balustrade, c'est moi.

Bruno sentit une décharge dans la nuque. Il se retourna et regarda la femme enceinte, puis à nouveau le tableau, et sourit. Qu'une jeune femme de 1990 prétende avoir son portrait sur un tableau de Renoir peint plus d'un siècle plus tôt était moins un trait de snobisme qu'une fanfaronnade ou le signe d'une possible folie, même si Bruno, qui s'y connaissait en altérations de la psyché humaine, opta pour la première hypothèse quand il eut observé attentivement la jeune femme et constaté que, en effet, elle ressemblait au personnage féminin sorti du pinceau du maître.

– Ne me regardez pas comme ça, monsieur… vous ne croyez pas à la réincarnation ?… Cette jeune femme c'est moi, dans ma vie antérieure, et ces autres hommes et femmes ont été mes amis dans cette même vie antérieure, et j'en ai retrouvé plusieurs dans celle-ci.

Amusé, Bruno décida d'aller dans son sens.

– Et vous vous souvenez de vos vies antérieures ?

– De chaque minute de chacune des vies…

– Ça doit être terrible. – Il décida de rentrer un peu plus dans son jeu. – Comme dans *Funes ou la Mémoire*, le récit de Borges… Et comment vous appeliez-vous dans cette autre vie ?

Cette fois, la jeune femme réfléchit un instant avant de répondre.

– Aline… comme la fille qui allait être l'épouse de Renoir.

– Et comment vous appelez-vous maintenant, dans cette vie ou cette incarnation ?

La jeune femme réfléchit à nouveau.

– Loreta Aguirre Bodes.

– Avec un nom pareil, vous n'avez pas l'air très française…

– Peu importe… dans chaque réincarnation, ou plutôt renaissance, on est ce que l'on est, et non ce que l'on a été.

– Avec un nom pareil, si ça se trouve, dans cette vie vous parlez espagnol.

Loreta sourit.

– Oui, dit-elle en changeant de langue. Et vous ?

– Aussi. Et moi, je sais d'où je viens : je suis argentin. Même si je ne le pratique pas. – Il rit. – Et je m'appelle Bruno Fitzberg et… j'ignore si je suis une réincarnation ou une renaissance…

Loreta et Bruno visitèrent ensemble le reste des salles consacrées aux impressionnistes, ils évoquèrent la délicatesse de Degas, la pureté de Monet, l'énergie des coups de pinceau de Van Gogh et le mystère joyeux des toiles colorées de Cézanne, et quand Loreta sentit la fatigue due au poids supplémentaire qu'elle portait, elle accepta l'invitation de Bruno d'aller prendre un café au restaurant du musée. Oui, elle avait besoin d'aller faire pipi et de s'asseoir. Les envies d'uriner se faisaient tous les jours plus fréquentes et elle avait les jambes enflées… Je suis horrible, dit-elle tout en touchant son ventre volumineux et en l'avertissant qu'elle en était au huitième mois.

Assis à une table devant une tasse de café, ils discutèrent un moment de l'impressionnisme (elle en savait plus que lui sur les artistes), du bouddhisme et des réincarnations (ils avaient tous deux des connaissances basiques sur la question) et, sur l'insistance de Bruno, qui n'avait rien d'autre à faire, ils finirent par dîner au même endroit. Au cours des deux heures de conversation, le psychanalyste argentin de passage à Boston apprit que la fille enceinte était née à Cuba et avait vécu plusieurs années à Londres, où elle avait suivi des cours d'arts plastiques et visité un grand nombre des magnifiques musées de la ville. Loreta lui avoua aussi que cela faisait à peine un mois qu'elle était aux États-Unis, et qu'elle avait été accueillie par une amie anglaise qui faisait un doctorat à Harvard.

– Et votre mari ?

– Il n'y a pas de mari.

– Et ça ? – Il montra son ventre.

– Production indépendante.

– Un ami qui figure sur le tableau de Renoir ?

Ils rirent.

– Peut-être, dit-elle.

Il faisait nuit de bonne heure sous ces latitudes et, quand ils sortirent dans la rue, il tombait une pluie fine. En ce mois d'avril, le printemps bostonien était encore très froid et les arbres toujours dénudés, attendant un signe du climat pour que leur biologie leur ordonne de déployer leurs feuilles et de fleurir. Bruno, dont l'hôtel était seulement à deux rues du musée, décida de prendre un taxi pour accompagner Loreta jusqu'à son logement, dans son état cela pouvait être dangereux de marcher dans des rues glissantes. Quand ils prirent congé, Bruno donna son téléphone à Loreta et elle lui promit que, si elle venait à New York, elle l'appellerait. Pour sa part, Bruno Fitzberg emporta aussi quelque chose de moins concret et de beaucoup plus inquiétant : la vague idée absurde d'avoir rencontré dans la réalité un personnage sorti d'un tableau de Renoir, car dans son souvenir il revoyait Loreta Aguirre Bodes, alias « Aline », de façon diffuse. Son image était à la fois complète et floue, inachevée, avec une beauté singulière même s'il lui était impossible de définir précisément tous ses traits : avec la sensation que la jeune femme pouvait aussi bien être réelle qu'échappée d'une fiction ou d'un tableau. Et avec la conviction, à ce moment, qu'il ne la reverrait jamais en dehors d'un chef-d'œuvre de Renoir.

Six mois plus tard, c'était déjà l'automne à New York et le Metropolitan Museum présentait une grande expo de l'école impressionniste. Bruno Fitzberg, qui avait à peu près oublié la sympathique, cultivée et à la fois prétentieuse jeune femme enceinte rencontrée à Boston, attendait le meilleur moment pour aller voir l'exposition. C'est alors, le 8 octobre au soir, qu'il reçut le coup de téléphone : Loreta Aguirre Bodes serait le lendemain à New York et avait l'intention d'aller voir les impressionnistes au Metropolitan. Voulait-il l'accompagner ? Ils se donnèrent rendez-vous à trois heures sur les marches du musée : Bruno irait réserver les billets à la première heure pour éviter la queue.

Loreta portait en écharpe, dans ce qui ressemblait à un grand tee-shirt, sa fille, née quatre mois plus tôt : « Je te présente Adela », dit-elle à Bruno. C'était un bébé magnifique, en bonne santé, avec d'immenses yeux noirs et des lèvres bien dessinées. Loreta et Bruno se saluèrent d'un baiser sur la joue, comme si leur unique contact les avait menés à ce niveau d'intimité, et Bruno eut la conviction que, sans le savoir, il avait attendu, avec une impatience dont la magnitude lui apparaissait seulement maintenant, d'improbables retrouvailles avec la jeune femme floue. Il avait dû mordre à un hameçon et, en voyant Loreta, il sentit le fil se tendre fortement. Même si Bruno avait très envie de parler, durant les quatre-vingt-dix minutes de la visite des salles, ils évoquèrent seulement les œuvres et il fut à nouveau surpris par le savoir accumulé par la jeune maman sur le monde esthétique des impressionnistes, parmi lesquels elle distinguait Monet, Renoir et Manet, mais détestait – c'était son terme – Gauguin. De Van Gogh elle aimait les portraits et les ciels, et de Cézanne le dramatisme des couleurs. Il apprit rapidement que Loreta, en plus d'avoir étudié les arts plastiques, avait pratiqué l'équitation durant ses années londoniennes, mais qu'une fois à Cuba elle avait opté pour l'école vétérinaire. Avec tout ça, Bruno comprenait mal comment une jeune femme de la Cuba révolutionnaire qui n'était pas exilée avait pu vivre des années à Londres et même monter à cheval, et Loreta lui dit que Cuba était plus complexe qu'un slogan, mais qu'il s'agissait d'un sujet dont elle ne voulait pas parler : c'était pour cela qu'elle s'était réfugiée aux États-Unis. « Tu t'es enfuie de Cuba ? » « Oui, d'une certaine façon, je me suis enfuie… Avec Adela à l'intérieur de moi. »

Au sortir du musée, Loreta proposa à Bruno d'aller jusqu'au Dakota Building, là où John Lennon avait vécu et devant lequel l'ex-Beatle avait été assassiné. Bruno n'avait pas en tête que l'on était le 9 octobre, le jour de l'anniversaire du musicien, et Loreta voulait connaître l'endroit et, si c'était possible – ce fut possible – déposer sur le trottoir une fleur près de la montagne de fleurs et de bougies placées là en mémoire de l'homme qui, lui rappela Loreta, avait affirmé que le bonheur est un pistolet chaud.

Bruno connaissait un restaurant de Greenwich Village qui lui plaisait beaucoup : il s'appelait le Blue Smoke, la viande qu'ils vendaient comme argentine était vraiment argentine, et il y avait toujours une table pour lui. Et c'est là que dînèrent ce soir-là Loreta, Bruno et Adela, qui, entre l'entrée et le plat principal des grands, téta pour sa part les seins de sa mère, et Bruno pensa à la plaisanterie : « Petite, je t'échange ton repas contre le mien. » À dix heures du soir, sans avoir bu d'alcool et sans beaucoup de paroles ni d'explications, tous les trois entrèrent dans l'appartement de West Harlem où, cette nuit-là, Loreta et Bruno feraient l'amour pour la première fois et où, dans les années suivantes, grandirait Adela.

Durant les jours qui suivirent cette rencontre new-yorkaise où tout s'était noué, tandis que Loreta décrochait le poste d'auxiliaire dans une clinique vétérinaire de Brooklyn qui était la raison pour laquelle elle était venue à New York, Bruno Fitzberg allait découvrir les possibilités, potentialités, dépendances insoupçonnées d'une relation sexuelle très satisfaisante, chaude et pleine d'imagination, terriblement addictive, tout en nouant des liens personnels avec une jeune femme énigmatique et une petite fille très belle qui lui procuraient un équilibre qu'il n'avait jamais connu.

Au fil des jours et de l'intimité croissante, Loreta révéla enfin à son amant certaines des raisons, que durant des années il crut véritables, expliquant l'existence d'une Loreta Aguirre Bodes qui s'appelait en fait Elisa Lucinda Correa – Lucinda à cause de sa grand-mère, un prénom réduit depuis son enfance à un simple L. Loreta lui avoua qu'elle avait dû dissimuler sa véritable identité pour pouvoir sortir de Cuba avec le passeport au nom de Loreta muni d'un visa anglais que, des années auparavant, son père lui avait remis. Avec ce passeport (parfaitement authentique, mais avec le nom changé) elle était arrivée à Boston, où elle avait aussitôt demandé l'asile politique aux États-Unis. Elle devait la possession de ce document falsifié à ce que son père avait été un officier supérieur du renseignement cubain qui réalisait ses activités d'espionnage sous la couverture d'attaché commercial de l'ambassade de son pays. Elisa avait vécu à Londres durant six ans avec son géniteur, fréquentant les enfants de la bonne société britannique qui étudiaient la peinture et pratiquaient l'équitation (comme l'amie qui l'avait accueillie à Boston). Et si s'échapper du territoire britannique s'avérait nécessaire, Elisa, son père et sa mère avaient ces autres passeports avec des noms modifiés.

Un an plus tôt, son père avait été impliqué (de façon injuste, selon Elisa) dans le cadre d'une enquête qui visait des dizaines de responsables militaires et policiers de l'île, accusés de délits allant jusqu'à la haute trahison. Les accusations de déloyauté ou de corruption n'avaient pas été prouvées, mais le père d'Elisa avait quand même été dégradé et consigné à domicile, tenu à l'écart de toute activité officielle, même si son nom n'était apparu dans aucun des procès. (Bruno soupçonnait que l'indulgence dont avait bénéficié l'espion se devait à un accord passé en échange de la divulgation de secrets impliquant ses ex-camarades, ou d'autres sombres magouilles, comme c'est souvent le cas dans ce type d'affaires.) Au même moment, le père de la petite Adela, un jeune officier du contre-renseignement cubain qui s'appelait Rafael Suárez del Villar, dont l'arrestation était imminente, s'était suicidé en se jetant du huitième étage (plus ou moins) d'un immeuble.

Une fois ce récit rocambolesque complété, Loreta prévint Bruno qu'elle ne voulait plus jamais lui reparler de cette sombre histoire qu'elle préférait oublier, d'un pan de sa vie et de relations dont elle souhaitait se défaire, d'une existence qui avait été la sienne et ne le serait plus et dont la seule chose qu'il lui restait était sa fille. Une fille sans père, sans patrie, sans passé familial à laquelle elle entendait donner une existence la plus éloignée possible d'une trame néfaste de fidélités troubles et de trahisons réelles ou supposées, dont elle avait coupé tous les fils : renonçant même pour toujours à son propre nom, refusant d'évoquer le moindre souvenir, d'éprouver la moindre nostalgie. Et si elle avait confié à Bruno son histoire, c'était seulement parce que, s'ils décidaient de vivre ensemble, il méritait de savoir qui elle était avant de prendre une décision aussi importante.

Jusqu'à quel point Bruno Fitzberg avait-il cru cette histoire rocambolesque qui, avec du recul, paraissait digne de John Le Carré ? Bruno y avait cru. Ou il avait voulu y croire. Ils étaient en train de vivre les dernières semaines de 1990, au moment où les nouvelles qui parvenaient sur le destin de l'Union soviétique étaient de plus en plus inquiétantes et révélatrices de l'état d'agonie du pays et du projet politique qu'il avait mis en pratique, tandis que des autres pays de l'Est à présent ex-socialistes parvenaient de surprenantes révélations à propos de crimes, de corruption, de flicage, de dissimulations totales de vérités qui commençaient à présent à sortir au grand jour. Et au-dessus de ces histoires dont certaines pouvaient même être barbares planait l'ombre de réseaux d'espionnage les plus variés et étendus mis en place par des organes tels que le KGB et son disciple le plus doué, la Stasi est-allemande. Ou encore les excès de la Securitate de Ceauşescu. Des histoires abracadabrantes que Ian Fleming aurait payé cher pour les offrir à James Bond et Orwell pour les inclure dans *1984* (un livre que Loreta adorait), histoires que l'on pouvait lire tous les jours dans les journaux. Et Bruno avait voulu croire, parce que, indépendamment des jeux politiques, des réseaux d'espionnage, des trahisons programmées, il y avait en lui une force plus puissante et définitive : il était tombé amoureux d'Elisa Correa, qui s'appelait à présent Loreta Aguirre Bodes, et il entendait bien vivre avec elle. Et même si son expérience professionnelle lui disait qu'il s'agissait d'une personne abîmée, les sentiments l'avaient emporté.

Quelques semaines plus tard, dans un tribunal de la ville, Elisa Correa Miranda, alias Loreta Aguirre Bodes, alias Aline dans une autre existence vécue à la *belle époque*, accepta de se passer la bague au doigt et prit le nom de Loreta Fitzberg, tandis que sa fille, reconnue par celui qui était à présent l'époux de sa mère, était légalement rebaptisée Adela Fitzberg, fille de Bruno et Loreta, déclarée née le 27 mai 1990.

Bruno Fitzberg ne pouvait nier qu'il avait été durant des années un homme heureux avec son épouse et sa fille. Et qu'il avait trouvé salutaire, et même satisfaisant pour lui, d'offrir à sa fille un joli conte de fées lui épargnant le poids d'un passé sordide et peut-être traumatisant. C'est pourquoi il ne culpabilisait pas d'avoir menti à Adela. Il avait agi avec la conviction qu'il le faisait pour son bien et, vingt-cinq ans après, devant la jeune femme qui avait enfin découvert une partie de la vérité – ou une partie d'un grand mensonge ? – tout en révélant des secrets lourds et longtemps enfouis, il continuait à se dire qu'il avait fait ce qu'il fallait et il espérait que sa fille – car Adela était sa fille même si elle n'était pas de son sang – le comprendrait. Bruno ne prétendait pas qu'Adela Suárez del Villar Correa, Adela Fitzberg pour l'état civil nord-américain, native de New York, lui pardonne s'il y avait quelque chose à pardonner, mais seulement qu'elle le comprenne. Et que, si elle pouvait, elle continue à le considérer comme son père et à l'aimer comme tel.

Marcos ne se considérait pas lui-même comme un être humain particulièrement simple, même s'il appréciait la simplicité et l'équilibre. Et si durant sa jeunesse à La Havane il avait vécu une vie folle, sans trop réfléchir aux conséquences, cela était dû en bonne partie au contexte environnant qui rendait toute cohérence difficile. Mais l'ingénieur Marcos Martínez, le Lynx, Mandrake le Magicien, adorait en réalité la stabilité, même s'il ne l'avait pas souvent connue.

Peut-être son caractère exigeait-il qu'il sorte du gouffre d'incertitudes où il était tombé. Le manque d'appuis solides, le désir réprimé mais aigu de comprendre, le dévoilement explosif d'un secret qui le faisait réfléchir et réfléchir encore, l'enfonçaient toujours plus dans un état délétère. De plus, il voulait protéger Adela de remous qui menaçaient de l'engloutir, ou l'avaient déjà engloutie. Et le seul bouclier possible était d'en savoir plus, et de faire bon usage de ce qu'il apprendrait.

Même en sachant qu'il désobéissait au souhait d'Adela, la nécessité s'imposa. Le lendemain du coup de fil avec sa mère, il ouvrit sur l'écran de son ordinateur la photo postée sur Facebook et il composa le numéro de son oncle Horacio, à San Juan. Après les politesses d'usage, Marcos n'y alla pas par quatre chemins.

– Donc, tu arrives demain ?

– Oui, je viens pour deux jours. On va se voir, n'est-ce pas ?

– Oui, je t'attends… Au fait, oncle Horacio, tu dis quoi de la photo de groupe qu'a publiée maman ?

– Ça m'a fait penser à des tas de choses… des choses auxquelles j'aime penser et d'autres dont je ne veux même pas me souvenir.

– Quel genre de choses ?

– Plein de choses, soupira Horacio. La mort de Walter… la maladie de Bernardo… la folie dans laquelle j'ai vécu… des histoires de cette époque. Ce que j'étais et ce que je suis. Quand je me vois moi-même, j'ai l'impression d'être quelqu'un de tellement différent de ce que j'ai été. Et je ne sais pas si c'est en bien…

– Pourquoi tu dis ça ? Pour toi, ça va…

– C'est vrai, je ne devrais pas me plaindre. J'ai une bonne vie. Je fais ce que j'aime. Je n'ai presque aucun regret. Dieu m'a protégé… Tu sais que, quand cette photo a été prise, je ne croyais pas en Dieu ?

– Et tu y crois vraiment maintenant ?

– Je pense que oui. Je ne sais pas trop… C'est vrai que je ne mets jamais les pieds dans une église… La physique explique presque tout. Mais pas tout… Tu le sais, toi.

– Et la religion non plus… Même si elle a l'air d'aider beaucoup. Tu savais que mon frère Ramsés était devenu adepte de la *santería* avant son départ de Cuba ?

– Oui, ta mère me l'a dit. Et moi je ne pouvais pas y croire. Mais, apparemment, là-bas c'est presque devenu une mode : tout le monde veut croire à quelque chose. Clara et le pauvre Bernardo aussi sont croyants.

– Ouais, mais en même temps il y en a tellement qui ne croient plus en rien…

– Quand je parle à des gens qui reviennent de Cuba, j'ai l'impression qu'ils sont allés dans un autre pays. Mais c'est vrai que même moi, quand j'y suis allé, je me sentais perdu.

– Parce que c'est un autre pays… Au fait, oncle Horacio, pardon de te poser la question… tu as combien d'enfants ?

Horacio dut être pris de court par la question.

– Ben, deux. Les jumelles… tu le sais bien.

– Tu es sûr ?

– Sûr… Qu'est-ce qui te prend ?

Marcos avait bougé la souris de son portable, cliqué sur l'icône d'envoi et lancé dans le cyberespace une image déjà sélectionnée.

– Regarde sur ton ordi la photo que je viens de t'envoyer…

Dans son accueillante maison d'un quartier résidentiel de San Juan, où à cette heure les minuscules grenouilles coquis coassaient dans le jardin, il ouvrit ses mails, cliqua sur le message de Marcos, puis sur l'image envoyée.

– Ça y est, je l'ai. Ta fiancée, Adela.

– C'est tout ce que tu as à me dire ?

– Qu'est-ce que tu veux que je te dise, Marquitos ? Que ta fiancée est magnifique ?

– Bordel de merde, mais c'est évident ! Tu as une autre fille. Ou alors dis-moi que je suis fou.

– Tu es fou… Écoute, il vaut mieux qu'on en reparle demain quand j'arrive.

– Je t'attends, gant ouvert et main ferme pour te choper au vol… Et ne me raconte pas de salades, s'il te plaît !

– Marcos, tu n'as rien d'un petit con ignorant… mais, dis-moi, tu es sûr de savoir ce que c'est qu'une vérité ?

– La vérité, c'est la vérité. C'est ce qui n'est pas du mensonge.

– Si tu veux… La vérité, c'est ce que l'on croit. Que Dieu existe, par exemple… Moi, tout ce que je vais pouvoir te dire, c'est ce que je crois. Mais rappelle-toi que l'utile et l'agréable ne vont pas toujours ensemble.

Adela terminait de ranger ses affaires dans la petite valise sur le lit de la cabane quand elle se rappela qu'elle avait laissé sa brosse à dents dans la salle de bains. Elle alla la chercher et, une fois devant le lavabo, elle regarda à nouveau son visage dans le miroir. Et une fois encore, elle se demanda qui elle était.

V

QUINTUS HORATIUS

L'action est égale à la réaction. Les actions de deux corps l'un sur l'autre sont toujours égales et de sens contraire.

Troisième Loi de Newton

Quintín Horacio était né à La Havane le 8 novembre 1958 et avait été baptisé ainsi parce que son père était un admirateur d'Horace – Quintus Horatius de son vrai nom –, de ses *Odes* et *Épîtres*, particulièrement l'*Épître aux Pisons*, le célèbre *Ars Poetica*. Son père, Renato Forquet, franc-maçon, libre penseur et expert-comptable, employé d'une entreprise nord-américaine d'import-export basée à La Havane qui lui assurait un excellent salaire, avait quitté Cuba pour les États-Unis le 8 janvier 1960 pour ce qui devait être, selon lui, un bref séjour, le temps que les choses se calment et que la vie reprenne son cours normal, chose qui devait inévitablement arriver, répétait Renato. Il laissait dans sa maison, avec ce qu'il estimait être assez d'argent pour vivre au moins deux ans, son épouse Eslinda et ses enfants Laura (quatre ans) et le petit Horacio. La séparation, qui ne devait durer qu'un temps, était due aussi au fait qu'Eslinda était une métisse suffisamment foncée (ou à peine suffisamment claire de peau) pour être considérée comme noire par les Nord-Américains, avec le risque d'être confrontée à de regrettables réactions de rejet à caractère racial. Il laissait aussi derrière lui sa chère bibliothèque, constituée de quarante ou cinquante volumes, dont beaucoup consacrés à la littérature latine : César, Plutarque, *L'Énéide* de Virgile, et il n'emporta avec lui, dans un exil qu'il ne considérait pas comme un exil, que les œuvres d'Horace.

Le cours des événements ne fut pas celui prévu par Renato Forquet à son départ et son séjour commença à se prolonger. Les mois devinrent des années. Il avait loué un appartement à Miami et, grâce à sa maîtrise de l'anglais, il ne tarda pas à trouver un nouvel emploi de comptable. Il était décidé à continuer d'attendre et à ne pas retourner dans sa patrie tant que la vie n'y aurait pas retrouvé ce qui selon lui devait être son cours normal, ainsi qu'il l'avait dit à son départ. Renato, qui avait fait ses études aux États-Unis à l'orée des années 1950, considérait le communisme comme une aberration politique et pensait que, dans un pays communiste, même s'il était un homme paisible, il ne pourrait avoir que deux destins : la prison ou le peloton d'exécution.

Dix années durant, au travers de lettres qui tardaient à arriver et parfois n'arrivaient pas, et de difficiles et sporadiques coups de téléphone, Eslinda et Renato maintinrent leur relation de couple à distance, jusqu'à ce que la séparation elle-même finisse par les convaincre de l'absurdité de cette situation.

Suivant les instructions de son père, le petit Horacio avait fait des choses peu courantes dans le Cuba des années 1960, comme prendre des leçons particulières d'anglais, des cours de sténodactylo et d'histoire des États-Unis, pour avoir des atouts s'il lui fallait émigrer. Horacio avait grandi avec l'image de Renato Forquet que lui en donnait sa mère, et lisait plusieurs fois chacune de ses lettres, surtout les phrases où il s'adressait à lui pour lui prodiguer des conseils ou des recommandations, ou s'enquérir de ses études. Jusqu'au triste jour où Renato Forquet finit par assumer sa condition d'exilé pour qui le retour serait difficile ou improbable et s'évanouit dans la nature. Le père devint alors un être invisible mais à la présence encore latente, une présence de plus en plus floue, dont son fils n'avait aucun souvenir vivant, juste les images sur quelques photos de sa vie à Cuba et de ses premières années d'exil.

Quand advint le silence de son père, à la fin des années 1960, Horacio se réjouit même de l'évaporation de son géniteur, car sur les questionnaires scolaires qu'il devait fréquemment remplir il put enfin préciser que OUI, il avait de la famille à l'étranger (Père-États-Unis), mais sans peur de mentir, il put ajouter que NON il n'avait aucune relation avec lui, ainsi qu'on l'attendait d'un jeune élève révolutionnaire. Les exilés étaient des apatrides, et la Patrie, incarnée par la Révolution, devait toujours être au-dessus de tout, y compris de la famille.

Quand en 1994 Horacio avait quitté Cuba pour les États-Unis, il avait enquêté sur le destin de son père auprès de quelques vieux résidents cubains de Miami, en particulier des francs-maçons comme lui. Plusieurs se souvenaient de lui, aucun ne savait où le trouver. Ce que peu après Horacio finit par trouver à propos de son géniteur, ce fantôme insondable, aussi féru de littérature latine que rétif à l'idéologie communiste, ce fut une tombe discrète dans un cimetière de Tampa, couronnée d'une plaque presque misérable portant l'insigne maçonnique, et où il était précisé que Renato Forquet Sánchez, père et époux chéri, frère maçon, était décédé en mai 1994 à l'âge de soixante-quatre ans. Trois mois exactement avant qu'Horacio ne quitte l'île et ne se mette à sa recherche dans l'exil. Père et époux chéri de qui, pour qui ? Horacio, qui en tant que physicien empirique essayait toujours de connaître l'origine des actions générant les réactions, regretterait qu'à quelques semaines près il n'ait pas pu savoir le pourquoi et le comment de l'admiration de son père pour un poète latin, et s'il avait vraiment quitté l'île avec la conviction qu'il retournerait y vivre avec sa famille dès que la société aurait retrouvé ce que cet homme devait ou pouvait considérer comme son cours normal. Mais, surtout, il ne saurait jamais si c'était par amour ou par désamour qu'il avait laissé sa femme, pour la protéger ou pour ne pas avoir honte d'elle… et de son fils manifestement métis. Il aurait voulu connaître sa vérité, mais il décida qu'il valait mieux ne pas savoir la façon dont son géniteur avait vécu son exil et si, comme il le soupçonnait d'après l'inscription sur sa pierre tombale, il avait eu une nouvelle famille, ce qui pouvait signifier pour Horacio des frères et des sœurs.

Devant la tombe, le nouvel arrivant eut envie de pleurer, mais aussi de donner un coup de pied dans le monticule : un mélange d'amour, de haine, de ressentiment et de honte faisait osciller ses sentiments d'un extrême à l'autre. Comme des atomes en folie après avoir perdu leur orbite.

Horacio savait, lui, ce qu'était le cours anormal d'une vie, car c'était celui que la sienne avait toujours suivi. Pour un homme tel que lui, avec un quotient intellectuel élevé et une pensée organisée selon des lois inexorables, le monde était – ou devait être – un système logique de causes et d'effets, d'actions engendrant des réactions. Un état à l'intérieur duquel des mots comme *toujours*, *jamais*, *possible* ou *impossible* et *nécessairement* ont d'ordinaire un sens précis et une valeur généralement absolue, pour ne pas dire absolue, disait-il. Et il le savait d'autant mieux que sa propre existence avait été un éternel et infructueux combat contre un comportement de la nature – et Horacio y incluait la nature humaine – en permanent *chaos* et *désordre*, qu'il s'efforçait tous les jours de stabiliser pour arriver à une situation d'*équilibre*.

Peut-être était-ce pour compenser ce besoin vital et grâce à sa proverbiale intelligence qu'Horacio était entré dans l'univers de la physique, même s'il aimait se dire que sa vocation véritable avait toujours été la philosophie, comme à l'époque des grands classiques grecs. Sauf que, dans le pays chaud, à la fois léger et prédestiné où il avait grandi et étudié, tenter d'être philosophe et de parler de l'intangible et du nécessaire pouvait mener au comble de l'anormalité pratique et existentielle. De plus, en un lieu où l'on pratiquait une idéologie avec des principes irréfutables, supra-humains, des règles déjà établies par l'Histoire, l'option consistant à beaucoup penser pouvait se révéler parfois nocive.

Les jours et les semaines qui avaient suivi la mort de Walter, qui soudain se compliquèrent et se noircirent avec la disparition d'Elisa, furent des temps d'énorme inquiétude pour Horacio. Au milieu de ces événements si déroutants, le fait que sa copine Guesty disparaisse également tandis qu'était révélé son possible rôle d'indic à l'intérieur du Clan pesait encore plus sur son moral et entamait son rapport à la vérité, cette ancre sans laquelle Horacio pensait qu'il ne pourrait pas vivre. C'est pour cela qu'avec un esprit scientifique il essaya de trouver les preuves qui lui permettraient de s'expliquer ce qui, bordel, avait bien pu se passer autour de lui et ce que, putain de merde, lui-même avait fait ou cessé de faire pour que ces événements déstabilisateurs se déroulent. Pur effet classique d'action et de réaction ? De causes et de conséquences ?

Bien entendu, l'envahissante sensation de paranoïa causée par la surveillance réelle ou imaginaire dont ils avaient fait l'objet l'avait également affecté, même si avec une intensité moindre qu'Irving ou Darío, sans parler de Walter. Dans ce tourbillon d'événements, ce qui inquiéta le moins Horacio fut certainement la possibilité d'un lien de Guesty avec la police, qu'il avait depuis le début jugé improbable. En fait, sans l'avouer à personne, l'absence de Guesty l'avait soulagé ; même s'il était évident que la jeune femme avait un corps de rêve et un visage digne d'un concours de beauté, ses prestations sexuelles pouvaient être qualifiées de peu inventives, limite insuffisantes, d'après sa grande expérience en la matière. Et Horacio se disait : si le fait d'avoir des relations sexuelles avec lui faisait partie d'une mission de renseignement, était-ce pour cela qu'elle le faisait consciencieusement mais sans passion ? Si elle était en mission de travail, touchait-elle des primes pour les heures supplémentaires et celles de nuit ? Ou bien était-elle simplement nulle au lit parce qu'elle était nulle au lit ?

Ce qu'elle avait pu découvrir et raconter sur lui et ses amis ne l'inquiétait pas non plus beaucoup. Horacio et les membres du Clan, comme presque toute leur génération, avaient appris dès l'enfance quoi dire et où (Horacio, affecté par l'exil de son père, était un maître en la matière), même s'ils ne pouvaient jamais être sûrs d'avec qui ils le faisaient (la véritable nature ou les intentions de l'interlocuteur ou de la personne qui écoutait). Même ainsi, la majorité d'entre eux essayaient d'avoir – certains y parvenaient – des comportements pas trop délirants et se permettaient de parler, de donner leur opinion, de critiquer au-delà de ce qui était considéré comme permis, mais sans dépasser ce qui était légalement punissable (du moins si Quelqu'un n'en décidait pas autrement, ce qui pouvait arriver, car la politique fonctionne comme une science arbitraire et la machinerie pour contrôler comme un mécanisme en perpétuel mouvement, sans frontières définies, avec un appétit vorace).

Le groupe était par ailleurs plutôt naïf dans son appréciation de la réalité politico-sociale et, peut-être à l'exception des excès de Walter, d'un commentaire alcoolisé de Bernardo, d'une plaisanterie d'Irving ou d'une pique d'Elisa, il y avait peu à dire sur eux en dehors de ce que tout le monde connaissant leur vie ou leurs activités pouvait déjà savoir. Le manque de « densité » des éventuels désaccords politiques du Clan faisait douter Horacio des attaches policières attribuées à Guesty : pourquoi surveiller des gens aussi peu intéressants qui, en réalité, ne méritaient pas un effort pareil et au sujet desquels toute personne qui le souhaitait pouvait tout savoir ? Les Forces d'espionnage des citoyens (Orwell aurait pu les appeler ainsi, se disait-il) avaient-elles donc tant d'effectifs disponibles pour leur consacrer un membre professionnel, salarié et à temps plein ?

Mais, tandis qu'Horacio répétait à ses amis d'oublier Guesty et son boulot supposé, sans en parler à personne et parce que c'était plus fort que lui, il partit à sa recherche parce qu'il avait besoin de connaître *sa* vérité.

Un soir il traversa toute la ville jusqu'aux confins des quartiers ouest, là où se dressaient les barres d'immeubles du quartier de San Agustín. Horacio l'avait accompagnée là-bas à deux reprises, toujours tard le soir, mais son sens aigu de l'orientation ne l'aida pas beaucoup à s'y retrouver dans le dédale de blocs de ciment tous du même style, moche, qui composaient le quartier. Après avoir posé beaucoup de questions, il finit par arriver à la porte d'un appartement au cinquième étage où vivait quelqu'un qui devait être Guesty. C'est à cette occasion qu'Horacio apprit que Guesty ne s'appelait pas Guesty mais María Georgina, et il eut un choc : Guesty était donc un nom de guerre. Le physicien savait que la jeune femme vivait avec son père, mais c'est une femme d'une cinquantaine d'années qui ouvrit la porte de l'appartement où logeait María Georgina pour l'informer que la jeune femme n'habitait plus là : elle avait déménagé avec un petit ami à l'autre bout de la ville, dans le quartier encore plus labyrinthique et sans charme d'Alamar. Et non, elle n'avait pas son adresse ni ne désirait l'avoir. De toute façon, quand le petit ami la plaquerait, elle reviendrait ici, comme toutes les autres fois, lui avait dit la femme. Et, questionnée par Horacio, elle confirma que Guesty avait choisi ce pseudonyme pour paraître plus moderne. C'est une vraie salope, avait-elle ajouté en refermant la porte.

En quittant San Agustín, son orgueil en berne (il n'avait été qu'un de plus, de toute évidence, sur la longue liste de Guesty), Horacio se dit qu'il pourrait peut-être essayer de la retrouver dans l'entreprise où elle lui avait dit travailler (une de celles chargées des travaux pour les

Jeux panaméricains de 1991), et le lendemain il s'était pointé dans les bureaux de l'entreprise de construction, où personne ne connaissait de Guesty… mais une María Georgina, l'aide-comptable.

Posté à un coin de rue, Horacio avait attendu la fin de la journée de travail et avait enfin vu sortir Guesty (ses yeux toujours étonnés, son superbe cul, ses seins protubérants) de l'immeuble de l'entreprise. Il remarqua alors qu'il avait les mains en sueur. Avait-il peur de connaître la vérité ? Horacio eut envie de s'en aller, mais il ne le fit pas. Il se dépêcha de rejoindre la jeune femme qui, en le sentant approcher, se retourna. Elle eut l'air encore plus étonnée en découvrant son ancien amant.

– Mais qu'est-ce que tu fous là, toi ? Merde, tu veux quoi ? dit-elle avec une rage à peine contenue.

– Excuse-moi… Je voudrais te demander… commença Horacio, mais elle l'interrompit.

– T'as rien à me demander, putain ! Disparais… À cause de vous, je me suis fait coffrer une journée et maintenant mon frère est en tôle pour deux joints… Vous êtes que des tarés, des fils de pute, je veux plus rien savoir de toi ni d'aucun des autres enculés de merde.

– Mais tu leur as dit quoi, Guesty ? – Horacio prit un ton suppliant.

– Tout ! Tout ce qui m'est passé par la tête et un tas d'autres trucs ! L'un d'entre vous a raconté que je disais que j'étais flic et… les flics sont devenus dingues avec ça ! Ils m'ont dit que je me faisais passer pour…

– Je comprends pas, bon, c'est vrai que Walter disait que…

– Ah oui, c'est l'autre cinglé qui s'est buté qui disait ça de moi ! OK, OK… et vous l'avez cru… Bande d'enculés ! Allez, casse-toi !

– Donc tu… ?

– Putain, mais je t'ai dit de te tirer ! hurla-t-elle avant de se mettre à courir pour s'éloigner du physicien qui se rendit compte seulement alors que d'autres employés de l'entreprise le regardaient, hostiles.

Une demi-heure plus tard, tandis que, miracle, il buvait une bière au bar de los Perritos à l'hôtel Colina, un endroit pour lui rempli de souvenirs difficiles à cataloguer comme bons ou mauvais, Horacio décida qu'il allait effacer le chapitre Guesty de sa vie et de celle du Clan en l'enfouissant sous une chape de silence. Il se sentait coupable, honteux, blessé à mort dans son orgueil. Il trouvait dégradant d'avoir pu dévoiler l'intimité de ses amis et, en plus, de l'avoir fait à travers une fille qui était canon mais baisait mal, était plus pute par vocation qu'indic de police par conviction, et capable de balancer autant d'injures à la seconde. L'inexistante chasteté de sa bite – comme aurait dit Irving – avait été la responsable des dégâts. Mais si Guesty n'était pas la délatrice, qui était-ce ? Walter ? Un autre ?… Fabio ?… Raison de plus, se dit Horacio, pour ne plus jamais aborder le sujet.

La disparition inattendue d'Elisa, en revanche, entraînerait Horacio vers d'autres soucis et des méandres plus compliqués, moins faciles à esquiver puisque lui-même pouvait avoir eu une implication directe dans les événements, quels qu'aient pu être les motifs et la forme de cette volatilisation : une fugue pour se mettre à l'abri, une fuite, ou même un assassinat avec disparition du corps ?

Le gros problème d'Horacio était que, depuis qu'ils s'étaient rencontrés au lycée du Vedado, il s'était senti attiré par la jeune fille libérée. Peut-être parce qu'elle était plus forte et plus audacieuse que lui et presque tous les gens qu'il connaissait à l'époque ; peut-être parce que son regard et ses gestes lui semblaient empreints d'une dangereuse sensualité ; peut-être parce que Elisa paraissait porteuse d'une éducation et d'une culture supérieures à la sienne et, surtout, de connaissances peu communes à cette époque (la peinture impressionniste !) ; et, parce qu'elle était une manipulatrice et une calculatrice née, elle avait jeté son dévolu sur Bernardo, le beau, intelligent et socialement bien placé Bernardo, et pas sur un métis mort de faim, sans père puissant ni maison à Altahabana ni voiture le week-end, sans parler de vacances assurées dans des résidences chics de Varadero.

Au fil des ans, à force de se côtoyer et alors que lui-même avait une vie sexuelle bien remplie, les désirs d'Horacio avaient été enfouis sous une amitié confiante, un solide équilibre statique et thermique. Mais ils n'avaient pas disparu (l'énergie n'est jamais détruite, elle se transforme). Et dans un moment de tension dynamique, le démon d'Elisa s'était réveillé et il était arrivé ce qui, d'une façon ou d'une autre, devait arriver un jour.

Horacio était déjà avec Guesty, qui avait sept ou huit ans de moins que les membres fondateurs du Clan, et aussi bien les garçons que les filles avaient ressenti comme un défi la présence de la Cubaine blonde aux yeux bleus toujours grand ouverts et au cul africain. Et même si Horacio la trouvait sexuellement décevante, il tirait énormément de plaisir de ce que les autres projetaient sur cette relation avec une jeune femme aussi attirante, même si assez primaire. Il regretterait plus tard d'avoir succombé au défaut bien cubain consistant à privilégier l'opinion des autres sur ses propres préférences.

Cette fin d'après-midi horriblement chaude et humide du début septembre 1989, Horacio était sorti de l'université où, grâce à son excellent parcours académique, il était devenu cinq ans plus tôt le plus jeune enseignant de la faculté de physique, où il enseignait la physique expérimentale et où, comme il n'avait rien de mieux à faire, il avait commencé sa thèse de doctorat en science des matériaux, sa discipline préférée. Avec du temps devant lui et l'envie de ne rien faire par cette chaleur, Horacio avait décidé d'aller boire une ou deux bières – si par chance il y en avait – au bar de los Perritos de l'hôtel Colina qui était tout près et où il aimait beaucoup se réfugier. Avant, toujours par désœuvrement, il avait décidé de passer par la librairie à l'angle des rues L et 27, pour voir s'ils avaient reçu un nouveau livre intéressant. C'était là qu'Horacio et Elisa s'étaient croisés.

Cela faisait plusieurs jours qu'ils ne s'étaient pas vus et ils se saluèrent chaleureusement, comme d'habitude. Elisa lui dit qu'elle se trouvait là parce que c'était sur le chemin de l'appartement d'une collègue de travail, qui avait été envoyée pour un mois s'occuper des rares vaches qui broutaient encore dans les prairies de Camagüey (et ce n'est pas de l'ironie, avait précisé Elisa, les vaches à Cuba sont une espèce en voie de disparition, et Horacio avait tellement apprécié la formule qu'il l'avait reprise à son compte), et Elisa s'était engagée à nourrir le chat de la collègue. Tout en parlant, ils passèrent ensemble les étagères en revue sans rien trouver d'appétissant, et ils évoquèrent leurs lectures presque clandestines d'Orwell, Kundera, Cabrera Infante et Burroughs, et ensuite, comme ils n'étaient pas pressés mais qu'ils avaient très chaud et envie de discuter, ils traversèrent la rue à la recherche des bières espérées, à l'invitation d'Horacio. Et quelque chose devait arriver, car dans la pénombre réfrigérée du bar, incroyablement désert pour une fin d'après-midi si étouffante, ils trouvèrent une table isolée et un barman souriant qui leur annonça que oui, il restait des bières, et qu'elles étaient bien fraîches.

Si Elisa n'avait pas fait le premier pas, l'aurait-il osé, lui ? Horacio se dirait toujours que non. Mais cette interrogation n'avait commencé à le titiller réellement qu'au moment de la mort de Walter et de la disparition de la jeune femme, et il doutait lui-même de la sincérité de ses réponses et de sa capacité à reconnaître la portée de ses actes. Mais le fait est, quoi qu'il en soit, qu'à l'issue de la seconde tournée de bières, alors qu'ils étaient tous deux très loin de l'ivresse, plus proches d'un sentiment de relâchement, les démons étaient sortis de leurs cachettes.

Ils avaient commenté la gravité des événements récents. Les procès Ochoa et Abrantes de 1989 conclus par plusieurs exécutions venaient de se tenir, et pour une raison ignorée d'Elisa – qui refusait d'aborder le sujet –, son tout-puissant père avait été renvoyé chez lui, peut-être déjà sanctionné, et peut-être encore sous le coup d'une enquête. Pendant ce temps, la température politique montait de façon surprenante en RDA, et en Union soviétique Gorbatchev laissait exploser des faits qui avaient été remisés et contrôlés durant sept décennies et qu'on trouvait à présent publiés dans des revues telles que *Spoutnik* et *Les Nouvelles de Moscou* (dont la diffusion sur l'île allait être interrompue). Et, bien entendu, ils évoquèrent aussi des bêtises qui incluaient (juste au moment de finir leur deuxième bière) la relation d'Horacio avec Guesty, qui faisait rire Elisa : tout dans le cul, rien dans la tête, dit-elle pour qualifier la jeune femme… Ils en étaient là quand le sympathique serveur leur apporta la troisième bière et, avant même d'y avoir porté les lèvres, Elisa le regarda dans les yeux et lui demanda :

– Et toi, coucher avec moi, ça te dirait encore aujourd'hui ?

Pris par surprise, Horacio crut avoir mal entendu. Surtout à cause de l'adverbe de temps contenu dans la question : *encore ?*

– C'est quoi cette question, Elisa ? parvint-il à dire sans savoir quoi penser.

– Tu as très bien entendu, Horacio… Ça fait des années que tu en as envie et je ne sais pas si c'est encore le cas… Avant tu aimais les filles mûres, mais comme maintenant tu as l'air d'apprécier les jeunettes…

– Arrête tes conneries, bredouilla-t-il avant de boire une grande gorgée de bière.

Horacio, bien entendu, *savait* qu'il avait *encore* envie de coucher avec elle, il en avait toujours eu envie, même s'il avait aussi intériorisé l'impossibilité de le faire ou de le désirer, au point de l'oublier presque complètement. Au bout du compte, Bernardo était son ami et, dans l'éthique d'Horacio, les femmes des amies perdaient *forcément* leur condition d'objectif sexuel et devenaient seulement un élément du paysage.

– Je croyais que tu étais plus consistant, dit-elle.

– Consistant ?

– Oui, je parle de consistance. En physique, la consistance est associée à la cohérence… non ?

Horacio sourit.

– Non… mais ça sonne bien.

– Eh bien, dans la vie, oui… Et si tu étais cohérent, tu en aurais toujours envie. Parce que je sais que ça fait des années que tu y penses, dit-elle en lui posant un doigt sur le front, ce qui déclencha aussitôt la tempête : elle caressa son visage, puis son cou et sa poitrine, et laissa la main sur sa cuisse. Horacio suivit le mouvement de son bras et ressentit comme si une puissante alarme se déclenchait dans son corps et achevait de lui brouiller le cerveau.

Dans la pénombre du bar, sans un mot, ils échangèrent premiers baisers et caresses thermodynamiques. Pardessus le pantalon, Elisa saisit son membre et sourit en sentant sa consistance et sa taille. Le seuil était franchi.

– Tu as des préservatifs ?

Horacio montra son cartable.

– J'ai toujours des munitions sur moi.

Dans l'appartement tout proche de la collègue de travail d'Elisa, ils eurent leur première relation sexuelle, plutôt bancale tant ils étaient pressés, inquiets, ignorants l'un de l'autre. Horacio essaya de prendre l'initiative, mais Elisa savait dominer ses partenaires et le contact eut quelque chose d'un combat corps à corps. Quand ils se rhabillèrent, il lui fit remarquer qu'elle avait un hématome sur le bras et elle lui répondit que c'étaient les risques du métier : le coup de sabot réflexe d'un cheval qu'elle voulait soigner. Et Horacio oublia rapidement cet échange. Ou crut l'avoir oublié.

Deux jours plus tard, ils eurent une rencontre plus satisfaisante pour tous les deux, surtout pour Horacio. Il se laissa guider par la jeune femme et découvrit pour son plaisir le savoir-faire, l'absence d'inhibitions et la malice d'Elisa, capable de lui enfiler le préservatif avec ses lèvres tout en lui caressant les testicules et en lui enfonçant profondément un doigt dans l'anus, un massage prostatique qui le fit gémir de plaisir. Ce furent deux rapports si intenses qu'Horacio en conserverait toute sa vie le souvenir comme une référence dans une vie sexuelle bien remplie. À la fin, épuisés, ils parlèrent de ce qu'ils étaient en train de faire. Horacio se sentait à la fois euphorique et coupable (à cause de Bernardo) et manipulé (par Elisa), satisfait mais avec l'envie d'en faire plus. Mais il savait très bien aussi qu'il était tout au bord d'un précipice sans fond et que le pas suivant pourrait impliquer une chute mortelle, même si les causes du décès pouvaient être très variées. Il décida de laisser les décisions sur l'avenir entre les mains d'Elisa.

– On se revoit après-demain ? demanda-t-il, tandis qu'Elisa, encore nue, remplissait la gamelle du chat.

– Si tu veux, dit-elle, penchée en avant.

– Je vais te montrer comme je veux, dit-il en profitant de la position de la jeune femme pour lui écarter les fesses et faire glisser plusieurs fois son pénis le long de la raie, en se frottant contre sa vulve et son anus, jusqu'à ce qu'elle s'éloigne d'un pas, en souriant.

– Je crois que ça suffit pour aujourd'hui. Allez, va te doucher et habille-toi… Après-demain. Attends-moi ici en bas, dit-elle en l'embrassant et en le poussant vers la salle de bains.

Durant le trajet jusqu'à l'arrêt du bus sur la rue 23, Horacio eut envie de prendre le bras d'Elisa, mais il sut se retenir. Quand son autobus arriva, ils s'embrassèrent comme de bons amis. Deux minutes plus tard, alors que le physicien commençait déjà à ressentir son absence, il se rendit compte qu'il avait oublié sa montre sur la table de nuit de l'appartement de la collègue d'Elisa. Il ferma les yeux et parvint à visualiser, abandonnée à son sort, près du pied en bronze de la lampe de chevet, sa petite Patek Philippe ancienne, héritage de son père. Et il se consola avec la certitude de récupérer durant le prochain épisode cet objet chargé d'histoire et de mémoire.

Deux jours plus tard, ainsi qu'ils étaient convenus, Horacio l'attendit au pied de l'escalier menant aux appartements. Le soleil se coucha, la nuit tomba, Horacio était rongé d'anxiété, et Elisa n'arrivait pas. Quand il eut décidé qu'il avait assez attendu, il ressortit dans la rue et jeta un coup d'œil au balcon de l'appartement de la collègue d'Elisa et s'étonna de voir la porte-fenêtre ouverte et éclairée. Elisa avait-elle été tout le temps là pendant qu'il passait des heures à l'attendre en bas comme un imbécile, malade de désir ? Il revint sur ses pas, prit l'escalier et frappa à la porte dont il avait deux fois franchi le seuil. Il resta muet quand la porte s'ouvrit et qu'il vit devant lui une femme inconnue… La même que celle qu'il avait vue entrer une heure plus tôt dans l'immeuble avec un sac à dos ? Devant le silence stupéfait d'Horacio, elle prit l'initiative.

– C'est pour quoi ?

Horacio mit quelques secondes à reprendre ses esprits.

– Excusez-moi, bonsoir… Je… Excusez-moi. – Et au moment où il allait faire demi-tour pour échapper au ridicule, une force de gravité le fit s'arrêter, fort d'une décision risquée et, il le saurait rapidement, fatale. – Écoutez, je suis un ami de votre collègue Elisa et… l'autre jour je suis venu avec elle parce qu'il y avait une fuite dans la salle de bains et j'ai laissé ma montre. C'est une Patek Philippe, carrée, avec un bracelet en crocodile très usé et…

Celle qui était de toute évidence la propriétaire des lieux secoua la tête.

– C'est quoi votre nom ?

– Horacio… pourquoi ?

– Attendez là une minute. – Elle fit demi-tour et revint avec un téléphone sans fil collé à son oreille. – Elisa ?… Oui, c'est moi… Elisa… tu connais un Horacio ?…

Bon… Il est ici parce qu'il est venu chercher la montre qu'il a laissée chez moi… Non, non, pas d'explications… J'ai dit non, Elisa ! On en parle demain. – Et elle raccrocha, de toute évidence en colère.

Sur le seuil, Horacio sentait la sueur couler sur son front et ses joues, il avait l'estomac tordu, le scrotum crispé. Jusqu'à quel point avait-il gaffé ? La propriétaire, après avoir raccroché, fit demi-tour pour retourner à l'intérieur. Quand elle revint, elle tenait à la main un petit sac en nylon.

– Voilà votre montre et votre briquet… qui était sous le lit, dit-elle en lui tendant le sac. Bonsoir. – Et elle lui referma la porte au nez.

Sans ouvrir le sac, Horacio sortit dans la rue. Il sentait sur son visage le rouge de la honte et dans la bouche le goût amer de sa faiblesse. Il marcha jusqu'au coin de la rue, et à la lueur de l'unique lampadaire, il ouvrit le petit sac et vit sa montre, à côté d'un gros briquet à essence. Il le sortit et eut un choc : c'étaient deux cylindres soudés, couleur ocre délavé, qui conservaient quelques traces de leur ancien vernis doré, avec des lettres en caractères cyrilliques gravées sur le côté. Le briquet de Walter.

De retour chez lui, après neuf heures du soir, Horacio sentit sa frustration et sa colère diminuer pour laisser la place à un sentiment de soulagement. Malgré le désir qu'il ressentait encore une heure plus tôt, le mieux était qu'Elisa ne réapparaisse jamais dans sa vie, tomber amoureux d'elle était bien trop dangereux pour qu'il en prenne le risque. Et il avait à présent toutes les raisons de ne pas être amoureux. Entre colère et soulagement, il éprouvait le besoin de se défouler et il appela Guesty qui vint à son secours, et Horacio se soulagea du mieux qu'il put.

Trois semaines plus tard, quand il revit Elisa, elle était en compagnie de Bernardo et elle se comporta comme si leurs rencontres intimes n'avaient jamais eu lieu. *Kaputt*. Soulagement.

Quelques mois plus tard, quand l'évaporation soudaine d'Elisa le força à forger ses propres hypothèses, le sens et les conséquences de sa disparition allaient commencer à lui apparaître comme *nécessairement* sinistres. Surtout parce que, si Bernardo n'était pas capable d'avoir d'enfants et si lui-même avait mis des préservatifs lors de ses deux seuls rendez-vous avec Elisa… si on faisait le compte et comparait les dates, Elisa devait avoir couché avec l'homme qui l'avait mise enceinte exactement à la même époque où elle avait couché avec lui. Et cet homme devait être Walter, le propriétaire du briquet à essence avec des lettres en caractères cyrilliques gravées qui avait été retrouvé sous le lit où, deux soirs dans sa vie, Horacio avait fait l'amour avec la jeune femme à présent disparue.

En dépit des preuves et des conclusions de l'enquête, depuis le début Horacio n'avait pas cru et ne croirait jamais que Walter s'était suicidé. Ni la vie agitée du peintre, anormalement plus chaotique que ce qu'on peut considérer comme normal, ni sa paranoïa et son délire de persécution, ni sa probable frustration d'artiste non reconnu, et encore moins la possibilité qu'il ait été le père d'un enfant à naître : rien de tout cela ne semblait à Horacio un motif suffisant pour que Walter décide d'attenter à ses jours. Il avait dû exister une autre raison, que ni Horacio, ni les autres membres du Clan, ni même la police n'avaient découverte (ou commentée) pour confirmer le besoin ou le choix du suicide chez un type comme Walter. Ou bien il était plus fou que ce qu'il paraissait, ou complètement soûl, ou acculé à choisir un chemin pareil ?

Mais, s'il ne s'était pas suicidé, qui l'avait balancé dans le vide ? La version policière comme quoi le cadenas qui donnait accès au toit de l'immeuble était fermé de l'intérieur était-elle vraie ? Cet élément donnait à l'événement une tournure épouvantable ; Walter avait été poussé par quelqu'un qui le connaissait assez pour être monté en sa compagnie jusqu'au toit d'où il avait fait un vol plané. Et si c'était le cas et qu'on l'avait poussé, pourquoi cette personne avait-elle refermé de l'intérieur le fameux cadenas et laissé un nouvel indice alors que le suicide pouvait être une hypothèse plausible ? Ou l'histoire du cadenas n'était-elle qu'une invention de la police pour faire monter la pression dans l'espoir de témoignages révélateurs ? Pourquoi les policiers étaient-ils aussi sûrs que Walter était tombé du toit et non, par exemple, d'un appartement au dernier, avant-dernier, avant-avant-dernier étage ? Uniquement parce qu'ils avaient trouvé des preuves de sa présence là-haut ?

Avec ces questions qui s'entrecroisaient et s'annulaient et, avec très peu de réponses acceptables, Horacio s'efforça de trouver un indice susceptible de l'orienter vers une découverte dont il avait besoin, et qu'en même temps il craignait de faire. Car, si Walter avait couché avec Elisa, comme le montrait la présence du briquet à l'endroit précis où il l'avait oublié, et s'il l'avait mise enceinte (ce que ni Bernardo ni lui, Horacio, n'avaient pu faire), c'était dans cette relation qu'il fallait chercher l'origine de la disparition d'Elisa (vivante ? morte ?) et peut-être la fin tragique de Walter (suicide ou assassinat ?).

Comme il fallait s'y attendre, Bernardo fut la première cible de ses soupçons. Son alcoolisme effréné, la possibilité qu'il ait appris la liaison de sa femme et de Walter, l'humiliation que lui avait fait subir Elisa pouvaient être des motifs suffisants pour l'avoir entraîné à commettre un acte disproportionné. Évidemment, connaissant bien le caractère du mathématicien et la disparition de son amour-propre et de sa consistance – comme aurait dit Elisa –, il était difficile de l'imaginer capable de commettre un acte aussi brutal qu'un assassinat (ou deux). C'était aussi ce que pensait la police, qui avait en plus validé l'alibi de Bernardo pour le soir du suicide présumé de Walter. Un alibi confirmé par Elisa. Ou était-ce Bernardo qui confirmait un alibi d'Elisa qui, se sachant menacée par l'avancée de l'enquête, avait préféré se tirer sans prévenir ?

Dans son enquête tous azimuts, Horacio obtint des informations intéressantes, voire très inquiétantes, ignorées des autres, à propos de Walter, qui se révélait de plus en plus comme un monde à explorer. L'une des plus sombres était l'histoire de sa liaison, durant ses études à l'Institut des beaux-arts de Moscou, avec une jeune Angolaise, une belle métisse, fille d'un haut dirigeant du parti dans le pays africain, qu'il avait mise enceinte et qui était morte dans un hôpital de Moscou suite à un avortement semi-clandestin (ou totalement clandestin) que Walter, apparemment, l'avait obligée à subir. L'épisode, selon le récit fait à Horacio par un peintre qui était à l'institut en même temps que Walter, avait été enterré par les autorités soviétiques – expertes en dissimulation – car il aurait même pu avoir des conséquences diplomatiques. L'événement, bien sûr, était la véritable raison de la suppression de la bourse d'études de Walter, décrétée par l'office responsable des étudiants cubains en Union soviétique, même si elle n'avait jamais été mentionnée comme telle dans le dossier de l'expulsé, peut-être parce que les Soviétiques avaient exigé d'effacer toute trace pouvant mener à la vérité qui avait été étouffée.

Une autre révélation gênante fut la mise au jour du lien de Walter avec un dealer présumé de marihuana. Décidé à fouiller de ce côté, Horacio avait découvert la proximité de Walter avec un individu emprisonné pour trafic de drogues (y compris de cocaïne ?) qui, apparemment, se fournissait auprès de quelqu'un qui, d'une façon ou d'une autre, avait accès aux stocks de drogue provenant de saisies. Le type avait-il avoué qui lui fournissait les produits et à qui il les revendait, et mentionné le nom de Walter dans ce processus ? Une délation était très plausible.

Chacune de ces découvertes scabreuses et l'apparition d'autres détails mineurs permirent à Horacio de se faire une image plus complète de l'homme qu'il pensait bien connaître et s'avérait plus insondable que ce que lui-même et les amis du Clan avaient imaginé. Peut-être, se disait-il, l'insaisissable Walter avait-il raison (ou une certaine raison) de se sentir suivi, surveillé par quelqu'un (mais qui, si on écartait Guesty la grossière ?). Mais si les flics espionnaient Walter… n'en savaient-ils pas beaucoup plus qu'Horacio et ses amis ? Et ce qu'ils savaient ne les avaient-ils pas poussés à accepter la solution du suicide et la clôture de l'enquête ? Est-ce qu'Horacio n'était pas en train de chercher ce qui n'avait jamais existé ?

Parmi les questions qu'Horacio retournait dans sa tête, l'une à un certain moment le paralysa : que savaient-ils, lui et ses amis, du passé et d'une bonne partie du présent de Walter ? Prenait-il vraiment de la cocaïne, un sujet explosif à Cuba ? Les prises de position caustiques et osées du peintre, des initiatives telles que la tentative de mêler Darío à ses projets de fuite dont il ne se cachait pas, ses disparitions périodiques peu ou mal expliquées, sa façon de revendiquer la consommation de marihuana (ou bien avait-il parlé de drogues en général ?), les mensonges sur son passé, et ajouté à tout cela son insistance à dire qu'il était surveillé (par Guesty) et suivi (par qui ?), dans tout cela qu'est-ce qui était vrai ?… Horacio en arriva à une hypothèse accablante et plausible : et si Walter avait été un provocateur, le véritable indic infiltré au sein du Clan ? Et pour couronner le tout, une autre question lui vint : Elisa la disparue savait-elle quelque chose de toute cette trame aussi vraisemblable que sordide ? Horacio se sentit face à un mur impossible à franchir ou à contourner, et bien sûr impénétrable. Et il décida enfin de rengainer son épée. Sans la briser.

Tout semblait indiquer que l'Armageddon approchait : la fin du monde pouvait survenir à tout moment.

Il y avait pénurie de tout, sauf de temps. Un temps horrible, doté d'une étrange capacité de distorsion, comme un reflet de sa relativité : l'intervalle entre deux repas se transformait en étendue désolée et interminable de laquelle on n'était parfois pas sûr de pouvoir sortir ; les coupures de courant en série devenaient des périodes exaspérantes qui semblaient ne jamais finir ; les heures nécessaires pour se déplacer d'un point à l'autre de la ville signifiaient des séquences épuisantes sur une bicyclette chinoise ou des files d'attente infinies avant d'emprunter un transport public. Les horaires dans les bureaux, usines et administrations de toutes sortes se réduisirent, comme ceux des émissions télévisées sur les deux chaînes existantes, des séances de cinéma s'il y en avait encore et même des cours dans les établissements scolaires. En conséquence de quoi, tout le monde avait à présent plus de temps, même si pour la majorité le gain était illusoire, puisqu'il s'agissait d'un temps vide ou erratique, déformé, comme s'il était passé au travers d'une montre molle de Dalí.

La liste des choses qui manquaient ou avaient disparu était si longue que les gens cessèrent même de les regretter, comme si elles n'avaient jamais existé, tandis que la seule chose disponible en abondance était gâchée et qu'il n'y avait pas moyen de la préserver ni de la retrouver, ni même de bien s'en servir : le marécage de ce temps pâteux, vécu au ralenti, pour lequel, en plus, on ne voyait pas de solution, de possibilité de remise à zéro des chronomètres et des expectatives. Un temps qui s'obstinait à générer un sentiment général de fatigue historique.

Pour Horacio, ce temps dilaté et sombre s'avéra, en revanche, une bénédiction : histoire d'échapper à la folie et au désespoir environnants, il l'utilisa pour se consacrer à sa thèse de physique dans le domaine de la science des matériaux. Et il put mener à bien une analyse sur les semiconducteurs commencée à l'époque de sa licence en tant qu'assistant-chercheur, en mettant dans ses recherches et dans la rédaction toute sa passion, son intelligence et son enthousiasme. Un labeur qui l'absorba durant presque deux ans et qui lui permit, de façon bénéfique, de s'abstraire de la plupart des contingences extérieures, en consacrant aussi du temps à réparer lui-même les appareils nécessaires à ses expériences, des instruments soviétiques et est-allemands usés et abîmés d'avoir trop servi, et qu'il ramenait à la vie en extrayant des pièces d'autres instruments encore plus abîmés. Et il s'y consacra avec une telle énergie qu'il parvint à terminer sa thèse au printemps 1992. Presque un record.

Quand il lui remit son travail, le doyen de la faculté passa de la surprise à l'émotion en se rendant compte qu'en plus de la recherche principale, Horacio avait rédigé deux articles (qualifiés par Horacio d'« annexes en marge de la recherche principale ») dont la publication avait déjà été acceptée dans des revues scientifiques au Mexique et en Espagne. Le président de son jury de thèse, dès qu'il eut lu l'une des trois copies du pavé de trois cents pages, et après avoir vérifié qu'il avait réussi ses examens de philosophie marxiste et d'anglais, lui promit que, lors de la prochaine réunion de la Commission nationale d'évaluation scientifique, il réclamerait la convocation d'un jury pour évaluer et valider son travail. C'était une recherche brillante, lui dit-il, la meilleure thèse qu'il ait lue depuis longtemps, et il ne doutait pas de l'issue favorable. Et en effet, à la fin du premier semestre de l'année universitaire 1992-1993, Horacio devint docteur en sciences physiques de l'université de La Havane. Le travail du jeune homme suscita un tel enthousiasme de la part du président que, au sortir du jury de soutenance, comme récompense supplémentaire inattendue, il proposa au jeune docteur de rejoindre l'équipe de recherche qu'il dirigeait et qui devait réaliser diverses études sur les semi-conducteurs en collaboration avec des universités brésiliennes, oui, il avait bien entendu, là-bas, au Brésil.

Au milieu des pénuries et des incertitudes, des coupures de courant et de l'épuisement général, la soutenance de sa thèse et la possibilité de voyager, d'apprendre, de s'échapper, de survivre, fut la lumière qui, durant plusieurs mois, éclaira Horacio. Jusqu'à ce que cette lumière aussi s'éteigne.

Chaque fois qu'il le pouvait, Horacio assassinait le temps, qui pour lui aussi avait augmenté depuis qu'il était docteur en sciences physiques, en allant s'asseoir sur le muret du Malecón pour regarder la mer et, si ses neurones se réveillaient, réfléchir. Il contemplait la mer et il se demandait si les flots bleus avaient toujours la même couleur, la même densité et la même composition que trois ou quatre ans plus tôt, ou trois ou quatre siècles plus tôt. La masse liquide semblait incontestablement plus impénétrable, augmentant la sensation d'enfermement, de condamnation, d'asphyxie : l'évidence d'un prodigieux changement physique et chimique, ou la preuve d'une insurmontable insularité légale, géographique et spirituelle.

Les jours enfiévrés qu'il avait consacrés à la rédaction de sa thèse, enfermé des centaines d'heures dans le laboratoire de plus en plus misérable de la faculté ou dans les salles de la Bibliothèque centrale, commençaient à lui sembler loin, comme vécus par une personne distincte de celle qu'il était maintenant. Et le rêve de se savoir utile, récompensé, recyclé dans le projet de collaboration universitaire avec le Brésil (comme il en avait rêvé de cet avenir scientifique qui passait par le Brésil !), avait débouché sur une terrible frustration. Car au lieu de le lui accorder à lui – tout le monde le considérait comme le candidat idéal juste avant le dénouement : ses collègues de la fac, le doyen, l'éminent professeur qui avait présidé son jury de thèse, tous brusquement devenus fuyants –, le poste de professeur avait été attribué, par une décision arbitraire de Quelqu'un Du Ministère, à un vieil enseignant de l'université de Camagüey, au curriculum exemplaire de militant fidèle et auteur de publications anodines. Pour atténuer sa frustration professionnelle et personnelle, un message officiel de consolation lui avait été adressé : il était en tête de liste pour la prochaine occasion. Et, comme de bien entendu, constatant la paralysie qui s'étendait autour de lui, Horacio se demandait : quelle prochaine occasion ?

Ayant besoin de se fixer des défis intellectuels, à peine sa thèse terminée, Horacio avait commencé à apprendre le grec ancien par plaisir, caressant le vieux rêve de pénétrer dans l'essence de la pensée des fondateurs de la philosophie et de la science physique. Mais ce qu'il appelait l'entropie environnementale (chaleur, obscurité, faim même, et perte de la notion d'avenir) fut plus puissante et finit par l'éroder. Un sentiment de défaite, d'épuisement, s'était emparé du moral auparavant exubérant du physicien et le paralysait, comme le pays et un très grand nombre de ses habitants. Et c'est pour cela qu'Horacio allait sur le Malecón pour regarder encore et encore la mer, et toujours, toujours se demander : qu'est-ce qui nous est arrivé ? Il regardait vers le large, puis observait autour de lui et voyait la ville se fissurer, s'obscurcir, se dégrader. Il contemplait à nouveau la mer et trouvait un vide ténébreux, il se sentait écrasé par un découragement cosmique (du grec *kosmos* : univers conçu comme un tout ordonné, par opposition au chaos). Et, tourné vers la mer, il la défiait du regard : Je serai plus fort que toi, lui disait-il, criait-il aussi aux vagues s'il en avait la force. Et il regardait encore et encore et encore la mer et rêvait à quelque chose de flou situé plus loin, sur l'autre rive de cette même mer, et se disait à lui-même : j'ai trente-quatre ans et pas quatre-vingt-quatre : je vais résister, je ne vais pas devenir fou, je ne vais pas… Et il finissait par se reposer la question : mais qu'est-ce qui nous est arrivé ? Et il se répondait, comme dans un dialogue de sourds : il faut que je parte, il faut que je parte, je ne vais pas devenir fou.

Dans les tout premiers jours de 1994, il fit une chute à bicyclette dans la rue, et en sortant du trou où il était tombé, avec sur les doigts le sang qui coulait d'une plaie sur son front, il avait juré que, cette fois, il en avait plus que marre ; et pris la décision définitive de se tirer de là, par n'importe quel moyen : il n'avait qu'une vie et il voulait la vivre, pas la perdre dans la frustration, la folie ou même dans une excavation creusée en pleine rue où il avait laissé un morceau de peau et, au passage, ses derniers espoirs. Comme Darío en son temps : ou bien il partait, ou bien il devenait fou pour de bon.

Quinze jours plus tard, il fit l'effort titanesque de pédaler sur sa lourde bicyclette chinoise jusqu'à Fontanar : il ne pouvait y manquer, on était le 21 janvier et Clara fêtait ses trente-quatre ans. Et ce qu'il vit et encaissa fut l'image parfaite d'un désastre de dimension biblique. Des amis qui, durant des années, s'étaient réunis là pour célébrer l'amitié, la jeunesse, l'espoir, il ne restait à peine que des vestiges dévastés. À la mort de Walter et à la disparition d'Elisa avait succédé, quelque temps plus tard, la fuite de Darío, officialisée à peine posé le pied en terre espagnole où il devait terminer sa spécialité. Fin 1993, c'étaient les solides, optimistes, militants Fabio et Liuba qui s'étaient évadés. Envoyés en délégation officielle à un congrès d'architectes à Buenos Aires, ils n'avaient pas participé à une seule session de l'événement : avec l'aide d'un cousin de Liuba installé en Argentine, ils s'étaient évaporés dans la nature, en laissant derrière eux leur fille Fabiola, avec la vague promesse de la faire sortir du pays dès que cela serait possible, tout en sachant que l'une des punitions réservées aux déserteurs était l'interdiction pour les membres de leurs familles de sortir du territoire durant des années.

Les survivants avaient continué à perpétuer la coutume : Irving et Joel, qui étaient arrivés à monter dans un autobus pour les employés de l'aéroport en payant un péage au chauffeur ; Bernardo, qui était depuis plusieurs jours reclus dans la maison de Clara, à l'occasion d'une de ses tentatives de sevrage de cet alcool qui avait donné une couleur violacée à son visage et détruit plusieurs milliers de ses neurones ; Horacio lui-même, qui avait pédalé sur sa bicyclette chinoise avec laquelle il entretenait une violente relation d'amour-haine : le jeune docteur en physique, qui n'était plus un métis aussi beau garçon que solide, mais un métis maigre et dépressif, avec la peau tannée par le soleil, une cicatrice sur le front et bien parti pour une période de chasteté inhabituelle et prolongée. Et Clara, celle que l'on fêtait, renfermée comme un escargot dans sa coquille, maintenant debout la maison qu'en d'autres temps elle avait détestée et où elle faisait des acrobaties pour avoir quelque chose à mettre dans l'estomac de ses fils Ramsés et Marcos, tous deux déjà au bord de l'adolescence, toujours affamés, toujours plus grands, souples comme des roseaux.

Avec les faibles ressources dont ils disposaient, les survivants étaient arrivés à rassembler quelques croquettes à la composition incertaine (contribution d'Horacio), des biscuits salés à tartiner d'une pâte jaunâtre à base de moutarde (œuvre de Joel) et une salade de pâtes avec des brins de poulet (préparée par Irving), et ils eurent la bonne surprise de trouver sur la table de la terrasse des saucisses mexicaines, un morceau de fromage hollandais, des tamales, une casserole de manioc que Clara faisait pousser chez elle, largement arrosée de jus d'orange amère, et, joie suprême, deux bouteilles de rhum correct.

Clara avait acheté plusieurs de ces superbes denrées miraculeuses en y consacrant le cinquième du salvateur cadeau de fin d'année et d'anniversaire envoyé par Darío d'Espagne : deux cents dollars ! (Avec sa sagesse habituelle, Clara devait consacrer le reste de cette fortune à l'alimentation de ses enfants, et elle calculait que, en se serrant la ceinture, cela lui permettrait de tenir… six, huit mois ?… au moins jusqu'à ce que Darío ressuscite.)

Réconfortés par ce qui ressemblait à un banquet royal, les membres de la confrérie décimée profitèrent d'une soirée qui dura jusqu'au petit matin grâce à Bernardo (qui avait décrété un moratoire dans sa cure d'abstinence dont il se vantait et qui avait commencé six jours plus tôt), qui connaissait un endroit où l'on vendait un rhum fait maison qui te brûlait la gorge mais te soûlait plus et mieux que d'autres boissons réputées.

Comme le temps était la seule chose dont ils disposaient, parvenus au bout de l'ivresse, ils s'installèrent sur les lits, les canapés et les coussins pour dormir en cuvant l'alcool, les plaintes et les joies qui, malgré tout, les ramenaient à leur jeunesse en voie de dissolution et à leur capacité de résistance.

Avant d'entrer dans l'état d'hypnose festive où devaient les conduire la nourriture et le rhum engloutis dans une surenchère de voracité, Horacio avait fait l'un de ses diagnostics réguliers à propos de sa propre vie et de la vie de quelques-uns des êtres avec lesquels il avait partagé des années de complicité. Il rappela les moments d'entrain et de rêve, alors qu'ils étaient en pleine possession de leurs moyens et le plus aptes à offrir à la société et à eux-mêmes le fruit de leurs efforts et de leurs connaissances. Il voyait dans ce pays qui semblait de plus en plus idyllique, et même irréel, des êtres si dévoués et si vivants qu'ils lui semblaient aujourd'hui extraordinaires d'innocence, de pureté et de confiance. Toutes les erreurs ou les excès d'alors lui semblaient secondaires : jalousies, peurs, infidélités, ambitions, même les secrets et les mensonges (ceux d'Elisa, et jusqu'à ceux de Walter, l'indic présumé). Il voyait à distance des êtres qui semblaient heureux, qui étaient heureux, réunis sur cette même terrasse, des jeunes gens dont même le plus caustique, le plus critique, le plus visionnaire d'entre eux n'aurait pu imaginer à quel point ils se désintégreraient pour sombrer dans le désespoir, l'inertie paralysante, la dispersion en cours.

– Putain, mais qu'est-ce qui nous est arrivé ? – La question lui jaillit du cœur.

Clara, Bernardo, Irving et Joel regardèrent Horacio comme s'il avait été un extraterrestre tentant de découvrir dans quel monde était tombée sa soucoupe volante après avoir quitté son orbite.

– Pourquoi tu demandes ça, Horacio ? lâcha Clara, et les autres hochèrent la tête, convaincus de l'incongruité de la question.

À cet instant, Bernardo leva son verre, mais un éclair de lucidité l'avertit que ce verre était celui qui lui ferait franchir la frontière poreuse entre l'ivresse et les limbes de l'inconscience éthylique. Il le reposa soigneusement sur la table et sourit même, avant de parler.

– Il nous est tout arrivé, Horacio…

– Parlez plus bas, je vous en prie, demanda Irving.

– Il nous est tout arrivé, poursuivit Bernardo, refusant de baisser la voix, et sans qu'on nous demande la permission. Les rêves sont devenus aujourd'hui des insomnies ou des cauchemars. Il nous est arrivé que nous avons perdu. C'est le destin d'une génération, dit-il d'un ton sentencieux, et il reprit son verre d'une main qui tremblait déjà et le vida cul sec. C'est notre destin, camarades, frères de combat : de défaite en défaite… jusqu'à la victoire finale !

– Tais-toi et arrête de boire, Bernardo ! réagit Irving, ou la peur d'Irving.

– Je n'ai pas l'intention d'arrêter de boire, mon pote, murmura Bernardo. Et toi, Horacio, arrête de te plaindre. Nous sommes entourés de merde, mais aussi remplis de merde… Nos merdes. Et ta merde, toi le salopard qui as baisé ma femme.

Un silence dramatique retomba sur le groupe ; Horacio, qui avait détourné les yeux vers le jardin, osa le rompre.

– Je sais que je suis impardonnable, Bernardo. Oui, je suis un fils de pute… un sale con…

– Va te faire foutre… murmura Bernardo.

– Oui, il faut que j'y aille. Même si c'est pour me faire foutre.

– C'est ça, casse-toi, allez, casse-toi, pauvre con, lui cria Bernardo, qui fit une vaine tentative pour se mettre debout. Horacio hochait la tête, comme s'il n'avait pas entendu les insultes, comme si l'autre parlait une langue incompréhensible. Il désirait même que Bernardo eût la force de se lever pour le frapper, comme il le méritait.

– Mais où tu vas aller à une heure pareille ? demanda Irving.

Horacio réagit, regarda Irving et secoua la tête.

– Merde, mais t'as pas compris, Irving ?… La faim te paralyse le cerveau, comme moi ; ou t'es bourré comme l'autre con qui ne me crache même pas à la gueule alors que je le mérite… Il faut que je me casse de ce pays. Il faut que je me casse, putain !

La crise à l'intérieur de la crise se déclencha l'été de la très sombre année 1994, alors qu'Horacio avait pris la décision que, peut-être pour faire le contraire de son père, il n'avait jamais pensé prendre. Mais, comme une obsession pernicieuse, cette exigence occupait chacune de ses pensées, le poussait vers l'anxiété et même la démence. Partir, partir, partir.

Autour de lui, le désespoir de bien des gens cherchant à échapper à l'obscurité et aux pénuries finit par déborder, cherchant à tout prix à se frayer un chemin pour ailleurs ou nulle part. Cela commença par les occupations d'ambassades européennes par plusieurs dizaines de candidats à l'asile aux États-Unis ou au Burkina Faso, tout était bon, des assaillants auxquels le départ de l'île fut refusé. Puis vint le détournement d'embarcations qui, ou bien parvenaient jusqu'aux côtes américaines avec leur cargaison de désespérés, ou bien dérivaient ou même faisaient naufrage (ou pire, étaient poussées au naufrage, parfois par la manière forte), causant des dizaines de victimes dont on ne parlait presque pas, mais qui existaient. Mais l'augmentation du danger ne faisait pas retomber la pression. Et des détournements improvisés on en vint au vol à main armée de barques et de canots, avec un déchaînement de violences, avec de nouvelles victimes.

La chaleur ambiante, pas seulement atmosphérique, était sensible dans la rue, comme une cocotte-minute, quand le 5 août des médias basés en Floride diffusèrent la nouvelle d'un départ imminent d'une flottille pour aller chercher au large des côtes de La Havane les Cubains désirant émigrer. La nouvelle ou la rumeur, que personne ne prit la peine de confirmer, se répandit comme une traînée de poudre à travers la ville, alimentée par le désespoir et la crédulité d'un grand nombre, et finit par trouver l'étincelle chargée de provoquer l'explosion.

Les gens, convaincus que les navires salvateurs allaient bientôt arriver, ou pour le moins désireux de savoir si l'information était exacte, ou mus seulement par la curiosité d'assister à un spectacle, se lancèrent dans les rues du centre en direction d'un Malecón à l'horizon duquel n'apparaissait ni n'apparaîtrait jamais le moindre navire salvateur. Sans savoir que faire, beaucoup se sentirent poussés par la frustration, l'impuissance, l'épuisement, la rage accumulés. Aux cris des uns répondirent ceux des autres, puis les jets de pierre improvisés qui, rapidement, prirent pour cibles les vitrines des établissements où il y avait quelque chose à prendre. La police fut dépassée par la rapidité et les proportions de l'avalanche et, apparemment, les agents reçurent l'ordre de ne pas intervenir et de laisser le travail de répression à des brigades d'intervention rapide, qui, en habits prolétaires et armées de bâtons ou de barres de fer, contre-attaquèrent la foule et, dans les affrontements, des cuirs chevelus furent fendus, des bras et des côtes brisés, et un œil quitta même son orbite, tandis que des arrestations étaient effectuées. Quelqu'un cria que Fidel arrivait, qu'il allait venir, et de nombreux cris de protestation se changèrent alors en vivats pour le leader. Les esprits échauffés finirent par se disperser, mais pas la tension : l'énergie ne disparaît pas, se dirait par la suite Horacio. Elle se transforme.

Cinq jours plus tard, la soupape de la cocotte-minute fut enfin retirée et le gouvernement annonça, de manière officielle cette fois, que les frontières du pays étaient ouvertes pour que quiconque désirant s'en aller s'en aille par ses propres moyens. L'impossible devenait-il réel, faisable, ainsi, par un simple décret ?

Ce fut comme si on avait tiré le coup du départ. Le jour même où le décret fut publié, les côtes dans le nord de l'île furent inondées des objets flottants les plus variés, identifiés ou non identifiables. Pratiquement aucune des rares barques existant dans le pays ne resta au port, et tous ceux qui pouvaient y prendre place y montèrent et se mirent à ramer. Des radeaux construits en quelques heures avec des fûts métalliques, ou des chambres à air, ou juste de vieilles planches et des morceaux de polyuréthane furent lancés à la mer à la merci d'un moteur recyclé, d'une voile fabriquée avec des draps crasseux, de rames de fortune, d'un courant favorable ou de la foi en la volonté divine. Les gens accouraient au bord de mer pour acheter, exiger ou mendier une place sur les engins flottants, pour dire au revoir aux navigateurs de fortune. Pendant ce temps, les si redoutées vedettes des garde-côtes, qui durant des décennies avaient empêché bien des évasions, restaient à quai et la police n'intervenait qu'en cas de bagarres.

L'espoir des marins improvisés résidait dans un rapide sauvetage dans les eaux internationales par le corps des garde-côtes nord-américains, lui aussi débordé par le flux. On avait retiré le bouchon d'une bouteille de champagne préalablement agitée jusqu'à la limite de l'explosion.

Dès qu'il apprit l'ouverture des frontières, Horacio n'y réfléchit pas à deux fois, car il y avait déjà assez réfléchi : trop. Ce même jour, il mit dans un sac à dos quelques affaires (dont l'exemplaire des *Principes mathématiques de la philosophie naturelle* qui avait appartenu à son père et le briquet russe de Walter dont il apprendrait enfin, vingt-deux ans plus tard, pourquoi il l'avait gardé) et se rendit à Cojímar, où la foule avait commencé à s'assembler et d'où les premiers canots et radeaux étaient partis. Un ancien camarade de fac, physicien comme lui, désabusé comme lui, décidé à émigrer comme lui, l'attendait chez lui pour aller voir ensemble quelqu'un de sa famille qui mettait à disposition une vieille barque de pêche. Les deux physiciens, qui connaissaient les principes de la conservation de l'énergie, des lois de la mécanique et de l'entropie, et connaissaient les qualités de tout mécanisme susceptible de générer de l'énergie ou du mouvement (du moins, en théorie), réparèrent et fixèrent un vieux moteur relié à des hélices rudimentaires, et gagnèrent ainsi leurs places dans l'embarcation qui, avec huit passagers à bord (deux de plus que ce qu'elle pouvait transporter), sur fond de pétarades et de hoquets dus à la mauvaise combustion d'un diesel à moitié frelaté, quitta l'embouchure du fleuve Cojímar le 17 août dans l'après-midi.

Deux jours plus tard, alors que le gouvernement américain annonçait que les *balseros* interceptés en pleine mer seraient débarqués sur des bases militaires nord-américaines à Panamá ou à Guantánamo, Horacio et ses compagnons de traversée, récupérés par un providentiel bateau de plaisance, étaient déjà dans un refuge de Homestead, au sud de la Floride, où ils allaient débuter les démarches pour obtenir le statut de réfugié sur le territoire des États-Unis. En se rendant au baraquement abritant les locaux administratifs, le physicien aperçut de l'autre côté d'un grillage un groupe d'hommes noirs dont il apprendrait bientôt l'origine : ils étaient haïtiens. Les noirs les observaient en silence, comme des êtres extraordinaires, résignés, eux, à ne pas avoir la chance des nouveaux arrivants qui, par le seul fait d'être cubains, étaient admis de façon accélérée, même quand ils avaient la peau sombre, comme eux.

Ce même soir, sur le lit de camp qui lui avait été assigné, Horacio sentit retomber le flot d'adrénaline qui l'avait maintenu debout cinq jours durant lesquels il avait à peine mangé et dormi. Et il pleura alors, submergé par un mélange d'euphorie et de tristesse, avant de succomber à l'épuisement. Horacio rêva qu'il retrouvait son père, mais la figure paternelle avait une ressemblance évidente avec la représentation populaire du saint Lazare vénéré par les Cubains : un vieillard avec des plaies, soutenu par des béquilles et entouré de chiens qui, au lieu de lécher ses pustules, montraient leurs crocs à ceux qui approchaient du lépreux infirme. Derrière le saint et les chiens marchaient des hommes très semblables aux Haïtiens entrevus plus tôt, sauf que ceux-là n'avaient pas d'yeux sur leurs visages noirs. En se réveillant en sursaut, Horacio eut la prémonition qu'il ne reverrait jamais son père et ne pourrait pas lui poser les questions qui l'obsédaient depuis si longtemps.

Horacio avait rencontré Marissa à Tampa, en Floride, où la jeune femme avait été envoyée par la compagnie de téléphone pour laquelle elle travaillait et dont les bureaux étaient à New York. Marissa, portoricaine de vingt-huit ans, informaticienne, célibataire, avait un caractère dont la force pouvait pétrifier ses adversaires, tout en possédant un rire communicatif plein de gaieté et d'énergie vitale, et elle avait reçu en cadeaux des yeux noirs emplis de mystères que tous les hommes avaient envie de déchiffrer.

Horacio se dirait que sa rencontre avec Marissa, Marissa précisément, devait tout à la bienveillance d'un destin soucieux de donner une nouvelle orientation à sa vie d'étranger, à son destin d'exilé. De le sortir du chaos. Cela faisait à peine trois semaines qu'il était à Tampa, sur la côte ouest de la Floride, et il ne se doutait même pas encore que son père était enterré dans la ville où, de façon aléatoire, il avait été envoyé par un bureau d'aide aux réfugiés. Cette dépendance du gouvernement fédéral, sachant que le réfugié maniait l'anglais, lui avait trouvé un travail d'agent d'entretien dans une agence de location automobile et fourni les aides pour le loyer d'un petit appartement.

Horacio, qui n'avait jamais eu de voiture ni d'espoir réaliste d'en avoir un jour une, se vit soudain entouré d'autos neuves, puissantes, rutilantes, et son goût pour la recherche aidant, tous les jours, quand il avait terminé de nettoyer les planchers, de jeter la poubelle, d'épousseter et de faire briller les véhicules garés sur le parking extérieur, il consacrait toutes les heures possibles – à présent justement qu'il manquait de temps – à étudier les modèles en location et leur adéquation avec les clients potentiels, à lire des manuels et des fiches techniques. Son intelligence et sa formation – il connaissait toutes les lois rendant possible l'existence de machines roulantes et les secrets de leur fonctionnement et leur efficacité –, sa capacité à lire couramment l'anglais et même à s'exprimer avec la correction nécessaire (grâce à la consigne donnée par le père exilé de lui faire étudier la langue dans son enfance) lui permirent de quitter en un temps record son travail d'agent d'entretien, un poste pour lequel le bureau d'aide aux réfugiés envoya aussitôt un nouveau Cubain qui venait aussi d'arriver.

Le matin de ses débuts dans les locaux administratifs en tant que chargé de clientèle, Horacio assista à l'entrée tempétueuse d'une brune habillée en femme d'affaires. Son contrat à la main, elle se plaignait, en anglais et avec véhémence, que le véhicule qu'on lui avait remis la veille à l'aéroport ne correspondait pas à celui réservé par sa compagnie. La jeune femme, dont la crinière brune, quand elle s'agitait, retombait sur son œil gauche, faisait valoir que sa compagnie était une cliente régulière de l'agence et rappelait qu'elle-même venait tous les mois à Tampa, et qu'elle… Le collègue d'Horacio parvint enfin à en placer une et dit à la cliente de ne pas s'inquiéter, que son collègue allait immédiatement s'occuper de son problème et le résoudre, et il fit un geste de la main en direction d'Horacio : vas-y, je te la laisse.

Tout en marchant vers le parking, Horacio lisait le contrat et essayait d'expliquer à la jeune femme que l'on pouvait peut-être faire quelque chose, mais que le véhicule qu'on lui avait remis correspondait bien à ce qui était mentionné sur le contrat. Son entreprise à New York avait peut-être commis une erreur et…

– *Sorry, where you come from ?* demanda la jeune femme, peut-être intriguée par l'accent d'Horacio.

– *I'm cuban.*

– Ah, je me disais bien… Et tu es arrivé quand ? dit-elle en espagnol, presque avec un petit sourire.

– Ça fait deux mois… et demi.

– Tu étais sur un radeau ?

– Oui, enfin sur un canot…

– Mon Dieu, mais vous êtes dingues !

– Ils nous ont rendus dingues… Et toi, tu parles très bien espagnol…

– Évidemment, je suis portoricaine… ça ne se voit pas ?

Horacio sourit, la regarda et se lança :

– En fait, heu… je ne sais pas… avec le déguisement que tu portes…

Elle sourit.

– Et mon père est cubain, comme toi… il a quitté Cuba il y a trente ans… sur un canot ! C'est un *balsero*, comme toi…

À cet instant, Horacio sentit que le Dieu invoqué un peu plus tôt par la jeune femme s'était penché par-dessus un nuage et était peut-être prêt à tendre la main pour lui toucher le front.

Pendant qu'ils allaient chercher le véhicule qu'Horacio avait décidé de lui donner (exactement celui qu'exigeait la femme d'affaires), Marissa apprit certains détails à propos du périple du *balsero*, de ses études universitaires et de sa connaissance de l'anglais à laquelle il devait sa première promotion. Et aussi plusieurs des nombreuses craintes qu'il éprouvait au tout début d'un processus d'intégration ardu. (« Ici, il te faut tout réapprendre. Les portes s'ouvrent vers l'extérieur ; à Cuba, c'est vers l'intérieur. ») Et, avant de s'en aller dans sa voiture de location, elle l'invita à dîner pour le remercier de son amabilité et lui montrer un peu une ville historiquement marquée par les vagues successives d'exils cubains : son arrière-grand-père, originaire de La Havane, avait travaillé là comme ouvrier du tabac et, d'après son père qui était aussi *balsero*, à Ivor City il avait entendu un discours de José Martí et avait serré la main de l'Apôtre. Incroyable, non ?

Deux jours plus tard, quand ils se dirent au revoir devant l'agence de location, Horacio et Marissa avaient la sensation étrange de s'être trouvés sans savoir qu'ils se cherchaient et elle fit le pas décisif.

– Prends mon numéro, en cas de besoin, si jamais… je viens tous les mois deux ou trois jours à Tampa pour mon boulot. On se voit quand je reviens, tu me redonnes la même bagnole et tu me racontes comment tu vas ?

Trois mois plus tard, Horacio débarquait à New York. On était au mois de janvier 1995, l'hiver était à son paroxysme et le réfugié se dit qu'il serait incapable de vivre dans cet endroit aussi agité avec un climat qui lui semblait bien trop extrême. Mais besoin de tendresse et instinct de survie formaient un mélange plus fort que tout, qui lui fit voir les choses différemment : dans le quartier du Queens l'attendait une femme jeune, belle et désinvolte qui, comme sortie d'une lampe magique, lui avait donné l'espoir de pouvoir refaire sa vie. Et, à trente-cinq ans, il avait la volonté de refaire sa vie. De connaître enfin la normalité, s'il y en avait une.

Depuis lors, Horacio serait persuadé que le hasard avait sélectionné une série d'éléments insolites – une jeune cadre portoricaine, fille d'un *balsero* cubain et petite-fille d'un ouvrier du tabac de Tampa, une voiture bien attribuée mais mal reçue, le sale coup d'un collègue de bureau qui l'avait poussé dans une présumée fosse aux lions, plus son visage d'animal effrayé –, et avait tout combiné pour provoquer la chance destinée à le pousser vers des chemins qu'il n'aurait jamais imaginé emprunter.

L'alignement des astres fut tel que, un an plus tard, Horacio Forquet devenait l'époux de Marissa Martínez, et trois ans plus tard le père de jumelles – Alba et Aurora. Au bout de cinq ans, grâce au soutien actif de sa femme, à son doctorat cubain validé par les autorités académiques nord-américaines, et grâce à ses dons propres, l'émigré Quintín Horacio Forquet était devenu professeur assistant de physique I et II à l'université de Porto Rico, où il avait obtenu un premier contrat de six mois, qui, s'il donnait satisfaction, devait être aussitôt renouvelé. Il était ainsi entré sur le chemin accidenté mais praticable qui, dix ans après avoir quitté son pays, permettrait au physicien cubain exilé d'obtenir une chaire de professeur à l'université de Río Piedras.

Horacio adorait raconter l'histoire de la première fois où son beau-père avait débarqué à San Juan de Porto Rico.

L'exilé Felipe Martínez, âgé de vingt-quatre ans, avait été accueilli à l'aéroport par un ancien camarade du collège des frères maristes à La Havane qui, avant de l'amener chez lui, avait décidé de montrer la ville au nouvel arrivant. Felipe, havanais pure souche, était, quand il s'était enfui de l'île, en quatrième année d'études d'ingénieur, il connaissait comme sa poche les night-clubs de la Rampa, les soixante salles de cinéma de La Havane, les boules à facettes du Tropicana et les pénombres mal famées des boîtes de la plage de Marianao où il avait eu l'occasion de voir danser les Mulatas Bronceas et d'écouter le légendaire Chori, le percussionniste qui avait laissé sa signature sur des centaines de murs de la ville. Pour toutes ces raisons, Felipe avait observé froidement les rues de Santurce, les modestes cinémas et restaurants de Río Piedras et les immeubles décatis du vieux San Juan, sans presque faire de commentaires. Le périple une fois terminé, une bière à la main, attablés devant un *mofongo* aux couennes de porc dans un établissement du vieux San Juan, l'ami lui avait enfin demandé ce qu'il pensait de la ville et l'intéressé avait rétorqué en tout sincérité :

– Pas mal, pas mal. Ça ressemble à Bolondrón. – Ce qui portait un coup fatal à la fierté de l'amphitryon, qui voyait la capitale de Porto Rico ramenée au niveau d'un trou perdu de la province de Matanzas.

Si Horacio aimait cette anecdote, c'était parce que, en arrivant à San Juan, même s'il était encore en bas de l'échelle sociale et qu'il avait laissé derrière lui une Havane de moins en moins glamour et qu'il espérait trouver à Porto Rico la façon de reconstruire ses aspirations, la capitale de l'île lui avait fait penser lui aussi à Bolondrón ; un Bolondrón avec des supermarchés bien fournis, des vendeurs de rue qui n'existaient plus à La Havane et des quartiers résidentiels fermés, mais sans le moindre doute très loin de la splendeur qu'avait eue un jour sa ville, dont il avait été témoin de la longue décadence.

L'allergie urbaine d'Horacio était, il faut bien le dire, typiquement cubaine même si elle s'appliquait à tout l'univers. Horacio le Havanais avait trouvé New York chaotique, sale, vulgaire, avec ses sex-shops en plein Broadway et la 42nd Street, et les boîtes sordides de The Deuce, une mégalopole remplie de *homeless* pelotonnés sous les porches de ses immeubles prétentieux, de constructions étouffantes et de noirs avec des gueules de méchants encore plus méchants que les noirs les plus méchants de son quartier natal, à Centro Habana. Et que dire de Miami, la ville par laquelle il était entré aux États-Unis : non, cela ne pouvait pas être non plus un endroit pour lui. Chaque fois que, pour une raison ou une autre, Horacio devait se rendre dans cette enclave au sud de la Floride, il retrouvait la conviction qu'il s'était forgée les quelques jours de 1994 où il y avait vécu. À son arrivée à Miami, on avait prétendu l'envoyer dans un quartier noir qui semblait sorti des bas-fonds du tiers-monde (des maisons sans fenêtres, des drogués à tous les coins de rue, des femmes faisant la cuisine dans ce qui avait été les jardins des maisons) et dont il était parti en courant dès qu'avait surgi la possibilité d'aller à Tampa. En plus, à Miami, il avait en permanence la sensation de se mouvoir dans des cercles infinis ou d'arpenter une interminable banlieue (un Fontanar ou un Altahabana gigantesques), délibérément impersonnelle, où chaque carrefour pouvait être une réplique du précédent : une station-service, un McDonald's et un Walgreens dans celui-ci ; une autre station-service, un Wendy's et une pharmacie CVS dans le suivant ; encore une station-service, un Taco Bell et un Kentucky Fried Chicken dans le prochain… avant de recommencer en boucle. En essayant toujours de ne pas perdre son chemin pour parvenir jusqu'au torride quartier noir.

Mais, en fait, ce qui l'énervait le plus de Miami, c'était son ambiance sombre malgré la réverbération du soleil, comme si la ville avait été recouverte d'un épais vernis, dans lequel même l'émigration cubaine était stratifiée par époques et niveaux de revenus – les historiques, les *marielitos*, les *balseros* – tout en étant engluée dans la répétition de l'intolérance nationale que ces émigrés disaient avoir fuie. Il existait une propension à un fondamentalisme dont ses compatriotes avaient seulement inversé la tendance politique, le plus énervant pour Horacio étant encore d'entendre les protestations de beaucoup de ces émigrés (y compris certains de ceux qui, au moment de leur arrivée durant l'exode de Mariel, avaient été méprisés), inquiets en 1994 du chaos que pouvait engendrer une nouvelle vague d'émigrés où, prétendaient-ils pour justifier leur égoïsme, s'étaient infiltrés de nombreux agents castristes déguisés en *balseros*. Et, tout en sachant qu'il était possible de vivre là-bas en tournant le dos à cette atmosphère, il n'avait jamais pensé que c'était un endroit pour lui. En fait, Horacio sentait qu'il n'y avait pas d'endroit pour lui.

La proposition de s'installer à Porto Rico pour qu'Horacio essaye d'obtenir l'équivalence de ses diplômes et redevienne le prof de fac qu'il avait été à Cuba était venue de Marissa. Sans en parler à Horacio, la jeune femme, en femme d'affaires avisée vingt-quatre heures sur vingt-quatre, avait demandé à son père ingénieur de se renseigner sur la possibilité de cette réinsertion. Felipe Martínez pouvait utiliser ses excellents contacts avec les milieux universitaires de l'île, se renseigner parmi ses amis cubains professeurs et même responsables de départements à l'UPR, ou la Youpi, comme on la surnommait en anglais. La réponse encourageante parvenue de San Juan (peut-être, pas facile mais possible, avait dit Felipe Martínez) la poussa à demander une mutation à son entreprise. C'est ainsi qu'avec son tout nouveau mari cubain, docteur en physique employé comme réparateur de matériel audiovisuel dans le magasin d'un autre Cubain dans le Queens, Marissa, qui s'appelait à présent Forquet, revint dans la maison paternelle et son île d'origine, tout en perdant au passage vingt pour cent de son salaire. En lot de consolation, les nouveaux mariés, en bons animaux tropicaux qu'ils étaient, échappaient au rude hiver new-yorkais de 1996.

Comme son beau-père, Horacio trouva à Porto Rico l'espace lui permettant de se reconstruire et, comme lui, il eut deux filles portoricaines avec sa femme portoricaine. De la même manière que Felipe Martínez et pour des raisons très semblables, Horacio fut condamné au déracinement. Les deux hommes, qui avaient lutté pour quitter Cuba, qui avaient renié l'environnement cubain et risqué leur vie dans la traversée téméraire du détroit de Floride, étaient deux êtres au cœur à jamais brisé : condamnés à être sans pouvoir être ce qu'ils étaient, à vivre une existence en suspension, avec les racines apparentes (déracinés), avec une tendance trop marquée à idéaliser un passé glorieux (presque toujours exagéré) de nuits de bringue, d'ivresse, pleines de musique et de jolies femmes, ce temps de l'apprentissage où ils avaient grandi. Plus que des exilés, tous deux avaient la complicité des réfugiés perpétuels, nourris de la mémoire affective et de la douce illusion d'un rêve de retour. Vivants ou morts.

Assis tout au bout de la chaise en fer forgé placée sous le portique de la maison de Westchester où vivait sa sœur Laura (une chaise purement ornementale, où personne ne s'asseyait jamais), Horacio regardait sa montre quand il vit enfin arriver Marcos qui avait dix minutes de retard : il était habillé en blanc, sa tenue préférée, et il était coiffé d'une casquette bleu marine des Yankees de New York.

– Putain, oncle Horacio, je te dis pas le bouchon sur Palmetto ! cria Marcos par la fenêtre de son pick-up.

– Et cette casquette… ?

– C'est la même. Celle que tu m'as offerte il y a…

– Douze ans. Quand je suis allé enterrer ma mère, dit Horacio, ému de ce que pouvait signifier pour Marcos et pour lui le fait que le fils de ses amis Clara et Darío ait conservé ce cadeau durant toutes ces années.

Le jeune homme et l'homme qui l'avait vu naître se retrouvaient face à face pour la deuxième fois depuis que Marcos avait quitté Cuba, presque deux ans plus tôt. Pour leur première rencontre, quelques jours après l'arrivée de Marcos, Horacio avait donné une preuve d'amour et réalisé un effort suprême pour surmonter son aversion : il avait fait le voyage à Miami pour féliciter Marcos et lui offrir son aide.

Marcos ne pouvait s'empêcher d'admirer le fait qu'à cinquante-six ans, Horacio conserve tous ses cheveux noirs en bataille de métis au teint clair (était-ce grâce à la teinture Clairol for men, que tant de gens utilisaient à Miami ?) et que, à la différence de sa mère Clara, de son père Darío et même d'Irving le vantard, il n'ait pas grossi d'un kilo depuis la photo prise à Fontanar vingt-six ans plus tôt, quand tous étaient si jeunes et formaient un Clan. En revanche, il fallait à Horacio un effort pour plaquer l'image d'un jeune homme de trente-deux ans décontracté et sans aucun doute très joli garçon sur celle du gamin maigre d'une dizaine d'années, tanné par le soleil et intense dans ses actes et ses passions, dont il se souvenait à l'époque de leurs dernières rencontres à Cuba, toujours coiffé d'une casquette de base-ball et un gant de joueur à la main gauche, ou du garçon vif et insaisissable qu'il avait entrevu lors de ses deux visites sur l'île, des années plus tard. Mais l'intelligence du regard de Marcos le réconciliait avec ses souvenirs. À présent, en se revoyant, les deux hommes, rongés par le doute, se donnèrent l'accolade et même un baiser sur la joue car, malgré l'orage s'annonçant à l'horizon de chacun, tous deux étaient heureux de se retrouver pour de vrai.

Horacio était arrivé de San Juan le matin même et, comme toujours lors de ses brefs séjours à Miami, il s'était installé chez sa sœur Laura, avec qui il n'entretenait pas les meilleures relations mais chez qui il s'obligeait à venir pour ne pas empirer l'état de leur relation frère-sœur en allant à l'hôtel ou chez un ami. Il y revenait aussi car il adorait ses deux neveux, qui avaient quelques années de plus que ses jumelles portoricaines, des cousins qui, pour le coup, s'adoraient et cherchaient toutes les occasions de passer du temps ensemble, que ce soit à Miami, à San Juan, ou même à New York ou dans des endroits comme le parc Disney d'Orlando quand ils étaient enfants, ou à Londres, déjà adolescents.

Après avoir bu l'inévitable café auquel les convia la sœur d'Horacio – la même qui avait accueilli Marcos au moment de son arrivée en Floride –, tous deux prirent congé de la famille et partirent dans le pick-up de Marcos pour le restaurant péruvien où aimait aller Horacio à chacun de ses rares séjours dans la ville.

Ils échangèrent en route les dernières informations qu'ils ignoraient encore sur leurs vies respectives. Sans lui avouer la découverte d'Adela et, par conséquent, qui était en réalité sa fiancée (ou, du moins, qui était la moitié de sa fiancée), Marcos apprit à Horacio que la jeune femme était allée voir sa mère, Loreta, qui vivait quelque part dans les environs de Tacoma. Au trou du cul du monde, dirent-ils en chœur. Retenant une curiosité grandissante – Loreta ? Qui était cette Loreta, mère d'Adela ? –, Horacio lui confia de son côté qu'il était venu à Miami sous prétexte d'un congrès (un congrès réel, mais où il avait juste l'intention de passer le lendemain), et qu'en réalité il était venu pour faire la connaissance de la fameuse Adela et essayer de tirer au clair l'énormité que Marcos lui avait balancée et qui, depuis, l'empêchait de dormir ; il n'arrêtait pas de se triturer les méninges et de ressasser les élucubrations les plus folles. Le jeune homme, qui avait besoin de temps et d'espace, éluda pour le moment ce sujet hautement critique.

– Donc, depuis mon arrivée il y a presque deux ans, tu n'étais pas revenu à Miami ? demanda Marcos, étonné.

– Tu sais bien que je n'y viens presque jamais… ou tu crois que je serais venu sans te prévenir ?

– Je ne sais pas… Quand les gens quittent Cuba, ils deviennent bizarres de chez bizarres.

– Oui, mais moi, je ne m'appelle pas Darío… je suis toujours le même, protesta Horacio.

– Ça, c'est ce que tu crois. Au fait, tu sais s'il y a un problème avec Bernardo ?

– Quel problème ?

– S'il va encore plus mal… maman me tient à l'écart.

– Je crois que oui. Il paye ses années d'excès.

– Mais un problème plus grave ?

– Plus grave que le cancer ?… Son état a empiré ? Ta mère, qu'est-ce qu'elle dit ?

– Maman ne me dit rien, évidemment…

– Ta mère veut te protéger. Clara veut toujours protéger tout le monde… Elle sait que tu aimes beaucoup ce pauvre Bernardo.

– Oncle Horacio, ne l'appelle pas le pauvre Bernardo, s'il te plaît. Pas toi.

– OK, OK, j'ai sacrément foiré avec lui. Mais Bernardo m'a dit qu'il m'avait pardonné.

Ils choisirent une table à l'écart dans le restaurant, à côté d'une baie vitrée qui donnait sur un massif de bougainvilliers. Ils étudièrent la carte et Marcos se laissa convaincre : ils partageraient un ceviche de poisson en entrée et ils prendraient ensuite une soupe de crevettes, ici ils la font vraiment très bien, assura Horacio, presque aussi bien qu'à Lima. Les portions sont généreuses, mais si tu as encore faim, on en recommande. Comme boisson, un Marqués de Cáceres, le plus buvable de la maigrichonne carte des vins, pas à la hauteur de la qualité des plats.

Les verres remplis, Horacio passa à l'attaque.

– Bon, Marquitos… ce que tu m'as dit au téléphone quand tu m'as montré la photo d'Adela… C'est quoi ces conneries ?

Marcos hocha la tête mais contre-attaqua. Il avait prévu le tour que prendrait la conversation et voulait suivre son propre plan.

– Avant, dis-moi une chose s'il te plaît… qui était Elisa ?

Le métis sourit de toutes ses dents parfaites et intactes, mais son sourire disparut aussitôt.

– Pourquoi tu me demandes ça ?

– Parce que je veux savoir. Allez…

– Ok… Eh bien là, je crois que je ne sais pas… elle a toujours été un peu bizarre… ça tu le sais déjà. Et tu sais d'autres choses… Mais tu me rends nerveux, Marquitos… qu'est-ce qui se passe ? Pourquoi tu me parles d'Elisa ?

– Qui était-elle ? insista Marcos.

– Je t'ai déjà dit que je ne savais pas. C'est vrai. Ça fait des années que je me le demande moi-même… Tu as posé la même question à Clara ?

– Oui, je lui ai demandé…

– Et elle t'a dit quoi ?

Marcos ne voulait pas, mais lui aussi dut sourire.

– Elle a détourné le tir, comme toi… Elle m'a dit qu'à une époque elle avait cru tout savoir sur elle, cru qu'elle était sa meilleure amie, et qu'après elle ne savait pas si ce qu'elle avait cru était vrai.

– Et pourquoi tu penses que je devrais en savoir plus ?

Marcos hésita entre plusieurs réponses possibles. Horacio pouvait-il être au courant de ce qui s'était passé entre Elisa et sa mère ? Il décida de ne pas tourner autour du pot, avec ce qu'il avait l'intention de dire, il savait bien qu'il pouvait ouvrir une boîte de Pandore. Non, il n'avait pas le choix.

– Parce que tu as couché avec elle. Et que tu l'as mise enceinte…

Horacio secoua la tête et but son verre de vin.

– Qui t'a dit ça ?

– Personne ne me l'a dit, répondit Marcos qui essayait de protéger sa mère, et il comprit alors son erreur ; il aurait dû poser la question à Irving, celui qui savait tout, et même à son père Darío, membre et témoin des intrigues du Clan. Sa tentative d'obéir aux demandes d'Adela et de préserver les secrets de Clara l'avait perturbé.

– Oui, j'ai couché avec elle… mais je ne l'ai pas mise enceinte… C'est curieux, oui très curieux, nous qui connaissions des potins sur tout le monde et qui adorions parler de ce qu'on faisait et de ce qu'on se devait, et brusquement il y a des choses dont nous avons cessé de parler. Moi-même, j'en ai caché certaines… Des fois, il se passe des trucs tellement nuls que… Marcos, allez, dis-moi qui t'a dit que j'avais couché avec Elisa et que je l'avais mise enceinte ?

– Personne, je t'ai dit.

– Déconne pas, Marcos. Tu l'as sûrement entendu dire chez toi.

– Si je l'ai entendu, je ne m'en souviens pas. Je te le jure sur ce que j'ai de plus sacré.

– C'est quoi, pour toi, le plus sacré ?

Marcos sourit. Oui, cet homme était toujours bien son oncle Horacio, le physicien rationnel et par moments froid, le type qui voulait toujours tout comprendre. Les causes et les effets. L'action qui provoque une réaction. Les lois obligatoires. La vérité.

– Je crois que c'est ma mère. Depuis que mon père est parti… bon, tu le sais bien, maman a sué sang et eau pour nous élever, Ramsés et moi, au moment où c'était le plus dur là-bas. Je me rappelle comme elle était contente chaque fois que tu lui envoyais quelques dollars et qu'elle pouvait nous acheter quelque chose qu'on aimait. Moi, elle m'a acheté un walkman, un avec des cassettes. Et à Ramsés, un petit appareil photo… Ce que mon père envoyait, c'était pour la nourriture.

– J'aurais dû vous en envoyer plus, plus souvent, regretta Horacio.

– Non, tu n'étais pas obligé… Elle te sera toujours reconnaissante pour ton aide. Moi aussi… Et excuse-moi de t'avoir dit que les gens changeaient quand ils quittaient Cuba. Tu as continué à être le même, en tout cas avec nous… Tu es revenu deux ou trois fois juste pour nous voir.

– Oui et non. La première fois, je suis venu à l'enterrement de ma mère. Après, pour aider Laura et son mari à partir… Et là, j'y suis allé pour le pauvre Bernardo… pardon, pour Bernardo.

Marcos sourit.

– Irving et toi, comparés à mon père, vous gagnez par K-O au premier round.

– Ne crois pas ça. C'est vrai qu'on change beaucoup, et pas toujours en bien, même si on vit mieux…

– C'est vrai, accepta Marcos. Mais n'essaie pas de t'échapper. Qu'est-ce qui s'est passé entre Elisa et toi ?

La serveuse apporta le ceviche et Horacio profita de la pause. Où Marcos voulait-il en venir ?

– J'ai couché deux fois avec elle. Deux fois seulement. Même si je devrais plutôt dire qu'elle a couché avec moi. Puis il s'est passé des choses, elle est tombée enceinte et elle a voulu le garder. Alors, elle a avoué à Irving ce que nous avions fait… et il s'est passé d'autres choses et tout le monde l'a su, y compris Bernardo. Un désastre. J'ai encore honte… je pense à Bernardo et j'ai envie de me donner des coups de pied dans la tête… Mais je te jure que c'est elle qui a ouvert cette porte. Je te le jure sur mes filles. Je t'ai dit que Bernardo m'avait pardonné ?

– Et à quelle date vous avez couché ensemble ?

– C'est si important ?

– Tu sais très bien que oui… à cause de ce qui s'est passé après et qui était comme l'ouragan Flora, en 1963, qui partait et revenait et écrasait tout sur son passage, comme disait maman.

– En septembre 1989… Deux fois, c'est tout !

Pour que cela soit bien clair, Marcos compta sur ses doigts sous les yeux d'Horacio.

– Septembre, octobre, novembre, décembre 1989, janvier 1990, février, mars, avril et mai : neuf mois. Adela est née fin mai 1990… Bon, c'est ce que disent Loreta Fitzberg et l'acte de naissance et…

– Oublie. Les deux fois j'ai mis un préservatif… j'en ai toujours sur moi au cas où… – Il tira son portefeuille de la poche arrière de son pantalon et en sortit deux préservatifs. – Toujours et… mais merde, au fait, de quoi on parle ? Qui est cette Loreta, qui est ta fiancée ? Tu ne vas pas me dire que Loreta et Elisa… ?

– Putain de merde, oncle Horacio… t'as pas compris ? Tu te regardes jamais dans la glace ?

Horacio se passa la main sur le visage avant d'écarter son verre de vin.

– Marcos, Marcos… tu es sûr que la mère d'Adela est Elisa, et pas Loreta Fitzberg ?

– Adela me tuera si elle l'apprend… Oui, Loreta Fitzberg est Elisa Correa…

– Celle qui s'appelle Loreta, c'est Elisa ? – Horacio ressemblait à un boxeur groggy. – La mère de ta fiancée ?

Marcos hocha la tête et Horacio garda un long silence. Il regarda Marcos, regarda son verre, regarda les bougainvilliers plantés de l'autre côté de la baie vitrée du restaurant.

– Toi et la fille d'Elisa, je peux pas y croire… !

– C'est ce qu'on appelle un alignement des astres… – Marcos essaya vainement de sourire. – Un karma…, je crois.

– Et Adela ne savait pas que sa mère était Elisa Correa ? Merde, comment c'est possible… ?

– Non… elle l'a toujours connue sous le nom de Loreta… Loreta Fitzberg, depuis qu'elle s'est mariée ici, aux États-Unis, avec Bruno Fitzberg, l'homme dont Adela a toujours cru que c'était son père…

– Oh putain ! murmura Horacio avant un nouveau silence. Ça va me donner mal à la tête… Et qu'est-ce qu'Elisa a dit à Adela sur toute cette histoire ?

– Rien.

– Comment ça, rien, Marquitos ?

– Je sais, tout ça est peu fou, mais… Quand Adela a vu votre photo et su qui était sa mère, elle est partie la voir là-bas, à Tacoma, dans le ranch où elle travaille… et Loreta était partie.

– Pour où ?

– On ne sait pas… elle a disparu.

Horacio sourit alors :

– Merde, j'y crois pas ! C'est bien Elisa ! Elle se barre en laissant l'incendie derrière elle…

– Donc, ça ne semble pas évident que tu… ?

– Les choses ne sont pas aussi simples, Marquitos. Elles sont même plutôt opaques, pour dire les choses gentiment… Écoute, même si Elisa a dit que non, je sais qu'Elisa s'est aussi tapé Walter à l'époque où elle a couché avec moi. – Horacio mit la main dans une poche de son pantalon et posa sur la table, près du ceviche, un briquet à essence qui, pour Marcos, ressemblait à un objet de musée. Horacio l'avait conservé durant vingt-six ans peut-être uniquement pour l'avoir à cet instant dans les mains, se dit-il. – Elle se l'est tapé au même endroit où elle a couché avec moi… Et elle a très bien pu coucher avec un autre, avec d'autres…

– Et c'est quoi le rapport de Walter avec ça… ? – Marcos désigna le briquet.

– Lis ce qui est écrit sur le côté…

Marcos prit le briquet, d'un doré sale, formé de deux cylindres soudés entre eux, et il vit des lettres gravées sur un côté.

– C'est du russe, non ? Ça dit quoi ?

– Ce que ça dit, c'est pas important… c'est le fait que ce soit écrit en russe… Ce briquet, il était à Walter, il l'a ramené de Moscou et il l'a oublié ou perdu dans l'appartement où Elisa venait coucher avec moi. Et avec Walter aussi. Et moi j'ai mis des préservatifs, toujours…

Horacio montra les paumes de ses mains, vides.

– Mais… – Marcos essayait d'analyser l'information susceptible d'invalider ses hypothèses et certaines de ses certitudes. – Walter était plutôt blond, Elisa est blanche

blanche, toi tu es à moitié métis et… bon sang, tu veux que je te remontre la photo d'Adela ?

Horacio vida son verre.

– Elisa disait que sa grossesse était un cadeau du ciel… un miracle… une conception sans péché… et Cuba est rempli de métis comme moi…

– Et moi, je continue à croire que le miracle t'est dû. Et aujourd'hui, rien qu'avec un cheveu ou un poil de nez, il est très facile de savoir si Joseph le charpentier était le père de Jésus et si toi, tu es le père d'Adela. Il y a un truc qui s'appelle l'ADN et… – Marcos tira de la poche de sa chemise un sachet transparent avec un cheveu noir à l'intérieur.

– Marcos, Marcos, fais pas chier… je n'ai aucune intention de faire un test… Il y a une quinzaine d'années, Irving a vu Elisa à Madrid, et elle était accompagnée d'une fille, qui devait être ton Adela… et ce foutu Irving m'a fait douter. Il m'a dit que la fille était mon portrait… Mais moi je savais, ou je croyais, que tout rapport entre la fille d'Elisa et moi était impossible et j'ai essayé de me sortir ça de la tête… Mais le doute n'a pas arrêté de me tarauder, bordel… Plus de dix ans… Mais réfléchis, Marquitos, tu sais ce que cela peut impliquer le fait que ta fiancée soit ma fille ? Le lien que ça a pu avoir ou pas avec le suicide, si c'en est un, de Walter ? Et avec la décision d'Elisa de partir et de disparaître ? Et, surtout, le lien que cela peut avoir avec ma vie si Adela est vraiment ma fille ? Tu as une idée de tout ce que cela signifie, Marcos ?

– Oui. Ou non.

– Un sacré merdier.

– Un sacré merdier… Écoute, Adela revient demain. Pourquoi on ne se voit pas tous les trois et tu ne parles pas avec elle ?

Quand il avait onze ans et était, après Darío, l'élève le plus remarquable de l'école primaire n° 19 Carlos Manuel de Céspedes à Centro Habana, Quintín Horacio, qui était au cours moyen et suivait pour la première fois un cours de physique, avait osé lire le livre laissé par son père et ayant pour titre *Principes mathématiques de la philosophie naturelle (Philosophiae naturalis principia mathematica)*, d'Isaac Newton, une édition sérieuse publiée à Valence en 1932. Et cette lecture avait décidé de sa vie.

Malgré sa jeunesse et grâce à son intelligence, Horacio avait dès lors pu déduire, avec Newton, que pour comprendre le fonctionnement de l'univers il est nécessaire d'inclure les observations du monde matériel dans des théories générales.

En 1687, après qu'une pomme lui était ou non tombée sur la tête, quand Newton avait publié un livre qui devait changer l'histoire de la science et même de l'humanité, le physicien avait présenté une théorie générale du mouvement qui offrait la possibilité d'expliquer et de prédire les déplacements de tous les corps de l'univers. Et il l'avait exprimée au travers de trois formules mathématiques. Les fameuses lois de Newton dont Horacio avait entendu parler pour la première fois par son professeur de physique au cours moyen.

Grâce à ces trois formules élaborées par Newton mais que, tôt ou tard, quelqu'un aurait dû trouver car elles découlaient de façon évidente de la réalité, le monde était devenu à la fois plus simple et plus complexe. Si tu savais mesurer la masse, tu connaissais la direction et la vitesse de n'importe quel objet ; et si tu prenais en compte les forces (gravité, friction) susceptibles de l'affecter, tu pouvais savoir où il arriverait, comment il arriverait, et même quand. Parce que tu étais toujours, toujours en condition de prédire son mouvement. En tenant la main de Newton, tu pouvais même expliquer de prétendus miracles. Un miracle ? Un cadeau du ciel ? Les effets de la plus invincible des lois de Newton ?

Horacio, avec bien plus de cernes que d'habitude, monta à dix heures du matin dans un Uber qui le conduisit au laboratoire d'analyses cliniques du Kendall Regional Medical Center où, le matin même, il avait obtenu un rendez-vous pour faire un test ADN, sur lui et sur le cheveu d'Adela Fitzberg que Marcos lui avait remis la veille au soir. Le physicien savait que c'était la seule chose à faire s'il voulait lui-même dissiper une fois pour toutes ce mystère et se libérer de la culpabilité qui le tenaillait. Ou l'assumer. Tout oublier ou accepter une responsabilité que, jusqu'à la veille au soir, il s'était obstiné à considérer comme une élucubration, même en dépit de l'inquiétante évidence de la ressemblance physique soulignée par Irving et Marcos.

Il n'avait presque pas dormi de la nuit, se remémorant une nouvelle fois les étapes des deux rapports sexuels avec Elisa, presque vingt-six ans plus tôt. L'intensité des coïts, le mélange de honte et d'extase qui les avait accompagnés, la façon dont Elisa prenait l'initiative, il replaçait tout dans l'ordre chronologique et dramatique à partir de souvenirs bien préservés et récurrents. En revoyant tous les mouvements de pénétration, Horacio se voyait toujours avec le membre recouvert d'un préservatif et il eut même une érection en se rappelant comment à un moment Elisa le lui avait enfilé avec la bouche tout en lui enfonçant profondément un doigt dans l'anus.

Pendant le dîner, Marcos lui avait parlé des 99,8 % de fiabilité des préservatifs et, en riant, lui avait rappelé l'épisode de *Friends* où Ross met Rachel enceinte à cause du 0,2 % de faillibilité signalée en petits caractères sur l'emballage. Horacio l'avait envoyé se faire foutre, bien sûr, mais il n'avait pas pu s'empêcher de gamberger, de refaire la dramaturgie des événements, des arrivées dans l'appartement, des caresses, des appréhensions et des précautions immédiates.

Sur le point de s'endormir, après trois heures du matin, une flèche surgit du fond de sa mémoire à la recherche d'une cible. Horacio revit les fesses d'Elisa, légèrement ouvertes, le corps penché en avant pour remettre de la nourriture dans la gamelle du chat de la propriétaire de l'appartement. Il revit la protubérance poilue de sa vulve, le bouton étoilé de l'anus. Et il revit aussi, avec une netteté terrifiante, son processus d'approche de ces fesses. Il se rappela comment il les avait écartées de ses deux mains, il put presque entendre le petit rire d'Elisa, sa voix, ce n'est pas le moment, tu es sale, lave-toi, ou quelque chose comme ça, et dans sa mémoire revint aussi l'odeur douceâtre des fluides corporels. Et il retrouva alors la sensation du plaisir éprouvé quand il avait saisi son membre qui commençait à ressusciter et l'avait frotté dans le sillon qui menait de l'anus bien visible à la vulve et aux lèvres qu'il ne pouvait plus apercevoir de sa position surplombante mais dont il percevait la douce humidité visqueuse à travers la peau ultrasensible de son gland découvert. S'était-il lavé avant cette caresse érotique qui avait duré moins d'une minute ? Une dernière goutte de sperme prédestinée pouvait-elle être tombée à l'endroit précis et avait-elle, suivant la loi inexorable de la gravitation, justement universelle, glissé par un plan incliné jusqu'à l'aimant central de l'existence pour ensuite, toujours sous le coup de la gravitation et de la nage mécanique de cellules tenaces, avancer suffisamment pour déclencher le grand miracle de la rencontre d'un spermatozoïde évadé avec un ovule disponible, mûr, vorace ? Un miracle ? Un cadeau du ciel ? Ses cernes quand il entra dans le laboratoire trahissaient sa nuit d'insomnie.

Trois heures plus tard, tandis que le vol en provenance de Dallas dans lequel voyageait Adela atterrissait à l'aéroport international de Miami, Horacio se laissait tomber sur le siège de l'avion qui devait le ramener à San Juan. Le physicien qui aurait voulu être philosophe ferma les yeux, essaya de se détendre et murmura : ce qui sera, sera.

VI

SAINTE CLARA DES AMIS

Depuis la barrière séparant le hall de l'aéroport du labyrinthe de bandes et de piquets menant aux guichets du contrôle de migration, Clara murmura un Protège-le, mon Dieu, en le voyant s'éloigner, et en sentant son estomac et sa vie se serrer. La gorge nouée par l'angoisse, elle observa comment Marcos tendait son passeport et sa carte d'embarquement au policier qui les examina, les lut, les vérifia durant deux, trois minutes (les minutes ont-elles toujours la même durée ? Combien, combien durèrent ces minutes exaspérantes ?), et poussa un soupir de soulagement quand le fonctionnaire rendit ses papiers au jeune homme en lui montrant la direction de la salle d'embarquement. À ce moment, Marcos se retourna, souriant avec cette confiance en lui qui frisait l'insolence, une confiance qui terrifiait Clara, et il fit un grand geste d'adieu à sa mère. Et aussitôt il souleva de sa poitrine la médaille de la Vierge qui pendait à la chaîne en or que, quelques minutes plus tôt, Clara avait enlevée pour la passer au cou de son fils. Et le jeune homme franchit enfin la barrière : la même barrière qu'en deux autres occasions, disposée autrement et dans d'autres salles de l'aéroport, elle avait vue franchir par son mari et son fils aîné, avec toujours la sensation oppressante qu'elle les perdait, qu'elle les voyait pour la dernière fois. Avec la certitude que, dans ce voyage peut-être sans retour, ils emportaient avec eux plus qu'un morceau de sa vie, une partie de son corps, un peu plus amputé à chaque départ.

Grâce à la nouvelle disposition de l'aérogare, il était à présent possible d'observer les étapes du départ, et comme il s'agissait de Marcos, son fils chéri, Clara resta sur place, se haussant parfois sur la pointe des pieds pour mieux observer le cheminement de son fils à travers le contrôle de sécurité et, de l'autre côté du scanner, au milieu d'une dizaine de passagers, pour voir ou croire qu'elle avait vu le sourire de son garçon et le nouveau geste d'adieu, plus large, plus définitif. La dernière chose de Marcos que distingua Clara, ce furent ses épaules et son sac à dos qui disparaissaient dans les escaliers menant aux portes d'embarquement.

Le cœur encore battant, Clara demeura plusieurs minutes au même endroit, elle n'aurait pas su dire combien ni leur durée, sentant comment la tristesse l'envahissait encore un peu plus, pour la tristesse il y avait toujours de la place et, en même temps, se sentant objectivement réjouie et soulagée de savoir que son fils chéri entrait dans un monde insondable, inaccessible même pour elle, mais où il serait à l'abri des risques parmi lesquels il avait vécu durant ces dernières années : la prison à cause de ses excès, la folie à cause de ses angoisses ou la mort à cause de ses tentatives d'évasion quasi suicidaires. Clara rendit grâce à Dieu, dont elle s'était rapprochée depuis plusieurs années, pour lui demander d'accompagner son fils et de veiller sur lui. Toujours, mon Dieu. Qu'il ait la maison et la voiture qu'il désire, qu'il ait des amours, une famille et des enfants, qu'il soit heureux !

Lui revinrent alors en mémoire d'autres départs pour l'exil que le pays avait vécus, ces dernières décennies. Les départs de ceux qui partaient presque comme des fugitifs dans les années 1960, après avoir perdu leur travail, leurs biens, leur citoyenneté et dans bien des cas après avoir été condamnés à travailler plusieurs mois dans les champs de canne à sucre. Ceux qui étaient montés à bord des embarcations venues les chercher dans le port de Mariel, en 1980, conspués et humiliés par des foules qui les traitaient de scories, d'ennemis du peuple, de pédés ou de putes, et étaient même victimes d'agressions physiques de la part de hordes de révolutionnaires enfiévrés. Heureusement pour elle, ni son ex-mari ni ses deux fils n'avaient subi pareilles vexations, et son Marcos chéri abandonnait le pays comme s'il allait vraiment se promener quelque part dans le monde. Dieu merci.

Quand enfin elle entendit l'annonce de l'embarquement du vol d'Aeroméxico à destination de Mexico, Clara abandonna son poste de surveillance pour traverser le hall de l'aérogare et rejoindre les portes automatiques qui donnaient sur la rue. Une fois dehors, elle chercha des yeux Bernardo et le trouva tout au bout de ce qui avait été une rangée de chaises, dont il occupait le dernier exemplaire survivant. Clara se dit que, même s'il approchait de la soixantaine et avait des problèmes de santé, Bernardo était toujours un homme séduisant, doté d'une beauté masculine rassurante et à nouveau capable de transmettre une sérénité qui l'avait beaucoup aidée à se réconcilier avec la vie.

– Viens, on va le voir partir, dit-elle en passant à côté de lui.

– De là dehors, on n'y voit que dalle. Maintenant ils passent par ce truc qui ressemble à un tunnel, dit Bernardo en lui emboîtant le pas.

– Je sais, Bernardo… mais on voit l'avion. Je veux le voir décoller.

– Il doit être déjà dedans, Clara, c'est bon, il a pu partir… t'inquiète pas.

– Ça va, je t'ai dit que je voulais le voir, insista-t-elle, pas encore rassurée. Elle continua à avancer en direction de la rampe qui descendait vers la sortie de l'aérogare principal d'où il était possible d'observer les avions garés dans cette aile du terminal.

Appuyés contre la rambarde, semblables à des statues de sel, se tenant la main, Clara et Bernardo attendirent que l'avion d'Aeroméxico se mette à rouler jusqu'à la piste de décollage où il attendit l'autorisation de lancer les moteurs. Ils suivirent les manœuvres de l'avion, on aurait dit un jouet téléguidé qui, quand il se remit à rouler, disparut en tournant pour prendre la piste avant de réapparaître, déjà dans le ciel, prêt à se fondre au lointain dans les nuages.

– Tu sais quoi ? dit enfin Bernardo. Je ne comprends toujours pas comment ces joujoux font pour voler.

Clara hocha la tête.

– Et moi, je ne comprends toujours pas comment j'ai fait pour supporter que l'on m'arrache autant de morceaux… j'ai cinquante-quatre ans et j'ai l'impression d'en avoir vécu mille… Viens, mon chéri, on y va. Ah, Bernardo, si tu savais comme j'ai envie de pleurer…

L'absence de Darío, dont il était prévisible qu'elle serait éternelle, lourde de ruptures irréparables, avait été pour Clara à la fois une castration et un soulagement.

Dans un premier temps, elle se sentit libérée, mais sans savoir que faire de cette liberté. Mais elle le découvrit très vite, comme si sa conscience s'était soudain illuminée. Comme un effet imprévu de l'éloignement de l'homme avec qui elle avait vécu depuis la fin de l'adolescence. À trente-deux ans, Clara comprit qu'elle avait la possibilité inespérée de se connaître elle-même d'une façon qui allait être révélatrice, même si cette perspective supposait plus de questions inquiétantes que de réponses apaisantes.

Darío était parti sans faire d'adieux festifs, dissimulant tant bien que mal le poids de l'excitation et de la peur qui le tenaillaient, le terrassaient presque, lui le fugitif qu'il assumait d'être et était bel et bien. Sa décision de ne pas revenir, qu'il avait soigneusement gardée secrète, finit par se transformer en obsession maladive, alors même que aussi bien lui que sa compagne depuis quinze ans savaient ce que la décision du neurochirurgien signifiait : il entrerait automatiquement dans la catégorie des déserteurs. Et, en tant que déserteur qui abandonne son armée pour rejoindre les troupes ennemies, Darío se transformerait en traître, et d'un point de vue politique et même légal, en apatride. En tant qu'apatride, il perdrait l'intégralité de ses droits civiques, y compris sa nationalité, sa profession et la possibilité de revenir dans son pays pour une période d'expiation ou de bannissement qui pouvait être de sept, dix ou mille ans jusqu'à ce que Quelqu'un lève l'interdiction ou qu'arrive le fameux Armageddon dont parlait Horacio. Pour les membres de sa famille, devenus otages ou coupables d'office, cela impliquait l'impossibilité de partir le rejoindre durant cinq ou deux mille ans.

Darío et Clara savaient aussi ce qu'impliquaient ces stigmates : la fin d'une vie, et la possibilité ou l'obligation pour chacun d'eux de s'en construire une nouvelle. Darío à partir de rien, hormis son énergie et son intelligence, avec la pression de l'incertitude et de la distance ; Clara, sur les ruines d'une existence qui avait fait son temps, en butte à la fatigue et aux privations, sans compter le poids multiplié des responsabilités, même si pour la première fois de sa vie d'adulte elle ne serait pas dans l'ombre d'un autre. Seule. Le début de quelque chose, la fin de beaucoup d'autres.

Peut-être parce qu'ils savaient tous deux ce qui était en jeu, la séparation ne fut pas si pénible, ce qui n'enlevait rien à son côté dramatique, et d'autant mieux assimilée par l'un et par l'autre que ses conséquences étaient assumées en connaissance de cause (et d'effets)… Et les enfants, répétait, se répétait Darío tenaillé par la culpabilité, avec le temps ils comprendront, m'en seront même reconnaissants, si un jour ils veulent partir, je les aiderai, je serai toujours leur père, et il tentait ainsi de tenir à distance le sentiment entêtant qu'il fuyait ses responsabilités et l'évidence de son égoïsme, aussi justifiée qu'il puisse considérer la décision de renoncer à son pays natal pour se réaliser en tant qu'individu durant le temps éphémère de son unique vie humaine et terrestre.

En silence, sans fouiller dans de douloureuses blessures, Clara acceptait ce qui allait arriver, car elle savait plus que personne ce qui motivait sa décision ; son besoin viscéral de s'éloigner du gouffre épouvantable de violence et de misère dont il s'était extrait, pour avancer, aller toujours plus loin et plus haut, sans jamais regarder en arrière. Même si dans ce processus il devait s'éloigner aussi de ses enfants, que, elle le savait, il aimait plus que tout au monde.

Dans les mois qui suivirent le départ de Darío, enfin concrétisé en mars 1992, alors que la crise nationale qui avait fait disparaître jusqu'aux biens les plus indispensables devenait encore plus profonde et plus sinistre, Clara découvrit en elle-même des forces qu'elle n'aurait jamais cru avoir. Poussée par l'urgente nécessité de tenir ses fils hors de l'eau, elle devint une sorte de guérillera experte dans l'art de la survie sous toutes ses formes. Comme son entreprise de conception et de réalisation d'ouvrages d'ingénierie avait dans la pratique fermé ses portes après l'inauguration des derniers ouvrages destinés aux Jeux panaméricains de 1991 – des projets chancelants même si prétendument fonctionnels ; constructions largement saluées même si faites à la va-vite ; des structures remplies de défauts grossiers qui apparaîtraient rapidement au grand jour, comme presque tout le monde le savait même si personne n'osait le dire en public –, Clara eut le statut de travailleuse en contrat « suspendu », avec un salaire réduit qui, vu l'emballement du coût de la vie, était dans la réalité proche du néant.

Pendant que d'autres passaient leur temps à se plaindre et à ne rien faire, l'ingénieure Clara Chaple Doñate, née dans un berceau doré et dans une autre histoire peut-être destinée à vivre comme une privilégiée, se lança avec toute son énergie dans la recherche obsessionnelle des moyens nécessaires pour ne pas mourir d'inanition. Sur sa bicyclette chinoise, elle allait dans les fermes voisines acheter des mangues, des avocats, des goyaves, des papayes, qu'elle revendait à la criée dans la rue ; chez elle, en utilisant parfois du petit bois récupéré dans les poubelles (il n'y avait plus de gaz ni d'électricité), elle fit cuire des pâtes de fruits pour les vendre à l'entrée de l'hôpital orthopédique tout proche et devant la station-service, quand il y avait de l'essence ; avec l'aide d'Horacio, elle démonta jusqu'au dernier boulon utilisable de la voiture de Darío avant qu'ils ne viennent la saisir quand, au bout de onze mois et vingt-neuf jours la désertion du médecin serait officialisée, et ensuite elle fournit en pièces détachées les mécaniciens du quartier. Elle se remit même à cultiver le potager qui avait remplacé le jardin d'origine et sa pelouse, et (elle put compter pour cette tâche sur l'aide d'Irving, de Joel et aussi des enfants) elle l'agrandit et diversifia les semis en introduisant les espèces les plus résistantes et productives : courges, patates douces, ignames, papayes, bananes plantains, qui grandirent avec la foi et la persévérance pour seuls engrais.

Le potager devint même si prospère que Clara adopta un doberman pour effrayer les éventuels voleurs de papayes et de patates douces. Le chien était jeune, efflanqué et attachant, il avait la queue et les oreilles intactes, et Clara l'avait aperçu deux fois aux environs de l'hôpital, errant à la recherche d'une nourriture improbable. En le voyant, elle se dit que, comme cela arrivait malheureusement souvent, ses maîtres s'étaient débarrassés de lui parce qu'ils n'avaient pas de quoi le nourrir. La troisième fois, Clara lui donna un des sandwichs aux croquettes qu'elle vendait avec les petits pots de pâte de fruits, et le chien le dévora en deux bouchées puis la regarda, attendant la suite. Émue par le regard de l'animal, qui paraissait ne rien comprendre au fonctionnement du monde (ou seulement l'essentiel : il fonctionnait mal), Clara lui donna un autre sandwich et n'hésita plus. Elle décida de recueillir le chien et de l'emmener chez elle, à condition que, dans la répartition des tâches, il devienne le gardien de son champ de blé, comme elle disait. Pour redonner de la sauvagerie à un doberman qui s'avéra être le plus doux du monde, Marcos le baptisa Danger, et s'occupa de lui et de son alimentation durant les douze ans que le chien devait passer avec eux (dormant depuis les premiers mois sur le canapé du salon sans garder quoi que ce soit) jusqu'à sa mort, vieux, aveugle et édenté, dans les bras d'un Marcos devenu entre-temps un jeune homme.

La frénésie d'activité de Clara était telle qu'elle ne flanchait que dans les moments d'épuisement et de découragement extrêmes, quand elle se disait qu'elle ne résisterait pas à cet interminable tunnel dont on ne voyait pas la fin, même dans les discours les plus optimistes qui en appelaient à l'esprit de combat et à davantage de sacrifices, d'efforts, de résistance, et à des tonnes de confiance. Dans ces moments de faiblesse, il lui arrivait de regretter la présence de l'homme avec lequel elle avait vécu tant d'années, la seule personne avec qui elle avait couché de sa vie. Pourtant, ce qui la sauva peut-être du désespoir, ce fut que, alors même qu'elle broyait du noir, Clara sentait qu'elle profitait aussi de la paix apportée par l'absence d'un mari, de son mari. Les fréquentes disputes qu'ils avaient au moindre prétexte, la tension transmise par Darío depuis que ses plans de réalisation professionnelle s'étaient enlisés et, plus tard, pendant qu'il attendait et préparait le voyage sans retour, ajoutées à un manque d'appétit sexuel de plus en plus marqué de sa part à elle, rendaient en regard sa solitude plus douce. Et Clara se mit à profiter de cette victoire à la Pyrrhus, elle justement qui s'était tant battue pour ne pas être seule.

La mort de Walter et la disparition d'Elisa avaient été pendant très longtemps deux traumatismes qui avaient sapé son moral avec leurs mystères lancinants qui, malgré toutes les hypothèses de ses amis (ou peut-être à cause du trop-plein d'hypothèses), n'avaient pas de solutions convaincantes. Deux actes aussi radicaux ne pouvaient avoir été motivés par des coups de tête, par des décisions prises dans un moment de désespoir. Mais surtout la proximité temporelle entre le suicide et la fuite, ainsi que le soupçon d'une relation charnelle entre le suicidé et la fugitive, qui pouvait laisser croire à la responsabilité de Walter dans la grossesse d'Elisa et à celle d'Elisa dans la décision de Walter, avaient versé beaucoup d'huile sur ce feu qui, avec le temps, perdrait en intensité mais ne s'éteindrait pas.

Durant des mois, comme si elle ne pouvait la chasser de ses pensées, Clara fit des rêves où Elisa lui apparaissait : des rêves avec des scénarios et des situations variées, certains où la disparition n'avait pas eu lieu, d'autres avec disparition et retour, des rêves tendres même, qui mettaient en évidence le pouvoir de rébellion de son inconscient et la faisaient se réveiller en sueur, le sexe humide, ou encore des rêves amers où affleuraient une terrible jalousie et un besoin irrépressible de possession. Délires et obsessions qu'elle ne racontait à personne puisque, se dit-elle une fois, ils émanaient d'un cerveau amoureux ou peut-être fou. Dans ces petits matins d'insomnie, et à chaque fois qu'elle se caressait, Clara se demandait : est-ce que je suis lesbienne ? Comment pourrais-je être lesbienne sans l'avoir su pendant aussi longtemps ? Quelle sorte de lesbienne suis-je si les autres femmes ne m'attirent pas ? La dégradation de la relation avec Darío était-elle le signe de mon homosexualité latente et enfin révélée, ou seulement d'un processus naturel d'épuisement moléculaire, comme un métal qui se fend ? Quel pouvoir Elisa avait donc sur elle pour la déstabiliser à ce point et pour avoir, avec sa disparition, provoqué un tel sentiment de perte et de vide, ce qu'elle n'éprouverait pas ensuite avec l'absence de Darío ?

Lorsqu'elle traversait ces crises et s'interrogeait elle-même sur son véritable caractère, Clara essayait de se souvenir de l'époque de ses deux grossesses, très rapprochées, et de comment durant ces périodes elle s'était sentie pleinement femme. Enceinte et épanouie, son désir sexuel était multiplié, et durant ces mois de bouleversement hormonal, elle n'arrêtait pas, avec une fréquence presque maladive, de solliciter Darío. Clara se sentait toujours prête et son appétit était toujours récompensé par des orgasmes multiples qu'elle éprouvait rarement dans des conditions normales. Le besoin était si fort et Darío si complaisant et efficace que les premières douleurs annonçant l'arrivée de Marcos la surprirent penchée sur le lit, jambes écartées et pénétrée par-derrière par son mari. Cette femme déchaînée était-elle la même qui, après les accouchements, avait repris une routine sexuelle tout juste satisfaisante et qui, au fil des ans, en était arrivée à sentir peu ou plus du tout d'attirance pour son mari et beaucoup pour l'amie qui l'avait accompagnée durant tout ce temps ? Qui suis-je, que suis-je ? finissait-elle par se demander.

Six ans après le départ de Darío, Clara trouva une très satisfaisante réponse physique et émotionnelle à ses questionnements intimes. Elle avait trente-huit ans et une énorme fatigue. Quand elle se regardait dans le miroir, elle se voyait en général vieillie, et même grosse, alors qu'en réalité elle avait perdu plusieurs kilos entre la dépense physique et la mauvaise alimentation des dernières années. Plusieurs cheveux blancs insidieux étaient apparus et elle ne se souvenait même plus de la dernière fois où elle était allée chez un vrai coiffeur pour améliorer son aspect avec de vrais produits. Presque tous ses vêtements dataient d'avant 1990 et, depuis, seulement un peu de lingerie neuve était entrée dans son armoire… Depuis le dernier rapport sexuel avec son mari, deux jours avant son départ (plus pour le satisfaire et le calmer lui que parce qu'elle en avait envie, plus par fraternité que par attirance), en six ans elle n'avait plus couché avec un homme et la fréquence de ses masturbations s'était espacée, au point qu'elle oubliait depuis quand elle s'était caressée pour la dernière fois… et c'est alors qu'elle eut l'impression de plus en plus claire qu'elle avait toujours la capacité d'aimer un homme ; en fait, elle était sûre que, vu ce qu'elle ressentait, elle l'aimait en réalité.

Et Clara se laissa entraîner par ce doux courant : elle aima d'une autre façon et à d'autres conditions, avec le poids des ans mais avec une capacité de réponse toujours pleinement fonctionnelle, car elle se rendit compte que ses fibres sensuelles, si longtemps assoupies, étaient toujours vivantes et capables de répondre à l'exigence de donner du plaisir et d'en éprouver, pas en léchant le clitoris d'une autre femme, comme elle l'avait fait dans certains de ses rêves, mais avec un vrai pénis entre ses mains, entre ses lèvres, planté entre ses jambes, avec la caresse d'une langue d'homme sur son clitoris à elle et avec à la clé des orgasmes revitalisants. Ce fut l'époque où, en plus, Clara découvrit la tranquillité qu'apporte le fait de posséder un Dieu à soi, duquel attendre des réconforts inexistants ailleurs. Et comme elle en avait besoin, le désirait, le pouvait… elle se sentit à nouveau accompagnée.

Le 21 janvier 1995, Clara fêta ses trente-cinq ans en compagnie de ses fils et de deux de ses amis. L'invincible Irving, traînant Joel et armé de deux bouteilles d'un médiocre vin rouge, se donna la peine de faire, à travers la ville moribonde, le voyage intergalactique menant d'El Cerro à Fontanar, pour célébrer ce qu'il fallait toujours célébrer : une nouvelle année de vie et d'amitié parmi ceux qui étaient encore en vie et pouvaient exprimer l'amitié en se retrouvant.

S'agissant d'une occasion spéciale, Clara, avec de bonnes raisons d'être désespérée, s'était retrouvée devant un dilemme : si elle faisait cuire en entier le seul poulet qui restait, elle ne savait pas ce qu'ils allaient manger le reste de la semaine (du strict minimum envoyé par Darío pour la fin de l'année, il restait seulement le poulet). La veille au soir, Ramsés, qui avait entendu les plaintes répétées de sa mère, s'en émut et, après avoir beaucoup réfléchi, il eut pitié d'elle.

– Je te préviens, maman, dit-il à Clara en faisant une entrée fracassante dans la cuisine, avec sa voix qui commençait à muer, c'est parce que c'est ton anniversaire ! Et que c'est toi ! – Et il l'informa qu'il avait décidé de lui offrir l'un des lapins qu'il élevait dans le jardin pour réaliser le repas de fête.

Depuis trois ans, le jeune garçon avait installé dans un coin du jardin devenu potager un élevage de lapins qu'il revendait à bon prix. Mais, en bon fils de son père, ainsi que l'assurait Clara, Ramsés jouissait plus de posséder de l'argent que de le dépenser et, s'il l'utilisait, c'était pour l'investir dans quelque chose pouvant générer des gains supplémentaires, comme la chevrette qu'il avait achetée, amenée au bouc et revendue avec son chevreau pour le triple de ce qu'elle lui avait coûté ; ou le moulin à grains à moitié rouillé, moteur grillé, qu'il avait obtenu pour quelques pesos, réparé et remis à neuf pour l'adapter à l'alimentation de ses lapins et le louer aux éleveurs de poules, porcs et lapins du coin, ce qui lui assurait de nouveaux revenus.

Comme les lapins de Ramsés étaient toujours vendus à d'autres éleveurs ou à des gens qui les recherchaient pour les manger, depuis les trois ans que durait son élevage, dans la maison de Fontanar on n'en avait pas goûté un seul, et bien sûr pas non plus sacrifié un seul. C'est pourquoi, quand Irving et Joel arrivèrent à midi le 21 janvier, ils se trouvèrent face à un problème majeur : le repas était vivant dans un clapier, car ni Clara ni Ramsés et encore moins Marcos n'osaient faire ce qui s'imposait avant de mettre l'animal dans la casserole.

Mis au courant de la situation, Irving proclama qu'il allait régler le problème et, d'un air décidé, suivi par Danger, alla aux clapiers et en revint cinq minutes plus tard en secouant la tête, le couteau immaculé à la main, toujours suivi de Danger.

– Je crois que ce n'est pas aujourd'hui que nous mangerons du lapin, dit-il d'un ton solennel.

Joel regarda alors son amant et Clara perçut dans ses yeux une lueur assassine, qui allait peut-être au bout du compte contribuer à régler le problème.

– C'est toujours pareil avec toi, Irving ! cria Joel en lui arrachant le couteau et en demandant quel était l'animal condamné. Vingt minutes plus tard, Joel nettoyait dans l'évier le long corps sanguinolent, dépouillé, décapité, avec le bout des pattes amputé, tout en demandant : C'est aussi moi qui dois le cuisiner ?

Du ragoût de lapin préparé par Irving, il ne resta même pas les os dont Danger se chargea. Sitôt leurs estomacs rassasiés, Ramsés et Marcos prirent congé de leur mère et des amis : Ramsés allait voir des coqs de combat qui venaient d'arriver de Pinar del Río dont il achèterait peut-être quelques-uns pour monter un élevage ou pour les revendre à des amateurs de combats, et Marcos partit en courant jouer au base-ball avec ses copains avant que la nuit tombe. Cet après-midi-là, Marcos avait donné la victoire à son équipe d'un coup de batte énorme, kilométrique, comme ils disaient, le coup de batte dont il se souviendrait toute sa vie comme de l'un de ses moments de gloire.

La seconde bouteille de vin à moitié vidée, dans le silence qui avait suivi le départ des gamins et la douce torpeur dont ils profitaient au milieu de toutes ces tensions, Clara se décida enfin à demander à Irving, qui le lui avait annoncé, des nouvelles de Bernardo qui n'était pas venu.

– Et moi qui me sentais si bien… tu es sûre de vouloir en parler maintenant ? demanda Irving, et Clara hocha la tête.

– Oui, de ça et d'autres choses…

– Quelles autres choses, quelles autres choses ?

– Non, toi d'abord… Dis-moi, tu as vu Bernardo ? Qu'est-ce qui se passe maintenant ?

Irving regarda Joel qui réagit.

– Arrête de me regarder. Tu veux que j'aille tuer un autre lapin ?

– Oh, ça va, dit Irving, avant de s'adresser à Clara. Il y a quelques jours nous sommes passés chez lui à Altahabana et… nous avons découvert que ce n'est plus chez lui.

– Mais qu'est-ce que tu racontes, toi ?

Irving lui raconta alors ce qui pouvait être l'avant-dernière dégringolade de Bernardo dans son processus de suicide par l'alcool : l'avant-dernière, parce que, pensait-il, de la prochaine il ne se relèverait pas.

– On a débarqué chez lui parce qu'on avait dû aller à l'entrepôt qui nous envoie les ficelles avec lesquelles nous faisons les macramés, c'est dans le même coin, rue Perla, et je me suis dit autant en profiter pour passer le voir et lui dire qu'on venait ici aujourd'hui. Quand j'ai frappé à la porte, c'est une inconnue qui m'a ouvert, et ça m'a surpris. Quand j'ai demandé si Bernardo était là, elle m'a dit que Bernardo ne vivait plus là. Il avait échangé sa maison contre la leur…

– Bernardo a échangé la maison ? Qui sont ces gens ? – Clara n'en croyait pas ses oreilles. La maison d'Altahabana, attribuée aux parents de Bernardo après le départ pour le Costa Rica de ses propriétaires, était une vaste demeure avec un jardin autrefois entretenu, un immense porche, de larges fenêtres aux vitres teintées. – Mais il a quoi, à la place ?

– Il a permuté avec eux… je veux dire avec cette famille, en échange d'un appartement à Santos Suárez. Moi, je suis resté con, comme toi maintenant, je n'y comprenais rien, même si j'ai rapidement imaginé ce qui s'était passé… et c'est ce qui s'est passé. Bernardo vit maintenant dans un appartement au deuxième étage… et avec assez d'argent pour se soûler pendant cinq ou six ans, s'il tient jusque-là. Lui, ou son argent. J'ai calculé que ces gens avaient dû lui donner le paquet pour l'énorme maison qu'ils ont récupérée…

– Mon Dieu !… Et… tu es allé le voir ?

– Non, je ne veux pas le voir. Qu'est-ce que je pourrais lui dire qu'on ne lui a pas déjà dit ? Pour Bernardo, c'est fichu.

– Mais… non, ce n'est pas possible. Pourquoi tu ne m'avais rien dit ?… Il faut faire annuler cette permutation, ils ont profité de lui…

– Si tu fais ça, le mois prochain Bernardo en trouvera une autre. Tu ne comprends pas, Clara ? Bernardo, tout ce qu'il veut, c'est mourir… et pour y arriver il a besoin de fric, de beaucoup d'alcool, et il n'y a personne qui va arrêter ça. Il était déjà à moitié paumé, Elisa a achevé de foutre sa vie en l'air et il n'a pas envie de vivre. Et je crois qu'on n'a pas le droit de l'empêcher de se tuer.

Clara hocha la tête, même si au-dedans d'elle, elle ne le pensait pas. En revanche, Joel réagit.

– Irving, tu me gonfles quand tu deviens pédé-tragique. « Il n'a pas envie de vivre », « on n'a pas le droit »… Bernardo, ce qu'il lui faut c'est dix coups de pied au cul et un internement de force dans une clinique…

– L'interner encore une fois ? ironisa Irving. Pédé-tragique, moi ?

Clara hochait toujours la tête, de façon de plus en plus véhémente.

– Moi, je ne peux pas le laisser… Il faut faire quelque chose, ce que dit Joel… sans les coups de pied. Sinon… qu'est-ce que nous sommes en train de devenir ? Merde, qu'est-ce qui nous est arrivé ?

Elle se leva, quitta la salle à manger, traversa le salon et disparut derrière la cloison en briques apparentes de l'espace qui avait été le studio de travail de ses parents, et ensuite celui de Darío et le sien. Elle revint avec une enveloppe à la main.

– Lis ça, dit-elle en la tendant à Irving. À voix haute, pour que Joel l'entende et que moi, je le réentende. Voir si je comprends…

– Qu'est-ce que c'est, le testament de Darío ?

– Si seulement, lâcha Clara. Ça voudrait dire qu'il nous laisse quelque chose…

Irving la regarda, intrigué, et leva les yeux quand il lut le nom et l'adresse de l'expéditeur.

– Ils ont écrit ?

– Allez, lis…

Irving déplia les pages et commença la lecture :

– « Buenos Aires, 22 décembre 1994. Chère Sainte Clara des Amis, c'est la fin de l'année et bientôt ton anniversaire, et je ressens un profond besoin de t'écrire cette lettre. Tu le sais, écrire c'est pas mon truc, parler beaucoup non plus d'ailleurs, Liuba dit que j'ai la pensée en pages quadrillées et en tableaux de calculs, et que c'est aussi pour ça que je n'ai jamais pu être ce que j'aurais voulu, un peintre, un artiste, tu vois ce que je veux dire, et que j'ai dû me consoler avec l'architecture. Et je crois que c'est vrai. Non, je ne crois pas, c'est vrai.

« C'est vrai aussi que cette lettre aurait dû commencer comme une lettre doit l'être ; Clara, j'espère que toi, Ramsés et Marcos vous allez bien. Qu'Irving, Joel, Horacio et Bernardo, que tu vois sûrement toujours, vont bien eux aussi. »

– Fabio n'était même pas au courant qu'Horacio est parti il y a six mois, l'interrompit Clara.

– Redis-moi de quand est datée la lettre ? demanda Joel.

– Du 22 du mois dernier… il y a un mois. Elle est arrivée quand, Clara ?

– Hier… mais allez, continue.

– « Que Darío, ce cher faux frère, poursuivit Irving, va bien lui aussi là-bas, en Catalogne… Et te dire, bien sûr, comme il se doit dans une lettre, que nous allons bien…, mais à toi je ne peux pas mentir. Je vais mal, vraiment mal. Ce n'est pas une question de santé, je ne vais pas mourir (pour le moment), ma maladie est d'une autre sorte, mais c'est une vraie saleté, une maladie qui touche une cavité que ton mari adore ouvrir : la tête, le ciboulot, le caisson, la tronche, le cigare. Je souffre, comme aurait dit ma grand-mère, du “mal d’absences” : celle de ma fille Fabiola qui m’obsède, je ne sais pas comment nous avons pu la laisser derrière nous ; votre absence à vous, mes amis, dont Liuba et moi, nous nous sommes éloignés et à qui nous n’avons même pas dit au revoir par peur que cela fiche notre voyage en l’air. Et même la perte des choses dans lesquelles j’ai cru, sincèrement cru, je pense, et dans lesquelles je ne crois plus, même si cela me coûte de penser qu’un jour j’aurai le désir de croire en d’autres, même si c’est très difficile de ne croire en rien. Et l’éloignement d’un monde où j’étais qui je suis, où je savais qui je suis, c’est comme une évidence dans un autre monde où je ne sais pas ce que je serai. C’est la merde, non ? (Je suis vraiment tellement nul pour écrire des lettres qu’en la passant au propre, je me rends compte que ça fait trois jours que j’ai commencé celle-là, parce que j’avais toujours l’impression d’oublier quelque chose, et je sens que j’ai encore des trucs à dire. Mais cette copie sera la bonne, je l’enverrai telle quelle.)

« Bon, je te raconte : depuis notre arrivée à Buenos Aires, nous avons eu la chance d’être hébergés par Oscar, le cousin germain de Liuba qui vit ici depuis vingt ans. Nous habitons dans ce qui était son studio de travail, un petit bungalow dans son jardin, avec salle de bains, chauffage et tout, mais, malgré les attentions d’Oscar et de sa femme Camila, nous avons la sensation d’être des hôtes de passage.

« Depuis notre arrivée, il y a quatorze mois déjà, nous avons fait toutes les démarches possibles pour commencer à travailler et régulariser notre situation, mais ici les choses ne sont pas faciles non plus. Pour obtenir que quelqu’un te donne un emploi, il faut obligatoirement que cette personne te fasse un contrat de travail et, avec ce contrat, tu peux commencer à exister : tu as le droit de demander une carte de résident étranger et de te “régulariser” (un foutu mot que je répète toute la journée et que j'ai appris ici)… Le problème, c'est que pour te faire ce contrat de travail, l'employeur te demande d'avoir cette carte de résident étranger et tu entres dans un cercle vicieux (ou faut-il dire visqueux ?). Bon, nous savions que cela se passait comme ça, mais pas que ce serait aussi dur et qu'il est possible qu'on ne retravaille jamais comme architectes, ceux qui font et signent les plans. C'est pour ça que jusqu'à maintenant nous n'avons pu faire que quelques petits boulots au noir, comme dessinateurs, des fois bien payés, mais nous avons la promesse que le cabinet d'un ami d'Oscar va enfin nous faire ce foutu contrat de travail, même si c'est seulement en tant que dessinateurs, et que nous ferons partis officiellement de l'équipe titulaire, comme les joueurs de base-ball qui jouent tous les jours. Putain, le base-ball… tu peux pas savoir à quel point ça me manque !

« Dès que nous aurons ces papiers et un peu plus de fric, on veut déménager pour avoir un endroit à nous. Et commencer les mille autres démarches pour obtenir l'équivalence du diplôme, ce qui n'est pas facile mais possible. Et si on y arrive, on pourra redevenir architectes, et peut-être même de vrais architectes pour la première fois de notre vie. On voudrait toujours que les choses s'arrangent plus vite, être sur des rails qui nous amènent vers une destination concrète. Tu comprends ? Par exemple, en ce moment on bosse tous les deux sur un projet concernant ce qui était l'ancien port de la ville, Puerto Madero, d'où partent les ferries qui vont à Montevideo, parce que cette partie du Río de la Plata, c'est comme si c'était une mer plus qu'un fleuve, même si à la couleur marronnasse de l'eau on sait que c'est un fleuve. Il s'agit d'un immeuble de douze étages, et un ami de l'ami d'Oscar, qui est constructeur, nous paie pour que nous soyons des sortes de contremaîtres du projet, parce que nous sommes plus qualifiés (nous en savons plus) qu'un contremaître et qu'ils nous paient moins qu'un contremaître local, mais nous, on est bien contents de gagner ce fric en attendant… d'être régularisés ! »

– Et eux, tu peux me dire pourquoi ils sont partis ? demanda Clara.

– Putain, j'y crois pas, murmura Joel. Irving hocha la tête, mais poursuivit la lecture.

– « Buenos Aires est une ville spectaculaire. Quand on a le temps, bon, des fois comme on a beaucoup de temps et qu'on aime les villes, on part se promener et, des fois, on va loin pour découvrir cette ville immense et on monte (j'ai appris qu'ici on ne peut pas dire on prend, *prendre* en argentin, c'est synonyme de baiser) dans le métro ou un bus, qu'on n'appelle pas *guagua* mais *colectivo* (ici, un *guagua*, c'est un môme, tu peux imaginer ce que veut dire *prendre un guagua !*) » – Irving ne put s'empêcher de sourire et murmura : Ici, on n'en est plus là, on ne peut même plus prendre un *guagua*, et il poursuivit – « et on découvre des trucs, comme par exemple qu'au numéro 348 de la rue Corrientes, il n'y a pas de deuxième étage, comme dans le tango de Gardel, et d'ailleurs il n'y a rien : juste un mur avec le fameux numéro. »

– Quelle arnaque ! lança Joel.

– « Mais dans cette même rue Corrientes, il y a des librairies géniales, ouvertes jusqu'à minuit, où on te sert le café, et il y en a une dont je suis tombé amoureux et dont j'adore le nom : Clásica y Moderna, bon, en fait elle est dans la rue Callao et pas Corrientes, mais elle est aussi géniale, voire plus, et on y trouve tous les livres que toi ou Horacio vous aimeriez lire… Et à côté de Corrientes il y a la rue Lavalle, remplie de cinémas avec des films en exclusivité, et aussi des théâtres avec des pièces qui sont depuis dix ans ou plus à l'affiche (y aller reste un luxe inaccessible pour nous), et dans la rue Callao dont je t'ai parlé, qui croise Corrientes, il y a je ne sais combien de pizzerias qui font des pizzas à mourir, pleines de fromage, et il y en a autant qu'on veut et on peut en acheter sans faire deux heures de queue. En descendant Callao, tu arrives à La Recoleta, un des super quartiers d'ici, où il y a le cimetière avec la tombe d'Evita Perón et de je ne sais pas combien d'autres gens célèbres (il y a même celle de Sarmiento, celui qui parlait de civilisation ou barbarie, tu te souviens ?), et tout près il y a un café qui s'appelle, je te jure, La Biela, où on dit que Borges allait souvent.

« Quand nous marchons dans Buenos Aires et que nous voyons tous ces beaux endroits (autour, bien sûr, il y a des bidonvilles où les gens vivent au milieu des poubelles), des endroits où tout a l'air tellement normal, nous nous demandons comment cela a pu être possible qu'ici même, dans cette ville spectaculaire, avec toutes ces librairies, ces cinémas, ces théâtres, ces dancings qui s'appellent des milongas, les gens aient pu vivre avec une trouille terrible d'être enlevés, torturés, tués, et ça pendant des années ? Et jusqu'à il n'y a pas longtemps. Tu te souviens du film de Luis Brandoni, *Hay unos tipos abajo* ("Il y a des types en bas"), où il y a des mecs dont on ne sait pas qui ils sont et que le héros, qui n'a rien fait, voit en bas de chez lui, et il est mort de trouille parce qu'il croit qu'ils sont là pour l'arrêter ? Cette peur qui a existé ici fait peur en elle-même, mais elle nous ramène aussi à nos peurs de là-bas, qui nous semblent aujourd'hui n'avoir été rien comparées aux peurs d'ici. Même si, je le crois de plus en plus, elles n'auraient jamais dû exister, elles ne devraient pas exister. La peur, ça te pourrit la vie. Susciter la peur déshonore celui qui la suscite. C'est pas José Martí qui a dit ça ?... Martí a dit tellement de choses... » Ah oui, lui aussi il avait peur ? – Irving leva les yeux et regarda le jardin où le soir commençait à tomber.

– C'est ce qu'il dit, commenta Clara. Tu vas voir...

– Il avait l'air toujours tellement sûr de lui, drapé dans le drapeau rouge et le poing levé. Il parlait de l'avenir radieux et...

– Pourquoi tient-il à comparer les peurs ? demanda Joel, s'adressant plus à lui-même qu'aux autres. Et il se répondit : Toutes les peurs sont horribles.

– Vous vous souvenez qu'il chiait dans son froc quand il a appris que Guesty était peut-être une indic ? rappela Irving.

– Oh, putain, Guesty..., avec tout ce qui s'est passé, je l'avais presque oubliée celle-là, avoua Joel avant d'ajouter, face à Irving qui le regardait : Je sais, je ne suis pas comme toi...

– Quelle putain de salope, cette Guesty, murmura Irving. Et Horacio qui disait que non, ce n'était pas possible ! Alors que je l'ai vue dans cet endroit horrible où... !

– Oubliez... allez, Irving, continue, il reste le meilleur, l'encouragea Clara.

– Le meilleur ?... Alors, je continue... « Bon, Martí, il a bel et bien écrit un truc comme : "Je préfère être étranger dans d'autres patries que de l'être dans la mienne. Je préfère y être étranger qu'esclave." Super, l'Apôtre, non ? »

– Génial, reconnut Joel.

– Mais qu'est-ce qui lui prend, à Fabio ? Il est en train de dire qu'ici il se sentait esclave ? Fabio ? – Irving inspira plusieurs fois avant de poursuivre la lecture. – Je te jure, je n'y comprends rien.

– Il y a des gens qui deviennent fous une fois partis, souligna Joel, et les autres approuvèrent. Maintenant, il va nous raconter qu'il était prisonnier politique...

Clara regarda Joel : elle aimait beaucoup son sens de la formule.

– « Une autre chose bizarre qui nous arrive quand nous faisons ces promenades à pied d'étrangers à la découverte de Buenos Aires, c'est que nous découvrons bien sûr des choses nouvelles, mais que nous ne sentons jamais (nous en avons parlé et c'est le cas pour tous les deux) qu'elles nous appartiendront un jour. Pour dire ça mieux : ce que nous voyons est là, nous le voyons, nous sommes là nous aussi, mais nous ne sommes pas d'ici. Parce que ici, c'est comme si nous n'existions pas, comme si nous étions des fantômes, ou des invisibles, et nous savons que personne ne va nous appeler pour savoir comment nous allons, où est-ce que nous sommes allés, ce que nous faisons, aucun ami ne va me demander qui a gagné le match de base-ball d'hier soir. Nous ne sommes dans la mémoire de personne et personne n'est dans notre mémoire à nous. Nous sommes et en même temps nous ne sommes pas, et avant qu'on soit autre chose que des spectres, ça prendra un paquet d'années. Je ne sais pas si tu me comprends, tout ce qui compte, c'est que tu saches ça : ici, nous ne sommes pas ce que nous étions là-bas.

« Bon, mais si je t'écris pour la deuxième fois en dix mois, et longuement pour la première fois, ce n'est pas pour te dire ce que je t'ai dit, ou bien si, bien sûr, et c'est pour ça que je te laisse tout ça dans ma lettre, qui est la plus longue que j'ai écrite de ma vie. Mais la vraie vraie raison pour laquelle je t'écris maintenant, c'est parce que je voulais te demander pardon. En fait, demander pardon à tous les amis. »

Irving s'arrêta.

– Putain, c'est quoi ça ?

– Je t'avais dit de continuer.

– J'y crois pas, murmura Irving en retournant au papier manuscrit.

– « Parce que, si on s'est éloignés de vous et qu'on ne t'a quasiment pas revue après ce qui est arrivé à Walter et ensuite à Elisa, c'est parce qu'un jour, un mois après la disparition d'Elisa, le vice-ministre en charge de notre secteur a convoqué Liuba dans son bureau et, quand elle y est allée, il y avait quelqu'un d'autre dans le bureau, qui n'a pas dit qui il était mais dont Liuba a tout de suite su qui il était, ou plutôt ce qu'il était, qui lui a posé des questions sur Walter, sur Elisa, sur Darío et sa relation avec un diplomate tchèque, et sur Horacio… sur toi aussi, Clara. Il l'a bombardée de questions. Elle dit que ce type savait tout sur tout le monde et, au moment où elle allait repartir, il a dit à Liuba qu'elle et moi on devrait faire attention à nos fréquentations, que la situation du pays était très difficile et qu'on ne pouvait pas admettre… » – Irving avala sa salive et murmura deux fois, oh, putain, respira un grand coup pour reprendre des forces et continua – : « qu'on ne pouvait admettre aucune sorte de poltronnerie. »

– Ça fait des années que j'avais pas entendu ce mot ! s'exclama Joel.

– C'est terrible, non ? Poltronnerie, c'était l'accusation qu'ils ressortaient à tout propos… dit Clara.

– Moi, j'étais le roi des poltrons, et si Elisa n'avait pas été là… Et ils ont pas posé de questions sur moi à Liuba ?… Bizarre…

– Il dit qu'ils savaient tout sur nous, l'interrompit Clara. Mais qu'est-ce qu'il y avait à savoir sur nous ?

– Moi, j'ai toujours pensé que j'étais fiché. Vous voyez, c'était vrai… Bon, laissez-moi terminer, c'est bientôt fini, demanda Irving avant de retourner la feuille pour se remettre à lire.

– « Quand Liuba m'a raconté ça, tu peux imaginer ma réaction. J'avais envie d'aller trouver ce type pour lui demander comment il osait. Mais qu'est-ce qu'il croyait ? Pourquoi avait-il dit tout ça à Liuba devant notre chef ? Est-ce que c'était un avertissement ou une menace ?… Liuba, qui était atterrée, m'a dit qu'il valait mieux éviter de chercher des problèmes qui pourraient être beaucoup plus graves.

« Je ne l'avais dit à personne, et je ne l'ai dit à Liuba que bien plus tard, mais tu peux imaginer ce que j'ai pensé, parce que deux ou trois mois avant ce qui est arrivé à Walter, il m'a dit que quelqu'un qu'il connaissait (il ne m'a pas dit qui, et je crois que je n'ai même pas voulu le savoir, sur le moment je n'ai pas non plus voulu croire Walter), donc ce quelqu'un lui avait dit de faire très gaffe parce qu'ils étaient à ses trousses, ils voulaient le choper. C'est ce que Walter m'a dit, avant de faire ce qu'il a fait. Je crois que, même s'il se vantait toujours et qu'il se la jouait rebelle sans cause, en fait il était mort de trouille. Ou à moitié fou, ou en tout cas plus fou que d'habitude… »

– Ça, c'est vrai, remarqua Clara. Walter en avait parlé à Darío… Avec Walter, il y avait vraiment des trucs bizarres…

– Je continue, dit Irving en hochant la tête. « C'est à cause de tout ça que, quand ce type a parlé avec Liuba, on a décidé de s'éloigner de vous. On en était malades, mais on ne pouvait pas faire autrement, je crois que n'importe qui aurait fait la même chose… Tu ne crois pas ?… Chère Clara, j'espère que tu me comprendras, que tu nous comprendras. On n'avait pas le choix. Et c'est pour ça qu'on a commencé à se sentir comme s'il y avait des types en bas de chez nous. Aussi bête que ça. Liuba a l'air très forte, mais elle ne l'est pas. La pauvre, elle a commencé à avoir des problèmes de sommeil. Elle en a toujours. La peur, tu comprends… Et sans avoir vraiment réfléchi à si c'était ou pas la solution, on a décidé de rester ici, même s'il fallait laisser Fabiola là-bas sans savoir jusqu'à quand, même si on espère que ce ne sera pas trop long, tu ne peux pas savoir comme elle nous manque. Tu peux nous pardonner ?… J'espère que oui. Et les autres amis aussi.

« Pendant ce temps, depuis ici, où nous ne sommes pas encore régularisés et où nous allons rester invisibles longtemps, ou peut-être pas et nous pourrons même un jour construire quelque chose… Bon, décidément l'écriture c'est pas mon truc, je me fais toujours des nœuds et là, en ce moment, je me sens comme une merde… Depuis ici on t'envoie tous nos baisers et nos vœux de bonne année et de bel anniversaire, comme tu le mérites, avec tes fils et nos amis. Je t'embrasse fort fort. Ton Fabio. »

Sans dire un mot, Irving replia les trois feuilles de papier. Joel, debout, ressemblait à un animal en cage. Clara, sur sa chaise, regardait ses pieds. Irving remit la lettre dans l'enveloppe et, en la tendant à Clara, il s'exclama :

– Mais quel salopard de merde, ce type !... Vous savez quoi ? Tout ça, c'est qu'un tas de mensonges. Il a tout inventé...

– Pourquoi il aurait inventé ça, Irving ? Inventer que quelqu'un nous espionnait ? Guesty, Walter, qui sais-je... Non, je ne vois pas pourquoi il aurait écrit cette lettre et inventé tout ça...

– Pourquoi, Clara, pourquoi ?... Parce qu'il vaut mieux désigner un coupable qu'être coupable. Parce que, parmi nous, c'étaient eux qui avaient le plus la trouille de perdre les quatre merdes qu'on leur avait données, la trouille de ne plus être de petits personnages qui se croient importants. Et quand ils ont vu qu'ils iraient pas plus loin que ces quatre merdes, que la bagnole russe qu'on leur avait filée n'était qu'un tas de ferraille, un gouffre à essence tout le temps en panne et qu'en fait de personnages, ils étaient des rien du tout... ils se sont fait la malle. C'est aussi simple que ça, Clara, ces deux-là c'est des purs cyniques, pareils à tout un tas d'autres qui chantent *L'Internationale* matin et soir et qui, au premier contretemps, se carapatent... Putain, je l'ai toujours su, je l'ai toujours su ! Et aujourd'hui je crois même que les indics, c'étaient eux ! Et ils viennent nous dire qu'ils se sont barrés parce qu'un flic leur a fait peur... Tu parles !

Clara écoutait Irving et se sentait désarmée. Y avait-il du vrai dans ce qu'il disait ? Et comment savoir s'il avait raison ou pas ? Et une fois encore, dans ce nouveau tour de la noria moulinant infatigablement, le pire, la question : pourquoi fallait-il que cela leur arrive à eux justement ? Seulement à eux ?

Quatre mois plus tard, au cœur du déjà torride et très pluvieux mois de mai cubain, Clara reçut un appel de María del Carmen, la sœur de Fabio. La voix brisée, elle lui communiqua la nouvelle qui laissait pour toujours sans réponses les accusations d'Irving et sans éclaircissement possible les révélations contenues dans la lettre de Fabio, ses vérités douteuses et ses mensonges supposés et les véritables motifs de son envoi et de pourquoi ils avaient déserté. Les motifs qui avaient aussi, finalement, scellé le sort des deux architectes : Liuba et Fabio avaient été tués dans un accident à Buenos Aires. L'échafaudage d'un immeuble en construction s'était écroulé et les architectes, qui n'étaient ni reconnus ni payés comme des architectes, étaient morts face à un immense fleuve charriant des eaux noires. L'entreprise de construction n'aurait même pas à payer d'indemnisation pour leur mort : comme Fabio et Liuba étaient sans contrats, aucune assurance ne les couvrait. Comme s'ils n'avaient pas existé. Oui, se dit Clara, ses anciens amis étaient morts transformés en clandestins, en étrangers, ou pire, en non-êtres humains.

De son lit d'hôpital, Bernardo les vit entrer et aux larmes vint s'ajouter la toux qui l'obligea à soulever le masque à oxygène. Sans parler, chacun d'un côté du lit, Clara et Irving s'approchèrent et, tandis que ce dernier lui prenait les mains, Clara caressait sa poitrine mal recouverte par le haut d'un pyjama qui, même si son corps était très amaigri, était trop petit de deux tailles.

– Bernardo, Bernardo, murmura Clara tout en séchant les larmes qui tombaient des yeux encore gonflés de sang et rougis par le gaz. Avec ce qui lui restait de lucidité, Bernardo les supplia de lui accorder pour une fois ce dont il avait le plus besoin : aucun reproche.

Bernardo lui-même n'arriva jamais à dire ce qui était arrivé ni comment, mais il concluait qu'il avait eu la vie sauve grâce à Dieu et à la prostate du voisin de l'appartement d'à côté, un envoyé du ciel qui, tout en vidant sa vessie à trois heures du matin, s'était inquiété de l'odeur de gaz qui envahissait sa salle de bains. Après avoir vérifié que les feux de sa cuisinière étaient bien éteints, il était sorti dans le couloir donnant accès aux appartements, reniflant comme un chien, pour découvrir que la puanteur semblait provenir de l'appartement d'à côté, où vivait depuis quelques mois un poivrot et où les lumières étaient allumées. Le voisin s'était décidé à frapper à la porte, puis à donner des coups de pied dedans en criant. Malgré son insistance, il n'avait pas eu de réponse. Alerté par le bruit, le voisin du troisième appartement avait ouvert sa porte pour demander ce que c'était que ce bordel, et l'homme souffrant de la prostate lui avait demandé son aide. Il y avait une fuite de gaz dans le premier appartement et personne ne venait, avait-il dit tout en redonnant des coups de pied dans la porte à l'appui de ses dires. Attention ! Ça va exploser !

Les deux voisins avaient alors pris la décision qui allait sauver la vie de Bernardo : ils avaient donné ensemble des coups de pied dans la porte jusqu'à arracher la serrure et ils étaient entrés dans l'appartement, où ils avaient trouvé un brûleur éteint dont s'échappait du gaz et sur lequel était posée une casserole fumante. Et, couché sur le canapé, au bord de l'asphyxie ou peut-être déjà tué par les émanations de gaz et l'alcool dans ses veines, l'ivrogne qu'ils avaient eu le malheur d'avoir pour nouveau voisin.

Quand il essaya de reconstituer la scène trouvée par ses sauveurs, Bernardo affirma qu'il ne se souvenait de rien. Mais, il pouvait le jurer, ce soir-là en tout cas, il était parti tellement loin de la réalité qu'il n'avait pas envisagé la possibilité du suicide, contrairement à bien d'autres soirs et surtout à ces innombrables petits matins où il s'était retrouvé puant le vomi, l'alcool, la sueur et l'urine dans son lit ou sous un porche quelconque de la ville. Mais ce soir-là, non. Pourquoi avait-il mis une casserole sur le feu, de toute évidence pleine d'eau qui, en bouillant, avait éteint la flamme ? Bernardo ne le savait pas et ne le saurait jamais. Il ne se rappelait pas non plus que, quelques heures plus tôt, le tenancier du bar mal famé de la rue Lacret, le trou sombre dont l'ex-informaticien était devenu un pilier, l'avait laissé au moment de la fermeture assis devant l'entrée de l'établissement, les mains agrippées à une canette de soda mélangée à du rhum. Aux côtés de Bernardo, sous le même porche, dormait déjà Chancleta, son concurrent le plus acharné parmi les habitués du bar. Il pouvait encore moins dire comment il était arrivé jusqu'à ce qui était à présent son domicile et comment il était parvenu à entrer. Son dernier souvenir remontait à la mi-journée, quand il avait sorti du coffre où il les rangeait quelques billets provenant de la somme reçue lors du troc de sa maison contre cet appartement de la rue La Sola.

La déchéance de Bernardo avait été un processus de chute libre dont l'issue, selon ses amis, ne pouvait être que tragique. Si, à l'époque de la fac, il était admiré pour sa capacité à boire de l'alcool sans que son intelligence en soit affectée, au fil des ans sa dépendance était devenue un problème de plus en plus grave qu'Elisa avait essayé de résoudre en l'hospitalisant à plusieurs reprises pour des cures de désintoxication dont le seul effet avait été de l'éloigner pour quelques mois de la bouteille de rhum avant des rechutes encore plus retentissantes.

Pour ceux qui le connaissaient, il était clair que son penchant pour l'alcool s'était aggravé au moment où Elisa avait annoncé sa grossesse, Bernardo étant convaincu que l'enfant n'était pas de lui – en plus de sa stérilité, cela faisait plusieurs mois qu'Elisa et lui n'avaient pratiquement plus de rapports sexuels. Ensuite, la mort de Walter, un épisode dont il refusait de parler en raison de sa difficile relation personnelle avec le défunt, et la disparition d'Elisa, qui avait presque immédiatement suivi, l'avaient encore plus rapproché de l'alcool et propulsé sur une pente descendante qui avait à peine été brièvement interrompue à deux ou trois reprises, dont une nouvelle cure de désintoxication ratée. Un voyage vers l'enfer dans lequel il avait fini par perdre son travail, son ordinateur et sa collection de disques et de cassettes, puis la voiture, héritage de ses parents, et finalement sa magnifique maison et une bonne partie de l'argent reçu lors de la permutation des logements, jusqu'à en faire cet être à la peau grisâtre, aux yeux plus rouges que verts et aux lèvres gercées qui était arrivé à l'hôpital à l'aube du 18 septembre 1995 avec de graves symptômes d'asphyxie et d'intoxication alcoolique et respiratoire. Le fond de l'abîme.

Le lendemain de la visite de ses amis, quand on lui donna l'autorisation de sortir, Bernardo accepta la décision sans appel de Clara, Irving et Joel : il irait habiter pour une durée indéterminée dans la maison de Fontanar et il entrerait une nouvelle fois dans une clinique pour y faire une cure de désintoxication alcoolique et psychologique. Et il avait juré solennellement devant le Dieu qui, selon lui, l'avait sauvé, et au passage devant ses amis qui l'exigeaient, qu'il ne toucherait plus jamais au démon en bouteille.

Grâce à un fonctionnaire au ministère de la Santé publique qui avait été proche des parents de l'informaticien du temps où ils étaient des personnages importants, Irving avait obtenu la possibilité de faire admettre Bernardo dans une nouvelle clinique de luxe, qui avait ouvert en périphérie de la ville et était spécialisée dans le traitement des addictions. Mais comme Bernardo ne pouvait pas payer son séjour en dollars, il fallait attendre quinze jours avant qu'il y ait un lit disponible. Un Bernardo convaincu que Dieu lui avait envoyé le dernier canot de sauvetage décida que, cette fois, il avait assez de volonté pour résister à l'envie de boire en prenant seulement les anxiolytiques qu'on lui avait prescrits au sortir de l'hôpital.

Clara fut alors témoin du début du chemin de Bernardo vers la sobriété. Tous les matins, elle descendait préparer le petit-déjeuner de ses fils avec ce qu'elle avait : presque toujours un morceau de pain, parfois du lait, d'autres fois du yaourt au soja – que Marcos, dont l'estomac ne le supportait pas, versait discrètement dans la gamelle de Danger, le dévoreur –, parfois une glace fondue, un œuf pour chacun si ceux prévus sur la carte de rationnement avaient été livrés ou si Ramsés en avait déniché, et même, grand luxe, un hot-dog tant qu'il restait de l'argent envoyé par Darío et de celui que, de façon aléatoire, Horacio avait commencé à lui faire parvenir, dont quarante pour cent étaient destinés à Irving et Joel.

Dans la faible lumière du petit matin, Clara trouvait Bernardo déjà assis sur la terrasse à l'arrière, parfois immobile, d'autres fois se balançant d'avant en arrière, comme s'il creusait un puits de pétrole. Il se grattait les bras et la nuque avec des ongles rongés jusqu'au sang, baigné de sueur certaines fois, tandis que la couleur grisâtre de sa peau commençait à se couvrir de bleus, comme s'il avait été une nouvelle fois au bord de l'asphyxie. Et toujours, tous les matins, les pages ouvertes ou fermées sur ses cuisses, Bernardo serrait la bible qui était l'un des rares objets personnels qu'il avait demandé à Irving et Joel de lui ramener de l'appartement de la rue La Sola. La bible qui allait l'accompagner durant les jours les plus difficiles de sa tentative de reconversion en être humain.

Plus tard dans la matinée, quand Clara sortait dans le jardin pour arroser son potager et fournir leur première ration d'herbe aux lapins et le maïs moulu à l'élevage de coqs de combat de Ramsés, Bernardo la suivait, essayant de l'aider même si souvent il n'y arrivait pas, submergé qu'il était par les deux ou trois sujets auxquels il revenait toujours.

– Tu sais ce qui est le pire dans ce qui m'arrive ?... – Il pouvait commencer ainsi et marquait toujours une pause. – Le temps. Le temps qui a grandi, grossi, comme si les jours n'en finissaient pas... Quand j'étais ivre, les jours avaient moins d'heures, maintenant ils en ont je ne sais pas combien, et tu ne peux pas savoir comme ça m'épuise. Je veux que la nuit vienne pour dormir et, quand je me couche, je dors deux heures et je me réveille en n'ayant plus sommeil et... je suis terrifié parce que je sais que j'ai encore plus de temps pour penser, un jour encore plus long à vivre sans la moindre fichue idée de ce que je vais en faire.

– Quand tu seras guéri, tu pourras profiter de tout ce temps.

– Mais quand je serai guéri, et oui, je vais guérir, le problème c'est que je ne sais pas ce que je vais faire de ma vie. Comme informaticien, je ne suis plus dans le coup ; j'ai perdu ma maison ; je n'ai pas de femme et je ne peux pas avoir d'enfants ; j'ai trente-six ans et j'ai l'impression d'en avoir mille ; je suis vide de l'intérieur et je ne sais pas comment me remplir de quelque chose, parce que je ne sais pas s'il existe encore quelque chose qui puisse me remplir. – Et il lui arrivait de pleurer.

– Allez, allez… Quand tu seras guéri, tu trouveras quoi faire, intervenait à nouveau Clara. Regarde-moi, je sème du manioc et je nourris des lapins après avoir passé cinq ans à me prendre la tête à la fac d'ingénierie… Mais toi, Horacio et Darío, vous avez toujours été brillants. C'est pour ça que Darío travaille comme médecin et va obtenir les équivalences pour sa spécialité. Même chose pour Horacio qui fait pareil à Porto Rico. Pourquoi est-ce que tu n'en serais pas capable, Bernardo ?

– Ma seule consolation, c'est d'avoir découvert que Dieu existe. Tu te souviens de ces séminaires d'athéisme scientifique qu'on suivait au lycée et à la fac ? – Clara confirmait toujours, et quand Irving et Joel participaient à ces conversations, eux aussi confirmaient, en plaisantant parfois. – Je croyais tout ce qu'on me disait parce que j'étais persuadé d'être athée, ou agnostique. Mais, en fait, j'ai découvert que si je croyais être athée, ce n'était pas par conviction, mais par manque de foi. Et maintenant je sais que Dieu existe.

– Tu as des preuves ? – C'était en général Irving qui posait la question pour l'asticoter.

– J'ai tout fait pour me tuer et j'ai failli y arriver le jour où je ne pensais pas le faire, et je suis toujours vivant. Quelles autres preuves tu veux ?

– Tu crois vraiment que c'est Dieu qui t'a sauvé du gaz ? Il a envoyé un ange ou un chérubin aux fesses roses ?

– Fais pas chier… c'étaient mes voisins. Mais envoyés par Dieu… Et ne croyez pas que je suis fou, même si ça en a tout l'air. Je sais que l'alcool a noyé la moitié de mes neurones, mais avec ceux qui me restent, je pense et je crois que les choses arrivent parce qu'elles doivent arriver et que nous sommes incapables de changer ce qui va arriver. Quelque chose, Quelqu'un organise le monde…

– Ou le désorganise, intervenait Joel. Regarde comme c'est partout la merde…

– Ça, c'est vrai, ajoutait Irving. Vous avez vu ce qui se passe en Yougoslavie ? Vous vous rappelez comment tout fonctionnait bien en Yougoslavie ? Et vous dites quoi de l'ex-Union soviétique et de la mafia russe ?

– Ne t'énerve pas, Irving. Ce sont deux choses différentes… je sais que ce sont deux choses différentes, et même si elles n'ont pas d'explication, cette absence d'explication vient de la force supérieure qui n'a pas besoin d'explication. C'est comme ça parce que c'est comme ça. Ce qui sera, sera, comme disent les juifs.

– Déconne pas, Bernardo. Comme ça, c'est trop facile…

– Si c'est facile, comme tu viens de le dire, pourquoi tu ne l'acceptes pas ?

– Parce que je ne crois pas en Dieu. Je ne crois pas que Dieu existe…

– Et ça te dérange si je crois aujourd'hui que oui, Il existe ?

– Bien sûr que non. Je t'embête. Ou non… Sérieusement, je suis vraiment content que tu aies Dieu avec toi et qu'Il ne t'ait pas seulement sauvé de la mort, mais qu'Il t'aide en plus à vivre. Vu le merdier dans lequel on vit, ce serait vraiment une bonne action divine.

– Ça l'est… et c'est là le mystère… Vous vous rappelez que j'aimais toujours entrer dans les églises et m'y asseoir un moment pour regarder ? – Clara hochait la tête, Irving hochait la tête, Joel restait immobile car il y avait certains détails du passé de Bernardo qu'il ne connaissait pas. – Quand je suis allé au Mexique pour mon travail, je me suis fait plaisir à visiter des églises, elles étaient toujours pleines de monde, avec des statues de saints qui avaient l'air vivants et des ex-voto partout. Et quand je suis allé à Moscou, j'ai visité certaines de celles qui restaient, dedans il n'y avait que quelques vieux, mais elles étaient aussi belles que celles du Mexique, même si différentes, bien sûr. Et je pense à présent que les églises m'attiraient parce qu'il y avait en moi quelque chose d'endormi, une volonté de croire qu'une force maligne empêchait de se réveiller.

– Le diable ? demanda un jour Joel.

– Le diable, c'est la représentation du mal. Rien d'autre. C'est pour ça qu'il est si facile de le rendre coupable de tout. Mais il y a beaucoup plus que le diable. Il y a les hommes aussi… J'ai lu un jour que les manichéens proclament que le monde est un champ de bataille entre le bien et le mal. D'après eux, une force maligne a créé la matière, tandis que la force du bien s'est chargée de l'esprit. Les êtres sont pris entre ces deux tensions et doivent choisir… Parmi ces êtres se trouvent les hommes qui nous manipulent, nous soumettent et nous obligent à faire ce qu'ils veulent et à penser comme ils le veulent. De ceux-là, j'en connais beaucoup, pas besoin d'être manichéen pour les connaître… Et il y a aussi les individus concrets qui ont le mal en eux et agissent comme lui. Des individus comme Walter. Des personnes comme Elisa… mes deux démons particuliers… Vous pensez que je suis encore soûl et que je dis des conneries ?

La cure de désintoxication de Bernardo s'était prolongée plus longtemps que prévu parce que les psychologues – qui en avaient très peu dit à Irving et Clara lors d'une première rencontre – trouvaient que le patient était profondément atteint et préféraient le garder jusqu'à ce qu'ils aient la certitude que la thérapie avait fonctionné avec toute l'efficacité (ou pas) possible dans ce genre de cas.

– Il est devenu fou ? avait voulu savoir Irving, et le psychologue avait ri.

– Fou, non. Votre ami soufre des effets physiques et psychologiques d'un traumatisme. Et le cerveau humain est un grand mystère. Il trouve parfois, pour résister, des mécanismes très complexes.

Quand le moment de la sortie avait approché, les spécialistes, plus explicites et apparemment plus confiants dans le succès, les avaient prévenus que le patient devait mener une vie la plus organisée possible et éviter les déséquilibres émotionnels. Les conditions étaient-elles réunies pour garantir cette stabilité ? Clara leur dit aussitôt que oui : elle s'engageait à faire tout son possible pour lui offrir la plus grande stabilité. À cet effet, elle ferait venir Bernardo chez elle, où, compte tenu de l'anomalie quotidienne dans laquelle ils vivaient tous depuis des années, elle et ses fils pouvaient créer une atmosphère se rapprochant le plus possible de ce que l'on pouvait considérer comme la normalité, y compris la présence d'une famille.

Quand Bernardo retourna enfin dans la maison de Fontanar, début décembre, Ramsés et Marcos ne purent cacher leur surprise : l'homme qu'ils s'étaient habitués à voir presque toujours ivre, mélancolique, vulgaire et bavard, avec des accès de violence ou de dépression, ou celui que, avant son hospitalisation, ils avaient vu déambuler et se mouvoir comme un zombie maigre racontant des choses étranges, avait été remplacé par quelqu'un de plus gros, propre sur lui et calme. En plus, Bernardo faisait de l'exercice physique tous les matins, allait à la messe le dimanche à la vieille église de Calabazar (accompagnée par Clara, qui prenait très au sérieux son rôle de gardienne stricte), et en plus de la Bible, il lisait des ouvrages d'informatique et appelait d'anciens collègues avec l'intention de trouver du travail et de reprendre son métier. Cependant, pour éviter les tentations, Clara, les garçons et Irving avaient décidé de fêter Noël et le nouvel an en tout petit comité (Darío avait cette fois envoyé à temps l'indispensable aide financière), sans alcool ni excentricités, malgré les reproches de Bernardo qui leur assurait qu'il ne reboirait pas et que cela ne lui faisait rien si d'autres buvaient devant lui : il n'avait pas l'intention de retourner en enfer.

Le dernier soir de l'année, alors que Ramsés et Marcos étaient partis s'amuser de leur côté à une fête chez la copine de Ramsés, dans le quartier voisin de Boyeros, les quatre survivants du Clan décimé s'assirent sur la terrasse, face au potager de Clara, pour respecter le rite de l'accueil de l'année 1996, qui – du moins l'espéraient-ils – ne pouvait être que meilleure (ou, du moins, pas pire) que la période qui dans quelques heures serait close. Sur l'instance de Bernardo, Clara avait mis à rafraîchir une bouteille de cidre pour qu'elle, Irving et Joel puissent trinquer, tandis que lui-même le ferait à l'eau, avec l'absolue conviction que, dans une autre vie meilleure, à laquelle il aspirait déjà, quelqu'un se chargerait de la transformer en vin.

– Et ce n'est pas une autre de mes conneries… je sais que j'aurai une autre vie. Et pas dans l'au-delà ni dans le ciel, et je sais que je ne verrai pas l'eau se transformer en vin… Je parle des années qui me restent… ça va être une vie meilleure. Quelque chose de bien va m'arriver. Je le sens ici. – Et il se toucha la poitrine.

– Tant mieux, rétorqua Irving. Nous autres, les athées, on va pouvoir le voir…

– C'est ça, fous-toi de ma gueule, gros con.

– J'ai beau t'aimer beaucoup, je ne t'imagine pas croyant à des anges qui mettent enceinte des vierges, à saint Pierre avec les clés du ciel à la main et ce genre de trucs…

– Mais ces choses-là, je n'y crois pas. Je pense qu'il existe une puissance supérieure que nous appelons Dieu, une essence dotée d'une volonté et d'une force supérieures, je crois seulement à ça.

– Mais tu lis beaucoup la Bible, intervint le discret Joel.

– Parce qu'il y a une vérité dedans. Sauf qu'elle est racontée de façon cryptée, à partir du savoir d'un petit nombre qui connaissait la vérité quand le monde était plus simple mais que les hommes étaient déjà pareils à nous : mêmes défauts, mêmes qualités, même besoin de trouver un appui. – Bernardo semblait convaincu de sa découverte et les autres décidèrent de respecter ses convictions. L'alcool l'avait-il rendu un peu couillon ? – Je vous assure, à la clinique et toutes les semaines où je suis resté ici, j'ai passé du temps à réfléchir à ce qu'avait été ma vie et à ce qu'elle pouvait devenir, et vous savez la première chose que j'ai découverte ?

– Que nous allons de défaite en défaite… – Irving commença à réciter la phrase qui plaisait tellement à Bernardo.

– Que nous sommes *dust in the wind* ? intervint Clara.

– À part ça, bien sûr… – Bernardo regarda ses mains. – Tout ça, ça m'a fait flipper. Et vous savez pourquoi ? À cause de ce que je vous disais, ou de ce que je voulais vous dire que j'ai découvert. Donc, arrêtez de faire chier et laissez-moi parler. – Il les regarda en s'arrêtant sur Irving, qui mit ses doigts en croix sur les lèvres pour indiquer qu'elles resteraient cousues. – J'ai découvert que si je me soûlais la gueule, que si depuis dix ans j'ai été plus souvent inconscient que lucide, c'est parce que je refusais de penser. Aussi simple que ça. Et je refusais de penser parce que la sobriété peut être un état horrible pour quelqu'un comme moi qui se rend compte qu'il n'a rien à quoi se raccrocher. Et j'ai presque tout perdu, à part votre fidélité, celle de Darío, et je dirais même celle de Fabio, le pauvre Fabio… Vous saviez qu'un jour Fabio a voulu m'attacher à un arbre, comme José Arcadio Buendía, pour que je ne puisse pas aller boire ?… Pour une partie de ce que j'ai perdu, je suis seul responsable. Pour une autre, j'ai des tas de coupables. Comme mes parents, qui n'en avaient pas grand-chose à faire de moi alors que, pendant des années, ils ont joué les révolutionnaires exemplaires. Jusqu'à ce qu'on leur coupe les pattes parce qu'ils étaient trop arrogants, prétentieux, despotes envers ceux qui les entouraient et, pour comble, minablement corrompus : cent ou deux cents dollars sur les frais de déplacement, un peu d'essence, un peu de trafic d'influence en échange de cadeaux ou de voyages. Pourquoi vous croyez qu'à mon bureau ils m'ont envoyé au Mexique alors que j'étais le dernier arrivé dans l'entreprise ?… Eh oui. Vous ne l'avez jamais su, j'étais terrifié à l'idée de vous l'avouer, et c'est pour ça que vous faites maintenant ces têtes, parce que je suis en train de vous dire que ces pauvres diables qui sont morts étouffés dans leur ressentiment et leur amertume n'ont rien à voir avec ce qu'ils disaient en public et avec la carte du Parti qu'ils avaient dans la poche… Le pire, c'était de les entendre, eux et leurs semblables avec lesquels ils étaient en compétition, se vanter de ce qu'ils faisaient et de ce qu'ils avaient, pour ensuite enfiler le masque de communistes intègres et se balader dans le monde, en marchant sur ceux qui avaient le malheur d'être sur leur passage. Et c'est pour ça qu'ils sont morts en pestiférés, haïs et pleins de haine. Entre des gens pareils, il n'y a pas de fidélité qui tienne, ils se dévorent les uns les autres, ceux d'en haut écrasent ceux d'en bas.

– Bernardo, tu tiens vraiment à parler de ça ? – Le ton de Clara se voulait dissuasif. Elle savait que cette confession prenait un tour dangereux, et probablement déchirant.

– Oui, Clara, parce que je n'ai pas l'intention de raconter tout ça à un curé que je ne connais pas, qui est peut-être un salaud lui aussi et qui va me dire de résoudre tout ça avec quelques prières de pénitence. Il n'y a qu'à vous que je peux le dire… Parce que, avec des gens comme mon père et ma mère, j'ai vu et entendu beaucoup de choses, mais j'ai fait une overdose quand j'ai connu mon beau-père, le tout-puissant Roberto Correa… Ce vieux dinosaure, c'est le cynique et le salopard absolu. Si tordu qu'il a rendu folle sa femme, la mère d'Elisa, vous le savez, il lui a pourri la vie, même si elle aussi se comportait comme une connasse. Et il a même été tordu au point de se coller une balle dans la tête et, à l'heure qu'il est, il doit se balader en enfer un fouet à la main, comme auxiliaire du diable, en pourrissant la vie de tous ceux qu'il pourra. Sa vocation dans la vie, c'était ça : pourrir la vie des gens, et en ce qui me concerne, il a pourri la vie de sa fille. Parce que, même si Elisa a toujours essayé d'échapper à cet univers de mensonges et d'arrogance dans lequel vivait son père, avec ses slogans héroïques et même ses médailles, cet univers la touchait et l'affectait. Il l'a touchée et affectée. Elle a fini par croire des choses, comme on dit maintenant… Et Elisa, la rebelle et la bonne amie, est devenue une manipulatrice qui a fini par faire des choses horribles… Ne me regardez pas comme ça, merde ! Ce n'était pas une manipulatrice et une meneuse ?… Je sais de quoi je parle… Et c'est pour ça que je n'ai jamais pu savoir ce qui s'est passé entre Elisa et Walter. Et non, je ne suis pas en train de dire qu'ils ont couché ensemble ou pas, ou qu'il l'a mise enceinte ou pas. J'ai toujours cru que non, que ce n'est pas allé jusque-là, mais je crois aussi que c'est possible, même si tu dis qu'il ne s'est rien passé entre eux, Irving, parce que Elisa te l'a juré et que tu la croyais toujours. Non, je veux parler de quelque chose d'encore plus tordu, dont je ne vous ai jamais rien dit et qui les concerne tous les deux, et aussi le père d'Elisa… et moi. Je vous assure que je ne suis pas devenu parano comme Darío, et que je ne cherche pas des justifications pour tout et pour tout le monde, à commencer par moi… mais je sais qu'il y avait entre eux un lien que je n'ai pas pu découvrir mais qui a un rapport avec tout ce qui s'est passé.

– Excuse-moi, Bernardo, je vais rompre mon vœu de silence, mais je ne comprends pas où tu veux en venir… Il s'est passé quelque chose entre eux et c'est pour ça que Walter s'est tué ?

– Je n'ai pas dit ça, Irving, tu me fais dire ce que je n'ai pas dit… Ce que je dis, c'est que Walter et Roberto Correa étaient en relation. Je sais qu'ils l'étaient et qu'Elisa était mêlée à ça.

Irving leva la main.

– Attends… Je me souviens qu'Elisa a présenté Walter à son père parce que Roberto voulait savoir quelque chose à propos d'un tableau. S'il était authentique ou faux.

– Non, ça c'était bien avant, quand Walter a commencé à être avec nous. Je parle d'autre chose, d'un autre genre de relation. Celle qu'ils avaient au moment de la mort de Walter.

– Au moment où ils ont éjecté Roberto Correa ? demanda Joel.

– Oui… Elisa ne voulait pas entendre parler de ce qu'avait fait son père, jusqu'à quel point il était mouillé dans toute cette histoire de trafic de drogue et de dollars qui a éclaté en 1989. Je crois qu'elle en avait honte. Et quelque part au milieu de cette merde, il y avait Walter, et elle a pu se dire que ça craignait tellement que, quand Walter s'est tué, elle a décidé de disparaître. Et pour faire diversion, elle a commencé à jeter de la merde dans le ventilo… Et une partie de cette merde, c'est moi qui l'ai bouffée. J'ai bouffé ma merde par faiblesse, ou parce que je ne voulais pas paraître aussi faible, ou que sais-je… ou plutôt, si, je le sais : parce qu'elle me manipulait… Mais, le reste, la montagne de merde, ils se sont cachés derrière… Il y a des choses que je n'ai jamais sues et d'autres que je sais mais dont je ne parlerai jamais, même sous la torture et… j'ai déjà trop parlé, je me tais, je ne suis plus le Bernardo que j'ai été…

Cette dernière soirée de 1995, Irving et Clara réagirent comme s'ils acceptaient sans réserve les révélations de Bernardo. Tous deux étaient d'accord pour protéger leur ami et le soutenir ensemble dans son processus de reconstruction. Et c'est pour cela qu'aucun des deux n'exprima ce qu'ils pensaient en écoutant la confession du mathématicien : quel rôle Bernardo avait-il joué dans cette histoire tortueuse ? Quel genre de relation avait existé entre le peintre et le père d'Elisa, en dehors de l'authentification d'un tableau ? Était-il vrai, comme l'avait raconté Fabio, que Walter était bel et bien sous surveillance ? Par qui et pourquoi ? De quelle partie de cette histoire Bernardo refusait-il de parler, même sous la torture ? Était-ce cette partie qui éclairait ce qui s'était passé ? Et même si tous deux ne savaient pas grand-chose des saletés du monde des pouvoirs invisibles, ils savaient que ses tentacules pouvaient se déployer très loin et étaient capables de t'attraper, parfois sans que tu aies rien fait pour. Avant de te recouvrir de merde, comme disait Bernardo.

– Ce que je sais, c'est qu'Elisa cherchait à s'éloigner de plus en plus du dinosaure, se contenta de dire Irving. Elle savait qu'il était assez malin pour échapper même à la purge dans les organes de sécurité et l'armée... Je me rappelle comme si c'était hier quand j'ai été libéré et que je lui ai raconté ce qui était arrivé... Elisa m'a dit qu'elle aussi, elle avait peur. Mais elle ne m'a pas dit pourquoi... Et elle m'a juré qu'elle n'avait jamais couché avec Walter. Et, bien sûr, je l'ai crue, Bernardo, pourquoi elle m'aurait menti à moi...

– La grossesse, cela peut beaucoup perturber les femmes et... Elisa était vraiment paumée, intervint Clara. Je crois aussi qu'elle avait peur de craquer, comme sa mère, la pauvre... Au fait, elle vit toujours ?

– Je ne sais pas, avoua Bernardo. Elle était folle à lier...

– Mon Dieu, dit Clara, avant de se reprendre. Ce que je ne comprends pas, Bernardo, c'est pourquoi vous ne vous êtes pas séparés une bonne fois... Tu étais amoureux d'elle, d'accord, mais vu le mal qu'elle te faisait...

– Aujourd'hui, moi non plus je ne comprends pas. À l'époque, j'étais tellement perdu que je lui ai laissé l'initiative. Mais je ne sais pas pourquoi elle a laissé pourrir les choses alors qu'il aurait mieux valu trancher net, au moins avec moi, et ne pas m'entraîner dans ses embrouilles. Si elle a couché avec un autre, ou plusieurs autres... c'est un grand mystère... je n'en sais rien... Ce que je regrette le plus, et c'est par là que j'ai commencé, c'est que je ne le saurai jamais, ni ça ni rien d'autre... Ce qui me fait chier, c'est que, s'il y a une réponse à ce que nous nous demandons encore, même celle d'Elisa serait incomplète... et Walter non plus n'avait pas toute la réponse... je pense que celui qui l'avait, c'était Roberto Correa.

– Tu ne crois pas que tu ferais mieux d'oublier tout ça, mon vieux ? intervint enfin Joel, en devançant Clara et Irving. Le mec s'est tué et il est bien mort, et on n'en a plus rien à foutre. Elisa et Walter non plus…

Bernardo regarda Joel et sourit.

– C'est toi qui as toujours raison, mon pote… Et là, maintenant que j'en ai parlé avec vous… c'est fini. Non, je ne vais pas ressortir toutes ces histoires, je vais même essayer de les oublier… m'en désintoxiquer, comme de l'alcool, pour commencer une nouvelle vie en 1996… et il ne manque plus que dix minutes…

– C'est vrai, je n'avais pas vu l'heure, dit Irving.

– Ce sera une bonne année, poursuivit Bernardo. On l'a bien méritée.

Joel sortit le cidre du frigo pour le déboucher. Il remplit trois verres tandis que Clara apportait un verre d'eau pour Bernardo. Un voisin tira en l'air pour saluer l'année nouvelle et les quatre amis burent, s'étreignirent, s'embrassèrent, se souhaitèrent une bonne année 1996. Oui, ils l'avaient bien méritée.

Clara et Irving reparlèrent entre eux quelques jours plus tard de la confession de Bernardo. D'un commun accord, ils parvinrent à la conclusion la plus logique et opportune : l'homme abandonné, trompé et humilié par Elisa avait besoin d'édifier une muraille d'arguments, peut-être bons, parfois incomplets, non pour la protéger elle, mais pour s'y appuyer lui-même dans le dur travail de reconstruction de sa vie dans lequel il s'était lancé. Son rapprochement avec la philosophie du péché, de la faute et de la rédemption contribuait évidemment à nourrir sa perception d'événements et de conduites qui avaient tant pesé dans sa chute : le monde était un combat manichéen entre le bien et le mal, la méchanceté venait du dehors et il en avait été la victime, semblait penser Bernardo, parce que c'était mieux comme ça pour son salut. Et aussi pour les autres amis, y compris les morts.

1996 avait commencé depuis à peine deux semaines quand surgit la possibilité pour Irving de quitter l'île et de s'éloigner de ses peurs, premier indice des bontés d'une année dont ils espéraient qu'elle leur serait favorable.

Sitôt qu'il eut la nouvelle, Irving appela Clara, qui avait attendu son coup de fil toute la matinée, pour l'informer que le consulat espagnol avait accepté sans tiquer la fausse lettre d'invitation obtenue par Darío pour qu'il assiste à un séminaire de création graphique à Madrid. On lui avait enfin accordé ce sacré visa qui lui avait coûté tant d'efforts ! criait Irving, et Clara avait senti comment, à côté de l'immense joie qu'elle ressentait face à son enthousiasme, elle était aussi rattrapée par la tristesse d'un départ imminent, un de plus qu'elle devait accepter et rajouter à la liste trop pleine des déchirements affectifs.

Bien évidemment, et comme c'était toujours le cas pour eux, la suite ne pouvait être qu'une course d'obstacles. Après avoir compté les économies que Joel et lui avaient faites pour le voyage tant espéré, en se privant même sur la nourriture, l'aspirant voyageur se rendit compte qu'il avait à peine plus de la moitié de la somme pour le billet le plus économique que l'amie d'une amie de Joel, qui avait des contacts à Air Europa, avait pu lui réserver : sur les sept cent quarante-neuf dollars qu'il devait verser dans les prochains jours, il lui en manquait trois cent dix.

La première solution à la portée d'Irving était la vente de tout ce qu'il avait, sachant que, comme il n'avait presque rien, le résultat ne donnerait pas grand-chose. Un premier coup de pouce arriva grâce à Bernardo qui, sans hésiter, offrit cent dollars survivants de l'échange de sa maison. Mais il en manquait encore deux cents. L'option restante était de demander un prêt à Horacio et Darío, de cent dollars chacun, un chiffre qui semblait raisonnable à tout le monde.

Un après-midi, tandis que dans la salle à manger de la maison de Fontanar, Clara, Bernardo et Irving faisaient des comptes qui ne suffisaient pas, dressaient la liste de ce qu'Irving pouvait encore vendre et parlaient du prêt d'urgence qu'il devait demander, il arriva ce qu'ils considérèrent comme un miracle. Un Ramsés qui, sur sa chaise, avait semblé concentré sur ses devoirs de mathématiques, des problèmes pour lesquels il avait même demandé de l'aide à Bernardo, quitta le salon quelques minutes et revint avec une enveloppe qu'il tendit à Irving.

– Ce sont des pesos cubains, il faut que tu les changes. C'est ce qu'ont rapporté les lapins et les coqs… Il doit y avoir dans les cent dollars. Comme ça, tu auras moins à demander. Ou autant, mais tu auras quelque chose à ton arrivée en Espagne.

Dans un premier temps, Clara et Irving ne comprirent pas ce qu'il disait. Mais quand Irving prit l'enveloppe et en sortit une grosse liasse de billets, tout fripés, attachés par un élastique, l'émotion les gagna. Sitôt remis, Irving lui fit une réponse prévisible.

– Ramsés, je ne sais pas comment te remercier, mais je ne peux pas accepter ton argent. Garde-le, s'il te plaît, dit-il en rendant l'enveloppe au garçon.

– Je n'en veux pas, Irving. Cet argent est à toi. – Ramsés tourna le dos et alla se rasseoir.

– Mais, mon chéri… commença Clara, mais Bernardo intervint.

– Clara, Irving… qu'est-ce qui vous prend ? Vous pouvez demander de l'argent à Darío et Horacio, et vous ne pouvez pas accepter l'argent de Ramsés ? Arrêtez de lui parler comme s'il était encore un enfant, il a quinze ans et il sait ce qu'il fait.

– Ce n'est pas juste, Bernardo, insista Irving. Il a besoin d'un millier de trucs et c'est pour ça qu'il a économisé cet argent…

– Tout ce dont il a besoin, maintenant, sa mère le lui procure. Cette maison, trois repas par jour, des vêtements propres pour aller à l'école… Qu'est-ce que nous avions, nous, quand nous étions au lycée ? Et on était frustrés à cause de ça ?… Moi, j'étais celui qui avait le plus et… j'étais frustré quand même, mais pour des trucs plus graves et vous le savez parfaitement. Et mettez-vous ça dans la tête une fois pour toutes : Ramsés n'est pas Darío. C'est le fils de Darío et de Clara…

Secoués par le discours de Bernardo, tous les deux se retrouvèrent sans autre argument que la conviction que ce n'était pas au garçon de résoudre leurs problèmes. Mais Clara se sentit aussi envahie de fierté, et Irving d'une tendresse qu'il eut besoin d'exprimer.

– Merci, Ramsés. – Il prit le visage du garçon entre les mains et lui donna un baiser sur le front.

– De rien, Irving, murmura Ramsés avant de retourner, comme si c'était de la plus haute urgence, aux mystères de son problème de trigonométrie.

De plus en plus souvent, mais surtout parce qu'elle était émue jusqu'au plus profond de son âme par le départ imminent d'Irving, Clara se demandait pourquoi autant de gens proches d'elle avaient opté pour l'éloignement. De son cercle le plus intime étaient déjà partis son ex-mari Darío, puis Fabio et Liuba, et un peu après Horacio. Maintenant, c'était le tour d'Irving, que rejoindrait aussi vite que possible Joel. Et Elisa ? Elisa aussi ? Elisa très certainement.

Pourquoi tous ces gens qui avaient vécu de façon naturelle dans une proximité affective, attachés à leur monde et à ce qui leur appartenait, s'efforçant durant des années d'améliorer la vie personnelle et professionnelle à laquelle ils avaient eu accès dans leur pays, décidaient ensuite de poursuivre leur vie en exil, un exil dans lequel, supposait-elle, et c'était ainsi que Fabio l'avait ressenti, ils ne retrouveraient jamais ce qu'ils avaient été et n'arriveraient jamais à être autre chose que des transplantés avec de nombreuses racines apparentes ? Ou parviendraient-ils à être autre chose, n'importe quoi d'autre que des étrangers, des réfugiés, des clandestins, des exilés, des apatrides ?

Plusieurs d'entre eux, de façon cohérente et, selon le souvenir qu'en avait Clara, par inertie et aussi par instinct, avaient communié depuis leur jeunesse avec l'idéologie officielle et, en raison de leurs mérites et de leurs dispositions, rejoint ses avant-gardes d'excellence : militants de la Jeunesse communiste d'abord, et du Parti ensuite, comme Darío, comme Liuba et Fabio. Un Darío toujours prêt à reconnaître que, dans une autre société, un type comme lui n'aurait jamais eu les mêmes opportunités, alors que convaincus et même dogmatiques Liuba et Fabio étaient les croyants les plus combatifs. Jusqu'au jour où, pour des raisons variées, ils avaient arrêté de croire, ou de croire qu'ils croyaient, ou de faire croire aux autres qu'ils croyaient… D'autres, comme Horacio le rebelle, avaient renié publiquement plus de trois fois son père exilé aux États-Unis, et c'était aux États-Unis qu'il était. Et Elisa ? L'Elisa qui, dès son retour de Londres, leur parlait de la déshumanisation et de l'aliénation – c'étaient ses mots – de la société de consommation, où, paraphrasait-elle, l'homme était un loup pour l'homme et un petit nombre en exploitait beaucoup. Et elle se souvint de comment ils approuvaient tous ces discours, qui leur semblaient justes tant dans leurs principes que dans leurs objectifs.

Autant que Clara pouvait connaître ses amis proches – et elle croyait les connaître assez bien –, aucun d'entre eux n'était un vrai politique, quelqu'un mû par des motivations d'essence politique, même si la politique en question avait un impact sur toute chose dans le pays et, qu'ils le veuillent ou non, sur ses habitants. D'un autre côté, excepté Liuba et Fabio peut-être, et seulement peut-être, les autres n'avaient jamais aspiré à l'exercice d'un pouvoir ou au succès matériel, ni eu l'intention de s'enrichir et de vivre comme des riches. Pourquoi étaient-ils si nombreux à partir ? Tous savaient que, même en rêves, malgré leurs efforts et leurs talents, ils ne seraient jamais ni riches ni vraiment puissants, si telles étaient au bout du compte les aspirations secrètes qui les encourageaient depuis le fond de leurs âmes.

Clara pouvait comprendre les motivations de chacun d'entre eux, y compris les aspirations à la richesse économique. Elle connaissait très bien les raisons personnelles de Darío, mû par le besoin viscéral de s'éloigner de ce qu'il avait été. Celles de Fabio et Liuba, qui s'étaient révélés avançant perpétuellement masqués, opportunistes en mal de représentativité, d'un peu de pouvoir, de privilèges, et soudain étouffés par l'incapacité à supporter les rigueurs d'une vie pleine de rigueurs. Horacio, de son côté et autant que Clara pouvait le savoir, était poussé par son mal-être existentiel. Le physicien avait besoin de l'oxygène d'un espace pour penser, créer, travailler, et ces exigences élémentaires résumaient sa façon terriblement rationnelle d'expliquer la vie. Quant au choix de son cher Irving, il s'expliquait facilement : il échappait à sa maladie chronique, la peur, même si pour y échapper il avait aussi peur, et, parce qu'elle se sentait proche de ses craintes, Clara trouvait qu'il était le plus courageux d'eux tous.

Mais l'autre face de la question l'obsédait aussi, parfois encore plus, et compliquait ses conclusions : pourquoi d'autres restaient-ils ? Pourquoi, alors qu'il y en avait tellement qui partaient, des centaines de milliers d'autres restaient-ils ? Pourquoi Bernardo ? Pourquoi elle et d'autres comme elle ? Certains exprimaient leur satisfaction et même leur confiance dans l'avenir (même si, parmi ces satisfaits et ces confiants, il y en avait sans arrêt qui désertaient de façon spectaculaire), d'autres évoquaient une inertie paralysante, d'autres le besoin de préserver leurs biens, etc., etc. Elle était confrontée à toutes les couleurs du spectre, les visibles et les invisibles, les vraies et les fausses.

Les errements de Bernardo avaient sans aucun doute refroidi ses impulsions de départ, si tant est qu'il en ait jamais eu, l'obligeant à se contenter de ce qu'il avait : auparavant l'alcool ; à présent, assurait-il, son Dieu très particulier, presque hétérodoxe, à moitié manichéen et plus matérialiste qu'ésotérique. Elle, pour sa part, avait à peine conscience qu'elle restait là où elle avait toujours été parce que c'est là qu'étaient ses fils, sa maison, sa mémoire et trente et quelques années de sa vie : la forme et le sens de sa coquille. Ou bien était-ce l'attraction du minerai de cuivre aimanté, provenant de l'endroit le plus sacré de l'île et enterré dans les fondations d'une maison qu'elle avait tant voulu fuir et qui l'avait finalement attrapée ? Peut-être. Mais elle restait là aussi parce que, même quand elle se sentait le plus oppressée et qu'elle osait penser que, dans un autre endroit peut-être, elle sortirait du tunnel de pénuries matérielles et d'impasse professionnelle dans lequel elle était coincée depuis cinq ou six ans, elle avait toujours senti que, nonobstant les tourments, il lui était plus facile de résister que de se reconstruire. La seule idée de se retrouver obligée d'être autre chose, dans un autre lieu, la terrorisait. Et cette peur personnelle l'attachait à la terre, la paralysait. Et, en attendant, elle espérait que les choses changeraient, que la vie s'améliorerait : parce que ceux qui résistaient et restaient et en prenaient plein la gueule le méritaient, ils l'avaient bien gagné, pour eux et pour leurs enfants.

La croisée des chemins devant laquelle s'était retrouvée sa génération lui semblait trop dramatique, beaucoup trop cruelle et même imméritée (ou bien méritée ?). Parce que peut-être il n'avait jamais existé dans ce pays autant de gens s'efforçant d'être meilleurs, de gens purs et convaincus, favorisés par les bienfaits d'une société et, peut-être à cause de cela, d'accord avec l'obéissance exigée d'eux et programmée, prêts à de multiples renoncements qui englobaient les niveaux les plus divers des affinités individuelles et sociales : renoncement aux biens matériels, aux croyances considérées comme hétérodoxes, aux désaccords politiques, aux préférences personnelles de toutes sortes. Des abdications qui allaient de la foi en l'existence de Dieu au goût pour les cheveux longs, et qui comprenaient la sexualité anale et même l'acceptation de ne pas voir (pas le choix) à la télévision un concert de The Mamas and the Papas parce que Quelqu'un avait décidé que leur musique était idéologiquement pernicieuse et ce Quelqu'un leur imposait sa décision comme une forme de protection décrétée, jamais sollicitée.

Et avec les renoncements venait l'acceptation du sacrifice : récolte de la canne à sucre, travaux aux champs, files d'attente pour tout, acceptation de combattre et de mourir dans des guerres déclenchées dans des pays lointains. Beaucoup d'entre eux, presque tous – selon Clara –, avaient accepté le monde dans lequel il leur était échu de vivre et ils avaient même cru en lui et travaillé à le rendre meilleur, et beaucoup avaient participé sans une once de dissidence à l'unanimité des critères, convaincus de la nécessité de cette unanimité organisée, à travers laquelle, comme le proclamait Bernardo, ils parviendraient un jour à la victoire finale. Ou à la fin de l'Histoire dans la société parfaite, le merveilleux univers des égaux.

Peut-être la rupture d'un équilibre précaire déguisé en normalité à laquelle ils s'étaient habitués les avait brutalement projetés dans une autre vision de leur vie et du monde. Une fracture profonde qui avait fini par les éparpiller dans toutes les directions, après des décennies parcourues dans un sens unique, suivant le chemin que d'autres leur avaient tracé, assigné. Et qu'ils avaient suivi, presque toujours sans objections, car il n'y avait pas de place pour l'objection, seulement pour l'obéissance. C'était pour cela aussi que Clara voulait et pouvait comprendre ceux qui s'en allaient, y compris ceux qui jetaient leurs masques et renonçaient à leur ancien militantisme pour commencer à en professer d'autres, parfois de tendance opposée, une attitude inhérente à la condition humaine dans son expression sociale : la simulation du caméléon, la trahison, l'opportunisme ou la reconversion la plus sincère provoquée par le désenchantement…

Et, bien entendu, elle voulait et pouvait comprendre ceux qui, quelles que puissent être leurs raisons, y croyant ou n'y croyant pas, décidaient de rester et de continuer leurs vies plus ou moins compromises, plus ou moins redéfinies, insatisfaites ou soi-disant satisfaisantes, mettant même en avant la conviction qu'ils avaient la chance de vivre dans l'épicentre du monde meilleur, auquel ils devaient gratitude et fidélité.

Elle comprenait, en somme, tout le monde ; ceux qui niaient, ceux qui approuvaient, ceux qui doutaient. Ceux qui ne regardaient pas en arrière comme ceux qui tournaient la tête et souffraient de ce qu'ils voyaient et le disaient. Ou se taisaient. Ceux qui persistaient et ceux qui applaudissaient autant que les fatigués, les discrets, les grandes gueules ou ceux qui n'étaient mus que par l'inertie.

Clara ne se prenait pas pour quelqu'un de politisé, comme l'avait peut-être été Elisa, ni pour une philosophe essentielle, comme Horacio, ni pour une balle à la recherche d'une cible, comme Darío, ni même pour une mystique comme le nouveau Bernardo. C'était peut-être pour cela que la dramatique complexité de la conjoncture historique dans laquelle il leur avait été donné de vivre au moment où ils atteignaient leur maturité existentielle et professionnelle justifiait pour elle toutes les décisions et les rendait toutes également respectables. C'était, se disait-elle, le principe de base de la liberté essentielle de l'espèce qui avait créé l'univers social : le droit individuel de choisir, et le devoir de respecter les choix des autres, la liberté d'avoir un avis et de dire ce que l'on pense (pour ou contre), l'exigence que soient acceptées les décisions de chacun, avec une unique et inviolable limite marquée par la frontière où la volonté des uns ne devient pas l'absence de choix des autres, où un bien individuel ou social ne se transforme pas en un mal individuel ou social pour les autres. C'était ce qu'exigeaient les antiques dix commandements transmis sur le mont

Sinaï et le Contrat social qui régulait (ou prétendait réguler) et les protégeait de la loi de la jungle, de la loi du plus fort, du plus puissant.

Est-ce que tout pouvait être aussi simple ? Non, ce n'était pas aussi simple et cela ne le serait sans doute jamais. Il y en aurait toujours d'autres, ici ou là-bas, avant ou aujourd'hui, pour prétendre que leur foi était la seule véritable, ou parce qu'ils détenaient le pouvoir par leur argent ou par leur force ou par leur haine, pour attaquer à partir d'une tranchée ou d'une autre, de l'intérieur et du dehors ceux qui ne verraient pas le monde selon leur perspective. Il y aurait toujours des visionnaires pour exiger que la société corresponde à leurs critères ou que les autres soient aveugles, sourds, muets. Et ces soi-disant esprits éclairés se consacreraient, comme ils se consacraient (ici et là-bas, bien entendu) à agresser, salir, disqualifier les hétérodoxes, à diviser l'univers entre ceux qui ont raison et ceux qui ont tort, en fidèles ou en traîtres, en gagnants et en perdants de l'Histoire.

En fin de compte, remarque, tout était aussi simple que cela : ou tu me suis et tu me soutiens ou je t'attaque. Ou tu acceptes ce que je te dis ou tu te condamnes par ton refus. Plus basique encore, manichéen, comme dirait Bernardo : ou tu es avec moi ou tu es contre moi, avec la raison ou avec la folie, avec le bien ou avec le mal, avec les Grecs ou avec les Troyens. Ici et aussi là-bas. On en était arrivés là et, pour les fondamentalistes dominants parmi lesquels ils vivaient, les autres chemins possibles étaient inconcevables, purement inadmissibles. Être ou ne pas être : c'était la maxime que presque tous appliquaient, partout, pour dominer ceux qui étaient leur cible.

C'est ce que Clara pensa et comprit avec inquiétude en 1996. Il ne fait pas de doute qu'en 1986, quand elle vivait imprégnée d'une autre réalité, elle ne l'aurait pas compris de la même façon, elle aurait même été terrorisée de rencontrer quelqu'un percevant les choses comme elle le faisait à présent et elle l'aurait peut-être qualifié d'anticonformiste sans raison, de déviant idéologique. Peut-être aussi qu'en 2006 elle ne le percevrait pas non plus de la même façon, parce que le monde changeait, les gens changeaient, ses fils lui diraient qu'ils ne voulaient pas être comme elle. Parce que nous ne nous baignons jamais deux fois dans le même fleuve et, si c'était le cas, ce ne serait pas drôle, un puits d'eau trouble. Et si elle vivait encore en 2016 ? Et en 2026, dans un cadre inimaginable même pour les écrivains de science-fiction ?

Mais sa compréhension, ses justifications et ses convictions ne la préservaient pas des déchirements personnels qu'elle devait affronter. La Clara de 1996 savait qu'elle souffrirait (et elle en souffrait pleinement) de l'absence d'Irving qui laisserait dans sa vie un vide qu'elle mettrait beaucoup de temps à remplir, ou ne remplirait jamais. Que ce serait – et cela se confirma – un vide omniprésent, immense, qui lui donnerait l'impression d'avoir perdu les béquilles qui l'avaient le plus et le mieux soutenue. C'est pour cela que le jour de la fête de départ, organisée dans la maison de Fontanar, elle annonça qu'elle préférait ne pas l'accompagner à l'aéroport, sous prétexte de laisser Irving et Joel entre eux, mais en réalité tourmentée par la conviction inavouée qu'elle serait incapable de résister au moment de cette nouvelle séparation.

Clara ne savait pas encore, même si elle le pressentait, que la vie lui réserverait de nouvelles séparations plus douloureuses encore. Clara et son ami le plus cher s'étreignirent, s'embrassèrent, pleurèrent, se promirent des lettres et des appels téléphoniques et maudirent les enchaînements de circonstances qui les avaient conduits jusqu'à ce douloureux moment. Pourquoi pars-tu ? Pourquoi ne restes-tu pas ici, avec moi ? Que vais-je faire de ma solitude ? aurait-elle voulu demander, mais elle savait qu'elle n'en avait pas le droit, car elle connaissait les réponses et savait qu'il était de son devoir de les accepter.

Deux mois à peine après le départ d'Irving, Clara fut convoquée par son entreprise pour reprendre son travail d'ingénieure, et le coup de téléphone fut pour elle un soulagement à bien des égards. Même si d'un point de vue économique reprendre son métier ne réglerait pas ses difficultés, Clara se sentit revivre à l'idée de redevenir un peu plus utile et de mener une existence plus pleine, et elle put mettre de côté de nombreux soucis pour se concentrer sur des tâches telles que passer en revue son placard à vêtements, congelé depuis des années, et demander ensuite à une couturière de lui refaire certains vêtements, en les ajustant et en les modernisant. Elle assuma aussi comme une urgence de dépenser un peu d'argent au salon de coiffure pour se faire une coupe, un soin et la première coloration de sa vie pour camoufler les cheveux gris épars surgis durant les dernières années. Elle épousseta livres, fascicules, conférences abandonnées depuis des années, et mit ses neurones à la lumière. Elle sentit ainsi qu'elle se revalorisait à ses propres yeux et elle se permit même de se regarder à nouveau dans la glace.

Le retour de Clara à ses activités professionnelles eut pour conséquence logique un bouleversement dans l'équilibre de la maison. À l'issue d'une réunion de famille où Bernardo participa de manière active, les quatre habitants de la maison de Fontanar parvinrent à plusieurs accords pour trouver des moyens de survie, car le fait que Clara retrouve l'intégralité de son salaire ne réglait pas les problèmes d'argent, accrus depuis que Darío avait une relation avec une jeune Catalane nommée Montserrat qui semblait absorber l'essentiel de son intérêt et le rendre encore plus oublieux de ses responsabilités paternelles.

Comme Bernardo s'était rendu compte qu'il était beaucoup plus rentable pour lui de se consacrer à la réparation d'ordinateurs et à l'installation de logiciels à domicile, et comme il était en général maître de son emploi du temps, il proposa de s'occuper tous les matins des coqs de combat et des lapins, et les après-midis où c'était possible, de cultiver et d'arroser les plantations, qui, avec l'absence de Clara, commencèrent à se réduire. Marcos, le plus jeune et le plus inconstant de la famille, jura à son frère Ramsés que lui aussi aiderait… dans la mesure de ses possibilités. Ramsés, qui était entré au lycée, à l'extérieur de la ville comme c'était souvent le cas, revendit son moulin à grains et la moitié de son cheptel, ce qui lui procura assez d'argent pour acheter à un voisin, pilote sur Cubana de Aviación, son premier ordinateur.

Durant ces mois de l'été 1996, les gens dans le pays commencèrent à sentir une certaine amélioration de leurs vies, même si de nombreuses difficultés restaient inchangées. Au moins, les coupures d'électricité s'espacèrent et dans les marchés rouverts pour que les paysans y vendent leurs produits, il était possible d'acheter un peu de nourriture, si on avait assez d'argent. Tout commença à acquérir une nouvelle logique plus normale : plus tu avais d'argent, mieux tu pouvais vivre.

Bernardo se révéla un soutien important pour Clara, qui avait de plus en plus besoin de repères pratiques et émotionnels. Et le fait de pouvoir compter l'un sur l'autre, la proximité, les besoins affectifs et spirituels avaient commencé à percer les défenses (la coquille de Clara).

Et le jour où elle revint du salon de coiffure avec les cheveux mis en valeur par un balayage discret et une coupe élégante, vêtue d'une vieille jupe rajeunie qui laissait voir ses genoux et marquait mieux la courbe de ses fesses et de ses hanches, Bernardo ne put s'empêcher de laisser échapper ce qui, jusque-là, n'avait été qu'une impression contenue mais de plus en plus nette.

– Putain, Clara, qu'est-ce que tu es jolie…

À quoi elle répondit :

– Merci… et comme je ne suis pas jolie, je te remercie d'autant plus.

Les cartes étaient sur la table. Il ne restait qu'à en retourner une pour que la partie commence.

Ce dimanche de la fin du printemps 1997, Irving fit sa première excursion matinale dans le parc du Retiro de Madrid et, au fil de sa promenade, prit l'allée de Cuba et tomba sur la sculpture de *L'Ange déchu* qui allait susciter en lui une étrange attirance, dont il ne saurait jamais si elle était d'ordre mystique, esthétique, ou les deux à la fois.

Six heures plus tard, il était midi à La Havane, et Bernardo et Clara, qui venaient de sortir de la messe dans la vieille église de Calabazar, décidèrent, au lieu de rentrer à la maison de Fontanar y faire ce qu'ils faisaient tous les dimanches – s'occuper des animaux et des plantes, cuisiner, passer la serpillière, réinstaller des programmes et nettoyer les ordinateurs de leurs virus –, d'aller se promener dans le parc Lénine tout proche où aucun des deux n'avait mis les pieds depuis des lustres. Comme Ramsés et Marcos étaient partis passer le week-end dans une maison sur la plage avec la famille de la nouvelle copine de Ramsés, pour une fois Clara n'avait pas la pression de préparer à manger pour remplir les estomacs insatiables des adolescents et ce fut elle qui proposa la promenade, parce qu'elle en avait envie. Ou cherchait-elle autre chose ?

Comme le reste du pays, le parc Lénine avait subi la dévastation de cette décennie, et ses installations et jardins avaient perdu leur splendeur d'origine. Restaurants et cafétérias manquaient de tout et l'aquarium n'était que l'ombre de ce qu'il avait été, tandis que l'amphithéâtre et sa scène flottante où, un soir mémorable, ils avaient assisté à un concert de Joan Manuel Serrat, n'étaient plus qu'un souvenir. Cependant, le fait que la flore ait poussé de façon incontrôlée ou presque donnait un aspect plus humain au gigantesque poumon du sud de la ville et quitter les chemins goudronnés ou traverser les prairies et les endroits arborés provoquait un sentiment de paix dans un pays qui avait vécu une longue guerre sans coups de feu, mais féroce et dévastatrice comme une vraie guerre.

Clara et Bernardo avaient parcouru peut-être un kilomètre vers l'intérieur du parc quand ils décidèrent de s'asseoir à côté d'un champ de cannes qui, agitées par la brise, émettaient une rumeur d'animal endormi et repu.

Ils avaient parlé en chemin de détails du quotidien. Clara de l'impossibilité de lancer de nouveaux projets avec son entreprise, des amours actuels de Ramsés, de la couche de peinture dont aurait bien besoin la maison. Bernardo lui parla de son intention de ne plus se contenter de simples exercices de gym, car il était en train de grossir et qu'il avait un peu mal aux genoux, et de peut-être se rapprocher des jeunes qui jouaient au basket sur un terrain vague du quartier, mais il devait le faire avec précaution, car même s'il avait été meilleur joueur qu'eux tous, ses presque quarante ans commençaient à peser.

– On se fait vieux, dit-il.

– On n'est plus si jeunes, ajouta-t-elle, et tous deux sourirent.

Sous les cannes à sucre, profitant de l'ombre et de la brise, ils gardèrent plusieurs minutes de silence, observant les jardins quasi déserts, et ils se sentaient détendus, pris dans la douce euphorie de se sentir vivants. Cette sensation était si forte, et si inédite depuis tellement de temps, que Clara ressentit la nécessité de l'exprimer, à sa manière.

– À quoi penses-tu ? demanda-t-elle à Bernardo.

Il sourit avant de la regarder.

– C'est drôle, c'est ce que j'allais te demander. À quoi penses-tu ?

– Non, j'ai demandé la première.

– OK, OK... Je pensais... que je me sens bien. Et que je me sens bien grâce à toi.

– Pourquoi grâce à moi ?

– Parce que tu m'as sauvé.

– Je croyais que c'était Dieu.

– Dieu, il a eu l'idée, le projet. Mais la réalisation, c'est toi... Et je peux te jurer que je ne reviendrai pas en arrière. Si tu n'en as pas envie, tu n'as pas besoin de venir avec moi à l'église. Tu peux arrêter de veiller sur moi...

– Ça fait un moment que j'ai arrêté de veiller sur toi. Si je viens, c'est parce que j'en ai envie.

– Je n'osais pas te le demander... ça y est, tu crois en Dieu ?

– Je crois que oui, des fois, mais ce n'est pas ça qui compte. Je viens à l'église parce que j'aime y aller avec toi et être avec des gens qui, même s'ils se trompent, croient en quelque chose. Et moi, j'avais besoin de croire en quelque chose. La croyante c'est moi, Bernardo. Et aujourd'hui je crois en toi... je sais que tu ne reviendras pas en arrière.

Le sourire de Bernardo s'élargit.

– Ça, ce n'est pas être croyante, mais crédule. Et le crédule ici, c'est moi...

Cette fois, ce fut elle qui sourit.

– Tu crois pas qu'on se raconte des conneries ?

– Non, pas du tout... on parle de choses aussi capitales que croire ou ne pas croire, en Dieu et en les gens, en soi-même... et tu dis que tu crois en moi. Et tu sais en quoi je crois, moi ?

– Tu crois au Tout-Puissant qui ordonne et désordonne tout.

– Oui, sauf qu'aujourd'hui je le vois autrement... Je le vois comme un chemin...

– Vers le ciel ? Le paradis ?

– Oui, mais sur terre. Certaines personnes ont la chance de trouver ce chemin, d'autres non. Moi, je découvre que je ne savais même pas que ce chemin pouvait exister, alors qu'il avait toujours été là, devant moi.

– Mais de quoi tu parles ?

Bernardo leva les yeux jusqu'au sommet des plants de canne, puis les baissa vers l'herbe, et se décida à regarder Clara.

– Je crois que tout ce qui est arrivé, c'était pour que toi et moi, on se retrouve à cet endroit, aujourd'hui, pas un autre jour, mais aujourd'hui, à cette heure, et que tous les deux on pense la même chose au même moment. Je sais qu'on pense la même chose.

– Comment tu sais ce que je pense ?

– Je ne le sais pas, Clara. Je le sens. – Il leva la main droite et prit délicatement son menton tandis qu'il approchait son visage du sien pour l'embrasser sur les lèvres.

Même si Clara savait qu'il allait arriver ce qui leur arrivait, jamais elle n'aurait pensé que cela prendrait des proportions pareilles à partir de cet instant (combien dure un instant ?), quand elle sentit la salive de Bernardo et qu'elle lui offrit la sienne. Son cœur battait d'une façon qu'elle avait oubliée – ou d'une nouvelle façon ? Même si elle était convaincue qu'elle était encore capable d'offrir de l'amour, cela faisait longtemps qu'elle doutait de ses capacités à en recevoir. Elle avait aimé ses amis et ses amis l'avaient abandonnée. Elle aimait ses fils, mais elle savait qu'ils en aimeraient d'autres plus qu'elle et que, par amour ou par désamour, eux aussi l'abandonneraient. Elle avait aimé Darío, mais elle soupçonnait que lui l'avait plus aimée pour ce qu'elle avait, pour ce que cela signifiait, que pour elle-même. Elle avait aimé Elisa, elle était sûre que c'était de l'amour, mais avec toujours la crainte de ne jamais recevoir d'elle un sentiment tel que l'amour, car elle pensait qu'Elisa était incapable d'aimer quelqu'un. Et ses parents, l'avaient-ils aimée, elle ? Et ses grands-parents, l'avaient-ils seulement recueillie ou l'avaient-ils aimée pour de bon ? Les réponses possibles étaient floues, douloureuses pour certaines. Et à présent, à la veille de ses quarante ans, après s'être sentie si longtemps seule, abandonnée, fatiguée, paumée, après avoir tant douté de sa sexualité et de son érotisme, Clara découvrait enfin là où elle s'y serait le moins attendue vingt, quinze, dix, cinq, un an plus tôt, la mine d'or de l'amour le plus plein et le plus satisfaisant, celui que l'on qualifie d'amour de sa vie : celui qu'on donne et que l'on reçoit dans les mêmes proportions, sans calculs, celui qui se vit sans soubresauts mais toujours avec des surprises, et qui a le pouvoir d'ouvrir le chemin qui mène au paradis sur terre : ce minuscule espace physique et mental où tiennent à peine deux êtres porteurs du besoin de vivre l'un pour l'autre, l'un dans l'autre. Deux personnes qui se croyaient vaincues et qui, dans la complicité et la proximité, découvraient qu'elles pouvaient encore se battre et refaire le chemin.

La chambre mortuaire sentait les fleurs pourries, les exhalaisons humaines, la tristesse, le désarroi et la mort, et Clara sentit monter de légères nausées qui lui rappelèrent les premières semaines de ses grossesses déjà bien lointaines. Elle regarda à nouveau sa montre, avec inquiétude. Il ne restait plus qu'une heure avant la levée du corps et son transfert de la chambre mortuaire au cimetière. Et Horacio n'était toujours pas là. Discrètement, elle toucha le bras de Bernardo et lui fit signe du regard de la suivre dehors.

– Tu es toute pâle…

– Je ne supporte pas cette odeur. – Elle aspira de l'air plusieurs fois et regarda à nouveau sa montre. – Et cette chaleur… Il reste moins d'une heure et il n'est pas là…

– Il va venir. Ne t'inquiète pas, dit Bernardo en lui caressant la joue. Viens, appuie-toi là, lui dit-il en lui montrant le mur qui séparait l'entrée des corbillards de ce qui devait être un jardin et était parsemé de mégots, de canettes, de papiers froissés autour d'un bougainvillier maltraité mais increvable qui fleurissait envers et contre tout.

Clara savait très bien que ce n'était pas seulement l'anxiété et la puanteur de la mort qui faisaient effet sur elle. Le fait que Bernardo et Horacio se revoient pouvait faire exploser cette poudre mouillée, malgré toutes les années écoulées et les profonds changements opérés dans le caractère de Bernardo. Elle se sentait très rassurée d'avoir été témoin de l'inquiétude du nouveau Bernardo face à la dégradation physique de la mère d'Horacio, et du fait que depuis plusieurs années, comme il l'avait promis lors de la soirée du 31 décembre 1995, il n'ait plus reparlé de l'époque mouvementée qui avait précédé la disparition d'Elisa, avec sa grossesse si perturbante. Sa chute vertigineuse jusqu'au fond de l'abîme et sa résurrection presque miraculeuse semblaient avoir solidement cicatrisé la terrible blessure, et le nouveau Bernardo s'était révélé non seulement un homme meilleur, mais pour elle le meilleur des hommes. Mystères de la vie, insondable profondeur de l'âme humaine.

Trente minutes à peine avant l'heure limite décrétée inamovible par les employés des pompes funèbres (il n'y a pas de chambre froide pour le cadavre et les fossoyeurs s'en vont à cinq heures, eux n'attendent pas !), Clara et Bernardo, toujours adossés à leur mur, virent enfin arriver Horacio dans le taxi qui l'amenait de l'aéroport. Et quand elle vit leur ami s'approcher, Clara s'effondra. Des sanglots déchirants, délétères, la secouèrent, et celui qui revenait au bout de dix ans d'absence l'étreignit sans dire un mot, tandis que sur ses joues coulaient les premières larmes pour la mort de sa mère et pour tout ce qu'il avait ressenti durant les derniers jours de son agonie, jusqu'au dénouement attendu. Après, toujours sans qu'un mot soit échangé, Horacio s'approcha de Bernardo et le serra aussi dans ses bras, et ils se chuchotèrent alors des mots de condoléances et de remerciements.

Plusieurs mois auparavant, sa sœur Laura avait prévenu Horacio de l'imminence de la fin, qui ne s'avéra pas si imminente et laissa au physicien le temps nécessaire pour initier les pénibles démarches auprès des bureaux consulaires cubains à Washington en vue de l'émission d'un passeport avec un visa lui permettant d'entrer dans son pays natal, un sauf-conduit délivré seulement après que Quelqu'un eut décidé si l'exilé méritait de l'obtenir ou pas, selon ses actes et ses affiliations (surtout à caractère politique) avant et après le départ. Heureusement, six jours avant le dénouement de plus en plus attendu, Horacio avait reçu le document avec tous les tampons et autorisations requis pour se rendre en un lieu qui un jour avait été le sien. Et il avait à toute vitesse achevé les préparatifs du voyage.

L'inhumation dans le caveau familial du cimetière de Colón fut brève et rassembla peu de monde : quelques amies et des voisins de la défunte, quelques collègues et amis de Laura et de son mari, et les seuls vrais proches qu'Horacio avait encore sur l'île : Clara, Bernardo et Marcos, puisque Ramsés n'était pas à La Havane mais consigné dans un campement d'étudiants envoyés là pour une période de préparation militaire.

Ce premier soir de son retour, après dix détestables années d'éloignement, Horacio décida de le passer en compagnie de sa sœur, désireux d'apaiser des relations tendues. Il n'arrivait pas à chasser un sentiment de culpabilité diffus pour ne pas avoir accompagné les derniers jours de sa mère, et le malaise avait été accentué par certains commentaires, plus ou moins allusifs, faits par sa sœur, surtout à la toute fin. Pour sa défense, Horacio avait une seule réponse irréfutable qu'il gardait pour lui : grâce à ses envois d'argent et de médicaments, les années de déchéance de sa mère avaient été moins lamentables, son aide avait servi à alléger ses souffrances et à améliorer son ordinaire dans un pays où régnaient encore, et Dieu seul savait pour combien de temps, les pénuries, et où l'absence de moyens pour y faire face continuait à être le quotidien. Et même s'il ne l'avait jamais dit, ces envois salvateurs depuis New York ou San Juan avaient signifié pour lui une ponction importante dans ses revenus, qui n'étaient pas précisément élevés. Heureusement pour lui, Marissa lui avait manifesté sa compréhension et son soutien, et depuis 1998, avec la naissance des jumelles et l'augmentation des dépenses, son beau-père, Felipe Martínez, l'avait aussi aidé de façon discrète et pleine de tact.

Horacio avait prévu de ne rester que cinq jours à Cuba, car la mort de sa mère était survenue au beau milieu de son premier semestre de contrat comme professeur assistant de physique I et II à l'université de Porto Rico, où il était enfin monté en grade et où il espérait décrocher une chaire de titulaire, toujours grâce à son doctorat obtenu à La Havane.

C'est pour cette raison qu'il avait attendu le deuxième soir de ce retour obligé pour passer à Fontanar prendre Clara, Bernardo et Marcos, et les emmener dîner dans l'un des restaurants privés qui avaient surgi au milieu de la décennie précédente et qui, à force d'efforts et de persévérance de la part de leurs propriétaires, étaient parvenus à survivre à la pression générée par le manque d'envie politique de laisser ce genre d'activités se développer dans un État ouvrier et paysan, selon la terminologie consacrée. C'était Bernardo qui avait suggéré le restaurant dont il avait appris l'existence dans le quartier de Rancho Boyeros, près de la maison de Clara, et dont on parlait en raison de la qualité et de l'abondance des plats servis. Dans la maison de Fontanar et durant les premières minutes au « Paladar del Gordo », comme Bernardo nommait le restaurant, ils parlèrent du deuil qui avait entraîné le retour du *balsero*. Horacio remercia beaucoup ses amis survivants de la dispersion d'avoir été proches de sa mère et de sa sœur Laura, et de les avoir soutenues toutes les fois qu'ils avaient pu. Cette preuve de solidarité, du même ordre que celle exercée par Horacio envers Clara quand il lui avait envoyé de temps à autre un peu d'argent pour l'aider à rester à flot, constituait pour chacun d'eux un devoir forgé durant les années de complicité et de proximité. Et malgré toutes les calamités dont Clara avait exigé qu'on ne parle pas.

Se sentant en confiance, Horacio raconta pour la première fois à quelqu'un qui n'était pas Marissa l'histoire de la visite sur la tombe de son père, à Tampa, et rappela combien dans son enfance et son adolescence il avait ressenti la honte d'avoir un géniteur considéré comme un apatride, une vermine.

Après avoir dévoré une énorme assiette de brochettes de porc avec du riz, des haricots noirs, des bananes plantains frites et des patates douces bouillies, arrosées de deux canettes de soda, Marcos s'excusa auprès de son oncle Horacio et prit congé pour aller voir un match de base-ball à la télé chez un camarade d'école qui n'habitait pas loin. Clara lui rappela qu'il avait classe le lendemain, Bernardo lui demanda quelles équipes s'affrontaient et Horacio voulut savoir comment se passaient ses entraînements de base-ball, avant de sortir de son sac à dos la casquette des Yankees de New York qu'il lui avait amenée comme cadeau. Les yeux écarquillés, Marcos reçut la casquette comme un trésor et la mit aussitôt sur sa tête, en disant qu'elle était *cool*, c'est-à-dire géniale…

– Trop fort, oncle Horacio… comment tu savais que j'étais pour les Yankees ?

– C'est le Duque Hernández qui me l'a dit, affirma Horacio en souriant pour la première fois de la soirée.

Horacio avait demandé à Bernardo si cela ne le dérangeait pas que Clara et lui boivent du vin, et ce dernier leur avait dit que, pour lui, la boisson n'était plus une tentation, même s'il enviait ceux qui pouvaient l'apprécier, comme il enviait les astronautes. Horacio avait alors commandé une bouteille de vin chilien qui n'était pas loin de la piquette mais restait buvable.

– Moi, oui, j'ai besoin de boire quelque chose, dit-il en goûtant le vin. Depuis mon arrivée, j'ai l'impression que mon esprit et mon corps sont séparés. Comme si je ne savais plus bien qui je suis.

– Parce que tu es parti, parce que tu es revenu, parce que tu es parti et maintenant tu es revenu ? le bombarda Clara.

– Il fallait que je m'en aille, Clara… Vous vous rappelez ce qu'était ce pays quand je suis parti, et ce que j'étais moi quand je suis parti d'ici… Maintenant, le pays et moi, nous sommes tous les deux un peu calmés, non ?… Mais j'ai une impression bizarre… Quand j'ai su que ma mère était morte, j'ai senti pour la première fois que je cessais d'être le fils de quelqu'un et cela m'a fait me rendre compte que je commence à vivre une autre étape de ma vie. Quelque chose s'est achevé. Elle a occupé une trop grande place dans ma vie, vous le savez très bien. Darío a vécu ça avec moi…

– Darío t'a toujours envié à cause de la mère que tu avais eue… Mais toi, tu es un type qui a de la chance ; maintenant tu as ta femme et tes filles, dit Clara. Et un travail qui te plaît.

– Un type qui a de la chance, oui. Mais j'ai aussi perdu beaucoup de choses.

– Ne fais pas le compte, intervint enfin Bernardo. Être des perdants, c'était notre sort à nous tous.

Horacio sourit pour la seconde fois.

– Mais regarde ce que tu as gagné, toi, dit-il en prenant la main de Clara. Qui l'aurait dit ? Tu ne peux pas savoir comme ça me fait plaisir que vous deux…

– Il fallait qu'un truc bien m'arrive… Après… après ma longue saison en enfer.

Le sujet menaçait de les mener au bord du gouffre, et ils optèrent pour le silence.

– Avant-hier, quand j'ai pris l'avion de San Juan à Miami, je me sentais très mal, finit par dire Horacio. Je faisais le compte des choses que j'ai perdues et je me souvenais de comment j'avais vécu les dernières années ici, sur le point de devenir fou, sans rien à quoi m'accrocher, expiant moi aussi mes péchés, dit-il en regardant Bernardo. Je regrettais de ne pas avoir connu mon père et sa version des choses, de ne pas avoir pu être aux côtés de ma mère pour la fin, la pauvre, encore une perdante, à qui je dois tellement… Je me sentais très mal, très malheureux, et alors on dirait que le Dieu dans lequel tu crois maintenant, Bernardo, m'a préparé un piège. La jeune femme qui était assise à côté de moi, une fille d'une trentaine d'années, très jolie, que j'avais à peine regardée, s'est excusée de me déranger parce qu'elle devait aller aux toilettes. Quand elle s'est levée, elle a laissé sur son fauteuil des feuilles imprimées qu'elle était en train de lire et je n'ai pas pu m'empêcher de les regarder. Elle, ou quelqu'un d'autre, avait souligné plusieurs lignes du texte, qui disaient des choses comme dans le monde il y a deux cent cinquante millions d'enfants entre cinq et quatorze ans qui travaillent dans des conditions misérables ; deux cents millions de ces enfants vivent dans la rue ; dans le monde, il y a deux milliards huit cents millions de personnes, oui, deux milliards huit cents millions, en situation de pauvreté et un milliard trois cents millions sont indigents et… j'ai relu ces chiffres horribles, que l'on entend souvent et qui parfois rentrent par une oreille et ressortent par l'autre, avec tant de millions, de milliards qui sont des chiffres sans visage, mais qui sont des personnes, comme nous, même si dans des situations bien plus pourries… et la fille est revenue des toilettes. Pourquoi a-t-il fallu que je lise ces chiffres effrayants à ce moment précis ? Quelqu'un avait-il prévu ça pour moi ? Je sentais un poids sur ma poitrine et c'est alors que je me suis souvenu de deux choses… le regard d'un Haïtien qui était dans un camp de réfugiés quand je suis arrivé aux États-Unis. Il me regardait comme si j'étais ce que j'étais : un privilégié parce que je venais de Cuba et pas de Haïti comme lui. Et je me suis aussi rappelé que, grâce à ma mère, je ne m'étais pas couché un seul soir sans avoir mangé et que, dans ce même pays où nous sommes à présent, j'ai pu devenir docteur en sciences et que cela a bien arrangé mes affaires quand je suis parti. Et j'ai eu la conviction que nous, qui nous considérons comme des perdants, parce que nous le sommes, nous avons aussi de la chance… malgré tout, non ?

Les remarques d'Horacio firent retomber une chape de plomb sur la table. Ils contemplèrent leurs assiettes avec les restes d'une nourriture qui ne tenait plus dans leurs estomacs remplis (Danger allait être content), et Clara se dit qu'elle ne se souvenait plus de la dernière fois où elle était allée dans un restaurant. Elle pensa à la faim des dernières années, et à celle de beaucoup de gens autour d'elle, et à ce qu'elle avait fait pour que ses fils n'en souffrent pas. Et elle se rappela que les fils en question, pour soulager le sacrifice maternel, avaient aussi travaillé comme des hommes, à cultiver des bananes et des patates douces, à élever des lapins et des poules, à charrier avec elle des sacs de mangues et d'avocats, à ramasser du bois là où ils pouvaient en trouver pour faire cuire les confitures qu'elle revendrait à ceux qui apaisaient leur faim avec des sucreries.

– On a tous subi un peu de ce chaos, Horacio. Peut-être de façon moins tragique, mais on en a bavé aussi, parvint-elle à dire avant de boire une nouvelle gorgée de vin.

– Oui, tu as raison, reconnut le nouvel arrivant. Au fait, Irving m'a appelé pour me présenter ses condoléances… lequel de vous l'a prévenu ?

Clara et Bernardo se regardèrent et secouèrent tous deux la tête, en se sentant coupables. Ils auraient pu d'une façon ou d'une autre faire passer un message à Irving et à Darío, mais ils ne l'avaient pas fait.

– Irving est toujours au courant de tout. – Bernardo essaya de résoudre l'énigme.

– Et il lui arrive aussi de tout… Au fait, Irving ne vous pas dit qu'il avait vu Elisa il n'y a pas longtemps ?

De quoi Horacio parlait-il ? Et pourquoi mentionnait-il Elisa alors que Clara lui avait demandé de s'en abstenir devant Bernardo ? Même si Bernardo lui avait juré qu'il avait surmonté le fait qu'Horacio ait couché avec celle qui était encore sa femme, le temps et tout ce qui était arrivé depuis n'effaçaient pas les dégâts et leur côté sordide. La cicatrice existerait toujours et la frotter pouvait réveiller des sensibilités latentes.

Peut-être plus ému par la question du physicien que par ses propres souvenirs et amertumes, Bernardo fut le premier à réagir.

– Tu dis qu'Irving a vu Elisa ? En Espagne ?

Horacio baissa les yeux. Clara se rendit compte qu'il regrettait son erreur, que son chaos intérieur l'avait peut-être poussé sur un chemin qu'il n'aurait pas dû emprunter.

– C'est une drôle d'histoire, finit-il par dire. Et il commença le récit de ce qui était arrivé à Irving quelques mois plus tôt, devant la statue de *L'Ange déchu*, dans le parc du Retiro à Madrid. Mais le nouvel arrivant fit attention de ne pas mentionner l'hypothèse éprouvante qui l'obsédait depuis qu'Irving lui avait raconté l'histoire et inoculé le doute, qui même si c'était absurde nourrissait son anxiété : la femme aperçue à Madrid par Irving, la femme qui ne pouvait être qu'Elisa vivante et bien vivante, et qui lui avait interdit de s'approcher, était accompagnée d'une adolescente aux cheveux noirs, à la peau brune et aux lèvres épaisses, qui, Irving avait presque crié en le lui racontant, était le portrait craché de Quintín Horacio Forquet, Quintus Horatius en latin.

L'interrègne lumineux d'avril, ni froid ni trop chaud, quand les ouragans ne menacent pas encore, les premières mangues mûrissent et les flamboyants commencent à fleurir, est une sorte de cadeau de la nature et c'est un vrai gâchis, parce qu'on est trop pressé, ou trop stressé, de ne pas le savourer, de ne pas s'en réjouir. Définitivement, sous les tropiques, avril n'est pas le mois le plus cruel.

Clara avait toujours eu conscience de la beauté des petits matins d'avril et elle s'obligeait, elle, à en profiter. Assise sur la terrasse de sa maison, avec une bonne tasse de café et l'unique cigarette à laquelle s'était réduite sa consommation quotidienne de tabac, elle s'offrait le spectacle de la clarté du jour naissant se frayant un chemin à travers les ténèbres battant en retraite jusqu'à ce que le reflet incandescent du soleil commence à surgir au levant, colorant un ciel qui, en général, était sans nuages.

Même aux temps les plus difficiles d'une crise qui les avait jetés dans le combat pour la survie quotidienne, quand Clara se réveillait traînant encore la fatigue accumulée et jamais complètement dissipée, elle faisait tout pour se réserver ces quinze ou vingt minutes magiques du lever du jour (à plus forte raison si c'était en avril) pour profiter du bon côté de la solitude, un sentiment d'harmonie qui, en lui offrant un apaisement spirituel, lui redonnait force et entrain physique. Et elle s'était dit à un moment que si Dieu existait, la meilleure représentation de sa beauté et de sa puissance devait être une aube d'avril sur l'île où il lui avait été donné de naître et de vivre et où, supposait-elle, elle mourrait le moment venu.

Les premières années du nouveau siècle passaient lentement, comme si elles tardaient à mettre en place une nouvelle normalité dans laquelle, même si l'époque calamiteuse des coupures de courant, de la quasi totale disparition de la nourriture, du transport et des espoirs semblait surmontée, on ne distinguait pas encore d'issue définitive aux tensions liées à la pénurie et aux insuffisances d'une économie nationale qui affectait l'économie familiale. Cependant, depuis que Clara avait été réintégrée dans son emploi et que sa relation avec Bernardo satisfaisait la femme mûre qu'elle était, elle sentait qu'elle était entrée dans un cycle ascendant qui la soulageait beaucoup. Avec ses fils auprès d'elle et plongés dans leurs études, avec Bernardo devenu le meilleur amant et compagnon qu'elle aurait jamais rêvé avoir, avec sa maison redevenue un refuge accueillant – et enfin repeinte à la chaux teintée de vert par ses quatre habitants armés de rouleaux –, Clara se sentait réconciliée avec elle-même et avec son sort, maîtresse d'une stabilité qui, avec la compagnie du vieux et presque aveugle Danger, lui permettait de mieux savourer les aurores d'avril. Et l'aube splendide du 18 avril 2004 ne fit pas exception.

Le soleil commençait à se lever entre les troncs de grands palmiers visibles à l'horizon et Clara, son café bu, sa cigarette fumée, se disposait à affronter du mieux possible le nouveau jour. Un autre jour.

Alors qu'elle mettait à griller – ils avaient pu s'acheter un toasteur – les tranches de pain que les trois hommes de la maison tremperaient dans le lait du petit-déjeuner – ils avaient à nouveau du lait, en poudre, mais du lait – et qu'elle préparait la seconde cafetière de la matinée – il y avait encore assez de café –, elle entendit sur les marches de l'escalier les pas de Marcos, le premier convive matinal, qui, ce jour-là, semblait avoir avancé d'un quart d'heure son départ pour le lycée où il était en terminale. Mais Clara eut la surprise de voir entrer dans la cuisine Ramsés au lieu de Marcos, encore vêtu du short et du vieux tee-shirt qu'il utilisait pour dormir et non, comme d'habitude, déjà habillé pour avaler ce qu'il y avait et partir en courant pour la fac.

– Tu es tombé du lit ? lui demanda-t-elle, et Ramsés sourit. Il s'accroupit pour caresser Danger juste à la naissance des oreilles, des caresses qui faisaient fondre le doberman que le garçon adorait et qu'il choyait de plus en plus à mesure qu'il vieillissait. Il regarda ensuite s'il restait du café dans le récipient où Clara laissait le reste de la première fournée et le porta directement à ses lèvres.

– J'ai quelque chose à te dire, lança enfin Ramsés.

– Tu veux prendre ton petit-déjeuner maintenant ?

– Non, plus tard.

– Tu as cours à quelle heure ?

Ramsés ouvrit une parenthèse de silence.

– C'est de ça dont je veux te parler. Aujourd'hui, je ne vais pas en cours…

– Tu es en stage pratique ?

Ramsés secoua la tête.

– Tu vas me laisser parler ?

En entendant le ton de sa voix, Clara se rendit compte qu'il se passait quelque chose. Elle faillit poser une question mais elle se retint.

– Bon, ce que je voulais te dire, c'est que je vais arrêter la fac… attends, attends, se dépêcha-t-il de dire pour devancer la réaction certaine de sa mère. Je vais me désinscrire. J'ai décidé de partir.

Clara pensa, ou voulut penser, qu'elle n'avait pas compris, qu'elle avait mal entendu, même si elle savait qu'elle avait bien entendu et parfaitement compris ce que son fils venait de dire.

– Mais… ?

– Maman, si je termine le cursus, je devrais attendre au moins deux ou trois ans avant qu'ils me laissent sortir du pays. Si je ne passe pas le diplôme, je peux partir quand je voudrai. C'est le moment. Il faut que je le fasse.

Clara regarda son fils, puis détourna les yeux vers le jardin où s'étaient passées tant de choses en tant d'années.

– Tu as planifié ça avec ton père ?

– Il va m'aider, oui.

– Et pourquoi tu ne m'en as rien dit… ?

– Parce que j'attendais le dernier moment… je ne voulais pas que ça te fasse de la peine trop tôt.

Clara hocha la tête. Elle regarda à nouveau le jardin. Elle eut envie d'allumer une autre cigarette. Elle sentit comme si quelque chose disparaissait dans son cerveau ou dans son corps. Un point d'appui qui, en se dérobant, lui donnait un sentiment de perte, générait un vide qui changeait l'essence d'un petit matin d'avril. Elle le savait : elle n'avait pas le droit de lui faire de reproches, ni même d'essayer d'interroger ce qui motivait sa décision, les raisons pouvaient être nombreuses et toutes valables, incontestables. Ramsés serait un de plus parmi les jeunes qui prenaient cette décision. Sauf que Ramsés était son fils, qu'il était brillant, responsable, posé. Dans le grille-pain, les tranches commençaient à sentir et réclamaient son attention.

– Comment tu vas partir ? Par où ? Pour où ? demanda-t-elle tout en plaçant le pain grillé sur une assiette avant d'éteindre la cafetière où l'eau filtrée bouillait déjà, remplissant la cuisine de son arôme.

– Je ne sais pas, maman.

– Tu y as bien réfléchi, Ramsés ? Il te reste un an pour obtenir ton diplôme…

– Et je ne vais pas le passer. Mon diplôme, je ne sais pas où ni comment, mais je l'aurai un jour. Je peux te le jurer… La seule chose que je sais, là, c'est que je m'en vais. Et tu sais pourquoi ?

– Je peux me l'imaginer… parce que tu as envie d'une vie meilleure qu'ici, non ?

– Oui, pour ça aussi… Mais si je m'en vais, c'est surtout parce que ici, quand j'aurai mon diplôme, j'aurai un titre d'ingénieur à peu près équivalent au tien, dans la même fac où toi, tu l'as eu et… parce que je ne veux pas qu'à quarante ans et quelques, ma vie ressemble à la tienne, maman.

– Mais… ?

– Pardon si ce que je te dis te vexe. Pardonne-moi. Tu as été la meilleure mère qu'on puisse imaginer, celle qui pense toujours aux autres avant de penser à elle, qui peut même offrir aux autres ce qu'elle n'a pas… tu es la meilleure personne que je connaisse. Mais ta vie est devenue une vie de merde…

– Mais qu'est-ce que tu dis ! cria Clara, comme si elle se réveillait enfin. De quel droit… ?

– Je sais bien que je n'ai pas le droit de juger ta vie. Mais tu n'as pas non plus le droit de décider de la mienne. Les choses sont simples… Qu'est-ce qui nous serait arrivé à nous tous si mon salaud de père ne nous avait pas envoyé ce que toi-même tu appelais « les bouées de sauvetage » ? Et si Horacio et même ce pauvre Irving ne s'étaient pas tout le temps souvenus de nous ? – Clara sentit que son fils la lapidait, avec des vérités incontestables plus qu'avec de lourdes pierres. – Tout ce que je te demande, c'est de ne pas faire de ça une tragédie, de continuer à m'aimer autant et de me pardonner si je dis quelque chose que je ne devrais pas… Je sais que ça va te faire souffrir, que ça te fait déjà souffrir, mais je sais aussi que tu me comprendras. Et que tu vas me soutenir, parce que tu es celle que tu es et que tu es ma mère. Pas vrai, maman ?

VII

LA FEMME QUI PARLAIT AUX CHEVAUX

... you're gonna carry that weight […]
a long time...

Paul McCartney

Le nuage était un trait horizontal, comme appliqué d'un seul coup de pinceau, un trait indifférent, peut-être pour souligner le caractère de sa fugacité cosmique et essentielle. La blancheur du sillage se fondait dans la blancheur des neiges éternelles, appuyée, comme sur un improbable reposoir, sur le pic de la montagne dont la légende disait qu'elle avait été Dieu. Au-dessus, au-dessous, sur les côtés, le manteau bleu du ciel, sans autres nuages en vue, semblait insondable et d'une densité enveloppante, comme une préfiguration de l'infini ou de l'éternité. Les arbres qui recouvraient les terres encore vierges sur la rive ouest du bras de mer du détroit de Puget semblaient colorés feuille à feuille, dans les tons les plus audacieux de la palette de Cézanne et avec la passion furieuse de Van Gogh, se dit-elle : du violet au rouge, de l'orange au bleu, et toutes les nuances possibles de vert et d'ocre, se reflétant dans les eaux calmes comme dans un gigantesque miroir argenté.

Cette image, d'une puissance tellurique renvoyant aux origines du monde, était si prenante qu'elle semblait conçue pour susciter l'effet que Loreta Fitzberg ressentit comme un choc prémonitoire, un choc que, des années plus tard, au même endroit, sa fille ressentirait aussi. Mais pour l'heure, c'était elle qui était là, elle qui avait perdu Dieu depuis longtemps, qui peut-être ne l'avait jamais eu, là, face à l'œuvre de Dieu ou, ainsi que les premiers hommes de la

Création l'avaient pensé, face à Tahoma, Dieu lui-même. Et elle sut que cet endroit était celui où elle devait être.

Elle avait mis huit jours pour arriver de New York jusqu'à ce bout du monde qui l'accueillait avec un spectacle cherchant à lui transmettre un message d'harmonie avec des codes si généreusement transparents qu'ils en étaient émouvants. Huit jours durant lesquels elle avait dévoré des milliers de kilomètres, le cap toujours à l'ouest, en silence ou à l'écoute de stations de radio locales qui s'évanouissaient dans l'éther pour être remplacées par d'autres stations de radio locales, mangeant dans des restaurants de bord de route, urinant dans des stations-services, dormant dans des motels pour camionneurs. Huit jours accompagnée seulement de ses nombreux poids intérieurs, en fuite, une nouvelle fois, sans la pression du temps mais avec un but défini, comme si fuir était son destin inévitable.

Si quelque chose lui plaisait dans la course entamée dans l'agence de voitures d'occasion d'Union City, avec les deux sacs de vêtements, le carton de livres et trois ou quatre objets constituant tout ce qu'elle avait accumulé en quarante-sept ans d'existence, avec son téléphone portable éteint et ses maigres comptes bancaires clôturés, c'était la certitude que personne au monde ne savait où elle était ni où elle allait. Personne au monde, y compris elle-même, ne savait quelques minutes plus tôt si elle arriverait là où elle se proposait d'arriver et ce qui se passerait si elle y parvenait.

C'est pour cela qu'enfin, face au décor émouvant des quatre mille quatre cents mètres d'altitude du mont Rainier, appelé Tahoma en langue lutshootseed, la montagne divine qui fut Dieu, Loreta Fitzberg avait su que oui, elle était arrivée là où elle voulait et qu'elle y resterait. Jusqu'à une nouvelle fuite. Bouddha le disait et elle le savait : les trois grandes vérités de l'univers sont que tout change sans cesse, qu'aucun état n'a d'existence perpétuelle et que rien sur la surface immense de la Terre ou dans le minuscule cœur d'une personne n'est totalement satisfaisant.

Loreta avait rencontré Margaret Miller en décembre 2001 dans un élevage de chevaux du nord de l'État de New York. Le directeur de la clinique où elle travaillait lui avait demandé de s'y rendre pour effectuer le bilan médical d'un étalon Cleveland Bay qui devait être vendu pour une somme très conséquente. Loreta, qui était employée et payée seulement comme auxiliaire vétérinaire parce que son diplôme cubain n'avait pas été reconnu, était en fait la spécialiste des équidés pour les clients de son établissement (propriétaires pour certains des chevaux rêvant de prairies qui tournaient en rond dans les rues asphaltées autour de Central Park). Comme d'autres fois, Loreta devait examiner l'animal, le médecin chef signerait le certificat et, s'agissant d'une vente, l'auxiliaire recevrait une prime une fois la transaction effectuée.

La vétérinaire ne s'était jamais retrouvée devant un Cleveland Bay. En fait, très peu d'éleveurs et de docteurs s'étaient vraiment occupés des animaux de cette race qui avait plus de mille ans d'histoire et qui au XXe siècle était proche de l'extinction. Employés durant très longtemps comme chevaux de trait par temps de guerre et de paix, ils avaient été sauvés de la disparition par leur allure aristocratique qui leur avait valu d'avoir été pendant deux siècles les animaux tirant les carrosses de la famille royale anglaise, qui les avait préservés pour cette tâche et avait encouragé leur reproduction. Néanmoins, il n'y avait dans le monde que quelques milliers de Cleveland Bay purs.

Loreta était arrivée à l'élevage peu après dix heures du matin et, après s'être présentée, elle avait été conduite par le maître des lieux jusqu'à l'écurie où l'attendait son patient. En chemin, le propriétaire lui avait expliqué qu'il s'agissait d'un animal âgé de onze ans, en excellente forme physique, qu'il ne s'était décidé à vendre que parce que Miss Margaret Miller, qui avait un élevage dans les environs de Tacoma, lui avait fait une offre qu'il ne pouvait pas refuser. Le Cleveland Bay, qui s'appelait Ringo Starr, était le fils de Sea Breeze, un étalon ramené d'Angleterre avec lequel, quelques années plus tôt, cette même Margaret Miller et son mari britannique avaient constitué leur élevage de cette race d'exception, ce qui avait apparemment constitué une excellente affaire pour le couple. Et Ringo, vendu alors qu'il était encore un poulain et contre la volonté de sa propriétaire, s'était révélé être, sans aucun doute, le plus beau des descendants de Sea Breeze, même si son propriétaire actuel pouvait témoigner qu'il était aussi le plus capricieux et doté d'un caractère fort, chose peu fréquente parmi les spécimens de la race qui étaient bons en tout : au trait, au trot, et même au saut.

– En plus, il sait qu'il est beau, et cela fait de lui un animal fier et prétentieux. Il est très intelligent, mais il n'en fait qu'à sa tête. Il va te plaire ou tu vas le détester. Ou, au contraire : tu vas lui plaire ou il va te détester. – Il montra la construction en bois de pin canadien et toit d'ardoise qui servait d'écurie. – Et celle qui sort de l'écurie, c'est Mme Margaret Miller… je ne sais pas pourquoi elle aime bien qu'on l'appelle Miss Miller.

Loreta, qui hochait la tête tout en intégrant ces informations, tourna les yeux vers la femme robuste qui se tenait près de l'écurie des chevaux. Elle avait un peu moins ou peut-être plus de cinquante ans, c'était difficile à dire, était vêtue d'un chemisier en jean et chaussée de bottes bizarres, elle avait les cheveux longs, dénoués et sans teinture, et elle exhibait sur sa poitrine, accroché à un cordon, le symbole *peace and love.*

– Miss Miller, dit le propriétaire du ranch en montrant Loreta, voici la spécialiste…

Loreta s'approcha d'elle pour se présenter.

– Loreta Fitzberg.

– Margaret Miller, mariée deux fois… mais appelez-moi Miss Miller, dit-elle en souriant.

– Je vous accompagne, ajouta le patron, et ils pénétrèrent dans l'écurie, où Loreta reçut une grande bouffée de cette odeur qu'elle aimait tant. Aussitôt, comme attirée par un aimant, la vétérinaire aperçut, dans le deuxième box, la tête parfaite du Cleveland Bay, d'un châtain profond, avec une étoile blanche entre les yeux.

Loreta s'approcha de l'animal et lui sourit. Il était beau, sans aucun doute. L'étalon la regarda aussi, avec une intensité presque intimidante, et la femme, qui, en plus de vingt ans d'expérience médicale, avait vu et examiné un très grand nombre de chevaux, sentit une étrange altération de ses perceptions : cette bête avait un regard humide et brillant, avec une pointe de tristesse, mais aussi la force de quelqu'un porteur d'une intelligence singulière, sûrement supérieure. Ses yeux parlaient, et Loreta sut immédiatement qu'elle avait les moyens de comprendre son langage.

– Tu es beau, toi, lui dit la vétérinaire en guise de salut, et avant de lui offrir une caresse, elle toucha de la pointe de son index droit l'étoile blanche qui brillait sur son front, avant d'ouvrir la main et de faire glisser la paume sur l'un des côtés de la tête, tout en se laissant renifler par l'animal. Quand il le jugea bon, le cheval allongea le cou pour sentir la tête de la nouvelle venue, avant de revenir à sa main et, après une courte hésitation, de placer ses lèvres dessus, comme pour lui faire un baiser. Loreta sourit encore, poussa une petite exclamation de plaisir et descendit la main sous le menton de la bête pour caresser son cou et refaire le chemin inverse jusqu'à son front étoilé.

– Première impression ? lança dans son dos Miss Miller.

Loreta continua de caresser Ringo avant de répondre.

– Il est stressé et légèrement déshydraté, il a les lèvres sèches. Il sait qu'il se passe quelque chose à son sujet. Regardez comme il respire… c'est de l'anxiété.

– Et qu'est-ce que cela signifie, pour vous ?

– Qu'il est mal à l'aise. Comme un enfant au milieu d'inconnus.

– Quoi d'autre ?

– Il a besoin d'eau et de sels hydratants et… d'amour… Si je pouvais, je le sortirais d'ici et je resterais avec lui. Il n'aime pas cet endroit…

– Très bien… faites donc votre travail et donnez-moi au fur et à mesure vos autres impressions, proposa Miss Miller avant de se tourner vers le maître des lieux. Pourriez-vous nous laisser seules avec lui, la docteure et moi ?

L'homme sourit à contrecœur et murmura un comme vous voudrez sans conviction avant de sortir de l'écurie. Loreta sourit de son côté : la miss avait du caractère, même si elle était adepte du *peace and love*.

– Docteure, vous pouvez me rappeler votre nom ?

– Loreta Fitzberg. Et je ne suis pas docteure. Je l'ai été dans une autre vie, mais ce n'est plus le cas.

– Je peux vous appeler Loreta ?

– Aucun problème…

– Merci, Loreta… Voyons voir… vous savez combien on me demande pour ce cheval ?

– Beaucoup d'argent, répondit Loreta, tout en préparant une solution hydratante.

– Exactement. Une belle quantité. Autant qu'il faudra pour pouvoir dire : je veux emmener cet animal. Il vient d'entrer dans sa maturité et il semble n'avoir aucun défaut… En plus, c'est le fils du meilleur cheval que j'aie eu, Sea Breeze, qui a beaucoup compté pour moi… Ce n'est que si vous me dites une chose suffisamment terrible pour me convaincre de ne pas l'acheter, que je ne l'achèterai pas. Vous savez pourquoi ?

– Je crois que oui, Miss Miller.

– Voyons voir ça.

– Parce que Ringo a quelque chose de spécial. Parce qu'il est spécial.

Miss Miller sourit en hochant la tête.

– Il est spécial, confirma-t-elle. Au moins pour moi…

– Pourquoi l'avez-vous vendu ?

– Moi, je ne voulais pas, mais on avait besoin de l'argent. Aujourd'hui, j'ai de l'argent et je veux le récupérer… Vous préférez que je sorte pour l'examiner seule ?

– Non, vous pouvez rester…, je ne vous demanderai qu'une chose.

– Laquelle ?

– De ne pas m'interrompre et de ne rien dire… Je vais lui parler.

– C'est d'accord, dit Miss Miller qui recula de quelques pas pour s'asseoir sur un petit banc placé presque à la sortie de l'écurie, à une quinzaine de mètres du box de Ringo.

Miss Miller dirait ensuite à Loreta que, depuis près de trente ans qu'elle possédait des chevaux, sans compter le fait qu'elle était l'une des rares éleveuses spécialisées dans les Cleveland Bay, elle n'avait jamais rien vu de pareil.

Loreta avait ouvert la porte et était entrée dans le box de Ringo qui se mit dans un coin. Elle portait un récipient propre et l'eau enrichie. Mais, dès l'instant où elle avait touché le métal de la porte, la vétérinaire avait commencé à parler à l'animal, d'une voix très douce mais audible, comme si elle faisait une prière qui dura plusieurs minutes, pendant qu'elle versait l'eau dans le seau propre, sortait du box celui qui était sale, faisait un tas dans un coin avec la paille sèche. Quand la femme et le cheval furent enfin face à face, après une autre reconnaissance olfactive de la part de l'animal et après s'être regardés durant un moment, le sortilège à l'œuvre prit toute son ampleur : le Cleveland Bay baissa la tête, se mit à boire avidement la solution préparée. Quand il eut à moitié vidé le récipient, il regarda Loreta, qui continuait à lui parler, et approcha son front du sien pour unir leurs deux têtes. Femme et cheval restèrent plusieurs minutes dans cette position, tandis que Loreta poursuivait sa conversation et que Ringo soufflait et remuait les lèvres d'où tombaient quelques gouttes d'eau. Être humain et animal unis comme s'ils étaient loin du monde ou à l'intérieur d'un monde dont ils auraient été les seuls habitants. Miss Miller lui dirait aussi qu'elle avait été témoin de la plus foudroyante et émouvante déclaration d'amour. Des années plus tard, Loreta devait préciser que cela avait été la rencontre magique de deux âmes sœurs, qui avaient seulement eu besoin d'être proches pour entrer en communication.

Deux heures plus tard, quand Miss Miller eut terminé de lire le certificat rédigé par la spécialiste qui devait le porter au directeur de la clinique pour le valider et l'inclure dans le carnet de santé du cheval, l'imminente nouvelle propriétaire de Ringo l'accompagna d'abord pour prendre congé de l'animal et ensuite jusqu'à l'endroit où la vétérinaire avait garé sa voiture. Miss Miller lui parla un peu de sa jeunesse agitée, en l'honneur de laquelle elle portait le nom de Miller et sur la poitrine le symbole de la paix et de l'amour. Loreta, de son côté, évoqua sa vie en Angleterre, durant laquelle elle avait appris l'équitation et était devenue amoureuse des chevaux, un amour qui l'avait conduite à faire ensuite des études vétérinaires à Cuba, même si aux États-Unis elle ne pouvait pas exercer son métier légalement. Avant qu'elle reparte, Miss Miller lui tendit un bout de papier.

– Loreta, voilà mon adresse et mon téléphone… Comme tu le sais, je vis à l'autre bout du pays, presque au bout du monde. Toi, tu vis à New York qui est le centre de l'univers… Mais on ne sait jamais, on ne sait jamais… Si un jour tu veux venir me rendre visite, tu seras la bienvenue. Je vis dans un endroit tranquille et beau, c'est pour moi le meilleur endroit possible. Cela vaut la peine de le connaître… Et comme on ne sait jamais, si un jour tu veux venir travailler avec moi et t'occuper de Ringo et de mes autres chevaux… je crois que tu seras aussi la bienvenue.

– Merci beaucoup, Miss Miller. C'est toujours bien de savoir qu'il existe une alternative. Merci.

– Pas de quoi… c'est moi qui dois te remercier de m'avoir permis de voir ce que ce que j'ai vu aujourd'hui… Je crois vraiment que tu as un don.

– Ne vous fiez pas aux apparences, c'est du pur métier. Celui qui est spécial, c'est Ringo. Et je suis bien contente qu'il aille vivre avec quelqu'un comme vous. Vous lui offrirez une vie meilleure.

– Je te promets que je m'occuperai de lui comme il le mérite.

– Et je vous promets que j'irai vous voir un jour. Ringo et vous, Miss Miller. Un jour… Et veillez bien à ce qu'il boive beaucoup, s'il vous plaît, dit Loreta en serrant la main de cette femme robuste, la même femme qui, cinq ans plus tard, accompagnée par un Cleveland Bay éclairé par une étoile entre les yeux, la recevrait à l'entrée d'une propriété des environs de Tacoma baptisée The Sea Breeze Farm.

Dans les jours qui suivirent son installation à The Sea Breeze, Loreta se demanda souvent quelles raisons elle pourrait donner à sa fille Adela pour justifier sa décision de partir sans dire au revoir, sans dire à personne sa destination, même pas à elle, sa Cosi d'amour. Mais elle ne trouvait pas d'explication cohérente, car ses motivations n'étaient pas du tout claires pour elle-même. Le fait que, dans ce bout du monde chargé de magnétisme – entre forêts de cèdres et de conifères centenaires, mers aux marées extraordinaires, montagnes montant jusqu'au ciel, où le son du silence pouvait être écrasant, entourée de six chevaux Cleveland Bay, et, comme si ça ne suffisait pas, amoureuse de l'un d'entre eux –, la femme désireuse de larguer toutes ses amarres ait rencontré précisément là ce qui semblait sa place dans l'univers, son paradis personnel, avait été un gain postérieur, un bénéfice collatéral, qu'elle n'imaginait pas au moment du départ. C'était son karma. La conséquence des causes. Et même si dans les conversations au téléphone avec sa fille elle avait justifié sa décision par le ras-le-bol accumulé face au chaos de la grande ville, la découverte d'un endroit agréable et le meilleur salaire qu'elle ait jamais reçu de sa vie, elle lui dissimula toujours le motif ou les motifs qui l'avaient le plus mise en mouvement, poussée à s'éloigner de la vie et du milieu où elle avait passé seize ans de son existence.

Un gouffre dont elle était sortie comme le plongeur qui, au bord de l'asphyxie, émerge des profondeurs à la recherche d'oxygène.

Un an avant son départ, en 2005, la séparation de Loreta et Bruno Fitzberg avait été actée. La mort de leur union s'était déroulée sans drame excessif, c'était le résultat d'une usure évidente, provoquée peut-être par l'incapacité de Loreta à être fidèle aussi longtemps, une incapacité qui s'appliquait à tous ceux qu'elle avait connus jusque-là. Même si elle ne l'avait jamais reconnu, Bruno savait que sa femme couchait avec un autre homme, peut-être avait-elle couché avec plusieurs autres et depuis longtemps. Parmi eux, presque à coup sûr, le directeur de la clinique où elle travaillait. Mais ses possibles aventures extraconjugales n'étaient pas la cause de la séparation : elles étaient plutôt le signe de son besoin viscéral de se rebeller et de rompre des équilibres, même si au passage elle renversait des piédestals. La vie commune avec Bruno Fitzberg était devenue pour elle un fardeau dont elle avait besoin de se défaire.

Grâce à un accord qui s'était avéré satisfaisant pour les deux parties, ils avaient décidé qu'Adela resterait vivre avec son père à West Harlem. C'était plus commode si elle voulait continuer à aller au lycée du quartier pour y achever ses études secondaires, des facilités qu'elle ne retrouverait pas dans l'appartement d'Union City où devait déménager Loreta. Tous deux souhaitaient que l'adolescente, très mûre pour son âge et dotée d'une intelligence et d'une persévérance remarquables, puisse entrer à la Columbia University, pour y étudier le droit et commencer sa vie indépendante.

Au grand soulagement de Loreta, sa fille aussi avait estimé que c'était la meilleure solution, car, avait-elle reconnu en toute sincérité, cela ne l'amusait pas du tout de quitter sa maison et son quartier, de s'éloigner de ses endroits favoris et de ses amis, des dancings où elle dansait la salsa et le merengue et du stade où elle jouait tous les dimanches au softball. Tu as vraiment des goûts étranges, Cosi, mais tant que ce n'est que ça et que tu ne consommes pas de substances bizarres…

Durant toute une année, à partir de la séparation, Loreta était parvenue à conserver une relation civilisée avec son ex-mari, et la plus proche possible avec sa fille. Trois ou quatre fois par semaine elle passait des soirées dans l'appartement de Hamilton Heights et elle y faisait parfois la cuisine pour tout le monde. Quand elle se sentait d'humeur, elle s'attaquait au bordel régnant dans la chambre de l'adolescente, elle la rangeait dans la mesure du possible et faisait des lessives. Si besoin, elle consacrait même du temps à aider Adela pour ses devoirs scolaires de plus en plus nombreux, et à chercher sur Internet les bourses locales et fédérales pour des jeunes comme elle, avec les notes qui étaient les siennes. Le nouveau rythme de la vie familiale semblait si normal que Loreta en vint à se dire que cela pourrait constituer une nouvelle normalité : journées de travail à la clinique, heures en compagnie de sa fille, trajets quotidiens aller-retour en métro et en autobus entre Union City et Manhattan. Mais au fond (ou pas si au fond), elle savait qu'elle se mentait à elle-même.

L'envie de bouger lui apparut avec une intensité singulière un soir où elle était de garde à la clinique. Elle avait quarante-six ans, commençait à subir les atteintes d'une ménopause précoce, son salaire était toujours plutôt modeste (coucher avec son chef n'avait rien changé en la matière) et ne lui permettait pas de profiter des avantages supposés d'habiter dans le tohu-bohu new-yorkais. Pendant ce temps, à sa grande frayeur, sa Cosi affichait de plus en plus une cubanophilie exaspérante, et elle-même se sentait de plus en plus déphasée avec sa propre existence, un état contre lequel elle ne pouvait rien et qui faisait ressortir le pire de son caractère. La vie exigeait qu'elle donne un coup de volant pour essayer d'être un jour elle-même. Et, sans plus réfléchir, elle s'était lancée à la conquête de son *far far west.*

Quinze jours après être arrivée à The Sea Breeze, elle avait enfin jugé opportun de rebrancher son téléphone portable et, après avoir constaté qu'elle avait plusieurs appels en absence et des textos d'Adela, et même quelques-uns de Bruno et de son dernier amant (un cuisinier autrichien qui avait deux serpents chez lui et pratiquait le yoga, comme elle), elle avait fini par appeler sa fille pour lui dire où elle était, mais elle avait à peine évoqué le pourquoi de sa présence là-bas.

Loreta était consciente que plusieurs des raisons de sa fuite étaient franchement inavouables pour quelqu'un qui avait ses responsabilités : était-elle partie seulement parce qu'elle voulait se trouver elle-même ? Ou parce que, en fait, elle se sentait mieux entourée d'animaux qui lui étaient reconnaissants de son existence et de son affection que de gens qui n'arrêtaient pas d'exiger d'elle soins, paroles, fidélité, engagements ? Ou parce que Loreta Fitzberg n'aimait pas Loreta Fitzberg, ni la vie qu'elle menait, ni le milieu qui l'entourait, comme des années plus tôt Elisa Correa, au carrefour le plus sordide de son existence, s'était sentie dégoûtée d'être Elisa Correa et de vivre dans le dangereux monde en décomposition où elle habitait, et que c'est pour cela qu'elle s'obligeait à tenter, une nouvelle fois, une autre incarnation ? Ou, plus exactement, une véritable renaissance.

Dan Carlson, le sympathique deuxième mari de Miss Miller, mourut quand Loreta travaillait depuis un peu plus d'un an à The Sea Breeze. Il avait été victime d'un AVC imprévisible chez un homme en bonne condition physique et avec son caractère, et était mort à l'issue d'un coma de cinq jours.

Dan Carlson avait été pendant douze ans le compagnon de Margaret Miller, veuve de son premier mari, Thomas Foster, le père de ses deux filles, mort dans un accident de la route dans lequel son vieil ami Jack Daniel's avait tenu une part prépondérante. Avec Thomas, un Anglais amoureux des chevaux et doté d'une petite fortune personnelle, le couple avait imaginé, à la fin des turbulentes années 1970, ce qui deviendrait The Sea Breeze, quand ils avaient fait venir d'Angleterre le premier de leurs Cleveland Bay.

Cinq ans avant ce premier mariage, en 1972, la jeune Miss Miller, qui avait vingt-trois ans, appelée alors Margaret Sanders, avait perdu celui qui avait été et serait encore pour toujours l'homme de sa vie : le tourmenté Robert Miller, Bob, avec qui elle avait partagé quatre années de folle jeunesse. D'après ce que racontait Miss Miller, Bob le rebelle, qui refusait de partir faire au Viêtnam une guerre de plus en plus sanglante, s'était enfui pour le Canada, où, ironie macabre du destin, il avait achevé son voyage sous les coups de couteau d'un dealer vietnamien. Se sentant veuve sans être mariée, Margaret Sanders avait alors adopté le nom de famille de son amant mort et, en tant que célibataire, le *miss* qui allait avec. Et elle avait depuis lors demandé à être appelée Miss Miller, tandis que très officiellement – et jusqu'à sa mort – elle porterait le nom de Margaret Miller, la femme fatale qui, au long de sa vie terrestre, laisserait derrière elle amants et maris défunts.

Après la mort de Dan, la toujours dynamique Miss Miller était tombée dans une sorte de léthargie, comme si elle avait perdu tout intérêt pour ce qui l'entourait, y compris sa magnifique propriété. Elle ne voulut pas que ses filles viennent lui tenir compagnie (à un moment elle les avait même qualifiées de petites-bourgeoises) et encore moins qu'elles l'éloignent de son ranch pour l'emmener dans leurs luxueux appartements de Chicago et Pittsburgh où elles vivaient avec leurs maris respectifs, avocats dans des cabinets réputés.

Face à la crise qui guettait la propriété, Loreta montra son âme de leader et, en compagnie des employés de toujours, l'Indien Puyallup Wapo et le Mexicain Andrés, elle prit en charge l'organisation des exigeantes tâches quotidiennes du ranch, avec l'esprit pratique et ordonné dont elle savait faire preuve quand elle le voulait. Pour Loreta, en fait, sauver la ferme était aussi un moyen de se sauver elle-même, car elle avait décidé qu'elle avait trouvé là sa place dans le monde. Et l'une des mesures qu'elle adopta fut d'engager le cow-boy Rick, pour qu'il l'assiste dans le soin et le dressage des chevaux (Ringo mis à part) et se charge des violents et spectaculaires processus de saillies ou d'extraction du sperme. Pour sa part, elle prendrait en charge les questions financières, médicales et logistiques.

Juste à cette époque, en plein été 2007 et peu avant son déménagement confirmé pour le sud de la Floride où elle allait entrer à la FIU, Adela alla pour la première fois voir Loreta à The Sea Breeze Farm. Quand mère et fille se retrouvèrent à l'aéroport de Seattle-Tacoma, cela faisait plus d'un an qu'elles ne s'étaient pas vues, et toutes deux purent constater combien elles avaient changé durant ce temps. À dix-sept ans, Adela était devenue en quelques mois une magnifique jeune femme dont les traits, auparavant exagérés, semblaient avoir atteint l'harmonie parfaite : ses lèvres charnues étaient maintenant épaisses et fermes, plus sombres que sa peau brune, et n'avaient besoin que d'un peu de gloss pour souligner sa beauté latine ; ses hanches et ses fesses n'étaient plus celles de la fillette et de l'adolescente un peu ronde mais se détachaient de sa taille qui s'était affinée, tandis que de petits seins pointus gonflaient sa poitrine.

– Mais comme tu es jolie, ma Cosi d'amour ! ne put s'empêcher de s'exclamer sa mère en la voyant.

Adela, de son côté, trouva en face d'elle une femme de près de cinquante ans, plus mince, plus brune, nettement plus musclée et mieux dans sa peau, avec dans les yeux un éclat nouveau.

– Et toi, tu es parfaite… mieux qu'avant, osa dire Adela quand elle se fut enfin dégagée de l'étreinte de sa mère.

– Merci et… c'est bon, ne fais plus cette tronche… Tu es sur la terre ferme, dit Loreta qui savait les effets psychologiques des voyages en avion sur sa fille depuis quelques années.

Pendant le trajet, elles se mirent au courant de certains éléments essentiels de leurs vies respectives qui n'impliquaient pas de révélations intimes. Loreta parla de la situation compliquée du ranch depuis la mort du mari de Miss Miller, même si elle avait réussi à tout garder sous contrôle. Heureusement, la patronne semblait commencer à retrouver son énergie proverbiale, ce qui ne serait pas du luxe car la saison hivernale dans la région était particulièrement exigeante dans un élevage de chevaux. Adela, pour sa part, parla seulement de son père, Bruno, et d'à quel point Loreta lui avait manqué (elle exagéra même un peu) en matière culinaire, éducative et hygiénique, et elle évita pour le moment de lui faire des reproches sur la manière dont elle avait disparu, afin d'échapper à la prévisible contre-attaque maternelle sur la décision déjà prise d'aller faire ses études en Floride plutôt que de rester à New York. Elles auraient certainement le temps de se disputer et même de se crêper le chignon.

Comme elles étaient attendues, le portail de la propriété était ouvert et Loreta conduisit son pick-up jusque devant la cabane – ancien bureau et royaume du défunt Thomas Foster – qu'à son arrivée Miss Miller avait proposée à la vétérinaire pour qu'elle ait un endroit à elle. Adela observait l'endroit avec ravissement, les bâtiments fonctionnels, harmonieux, qui avaient tous l'air fraîchement repeints, les prairies où se promenaient des paons, des poulains aux allures de jouets en peluche et deux labradors canadiens, le tout entouré d'épais bosquets. La première impression offerte par le paradis trouvé par Loreta Fitzberg était pleine d'énergie, magnétique sûrement, comme elle avait l'habitude de le qualifier.

– Laisse tes affaires dans la voiture… je vais te présenter.

Adela suivit Loreta jusqu'à de longues constructions en bois recouvertes de tuiles qui abritaient, supposa-t-elle à juste titre, les écuries. Andrés et l'Indien Wapo sortirent à leur rencontre, ravis d'avoir la visite de la fille de Loreta, qui leur lança en souriant, après avoir posé son bras sur les épaules d'Adela :

– Alors, je ne l'ai pas ratée ?

Le bras toujours sur les épaules de la jeune fille, tout en lui précisant que l'autre employé, son assistant Rick Adams, n'allait pas tarder, elle la fit entrer dans l'écurie principale. Les têtes couleur châtain de quatre juments et d'un jeune étalon appelé Cuore à cause de la tache sur son poitrail, tous des Cleveland Bay, sortaient de leurs box respectifs. Les animaux avaient entendu les voix et, curieux, cherchaient un contact visuel avec leur dresseuse, ainsi qu'à identifier à qui appartenait la voix qui ne leur était pas familière. En les appelant chacun par leur nom, Loreta présenta l'un après l'autre les animaux à Adela, en s'arrêtant un moment sur plusieurs d'entre eux pour faire un commentaire sur leur caractère et leur prodiguer les caresses qu'ils exigeaient. Tout en parlant, la dresseuse surjouait de plus en plus une pièce de théâtre qu'elle avait mise en scène : de temps à autre, avec un accent british exagéré, elle mentionnait l'existence d'un monsieur très capricieux (*sir*, l'appelait-elle), qui sait qu'il est le plus beau du monde, mais qui peut être très prétentieux et désagréable quand ça lui chante. Bon, il se comporte comme l'aristocrate qu'il est…

Adela ne demanda pas d'explications en comprenant la nature de la représentation en cours et elle s'avança pour se pencher au-dessus du dernier box, le plus vaste, avec une porte ouverte sur le paddock où il pouvait sortir librement. Comme il lui tournait le dos, Adela put seulement apercevoir la superbe croupe de l'animal, arrondie et musclée, la queue d'un noir brillant se détachant sur la parfaite nuance baie de son pelage fraîchement brossé.

– Et ce prince, qu'en dis-tu ? demanda Loreta en arrivant à la hauteur de sa fille.

L'animal restait statique, comme s'il n'avait rien entendu.

– Aujourd'hui, ce n'est pas son jour, non, non, non… ajouta Loreta, et la bête fit alors quatre ou cinq petites ruades bien marquées. Il n'est pas content parce qu'on ne l'a pas sorti en promenade… Mais, mais… *sir* Ringo, vous savez que vous avez de la visite ? dit-elle en faisant signe à Adela de parler.

– Bonjour, monsieur Ringo, dit Adela, et l'animal, en entendant une voix inconnue, tomba dans le piège et tourna la tête, laissant voir son front, couronné par l'étoile blanche qui éclairait son visage et son âme. Salut, salut…

L'étalon bougea plusieurs fois ses lèvres avant de se mettre en mouvement et, avec une dignité indifférente, se diriger vers la rambarde du box pour approcher sa tête de celle d'Adela et la renifler tout son soûl.

– Adela, tu avais déjà vu sa photo… mais là, je t'offre le corps incarné de Ringo Starr… le roi du ranch.

En fin d'après-midi, après que Loreta l'eut promené sur le grand champ de l'autre côté de la piste d'entraînement, Adela monta pour la première fois sur l'échine généreuse et puissante de Ringo, l'animal qui lui avait disputé l'amour de sa mère. Et qui, à bien des titres, avait gagné la compétition.

Loreta ne fut guère surprise quand Mikela, l'employée grecque de la maison, s'approcha de la piste pour saluer Adela et prévenir la mère et la fille que Miss Miller les invitait à dîner et, parce que l'occasion le justifiait, lui avait demandé de préparer sa spécialité favorite, un *souvlaki* crétois.

Pendant qu'elles se douchaient et se préparaient pour le dîner, Loreta parla à sa fille des conjonctions cosmiques qui l'avaient conduite jusqu'à cet endroit. Elle le répéta, comme si elle avait besoin que ce soit bien clair : elle était sûre d'avoir trouvé l'endroit où elle s'était sentie le mieux de sa vie. Et l'existence de Ringo entrait pour beaucoup dans cette conviction. Entre elle et l'animal s'était établie une relation que Loreta avait du mal à rationaliser, mais qui fonctionnait sur un mode qu'elle qualifia de communion spirituelle. Comme si elle-même et le Cleveland Bay avaient été destinés à se rencontrer, à se compléter, à être ce qu'elle appelait deux âmes sœurs. Était-ce parce que, dans d'autres vies, le cheval avait été une personne, peut-être tout à fait extraordinaire ?

Ce n'était pas la première fois qu'Adela entendait sa mère parler de relations difficiles à expliquer, et encore plus à comprendre pour les autres. Depuis plusieurs années, Loreta avait commencé à se rapprocher des préceptes bouddhistes et, au début, Adela avait été presque effrayée d'entendre sa mère dire qu'elle avait l'impression d'avoir vécu d'autres existences (comme fantôme, comme esprit errant ? s'interrogeait la petite fille) et d'apprendre que son châtiment serait d'en vivre plusieurs autres avant d'arriver au Nirvana. Elle ne précisait pas comment et quand elle avait eu ses incarnations précédentes, elle assurait qu'elles lui revenaient sans crier gare comme des flashs d'une mémoire endormie, et quand Adela essayait de réveiller cette mémoire dans ce qu'elle avait de plus réel et de plus intriguant – le passé concret, vécu par sa mère dans le pays si proche et si lointain qui s'appelait Cuba –, Loreta disait très sérieusement que de cette vie précise elle ne se rappelait rien et qu'elle ne voulait ni n'avait besoin de s'en souvenir.

À sept heures elles arrivèrent toutes deux dans la maison principale où, sans attendre que quelqu'un les accueille, Loreta conduisit Adela dans un salon vitré qui donnait sur la partie boisée de la propriété et, un peu au-delà, sur le bras de mer de la baie de Minter.

Miss Miller était installée dans un confortable fauteuil en cuir vert, dos au salon voisin qui servait de salle à manger et face à la baie vitrée, en toute majesté. Sur la table au centre, devant elle, était posée une bouteille en verre travaillé qui s'avéra contenir du *tsikoudia* crétois et deux verres. Elle tenait le troisième dans sa main droite, à moitié rempli de cet alcool de raisin connu aussi sous le nom de *raki* que, selon elle, elle devait être l'une des cinq personnes sans ascendance hellénique à boire dans tout l'État de Washington, et dont elle était devenue amatrice sous l'influence de l'efficace Mikela, qui se le faisait envoyer depuis son île grecque.

– Bonsoir, ma chère, dit Loreta, et Miss Miller tourna la tête avant de se lever.

– Bonsoir…

– Bonsoir, Miss Miller… Enchantée de faire votre connaissance et merci pour l'invitation, dit Adela, qui tendit une main que la maîtresse des lieux garda dans la sienne le temps de s'approcher de la jeune fille pour l'embrasser sur la joue, tout en notant la beauté de son invitée. Miss Miller avait mis l'une de ses robes chasubles et avait les cheveux, sans doute fraîchement lavés et plus blancs que châtains, lâchés sur les épaules. Adela trouva que, pour quelqu'un qui avait du mal à se relever d'un coup dur, elle portait bien ses presque soixante ans.

– Merci à toutes les deux d'avoir accepté… Aujourd'hui, c'est la première fois depuis des mois que je vais m'asseoir là, dit-elle en montrant la salle à manger, où la table, assez grande pour accueillir huit personnes, était couverte d'une nappe brodée et où couverts, verres et assiettes étaient déjà soigneusement disposés. J'imagine que tu dois savoir pourquoi…

– Oui, et je suis vraiment désolée, dit Adela.

– Merci, mais nous n'allons pas parler de choses tristes… dit Miss Miller, qui orienta aussitôt la conversation vers d'autres sujets. Ta mère m'a dit que tu venais la voir avant d'aller faire tes études en Floride… C'est drôle, je suis allée presque partout dans ce pays, mais jamais en Floride. Pourquoi as-tu choisi d'aller là-bas ?

Adela, qui aurait préféré un autre sujet de conversation, essaya de simplifier et de condenser sa réponse : une bonne bourse, son intérêt pour Cuba et les études latino-américaines, le désir de connaître un monde certainement plus compliqué que les stéréotypes avec lesquels on le caractérisait d'ordinaire. Loreta, qui était restée silencieuse, intervint alors.

– Miss Miller, vous n'allez pas nous inviter à boire un verre de *tsikoudia* ?

La soirée fut amicale et la nourriture délicieuse. Adela, qui n'avait pas l'habitude de boire plus d'une bière ou d'un verre de vin, ressentait une légère euphorie provoquée par le puissant alcool crétois avec lequel, disait Miss Miller, il convenait d'accompagner les plats préparés par Mikela. Toutes les trois saluèrent les dons culinaires de la cuisinière grecque, et Loreta eut la conviction, comme elle devait le dire plus tard à Adela, que Miss Miller était sortie de la zone la plus sombre du tunnel où l'avait plongée la mort de Dan Carlson et redevenait celle qu'elle avait toujours été : affable, volubile, amoureuse de la vie, aimant commander (voire autoritaire, ajouta-t-elle en espagnol).

Adela était surprise par le comportement réservé de sa mère, et cela lui permit de mesurer de façon palpable à quel point ce déménagement dans ce coin lointain du Nord-Ouest lui avait fait du bien. Car les trois jours de cet été 2007 qu'Adela passa à The Sea Breeze Farm furent parmi les plus détendus et les plus intenses de sa relation avec sa mère. Loreta, concentrée sur ses responsabilités, avec la participation de Miss Miller qui commençait à réassumer les siennes, intégra Adela à son équipe, ce qui fit extrêmement plaisir à la jeune fille. Portant les vêtements de travail de sa mère et des bottes militaires prêtées par Miss Miller, placée sous les ordres de Loreta et de Rick, elle aida à nourrir les chevaux, remua du crottin, étendit du gravier dans les écuries et eut même l'honneur de participer au bain, au nettoyage des sabots, au peignage de la crinière et de la queue et au coup de brosse final de Ringo, la veille de son départ, après une chevauchée où Loreta monta l'étalon et Adela la docile jument appelée (dans le meilleur style Sea Breeze) Mama Cass, sur laquelle, après le bain réglementaire, elle aida aussi sa mère à appliquer le traitement pour un champignon qui lui avait attaqué les sabots.

Tous les soirs, tandis que Loreta effectuait ses dernières tâches, Miss Miller et Adela la citadine, épuisée mais contente, descendaient jusqu'au bord de mer de la baie de Minter qui limitait au nord le territoire du ranch. Le spectacle des vertigineuses montées et descentes des marées, du bond soudain d'un saumon, du vol des imposants aigles royaux et des mouettes en train de pêcher, constituèrent de véritables découvertes pour la jeune New-Yorkaise. Pendant ce temps, Miss Miller racontait à Adela certaines péripéties de sa vie, très agitée jusqu'à ses vingt-cinq ans, moment où elle avait été radicalement bouleversée par la mort de son cher Bob. Et ensuite sa nouvelle vie, comme si quelqu'un d'autre avait pris sa place, grâce à la construction de son petit royaume de The Sea Breeze, avec le soutien de ses maris défunts. Mais Miss Miller offrit aussi à la jeune fille un portrait de sa mère qui différait par bien des aspects de celui qu'elle avait connu et pensait continuer à connaître.

– Loreta ne parle pas beaucoup d'elle-même, lui dit Miss Miller un soir. Je sais qu'elle est ici parce qu'elle voulait changer de vie, mais ça, c'est seulement l'évidence. Entre une clinique vétérinaire à New York et un élevage de Cleveland Bay à Minter, il y a une distance presque impossible à mesurer. Pas seulement géographiquement, mais au niveau des sens possibles que cela peut donner à la vie. Là-bas, on vit dans la préoccupation de l'avenir ; ici, dans celle du jour d'aujourd'hui et des cycles du climat, un présent qui se répète et qui semble parfois éternel, comme cette mer, ces montagnes, ces forêts et leurs rythmes organiques… Je sais aussi que ta mère dit qu'elle ne s'était jamais sentie aussi bien quelque part, ce qui est plus facile à expliquer. Du moins pour moi, qui ai ressenti la même chose il y a quarante ans et continue à le ressentir aujourd'hui. C'est pour ça que chaque fois que je pars en voyage, et à une époque j'ai beaucoup voyagé en Europe et en Asie (mon premier mari était amoureux des îles grecques et c'est pour ça que Mikela est là depuis trente ans), je suis soudain rattrapée par l'envie de rentrer, alors même que ma curiosité de connaître d'autres mondes n'est pas assouvie… À ce que je sache, le désir de ta mère est de ne pas bouger d'ici. Depuis qu'elle a engagé Rick, elle ne va même plus à Seattle. Seulement à Tacoma, certains soirs, pour ses séances de méditation… Et tu sais quoi ? Je crois que nous sommes devenues de véritables amies et que, sans elle, je n'aurais pas pu commencer à surmonter la mort de mon mari. Mais cela ne me donne pas d'autres droits et je ne lui demande pas ce qu'elle est venue chercher ici et qu'est-ce qu'elle y a trouvé, au-delà des choses évidentes que je t'ai dites. Et j'oserais encore moins lui demander pourquoi elle est venue. C'est son secret, ou peut-être son trésor… et les vrais secrets ne se révèlent pas et les plus beaux trésors sont enterrés, très profond si possible. Elle ne voulait pas seulement changer des choses dans sa vie, elle avait absolument besoin de le faire. Et je sais de quoi je te parle…

Comme l'avion du retour vers New York décollait à 21 h 25, à cinq heures de l'après-midi le jour du départ Adela prit chaleureusement congé de Miss Miller et des employés de la propriété, le Mexicain Andrés, l'Indien Wapo et le cow-boy Rick – un type aussi cordial que bien foutu, qui ressemblait de façon frappante à Brad Pitt –, tandis que sa mère chargeait son sac à dos dans le pick-up et donnait des coups de pied dans les pneus pour vérifier qu'ils étaient bien gonflés. Loreta avait prévu de dîner de bonne heure dans un restaurant de Gig Harbor, face à la mer, avant d'aller à l'aéroport.

Assises à une table qui donnait sur le bras de mer, elles optèrent pour le cabillaud grillé et Loreta demanda un verre de vin blanc, qu'elle pouvait se permettre, dit-elle. Elles reparlèrent du rétablissement encourageant de Miss Miller, et Loreta lui raconta que la maîtresse de la propriété lui avait avoué que, depuis de nombreuses années, elle avait recommencé à fumer de la marihuana et qu'elle l'avait invitée à y goûter, mais qu'elle n'avait pas osé : elle n'avait jamais consommé aucune drogue autre que les cigarettes fumées dans sa jeunesse et l'alcool de temps à autre, car elle savait que ce genre d'évasions, toujours assumées au début comme d'innocents divertissements, pouvaient mener à des dénouements terribles. Adela demanda à sa mère si Rick le cow-boy était son amant, et Loreta sourit en secouant la tête, avant de lui dire que ce n'était plus de son âge. Pendant qu'elles attendaient le dessert, Adela regarda sa montre, pour vérifier si elles étaient dans les temps, et ce fut comme si ce signe d'inquiétude avait déclenché ce qui allait suivre.

– Ne t'inquiète pas, Cosi, nous ne sommes pas en retard… Tu vas à New York, tu t'en vas… et, dans un mois, tu vas foutre ta vie à la poubelle.

– Loreta, s'il te plaît, pourquoi tu me dis ça maintenant ? Je vais faire mes études dans une université aussi bonne qu'une autre, un point c'est tout, se défendit Adela, qui n'avait pas l'intention de se disputer, encore moins à ce moment-là et après ces jours de grande proximité avec sa mère, dans cet endroit si authentique. Il faut que la fête se termine bien, je t'en prie…

– J'ai beau me le demander encore et encore… je ne comprends pas. Mais qu'est-ce qu'il y a dans cette jolie tête, Cosi ? poursuivit Loreta.

Adela poussa un soupir. Ça y était. Les bienfaits spirituels de The Sea Breeze et de son environnement n'avaient pas suffi à modifier l'essence du caractère de Loreta, comme les minutes suivantes allaient le lui confirmer.

– Moi aussi, je pourrais me poser cette question par rapport à toi… Qu'est-ce qui passe par la tête d'une mère qui laisse sa fille de quinze ans et qui se barre sans lui dire ni où ni pourquoi ? Combien de fois tu m'as demandé des nouvelles de mon père ? Tu veux savoir ce que j'ai ressenti quand tu as disparu ?... Toi, l'écologiste, la démocrate, l'humaniste... celle qui parle aux chevaux en disant qu'ils ont une âme... En dehors des chevaux... il y a vraiment quelqu'un qui compte, à part toi ?

– Tu sais très bien que tu comptes pour moi plus que tout au monde. Et ne compare pas le désastre de ma vie avec la tienne, Adela. Moi, j'ai eu beaucoup de mal à me hisser hors du trou. En fait, je suis toujours en train de sortir d'un trou... Toi, c'est le ciel que tu peux atteindre. Mais vivre à Miami, dans le milieu cubain, dans une ville de province d'un État de province... Je t'ai déjà dit que, quand on vivait au milieu de la merde, on finissait par sentir la merde. Regarde, moi je sens le cheval...

– Mais qu'est-ce qu'ils t'ont fait, les Cubains, pour que tu penses ça, putain ? Tu vas me le dire un jour ?

– Je te l'ai dit mille fois... Cuba est un pays maudit, et nous les Cubains nous sommes sa pire malédiction. Nous sommes des gens qui préférons haïr et être jaloux plutôt que grandir avec ce que nous avons. L'histoire typique de celui qui se réjouit d'être borgne si son voisin est aveugle. Un pays entier qui pense et vit comme ça...

– Je n'y crois pas, Loreta.

– Parce que tu as la chance de ne pas être née à Cuba et ne pas y avoir passé la moitié de ta vie. Et ce n'est peut-être pas le pays entier et chacun de ses je ne sais pas combien de millions d'habitants, non. Mais ceux qui donnent le ton, ce sont les plus présents, ceux qui crient et agitent les drapeaux... les minables qui se nourrissent de peur et de jalousie. Et ils sont nombreux, tu peux me croire. Et à Miami certains deviennent encore pires. Dans une atmosphère toxique, tu t'intoxiques... Tu te souviens de pourquoi nous avons le président que nous avons ?... À cause des Cubains...

– Il y a des cyniques et des hypocrites partout... Mais aussi des gens normaux, et même des gens bien, non ?

– Oui, tu as raison. J'ai connu certains de ces gens bien. Je les ai aimés. Ils m'ont aimée. Certains ont même fait des choses très… compliquées, pour moi.

– Alors je comprends d'autant moins ton obsession…

– La seule chose que tu ne comprends pas, c'est que je me suis beaucoup battue pour t'éviter d'être ce que j'ai été. Tu ne sais pas les choses que j'ai faites.

– Non, c'est vrai, je ne le sais pas… C'est quoi ces choses terribles qui te sont arrivées ? Tout ce que tu racontes, c'est lié au communisme ?

– Si seulement… Ce serait plus simple de rendre le communisme responsable de tout… Mais comme je le dis toujours, le communisme est une conséquence, pas une cause. Une conséquence qui peut aggraver certaines choses, pour de nombreuses raisons, mais la condition humaine est la même dans n'importe quel système, parce qu'elle est éternelle… C'est une des rares choses éternelles… Ce qu'il y a au fond de tout, c'est la vanité, le plus faux de tous les orgueils, une capacité à faire le mal qui les déborde… C'est une maladie nationale.

– Et toi, tu dis et tu sais ces choses parce que tu es cubaine, pas vrai ? Parce que toi aussi, tu es comme ça ? C'est pour ça que tu as trompé mon père et que tu en as eu marre de moi et que tu t'es tirée sans en avoir rien à foutre ? – En voyant le regard de sa mère, Adela se dit qu'elle avait peut-être été trop loin. Mais sa mère ne l'avait pas volé.

Loreta écarta le dessert qu'on venait de poser devant elle. Elle avait plusieurs réponses à donner à sa fille et elle pensa à laquelle serait la plus blessante, qui ne soit pas celle que, sans le savoir, Adela lui réclamait, la réponse susceptible d'expliquer tellement de choses et qu'elle ne lui donnerait que si venait l'apocalypse.

– Adela Fitzberg, commença-t-elle en appuyant bien sur le nom de famille, tu n'as pas le droit de me juger.

Tu ne sais vraiment rien de ma vie. Tu n'as vu que la pointe de l'iceberg…

– Montre-moi le reste, tu es ma mère, l'interrompit Adela.

– Pour avoir dit la moitié, non, le quart de ce que tu m'as dit, mon salopard de père m'aurait déjà flanqué une baffe et ma salope de mère l'aurait applaudi, et ils se seraient mis à chanter l'hymne national ou *La Guantanamera*… Comme je déteste *La Guantanamera* !… Non, je ne vais pas reparler de tout ça… Tu as beaucoup de chance, et la seule chose que je veux, c'est que tu ne la gâches pas. Et tu sais pourquoi ? Parce que je t'aime, Adela. Je ne suis peut-être pas la mère que tu voudrais que je sois, mais je t'aime, et pour toi j'ai fait beaucoup de choses, certaines terribles.

– Arrête avec tout ça, merde ! J'en peux plus !… Et je t'interdis de dire que nous autres, nous valons mieux ! On est de la merde ! cria Adela en se levant. Plusieurs clients tournèrent les yeux vers les deux femmes, en se demandant ce qu'elles avaient pu se dire dans une langue incompréhensible qui leur semblait peut-être vaguement identifiable. Elles parlaient en mexicain ?

Loreta resta assise et tourna à peine la tête pour suivre la sortie d'Adela. Elle ferma un instant les yeux puis approcha son dessert qu'elle commença à manger pour, après la deuxième cuillerée, lever la main et réclamer l'addition. Elle retourna à son assiette tout en se demandant pourquoi elle n'avait pas pu garder le silence, pourquoi elle n'avait pas pu laisser se terminer la visite de sa fille comme une rencontre heureuse qui les avait rapprochées. L'enseignement de Bouddha selon lequel rien n'est jamais complètement satisfaisant était-il vrai ? Cela ne l'était pas pour elle, qui faisait toujours le pas de trop et agissait comme le scorpion qui se tue en se piquant avec son propre dard venimeux : quelqu'un condamné par sa propre essence. Car, au bout du compte, elle avait beau fuir tout le monde et se fuir elle-même, beau nier et renier, beau s'éloigner le plus possible du trou, beau méditer et essayer d'alléger son esprit des poids trop lourds, elle ne cesserait jamais d'être Elisa Correa, la Cubaine qu'elle avait été et que, malgré tous ses efforts, elle serait toujours. Comme un karma, comme la malédiction que, au moment de la distribution des fautes, elle attribuait aussi à ses origines nationales.

Dix minutes plus tard, en sortant du restaurant, Loreta chercha sa fille des yeux. À cette heure de l'été dans le Nord, il faisait encore jour, mais Adela n'était nulle part. Loreta sut alors ce qui s'était passé. Elle s'approcha du pick-up et vit qu'en effet le sac à dos d'Adela n'y était plus. Sa fille était partie, Dieu sait par quels moyens. Adela est bien ma fille finalement, se disait-elle au moment où son portable lui indiqua qu'elle venait de recevoir un message, qu'elle lut : « C'est difficile de t'aimer, Loreta Fitzberg ! »

Miss Miller n'en démordait pas : il fallait absolument fêter les cinquante premières années de la vie de Loreta, le 20 avril 2009. Pour Loreta Fitzberg, en revanche, le fait d'arriver à un chiffre aussi effrayant avait pour seule signification la confirmation qu'elle entrait dans la dernière étape de sa vie et que, malgré tout, elle le faisait de la meilleure des façons. La conjoncture qui l'avait conduite à s'installer à The Sea Breeze et à y trouver sa place dans le monde était un cadeau inespéré dont elle essayait de profiter chaque jour et à chaque heure, ainsi que l'enseignait Bouddha.

Quinze jours avant l'anniversaire, en avant-première de la célébration, Loreta avait reçu une nouvelle visite d'Adela. La jeune femme avait profité du long week-end de Pâques et du prétexte de l'anniversaire pour se rendre à Tacoma pour la première fois depuis l'amère dispute qui les avait éloignées, près de deux ans plus tôt, et qui, avec des hauts et des bas, s'était poursuivie par téléphone durant plusieurs mois, jusqu'à ce que Loreta fasse semblant de reconnaître sa défaite. Et même si toutes deux savaient que beaucoup de leurs comptes n'étaient pas réglés, elles firent en sorte, durant les quatre jours de la visite, de ne pas ressortir les vieilles rancœurs, comme si elles avaient été une mère et une fille normales et aimantes, comme parfois toutes deux pensaient qu'elles aimeraient être.

Pour mieux souligner la réconciliation, Loreta avait même permis qu'Adela monte toujours Ringo lors des promenades quotidiennes qu'elle offrait à l'animal. Le beau Cleveland Bay aurait bientôt vingt ans et avait encore toute sa puissance sexuelle. On collectait régulièrement son sperme, vendu à bon prix ou conservé dans une banque de Tacoma, et au printemps il saillait une partie des juments du cheptel du ranch, en laissant quelques-unes pour le jeune Cuore, son successeur. À l'époque des chaleurs, les juments étaient amenées dans une écurie voisine pour que les étalons ne respirent pas les inquiétants effluves de la menstruation. Le jour choisi, Ringo et Cuore étaient conduits dans cet endroit où existait un box spécial, prévu pour les fougueuses et violentes saillies. Mais à présent, Ringo semblait plus paisible, son regard plus profond et mélancolique que jamais, et sa crinière noire était constellée de poils blancs, comme si lui et son âme sœur avaient aussi communié sur le plan des modifications physiques.

Loreta avait pris congé de sa fille à l'aéroport de Sea-Tac avec un immense sentiment de soulagement et la profonde satisfaction d'être parvenue à se maîtriser quand la jeune femme lui avait parlé du déroulement de sa licence de lettres à la FIU et de son intention de s'enfoncer encore plus dans son marécage avec le projet de faire, toujours dans le sud de la Floride, un master et même, elle y pensait très sérieusement, un doctorat. Cela faisait longtemps qu'elle avait écarté l'idée d'étudier le droit (comme sa mère l'aurait voulu), c'étaient les études latino-américaines qui la passionnaient et elle avait l'intention de se spécialiser dans la culture cubaine. La mère estimait que sa fille faisait exprès d'appuyer sur cette touche désaccordée, comme une provocation à son égard, mais elle se contint, même quand Adela lui avoua qu'elle avait eu un petit ami colombien et qu'elle avait maintenant un flirt avec un Cubain. Quel désastre, Adela Fitzberg !

se dit-elle, sans passer à l'attaque. Même quand Adela lui révéla qu'elle pensait faire un voyage d'études à Cuba ! Se faisait-elle donc tellement vieille et paisible, comme son cheval ? se demanda-t-elle. Ou cette maîtrise de soi devait-elle à sa progression dans la connaissance des enseignements de Bouddha et à l'influence bénéfique de son nouveau guide sur le chemin, Chaq l'éclairé ?

La vétérinaire savait très bien que les trois ans passés à The Sea Breeze avaient provoqué des modifications notables sur son caractère et sa perception du monde, mais elle n'imaginait pas qu'elles puissent s'avérer aussi radicales. Vingt ans plus tôt, quand elle traversait l'époque la plus sombre de son existence et qu'elle était enceinte, elle s'était lancée dans une aventure aussi désespérée qu'incertaine, et si quelqu'un lui avait dit que le paradis existait et qu'elle le découvrirait, Loreta n'en aurait rien cru. Et si ce quelqu'un avait été plus loin, en affirmant qu'Elisa Correa, transformée en quelqu'un appelé Loreta Fitzberg, trouverait le meilleur des mondes possibles dans un élevage de chevaux au fin fond du *back arse of nowhere*, entourée de montagnes couronnées de glaciers, de mers gelées et de forêts impénétrables, en parlant plus à un cheval qu'à toute autre personne, elle aurait même pu lui cracher au visage en l'accusant de mentir ou le crucifier en le traitant de faux prophète.

Durant ces trois années, Loreta avait eu la confirmation que, si la bonté humaine est une qualité difficile à trouver, ce n'était pas impossible et qu'elle avait eu la chance d'y être plusieurs fois confrontée. Sa complicité spirituelle avec Miss Miller l'avait démontré de façon évidente, et elle lui en était reconnaissante, comme elle l'était encore à l'égard de certaines personnes de son passé cubain, qu'elle mettait tant de soin à occulter.

Mais ce qui était le plus satisfaisant aux yeux de Loreta, c'était de sentir que, au fil du temps et dans cet endroit bienfaisant, elle se libérait de nombre de ses démons.

Elle s'en éloignait tellement que parfois elle parvenait à oublier, quelques jours durant, sa pénible existence antérieure, et à se sentir forte, libérée. Elle arrivait à ne pas penser à son passé, à ne pas avoir en tête le nom de Cuba, l'idée de Cuba, sa vie à Cuba, à ne se sentir liée à rien de son passé en dehors de sa fille. Et à se concentrer, dans le présent, sur ce qui avait lieu à l'intérieur d'un élevage de chevaux qui constituait le meilleur de ses acquis, un miracle rédempteur. Et cette satisfaction, elle la devait à un cheval, aux enseignements de Bouddha et, surtout, à la femme généreuse, exceptionnelle au sein de l'espèce humaine, qui l'invitait à fêter ses cinquante ans dans un restaurant italien de Tacoma, à l'en croire le meilleur dans une ville qui ne comptait guère de bons restaurants.

Pour pouvoir boire du vin et du champagne, la propriétaire du ranch avait décidé qu'elles feraient la route en taxi. La qualité du repas cuisiné par un chef napolitain était plus que correcte. Le pinot noir californien, presque excellent. Le champagne français, fidèle à son origine. La conversation fut animée, toujours intelligente, et Miss Miller – vêtue pour l'occasion d'une robe noire, sobre, un peu démodée, presque élégante, pardessus laquelle brillait son bijou *peace and love* pendu à un cordon tout neuf – en profita pour se souvenir, à soixante ans, de ses propres cinquante ans, de l'époque où elle avait encore assez de forces pour dévorer le monde à pleines dents. Mais la mort de Dan Carlson, reconnut-elle, lui avait asséné un coup de massue dévastateur. Loreta lui parla quant à elle de sa vie heureuse à The Sea Breeze, de la façon dont le monde peut se réduire à un ranch et se suffire à lui-même, et être meilleur.

Le vin, le champagne et pour conclure ce dîner les deux verres de grappa italienne les rendirent plus loquaces, joyeusement désinhibées. Elles décidèrent de prolonger ce moment en allant se promener dans le jardin du musée aux sculptures de verre, où elles fumèrent les cigarettes que Miss Miller avait demandées au serveur italien en lui donnant son pourboire.

Il n'était pas loin de minuit lorsqu'elles montèrent dans le taxi qui devait les ramener à Minter. La nuit était fraîche et Miss Miller demanda au chauffeur d'allumer le chauffage, un peu mais pas trop. Sillonner les rues à moitié vides de la ville mouillée par la pluie, voir le spectacle des lumières et des câbles métalliques du pont Narrows, la silhouette sombre des forêts alentour, brisée par l'éclairage d'une maison proche des rives du détroit de Puget, les plongea dans un silence contemplatif qui se poursuivit pendant qu'elles traversaient la péninsule Olympique en direction de Gig Harbor, quand Loreta sentit une main chaude, décidée, se poser sur sa jambe, à mi-chemin entre son genou et son sexe, juste à l'équateur. Un peu plus au nord, peut-être… Loreta n'eut pas la moindre réaction, ne tourna même pas son visage, mais à l'intérieur d'elle toute une armée de sensations se tenait aux aguets.

Plus tard, Loreta ne saurait dire si elle avait pensé, ce qu'elle avait pensé, à quel point elle avait pensé (avait-elle désiré, attendu, espéré cette main et tout ce qui viendrait avec ?). À cet instant précis, le regard toujours tourné vers la vitre du taxi, elle sentit seulement la chaleur de la paume de Miss Miller devenir du feu, et sa main à elle se poser sur celle de la femme pour commencer à la faire glisser vers son centre de gravité, qui quelques minutes plus tôt somnolait encore. Une caresse légère déclencha en elle un frisson, elle ne pouvait plus rien contre l'humidité qui l'envahissait à grande vitesse. Alors elle tourna enfin son visage et, sur le siège arrière du taxi, laissant Gig Harbor derrière elles, la femme qui venait d'avoir cinquante ans et celle qui en avait déjà soixante s'embrassèrent sur la bouche, échangèrent leurs salives quelque peu alcoolisées et eurent la sensation d'être vivantes, au seuil de l'extase et de la satisfaction. Les mots et les rationalisations viendraient plus tard.

Bien que Miss Miller – ou Mag, comme Loreta l'appelait désormais – lui ait proposé à maintes reprises de s'installer dans la demeure principale de la propriété, dans laquelle elle passait déjà de nombreuses nuits, elle avait préféré se garder la cabane comme espace bien à elle. Les premières semaines, les deux femmes continuèrent discrètement cette relation naissante, mais très vite chacun des employés se douta de ce qui se passait entre la patronne et la dresseuse. Ils s'en étonnèrent parce qu'il fallait bien s'étonner, mais guère plus.

Durant ces premiers jours de précaire tentative de vie clandestine, Loreta finit par se poser pas mal de questions. Depuis son arrivée au ranch, elle s'était sentie proche de Miss Miller, elle se plaisait en sa compagnie, mais cela n'impliquait pas forcément une attirance d'un autre genre. Au cours de l'une de leurs nombreuses conversations, se souvint Loreta, Miss Miller avait parlé de son incapacité à comprendre les lesbiennes : le masculin avait été pour elle un complément nécessaire, pas seulement sur le plan sexuel (elle avait laissé entendre que, sur la fin, Dan Carlson ne remplissait plus vraiment ses fonctions), mais aussi parce qu'il était son contraire, parce qu'elle avait toujours apprécié une certaine forme de dépendance féminine, malgré l'image de force et d'assurance qu'elle pouvait dégager.

Loreta, pour sa part, et malgré elle, fut bien obligée de se souvenir de ce qui était arrivé vingt ans auparavant avec son amie Clara, un enchaînement de faits qui n'était plus très net dans sa mémoire, à l'image de tout son passé ou presque. Elle se rappelait avoir fini par admettre que dans son organisme et dans son esprit palpitait un penchant lesbien, elle le savait déjà, et qui, comme elle avait pu s'en rendre compte, n'avait jamais porté atteinte à sa capacité de satisfaire les hommes, dont elle obtenait en retour une rétribution compensatoire, sur le plan organique du moins. Était-elle lesbienne, oui ou non ?

Toute une série d'événements qu'elle qualifia de complexes et turbulents, ayant justement eu lieu à partir du jour où Clara et elle déchirèrent le film de cellophane qui leur laissait entrevoir une intimité complexe, avait empêché l'épanouissement de la relation érotique qui se profilait. Une relation que Loreta, elle l'admettait, avait désirée très fort, qu'elle avait en fait préparée de façon sibylline, en œuvrant pour que ce soit Clara qui ose faire le premier pas, comme cela avait également été le cas pour Miss Miller. Ce qui était extraordinaire, c'était qu'elle avait beau se sentir femme, il y avait en elle un esprit dominant, masculin peut-être, qui n'avait pas eu l'occasion de prospérer avec Clara et qui enfin explosait avec Miss Miller.

– C'est que nous sommes bisexuelles, ma chérie, s'était esclaffée Miss Miller en écoutant les doutes de son amante. J'aime que tu sois l'élément Alpha de cette chose que nous avons à l'intérieur et en dehors du lit. Rien que du sexe et du plaisir ? De la compagnie et de la complémentarité ? Ou… de l'amour ?

Les rendez-vous sexuels de ces deux femmes mûres avaient connu une première étape de déchaînement presque juvénile qui, les mois passant, avait laissé place à une agréable relation de couple, basée sur la complémentarité et l'absence d'inhibitions. Ou bien Miss Miller avait-elle raison et s'agissait-il pour de bon de ce qu'on appelait de l'amour ? Dans l'intimité, nues sur l'élégant lit anglais *king size* de la chambre de Miss Miller, les deux femmes se sentaient épanouies et actives, elles partageaient des joints (à cinquante ans, Loreta avait enfin franchi une barrière que la peur et les mauvaises expériences l'avaient jusque-là dissuadée de dépasser), elles s'excitaient en regardant des films pornos, elles essayaient des pénis en caoutchouc à l'érection consistante, elles se lubrifiaient avec du beurre, de l'huile d'olive grecque, des crachats, et elles s'enduisaient même de confiture avant de se lécher. Toutes les deux avouèrent à un moment n'avoir jamais connu d'orgasmes aussi intenses ni exploré des stratégies aussi radicales, et elles reconnurent que les hommes de leurs vies avaient peut-être été puissants, forts, résistants, mais peu créatifs, juste des hommes, en fait.

– Bon, non, même si certains hommes t'ont plu, tu n'es pas si bisexuelle que ça. – Au bout de quelques semaines, Miss Miller dut rectifier son premier jugement et fit un calcul. – C'est plutôt du soixante-dix/trente ?

Même si Loreta n'abandonna pas complètement sa cabane, l'endroit devint surtout son bureau et le refuge nécessaire pour les jours où, malgré son amour, si c'était de l'amour qu'elle ressentait, les turbulences de son karma exigeaient qu'elle soit seule avec elle-même. Loreta conserva l'habitude de déjeuner avec les autres employés du ranch, mais elle dînait avec Miss Miller, avant que toutes deux, avec parfois un verre de *tsikoudia*, ne s'installent dans le salon de la télévision, comme un couple marié qui avait ses habitudes, pour voir des films ou les séries dont toutes deux étaient fans : *The Wire*, *Breaking Bad* ou *Fargo*, cette merveilleuse création des frères Coen. Avant ou après le dîner, avant ou après avoir profité de ce que la télé leur offrait de bon, les deux femmes parlaient du présent, plus rarement du passé et jamais d'un futur autre que celui du ranch. Celle qui parlait le plus du passé était Miss Miller, enchantée de raconter ses histoires héroïques de rebelle de la contre-culture devenue propriétaire terrienne et femme d'affaires, à la suite d'un enchaînement capricieux du destin (de ton karma, corrigeait Loreta). Miss Miller se disait satisfaite de sa vie passée et très contente de son existence présente, dont les meilleurs ingrédients étaient sa relation avec Loreta et la bonne santé de la propriété spécialisée dans l'élevage des très recherchés Cleveland Bay.

L'autre, moins loquace, parlait seulement souvent de sa fille Adela. Depuis le tout début, elle avait demandé à Miss Miller de maintenir la jeune fille en dehors de leur liaison amoureuse, non parce qu'elle en avait honte ou qu'elle la jugeait un tant soit peu inappropriée, mais parce que sa relation avec Adela avait toujours été pleine d'épines et qu'elle ne voulait pas fournir d'armes supplémentaires à sa fille. Ce qui inquiétait et même dérangeait beaucoup Loreta, en fait, c'était l'attirance de la jeune fille pour le monde cubain duquel, elle qui en venait, elle avait essayé de la tenir à distance.

– Mais plus je m'efforçais de la protéger de ça, plus elle s'obstinait à s'en rapprocher, lui raconta-t-elle, une nuit froide et sombre d'hiver, plusieurs mois après que leur relation avait pris un tour plus apaisé.

– Pourquoi dis-tu « la protéger » ? avait demandé Miss Miller. Ce n'est pas une maladie.

– Si, c'est une maladie. Ce monde, c'est un monde malsain, Mag, et je ne voulais pas qu'elle soit contaminée. Au début, je ne savais pas très bien ce que je faisais, maintenant je sais que je suivais l'un des enseignements de Bouddha : je voulais la protéger de la souffrance.

– De la souffrance aussi ?… Tu ne parles jamais de ce passé qui a l'air si terrible. Mais qu'est-ce que Cuba t'a donc fait ?

– Je t’en ai déjà beaucoup dit. Que je suis partie de là-bas enceinte, que j’ai atterri à Boston chez une amie anglaise et que c’est là que j’ai rencontré Bruno. Ensuite, mon changement d’identité… et tout le reste.

– Mais avant, avant… tu es partie parce que tu étais enceinte d’une sorte d’espion ou de ranger cubain ? Tu voulais le fuir ? C’est vrai que l’espionnage cubain est un des meilleurs du monde ?

Loreta ne voulait pas mentir à la femme qui avait bonifié sa vie en lui offrant un toit et la responsabilité de Ringo, et qui lui avait ensuite rendu la satisfaction d’éprouver à nouveau quelque chose de proche d’une joie de vivre perdue depuis longtemps. Mais toute la vérité ne pouvait pas être divulguée, en tout cas pas pour le moment. Et Loreta raconta à sa maîtresse la version de sa vie que connaissait déjà Bruno Fitzberg, mais plus détaillée, moins retouchée et moins élaguée que la fable servie à sa propre fille. Miss Miller était cependant trop perspicace pour ne pas remarquer tout ce qui restait en suspens, et un autre soir, où toutes deux nues sur le lit *king size* étaient en train de parler, Loreta se sentit obligée d’en dire un peu plus sur ce passé qui avait marqué son existence et sur les événements qui l’avaient menée jusqu’à ce lit où elles étaient allongées.

– Mag, je vais te raconter une chose que je n’ai jamais dite à personne… surtout pas à Adela… Bruno non plus n’en a rien su… et ceux qui étaient mes amis s’en sont à peine doutés… Et je vais te la raconter aujourd’hui, mais ce sera la seule fois. Je n’en parlerai plus parce que, rien que d’y penser, ça me fait très mal…

– Non, ma chérie… je t’assure, tu n’es pas du tout obligée.

– Il vaut mieux que tu le saches. Tu dois le savoir… j’ai besoin que tu le saches.

– Mais non, je t’en prie…

– N'aie pas peur, il n'y a rien d'horrible… enfin, un peu quand même… Mais quand un monde s'écroule, il y a deux possibilités… essayer de le reconstruire, ou l'abandonner à son sort et, si on peut, en édifier un autre. C'est ce que j'ai fait, ou essayé de faire. Et j'y ai été poussée par la peur, la douleur, l'horreur, le dégoût, commença Loreta qui ne pouvait plus s'arrêter et révéla à sa maîtresse qu'en réalité elle ne s'appelait pas Loreta Fitzberg, pas plus qu'Aguirre Bodes n'était son nom de jeune fille, mais Elisa, Elisa Correa, et que le père d'Adela n'était pas du tout un espion ni rien qui s'en rapproche, mais un ami, son nom importait peu, un ami à elle et à celui qui était son mari à l'époque à laquelle on avait confirmé qu'il était stérile. Cette grossesse inattendue, non voulue, pouvait-elle lui jurer, presque incroyable ou miraculeuse, avait tout compliqué. Une grossesse qu'elle n'avait pas voulu interrompre, car quelque chose lui disait qu'il s'agissait peut-être de sa seule chance d'être mère dans sa vie, d'autant qu'elle se sentait de plus en plus fortement attirée par son amie Clara, très proche d'elle depuis l'adolescence. Une grossesse qui, au lieu de lui donner des forces, comme c'était le cas pour d'autres femmes, l'avait fait se sentir vulnérable, plus qu'elle ne l'avait jamais été et qu'elle ne le serait ensuite…

Mais ce drame dissimulait d'autres ramifications. Avant sa grossesse et l'inflexion dramatique qu'elle avait entraînée dans sa vie, Loreta avait découvert qu'un autre des amis plus ou moins proche de ce que eux, ces amis, appelaient le Clan, entretenait une étrange relation avec son père, Roberto Correa. Le peintre Walter était un fêtard et un raté ; son père, qui avait été diplomate pendant des années, puis directeur d'une très grosse entreprise, un dirigeant haut placé. À un moment donné, elle avait eu la malencontreuse idée de présenter le peintre à son père, qui avait besoin de l'avis d'un connaisseur pour lui confirmer l'authenticité d'un tableau d'un artiste cubain décédé quelques années plus tôt, dont l'œuvre était de plus en plus cotée et que Walter avait côtoyé.

C'était à cause de cette mise en contact, effectuée à l'époque en toute innocence et parce qu'elle était fille de Roberto Correa et proche de Walter, qu'elle s'était retrouvée confrontée à de sombres histoires de trafics de drogue et d'œuvres d'art, de surveillances réelles ou supposées, de tentatives de chantage et même de menaces de mort. Elle n'en était pas du tout sûre mais elle pensait que cet enchaînement d'événements et de rapports troubles avait conduit au suicide de Walter. Et elle pouvait supposer qu'ils avaient aussi conduit au suicide de son père, quelque temps plus tard, quand Elisa, grâce à un passeport truqué et à un visa britannique en bonne et due forme, s'était déjà enfuie de son pays. Aucun de ses amis ou de ses parents n'avait eu de nouvelles d'elle depuis lors. Aucun ne savait qui était ou à quoi ressemblait Adela. Le véritable père de sa fille ne savait pas qu'il était le père de sa fille. Loreta Fitzberg avait tué Elisa Correa et dispersé ses cendres dans le vent.

– *Dust in the wind*, dit-elle en citant Bernardo. Depuis, je me suis obligée à vivre comme une autre personne, à nier ce que j'avais été, à transformer Adela en fille de Loreta Fitzberg. Mag, comme tu peux l'imaginer, cette décision a été une terrible source de tension. Je devais être toujours sur mes gardes, je ne pouvais pas oublier que j'étais une autre personne, avec un passé redessiné. Pour moi, il n'y avait pas de retour en arrière, pas de possibilité d'un repentir qui pouvait être catastrophique. La coupure devait être radicale…

– Mon Dieu, ma chérie, avait murmuré Miss Miller. Tu étais vraiment obligée de faire une chose pareille ?

– Sur le moment, j'ai senti que je devais le faire. Maintenant, je ne sais pas… Je crois que je le referais. J'ai eu très peur… tu trouves ça disproportionné ?

– Tu l'as payé au prix fort…

– Ou pas, c'était peut-être le prix à payer si je voulais sauver ce qui pouvait l'être du marécage où j'étais tombée, ou dans lequel on m'avait jetée… Tu comprends maintenant pourquoi je ne voulais pas parler de cette histoire qui a une odeur de pourriture ? Pourquoi je suis venue vivre ici, où je suis vraiment sûre que personne ne va me croiser, même par hasard, comme ça m'est arrivé il y a quelques années à Madrid ?

– Je comprends, dit l'autre, soudain prise par une impulsion irrésistible de se rabaisser, une faiblesse qui ne lui ressemblait pas. Je comprends, parce qu'il y a des choses qu'on préfère oublier, quitte même à se mentir à soi-même. C'est la même raison qui fait que je ne raconte jamais que mon fiancé Bob Miller avait fini par accepter de partir au Viêtnam. Oui, c'est la vérité, Bob voulait s'enrôler. Il disait qu'il n'avait pas le droit de se dérober, d'échapper physiquement à ce que vivaient d'autres garçons comme lui, certains qui avaient été ses amis, son propre frère, Fred, qui était son héros… C'est moi qui l'ai presque obligé à déserter pour aller au Canada, je voulais le protéger, comme tu dis… Et ensuite… alors qu'il m'attendait à Vancouver, il a été tué de la façon la plus absurde. Du Viêtnam et de la guerre il serait peut-être revenu… Et je me suis sentie coupable et j'ai dû apprendre à vivre en permanence avec le poids de la mort de Bob…

Confessées, dévoilant des peaux qui n'étaient plus lisses, les deux femmes avaient senti ce soir-là qu'elles s'étaient viscéralement dénudées, montrées telles qu'elles étaient en dedans et en dehors, qu'elles avaient révélé ce qu'elles étaient, comme personne au monde n'en avait jamais rien su. Deux êtres aux vies changées par la violence et par la mort, par les décisions sans retour, radicales et désespérées. Loreta et Margaret Miller se reconnaissaient comme des fugitives incapables d'échapper aux culpabilités qu'elles avaient provoquées et qu'elles traînaient depuis lors.

Mobilisant leurs organes les plus appropriés pour se libérer des poids sur leurs consciences, elles s'aimèrent à nouveau cette nuit-là, décidées à ne plus parler, ni ce jour ni jamais plus à l'avenir, d'un passé qui méritait de rester enterré. Mort comme Walter Macías, Roberto Correa et Bob Miller. Un passé amputé par Loreta Fitzberg de ses composants les plus sordides. Une cicatrice montrée seulement à moitié par une toujours insondable Elisa Correa.

Parmi les nombreux enseignements de Bouddha, celui qui émouvait le plus Loreta était le principe de base selon lequel les bonnes actions en ce monde répondent toujours à quelque chose et déclenchent quelque chose. Et, bien sûr aussi, les méchancetés, les mesquineries, les égoïsmes, les manifestations de haine. Tout ce que l'on fait mène à ce quelque chose, bénéfique ou pervers, qu'on s'y attende ou qu'on ne l'ait pas imaginé, mais qu'on a forgé, en conscience ou pas. Cet enchaînement de causes et de conséquences, beaucoup de gens l'appellent chance (qu'elle soit bonne ou pas) ou destin. Mais c'est en fait le karma : la cause qui déclenche une somme de conséquences, d'une certaine façon prévisibles si l'on suit leurs traces. Grâce à ses apprentissages, Loreta savait bien que de l'obscur résulte l'obscur, que la lumière génère la lumière et que ce qui n'est ni obscur ni brillant ne peut susciter ni l'un ni l'autre. La vie, toute vie construite, est en même temps aussi simple et compliquée que cela. Et malgré le sentiment de plénitude qu'elle éprouvait à présent, la part d'ombre et d'inavouable de la sienne – elle le savait aussi et le craignait – était destinée à la conduire finalement vers l'obscurité. Tout cela pour avoir mis en contact un peintre, qu'elle n'avait même pas considéré un jour comme un véritable ami, et son père, un personnage toujours trouble, habitant des ténèbres ?

Comme presque tous les membres de sa génération, éduqués dans un solide athéisme officiel, Loreta avait vécu ses trente premières années éloignée de tout mysticisme religieux, acceptant avec conviction le credo que le matérialisme historique et dialectique constituait la seule explication scientifique valable de l'univers, de la société, de l'Histoire, et même du comportement de chacun des êtres habitant la planète. Et, bien entendu, que la base économique détermine la superstructure ; que la lutte des classes est le moteur de l'Histoire ; que la religion est l'opium des peuples, et d'autres vérités à caractère aussi indiscutable que des commandements…

Elle, toujours très ouverte dans ses pensées et dans ses choix, avait été l'une des plus fondamentalistes dans la critique de la religion durant les réunions entre étudiants organisées après la révélation qu'une camarade d'études, souffrant d'une maladie, avait participé à une cérémonie de *santería* pour recevoir le *santo*. Chango ? Yemaya ? Eleggua ? C'était du pareil au même. Il ne s'agissait que de rites africains rétrogrades importés à Cuba par les pauvres noirs réduits en esclavage par les riches capitalistes du passé. Qui pouvait bien croire que l'un des *santos* primitifs et animistes avait le pouvoir de rendre la santé à quelqu'un ou de résoudre un problème légal ou familial, de lui offrir une protection ? La camarade en question, malgré ses bonnes notes aux examens et son comportement social irréprochable, était sans aucun doute atteinte d'une inadmissible faiblesse idéologique, sa foi politique était entamée, et elle ne méritait donc pas d'être élue Étudiante Exemplaire. Et grâce au discours d'Elisa, elle n'avait pas été élue. Pire encore, se rappelait-elle aussi, avait été le cas, volontiers raconté par Walter, d'un jeune peintre qui, parce qu'il pratiquait le yoga et la méditation, avait été expulsé de l'école où il avait été étudiant et où il enseignait, parce que ses évidentes faiblesses idéologiques le rendaient peu fiable.

Le poids de sa formation l'avait peut-être vaccinée contre la possibilité d'avoir la foi et des croyances transcendantalistes, mais la connaissance du bouddhisme, entamée comme une simple curiosité intellectuelle grâce à la lecture de deux livres qui étaient de ceux qui ne circulaient pas à Cuba et qu'Horacio se procurait d'une façon ou d'une autre, lui avait révélé que, sans besoin d'accepter la présence d'un Dieu omnipotent, il existait d'autres manières de croire en quelque chose qui réside dans le matériel, mais qui va aussi au-delà et dont le principal objectif consiste en la connaissance de vérités universelles et le dépassement individuel de nos limites, qualifiées à juste titre d'ignorance.

C'était à New York, quelques mois après l'attaque terroriste du 11 septembre 2001, qu'elle s'était sentie de plus en plus motivée par un collègue de la clinique qui, comme le peintre cubain stigmatisé, pratiquait le yoga et la méditation. Une Loreta qui, à l'époque, débordait de colère, expérimenta alors sa première approche militante d'un univers avec lequel elle flirtait depuis des années. Même si New York semblait le lieu le moins approprié pour cultiver une philosophie qui professait la recherche de la paix intérieure, Loreta, qui avait grand besoin de relâcher la pression, se laissa tenter par son collègue et se mit à fréquenter le centre de méditation de Rutherford, cette banlieue du New Jersey où, une fois par semaine, se réunissait un *sangha* bouddhiste. Et elle ne tarda pas à sentir les effets bénéfiques provoqués par la compagnie d'un groupe de gens presque tous lassés d'eux-mêmes et du monde en désintégration et en déséquilibre dans lequel ils vivaient, des gens qui pour deux heures au moins oubliaient le chaos environnant et intérieur, respiraient, se relaxaient, laissaient errer leur esprit avant de boire un thé vert.

Loreta aurait une confirmation du pouvoir de son karma quelques mois après s'être installée à The Sea

Breeze. Elle traversait à l'époque une des périodes les plus critiques de sa relation avec Adela, qui insistait déjà pour aller faire ses études dans le sud de la Floride, quand, à l'occasion d'une de ses sporadiques venues à Tacoma, elle avait préféré prendre ce jour-là une rue secondaire au lieu de l'avenue principale. À cause de ce choix (apparemment) anodin, Loreta était passée avec son pick-up devant la Hongwanji Buddhist Church, le temple bouddhiste proche du centre historique de la ville. Elle avait vu l'annonce d'une conférence sur l'éthique bouddhiste que devait donner ce dimanche Stephen Kim l'éclairé, docteur en religions et langues orientales de Berkeley, une intervention qui devait être suivie de la présentation du nouveau responsable des lieux, le dénommé Chaq, lui aussi éclairé.

Vêtue de sa meilleure robe, Loreta était arrivée au temple le dimanche suivant à dix heures du matin précises et l'avait trouvé bondé d'un public venu même depuis Seattle et les petites villes environnantes, car la réputation du docteur Kim s'était répandue parmi les pratiquants de la côte Ouest, comme une recherche sur Internet le lui avait appris. De la chaise qu'elle avait pu trouver, tout au fond du temple, Loreta avait écouté avec attention les mots du célèbre docteur de Berkeley, qui en fait ne lui apprirent pas grand-chose de plus sur les origines et l'essence d'une conception de la vie en douceur, une sorte de religion sans dieu ni clergé ni intentions de livrer des guerres saintes, mais qui se contentait de prôner le développement personnel, le dépassement des tourments et la paix intérieure à travers la connaissance de soi et, sur ces bases, une relation harmonieuse avec le reste de la société et avec la nature. Le plus intéressant s'avéra être l'explication des sources philosophiques et religieuses dont s'était abreuvé Siddhartha Gautama dans sa longue quête spirituelle à la recherche de la paix.

En revanche, quand ce fut le tour du récemment éclairé Chaq, un homme dans la quarantaine, avec des cheveux blonds ou plutôt décolorés et une cicatrice sombre qui lui barrait la joue droite, vêtu d'une tunique blanche et d'un pantalon de même couleur qui recouvrait ses pieds nus, Loreta ressentit une intense commotion positive. Cet homme, sûrement marqué par la vie, sans titres ni doctorats, parlait des prodiges de la méditation et transmettait – c'était du moins ce qu'elle ressentait – une sensation d'être revenu de tout avec laquelle Loreta ressentit une excitante empathie.

– Grâce à la pratique des enseignements de Bouddha, nous nous protégeons de la souffrance, disait Chaq l'éclairé, d'une voix aux modulations douces, contradictoire d'une certaine façon avec la rudesse de son physique. Bouddha nous a révélé que les trois réalités qui régissent le monde sont que rien n'est permanent, rien n'a d'essence durable et que rien, jamais, n'arrivera à nous sembler totalement satisfaisant. Et il nous a prévenus que notre souffrance surgit quand nous ignorons ces préceptes. Les gens ont tendance à rechercher une essence permanente, ferme : ce qu'on appelle stabilité. Parfois sous forme de Dieu, de nation, d'argent : pures inventions… Mais comme ces grâces ne parviennent jamais à nous satisfaire, nous désirons toujours un peu plus et nous nous sentons malheureux et nous souffrons…

« Tous nos problèmes ont pour origine notre ignorance. Et l'ignorance ne s'élimine qu'avec la pratique du *dharma*. *Dharma* signifie protection. Protection. Protection, répéta-t-il, et Loreta n'eut plus aucun doute sur le fait que cet homme s'adressait à elle, peut-être uniquement à elle. Nous en avons tous besoin parce que nous sommes faibles, vulnérables, même si nous nous croyons forts. C'est pour cela que beaucoup des gens que nous connaissons se procurent des armes… pour cela que, dans ma vie antérieure, j'ai fini en prison, condamné pour des délits répugnants. J'ai été trafiquant de drogues susceptibles d'avoir tué beaucoup de gens. J'ai été… – À ce moment-là, sa voix manqua de se briser et il couvrit son visage de ses mains avant de poursuivre, avec plus de véhémence encore. – Nous vivons dans une société malade qui ne nous laisse pas voir l'essentiel. La qualité d'une vie ne dépend pas seulement du progrès matériel, mais de notre capacité à cultiver la paix et l'harmonie en nous-mêmes, et à les projeter vers ce qui nous entoure. Oui, nous portons tous le poids de la culpabilité. Nous avons tous commis des erreurs et certaines d'entre elles ont blessé d'autres personnes, peu importe si de façon intentionnelle ou inconsciemment. Mais chacun d'entre vous peut trouver à l'intérieur de soi quelque chose de meilleur et aspirer à une renaissance avec moins d'ignorance, avec plus de vérité.

« À travers la méditation, le *dharma*, Gautama a découvert une manière de se libérer. Notre liberté dépend de notre capacité à accepter que les choses sont comme elles sont, que la vie n'a aucun sens et qu'il est absurde d'essayer d'en trouver un. Si nous le savons et l'assumons, alors il n'y a pas de souffrance, dit-il, et le ton de sa voix était monté de plusieurs degrés, ses yeux brillaient de façon bizarre quand il conclut : *Om Shanti.* » – Avant de s'asseoir, le regard comme perdu dans l'infini, peut-être en pleine transe.

Cette même semaine, Loreta avait rejoint la communauté bouddhiste qui se réunissait dans ce temple de Tacoma. La majorité des membres du *sangha* étaient des adultes proches de la cinquantaine ou plus âgés, des gens dont elle allait apprendre qu'ils traînaient derrière eux des histoires souvent dramatiques, comme Chaq lui-même.

C'est durant la cinquième ou la sixième séance de méditation et d'apprentissage que l'éclairé demanda à Loreta de l'attendre à la sortie pour parler avec elle. Elle ne fut pas surprise : elle savait depuis le premier instant que cette rencontre en tête à tête aurait lieu.

Même si la soirée d'automne était froide, Chaq et Loreta s'assirent sous le porche du temple tandis que l'un des collaborateurs de l'éclairé, après leur avoir servi une tasse de thé bancha, le préféré de l'indicateur de chemins, retournait discrètement à l'intérieur. L'homme au physique rude et au visage marqué d'une cicatrice raconta à Loreta, sans qu'elle le lui ait demandé, certaines choses à propos de sa vie passée. Sa participation en tant que sergent d'infanterie à la guerre du Golfe, comment il y avait côtoyé la mort, la peur et la haine ; ses expériences postérieures avec les drogues, et la perte de sa famille et de ses biens, ses relations avec les trafiquants de drogue cubains et colombiens de Miami, auxquelles il devait la cicatrice sur son visage et son passage par la prison. Cinq années au fond de l'abîme, ou plus profond encore, dont il était parvenu à sortir grâce à son admission dans un centre de désintoxication, où il avait rencontré celui qui lui avait ouvert la porte de la communion avec les enseignements de Bouddha. Celui qui était à présent Chaq l'éclairé lui raconta pendant près d'une demi-heure des histoires sur sa vie dissolue et il dit alors à Loreta qu'il lui racontait sa mauvaise vie seulement pour qu'elle sache que, avec de la force intérieure, il était possible de surmonter presque tout. Y compris les stigmates du passé. Les fardeaux dont, il le savait, elle ne s'était pas débarrassée. Loreta le regarda, hocha la tête et ne dit rien, même si pour la première fois depuis son départ de Cuba elle ressentit le désir de passer aux aveux.

Cela marqua le début d'une relation qui aida Loreta à se sentir bien mieux avec elle-même. Durant les premiers mois, le soupçon qu'elle et l'indicateur de chemins se retrouveraient dans un lit ne la quitta pas. Mais aucun des deux ne franchit le pas et Loreta apprécia d'autant plus la compagnie de celui qui l'aidait à grandir de la façon dont elle avait le plus besoin : en la libérant de ses démons. C'est pour cela que Loreta, sans aller au fond des choses, lui confia ses craintes les plus persistantes, ses haines les plus insurmontables, ses amours les plus passionnés, ses gratitudes éternelles. Elle vomissait des choses et se sentait soulagée après.

Ensuite, quand elle avait commencé sa liaison amoureuse avec Miss Miller et trouvé en elle-même des réserves qu'elle croyait épuisées, Loreta l'avait assumé comme un signe de développement spirituel. Plus tard, quand elle avait admis que sa fille avait le droit de vivre sa vie de la façon dont elle le décidait et que leurs disputes diminuèrent de façon sensible, elle l'avait attribué aux effets du travail positif effectué sur elle-même. Et même quand elle s'était convaincue que le bonheur pouvait consister en grimper sur la selle et laisser Ringo décider du rythme et de la destination de la promenade, elle avait su qu'elle était peut-être en train de refermer le cycle de ses malédictions pour s'approcher de la lumière. Mais elle avait dû finalement se rendre à l'évidence : Bouddha avait raison, on a beau tenter de projeter beaucoup de lumière, l'obscur génère toujours de l'obscurité.

Huit jours avant que Clara ne poste sur son compte Facebook la photo du Clan prise en janvier 1990 et que se déclenche l'orage que durant vingt-six ans Loreta Fitzberg avait mis toutes ses forces à exorciser, elle avait retrouvé la conviction que les équilibres éternels n'existent pas et peut-être même pas non plus la possibilité d'atteindre le nirvana. Le vertige et le chaos, comme l'avait expliqué Horacio trente ans plus tôt, finissent toujours par s'imposer. Chaque action provoque une réaction. Nous sommes le résultat d'un grand désordre. Nous vivons sur un manège qui ne s'arrête pas et qui, avec sa force centrifuge, essaie toujours de nous expulser vers l'espace. Tu as beau courir, ton passé peut toujours te rattraper.

Loreta avait vécu avec ces craintes depuis qu'elle avait appris comment une boucle alambiquée du karma s'était immiscée dans un ensemble de décisions et de solutions apparemment dues au hasard pour faire en sorte que sa fille rencontre à Miami Marcos Martínez Chaple, justement Marquitos, et tombe presque immédiatement amoureuse de lui. Loreta eut alors la certitude que la muraille qu'elle avait érigée avec la première et la plus radicale de ses fuites commençait à subir un siège qui ne pouvait que s'achever par sa démolition.

La rencontre qu'elle avait faite, presque quinze ans plus tôt dans le parc du Retiro à Madrid, de celui qui avait été son grand ami Irving, et la façon dont elle avait décidé d'y couper court, lui avait tordu le ventre mais avait aussi nourri sa confiance dans la possibilité que le silence demeure, et offre sa protection à Adela. Plus tard, elle avait vu le séjour de sa fille à La Havane comme un épisode dangereux, mais la confiance de Loreta était sortie renforcée de l'épreuve quand la jeune femme était revenue les mains vides, ainsi qu'elle-même l'avait programmé avec ses demi-vérités et ses gros mensonges. Mais, cette fois, le glas qui sonnait annonçait la fin d'un équilibre toujours précaire. Et pour tout rendre encore plus douloureux, le premier tintement avait été provoqué par Ringo, son âme sœur.

Loreta connaissait si bien le cheval que juste en le voyant le matin elle avait su que quelque chose allait mal, voire peut-être très mal. Ringo bougeait en même temps les pattes arrière, comme pour une marche lente, tout en essayant de se toucher le flanc avec ses naseaux pour ensuite retrousser ses babines et montrer ses dents. C'étaient à première vue les symptômes classiques montrant que l'animal, même de façon légère, souffrait des toujours redoutables coliques gastriques. Depuis quelques jours déjà, elle avait dû insister plus que d'habitude pour que le cheval boive toute l'eau dont il avait besoin pour rester hydraté. Ringo avait eu vingt-six ans, Loreta savait qu'il pourrait vivre éventuellement deux ou trois ans de plus, quatre avec beaucoup de chance, mais la bonne condition physique de l'animal et les soins qu'elle lui dispensait l'incitaient à pencher pour l'hypothèse la plus optimiste. Avec l'âge, comme il fallait s'y attendre, le caractère du Cleveland Bay avait commencé à s'altérer et il était devenu plus capricieux mais, en même temps, plus docile, imprévisible certains jours, d'autres trop calme, et la diminution de sa consommation d'eau faisait partie de l'inquiétant et classique processus de dégénérescence.

En bonne vétérinaire, Loreta savait qu'elle était face à une situation délicate et elle essaya de l'assumer de façon professionnelle. En parlant à Ringo, en lui demandant ce qu'il avait, en lui caressant la tête, les oreilles, le cou, en se laissant embrasser par l'animal, elle essaya de lui transmettre de la sérénité avant de faire le test qui lui fournirait un premier diagnostic : elle plaça son oreille contre le ventre de la bête et elle poussa un soupir de soulagement en entendant les mouvements gastriques. Avant tout traitement invasif, Loreta opta pour la solution la plus simple et sortit Ringo sur la piste d'entraînement pour le faire trotter en cercle pendant une heure, jusqu'à ce qu'elle voie la sueur couler sur son pelage châtain. Ensuite, avec l'aide de Rick, elle le baigna, le brossa et le mit en observation. Dans son abreuvoir, elle versa de l'eau fraîche mélangée à une substance digestive et anti-spasmodique, et enleva toute nourriture. Si l'organisme du cheval parvenait à éliminer la boule qui pouvait être la cause des coliques, la guérison serait peut-être assez rapide. Mais Loreta priait aussi pour qu'il ne s'agisse pas d'une dangereuse occlusion provoquée par une perte de vigueur intestinale.

Même si le reste de la journée, Ringo ne se toucha presque plus les flancs avec ses naseaux, il recommença le lendemain matin, et même encore plus souvent, et il alla même jusqu'à se donner des coups de sabot dans l'abdomen. Loreta s'inquiéta. Aidée de Miss Miller et de Rick, elle réalisa alors l'opération consistant à intuber le cheval par les fosses nasales pour l'hydrater avec un mélange d'eau et d'huile végétale qui devait aider au déplacement de la boule si les mouvements péristaltiques ne se déclenchaient pas avec suffisamment d'énergie. Loreta eut le sentiment que les choses n'allaient pas bien en voyant la docilité avec laquelle l'animal se laissait enfoncer les tuyaux en caoutchouc et en constatant que ses yeux humides brillaient moins et qu'ils étaient plus tristes ce jour-là, une mutation qu'elle était la seule capable de remarquer.

Le traitement de réhydratation forcée sembla donner des résultats et, le troisième jour, Ringo cessa de montrer des symptômes de gêne, et en écoutant son estomac Loreta perçut à nouveau des mouvements. Ce matin-là, elle le fit à nouveau galoper, elle le baigna et lui parla beaucoup. Mais, au dîner, elle avoua à Miss Miller qu'elle avait un mauvais pressentiment. Cette dernière essaya de la réconforter en lui rappelant la santé de fer de l'étalon, la fréquence des coliques chez les chevaux et toute une série d'arguments qui semblèrent faire effet sur la dresseuse. Malgré tout, Loreta décida d'aller dormir ce soir-là dans la cabane. Elle avait besoin d'être seule, de réfléchir, de méditer.

À l'aube du quatrième jour, Loreta trouva Ringo en train de se tordre couché sur le sol dans son box et elle sut que son état avait empiré. Quand elle fut parvenue à le relever, elle lui tâta le ventre et le sentit tendu, enflammé. Et quand elle l'ausculta à l'oreille, elle n'entendit rien. Elle répéta l'opération avec le stéthoscope et comprit que la situation était grave : si l'appareil digestif de l'animal était paralysé, le pronostic devenait défavorable. Très défavorable.

Peu après, alors que le soleil était déjà levé, Miss Miller entra dans l'écurie et trouva Loreta assise sur un petit banc, à côté de Ringo, en train de lui masser le ventre, les yeux pleins de larmes. En voyant arriver la patronne, Loreta sortit du box et l'étreignit sans rien dire. Toutes deux savaient que les mots étaient superflus.

Les trois jours qui suivirent furent pour Loreta une période sombre qu'elle aurait voulu effacer, non seulement de sa mémoire, mais de la réalité.

Désespérée, elle se résolut à demander un deuxième avis. Elle demanda à Rick Adams de faire venir le meilleur vétérinaire de la ville, qui refit les examens physiques déjà réalisés par Loreta : il constata que les gencives du cheval étaient presque blanches, il lui palpa tout l'abdomen, il l'ausculta à fond. Et il choisit alors de réaliser le test définitif consistant en une ponction dans le ventre que Loreta avait évité de réaliser. L'exploration terminée, le vétérinaire délivra le même diagnostic que connaissait déjà la dresseuse : les intestins de Ringo étaient paralysés et allaient entrer dans un processus de nécrose. Vu l'âge du cheval, le spécialiste ne recommandait pas une intervention chirurgicale, car même si l'animal se remettait de l'opération, avec son âge la nécrose réapparaîtrait en très peu de temps et les souffrances ne seraient pas compensées par le résultat, aussi encourageant fût-il. En fait, il y avait seulement quelques remèdes et une solution. Loreta opta pour les remèdes, y compris la cérémonie rituelle des Indiens Puyallups, menée par un chamane amené au ranch par Wapo.

Loreta passa trois jours et trois nuits auprès de son cheval. Elle installa même un lit de camp dans l'écurie pour s'y allonger quand elle était trop fatiguée, même si elle ne dormait que quelques instants. Elle avait besoin de se donner du courage et de préparer sa conscience à ce qu'elle devait faire. Pendant ce temps, elle essayait de maintenir l'animal sous sédatifs, pour qu'il ne souffre pas trop. Peut-être un miracle… Mais, comme si son karma obscur avait décidé d'éteindre toutes les lumières, au petit matin du troisième jour après le diagnostic fatal, le huitième de la maladie, Loreta entreprit une nouvelle recherche sur Internet qui, elle ne le savait que trop, ne lui offrirait pas de solutions prodigieuses pour la décision qu'elle devait prendre. Tandis qu'elle surfait sur le réseau, elle ressentit le besoin de se rapprocher de sa fille, qu'elle n'appelait pas depuis des mois et avec qui elle n'avait pas parlé depuis plusieurs semaines. Alors, depuis le compte Facebook qu'elle avait ouvert quelques mois plus tôt sous un faux nom et une fausse identité, elle accéda au mur d'Adela. Et un lien l'amena vers un autre où elle finit par tomber, sur celui de Marcos, sur la photo du Clan que Clara avait postée la veille.

À cet instant, une avalanche se déclencha dans la tête de Loreta : la muraille avait fini par céder. Qu'allait-elle faire, comment allait-elle faire ? Adela devait avoir vu la photo, elle avait dû poser des questions à Marcos et devait déjà connaître une partie de la vérité ensevelie. Loreta comprit que, comme cela serait le cas pour Ringo, avant d'arriver à l'agonie, il valait mieux se jeter dans le vide et s'écraser au fond. Et après presque un an et demi sans l'avoir fait, ce matin-là Loreta Fitzberg, sur le point de redevenir Elisa Correa, prête à tout, appela sa fille.

Presque en transe, le sang cognant à ses tempes, elle entendit sept, huit sonneries avant que la communication ne s'établisse, à l'autre bout du pays.

– Loreta ? entendit-elle Adela demander, même si elle avait dû voir qui appelait avant de décrocher. En entendant la question, elle respira mieux : si la réaction d'Adela était juste de l'étonnement, c'était que la bombe n'avait pas encore explosé.

– Hé, Cosi, comment tu vas, toi ?

Disposée à improviser, Loreta parla en espagnol, comme si c'était la seule langue possible pour ce dialogue. Sa voix lui semblait grave, et comme fêlée par la tension qui affleurait.

– Ça va bien… Au boulot… je viens d'arriver… Oui, je vais bien…

Vu comme la jeune femme hésitait, Loreta sut qu'elle lui mentait, mais pas à cause de ce qu'elle craignait. C'est pourquoi elle lui dit :

– Tant mieux pour toi… Moi, par contre, ça ne va pas du tout…

– C'est pour ça que tu m'appelles ? Tu es malade ? Il t'est arrivé quelque chose ? Quelle heure il est, là-bas ?

– Il est… six heures dix-huit… Il fait encore noir… très noir, et un peu froid… Et non, je ne suis pas malade. Pas physiquement… Je t'appelle parce que je suis ta mère et que je t'aime, Cosi. Et parce que je t'aime, j'ai besoin de te parler. Toi, tu crois que c'est possible ?

– Bien sûr, bien sûr… Tu n'es pas « physiquement malade » ? Mais alors qu'est-ce que tu as, Loreta ?

– Et avec ton copain, ça va ? – C'était tout ce qu'elle avait trouvé à dire tandis qu'elle essayait d'organiser ses pensées. Oserait-elle franchir le pas ?

– On ne s'était pas dit que tu ne voulais rien savoir de mon copain ? Tu ne m'appelles quand même pas pour ça… hein ?

Loreta sentit qu'elle était sur le point de se mettre à pleurer et elle poussa un autre soupir, plus long, plus profond, presque un sanglot. Elle était à nouveau la femme vulnérable qui l'avait habitée, ployant sous le poids de la grossesse et de la peur, un quart de siècle plus tôt. Comment sa fille allait-elle réagir ? Que penserait-elle d'autre d'elle quand elle saurait la vérité ?

– Il faut sacrifier Ringo, lâcha-t-elle quand elle fut à nouveau capable de parler.

– De quoi tu parles, Mère ?

– Ne me fais pas répéter ces mots, Cosi.

Loreta sentit les larmes commencer à couler sur ses joues. Dans son esprit se dessina l'image du moment précédant la fin et elle dut se mordre les lèvres, serrer les mâchoires à s'en faire mal. Que penserait sa fille quand elle saurait ce qu'elle allait très bientôt savoir ? Comment commencer à raconter cette histoire ?

– Mais qu'est-ce qu'il a ? La dernière fois qu'on s'est parlé, tu ne m'as pas dit… commença la jeune femme, sans aucun doute inquiète et émue.

Loreta s'obligea à se ressaisir. Elle avait besoin de penser.

– Des coliques… ça fait des jours qu'on fait tout ce qu'on peut, Rick et moi… On a demandé conseil… le meilleur vétérinaire d'ici l'a pris en charge. Le diagnostic définitif est tombé il y a deux jours. On lui a fait une ponction abdominale… et c'est grave. Il est trop vieux pour une opération, sauf qu'il est tellement fort, on ne voulait pas… Je le savais, mais le vétérinaire nous a confirmé qu'il n'y a pas d'autre issue possible.

– Mon Dieu… est-ce qu'il souffre ?

– Oui… depuis plusieurs jours… il est sous calmants.

Après un silence, Adela dit :

– Il n'y a rien à faire ?

– Non. Pas de miracles.

– Quel âge a Ringo ?

– Exactement le même âge que toi… vingt-six ans… On ne dirait pas, mais c'est un vieillard…

Adela suspendit sa réponse avant de finir par dire à sa mère :

– Alors il faut l'aider, Loreta.

Un nouveau soupir lui échappa. Elle était en train de vivre juste à cet instant le pire moment de sa vie, se dit-elle, et elle se mordit à nouveau la langue avant de parler. Elle avait oublié Bouddha, inspiration, expiration…

– C'est bien ce que j'ai l'intention de faire… Mais je ne sais pas si je dois le faire moi ou demander à Ricky de s'en charger. Ou au vétérinaire.

– Fais-le toi. Avec tendresse.

– Oui… C'est vraiment dur, tu le sais, toi ?

– Bien sûr que je le sais… tu es comme sa mère, lança Adela.

– C'est ça le pire… le pire… Toi, tu ne sais pas ce que c'est que d'être mère et de ne pas pouvoir… les joies et les souffrances d'une mère.

– Tu as beaucoup souffert, n'est-ce pas ? De ne pas pouvoir quoi ? demanda Adela, et Loreta comprit qu'elle n'était pas la seule à avoir la sensibilité à fleur de peau.

Sa fille s'était vexée, alors que c'était la dernière chose qu'elle désirait, justement maintenant, quand venait de jaillir l'étincelle qui allait provoquer l'incendie. Les pleurs pour sa fille, pour Ringo, pour elle-même, étaient inévitables, ils l'asphyxiaient et c'est à peine si elle put dire :

– C'est tout ce que je voulais te dire. Savoir que toi, tu vas bien, te dire que je t'aime fort fort, et… Cosi, je n'arrive plus à parler. Je crois que je vais…

– *I'm so sorry…* entendit-elle Adela dire en anglais, et Loreta raccrocha.

Presque mécaniquement, Loreta ouvrit son téléphone pour en retirer la puce. Puis elle lança l'appareil sur le lit de camp où était posé son ordinateur portable. Sans cesser de pleurer, elle entra dans le box de Ringo. Le cheval, affaibli et sédaté, reposait étendu au sol, mais son œil apparent regarda sa dresseuse et il bougea la lèvre supérieure, comme s'il essayait de sourire et de la calmer, de lui dire quelque chose de gentil. Elle s'agenouilla près de lui quand Ringo, faisant visiblement un effort, commença à bouger pour se relever, comme un ivrogne qui essaie de rentrer chez lui. À ce moment, Loreta sut que Ringo savait. Comment, pourquoi il le savait, pouvait être un mystère ou avoir une explication simple : il savait parce qu'il en avait besoin, et il cherchait à le faire avec dignité. Ringo était un courageux. Du mieux qu'elle put, Loreta l'aida à se relever, et quand il fut enfin debout sur ses quatre pattes, tendues, tremblantes, elle lui caressa le visage et la tête, et le cheval appuya son front étoilé contre celui de son âme sœur. Ils restèrent plusieurs minutes ainsi, jusqu'à ce que l'animal, épuisé par l'effort, chancelle.

Loreta ne cessa de pleurer tandis qu'elle soutenait Ringo et parvenait à le stabiliser, et elle continua à pleurer en allant chercher la seringue métallique que lui avait laissée trois jours plus tôt le vétérinaire de Tacoma, prête à l'emploi. L'instrument de mort à la main, Loreta se plaça d'un côté de Ringo et appuya la tête contre la mâchoire de l'animal. Là, elle respira le souffle sec et chaud du cheval et attendit que ses mains cessent de trembler. De sa main libre, elle abaissa un peu la tête de Ringo et lui dit quelque chose à l'oreille. Puis elle l'embrassa, sur le front, sur ses yeux larmoyants et plus si lucides, sur ses lèvres desséchées, et elle planta l'aiguille là où elle savait qu'était la carotide du cheval. Loreta jeta au loin la seringue vide et, mobilisant toutes ses forces, elle aida l'énorme animal à s'agenouiller sur les pattes avant, jusqu'à ce que les pattes arrière flanchent et que Ringo retombe de côté sur le sol de son box, en faisant s'envoler des brins de paille. Loreta s'étendit à côté de lui et lui parla à nouveau à l'oreille, tandis que ses larmes inondaient le visage de la bête. Elle continua à lui parler même quand le cheval ferma son œil humide et mélancolique, et encore quand, après une brève secousse de ses muscles, il cessa de respirer.

Dix, quinze, vingt minutes, Loreta demeura étendue, à caresser la tête de l'animal. Elle pleura pour Ringo ; elle pleura pour le monde de The Sea Breeze Farm, où grâce au cheval et à Miss Miller elle avait trouvé un paradis, à présent en train de se dissoudre ; elle pleura pour le présent de Loreta Fitzberg, pour le passé d'Elisa Correa et pour le futur d'une personne dont elle-même ne savait pas encore qui elle serait ni où elle serait. Elle pleura pour ce qu'allait ressentir sa fille, qu'elle avait tant voulu protéger. Elle pleura jusqu'à ne plus avoir de larmes.

Loreta finit par se lever et, avec des ciseaux, coupa une mèche de la crinière du cheval, prit la couverture de Ringo et embrassa l'étoile sur le front.

– Adieu, mon beau prince, lui murmura-t-elle avant de lui couvrir la tête.

Sans regarder derrière elle, elle sortit de l'écurie où, pensait-elle à ce moment précis, elle ne remettrait plus jamais les pieds de sa vie. Car, maintenant, sa seule option était de recommencer à fuir. Tel était son karma. La conséquence de ses causes. L'obscurité qui ne génère que de l'obscurité. Et elle décida qu'avant de disparaître dans les ténèbres, il lui fallait réparer une blessure qu'elle gardait sur la conscience.

Elle entra dans la maison principale et, après avoir annoncé la nouvelle de la mort du cheval et avoir pleuré sur l'épaule de son amante, elle demanda à Miss Miller de venir s'asseoir avec elle dans le salon. Elle partait, lui dit-elle, elle ne savait ni pour où ni pour combien de temps, mais elle devait auparavant solder une dette de gratitude, d'amour et de vérité.

Ce qui semblait impossible commençait à devenir possible. De tous les côtés, sur tous les fronts. Le monde connu était devenu fou, les règles changeaient, tout ce qui semblait le plus solidement fixé se déréglait, des miracles se produisaient. Les Allemands de l'Est démolissaient pierre à pierre le mur de Berlin et personne ne les en empêchait, aucun policier ou soldat ne tirait. Pas d'images de chars soviétiques dévastant les rues d'une ville, comme ils l'avaient fait à l'époque à Budapest et à Prague, refermant les portes et les espoirs à feu et à sang pour que le monde soit cet endroit meilleur si souvent promis : le paradis des humbles. Les habitants de chaque côté de la frontière marquant les limites de deux univers irréconciliables brisaient le rythme prévu et ascendant de l'Histoire tel que catéchisé dans les manuels de marxisme avec lesquels ils étudiaient à la fac. Et, cette fois, les gens s'étreignaient, chantaient, et personne ne les réprimait. Et à présent quoi ? Le monde commençait à être différent ? Meilleur ou pire ? Et Cuba ?

En ce mois de novembre 1989, Elisa aussi s'était dit pendant plusieurs jours, qui deviendraient plusieurs semaines, puis des mois, des années, que ce n'était pas possible, en fait que c'était même impossible. Mais son corps lui avait crié autre chose avec insistance. Trois semaines sans règles ce n'est pas un retard, une sensibilité extrême du bout des seins ce n'est pas une allergie ni une dermatite, une réaction incontrôlée de rejet ou d'attirance pour certains goûts et odeurs, avec des nausées de surcroît et tout ça à la fois, ce n'est pas un caprice de l'imagination ou une folie organique. Comment est-ce que cela avait pu arriver ?

L'infertilité de Bernardo pouvait avoir été diagnostiquée à tort, mais le fait qu'elle n'ait à peu près pas eu de relation sexuelle avec son mari durant les derniers mois constituait une réalité incontestable. L'homme qui, dans les temps de plus forte activité, ne l'avait jamais mise enceinte avait-il cessé d'être stérile la seule fois où il l'avait pénétrée durant sa dernière période de fertilité ? Ne restait alors qu'une alternative très difficile à admettre, puisque ses deux rapports sexuels avec Horacio avaient été dûment protégés, elle-même s'étant chargée de mettre un préservatif à son amant. Mais elle n'était pas non plus une fleur ouverte sur le pistil de laquelle un papillon égaré avait déposé le pollen fécondant collé sur ses pattes, ses ailes, sa bouche… Elisa construisit et reconstruisit durant des jours – qui deviendraient des années d'interrogations – chaque instant conservé dans sa tête de chacune des actions effectuées durant les deux actes sexuels. Une évidence importante, qui n'avait pas été prise en compte sur le moment, était que ces deux dates précises coïncidaient avec ses jours de fertilité, ce qui résolvait une moitié indispensable de la question. L'autre moitié, et plus, pouvait être concrétisée sous la forme d'un sperme plein de spermatozoïdes, un sperme sorti d'un pénis et déposé dans son vagin pour, comme dans une course de fond, se lancer dans la traversée au long cours de son utérus, se glisser par le passage sinueux des trompes jusqu'à ce que le plus chanceux de ces poissons microscopiques réunis dans le sperme parvienne jusqu'au but, l'ovule mûr tapi dans un ovaire, le perfore et…

Elle avait tellement décortiqué chacune des minutes de leurs deux rencontres furtives qu'Elisa avait fini par se voir elle-même nue, tout juste sortie du lit, marchant vers la petite cuisine de l'appartement de son amie. Le chat, qui à cet instant avait daigné se montrer, réclamait en miaulant comme un fou, attiré par l'odeur forte du poisson à la tomate en conserve qu'une demi-heure avant, à sa demande, Horacio s'était chargé d'ouvrir avec la pointe d'un couteau, car le fichu ouvre-boîte restait introuvable. Et le poisson était resté sur la petite table dans l'attente que le chat apparaisse. Elle se vit prendre la boîte, sentir un haut-le-cœur à cause de l'odeur du poisson à la tomate parvenu sur l'île grâce au commerce socialiste à l'agonie, se pencher afin de verser dans une gamelle en plastique le contenu de la boîte, pour se débarrasser au plus vite de la corvée. Et elle avait pu voir aussi, comme alors elle n'avait pas pu le faire étant donné sa posture, la façon dont, profitant de sa position, Horacio s'approchait d'elle par-derrière, la prenait fermement par les hanches et, empoignant son membre encore ou à nouveau dur, délicatement mais avec insistance faisait glisser son gland cuivré le long du périnée humide – arrête, je suis sale, lui avait-elle dit ; j'en veux encore, avait-il protesté, allez, va te laver, avait-elle insisté avec un sourire – en un mouvement caressant qui allait et venait de l'anus à la vulve… Un pénis décalotté, de l'urètre duquel avait pu sourdre une goutte restante de sperme qui, par un énorme caprice biologique, au rythme crescendo du *Boléro* de Ravel, avait commencé le long voyage vers le début d'une nouvelle vie. Était-ce possible ?

Il fallait que cela ait été possible. Il n'y avait pas d'autre explication ni d'alternative à un état que, fin novembre, quand pour le deuxième mois consécutif elle n'avait pas eu ses règles, on lui avait déclaré être à une grossesse de dix semaines. Elisa, qui le savait déjà même si elle ne se l'expliquait pas, perçut que, si le monde extérieur s'était décentré, le sien était tombé dans un tourbillon.

Sans en parler à personne, elle était allée consulter un gynécologue, un ancien camarade d'études, pour lui demander de réaliser une interruption de grossesse. L'avortement était la seule issue, elle en était convaincue. Le médecin, plein de tact, lui rappela que Bernardo n'était pas le seul à avoir des problèmes pour engendrer : elle aussi avait un appareil reproductif à la morphologie compliquée. Elle devait y réfléchir un peu plus, il y avait toujours des risques, cela pouvait être sa seule opportunité, l'avait avertie le gynécologue en lui donnant un nouveau rendez-vous pour la deuxième semaine de décembre, la date limite envisageable. Du temps pour réfléchir, suffisamment pour prendre la terrible décision de garder son enfant. Qu'il se soit produit une sorte de miracle, qu'elle ait été enceinte par la volonté du ciel (tout en ayant conçu avec plusieurs péchés sur la conscience), que cela ait été la première fois de sa vie qu'elle avait été fécondée et que rien ne lui garantissait qu'elle le serait à nouveau… toujours est-il que, le jour du rendez-vous, elle informa le médecin qu'elle allait poursuivre sa grossesse. Et elle le pria de rester discret. Secret professionnel, dit-il.

L'orage qui s'annonçait au loin pouvait s'avérer dévastateur, mais elle ne le craignait pas, elle pouvait l'affronter. Au bout du compte, sa relation avec Bernardo était morte. Le beau jeune homme intelligent et prometteur s'était avéré être un faible sur le point de devenir alcoolique, ou l'étant déjà, sans intention de se racheter. Horacio, pour sa part, ne penserait jamais que l'enfant était le sien, et même s'il avait couché avec elle et trahi Bernardo, il lui retirerait peut-être son amitié en la considérant comme une pute qui se tapait en même temps au moins trois mecs : lui, Bernardo et celui qui l'avait mise enceinte. Elle pouvait vivre avec ça, se dit-elle. Des autres personnes importantes pour elle – Irving et Clara, surtout –, elle pouvait se charger sans problème : eux ne la condamneraient jamais pour avoir eu un enfant d'un père inconnu d'eux… ou même connu. Bien plus : elle savait qu'ils la soutiendraient. Le monde était décentré, oui, mais il ne touchait pas à sa fin.

Décidée à poursuivre sa grossesse, elle avait enfin parlé à Bernardo de ce qui lui arrivait et de ce qu'elle voulait faire. C'était alors qu'était survenu le deuxième point d'inflexion de la trame en train de se tisser. Bernardo lui avait demandé de qui elle était enceinte et elle lui avait répondu qu'elle ne le lui dirait jamais, ni à lui ni à personne, juste que c'était quelqu'un qu'elle-même connaissait à peine, un faux pas. Après un silence prolongé et sans doute pour tenter de sauver quelque chose de sa dignité bafouée, il lui avait dit qu'elle était sa femme et que, si elle l'acceptait, le bébé serait aussi son enfant. Après tout, il pouvait l'être pour de bon, avait-il affirmé. Un miracle, comme elle l'avait dit. Dans tous les cas, il l'assumerait comme si c'était le sien.

Mi-émue, mi-déconcertée, Elisa sentit qu'elle ne le comprenait pas et peut-être ne parviendrait jamais à le comprendre : n'aurait-il pas été plus digne d'affronter la vérité et de s'éloigner de la femme qui le trahissait et, alors qu'il était notoire qu'il ne pouvait pas avoir d'enfant, l'humiliait ? La faiblesse essentielle de son caractère, de plus en plus pathétique, le poussait donc jusqu'à ces extrêmes ? Mais que diable y avait-il donc dans le cerveau de Bernardo, juste de l'alcool ? En sa faveur, il y avait l'ignorance qui le protégeait : peu importait qui était le responsable si elle ne le révélait jamais, car la seule chose que Bernardo ne pouvait pas imaginer, c'était que l'un de ses amis proches puisse être le père du bébé en gestation. Et Elisa, malgré elle, avait eu une réaction qui ne lui ressemblait guère : se sentant faible, se reconnaissant coupable et mesquine, surprise par l'attitude de son mari, elle aussi avait accepté. Et elle l'avait fait parce que Bernardo avait démontré à quel point il l'aimait et réagissait comme le type bien que, même alcoolisé, ramolli et vaincu, il était toujours. Presque un être d'un autre monde. Et parce que Horacio ne penserait jamais que c'était lui qui avait pu la mettre enceinte…

Walter, en revanche – Elisa, en changeant le cours de son récit, changea aussi le ton de sa voix –, était l'une des personnes les plus sûres, les plus imbues d'elle-même et les plus égocentriques qu'Elisa ait jamais rencontrées de sa vie. Depuis tout jeune, le peintre parlait de sa personne et de ses actes toujours à la lumière de son talent, de ses trouvailles ingénieuses, de ses pièges et de ses ruses. Un barbare cubain couronné d'une auréole de génie maudit, au cynisme tranchant.

C'était Fabio qui avait introduit le peintre dans le groupe d'amis, parce que Fabio l'admirait comme s'il avait été Dieu, ou Van Gogh, Renoir, Picasso, peut-être parce que Walter était l'esprit irréverencieux qu'au fond il avait toujours rêvé d'être. Comme l'Elisa de ces années-là était aussi sûre d'elle et égocentrique, dans les premiers temps de leur rencontre Walter et Elisa s'étaient livrés à une sorte de compétition qui leur avait permis de se supporter, et même de se trouver des affinités grâce au pont tendu entre eux par leur connaissance du monde des arts plastiques. Mais cet équilibre de forces ne pouvait pas beaucoup durer et très rapidement Elisa avait commencé à le rejeter : pas tant en raison de son égocentrisme que de l'impression qu'il reposait sur une vanité creuse, une pose soigneusement fabriquée dont elle voyait les coutures. De ses habits, parfois tachés d'huile ou de peinture, à sa façon de parler, tout faisait partie d'une mise en scène.

C'étaient des temps qui leur paraîtraient ensuite à la fois doux et étranges, presque irréels, une époque où Elisa pensait d'elle-même qu'elle était un être authentique, disposée à rejeter tout ce qui selon elle ne l'était pas. La jeune fille d'alors était une croyante, qui affirmait que dire et pratiquer la vérité constituait la seule posture éthique admissible et, en cela, révolutionnaire. Elle l'avait appris dans les discours publics de son père, le personnage de confiance, elle l'avait respiré dans l'atmosphère de l'époque. Et à cause de cela elle n'avait jamais eu de problèmes pour s'opposer frontalement à plusieurs de ses camarades, de ses profs, de ses guides politiques, quand elle pensait qu'elle avait raison et défendait une vérité. Ses amis la respectaient, l'admiraient, et même (Fabio et Liuba) enviaient son caractère. Mais Walter s'en fichait, il s'en moquait même : tu penses que tu vas résoudre quelque chose ? lui disait-il souvent. Changer quelque chose ? Tu veux qu'on te donne une médaille ou un coup de pied au cul ? Cette attitude du peintre, entre cynisme et réalisme, contribua peut-être à leur faire partager durant un temps une certaine harmonie tribale qui faisait qu'Elisa et Walter arrivaient à se supporter, en gardant leurs distances. Et ce fut justement à cette époque où leurs personnalités antagoniques s'équilibraient que Roberto Correa, le père d'Elisa, lui mentionna qu'il avait besoin de quelqu'un connaissant l'œuvre de Servando Cabrera pour authentifier un de ses tableaux qui était parvenu d'une façon ou d'une autre entre ses mains. Et Elisa avait eu la très mauvaise idée de le présenter à Walter, qui se vantait d'avoir été proche du maître, mis à l'index et mort dans l'indigence. Sans l'avoir imaginé, elle avait mis en contact deux câbles électriques du même pôle.

Au milieu des années 1980, Walter avait disparu pendant presque trois ans. D'abord dans une école préparatoire, en dehors de la ville (étude du russe et de la culture soviétique, beaucoup de philosophie marxiste, y compris d'histoire du Parti communiste de l'Union soviétique), et ensuite durant ce qu'ils appelaient un séjour sibérien. Quand il avait été expulsé de l'institut soviétique, Walter avait retrouvé le groupe, qui s'était vite rendu compte que rien chez lui n'avait changé en bien : à son assurance s'était ajoutée une arrogance qui s'avérait souvent agressive, allant même parfois jusqu'à la violence physique. Il était un maudit, un rebelle, un puni qui exigeait d'être au centre de l'attention et se comportait comme le plus caustique et le plus insolent, le plus snob et m'as-tu vu, celui qui avalait cul sec un verre de vodka avant de le recracher comme un dragon et d'en demander un autre. Il revenait comme s'il s'était baigné dans les eaux du Styx pour ressortir plus fort de l'aventure. Il parlait souvent d'un artiste russe à moitié fou, un certain Limonov (des années plus tard Elisa saurait qui c'était, elle lirait un livre entier sur sa vie et considérerait que c'était un cas psychiatrique grave), comme de son modèle d'artiste socialiste dérangeant.

Le pire de la personnalité de Walter, c'était sa façon d'exploiter les failles des autres, dès qu'il découvrait chez toi une faiblesse, il s'acharnait dessus, il t'écrasait, et ensuite il riait comme si tout ça n'était qu'une blague, même si la banderille de son agression restait plantée dans ton dos. Il maltraitait qui il pouvait dès qu'il pouvait, y compris physiquement. Il méprisait les artistes cubains de sa génération. Il parlait de ce dont personne ne parlait à voix haute, il se qualifiait de perestroïkiste, il jouait avec le feu... Ou s'agissait-il seulement d'un provocateur en mission ? Était-ce pour cela que Walter ne recevait pas le coup de pied au cul que l'on pouvait balancer à d'autres, que l'on avait balancé à d'autres (le jeune peintre qui pratiquait le yoga par exemple) ; le coup de pied au cul que lui-même pronostiquait pour Elisa ? Était-ce plutôt lui qui aspirait à une médaille ? Plus tard Elisa saurait que, pour des types comme lui, il n'y avait pas de médailles, seulement du mépris.

Et à l'époque Elisa n'arrivait pas à trouver d'explications convaincantes au fait que Walter tienne à les fréquenter. Et elle se demandait : Walter avait-il besoin d'eux comme public ? Oui. Et elle se demanderait ensuite : Walter avait-il été envoyé pour être proche d'eux ? Peut-être…

Ce que Clara et Horacio appelaient depuis des années le Clan était en réalité une confrérie de belles personnes s'efforçant d'être encore meilleures, des jeunes gens obéissants qui participaient à un exploit historique… Si on leur avait donné une note, c'était Elisa la rebelle qui aurait eu la plus mauvaise, peut-être à cause de son esprit de compétition et de ses expériences, qu'elle prenait parfois plaisir à exhiber : elle avait connu et essayé ce à quoi les autres ne rêvaient même pas. Un concert des Rolling Stones à Trafalgar Square, par exemple, et elle le rappelait quand elle voulait réaffirmer son leadership. Elle avait visité le théâtre où avait travaillé Shakespeare. Contemplé les mégalithes mystérieux de Stonehenge. Traversé le passage clouté d'Abbey Road. Et, elle devait le reconnaître, elle faisait ou disait des choses qui frisaient l'hétérodoxie parce qu'elle savait qu'elle s'appuyait sur une superbe muraille : son père, Roberto Correa, un homme de pouvoir et de confiance, avec beaucoup d'amis… Ce père dont elle avait peu à dire : tout juste qu'il était l'arrogance personnifiée, un homme qui avait même le pouvoir de détruire des vies, et pas seulement par la voie politique. Un seul de ses commentaires pouvait modifier une existence. Et il en avait modifié plusieurs, presque toujours pour le pire. Comme l'existence de sa femme, la mère d'Elisa, les nerfs et la confiance en soi détruits.

Grâce à ses nouvelles fonctions de directeur d'entreprise ayant le droit d'importer et d'exporter des marchandises diverses, Roberto Correa était entré à un moment dans le cercle des agents chargés d'organiser certaines opérations commerciales discrètes ou clandestines destinées à contourner l'embargo commercial américain envers Cuba. Des opérations qui avaient fini par mettre entre les mains de certaines personnes ce que justement ces personnes n'auraient jamais dû toucher, de la façon dont elles l'avaient touché. D'abord était arrivé l'argent, plus ou moins propre, dont ils prenaient des pincées sous forme de bénéfices en nature (des bouteilles de whisky, des chaînes stéréo dernier cri), et, comme cela n'avait pas eu de conséquences, ils s'étaient alors lancés à la recherche de plus d'argent et de bénéfices plus conséquents, un processus sali au passage par des magouilles diverses (œuvres d'art sorties de l'île, ivoire et diamants angolais) jusqu'à tomber dans le trafic de drogue, qui rapportait plus d'argent. Beaucoup plus d'argent. Et le montant du fric en circulation avait grossi l'illusion que, comme ils étaient des corsaires revenant avec leurs trésors, une caste de rédempteurs, ils étaient intouchables.

Le scandale avait explosé quand il devait exploser et le premier acte s'était terminé par des fusillés et des peines de prison pour des accusations qui allaient jusqu'à la haute trahison. Derrière les têtes visibles, il y avait eu des dizaines de gens impliqués à divers titres dans les délits les plus variés, qui avaient été sanctionnés en étant dégradés, destitués, expulsés, tandis que beaucoup d'autres avaient été affectés parce qu'on leur avait retiré la confiance.

Comme tant d'autres, Roberto Correa aussi avait été balayé de son poste, dégradé, et avait vu ses privilèges retirés… même s'il n'avait jamais été inculpé. Accuser et condamner Roberto Correa pouvait compromettre une opération de renseignement plus importante ? Ou Roberto Correa, comme il l'avait juré à Elisa, ne s'était pas sali les mains dans les affaires de drogue, n'avait fait qu'obéir aux ordres et payait seulement sa négligence et son manque de flair à propos de ce qui se passait tout près de lui ? À moins que le diplomate, qui espionnait un peu plus que pratiquement tous les diplomates et devait connaître de nombreux secrets, n'ait conclu un arrangement du genre de ceux que l'on voit souvent dans les films et dans la réalité aux États-Unis ? C'était l'explication la plus plausible trouvée par Elisa : Roberto Correa en avait assez dit sur certains de ses collègues pour obtenir une punition ne l'envoyant pas en prison ? Avait-il été l'espion des espions ? Quoi qu'il en soit, les accusés de 1989 n'avaient jamais impliqué Roberto Correa dans leurs magouilles les plus troubles. Cette relation avait-elle ou pas existé ? Son père avait-il trempé dans ces histoires de drogue ou ne s'en était-il effectivement jamais mêlé ? Elisa ne le savait pas, elle ne le saurait jamais, comme elle ne saurait jamais bien d'autres détails d'un imbroglio pervers dont elle s'était forcée à s'éloigner, parce que chaque nouvelle révélation lui faisait honte, la blessait, la dégoûtait.

Elisa n'avait pas su non plus de quelle manière Walter Macías et Roberto Correa étaient à nouveau entrés en contact, et encore moins comment s'était nouée une relation qu'on ne pouvait qualifier autrement que de macabre. Apparemment, un Walter de plus en plus louche avait appris, ou imaginé, ou supposé, que Roberto Correa était à présent susceptible d'être vulnérable et il avait essayé d'en profiter. Mais il avait mal mesuré sa force. Avec ses soixante kilos et sa fausse belle gueule, poussé par la peur et le désespoir, il avait essayé de monter sur le ring où, même s'il était désarmé (et ce n'était pas le cas) se trouvait un gladiateur poids lourd en pleine possession de son art et fort de l'expérience de nombreux combats menés dans sa longue carrière…

Après son séjour soviétique et fidèle à son image de mauvais esprit maudit, Walter avait un jour avoué aux membres du Clan qu'il fumait de temps à autre de la marihuana pour atteindre un état mental et créatif bien particulier. Plusieurs d'entre eux ne le croyaient pas, même si l'hypothèse leur semblait amusante et attisait leur curiosité. Mais, pour autant qu'ils l'aient su, seul Fabio avait peut-être goûté un « joint » avec Walter, son idole. Les autres, non. Et il ne l'avait jamais fait à

Fontanar. Pour eux, les gentils, cette transgression restait impensable.

Stupéfaits, ils avaient appris ensuite que Walter consommait aussi de la cocaïne. À Cuba, à cette époque, il était rare que quelqu'un en prenne et très difficile d'en obtenir, l'existence d'un seul gramme en circulation sur l'île était pratiquement inconcevable. Un soir très arrosé, Walter avait raconté qu'il avait commencé à tâter de cette drogue forte avec ses amis de Moscou, de riches Arabes, de sympathiques Brésiliens, des Français libertins enfants de communistes, des jeunes Africains rejetons de présidents et de dictateurs alliés de l'Union soviétique. Il s'était initié à la coke en leur compagnie et, à son retour à Cuba, il était parvenu d'une façon ou d'une autre à en trouver l'accès. Un accès dont, pour une raison quelconque, Walter avait pensé (ou su) trouver l'origine dans les circuits de Roberto Correa.

Quand fut lancée la chasse qui culmina à l'été 1989, Walter avait senti que l'incendie pouvait l'atteindre et décidé que le mieux était de se tirer. Mais vu l'ambiance dans laquelle se déroulaient les événements, un départ clandestin sur un radeau ou un canot était à ce moment-là plus qu'impossible à cause des niveaux de surveillance. Et c'était là que Walter avait commencé à se démener pour trouver une voie d'évasion, un désir que, sans connaître les motifs plus compliqués qui poussaient le peintre, ses amis avaient au début pris comme une simple manifestation de désaccord, et ensuite comme un signe de sa paranoïa, de son délire de persécution. C'était en fait de la peur.

Cela avait commencé à tourner au désastre quand Walter avait supplié Elisa de le rencontrer dans un endroit discret. Il avait quelque chose de très important à lui dire. La rencontre avait eu lieu juste à la période où Elisa nourrissait le chat de sa collègue de travail et avait à sa disposition l'appartement du Vedado.

Ce soir de septembre 1989 où ils s'étaient vus dans l'appartement, Walter était perturbé, peut-être en manque de drogue ou seulement terrorisé. Elisa ne savait pas encore s'il pouvait exister entre Walter et son père une relation d'un autre type que celle qu'ils avaient eue plusieurs années avant. Ce qu'elle n'aurait de cesse de se dire, ce serait que le peintre était peut-être un provocateur qui la mettait à l'épreuve, et à travers elle son père, car il prétendait que Roberto Correa lui fournisse un moyen de quitter le pays. Le profil et l'histoire de Walter cadraient parfaitement avec le comportement d'un provocateur. C'est pourquoi, sans trop réfléchir, Elisa avait refusé tout net d'avoir la moindre conversation avec son père ou quelqu'un d'autre, et avait ajouté les mots magiques : si Walter cherchait encore à la voir, elle le dénoncerait à la police ou à n'importe qui.

La menace d'Elisa avait déclenché une réaction incontrôlée chez l'autre, qui l'avait attrapée par les bras, secouée et poussée en lui disant que si elle osait le dénoncer, lui dénoncerait Roberto Correa comme trafiquant de cocaïne ; si Elisa le menaçait de nouveau, il pouvait lui jurer qu'elle le regretterait. Dans un dernier mouvement brusque, il l'avait jetée sur le lit de l'appartement et était sorti en jurant… avant de revenir, encore hors de lui, avec une cigarette qui s'agitait entre ses doigts tremblants, pour demander à Elisa si elle savait où il avait laissé son foutu briquet. Elisa lui avait crié de se tirer, bordel, qu'elle ne voulait plus jamais revoir sa gueule.

Dans la liste des erreurs que devait commettre Elisa, la pire de toutes fut celle-ci : quand Bernardo lui posa des questions à propos des bleus qu'elle avait sur les bras, évidemment provoqués par la pression des mains de quelqu'un, elle lui avait raconté ce qui s'était passé avec Walter, comme si la confession était un exorcisme. Et, sans l'avoir imaginé ni voulu, elle avait lâché le fauve. Bernardo l'alcoolo, Bernardo le faible était allé trouver

Walter et l'avait défié : il lui avait dit que si, un jour, il reposait la main sur sa femme, lui, Bernardo, le tuerait. Walter lui avait ri au visage, et Bernardo avait ajouté : essaie, si tu l'oses.

Peut-être parce que cela faisait partie de sa mission de provocateur, si c'en était un, ou peut-être parce que son désespoir était tout à fait justifié, au lieu de s'éloigner Walter s'était rapproché du groupe comme jamais. C'était là qu'il avait commencé à demander de l'aide à Darío pour obtenir un visa. Et qu'il s'était mis à répéter à tout le monde qu'il était surveillé, lâchant à un moment que Guesty la blonde était une indic, ce que beaucoup avaient trouvé possible… Et pour terminer de tout salir, le peintre avait eu une bagarre avec Irving qui aurait pu se terminer encore plus mal. Cela, c'était ce que tous savaient, voyaient, commentaient.

Mais, il y avait eu, en plus, des événements décisifs dont les amis d'Elisa n'avaient rien su. Le premier avait été qu'elle avait osé dire en face à son père ce qui se passait avec Walter, et que cela l'avait rendu fou. Deux jours après, Roberto Correa avait effrayé sa fille avec une information très inquiétante : Walter Macías était un type que la police tenait par les couilles depuis des années, après des délits commis à Moscou, et en échange de sa liberté il balançait tout et n'importe quoi sur ceux qui étaient en relation avec lui. Il fonctionnait comme un vulgaire mouchard, une balance de merde, et en tout état de cause il valait mieux ne pas lui fournir de munitions et le tenir à distance. Et Elisa fut horrifiée de cette révélation susceptible d'expliquer tellement de choses et d'en troubler beaucoup d'autres.

L'autre événement dont le reste du groupe n'avait pas eu connaissance, dont il n'aurait jamais connaissance, s'était produit un soir, trois jours après l'anniversaire de Clara en 1990. Elisa était allée voir ses parents et avait justement trouvé Walter chez eux, avec un sparadrap sur le sourcil gauche et un œil poché, en train de se disputer avec Roberto Correa. Surprise, Elisa crut comprendre quelque chose quand son père lui dit que Walter avait débarqué chez lui en prétendant qu'il venait de sa part à elle. Comment Elisa, sachant ce qu'elle savait, osait-elle envoyer ce misérable pour lui demander de lui faire quitter Cuba, tout en l'accusant de tout un tas de conneries ? avait crié Roberto Correa, et Elisa avait crié qu'elle n'avait envoyé personne et Walter aussi avait crié : il savait que Roberto récupérait de la cocaïne quelque part et qu'ensuite l'un de ses sbires la revendait dans la rue. Il avait acheté de cette cocaïne. Roberto Correa lui avait intimé d'arrêter de dire des saloperies et l'avait prévenu qu'il n'avait pas peur de lui et de ses menaces. Que seul un dingue ou un bouffeur de merde pouvait raconter des salades pareilles, et il avait exigé qu'il déguerpisse immédiatement. Et qu'il ne remette plus jamais les pieds ici, ou il pouvait lui jurer que lui, Roberto Correa, lui collerait une balle dans la tête, et qu'à lui, Roberto Correa, on ne ferait rien. La police savait qui était Walter Macías, quelle était son histoire : personne ne paie pour ce qui arrive aux mouchards, lui avait-il rappelé…

Les deux hommes avaient commencé à se traiter de salopard, pédé, pourri, balance, camé, et la dispute avait dégénéré. Elisa s'était jetée sur Walter pour essayer de le mettre dehors et Walter l'avait agressée physiquement pour la deuxième fois : il l'avait poussée si violemment qu'elle était tombée par terre et qu'elle avait eu peur que le choc ne provoque une fausse couche. D'un endroit quelconque, avec une rapidité qu'Elisa ne s'expliquait pas, elle avait vu de là où elle était au sol Roberto Correa pointant un pistolet sur Walter en lui disant à voix basse, mais sur un ton de ferme menace, que s'il ne sortait pas immédiatement il lui collait une balle dans la tête. Et il avait placé le canon de son arme juste sur son pansement, à l'endroit de sa blessure, et l'avait frappé deux fois.

Et Walter s'était mis à pleurer, à supplier, à demander pardon…

Elisa saurait ensuite que c'était ce même jour, quelques heures plus tôt, que le peintre s'était bagarré avec Irving et que c'était pour ça qu'il avait un œil au beurre noir et un pansement sur l'arcade sourcilière. Et cela avait été aussi ce soir-là qu'un membre du groupe d'amis avait vu le peintre pour la dernière fois… Elle, Elisa, avait été la dernière à le voir, tenu en joue par son père. Les deux câbles qu'elle avait rapprochés lançaient des étincelles.

Deux jours plus tard, sans que l'on ait eu d'autres nouvelles de Walter ni du motif ultime de sa décision, l'homme sur lequel pesaient deux menaces de mort avait été retrouvé écrabouillé dans la rue, après avoir volé du dix-huitième étage d'un immeuble. Et il avait achevé de compliquer l'existence de ceux qui l'avaient reçu dans leur Clan et traité comme un ami peu orthodoxe, mais un ami malgré tout.

– Et, par-dessus tout, il a foutu en l'air la vie d'Elisa Correa, dit Elisa comme si elle était en fait Loreta Fitzberg en train d'évoquer pour son amie et amante Margaret Miller l'histoire d'une personne qu'elle avait connue au cours d'une autre de ses incarnations, en des temps très troubles, très lointains. Des temps d'obscurité.

VIII

LES FLEUVES DE LA VIE

Vingt et un chemins et vingt et un coquillages sont la marque d'Eleggua.

Natalia Bolívar, *Les Orishas à Cuba*

Structures audacieuses de Brunelleschi, campanile de Giotto, fresques de Giorgio Vasari, marbre blanc de Carrare. Sculptures et vitraux de Donatello, interventions de Michel-Ange et grues dessinées par Léonard de Vinci, marbre rouge de Sienne. Autels de Ghiberti, peintures de Federico Zuccaro, autres sculptures de Tino di Camaino, marbres verts de Prato. Le pouvoir de l'Église, des Médicis, de la foi et de l'intelligence humaines, or, bronze, briques : le tout disposé pour composer un chant singulier à la beauté et à l'intangible. Une explosion de sublime. Je suis vraiment ici ? En train de regarder tout cela de mes propres yeux ? Est-ce bien ma vie réelle, ou un rêve, une illusion ? Quelle lueur, quel signe du destin a pu permettre qu'une graine jetée dans un *solar*, immeuble miteux de la rue Perseverancia, à La Havane, entre la crasse accumulée depuis des siècles et les indélébiles puanteurs de merde, devienne une fleur face à ces fleurs magnifiques ?

Darío dévorait des yeux le spectacle de Santa Maria del Fiore, et ni l'évidence physique ni la perception sensorielle du merveilleux n'étaient suffisants pour intégrer tout cela. Ce n'était pas la première fois qu'il ressentait ce genre d'émotion, où il doutait de lui-même : devant la Sagrada Família de Gaudí, à peine débarqué à Barcelone, il avait été secoué par une sensation du même ordre ;

les peintures rassemblées de Bosch, Vélasquez, Rubens et Goya au Prado l'avaient abasourdi par leur présence tangible, à portée de main, de sa main. La puissante sensation de voir l'origine de tant de choses l'avait aussi envahi au mont des Oliviers, quand il avait contemplé le coucher du soleil sur les murailles de Jérusalem, de même qu'entre les ruines du Parthénon ou devant les fresques millénaires de Cnossos. La Via Imperiale, la colonne Trajane et le Colisée à Rome l'avaient touché de la même façon trois jours plus tôt, et toujours, toujours, ces perceptions lui faisaient se demander : je suis vraiment là ? C'est bien moi qui suis là ? Mais ce jour il eut besoin d'ajouter : et c'est donc pour ça que j'étais là ?

Depuis son départ de Cuba, huit ans plus tôt, durant le chaud printemps 1992, l'existence du neurochirurgien était entrée dans une dimension magique, comme celle d'Alice traversant le miroir pour émerger dans le monde des merveilles. Les trente-trois premières années de sa vie, passées sur l'île natale, toujours entourée d'eau de toutes parts, avaient commencé à lui sembler lointaines, presque étrangères et complètement dépassées, trop d'années investies jour après jour dans une guerre pour sortir la tête de la boue sombre d'un marécage en agitant les bras et les jambes. Et en essayant toujours d'éviter que quelqu'un ne vienne le noyer à nouveau pour l'obliger encore une fois à avaler les détritus dont il était en réalité issu et auxquels il était peut-être destiné à appartenir pour toujours : comme le premier protozoaire. La menace d'un retour dans son enfer l'avait maintenu perpétuellement en alerte, prêt au combat et, quand l'occasion s'en présentait, propulsé en avant, de plus en plus loin, jusqu'à se perdre, s'acharnant à prétendre être un autre sans pouvoir cesser d'être lui-même. Et c'était *pour ça* qu'il était là, devant un prodige de beauté et de gloire magnifié dans la cathédrale des fleurs. *Pourquoi* il était là, il le saurait quelques heures plus tard, après avoir bu ce qui, en cet instant, lui avait semblé être le meilleur expresso qu'il ait goûté de sa vie.

Avec l'efficacité qui la caractérisait, Montse, sa femme, avait planifié chacune des étapes du voyage de neuf jours en Italie, qui faisait partie des cadeaux pour les quarante ans de Darío (il y avait une Rolex, un stylo Montblanc Toscanini et d'autres choses dans le genre), et elle dut presque le traîner hors du Dôme pour suivre le programme du premier jour de leur escale florentine, qui ce matin-là incluait le Palazzo Strozzi et s'achèverait dans l'après-midi par la visite de la Galleria dell'Accademia. Le tout planifié avec des horaires précis, laissant pour le lendemain l'interminable Galleria degli Uffizi, le Palazzo Vecchio et le Pitti avec leurs cinq musées pour, en fin d'après-midi, partir vers l'escale finale du périple, conçu par elle comme deux nuits romantiques à Venise. Et Montse avait ri du ravissement de Darío, où la Catalane ne discernait guère plus qu'un banal choc esthétique, par ailleurs bien explicable pour un Caribéen qui avait aussi peu d'histoire derrière lui, car elle n'avait pas idée des raisons cachées et déchirantes qui provoquaient l'émotion de son amant.

En sortant du Palazzo Strozzi, Montse rappela à Darío qu'il était l'heure d'aller déjeuner au restaurant Il Latino, dont la spécialité était le fameux et roboratif *bistecca alla fiorentina*, un endroit pour lequel elle avait effectué la réservation nécessaire un mois plus tôt. Le couple, après avoir bien mangé et bien bu (une bouteille de Brunello di Montalcino à quatre-vingts dollars, des grappas en digestif), décida de chercher une terrasse de café pour prendre un expresso, commencer à digérer le *bistecca* et entreprendre l'exploration en règle de la Galleria dell'Accademia. Le café choisi, sur la berge de l'Arno non loin du Ponte Vecchio, leur permettait d'avoir un panorama privilégié de la ville arpentée par Dante, Léonard de Vinci, Michel-Ange et de nombreux Médicis, la cité qu'un Darío Martínez exalté, ivre de superlatifs, qualifiait de ville plus *bellissima* du monde, tout en encaissant le choc de l'expresso à la napolitaine qu'il célébra comme étant le meilleur qu'il ait bu de sa putain d'existence, juste au moment où il eut une autre vision, pas du tout attendue, qui le figea sur place.

La femme, blonde aux cheveux courts, entre trente et trente-cinq ans, avançait dans la rue au bras d'un homme un peu plus âgé, avec un look d'Italien typique, col relevé de son polo Lacoste rouge vif y compris. Elle avait peut-être quelques kilos superflus stockés dans ses fesses et ses hanches généreuses, mais son corps oscillait toujours entre le très attirant et le spectaculaire, d'après les codes esthétiques de son lieu d'origine. Ce qui n'avait absolument pas changé depuis dix ans que Darío ne l'avait pas vue, dans un autre contexte et dans des circonstances bien particulières, c'était l'air d'étonnement que lui donnaient les paupières grand ouvertes de ses yeux de poupée.

– Merde, ce n'est pas possible ! dit Darío en espagnol, et sans donner d'explication à Montse qui le regardait avec surprise, il se leva. En se frayant un chemin à travers une vague de touristes japonais, il marcha en direction du couple formé par le probable Italien et la blonde au gros cul, et finit par parvenir à se placer devant eux. L'homme le regarda avec une certaine curiosité, quelque peu déconcerté, mais la blonde aux yeux étonnés écarquilla encore plus les paupières, au point que l'on pouvait craindre que ses globes désorbités tombent au milieu de la rue qu'avaient aussi arpentée Giotto, Botticelli, Fra Angelico, Guido Cavalcanti.

– Darío ? lui sourit-elle.

– Guesty ? lança Darío, plus comme une affirmation que comme une question. Elle eut une seconde d'hésitation, tous deux firent un pas en avant et, se prenant par les avant-bras, se claquèrent deux baisers sur les joues, à la façon européenne.

Pas possible ! Incroyable ! Qui aurait dit ! disaient-ils, et Darío invita Guesty et son mari, qui était en effet italien et s'appelait Giovanni (elle l'appelait Amore), à prendre avec lui et Montse un délicieux expresso. Le couple accepta, et l'Italien et la Catalane durent assister à un dialogue d'un quart d'heure qui, après les formalités d'usage, les tint à l'écart, comme s'ils n'avaient pas existé. Il manquait à Montse et Giovanni beaucoup de références qui leur auraient permis de suivre un échange aussi intense que nostalgique qui renvoyait à des temps antérieurs à leur apparition dans la biographie des deux Cubains qui s'étaient connus dans une autre vie et qui, par une conjonction du hasard (ou pas), se retrouvaient dans une rue de Florence, si loin de tout ce qu'ils avaient été, de ce qu'ils auraient pu continuer à être.

Darío raconta à Guesty son départ de Cuba, son arrivée à Barcelone et le sort qui avait été le sien depuis : le doctorat soutenu à Barcelone, le travail dans un important hôpital de la ville, la relation avec Montse, à qui il donna un petit baiser au passage. Guesty, de son côté, lui dévoila sa rencontre avec Giovanni à Cuba, six ans plus tôt, à l'époque où les choses étaient les plus difficiles sur l'île, et comment elle avait accepté sa proposition de le suivre en Italie. Elle vivait à présent près de Florence, à Prato, où son Amore était patron d'une boulangerie réputée dans toute la Toscane pour ses *biscotti* à tremper dans le café et dans les liqueurs. Ensuite, Darío dut lui résumer les destins de leurs connaissances, les uns encore à Cuba (Clara, ses enfants), d'autres en différents endroits du monde, comme l'ami commun Horacio (Guesty aussi le mentionna comme un ami), installé à San Juan de Porto Rico, père de jumelles. Et c'est alors que Darío appuya sur la touche qui allait faire dérailler ce concert harmonieux et donnerait son véritable sens à cette rencontre imprévisible.

– À dire vrai, je n'aurais jamais cru que tu partirais de Cuba, dit le médecin.

– Tout le monde s'en va… Il y a un paquet de gens qui sont partis… Impossible de résister… Mais moi non plus je n'aurais pas dit ça de toi… répliqua-t-elle. Tu avais une maison, une voiture, ta famille, je me rappelle que tes patients t'offraient toujours des choses… Tu n'étais pas militant du Parti ?

– Si… je l'étais.

– Et tu parlais toujours de tout ce que tu devais à la Révolution, que tu étais très pauvre et que tu avais pu faire des études… Et regarde, tu n'es pas parti… tu as déserté. Non, moi non plus, je ne l'aurais vraiment pas imaginé.

– J'ai fait pareil que d'autres, se défendit-il. La majorité de ceux qui voyageaient et sont restés étaient des militants, ou du personnel de confiance, comme moi… ou comme toi. Toi, tu travaillais dans les organes de sécurité, non ? Ou dans la police ?

Elle sourit sans que ses yeux perdent leur expression étonnée.

– Ton ami Horacio m'a demandé la même chose… Vous l'avez vraiment cru ? Ça, c'était une invention de Walter qui était tellement fou qu'il a fini comme tu sais. Moi, je n'ai jamais rien été… Si, pionnière quand j'étais à l'école primaire. – Et, avec un sourire, elle imita le salut des pionniers.

– Mais Walter était sûr que tu t'étais rapprochée de nous pour nous surveiller. Surtout lui.

– Surveiller Walter ? Pourquoi ? Walter disait n'importe quoi n'importe où. Et il n'était au bout du compte qu'un pauvre fou. Et un mauvais peintre… non ?

– C'est ce que je pensais moi aussi… mais l'autre qui disait que tu étais flic, c'est Irving.

– Irving ?

– Oui, parce qu'il t'a vue dans le bâtiment des enquêteurs de la police où il a été retenu prisonnier. Après le suicide de Walter… Pauvre Irving, il y a passé un paquet de jours, ils l'ont interrogé…

– C'est vrai, Horacio m'en avait parlé.

– Et Irving t'a vue dans un bureau.

– Moi ? Dans un bureau ?… Darío, Irving était un hystérique… il avait peur de tout…

– Mais pas un menteur… et comme tu as disparu après le suicide de Walter.

– Donc, Horacio ne t'a pas dit ? Il ne vous a pas dit que moi aussi, ils m'ont interrogée dans cette horrible caserne ? Et qu'à cause de toute cette histoire avec Walter, mon frère s'est retrouvé en taule pour un joint ? Un joint et deux ans au trou !

– C'est quoi ces histoires, Guesty ?

– C'est pas des histoires… mais Horacio c'est vraiment un pédé… il ne vous a rien dit de tout ça ?

Montse et Giovanni bougeaient la tête comme s'ils suivaient un match de tennis acharné. Les yeux de la Catalane et de l'Italien, de plus en plus écarquillés, avaient fini par leur donner le même air de stupéfaction que Guesty : ils étaient bien en train de parler de suicides, d'enquêtes criminelles, de liens avec la police, d'espionnage ? Deux ans de prison pour un joint ? Montse, si bavarde, en restait muette et Giovanni avait l'air mal à l'aise dans son fauteuil, ne cessant de tirer sur son cigare Toscano dont il ne restait que le bout.

– Tu as parlé à Horacio ? – Darío ne comprenait plus. D'après ses souvenirs, Horacio n'avait plus jamais mentionné Guesty. – Mais pourquoi tu as disparu, sans crier gare ?

– Parce que ça devenait chaud. Tout le monde a pris peur, et avec raison. Avec un mort au milieu, ce n'était plus amusant. Plus du tout…

– Non, ce n'était plus amusant, reconnut Darío. Walter a débouché un baril de merde. Mais la merde, quelqu'un l'a sortie de quelque part.

– Tout ça, moi je n'en sais rien… les bêtises de Walter et les conneries d'Elisa… C'était Horacio qui était obsédé par ça. Il y avait un truc entre lui, Bernardo, Elisa et Walter, un truc qui craignait. La police est aussi venue me voir, je te l'ai dit, ils m'ont emmenée dans cette caserne pour me poser des questions, et moi je n'avais pas envie de me compliquer la vie. – Guesty secoua la tête et, après avoir pris la main de Giovanni, elle esquissa un mouvement pour se mettre debout. – C'est vraiment trop triste, tout ce qui est arrivé… Bon, nous…

– Guesty, Guesty ?… Au fait, pourquoi quand je t'ai appelée Guesty, ton mari a eu l'air si étonné ?

Darío regarda à nouveau Giovanni, et Guesty sourit un peu plus en terminant de se lever.

– Parce que Guesty, c'est un surnom que j'utilisais là-bas et que j'aimais bien parce qu'il était moins ringard… qui a envie de s'appeler María Georgina ?… Mais Amore, il me connaît comme María…

– Ou alors, tu t'appelais Guesty parce que c'est le nom qu'on a inventé pour toi à ton boulot. C'est ce qu'ils faisaient toujours, les mouchards ils leur donnaient un autre nom…

– Encore… c'est pas bientôt fini ces conneries ? Lâche-moi, mec… vous avez toujours été tous une bande de paranos de merde. Tous. Et je vois que ça ne change pas, même quand vous portez une Rolex au poignet… authentique, je suppose ?

Darío secoua la tête, toujours sur sa chaise. Il pouvait être aussi parano et délirant que ce qu'elle prétendait, mais il était également possible qu'il ait en cet instant terminé de connecter les deux câbles qui généraient l'étincelle qui allait éclairer un espace obscur de sa vie et de la vie de ses amis. Est-ce que vraiment quelqu'un les surveillait et révélait leur intimité dans des rapports ? Un Quelqu'un qui, peut-être, pouvait être directement lié aux désastres qui avaient marqué les mois troublés du début de l'année 1990 ? Quelqu'un qui pouvait être cette femme qui leur avait toujours semblé primaire, même un peu bête, cette femme qui s'était évaporée et qui maintenant se promenait dans Florence au bras de son mari italien patron d'une pâtisserie célèbre ? Ou devait-il croire qu'elle aussi avait été victime de l'orage déclenché par Walter ?

– J'avais des doutes. En fait, je n'y croyais pas. Mais là, si, je crois qu'en fait tu étais une moucharde de merde, lâcha Darío qui regarda un instant Giovanni, puis à nouveau Guesty pour lui demander : Et tu as pris ta retraite, ou tu l'es toujours ? Tu m'as dit que tu t'appelais comment, maintenant ?

– Hé, connard, tu es fou et tu racontes des conneries... comme Walter, fou à lier... Allez, on y va, Amore ! J'ai assez vu ce con... un fou de merde.

Darío se mit debout. Au-dedans de lui, à cet instant, il bouillait et il n'était plus seulement l'homme qui se sentait trahi dans sa confiance, mais l'enfant violent qu'il avait été il y a très longtemps, l'enfant à l'incroyable destin duquel il avait songé ce matin-là devant le spectacle de la prodigieuse cathédrale de Florence. Car, comme le faisait souvent Olga, sa mère, cette Guesty ou peu importe le nom de celle qui durant des mois les avait peut-être espionnés, ou pas, venait de le traiter de fou. Fou, tu es fou, fou de merde. Qu'est-ce qu'elle en savait, elle, de sa vie ? À quel point ? La main de Montse se posa alors sur la sienne pour la serrer fortement, comme pour lui rappeler la réalité de sa nouvelle existence si satisfaisante.

– Oui, va-t'en, murmura enfin Darío, presque admiratif de sa capacité à se contrôler lui-même, même s'il avait besoin de se défouler. Je suis peut-être un déserteur et un fou... mais toi, si tu nous surveillais, tu es une grosse salope de moucharde et d'indic. Non, peut-être que je ne le saurai jamais… mais si tu as été ce que je pense, et je le pense très fort, va te faire enculer, salope ! cria-t-il, et ces derniers mots rebondirent sur le dos de la blonde qui, remuant son cul magnifique, s'éloignait en vitesse et sur le visage de l'Italien abasourdi qui regardait toujours Darío (un fou pour de vrai ?) et ne comprenait à peu près rien de ce qui, durant l'une des heures les plus étranges de sa vie, s'était déroulé sous ses yeux. Mais ni Giovanni ni Guesty (surnom ou nom de guerre ?), qui s'appelait en fait María Georgina, ne purent entendre les derniers mots du médecin : Et même si tu ne l'étais pas, je chie quand même sur ta mère, sale conne !

Devenir catalan. Vivre et penser comme un Catalan. Parler catalan. Souffrir ou se réjouir à chaque match du Barça (« *Més que un club* »), petit-déjeuner avec du *pa amb tomàquet*, porter aux nues le *fuet* et le boudin catalans en bon Catalan. Détester l'État espagnol oppresseur comme un Catalan radical, indépendantiste, républicain, irréductible. Penser qu'eux, les Catalans, n'avaient pas à travailler pour entretenir des Espagnols paresseux. Être plus catalan que les Catalans et se cacher même à soi-même ses origines douteuses, et en même temps essayer de ne pas se dire, même à soi-même, il le savait bien, qu'il ne serait jamais un véritable Catalan (ni pour lui ni pour les Catalans radicaux et irréductibles que fréquentait Montse) et qu'en fait, ce n'était pas être accepté comme Catalan qui lui importait : en fait, il voulait seulement devenir autre chose, un autre Darío, catalan ou martien, c'était pareil, mais toujours plus loin du Darío original. Enterrer le passé, compter les gains, jamais les pertes. Écraser tout soupçon de nostalgie. Quel était donc ce mot, *nostalgie* ? À quoi sert la nostalgie ?

Qu'il ait été favorisé par la fortune (y compris économique), une fortune nourrie par une intelligence et une persévérance d'acier, était une récompense bien méritée, se disait-il. Ne pas se considérer comme un bourgeois mais profiter des bénéfices du statut économique et social d'un bourgeois prospère était pour lui une satisfaction manifeste : c'était pourquoi il profitait de ses maisons, de ses voitures, des objets beaux et brillants dont il s'entourait. Être un docteur, souvent Le Docteur, et même Le Professeur, respecté et sollicité, qui signait des certificats et des dossiers médicaux avec le stylo Montblanc conçu pour Toscanini, le remplissait d'orgueil et de satisfaction humaine et professionnelle. Pendant ce temps, pour comprendre les fondements historiques qui définissent une nation (comme la catalane) il lisait l'essai de Staline sur les nationalités, et Gramsci pour se faire mousser comme intellectuel révolutionnaire. Ou quelque chose dans le genre.

Certains soirs où il faisait bon, Darío montait dans sa BMW 2003, qui avait meilleure allure que sa Citroën Xantia déjà mise au rebut, rien à voir avec la vieille Lada soviétique que, durant sa vie cubaine, il avait réussi à réparer et à récupérer. Cette voiture-là se conduisait presque toute seule et, profitant de la promenade, il écoutait l'un de ces opéras dont Montse lui avait transmis la passion, il allait dans les cafés du port ou même de la plage de Sitges pour se reposer un peu de l'amour possessif de sa femme (« ne m'aime pas autant », chantonnait-il parfois) et se libérer des tensions professionnelles de la journée. Mais surtout pour être seul avec lui-même et ses pensées les plus intimes. La prochaine arrivée de son fils Ramsés, qu'il n'avait pas vu depuis presque quinze ans, quand il était un enfant qui en avait dix, pesait sur son moral, confronté au retour d'une partie de ce passé dont il s'était échappé, comme un véritable fugitif, comme s'il avait fui une épidémie mortelle.

Avec un verre de rhum cubain et l'un des havanes, souvent en provenance de l'île (les bonnes choses sont les bonnes choses, peu importe d'où elles viennent), que certains de ses patients insistaient pour lui offrir, comme lorsqu'il était à Cuba, il passait deux heures à la table d'un bar, face à la Méditerranée, s'examinant lui-même, comme s'il avait encore besoin de se convaincre de quelque chose. Ce qu'il avait obtenu dans ses années d'exil formait une liste si bien remplie que cela lui semblait parfois un mensonge, une montagne derrière laquelle demeuraient, invisibles, les laideurs matérielles et spirituelles de la vie qu'il avait mis toute son ardeur à oublier. Et il fumait, buvait son rhum, fêtait sa victoire.

Bien des années avant, Darío avait décidé qu'il mourrait sans raconter à personne les détails les plus macabres du début de son trajet de vie. Même pas à son vieil ami Horacio, qu'il connaissait depuis l'enfance et qui lui avait montré le chemin du salut ; ni à Clara, sa femme durant quinze ans, la personne qui lui avait ouvert les portes de sa première étape vers un monde propre et bien éclairé, doté des attributs nécessaires pour aller au-delà de tous ses rêves ; ni même à ses fils Ramsés et Marcos, si chanceux d'être nés où ils étaient nés ; encore moins à Montse, élevée dans un berceau doré : il n'avait révélé ni ne révélerait à personne les détails de son horreur. Les années d'une enfance passée à la merci d'une mère capable de toutes les cruautés, qui le détestait et voyait en lui le résultat de son humiliation. L'amertume, toujours prête à ressurgir, d'années vécues dans l'espace minuscule de la pièce du *solar*, avec les murs et le plafond fissurés, entouré de tellement de gens abîmés par la marginalisation et la pauvreté, des hommes et des femmes qui le voyaient sans le voir et n'étaient même pas en mesure de le prendre en pitié, parce que beaucoup d'entre eux avaient perdu jusqu'à la notion de compassion et que pour eux l'enfant Darío, simplement et logiquement, était destiné à être comme sa mère et comme eux, dans la misère économique et, surtout, morale.

Avec la première lueur d'intelligence qui lui permit de commencer à comprendre sa situation et de pouvoir la comparer avec celle d'autres gamins, comme son ami

Horacio, Darío se demandait souvent pourquoi il avait mérité un sort pareil. Sa mère, Olga, avait été violée à quatorze ans et était tombée enceinte. L'identité du violeur et, par conséquent, de son père, il ne l'avait jamais sue, même si sa mère lui disait souvent qu'il était le « portrait craché » de son salopard de géniteur. Ensuite, pour quelle raison sa mère, ignorante et presque analphabète, n'avait pas interrompu cette grossesse non désirée, pire, forcée, il ne l'avait jamais su non plus, même s'il pouvait essayer de déduire des raisons liées à cette même ignorance, à la peur ou à une irresponsabilité suprême.

Le plus sinistre avait été que, comme il était le fruit de la violence et du sordide, la femme souillée voyait en lui l'incarnation de son malheur et prenait plaisir à renvoyer à l'enfant, démultipliés, la violence et le sordide de son origine. Il avait été si souvent battu par elle sous le moindre ou sous aucun prétexte depuis qu'il pouvait se rappeler la sensation de la douleur, qu'à un moment l'enfant avait été immunisé contre la douleur. Les cris, il avait cessé de les entendre. La faim était devenue pour lui un état naturel, une pression qu'il soulageait à peine avec un verre d'eau sucrée, un morceau de pain et les restes pour les chiens que sa génitrice lui ramenait parfois de la cantine ouvrière où elle travaillait. Chacune de ces agressions l'avait aguerri et même fortifié.

Le plus terrible pourtant, l'indélébile, c'étaient les vexations qu'elle lui faisait subir, comme son châtiment préféré de le déshabiller complètement et de l'asseoir sur un banc dans la cour du *solar* et de le laisser là, en plein soleil, sous la pluie ou dans le froid, jusqu'à ce qu'elle oublie le motif de la punition. Ou quand elle lui criait qu'il était fou et se moquait de lui quand il insistait pour aller à l'école et la suppliait de lui acheter au moins l'uniforme et de ne pas utiliser son foulard de pionnier pour nettoyer la table ; tu es un fou, tu es fou, fou à lier comme ton père, lui répétait-elle, et cette agression maternelle avait été l'injure la plus douloureuse. Celle qui, quand on le piquait, le ferait réagir comme un fou.

Une noire très âgée mariée à un Espagnol très vieux lui aussi – c'était ainsi que Darío s'en souvenait, même si aucun des deux n'avait soixante ans –, des voisins vivant dans la dernière pièce du *solar*, avaient été sa planche de salut la plus fréquente et les personnes qui lui avaient apporté la notion que, apparemment, dans le monde pouvait aussi exister la bonté humaine. Avec eux parfois il avait à manger et si sa mère fermait la porte et le laissait dehors, plus d'une fois tout nu, ils le recueillaient comme s'il était un chien errant, et durant des années ils avaient gardé les cahiers et les crayons avec lesquels il allait à l'école voisine.

Plus tard, quand Darío avait déjà huit ans, était apparu le providentiel Lázaro Morúa, un métis chauffeur de bus et *santero*, qui s'était mis en ménage avec sa mère, avait annulé la punition de la nudité en public et l'avait protégé autant qu'il avait pu durant les trois ans où il avait vécu près de lui. C'est cet homme peu porté sur les mots et encore moins sur les gestes d'affection qui l'avait initié à la pratique du judo et à l'apprentissage de sa technique et de sa philosophie. Lázaro Morúa était aussi celui qui lui avait dit que lui, Darío, était un fils typique du dieu Eleggua, l'orisha africain qui veille sur les vingt et un chemins de la terre parce qu'il a les clés du destin : avec ces clefs, lui avait-il assuré, on ouvre ou on ferme les portes du malheur ou du bonheur. Il suffit de savoir s'en servir.

Quand il fut assez âgé pour commencer à analyser qui il était, d'où il venait et vers où il pourrait aller, Darío avait toujours trouvé que c'était un miracle si sa vie n'avait pas fini par reproduire celle de sa mère et des voisins du *solar*, ou celles de ses amis d'enfance du quartier, comme Pepo, enfermé à douze ans dans un centre pénitentiaire pour mineurs, ou Beto, condamné à trente ans de prison pour assassinat et lui-même assassiné en prison, à vingt-deux ans. Peut-être parce que, durant les heures passées à l'école, il s'était senti à l'abri de son autre vie et il avait fait en sorte de rester dans le bâtiment le plus de temps possible, en classe ou dans le calme de la bibliothèque : peut-être parce que, à cause d'un phénomène génétique très difficile à expliquer, l'enfant avait la capacité d'apprendre et de retenir les leçons juste en les écoutant une fois, et les lectures au premier coup d'œil ; à moins que la féroce directrice de son école primaire, une obsédée de la discipline, ait été touchée par la maigreur de l'élève, les bleus qu'il arborait souvent sur toutes les parties de son anatomie et les chaussures aux semelles attachées par des fils de fer avec lesquelles il était arrivé un jour en classe, et, à partir de ce jour, la directrice s'était chargée de l'habiller et de le chausser avec des vêtements trop petits pour ses enfants ; sans doute parce qu'il était né dans un pays où même un paria tel que lui se voyait garantis une bonne école primaire, un enseignement secondaire encore meilleur, un accès possible à l'université, des opportunités dont Darío avait profité et qu'il avait exploitées.

L'insolite avait été sa capacité précoce à découvrir que son salut possible résidait en lui-même (les clés du destin que possèdent les enfants d'Eleggua ?) et, depuis qu'il avait perçu cela, il l'avait consciencieusement mis en pratique. Tellement que, entre sa troisième année d'école primaire et son diplôme de la faculté de médecine, il avait été tous les ans le meilleur élève de sa classe et avait rapidement combiné le respect dû à ses succès scolaires au respect physique qu'imposait le « petit maigrichon », avec qui personne ne voulait plus se battre, pas parce qu'il connaissait quelques prises de judo, mais parce que, à la différence des autres adversaires, il ne craignait ni la douleur ni le sang, ce qui le rendait invincible.

C'est dans la petite bibliothèque de son école primaire où Darío se réfugiait qu'il avait retrouvé l'autre oiseau rare de l'établissement : un métis au teint clair qui s'appelait Horacio, lisait déjà des romans et prenait l'après-midi des cours d'anglais et de sténo-dactylo. Avec Horacio, il avait commencé à partager et à commenter des lectures, à réviser les cours de langue que prenait l'autre, et ils étaient rapidement devenus amis. L'appartement de son camarade, où il habitait avec sa mère et sa sœur, un endroit modeste mais avec une salle de bains privée et où les cafards ne couraient pas partout, se transforma en nouveau refuge où il se mit à l'abri de plusieurs ouragans, comme celui provoqué par la rupture de sa mère avec le métis conducteur de bus et *babalao*, une crise qui passa même par une tentative de raclée maternelle à laquelle l'enfant, qui avait déjà onze ans, avait répondu en se défendant, ce qui, en plus d'une fracture de la cloison nasale, avait laissé à sa mère la conviction qu'elle ne pouvait plus gagner ce type de bataille parce que son fils était plus fort qu'elle, sur tous les terrains. Curieusement, cette capacité de résistance physique marqua le début d'un rapport de tolérance que sa mère avait eu dès lors avec lui et lui avec sa mère, laquelle, malgré tout ce qu'il avait souffert, Darío n'eut jamais envie de haïr, mais qu'il ne parvint pas non plus à aimer et encore moins à pardonner.

Jusqu'où était-il arrivé ? À combien d'années-lumière le docteur au stylo Montblanc se trouvait-il de l'enfant nu dans la cour d'un *solar* de La Havane ? Qui serait foutu de critiquer ça, que, face à l'imminence d'un effondrement, il se soit tiré sans regarder en arrière et qu'il vive comme il vivait à présent et même qu'il prétende être catalan et plus jamais cubain, y compris le Cubain qu'il avait été et qui, grâce à sa condition de Cubain, avait pu devenir médecin dans ce pays disproportionné qui s'appelait Cuba ? Il s'interrogeait en tirant sur son havane et en buvant du rhum distillé à Santiago de Cuba, il observait la Méditerranée et il se disait qu'il pouvait tromper le monde entier, mais pas se tromper lui-même, parce qu'il ne cesserait jamais d'être ce qu'il avait toujours été : un parvenu qui avait grimpé les échelons. Un survivant. Un chanceux, au bout du compte. Et qu'il était peut-être vrai que les dieux avaient placé dans ses poches les clés du destin et qu'il avait eu la force nécessaire pour ouvrir les portes les mieux closes.

Avant que le portillon métallique du guichet de l'immigration de l'aéroport de La Havane ne se referme derrière lui, la dernière chose que vit l'émigrant Ramsés Martínez Chaple fut le visage baigné de larmes silencieuses de sa mère. Douze heures plus tard, quand s'ouvrirent les portes automatiques de l'aéroport de Madrid, la première chose qu'aperçut le jeune émigré fut le visage d'Irving, immédiatement mouillé de larmes. Et, malgré les nombreuses différences dans les décors et l'évidence qu'il avait voyagé dans le temps, dans l'espace (il était monté dans l'avion le vendredi et en était descendu le samedi ; à La Havane il faisait vingt-six degrés et à Madrid, dix, et ça baissait) et même dans son statut juridique et national, il eut la sensation mystérieuse de ne pas avoir bougé d'endroit.

Quatorze mois acharnés de rendez-vous, de démarches, de paiements divers avaient été nécessaires à Ramsés pour concrétiser sa décision de quitter Cuba. Avant de demander l'abandon de ses études à l'Institut de technologie où il était en quatrième année d'ingénierie électrique, Ramsés avait consulté son père pour savoir s'il était prêt à lancer la démarche lui permettant de bénéficier de la réunification familiale, la plus rapide pour lui, et un Darío rempli de sentiments de culpabilité avait aussitôt envoyé une réponse positive. Mais le processus que le jeune homme avait dû affronter entre les bureaux du ministère de l'Éducation, ceux de la Direction de l'immigration cubaine et le consulat d'Espagne, pour lesquels il manquait toujours un papier, un tampon, une signature, une copie certifiée devant notaire, s'était révélé sans surprise particulièrement ardu, comme si ces instances avaient travaillé main dans la main pour rendre plus difficile un voyage qui s'annonçait sans retour, qualifié avec une précision préméditée de « sortie définitive du pays ».

Quand il eut entre les mains son visa espagnol et le billet pour Madrid, qu'il s'était acheté lui-même avec l'argent économisé et celui obtenu par la vente de ses affaires, Ramsés put commencer les derniers préparatifs du voyage. Dans la maison de Fontanar, ils reçurent un coup de téléphone d'Irving qui informa Clara et Ramsés que, en accord avec Darío, il se chargerait d'accueillir le jeune homme à Madrid et, pour qu'il connaisse la ville, de le loger durant dix jours chez Joel et lui dans le studio de Chueca (avec son canapé-lit super confortable). Ensuite, Ramsés poursuivrait son voyage en train pour Barcelone. Et comme ils étaient en plein hiver, Irving les informa qu'avec Darío, ils lui avaient déjà acheté des manteaux, des bottes et même des écharpes, sans petites fleurs, très masculines, qu'il avait lui-même choisies, en profitant de la deuxième démarque des soldes. Et il redit combien il était heureux de pouvoir accueillir son cher Ramsés.

Irving et Joel guidèrent le jeune homme sitôt débarqué, convenablement couvert, dans une première exploration de Chueca, pour boire des bières ou des verres de vin dans le bar préféré de Joel, rue Pelayo. Durant la balade et au long de la soirée, Ramsés avait gardé une attitude neutre, presque distante vis-à-vis du monde inconnu et très animé qui l'entourait. À chaque fois qu'Irving, enthousiaste et heureux de recevoir le garçon dans ce qui étaient à présent ses domaines, lui demandait ce qu'il pensait (du métro de Madrid, d'un magasin, d'une confiserie, de la chaude écharpe en laine sans petites fleurs), Ramsés, qui pour la première fois de sa vie mettait une écharpe et un blouson doublé, prenait le métro ou buvait une bière sans crainte qu'il n'en reste plus, n'avait pas été au-delà de deux réponses. « C'est joli » et « C'est bien (bon) » avaient été ses seuls avis, comme si tout ce qui à l'époque avait enthousiasmé Irving comme de grandes découvertes avait pour le jeune homme fait partie d'un paysage qu'il connaissait par cœur, ou qui était même banal.

Comme Joel était de service le dimanche matin, Irving décida de faire une entorse à son rite hebdomadaire et d'inclure le nouvel arrivant dans sa promenade au Retiro avant de l'inviter manger au très impressionnant (surtout pour les Cubains venant d'arriver) Museo del Jamón, tout près de la Puerta del Sol. Ils descendirent la rue Fuencarral et prirent la Gran Vía, avant de suivre Alcalá, faire le tour de la place de La Cibeles, jeter un coup d'œil à Recoletos et au Prado, passer à côté de la Porte d'Alcalá et entrer dans le parc du Retiro. Et à chaque question enthousiaste d'Irving, Ramsés donnait les mêmes réponses que la veille au soir ; tout était bien et joli.

Sous prétexte de faire une pause et de profiter de la chaleur du soleil, Irving lui montra le banc près de la fontaine de l'Ange déchu, devant laquelle il faisait escale tous les dimanches. Là, avec une volubilité décuplée par le mutisme de Ramsés, Irving lui parla de la sculpture de la représentation diabolique, des origines du parc du Buen Retiro, et insista avec encore plus d'enthousiasme sur les merveilles d'une Madrid où, même en hiver, pouvait briller le soleil au cours de matinées aussi splendides que celle-là, la ville où lui, Irving, avait trouvé son paradis particulier (peut-être un peu plus froid en hiver et un peu plus chaud en été que ne devrait l'être un paradis).

Et, pendant ce temps, Ramsés hochait la tête, souriait, regardait et répétait que les choses étaient bien et jolies.

– Bon, je parle, je parle… Irving hésita à prendre un détour mais finit par craquer : Merde, mon garçon, qu'est-ce qui t'arrive ? Rien ne t'impressionne, tu ne dis pas si tu as envie de quelque chose, on dirait que tu n'as même pas froid, c'est quoi ça ?

Ramsés sourit à nouveau.

– Bien sûr que je crève de froid, Irving, et que ces choses si… jolies… m'impressionnent… Rappelle-toi que j'ai vingt-cinq ans et que je n'avais jamais voyagé, je ne suis même pas allé sur l'île des Pins et j'ai grandi dans un pays qui tombait en morceaux…

– Alors, quoi ? Tu regrettes déjà Cuba et ses petits morceaux ?

– Je crois que je ne regretterai jamais. Je ne me suis enfui de rien, je ne suis traumatisé par rien, même pas par les choses que nous avons vécues quand j'étais môme… Je suis parti parce que je voulais partir et je ne sais pas si je reviendrai un jour.

– Ne devance pas les événements. Il ne faut jamais dire jamais, lâcha Irving, qui se sentit tout de suite ridicule avec ses phrases toutes faites. Même si tout va très bien pour toi, l'exil est un malheur.

– Moi, je sais ce que je veux, Irving, et je crois même que je sais comment l'obtenir… Je ne suis pas un exilé, mais quelqu'un qui vit ailleurs… De Cuba, je sais que je vais beaucoup regretter ma mère, mon frère, Bernardo aussi, bien sûr. Le vieux Danger… et rien d'autre. Parce que je me suis mis ici, dans la tête, que je n'ai rien d'autre à regretter et je sais ce que je veux gagner et recevoir. Je vais beaucoup m'emmerder pour l'avoir, mais je vais l'avoir. Et pour ça, le mieux, c'est de ne pas traîner des trucs qui te retiennent. C'est pour ça que je n'ai même pas laissé une copine à Cuba. Je me suis séparé il y a un an de la dernière… et je ne vais pas être comme toi, je ne suis pas comme vous.

Irving observa le jeune homme et pensa au poids terrible de ses mots. Il avait vu naître Ramsés, et il l'avait vu ensuite grandir jusqu'à devenir l'adolescent dont il avait pris congé quand il avait quitté Cuba. Un garçon qui était même trop sérieux, toujours responsable, très concentré, l'opposé de son frère, l'expansif Marcos. Également entreprenant, focalisé sur ce qu'il voulait obtenir, et en même temps capable de gestes généreux comme d'offrir ses économies à Irving pour qu'il puisse faire le voyage. Mais ce n'est qu'à cet instant, en l'écoutant énoncer sa bouleversante déclaration de principes, qu'il eut le sentiment qu'il ne l'avait en fait pas connu et qu'il ne le connaissait pas. Que peut-être personne ne connaissait Ramsés. Et savoir qu'un jeune Cubain comme lui pouvait penser de cette façon le terrorisa. Qu'était-il arrivé pour que quelqu'un en arrive à penser et à parler comme Ramsés ? Les garçons de son âge étaient-ils ainsi, pragmatiques et froids ? À Cuba ou dans le monde entier ?

– Ton père va t'aider… je ne peux pas faire plus. Joel et moi, on a juste de quoi vivre. Ici non plus, la vie n'est pas facile, comme beaucoup de gens le croient là-bas… bon, tu as vu le studio et…

– Et je te suis très reconnaissant de ce que tu fais pour moi. Et mon père… oui, il va peut-être m'aider, mais il a déjà fait ce qu'il devait faire. Il m'a sorti de Cuba.

– Ton père est un salaud, mais il vous aime beaucoup.

– Je suis au courant pour les deux… Mais je vais juste rester quelques jours chez lui à Barcelone. Je sais que je ne peux pas vivre avec lui. Et encore moins avec sa bonne femme à moitié débile.

Irving ne put s'empêcher de rire.

– Montse est une fille bien. Un peu folle, mais généreuse et pas du tout débile… apparemment, elle est très forte en affaires. Elle a beaucoup aidé Darío. Tous les deux se sont lancés dans ces trucs d'indépendantisme, mais ils ne sont ni dangereux ni contagieux, les gens ne les prennent pas vraiment au sérieux, ajouta-t-il, et il rit encore. Tu vois, tu quittes Cuba où tout finit toujours par la politique pour parler tout le temps de politique ici… il faut être fou.

– Je me fiche de ce qu'ils pensent. Je crois qu'ils en ont le droit. Ce que je ne peux pas admettre, c'est qu'ils me disent comment je dois penser, moi. Même ma mère, je ne lui ai pas permis… et je n'allais le permettre à personne à Cuba. Tu sais que, depuis que j'ai dix ans, je gagne ma vie avec mon travail et mes affaires ?

Irving fit un geste affirmatif et, après avoir réfléchi quelques instants, il se lança.

– Et ce bracelet à ton poignet ? – Il approcha sa main pour soulever la manche du manteau du jeune homme et dévoiler le cordon tressé avec des perles bleu de Prusse et corail.

– Je suis devenu *santo* il y a six mois. Ochosi… mage, devin, chasseur et pêcheur. Mais, surtout, guerrier.

– Je ne savais pas…

– Pas besoin de le crier sur les toits.

– Merde, alors. Aujourd'hui, à Cuba, tout le monde croit à quelque chose que nous, avant, on ne pouvait pas croire. Tu crois aux miracles ?

– Je n'attends aucun miracle. Mais croire en quelque chose donne confiance. Ochosi me donne des forces… Et je sais que j'en aurai besoin. C'est peut-être pour ça que j'ai voulu devenir *santo*.

Irving, qui n'était jamais arrivé à croire, hocha la tête et regarda un instant la sculpture de *L'Ange déchu*. Depuis qu'il avait la certitude d'avoir vu Elisa et l'adolescente qui sans le moindre doute devait être sa fille, à chaque fois qu'il observait les figures de bronze il repensait au sale moment où l'amie de son cœur lui avait barré la route des retrouvailles. Ramsés aussi prétendait couper tous les ponts ?

– Des fois je me dis que le mieux, c'est de faire comme toi, tu penses faire. Tout oublier, ne rien regretter. Mais moi, je ne peux pas arrêter de penser à Cuba. Tous les jours, toujours, depuis dix ans…

– Et ça te sert à quelque chose ?

Irving regarda le jeune homme. Avait-il donc tout pesé et mesuré, tout calculé ?

– Honnêtement, non… Des fois, je me dis que c'est comme une malédiction… On peut savoir ce que tu as en tête, toi ?

– Je vais terminer mes études d'ingénieur. Mais, avant, j'ai besoin de faire quelques recherches et de passer des coups de fil.

– Ce n'est pas facile, Ramsés.

– Pas besoin que ce soit facile. Il suffit que ce soit possible… de toute façon, je vais le faire.

– Tu es drôlement sûr de toi.

– Ma tête et cette assurance, c'est tout ce que j'ai. Si on n'est pas morts de faim à Cuba quand mon père est parti faire ce qu'il devait faire et qu'on tirait le diable par la queue… de quoi je peux avoir peur ? Du noir ?

– Tu ne pardonnes pas à Darío d'être parti ?

– Je n'ai pas à lui pardonner. Il a fait ce qu'il croyait devoir faire, ce qu'il avait besoin de faire. Je sais qu'il avait ses raisons… Ce n'est pas une question de fautes et de pardons. C'est une question de responsabilité, ce n'est pas la même chose, tu ne crois pas ?

– Si… murmura Irving, en regrettant d'avoir orienté une conversation qui aurait dû être légère et joyeuse vers des chemins tortueux. Irving savait qu'il y avait des gens qui s'employaient à se retrancher dans la haine pour en faire une stratégie de défense. D'autres, comme lui, qui se sentaient coupables d'avoir laissé derrière eux des liens affectifs, des souvenirs, des complicités, et qui n'avaient pas de défenses, rien que des justifications, réelles ou imaginaires… D'autres encore qui partaient de Cuba sans jamais en partir du tout. Certains qui adoptaient des codes différents, comme Darío et, apparemment, Elisa. Et Ramsés ? Quelque chose lui disait que ce jeune homme si radical et sûr de lui n'était définitivement pas comme lui, ou comme son père, ni comme Horacio, et que sa relation avec son pays natal serait différente, beaucoup moins traumatisante. Et il eut à nouveau la conviction que lui, Irving, n'avait décidément pas les clés pour déterminer comment était, qui était Ramsés. *Santero*, pour couronner le tout ! Il semblait de plus en plus qu'il ne parviendrait pas à le percer à jour, du moins pour le moment, et il hissa le drapeau de la capitulation. – Décidément, je parle, je parle… mais est-ce que tu as faim ?

Ramsés le regarda et plissa les yeux, comme s'il avait besoin de le voir avec plus de précision.

– Putain, Irving, c'est quoi cette question ? Mais d'où tu sors, toi, merde ?… Moi, vieux, j'ai toujours faim !

La dernière fois qu'ils s'étaient vus, Ramsés était un enfant de dix ans et Darío un jeune médecin de trente-deux. Les deux hommes de vingt-cinq et quarante-sept ans qui se donnèrent l'accolade dans le hall de la gare de Sants étaient à présent deux individus qui se connaissaient seulement par lettres, messages, photos et coups de téléphone, plus fréquents dans les dix-huit derniers mois à cause des démarches migratoires du fils. Darío, rattrapé par la honte, pleura en le voyant, en le re-connaissant, et lui prit le visage à deux mains pour l'embrasser sur les joues et le front, tout en répétant, rongé de culpabilité, « Mon Dieu, mon Dieu ». Ramsés avait serré dans ses bras un homme d'âge mûr, habillé d'un blouson de sport en laine écossaise avec un nom de marque visible sur la poitrine, des kilos en trop et le crâne à présent rasé, et la mémoire de ses bras remarqua la différence avec le corps mince et affûté des adieux, quinze ans plus tôt, quand son père lui avait demandé de bien veiller sur sa mère, son frère et le bananier planté dans le jardin de Fontanar.

Au bar de la gare où ils prirent un café et durant le trajet pour l'appartement du quartier de l'Eixample, à bord de la BMW de Darío, le père soumit le fils à un interrogatoire de base sur ses premières impressions de l'Espagne – Ramsés répondit à presque tout avec la formule qui avait suscité les protestations d'Irving – et, confronté au quasi-mutisme du jeune homme, Darío avait déversé sa propre anxiété en le noyant sous des informations qui allaient de remarques d'ordre touristique à un exposé sur le renforcement du sentiment national catalan, tout en dressant la liste de tous les bons côtés de Barcelone et de la Catalogne que Ramsés allait pouvoir découvrir sans attendre, car il avait obtenu de la direction de l'hôpital une semaine de vacances.

Montse, habillée comme pour une soirée, passée par le coiffeur et le maquillage, les attendait dans le vaste, et selon les codes de Ramsés, très luxueux appartement depuis le salon duquel on pouvait contempler le sommet des tours de la Sagrada Família. Après lui avoir souhaité la bienvenue et répété qu'il était chez lui, elle l'informa que la table était mise pour le repas préparé par Helena, la dame roumaine qui s'occupait du ménage. Mais, avant de manger, Montse insista pour lui montrer l'appartement, une visite qu'elle fit au bras de Darío et qui s'acheva par la chambre destinée au jeune homme, avec sa propre salle de bains et un petit balcon qui donnait sur la rue et d'où, en se penchant un peu, Ramsés pourrait aussi voir les aiguilles de l'impressionnante église, comme le lui montra l'aimable Montse après avoir lâché le bras de son mari.

– Et tu ne fumes pas, n'est-ce pas ?

– Non, je ne fume pas.

– Tant mieux… je suis allergique au tabac… et aux fumeurs, dit-elle en regardant son mari du coin de l'œil et avec un sourire, peut-être contente de sa trouvaille verbale.

La semaine de promenades, excursions, dîners au restaurant s'avéra intense et par moments épuisante, car Darío insistait pour qu'ils profitent au maximum de ses jours de congé. Ramsés découvrit les endroits emblématiques de la ville, assista à un match au Camp Nou, visita des villages et des villes sur les côtes du Garraf et du

Maresme, et ils dormirent deux nuits dans l'appartement de Segur de Calafell, l'une des fiertés de son père et de Montse. Au Corte Inglés, ils ravitaillèrent le nouvel arrivant en vêtements et chaussures dont il aurait besoin, et ils lui achetèrent le premier téléphone portable de sa vie. Le jeune insistait pour qu'ils lui achètent uniquement ce dont il avait vraiment besoin, et les remerciait pour les cadeaux qu'il qualifiait de « bien » ou de « jolis ».

Tout au long de ces jours, comme s'ils avaient passé un accord, le père et le fils essayèrent d'éviter les choses non réglées du passé, même si inévitablement ils frôlèrent certains sujets épineux. Darío s'efforça de connaître son fils, ses goûts et ses attentes, et lui posa beaucoup de questions sur Marcos et aucune sur le bracelet multicolore à son poignet. Darío trouvait toujours que le fait que Clara et Bernardo soient en couple tenait d'un miracle de la nature et, en remarquant une pointe d'ironie dans ses mots, Ramsés lui fit un commentaire foudroyant :

– Je pense que c'est ce qui est arrivé de mieux dans leur vie à tous les deux. Je crois que maman est heureuse et j'en serai toujours reconnaissant à Bernardo, qui est la meilleure personne que je connaisse. Après maman, bien sûr.

Ramsés, de son côté, essaya aussi de connaître l'homme qu'était devenue l'image floue du père affectueux et présent, qui même à l'occasion de leurs pires bêtises enfantines n'avait jamais porté la main sur ses fils. Un portrait positif de Darío que, au fil des ans et en dépit de tout ce qui était arrivé, le jeune homme avait toujours préservé, surtout grâce aux efforts de Clara. Mais il découvrit très vite la distance entre le souvenir et le présent.

Celui qui, dès que l'occasion s'en présentait, communiquait en catalan, finit par lui sembler une mauvaise caricature de lui-même. Sa tendance à commenter des sujets de politique locale qui, en général, l'amenait à parler de l'engagement militant nationaliste républicain avec un vernis de gauche revendiqué par sa femme et lui, lui apparut assez vite un peu ridicule, une mise en scène. Le mode de vie du couple était agressivement bourgeois pour quelqu'un qui avait vécu comme Ramsés une existence de manques et de sacrifices. Ces révolutionnaires autoproclamés se torchaient le cul avec le papier norvégien le plus cher du marché, se faisaient envoyer du vin d'une des propriétés les plus recherchées de la Rioja, de l'huile d'olive de Jaén et ne mangeaient à la maison que le jambon de bellota Isidro González Revilla, l'un des plus chers de la péninsule, en omettant le simple détail que La Rioja, Jaén et Salamanque, sans parler d'Oslo, n'étaient pas des territoires catalans. Mais le jeune homme décida de ne pas les juger, il ne voulait ni ne devait le faire ; son père et Montse pensaient avec leurs cerveaux et agissaient selon leurs désirs ou leurs convictions. En plus, selon toutes les apparences en tout cas, son père semblait heureux, il possédait ce qu'il possédait grâce à son intelligence, et la relation avec Montse et son monde était peut-être ce qui était arrivé de mieux à un homme dont la vie passée, et ça Ramsés le savait, n'avait rien à envier à celle de certains personnages de Dickens.

Le dernier soir de congé de Darío, le père et le fils allèrent dîner seuls dans un restaurant de la Villa Olímpica (Montse prétexta une migraine de circonstance), dont, depuis la salle lumineuse, on devinait, plus qu'on ne voyait, l'étendue sombre de la Méditerranée, au-delà des mâts des bateaux de plaisance ancrés dans la marina. Avant de sortir, Ramsés avait soupçonné que le temps de la détente touchait à sa fin et il l'en remercia presque : sa vie n'allait pas être des vacances éternelles entre le « bien » et le « joli » de Madrid et de la Catalogne, il avait besoin d'un atterrissage définitif dans un présent à partir duquel envisager le futur. Mais avant, il le savait bien, il fallait solder quelques comptes restants du passé.

Darío commanda des fruits de mer hors de prix, des bestioles rouges dont Ramsés ignorait l'existence zoologique et un Albariño blanc presque glacé qui nettoyait et préparait le palais pour la prochaine bouchée : un luxe qui leur aurait permis de vivre tout un mois, ou plus, dans la maison de Fontanar. Le plateau presque terminé, Darío lui rappela qu'à partir du lendemain il aurait moins de temps à lui consacrer, car il passerait de nombreuses heures à l'hôpital et que les jours où il opérait étaient toujours épuisants, même s'il n'aurait pu rêver avoir de meilleures conditions pour ouvrir des crânes et fouiller dans la moelle et les vertèbres.

– Je ne me plains pas, bien sûr, je fais ce que j'aime. C'est pour ça que je suis parti de Cuba, affirma-t-il, ouvrant ainsi les vannes du barrage.

– Tu le faisais à Cuba aussi, lui rappela Ramsés.

– Là-bas, je touchais mes limites et j'allais m'enliser. Ou pire. Regarde ta mère, Bernardo. C'est pour ça qu'Horacio est parti. Et Liuba et Fabio, les pauvres…

– Tout le monde a ses raisons. Et moi, je ne les critique pas.

– Là-bas, tout se cassait la figure. Et on n'a qu'une vie, Ramsés, tu le sais, toi… et ma vie à Cuba se déglinguait, comme tout le pays. Ma vie partait dans le même égout… À l'hôpital, on me traitait comme un soldat, pas comme un médecin. Et j'étais parano, désabusé…

– Désabusé de quoi ?

Darío réfléchit un instant.

– De ce qu'était ma vie… De devoir dépendre toujours de ce que d'autres décideraient. Voilà. J'étais fatigué…

Ramsés hocha la tête et fit un pas.

– Tu sais que parler de politique, ça ne m'intéresse pas. Je ne suis pas du tout parti pour des raisons politiques, et je n'avais même pas de raisons d'être désabusé. C'est pour ça que je comprends parfaitement ceux qui restent là-bas, pour y faire ce qu'ils croient devoir faire…

Et maintenant, excuse-moi de te poser cette question, mais il faut que je sache… Quels problèmes tu avais avec maman ? Je me souviens de vous avoir vus vous disputer et crier… Si tu ne veux pas, ne me dis rien.

Darío garda le silence en observant son fils. Comme s'il ne lui devait pas une réponse, il lava ses doigts salis par les fruits de mer dans un bol d'eau citronnée que lui avait apporté le serveur, puis les frotta avec des serviettes parfumées. Il renifla ses doigts, sembla mécontent, et sortit une autre serviette humide pour se nettoyer sous les ongles. Il renifla encore une fois ses doigts et sembla plus satisfait du résultat.

– Bien sûr, je ne vais pas te raconter ma vie intime… Disons que ta mère et moi on avait perdu… bon, on va dire ça comme ça, la passion. On vivait ensemble, on dormait dans le même lit, mais on n'était presque plus un couple.

– Je n'ai jamais parlé de ça avec maman. Si tu m'en parles, c'est la seule version que je vais avoir…

– Tu veux que je t'en parle ?

– J'aimerais bien. C'est aussi à cause d'elle que tu es parti ?

Cette fois, Darío regarda en direction de la mer.

– Oui, aussi. Ça n'aurait pas duré beaucoup plus longtemps entre nous. On allait se séparer…

– Parce qu'il n'y avait pas de passion ?

– Et pour d'autres choses que je n'ai jamais bien sues et dont je ne vais pas te parler. Des choses de mari et femme. Je vais juste te dire que je crois que Clara n'était plus amoureuse de moi… Des fois, je pense et je crois qu'elle ne l'a jamais été. Ce qu'on appelle amoureuse amoureuse… comme apparemment elle l'est aujourd'hui de Bernardo, d'après ce qu'on m'a dit… On se disputait beaucoup, on avait commencé à se faire du mal, et moi j'étais obsédé par l'idée de partir faire mon doctorat, j'étais convaincu qu'à partir de là je pourrais arranger ma vie.

– Avec une autre femme ?

– Il n'y en avait aucune autre de concrète… mais je savais que si je restais à Cuba et que je me séparais de ta mère, il fallait que je m'en aille de Fontanar.

– Tu supportais la vie avec elle pour ne pas devoir partir de Fontanar ?

– Oui, admit Darío. Ça a l'air moche, mais c'est le cas. Si je la quittais, je n'avais pas d'endroit où aller. Tu sais comment c'est là-bas…

– Je peux m'imaginer… ou je ne t'imagine pas vivant à nouveau dans la pièce du *solar* de grand-mère Olga.

– Et tu fais bien. Je n'y serais jamais retourné. Je me serais pendu à un arbre plutôt que de retourner à la merde qui avait été ma vie, ou à ce que j'avais voulu fuir toute ma vie.

– Parce que tu étais un médecin, un neurochirurgien.

– Oui, mais surtout parce que j'étais arrivé à être quelqu'un de presque normal et pas un monstre, ce que j'aurais dû être… ou un fou… Écoute, Ramsés, j'avais envie de parler de toi, pas de moi, de ce que nous allons faire. S'il te plaît, arrête de me poser des questions. Il y a des choses que j'ai enterrées il y a très longtemps.

– D'accord… Mais avant j'ai besoin de comprendre certaines choses. Sur toi, sur moi, sur ce que tu as décidé de faire. Je ne vais pas te juger, je te le jure. Je veux juste comprendre.

– Écoute, mon garçon, pour comprendre il faudrait que tu saches ce qu'a été ma vie dans ce *solar* avec cette bonne femme qui, aujourd'hui, inspire peut-être du respect et même de la pitié parce qu'elle est vieille, cette personne qui est ta grand-mère parce qu'elle est ma mère, qui est toujours vivante grâce au fric que je lui envoie d'ici tous les mois. Un fric grâce auquel elle vit aujourd'hui mieux qu'elle a jamais vécu… Non, tu ne vas pas comprendre, parce que, même si à dix ans tu as dû semer des patates douces et planter des bananiers, et élever des lapins, et bouffer ce machin dégueulasse qu'est le hachis de soja qu'ils vendaient à Cuba, tout ça, c'est, je ne sais pas, comme une aventure, un jeu un peu duraille, d'accord, mais qui n'a rien à voir avec ce que j'ai vécu… Contente-toi de savoir que moi, oui, je sais ce que c'est qu'être en enfer. Ce que tu as vécu toi, ce qu'a vécu Marquitos, c'était tout au plus le purgatoire et tu y étais sous la protection de Clara.

Ramsés remarqua que la voix de son père charriait une profonde colère, une douleur viscérale, et il le comprit parce que, même si Darío ne l'imaginait même pas, son fils en connaissait les raisons. Mais c'était sa vie, ce qui avait été sa vie, et Darío avait le droit de lui dire qu'elle n'appartenait qu'à lui.

– Allons sur la terrasse, proposa le père qui commanda au serveur, dans son catalan fluide, deux cafés noirs et deux petits verres de digestifs aux herbes.

À une table qui donnait sur la mer, protégés de la fraîcheur nocturne par un épais parasol, ils burent le café et Darío alluma le Montecristo cubain choisi pour l'occasion.

– Montse sait que tu fumes ?

– Elle sait que j'allume un cigare de temps à autre. Mais il faut que ce soit un bon cigare, c'est mieux si c'est un cubain. Les dominicains ne sont pas mauvais…

Ramsés sourit et hocha la tête.

– Tu ne m'as rien demandé là-dessus ? dit alors le jeune homme en levant son bras gauche, au poignet duquel il portait le bracelet rituel de son initiation religieuse.

– Parce que ça te regarde… même si je crois que tout ça, c'est des bêtises. Et je ne m'imagine pas Clara et Bernardo en train de prier à genoux et de croire que la mer va s'ouvrir pour permettre aux gens de partir… Tu imagines que la mer s'ouvre devant le mur du Malecón ? – Et il sourit de sa trouvaille.

– C'est peut-être des bêtises. Surtout si on n'y croit pas… mais… tu sais qui est mon parrain et qui m'a initié à la *santería* ?

Darío éclata de rire.

– Ne me dis pas que c'est Bernardo ? Lui aussi, il fait dans le folklore maintenant ?

– Merde, papa, on dirait qu'au fond tu es jaloux de Bernardo… Non, bien sûr que ce n'est pas lui… mon parrain, c'est Lázaro Morúa.

En entendant ce nom, Darío perdit son sourire ironique. Un hurlement venu du fond de la grotte de son passé était remonté avec le nom du métis chauffeur de bus et *santero* qui avait été pendant trois ans le mari de sa mère, l'homme comme tombé du ciel qui l'avait protégé des punitions et des humiliations auxquelles sa mère avait l'habitude de le soumettre et lui avait apporté certaines des valeurs éthiques qui allaient marquer beaucoup de ses comportements.

– Il vit toujours ? demanda-t-il alors.

– Oui. Il n'a que soixante-dix et quelque…

– Et il sait que tu es mon fils ?

– Il le sait. Et il m'a raconté plein de choses. Il pensait que je savais…

Darío sentit un poids sur la poitrine. Il se sentit à nouveau nu dans la cour du *solar* de La Havane, avec les cafards sortant des tuyaux, la radio à fond qui diffusait un boléro chanté par l'aveugle Tejedor et son accompagnateur, Luis, cette chanson qui l'avait poursuivi durant des années : « Tu m'as abandonné dans les ténèbres de la nuit / laissé sans rien pour m'orienter… » Mais, à présent, c'était son fils qui observait son humiliation.

– Oh, putain, dit-il. Mais si tu sais déjà, tu comprends sûrement. Tout ce que j'ai fait depuis que j'ai été en âge de penser, ç'a été de me battre pour échapper à tout ce que je vivais, à tout ce que j'allais devoir vivre presque à coup sûr. Lázaro Morúa est un homme bon qui m'a tendu la main pour me sortir de ce trou horrible. Horacio et sa mère m'ont appris ce que pouvait être une famille et quelqu'un de bien. Et ensuite Clara, ta mère, m'a aidé à me sauver. Et je lui en serai reconnaissant toute ma vie. Sans eux, je ne sais pas, je ne sais pas… Et à Clara je dois aussi que, peut-être sans être amoureuse de moi, elle m'ait donné deux fils tels que toi et Marquitos.

– Tu vas me dire pourquoi tu crois qu'elle n'était pas amoureuse de toi, alors qu'elle a eu deux enfants de toi ?

– Non, ça je ne te le dirai pas… demande à ta mère. Ou à tes *santos*, des fois qu'ils te disent quelque chose…

– D'accord… mais finalement… bon, finalement non, mais je ne comprends toujours pas comment quelqu'un qui est passé par tout ce par quoi tu es passé a pu nous laisser au moment où c'était le plus dur pour nous. Ce n'est pas une accusation, c'est un fait.

– Oui, un fait. Il fallait que je parte… comme il fallait que tu partes toi maintenant, en laissant Clara, pas vrai, Ramsés ?

Ramsés hocha la tête. Personne jamais ne pouvait lancer la première pierre.

– Et je te remercie beaucoup de m'avoir aidé maintenant. Quand j'ai eu besoin de toi, tu es redevenu mon père.

– Je l'ai toujours été. Et je continuerai à l'être. Même si je n'ai pas toujours fait ce que je devais faire et que, des fois, tu n'aimes pas comment je suis…

– Je n'ai pas dit ça.

– Mais tu le penses… et qu'est-ce que tu penses d'autre ?

Ramsés regarda son père. Clara et Bernardo assuraient qu'il était l'homme le plus tenace, le plus intelligent et le plus névrosé qu'ils connaissaient. Lázaro Morúa avait assuré que Darío était l'enfant le plus fort qu'il ait jamais rencontré de toute sa vie. Essayer de lui mentir ou de prendre la tangente n'avait pas de sens.

– Je vais rester un temps ici, à Barcelone, parce que j'ai besoin de légaliser ma situation. Je vais prendre sur moi pour supporter ta femme catalaniste républicaine antimonarchique de gauche qui s'achète des foulards et des chaussures dans ces boutiques de marque qu'elle m'a montrées l'autre jour et dont je ne sais même pas le nom… Je vais contacter certains de mes profs de la fac qui se sont aussi tirés de Cuba parce qu'ils ne supportaient plus de vivre dans un pays dont même Dieu ne sait pas quand la situation va s'arranger et d'où les gens se barrent même par les fenêtres parce que, là-bas, ils s'obstinent à arranger les choses avec ces mêmes solutions qui n'ont jamais fonctionné… Et je vais trouver une ouverture par laquelle me glisser pour arriver là où je veux. Pour trouver cette ouverture, j'ai besoin du temps dont je te parlais et de papiers en règle… et ensuite je me mettrai en mouvement. Mouvement rectiligne uniforme, comme disaient Newton et Horacio : si je ne rencontre pas d'obstacle, je ne m'arrêterai pas… Souviens-toi d'une chose : jusqu'à il y a une semaine, et non, d'ailleurs, même maintenant, toi et moi, on ne se connaît pratiquement pas, mais je suis ton fils, non ?

– Tu es mon fils et je t'aiderai.

– Merci… mais les vacances sont finies et, maintenant, on va commencer par le début. Trouve-moi un boulot, n'importe quoi, payé peu importe combien. Aide-moi à déménager tout seul, dans une petite piaule, si c'est comme un *solar* de Centro Habana c'est pas grave, mais j'ai besoin de vivre seul, avec mon argent. Et dis-moi qui, parmi tes copains, peut m'aider à avoir des papiers de résidence le plus vite possible. J'ai vingt-cinq ans et je veux avoir un diplôme d'ingénieur avant mes trente ans. C'est trop demander ?

Darío regarda son fils. Puis le cigare qui s'était éteint. Il regarda à nouveau son fils et reposa les yeux sur le cigare qui n'était plus un assemblage de feuilles sélectionnées et parfumées mais un projectile fétide.

– Ils m'ont arnaqué, ce cigare n'est pas cubain… Non, ce n'est pas trop demander… Ramsés, c'est vrai qu'on ne se connaît pas bien et que, des fois, je trouve que tu es un type très bizarre. Mais si je suis sûr d'une chose dans cette vie, c'est que tu es bien mon fils.

Les étés sont chauds à Segur de Calafell. Le soleil brille avant sept heures du matin et sa clarté dure jusqu'à dix heures du soir. À midi, il peut faire plus de trente-deux degrés et le sable de la plage réverbère la chaleur. Des gens de toute la Catalogne, de partout en Espagne, et même des pays du nord et du centre de l'Europe, se déplacent vers ces villages de la côte méditerranéenne pour profiter de la chaleur et de la mer.

Sur des plages comme celles de Segur de Calafell la puissance du soleil et la plénitude de l'été estompent les inhibitions et multiplient les seins nus, de ceux des jeunes filles, ronds et pointus, aux sacs pendants des vieilles, avec leurs tétons fanés.

À l'heure du déjeuner et du dîner, les restaurants font le plein, ceux qui sont face à la mer, avec des terrasses couvertes, ont le plus de succès. Beaucoup proposent des plats de poissons frais, des calamars, des chipirons, du poulpe, des fruits de mer de toutes sortes, des langoustes et crevettes jusqu'aux coques, langoustines, crabes, araignées de mer, pouce-pieds, couteaux et homards, d'autant meilleurs qu'arrivés le matin même de l'autre côte, celle de l'Atlantique, où la mer est plus forte et les bêtes de l'océan plus nombreuses, plus fermes et plus juteuses.

Visuellement, le spectacle s'avère une composition parfaite. Les couleurs de la mer, du sable, des parasols, des voiles des bateaux de plaisance, des montgolfières et des parachutes qui de temps à autre traversent le ciel bleu, des palmiers, des fleurs et même des enseignes publicitaires composent une symphonie chaotique mais attirante, qui contribue à la création d'une ambiance détendue, festive, de solide bien-être, bien éloignée de la pauvreté, et alimentent la joie de vivre que recherchent et paient à bon prix les estivants qui ont les moyens de se l'offrir. Un monde sur mesure, forgé par la nature et par les réalisations humaines, un havre de bonheur et une prospérité qui s'affiche comme invincible, où tout le monde s'efforce de se sentir comblé, réalisé, à l'abri des horreurs du monde – peurs, misères, faim, épidémies, crises, guerres, proches ou lointaines, toutes ces choses qui existent dans les journaux –, auxquels ils s'obligent à ne pas penser tout en profitant de leur sort, de leurs privilèges nationaux, géographiques, de classe.

Tout a l'air si parfait qu'on ne peut demander à peu près rien d'autre. C'est bien ainsi que l'avait envisagé le docteur Darío Martínez depuis sa première visite des plages du Garraf et du Maresme, seize ans plus tôt, alors qu'il venait de quitter Cuba et qu'un soir il avait vu s'amarrer dans la marina de Sitges un bateau qui lui avait aussitôt fait penser à une scène pour lui inoubliable de *Plein soleil*, le moment où Alain Delon, Maurice Ronet et la resplendissante Marie Laforêt arrivent à un embarcadère et descendent sur la jetée, et tout est beau. Et il s'était rappelé que, dans le film, Delon est pieds nus dans des mocassins, et il avait décidé à cet instant que c'était toujours comme cela qu'il fallait être chaussé dans ces endroits de rêve qui existaient dans la réalité. La réalité de la partie aimable du monde qui, dès lors, serait le décor de sa vie.

Et il considérait encore que c'était le meilleur des mondes possibles ce matin d'août 2008, où les mauvais augures parlaient de l'imminence d'une crise économique nationale et systémique qui pouvait faire éclater la bulle colorée du bien-être du monde développé et comptabilisaient les milliers de jeunes gens qui émigraient hors d'Espagne à la recherche d'une vie meilleure, ou au moins d'un emploi.

Allongé sur la natte en fibres tissées qui le protégeait du sable, à l'abri de ses Ray-Ban aux verres polarisés, l'homme heureux avait regardé sur sa gauche durant quelques secondes sa chère Montse, aussi satisfaite que lui, seulement couverte par le tout petit bout de maillot de bain dissimulant son pubis, tout en laissant à l'air et au soleil les énormes seins aux aréoles également énormes, sacs de tissu mou qui retombaient un peu de chaque côté du corps potelé, une peau très blanche qui, même protégée par des crèmes parfumées, ne tarderait pas à rougir.

Mais, comme qui ne veut pas quelque chose tout en le voulant en fait beaucoup, le docteur en vacances avait tourné la tête pour réorienter son regard, car sur sa droite le spectacle qui s'offrait à lui améliorait de façon très conséquente ses critères esthétiques. Celle qui bronzait au soleil était Lena, la Viking, comme ils appelaient entre eux la jeune Danoise blonde, d'un mètre quatre-vingts et de vingt et un ans, qui était la copine de Ramsés : un animal prodigieux, à la peau lisse et aux dents parfaites d'être humain bien nourri depuis des générations. Lena aussi prenait le soleil les seins à l'air, mais les siens étaient deux protubérances jeunes, compactes, une paire de nichons si spectaculaires qu'ils donnaient une envie presque irrépressible de caresser, de tâter, de téter. Une envie si perturbante que le docteur Darío, quinquagénaire et avec l'expérience d'avoir vu d'innombrables torses féminins dénudés sur les plages de la Méditerranée, sentit le poids du désir qui se reflétait dans un durcissement progressif de sa queue et l'émission imprévue d'une goutte furtive de lubrifiant, c'était bon, qui coulait par l'urètre et l'obligea à se couvrir le bas du corps d'une serviette, tandis qu'il retrouvait avec plaisir le désir adolescent de se masturber sans plus attendre.

– Mais c'est quoi cette merde !

L'exclamation surprit Darío plongé dans ses pensées et, bien malgré lui, il dut quitter des yeux les seins de la copine de son fils et même soulever ses lunettes de soleil pour regarder l'auteur de la protestation, tout en sentant que son pénis retournait à l'état flaccide. Le soleil dans les yeux, il parvint à distinguer Irving, les poings sur les hanches et l'air de mauvaise humeur.

Irving et Joel étaient arrivés à Segur de Calafell la veille au soir, invités par Darío et Montse à passer une semaine avec eux, Ramsés et Lena, car la boursière danoise devait retourner dans son pays quelques jours plus tard tandis que Ramsés devait partir à la fin du mois, de façon plus ou moins permanente, pour Toulouse. Durant le dîner, dans un petit restaurant tout près de la mer, après que Ramsés lui avait juré que l'eau n'était pas froide en plein mois d'août, Irving, le torse et les pieds nus, n'avait cessé de parler de son violent désir de plonger dans la mer, parce qu'une des choses qu'il aimait le plus au monde, c'était la mer. Et ce matin, tandis qu'il préparait le petit-déjeuner pour le groupe, il avait insisté sur sa joie de pouvoir aller se baigner sur la plage et avait même affirmé – sous le regard critique de Joel – que la seule chose qui manquait à Madrid pour être la meilleure ville du monde était une plage comme Santa María del Mar et une jetée, comme le Malecón de La Havane.

Peu après dix heures, poussés par Irving, tous étaient enfin partis pour la plage, avec cette grosse chaleur l'eau devait être délicieuse, et Irving, en extase, avait presque sauté de joie en voyant Ramsés et Joel faire la course sur le sable pour se lancer à la mer et barboter dans l'eau, crier, nager. Mais lui, il devait avant se mettre la crème protectrice avec laquelle Montse les avait barbouillés, lui et Darío, ce soleil est terrible, disait-elle, ses seins déjà à l'air, qu'Irving préférait ne pas regarder en raison de sa haute exigence esthétique. Et quand enfin il s'était décidé et avait commencé à marcher vers l'eau, il respirait la douceur de l'air en sentant la chaleur sur sa peau et…

– Putain, mais qu'est-ce qui t'arrive, toi ? lança Darío, fâché par l'interruption et retrouvant pour l'occasion ses intonations et ses expressions cubaines.

– Cette eau, elle est toujours glacée, mec. Putain, personne peut se baigner là-dedans…

– Fais pas chier, Irving… Regarde Ramsés, et Joel, ils ont pas l'air contents ? Et regarde tous ces gens…

– Joel, c'est pas un noir… c'est un phoque ! dit Irving, avant de se mettre à argumenter. Tu vas me dire à moi, à moi, toi, Darío Martínez, que cette plage avec cette eau froide est bien ? Toi qui t'es baigné à Varadero et à Santa María dans de l'eau bien chaude et délicieuse ? Déconne pas, Darío !… Les plages de Cuba, ça, c'est des plages, mais pas cette merde, mon pote !

Darío n'eut d'autre option que de sourire. Avec la maladresse correspondant à son surpoids et à ses cinquante ans, il se mit debout et, rajustant ses lunettes sur l'arête de son nez, passa un bras autour des épaules d'Irving et l'obligea à s'éloigner de deux mètres.

– Maintenant, je vais aller dans l'eau avec toi, tu verras ma technique thermodynamique, lui dit-il. Mais l'autre résistait.

– Non, je ne suis pas fou. Je te jure, avec cette chaleur, je ne comprends pas comment cette eau peut être aussi froide.

Darío se rapprocha alors de son ami, en baissant la voix pour lui parler.

– Écoute, je sais que le sujet ne t'intéresse pas beaucoup, mais… tu as vu la paire de nichons de la Viking ?

– Merde, Darío, c'est presque ta belle-fille… et tu es trop vieux pour ça…

– Mais tu as vu comme elle est canon, cette conne !... Ah, tu peux pas savoir comme j'envie Ramsés ! Si c'était moi, je la laisserais pas repartir, même si je devais l'attacher, je te le jure ! Il est con ou quoi, ce garçon ? Moi, je crois que c'est sa mère et ce crétin de Bernardo qui l'ont gâché...

Ramsés avait mis près d'un an et demi à obtenir les papiers espagnols et européens nécessaires à la réorganisation de sa vie comme il l'avait planifiée. Même s'il n'avait pas su tous les détails, l'aide de Montse et de ses nombreux amis, qui eux-mêmes avaient d'autres amis, avait défriché certains des sentiers complexes de la bureaucratie espagnole et avait facilité l'obtention des autorisations et documents en vue de la délivrance d'un permis de résidence et de travail. Parallèlement, suivant les conseils d'un de ses anciens profs de fac à Cuba, qui habitait à présent à Valence, il avait consacré toutes les heures qu'il pouvait à l'apprentissage du français et, au début de l'année, il avait déposé une demande auprès de l'université de Toulouse, pour s'inscrire dans ce qui s'appelait des « cours en alternance », grâce auxquels on lui offrait une inscription qui était payée en « alternant » les études et un travail pour lequel une certaine qualification était requise. Grâce au dossier de ses notes et des matières qu'il avait réussies, l'université avait accepté sa demande et lui avait même accordé une équivalence pour certains des cours qu'il avait suivis et lui garantissait que, en trois ans, il pourrait obtenir un diplôme d'ingénieur en électronique spécialisé dans les semi-conducteurs, une branche pour laquelle la demande était forte dans cette région française.

Pendant tous ces mois, le jeune homme avait exercé plusieurs boulots pour assurer son indépendance. Cela allait de serveur dans un bar de plage pendant l'été où il servait des verres jusqu'à trois heures du matin à peintre en bâtiment avec un Andalou, en passant par aide d'un électricien portugais, sans oublier le site Internet de certains agents immobiliers collègues de Montse. Et il ne s'était jamais plaint, même si les salaires suffisaient à peine à payer le loyer d'une petite chambre à Barceloneta et financer quelques voyages à Madrid qu'il avait dû faire pour réaliser ou débloquer des démarches administratives. À Madrid, comme lors de son arrivée en Espagne, il occupait toujours le canapé-lit (super confortable) du studio d'Irving et Joel à Chueca, et il insistait même pour inviter le couple à manger dans des restaurants avec des menus bon marché et à boire des bières ou des verres de vin au bar de la rue Pelayo qui plaisait tellement à Joel. Durant ces dix-huit mois, personne ne l'avait jamais entendu se plaindre ni exprimer du désespoir ou de l'anxiété, personne ne l'avait entendu dire qu'il regrettait quoi que ce soit de sa vie antérieure. Personne, dans son nouvel entourage, n'avait su que, tous les mois, il ponctionnait ses maigres ressources de quarante ou cinquante euros qu'il envoyait à sa mère là-bas à Fontanar, La Havane, Cuba.

Au milieu de travaux épuisants, des files d'attente prolongées, de démarches interminables et de toutes sortes, des annonces inquiétantes d'une crise dévastatrice qui allait faire exploser le chômage, Ramsés put compter pour son équilibre physique et émotionnel sur la relation qu'il avait depuis presque un an avec Lena, une jeune Danoise, étudiante Erasmus à Barcelone. Lena était une blonde baraquée, dotée d'un appétit sexuel vorace et d'une curiosité intellectuelle infinie. Ils s'étaient rencontrés au bar de plage estival où Ramsés avait trouvé son premier boulot (au noir) et la jeune Danoise, dans l'espagnol rigide mais correct qu'elle parlait à son arrivée à Barcelone, avait un peu discuté avec lui et découvert que le jeune serveur aux cheveux de jais bouclés et aux yeux ornés de longs cils presque féminins était cubain et, peu après, qu'en prime il était aussi presque ingénieur.

Lena, qui étudiait la littérature latino-américaine contemporaine et avait l'intention de faire une thèse de doctorat dans ce domaine, avait une connaissance assez vaste, bien qu'inévitablement schématique, de la vie à Cuba. Même si elle avait lu plusieurs auteurs de l'île et avait l'intention d'y aller un jour en voyage, sa perception du pays charriait autant de stéréotypes favorables que négatifs, qui se complétaient et parfois s'annulaient.

Durant leurs premières conversations, la jeune fille avait exigé de Ramsés, bien décidé à coucher avec elle, qu'il lui explique pourquoi un jeune comme lui, à quelques mois d'obtenir son diplôme d'ingénieur, avait préféré abandonner ses études pour pouvoir voyager et entreprendre un « départ définitif de son pays ». Comment fonctionnait ce système qui faisait que, s'il passait un diplôme, il n'avait pas le droit de quitter le pays sauf pour une mission de travail, un travail pour lequel, par ailleurs, s'il le faisait à Cuba, il gagnerait la même chose que sa mère, aussi ingénieure, une rémunération qui tournait autour de vingt ou trente dollars par mois. Elle ne comprenait pas non plus comment les gens vivaient avec des salaires comme ça dans un endroit où un litre d'huile ordinaire valait deux dollars et la majorité des habitants avaient oublié le goût de la viande de bœuf (des vaches en voie de disparition ?), mais où en même temps Ramsés ne payait rien pour ses études, tandis que l'électricité de sa maison coûtait seulement quatre dollars (si on ne mettait pas en marche l'air conditionné, bien sûr) et le téléphone à peine deux (tout cela était très cher au Danemark), même si beaucoup de gens n'avaient ni air conditionné ni téléphone chez eux, et presque personne un téléphone portable, parce que Quelqu'un avait décidé que, si tu étais cubain et que tu vivais dans ton pays, tu ne pouvais pas avoir de téléphone portable, et où l'accès à Internet était très difficile. Non, Lena ne concevait pas comment on pouvait vivre sans Internet, et sans téléphone portable, et sans ordinateur personnel si tu ne l'avais pas ramené de l'étranger (où, oui, oui, elle le savait déjà, il était très difficile de se rendre), mais que tu pouvais seulement l'amener dans le pays avec une autorisation spéciale signée par un ministre ou quelqu'un dans le genre. Ou acheter l'ordinateur au marché noir… un marché noir d'ordinateurs ! Des pilotes et des hôtesses de l'air cubains trafiquants d'ordinateurs, de culottes et de chorizos ! Et même si l'huile coûtait deux dollars et qu'il n'y avait pas assez à manger et que le salaire payé par le gouvernement à quatre-vingt-dix pour cent des citoyens ne permettait pas de vivre (selon le gouvernement lui-même), comment se faisait-il que les gens ne mouraient pas de faim et faisaient même de l'exercice pour maigrir, et que, comme elle l'avait lu dans une revue, plus d'un million de personnes aient assisté à la manifestation du 1er Mai à La Havane, non pour protester, comme dans presque le monde entier, mais pour soutenir le gouvernement ? Pourquoi à Cuba les syndicats soutenaient-ils toujours le gouvernement (vraiment bizarre), tandis qu'il y avait des gens très fiers de devoir travailler tous les jours douze et même quatorze heures, un horaire contingent ça s'appelait, comme les paysans et les mineurs danois du XIXe siècle, condamnés à des journées de travail extensives et dont le salaire ne suffisait pas non plus pour vivre. Mais bien sûr, ces mêmes gens à Cuba, humbles travailleurs, avaient accès à un système de santé publique de qualité, mais à la pharmacie la plus proche il n'y avait presque jamais d'aspirine, et malgré ça les gens dansaient, chantaient et ensuite effectuaient du travail volontaire, scandaient des slogans révolutionnaires contre l'embargo américain criminel, demandaient le retour de héros pendant que ces mêmes gens, ou à peu près, partaient pour les États-Unis sur des radeaux ou par n'importe quel moyen pour n'importe où, ou bien restaient vivre à Cuba de quelque chose que Ramsés appelait des « inventions », mais pas parce qu'ils étaient des inventeurs avec des brevets ou quelque chose dans le genre. Non, Lena ne comprenait pas : Cuba ne ressemblait à rien d'autre et Ramsés le lui avait confirmé, y ajoutant une réponse qui n'avait pas satisfait la curiosité de la jeune femme :

– Tout ça, Dieu lui-même n'y comprend rien, et même Dieu ne pourrait pas l'arranger… – Et il évitait autant qu'il le pouvait un sujet qui le dépassait et dont il préférait se tenir à distance, car il avait décidé, de façon très consciente, de se forger un avenir, de regarder seulement devant lui.

Mais malgré ses intentions, grâce à la relation entamée avec Lena, Ramsés avait vite compris et appris quelque chose de très important pour lui : il aurait beau courir sans regarder en arrière, ses origines étaient aussi indélébiles que la maudite coquille d'escargot dont sa mère parlait souvent.

Parmi les premiers signaux positifs de son indélébile identité figurait son inventivité en matière sexuelle, qui rendait folle sa Viking, un savoir-faire qui rompait bien des schémas nordiques de la jeune fille (il lui était arrivé la même chose quelques mois plus tôt avec la fille des Asturies avec laquelle il avait eu une relation fugace), et qui était basé sur un entraînement intensif auquel il se consacrait avec sérieux et application depuis l'âge de treize ans. Son initiation s'était faite avec une petite amie de son âge et avait connu une accélération certaine grâce à l'apprentissage auprès de la sœur aînée de cette petite copine, une solide métisse de dix-huit ans qui s'enfilait même les concombres par-devant et par-derrière, ainsi qu'elle l'avait démontré un jour à l'adolescent (et elle mangeait ensuite ces mêmes concombres, soigneusement lavés et frottés de sel, Cuba n'était pas un endroit où l'on jetait la nourriture).

Quand il avait quitté l'île, Ramsés avait depuis longtemps oublié le nombre de femmes avec lesquelles il avait eu des rapports durant ses dix années d'activité sexuelle continue. Des femmes de toutes les couleurs et pour tous les goûts, entre quinze et quarante ans, un catalogue qui en comprenait même une de cinquante-deux, qui n'était pas du tout un mauvais souvenir, tandis que dans ses conquêtes les plus satisfaisantes il pouvait compter sa relation de plusieurs mois avec Fabiola, la fille de Liuba et Fabio, les amis de ses parents morts à Buenos Aires, une Fabiola qui n'avait plus de grandes dents et de gros sourcils. Presque toutes ces femmes paraissaient impliquées dans les activités érotiques comme si elles avaient été des sportives s'entraînant pour une médaille olympique, et Ramsés avaient appris que les plus laides et les plus maigres étaient en général les aspirantes au podium les plus acharnées.

Un garçon cubain que Ramsés avait rencontré à Barcelone appelait ça la disproportion nationale de la baise. C'était un métis chinois avec une tête de diable, qui adorait raconter que, quand il vivait à Cuba, comme il n'avait rien de mieux à faire, il baisait trois ou quatre fois par jour avec sa copine (il y avait même eu des jours avec sept rapports rapprochés), alors que depuis son arrivée en Espagne il était obligé de tellement travailler qu'ils ne le faisaient plus guère que le dimanche après-midi, deux coups au maximum s'ils étaient très inspirés. Comme ils regrettaient Cuba, le Chinois satanique et son insatiable fiancée !

C'était cette intense activité sexuelle qui avait installé et soutenu pendant un an la relation entre le Cubain et la Danoise, car en dehors de la patrie commune que constituait le lit, où Ramsés avait institué les lois que la jeune femme – qui avait oublié son féminisme européen – était ravie de suivre, le reste des codes mentaux et culturels de l'un et l'autre s'opposaient fortement et souvent. Dans leur vie commune ils avaient été aidés par le fait de pouvoir communiquer dans une langue que Lena dominait avec une aisance notable mais dont elle ne captait pas beaucoup de nuances et d'expressions. Pourquoi Ramsés lui disait-il parfois « *mi china* », alors qu'elle n'était pas asiatique, et la menaçait-il de lui manger le croissant ou de lui bouffer la moule, alors qu'elle n'était ni une viennoiserie ni un fruit de mer ? Il arrivait même parfois aux deux jeunes gens de parler un peu français, car Ramsés avait besoin de pratiquer la langue qu'il apprenait et dans laquelle, chaque fois qu'il le pouvait, il lisait quelque chose, même s'ils pratiquaient toujours le sexe en espagnol. Mais en général, leurs mémoires affectives les plus profondes avaient des ressorts très différents, et leurs préférences, parfois pour des questions quotidiennes ou d'intérêts secondaires, suivaient des chemins parallèles. Quand ils avaient commencé à vivre ensemble dans la chambre de Ramsés (la Danoise avait insisté pour partager le loyer), il avait par exemple découvert que Lena ne lavait pas ses culottes. Une fois par mois, elle allait chez H&M s'acheter cinq paquets de six culottes, qui ne coûtaient selon elle presque rien en Espagne, et elle en utilisait une par jour qu'elle jetait le soir à la poubelle. Quelle femme à Cuba aurait eu une idée pareille ! (Pendant des années, Ramsés avait mis des slips rapiécés ; et sa mère, des culottes à l'élastique recyclé.) Et quand il l'avait vue danser la salsa, mettant en pratique les leçons prises à Copenhague (avec un danseur cubain, bien sûr), il avait compris que ses hanches et ses oreilles nordiques ne pourraient jamais comprendre les qualités d'une cadence mystérieuse.

Pourtant, comme Ramsés avait la conviction qu'il serait pour le reste de sa vie un déraciné pour lequel tout appui serait bon, il avait profité de l'infinie curiosité intellectuelle de la Danoise et de son aisance financière pour participer avec elle à la connaissance de quelques manifestations du monde où il vivait pour le moment. Ramsés suivit sa Danoise dans des musées, des monuments et, quand il le put, dans d'autres villes de Catalogne, d'Aragon et du Pays basque – Ramsés tomba amoureux de San Sebastián et nourrit le rêve que, si la vie le lui permettait un jour, c'est dans cette ville qu'il jetterait son ancre. À Barcelone, il se laissa acheter des livres d'auteurs recommandés par Horacio et Irving, et il examina à fond les œuvres de Gaudí et, malgré la tiédeur de son propre nationalisme, il s'y intéressa encore plus quand il sut que la richesse du mécène Eusebio Güell devait son origine à Cuba, où son père, un certain Joan Güell, avait apparemment fondé sa fortune sur le trafic d'esclaves noirs.

Mais il restait toujours des barrières que ni Lena ni lui ne pouvaient franchir et que même le temps, beaucoup de temps, ne leur aurait pas permis de dépasser complètement. Et c'est ainsi qu'à la fin de l'heureux séjour à Segur de Calafell avec son père, Montse et ses vieux amis (ils s'étaient tant moqués d'Irving que, sans cesser de maugréer, il s'était baigné deux fois dans la mer), Ramsés accompagna la belle, généreuse, intelligente jeune femme à l'aéroport de Prat pour prendre son vol de retour pour Copenhague. Ils se dirent au revoir avec des larmes dans les yeux, l'envie de coucher ensemble encore une fois (mange-moi la moule, bouffe mon croissant, *mi chino*, lui avait-elle demandé le matin) mais aucun espoir ou promesse de se revoir dans ce qui serait leurs existences respectives, elle de Danoise à l'aise dans le monde et spécialiste de littérature latino-américaine, et lui de Cubain apatride avec sur le front une boussole marquant toujours la même direction – en avant – dans n'importe quel endroit de l'univers, pour finir peut-être, un jour, à San Sebastián, pourquoi pas ?

Ramsés passerait la dernière semaine de son séjour catalan dans l'appartement de Darío et Montse. Dans la même chambre qu'il avait occupée en arrivant à Barcelone, le jeune homme avait rangé sa valise et le cabas qui contenaient toutes ses affaires, y compris le manteau doublé et les écharpes que lui avait remis Irving quand il était arrivé à l'aéroport de Barajas et certaines des chemises et des livres qu'il avait apportés de Cuba ou acquis en Espagne.

Le premier soir, après avoir mangé les escalopes panées préparées par Helena la Roumaine, qui venait de rentrer d'un séjour d'un mois à Bucarest, le jeune homme prit congé de bonne heure de son père et de sa femme, parce qu'il voulait consulter ses mails et écrire un mot à sa mère, Clara.

Sur l'ordinateur portable offert par Montse, Ramsés ouvrit sa boîte mail Yahoo et vit dans la boîte de réception deux nouveaux mails de Lena. Comme les précédents, Ramsés les effaça sans même les ouvrir. Il avait décidé d'arrêter une addiction qui pouvait lui faire du mal, et il avait choisi l'option la plus efficace, comme quand on veut arrêter de fumer : de façon brutale et définitive.

Puis il consulta le mail de sa mère du même jour, à partir du compte que, depuis quelques mois, elle pouvait utiliser à son travail.

Mon cher fils :

Bon, dans quelques jours tu pars pour la France. Chaque fois que j'y pense, j'en tremble. Tu connais ma lâcheté pour ce genre de choses. Et comme je ne cesse pas d'admirer le beau garçon que tu es, qui n'a peur de rien, une des choses que j'admire le plus c'est ton caractère, toi qui sais toujours ce que tu veux, comment tu le veux et quoi faire pour obtenir ce que tu veux. Bon, en fin de compte, tu es le fils de ton père (que tu salueras de ma part, j'espère qu'ils vont bien, lui et sa Montse, que je remercie de tout mon cœur pour tout ce qu'elle a fait pour toi. Que Dieu les bénisse).

Comme je n'ose pas le faire ici à mon travail, tu sais comment sont les choses, l'autre jour Bernardo a pu aller sur Internet chez quelqu'un dont il était allé décontaminer le matériel et réinstaller des logiciels, et il a téléchargé et copié quelques pages sur l'université de Toulouse où tu vas aller. Quelle chance tu as, mon garçon ! D'après ce que j'ai lu, le niveau est élevé et exigeant (ça, je le savais déjà, et je sais aussi que ce n'est pas du tout un problème pour toi), mais ce que j'ai découvert c'est que la ville compte plus de cent mille étudiants !!!, et c'est la région de France qui enregistre tous les ans le plus de nouveaux habitants et où il est le plus facile de trouver du travail si tu as une bonne spécialisation en technologie et en informatique. Bon, tu sais tout cela mieux que moi. Donc si, comme tu me le dis, tu as fait beaucoup de progrès en français, c'est sûr, en trois ans tu auras ton diplôme et ta vie assurée. Et je m'en réjouis beaucoup, parce que tu mérites ça et bien plus. Pas seulement parce que tu es tellement intelligent – je crois même plus que Darío –, mais parce que tu as un élan et une force que moi, ta mère, j'envie…

Mais si je t'écris aujourd'hui, c'est surtout pour te donner une mauvaise nouvelle. On s'y attendait, mais ce n'est pas moins douloureux… hier après-midi, le vieux Danger est mort. Je t'avais dit qu'il n'allait pas bien du tout depuis plusieurs jours, ses reins étaient presque bloqués et un ami vétérinaire, l'ancien camarade d'Elisa dont je t'ai parlé, il me semble, lui avait posé des perfusions, mais il nous a conseillé de ne pas prolonger ce qui était inévitable vu que

Danger avait au moins douze ans, ce qui est beaucoup pour un doberman de race presque pure. Avant-hier le vétérinaire est revenu le voir et nous a parlé de le piquer, mais Marquitos a refusé net et le médecin lui a laissé des calmants pour qu'il ne souffre pas. Jusqu'à hier après-midi.

Moi, tu me connais, j'ai fait ce que j'ai pu, et j'ai même osé lui faire une piqûre. Mais c'est Marquitos qui s'est chargé de lui donner de l'eau avec un biberon, des petits morceaux de poulet qu'on a achetés avec les euros que tu as envoyés, et de lui donner les comprimés. Il le portait aussi pour le sortir dans le jardin et le soulevait avec un tissu qu'il lui passait sous le ventre et qu'il attachait à une branche du petit manguier des Philippines pour que Danger urine le peu qu'il parvenait à uriner. Jusqu'à hier après-midi, où il est mort sur le canapé du salon, sur les jambes de ton frère, qui s'est mis à pleurer comme un môme, le pauvre. Et tu peux imaginer comme j'ai pleuré, moi… Ensuite, Marquitos l'a enveloppé dans le couvre-lit que nous avions mis sur le canapé pour Danger et il est allé creuser un trou dans la partie du jardin où tu avais les clapiers, et Marcos, Bernardo et moi, on l'a enterré.

Pardon de te raconter ça, mais je sais combien tu aimais Danger. Tu te rappelles comment tu te mettais en colère quand tes copains se moquaient de lui parce que c'était le seul doberman à avoir des oreilles et une queue ? Et ce que te disaient les gens quand tu l'emmenais avec toi couper de l'herbe pour les lapins et qu'ils prenaient peur en le voyant avec la tête de chien méchant qu'il avait des fois et que tu leur disais que Danger était un doberman très gentil ? Et la fois où tu es presque devenu fou parce qu'il s'était perdu en suivant une chienne dont il était amoureux… ?

Ramsés avait lu les derniers paragraphes les yeux mouillés, en séchant ses larmes du dos de la main, jusqu'à ce que lui échappe un profond sanglot guttural et qu'il arrête sa lecture pour se mettre à pleurer. Toute sa force, ses convictions, sa cuirasse s'étaient fendues en un instant, sous le choc de la nouvelle attendue de la mort d'un chien, de *son* chien, d'une partie de sa vie. Des images du passé s'imposèrent à son esprit et aussi d'un présent dont il avait été absent, il put voir Marquitos en train de donner à boire à Danger, portant son cadavre, le mettant en terre. Il aurait dû être là, se dit-il. Pas pour voir mourir le chien, mais parce qu'il aurait dû être là, à sa place. Et parce qu'il avait beau courir et courir, quelque chose le faisait toujours revenir là-bas.

Darío, qui allait dans sa chambre, avait entendu les sanglots de son fils et, inquiet, entrouvrit la porte de la chambre.

– Tu pleures ? demanda-t-il, tout en avançant vers Ramsés qui séchait ses larmes en faisant non de la tête. Qu'est-ce qui s'est passé ? Clara, Marquitos... ?

Ramsés continua à secouer la tête et referma l'ordinateur.

– Danger est mort, parvint-il à dire.

– Putain, c'est que ça ! s'exclama Darío en se rendant compte qu'il ne s'agissait pas de son fils Marcos ou de son ex Clara, ni même de Bernardo.

– Merde, comment ça, c'est que ça ?

– Parle plus bas, Montse est couchée... Bon, il était très vieux... tu savais qu'à tout moment... D'accord, excuse-moi d'avoir dit ça... Allez, viens, on va boire un verre, tu en as besoin. Allez, viens, ordonna presque le père, qui, comme quand Ramsés était petit, l'embrassa sur la tête.

Ramsés essuya ses larmes et ravala sa morve tout en suivant Darío dans le salon. Le médecin sortit d'un meuble vitré une bouteille de Johnnie Walker Black Label et la posa sur la petite table du balcon, devant Ramsés. Puis il alla chercher dans la cuisine deux gros verres à fond très épais et un seau à glace en cristal, achetés à Murano.

– Vraiment, pardon d'avoir dit ça, commença Darío.

– Non, ce n'est pas grave. Ne t'en fais pas, le rassura Ramsés.

Darío agita un peu le whisky dans le verre et but une gorgée.

– Tu veux appeler Clara ? Tu peux utiliser le téléphone d'ici, sans problème. Comme ça, tu ne grilles pas ton forfait.

Ramsés hocha la tête.

– Merci, papa. Oui, je crois que je vais l'appeler tout à l'heure. Là, il est seize heures là-bas. Elle n'est peut-être pas encore rentrée… et Marquitos non plus.

Ramsés dut sécher d'autres larmes. Darío, sans cesser de regarder son fils, but une nouvelle gorgée.

– Tu sais que, des fois, je rêve que je suis à Cuba, là-bas à Fontanar ?

– Moi aussi, tout le temps.

– Cette chose – Darío se toucha le crâne, tout en montrant que cela se passait plus à l'intérieur –, cette chose est vraiment trop forte. Elle fait ce qu'elle veut, elle ne nous pardonne rien, elle ne nous laisse jamais tranquilles. Moi, des fois, je me demande jusqu'à quand les choses que j'ai vécues vont me poursuivre. Les salopes, elles sont toujours là… et les bonnes choses aussi, c'est vrai. Un des rêves que je fais, c'est que nous sommes là-bas dans ta maison…

– Dans *la* maison, corrigea Ramsés.

– Oui, là-bas… et nous sommes tous dans le jardin. Parfois avec toi et Marquitos, mais parfois seulement nous, le Clan de ta mère…

– Et ce sont des rêves ou des cauchemars ?

– Les deux… Mais tu sais quoi ? Je sais que j'ai fait un rêve, mais ensuite je ne me souviens plus de ce qu'il y avait dans le rêve. Je crois que c'est un mécanisme de défense. Même s'il en reste toujours quelque chose qui tourne autour de moi… c'est comme un truc un peu hypnotique, je ne sais pas… Tu crois que c'est vrai que tes grands-parents ont enterré une pierre magnétique dans les fondations de la maison ? Ce serait ça, l'aimant ?

– Je ne sais pas… mais tu y as passé beaucoup d'années de ta vie.

Darío hocha la tête et regarda les aiguilles de l'église interminable, encore éclairées.

– Et certaines des meilleures. Tu vois, ça fait seize ans que je vis ici et tu sais combien j'ai d'amis ? Aucun… Je connais plein de monde, tu as vu qu'on dînait avec certains et qu'on se réunit tout le temps, des gens de l'hôpital, des amis de Montse… mais aucun n'est mon ami… Mes amis, ce sont Irving, Joel, Horacio, Bernardo, c'étaient les pauvres Fabio et Liuba… Avec les gens que je connais ici, je ne peux pas parler de leurs familles, des desserts que préparait leur maman, parce que je ne les connais pas. Et je ne suis jamais allé voir un match de base-ball avec eux et ils n'ont pas la moindre foutue idée de qui est Rey Vicente Anglada ni Agustín Marquetti…

– Et maman ? Tu ne l'as pas citée…

– Clara, c'est autre chose. Clara et Horacio font partie d'une chose à part. Une chose dont je ne parle jamais, parce que c'est comme ce truc des juifs qui ne mentionnent pas le nom de Dieu. Ils sont sacrés.

Malgré lui, Ramsés fut obligé de sourire.

– Ça, c'est bien trouvé… – Il marqua un temps d'arrêt. – Et Elisa et Walter ?

Darío termina son verre.

– J'en ai envie, mais je n'en boirai pas un autre. J'ai deux opérations demain… Bois-en plus, toi, si tu veux… Bon, Elisa était un personnage très complexe. Je crois que je n'ai jamais pu la percer complètement à jour, même si on a été très proches un paquet d'années. Celle qui avait un faible pour elle, c'était Clara… et je crois que j'étais jaloux. Mais, en dehors de ça, Elisa était autant capable de donner son sang pour toi que de te sauter à la gorge et te trancher la carotide pour te vider de ton sang. Et tous ces mensonges dans lesquels elle se complaisait… Je ne sais pas, non, je ne sais pas si c'était mon amie… Et Walter est toujours pour moi un mystère.

– Pourquoi il s'est suicidé ?

– Pour ça, aussi. Même si Horacio dit qu'il ne s'est pas tué, que ce n'était pas un accident. Il croit encore qu'il a été tué… Walter avait de la méchanceté en lui. Il pouvait être un type charmant, amusant, généreux avec l'argent, mais il avait une forme de cruauté, surtout avec les gens qu'il pouvait écraser. C'est ce qui ne m'a jamais plu chez lui. Peut-être parce que je comprends mieux les faibles, à cause de cette partie de ma vie que tu connais. Et il était dans des trucs louches…

– Ce qu'Horacio a découvert sur Walter à Moscou ?

– Et d'autres choses…

– Tu ne lui as jamais pardonné la bagarre avec Irving ?

– Non… même si, en fait, c'est Irving qui l'a provoquée. Il a cherché cette bagarre parce qu'il voulait me défendre, ou me protéger. Et, ce jour-là, j'ai vu clairement le démon que Walter portait en lui. Je crois que c'est ce démon qui l'a tué.

– Il s'est tué ou on l'a tué ?

– Je ne sais pas, Ramsés… mais, écoute, il y a une histoire qui est peut-être liée à tout ça et que tu ne connais pas. En fait, que personne ne connaît, parce que je ne l'ai pas racontée… Tu te souviens de Guesty, la copine blonde d'Horacio ?

– Bien sûr que je m'en souviens, papa. Celle qui était indic. Irving en a parlé l'autre jour… Marquitos était amoureux d'elle.

– Eh bien, il y a une dizaine d'années, j'ai croisé Guesty à Florence.

– Elle aussi, elle a quitté Cuba ?

– C'est ce que je lui ai demandé quand je l'ai vue… elle a eu une histoire avec un Italien et elle est venue en Italie.

– Tu lui as parlé ?

– Oui… et à cause d'un truc que j'ai trouvé bizarre quand on a parlé, j'ai osé lui demander si c'était vrai qu'elle nous surveillait.

– Et elle a dit quoi ? Que non, bien sûr…

– Que non, bien évidemment… et je n'ai aucun moyen de prouver quoi que ce soit, mais je crois que oui, qu'elle racontait des trucs sur nous. Même si, des fois, je pense que c'était pas une indic, mais une connasse à qui, d'une manière ou d'une autre, on faisait raconter ce qu'elle entendait ou voyait… un désastre !

– Tu devrais raconter ça à Horacio. À Irving.

– C'est bien le problème. Guesty m'a dit qu'Horacio savait tout, que ce n'était pas elle qui nous surveillait… mais Horacio n'a plus reparlé à Guesty, je crois qu'il s'est dit qu'il valait mieux enterrer tout ça. Et Horacio a raison. Il faut tout enterrer… – Darío regarda son verre, où il restait des bouts de glaçons, et y versa un doigt de whisky. – Non, pas tout… Tout à l'heure, quand tu appelleras la maison pour leur parler, dis à ta mère et à Bernardo que je ne les oublie pas. Et à Marquitos que je vais lui téléphoner ce week-end. Ça fait plus de deux mois que je ne lui ai pas parlé.

Ramsés hocha la tête.

– Pourquoi tu es comme ça, papa ?

Darío descendit son doigt de whisky avant de répondre.

– Parce que je suis obligé de me protéger et que, pour le faire, des fois je fous tout en l'air… Mais au fait… quand est-ce que tu pars à Toulouse ?

– Vendredi.

– Ça ne te ferait rien de partir samedi ?

– Ben, non… pourquoi ?

– Parce que je me disais que je pourrais t'emmener. Toi et moi, tous les deux. On prend ma voiture, on déjeune dans un endroit joli, on prend une chambre dans un hôtel pour faire la sieste, tu sais que j'adore ça, on prend une douche et on va jusqu'à Toulouse. Là-bas, on dîne dans un bon restaurant avec du vin et des fromages français, on appelle Marquitos, et ensuite je te laisse à la résidence universitaire et je vais dans un hôtel. Dimanche matin, on petit-déjeune ensemble avec des vrais croissants, et je repars pour être ici le soir…

– Ça fait un paquet d'heures de conduite.

– Ça fait un paquet d'heures pour parler, toi et moi.

– Si tu veux… mais ça va aussi te coûter un paquet d'euros.

– C'est à ça que sert le fric… – Darío sourit. – Écoute, je vais t'emmener voir la tombe d'Antonio Machado… Et… bon, je veux te raconter des trucs que tu n'imagines même pas… Tu es devenu *santo*. Ochosi, n'est-ce pas ? Le guerrier ?… Mais toi, tu ne sais pas de quel *santo* je suis le fils. J'ai vingt et un chemins, et je peux tous les ouvrir ou les fermer… je suis fils d'Eleggua et j'ai les clés du destin.

– *Oui ?*[1]

– Garde tes *voui voui*, ducon… c'est moi.

– Merde, mais d'où tu m'appelles, toi ? C'est un numéro espagnol…

– De ma place… Piazza San Marquitos… Venise. Le téléphone, il est à une gonzesse espagnole que je me suis tapée hier soir et qui me l'a prêté pour t'appeler.

– Mais, putain, tu fais quoi à Venise, Marquitos ? Tu es parti ?

– Cool, mec. *Non ancora, ragazzo*… C'est comme ça qu'on dit ? Je suis là en touriste…

– Mais comment ça, putain… ?

– Dis-moi, frérot, comment va le neveu ? Et toi et « la pauvre Fabiola » ?

– Le môme, super bien. Il fait chier, il pète la forme. Nous, on bosse, ça va… Mais toi, comment ça va ?

– Moi, je suis toujours en forme quand je tire un coup… Au fait, on peut parler, là ?… J'ai plein de choses à te dire.

Ramsés regarda sa montre. Il était onze heures vingt du matin. Dans le laboratoire de recherche sur les hétérostructures semi-conductrices, où depuis trois ans il était l'un des spécialistes chargés d'analyser et de vérifier les

1. En français dans le texte.

résultats des expériences réalisées par les physiciens, il n'était pas bien vu d'avoir des conversations privées sur les heures de travail.

– Tu es sûr que tu vas bien ? insista Ramsés.

– Mais oui, mec…

– Alors, je t'appelle dans quarante minutes. À ce même numéro ?

– Si je supporte la nana jusque-là. Sinon, je t'appelle d'une cabine, OK ?

– Ça marche, on causera. Je t'embrasse. Fais gaffe à toi. Je te rappelle.

– Je t'embrasse, frérot.

Ramsés raccrocha et remit le téléphone dans la poche de son blouson. Il regarda sans les voir les tableaux de chiffres, les formules, les algorithmes et les dates qui recouvraient l'écran vingt-quatre pouces de son Mac dernière génération et, juste à côté, la photo encadrée de Fabiola en train de faire un bisou à leur fils Adán, et il murmura : quel fou, je te jure. Même en sachant que cela lui serait impossible, Ramsés essaya de se concentrer sur son travail, après avoir regardé sur le bord inférieur de l'écran l'heure et la date : 22 avril 2014, 11.24 a.m.

IX

LES FRAGMENTS DE L'AIMANT

... Je sais que plusieurs blessés attendent un signal.
Que puis-je te dire que tu n'as pas déjà vécu ?
Que puis-je te dire que tu n'as pas déjà rêvé ?

Chanson d'Ana Belén

Comment serait-il ? Non, non, là n'était pas la question, c'est idiot, se reprocha-t-elle. Il serait une personne, avec les mêmes attributs que n'importe quelle autre. Une tête avec deux yeux, une bouche, il parlerait, marcherait, chanterait peut-être, que chanterait-il ? Serrat, Pablo Milanés, Ana Belén ? « La vie en rose » de Piaf ou celle de Bola de Nieve ?… L'important, et c'était ça qui était vraiment trop important, c'était qu'il aurait sûrement plus de chance que beaucoup d'autres, ces millions et millions de malheureux qu'avait un jour mentionnés Horacio. Parce qu'elle était convaincue qu'il aurait au front l'étoile du bonheur : il avait été désiré, attendu, et il serait aimé. Il aurait ce qu'un être humain doit avoir pour être complet et digne. Tout le peu ou le beaucoup, mais tellement essentiel, qu'avaient eu ses propres fils, grâce au pays parfois accablant et parfois généreux où ils étaient nés et grâce à ce que, elle, même aux jours les plus sombres, s'était battue pour obtenir et qu'elle avait réussi à leur garantir : une assiette de nourriture, un toit, une paire de chaussures, protection et amour. Et celui qu'on attendait aurait même plus…

Elle rectifia alors. La question qu'elle devait se poser était : que serait-il ? Même si Clara savait bien ce qu'il serait, elle avait du mal à le concevoir, l'admettre était compliqué pour elle, même si la logique de la vie menait à cette conclusion et si les évidences physiques, légales, géographiques étaient incontestables. Oui, il serait cela, son petit-fils, le fils de son fils, le sang de son sang, comme on disait, l'ADN de son ADN, et il avait même été décidé qu'il s'appellerait Adán, comme le premier homme qui avait existé sur Terre ou, pour le moins, le premier qui avait eu un nom mémorable. Ou non ? Parce qu'elle savait bien que Adán Martínez Fornés, son petit-fils, serait français. *Un Français*. Et ce que Clara ne pouvait ni ne pourrait cesser de se demander, c'était comment les chemins de l'Histoire et de la vie s'étaient organisés ou désorganisés pour qu'un petit-fils de Fabio et Liuba, de Darío et d'elle, non seulement puisse exister mais, en plus, soit *un Français*.

C'était elle, justement elle, qui avait favorisé cela ? Même si quelque chose de cet ordre allait arriver de toute façon (que, lorsque viendrait au monde le descendant que, on pouvait le supposer, aurait Ramsés, déjà installé en France et sans intention de revenir, le bébé serait *un Français*), même ainsi Clara ne pouvait cesser de ruminer le fait qu'elle avait été la génératrice de la rocambolesque combinaison de croisements (un classique jeu d'effets et de causes) qui avait conduit à l'existence d'Adán Martínez Fornés. « Rien n'est réel, sauf le hasard », avait-elle lu un jour dans un livre. Et elle s'efforçait de penser : peut-être avait-elle favorisé cela pour le meilleur. Quelque chose de bien au milieu de toutes ces castrations et ces défaites.

Durant des années Clara, Bernardo, Ramsés et Marcos – et jusqu'à leur départ du pays, Horacio, Joel et Irving aussi – avaient constamment maintenu une relation – même si à vrai dire pas très proche – avec celle qu'au début tout le monde appelait « la pauvre Fabiola ». Six ans plus jeune que Ramsés et quatre que Marcos, « la pauvre Fabiola » avait seulement cinq ans quand ses parents étaient partis en Argentine, et sept quand ils étaient morts dans un accident absurde qui, par bien des aspects, était la répétition de la mort des propres parents de Clara, également architectes, et reproduisait celle de Walter, le suicidé volant, comme si ces répliques de la fatalité les avaient poursuivis et, à un moment, avaient projeté leurs existences vers des coïncidences capricieuses et d'étranges dénouements confluents. Les éternels retours ? Les cycles inébranlables ?

Quand Fabio et Liuba avaient quitté Cuba avec la secrète intention de ne pas rentrer et de s'efforcer de faire à un moment sortir la petite fille – à l'issue des trois, quatre et parfois plus d'années de punition pour désertion –, Fabiola avait été confiée à María del Carmen, la sœur de Fabio, et à son mari Arturo, qui s'étaient occupés d'elle comme d'une fille en plus, avec l'appui inconditionnel des parents de Liuba, anciens militaires de haut rang qui avaient pris une retraite anticipée.

C'était surtout après la mort des architectes que les amis résidant encore à Cuba avaient essayé de garder un lien avec l'orpheline, « la pauvre Fabiola ». Mais, au fil des ans et sous les effets de la dispersion, seuls Clara et Bernardo avaient eu la possibilité de la voir et de lui parler.

Comme c'était prévisible, ce fut justement Clara, si allergique aux célébrations la concernant, qui avait imposé la coutume qu'à chaque anniversaire de « la pauvre Fabiola », elle, ses fils et ceux des amis qui étaient là rendent visite à la fillette et lui apportent un cadeau. Et, le temps passant, ils l'avaient vue se transformer en adolescente un peu farouche, maigre comme un clou et les dents grillagées de fil d'acier, puis en jeune fille mince aux sourcils masculins qui soulignaient la profondeur et le mystère de ses yeux de Gitane tropicale, la Fabiola qui, d'après ses grands-parents et ses parents adoptifs, était aussi intelligente que ses parents biologiques et qui, selon Ramsés, toujours caustique, n'était qu'une chieuse à grandes dents et gros sourcils.

Pour les quinze ans de la jeune fille, en 2003, Clara et les siens se rendirent à la fête, apportant l'énorme gâteau qui devait apparaître sur les photos, le cadeau qu'ils avaient pris en charge dans l'organisation de la fête, et ils lui remirent en plus une enveloppe avec une fortune : les deux cent quarante dollars correspondant aux contributions – exigées par Clara – de Darío, Irving, Horacio et Joel.

Après cela, les rencontres avec la jeune fille – qu'ils appelaient à présent Fabiola tout court et qui embellissait comme une fleur en plein épanouissement – se firent plus sporadiques, même si Clara n'avait jamais cessé de l'appeler quand approchait son anniversaire et de lui rendre visite de temps à autre quand elle passait dans le coin. C'est ainsi qu'elle avait appris en 2006 que Fabiola s'était inscrite à l'université de La Havane pour étudier la philologie française, qu'en 2011 elle avait terminé son cursus et que, grâce à son dossier et à beaucoup de chance, elle avait obtenu une bourse de l'Union européenne et allait partir en France pour suivre une spécialisation en traduction simultanée à la Sorbonne, une formation de deux ans. Et c'était alors que Clara avait tendu le pont sur lequel allait s'avancer le destin : presque machinalement, sans besoin réel, elle avait donné à Fabiola le téléphone et le mail de Ramsés, qui étudiait et travaillait déjà à Toulouse, au cas où elle voudrait le contacter ou lui demander des infos. Et en disparaissant de son radar géographique, Fabiola avait presque disparu aussi de son esprit.

Un an et demi plus tard, Clara recevrait le coup de fil de son fils, où l'hermétique Ramsés lui balançait sans crier gare que lui et Fabiola, qui avaient eu une relation à Cuba pendant un temps, vivaient ensemble. Cela faisait un an que, après s'être retrouvés à Paris, ils « avaient remis le couvert », selon l'expression de Ramsés, et que la jeune fille avait obtenu de poursuivre sa formation à l'université de Toulouse. Et là, elle était enceinte et elle avait décidé de rester en France avec lui, ils allaient se marier le week-end prochain et, bien entendu, ils voulaient garder « le môme ». Le petit-fils ou la petite-fille, français ou française, de Clara, Darío, Liuba et Fabio. Ramsés et la « pauvre Fabiola », la « gros sourcils », avaient eu une histoire à Cuba, s'étaient retrouvés en France et allaient maintenant lui donner un petit-fils ou une petite-fille !

Trois mois plus tard, encore pleine d'un mélange d'excitation et d'appréhension, en proie aux divagations et aux questions qu'avait déclenchées dans sa tête, dès le premier instant, l'avalanche de nouvelles et de décisions de son fils, Clara avait entamé les démarches pour aller en France. Fabiola et Ramsés avaient prévu qu'elle assiste à la naissance de son petit-fils – ils connaissaient déjà le sexe du futur bébé. La perspective de ce qui serait son premier voyage hors de l'île augmentait son inquiétude de devoir se confronter à des réalités et à des rencontres qui dépassaient sa capacité de contrôle, mais la récompense était la possibilité de revoir Ramsés après sept ans de séparation, de vivre avec lui le bonheur de l'amour et de la paternité qui emplissait apparemment son fils, et de l'accompagner à l'instant où il accueillerait son fils, le petit-fils français de Clara. Le Français Adán apprendrait-il à faire tomber les mangues en lançant des cailloux ou à couper l'herbe pour nourrir des lapins, comme son père, et adorerait-il jouer au base-ball en bon gamin des rues avec les genoux éraflés et les oreilles sales comme son oncle Marcos ?

L'imminente grand-mère avait mis quatre mois à réaliser les angoissantes démarches pour obtenir un congé à son travail et l'autorisation officielle, signée même par un ministre, demander le passeport qu'elle n'avait jamais eu, faire réaliser la copie certifiée de la lettre d'invitation avec des tampons officiels français envoyée par Ramsés, toutes ces étapes pénibles qui, au prix de vérifications stressantes et de longs délais, lui donnèrent enfin accès à la fameuse « lettre blanche » des autorités migratoires l'autorisant à sortir du pays à titre temporaire pour une période de onze mois et vingt-neuf jours à l'issue de laquelle, si elle n'était pas de retour, elle serait considérée comme « manquante » et verrait se refermer la possibilité de retour dans sa patrie.

Une fois la lettre blanche délivrée commença le combat pour le visa français, non moins complexe, à obtenir qui rendrait enfin concrète la possibilité du voyage et ne serait accordé que lorsqu'elle se présenterait au consulat avec le billet d'Air France (cela pouvait seulement être Air France) avec date de départ confirmée et retour deux mois plus tard.

Le jour où Clara retourna à Fontanar avec son passeport en règle et tamponné, quarante-huit heures avant la date prévue de son départ pour Paris, Marcos et Bernardo l'attendaient avec impatience.

– Putain, alors c'est vrai, tu pars pour la Douce France ! s'était exclamé Marcos en feuilletant le passeport. Je suis jaloux ! Et tu vas rester, hein ?

– Mais qu'est-ce que tu racontes, mon garçon ? Bien sûr que je vais rentrer.

– Le problème, ça va être de supporter mon lourdaud de *brother*. Si tu tiens le coup, ne pense pas à moi et reste là-bas si tu veux, lui lança Marcos.

– Et moi je te dis pareil, ne rentre pas, dit Bernardo.

– Bon alors, si vous vous en fichez, je vais peut-être rester là-bas.

– Clairement, commença Bernardo, avant de s'arrêter. Clairement, Clara… clairement je ne m'en fiche pas. Tu sais que je ne m'en fiche pas.

Elle s'était approchée de lui et, prenant son visage entre ses deux mains, elle l'avait embrassé sur les lèvres.

– Hé, ho ! Ne vous gênez pas, dit Marcos.

– Et toi, tu sais que je ne vais pas te laisser, dit Clara à Bernardo sans regarder son fils, avant de se retourner vers lui et de lever la main comme si elle allait lui donner une gifle : Mais cet imbécile avec ses conneries !

Marcos prit la main levée de sa mère pour l'embrasser.

– Oh, maman !… Tu es folle… tu imagines le tableau à Toulouse ? Mon père et sa Catalane enveloppés dans le drapeau catalan, Irving et Joel, et apparemment même Horacio et Marissa seront de la partie… Tu as vu ce qu'on va rater, Bernardo ? Merde, je veux y aller !…

– Ça va être super, Clara, lui dit Bernardo en l'embrassant de nouveau. Tu mérites ça après tout ce qui s'est passé. Tu vas voir ton fils… et ton petit-fils !

– Mon petit-fils français…

Clara hocha la tête et, depuis le salon, à travers la cuisine, regarda le jardin où poussaient les papayers et les bananiers descendant de ceux qu'il y a presque vingt-cinq ans avait semés Darío avec l'aide de Ramsés et de ce casse-pieds de Marquitos. Son petit-fils français apprendrait-il un jour à semer des papayers, à transplanter et à mettre des tuteurs aux bananiers ?

– Après tout ce qu'on a subi ! Des fois, je me dis que je ne sais pas comment nous avons fait pour arriver là où nous sommes.

– Facile, dit Marcos. Tu devrais déjà apprendre à le dire en français : *C'est la vie !*

– Oui, la vie… et là, en ce moment, c'est la vie de trois personnes qui ont l'estomac dans les talons parce que les deux branleurs que sont mon fils et mon mari n'ont pas été foutus de mettre une casserole sur le feu. Quand je serai partie voir mon petit-fils français, vous allez crever de faim ! Merde, j'y crois pas… un petit-fils français.

2015 pointait à peine, une année de plus avait glissé comme du sable entre les doigts, quand Yassier, l'un des copains de Marcos du temps du base-ball, débarqua dans la maison de Fontanar. Clara le connaissait depuis qu'il était petit (et, des fois, l'avait fait taire parce qu'il avait tendance à parler en criant) et Yassier, après l'avoir embrassée et lui avoir souhaité bonne année, elle s'annonçait meilleure, dit-il, après lui avoir demandé comment ça allait en France pour ce traître de Ramsés, qui même sur Facebook ne lui écrivait pas, remit à Clara cent dollars que, par une quelconque voie étrange, Marquitos lui envoyait de Hialeah pour que, avec ce fric, elle et Bernardo aillent manger quelque part pour fêter ses cinquante-cinq ans. En voyant l'argent, Clara se sentit émue aux larmes par le geste d'amour de son fils.

– Mais pourquoi est-ce que Marcos fait ça ? Je lui avais pourtant dit… Il vient à peine d'arriver et ce n'est pas le moment de faire des cadeaux…

– Tu ne connais pas Marquitos, ma vieille ? affirma plus que ne demanda le jeune homme, en parlant plus fort que nécessaire. Mandrake le Magicien !

– Je connais Marquitos, bien sûr que je le connais, mais ne m'appelle pas vieille, ne crie pas et arrête avec les surnoms. – Et, malgré les soucis qui s'amoncelaient, elle sourit et invita le messager à boire un café, lequel, pendant que le café montait, lui raconta les péripéties de sa reconversion professionnelle : il avait cessé son travail de sociologue, il était aussi en train d'arrêter ses cours à domicile d'histoire et d'espagnol, et était devenu agent immobilier. Il vendait des maisons et gagnait plus de fric qu'il n'en avait jamais eu dans sa vie… jusqu'à ce que le business s'effondre, parce que, immanquablement, comme ça arrivait à tous les coups, si cela fonctionnait bien, quelqu'un viendrait tout foutre en l'air. Lequel, déjà, des amis de Clara disait un truc du genre : il fait beau aujourd'hui, quelqu'un va débarquer pour tout foutre en l'air ? Clara et Yassier rirent tous deux.

Mais deux semaines plus tard, le jour de ses cinquante-cinq ans, quand Clara reçut les coups de fil de Marcos, Ramsés, Horacio, Darío et Irving pour lui souhaiter un bon anniversaire, Clara n'avait pas le cœur à la fête. Elle leur répondit assise dans un fauteuil à côté du lit d'hôpital où, trois jours plus tôt, Bernardo avait été admis, et elle leur parla comme si elle était à la maison, sans faire allusion à ce qui aurait pu gâcher leur journée : son inquiétude à elle suffisait.

Depuis deux mois, Bernardo avait commencé à souffrir de problèmes respiratoires, avec une toux caverneuse et des essoufflements, en plus de la fatigue et des douleurs attribuées à une grippe de changement de saison (cette année-là, l'épidémie était surnommée « le câlin », parce qu'elle te prenait, t'essorait des pieds à la tête et ne voulait plus te lâcher). Mais, au lieu de diminuer, les symptômes s'étaient accentués de façon inquiétante au fil des semaines. Il avait aussi perdu plusieurs kilos et son visage avait pris une teinte maladive. C'est seulement quand était apparue une fièvre persistante que Bernardo avait accédé aux suppliques de Clara et était allé à l'hôpital. Les médecins avaient aussitôt diagnostiqué une pneumonie aiguë et avaient décidé de l'hospitaliser quelques jours pour lui administrer des antibiotiques de dernière génération qu'on ne délivrait que dans certains centres hospitaliers. Le pronostic garantissait que dans quelques jours il serait sur pied, mais Clara avait un mauvais pressentiment.

Contre la volonté de Bernardo, qui jurait se sentir de mieux en mieux, Clara avait pris contact avec le docteur Juan Gregorio Cuevas, l'oncologue cousin germain de Bernardo par sa mère, et lui avait fait part de ses craintes. Goyo, comme il était surnommé dans la famille, s'était aussitôt mobilisé et avait fait transférer Bernardo de l'hôpital municipal à l'hôpital d'oncologie où il travaillait pour lui faire passer des examens plus rigoureux. Le 6 février, Goyo avait convoqué Clara pour lui livrer le diagnostic : Bernardo avait un cancer du poumon. Et même si d'autres examens étaient nécessaires, le premier pronostic des pneumologues était réservé : la seule solution semblait être des séances de radiothérapie pour réduire la tumeur, et aussitôt après, et dans tous les cas, l'opération. Ce n'était qu'après l'intervention chirurgicale que l'on pourrait faire des prévisions plus assurées, si tant était qu'un organisme humain et une saleté aussi capricieuse que le cancer permettaient d'avoir des avis définitifs. Le mieux était de commencer le traitement sans plus attendre.

– Il faut dire que Bernardo s'est drôlement abîmé, fit remarquer le médecin.

– Ça fait presque vingt ans qu'il ne boit plus… dit Clara pour le défendre. Et il n'a jamais fumé. Les poumons ?

– Oui, Clara, ce n'est pas le foie, mais les poumons. Dis-moi, qu'est-ce qu'on fait ?

– Ce que vous, les toubibs, vous déciderez, bien sûr.

– Non, je te parlais de Bernardo… on lui dit ou on attend ?

Clara hésita à peine.

– On lui dit. Bernardo n'est pas idiot et il le saura… je vais lui en parler… demain.

Clara avait reçu la nouvelle avec une force de caractère qui la surprit elle-même. Peut-être parce qu'elle avait déjà un mauvais pressentiment, la prémonition d'une fatalité. Mais en se retrouvant seule devant le bureau de Goyo, elle sentit les premiers effets de l'effondrement et le besoin de s'enfuir de cet endroit sordide, avec des carreaux de faïence, des sols, des éclairages, des odeurs sinistrement aseptisées, où l'on combattait si souvent la mort en vain.

Elle sortit de l'hôpital sans passer par le box où reposait Bernardo et, sans l'avoir prémédité, elle se retrouva au parc Medina, côté rue 25, entre les rues C et D, face au vieil immeuble du lycée où, quarante ans plus tôt, s'étaient retrouvés des jeunes gens qui, par affinités et jeux de séduction variés, s'étaient rapprochés pour former ce qu'eux-mêmes avaient appelé un Clan. C'était là qu'elle avait connu la jeune fille aux cheveux châtains et à l'âme de leader appelée Elisa, qui à l'issue de la première année avait introduit dans le groupe un garçon aux yeux clairs, grand et bien fait, joyeux et plein de talents, qu'elle avait présenté comme son copain et qui, aussitôt, avait attiré toutes les filles : le beau Bernardo.

Le bâtiment, toujours solide et vétuste, avait perdu l'éclat qu'il conservait dans les années où elle y était inscrite et où elle était sortie avec l'élève le plus intelligent du lycée, Darío, celui de son initiation sexuelle plusieurs mois plus tard, et avec lequel elle vivrait durant quinze ans et aurait deux fils qui seraient les amours les plus gratifiants de sa vie. Les deux jeunes gens auxquels elle avait dit au revoir, toujours les larmes aux yeux, quand eux aussi avaient rejoint la cohorte de ceux que le destin avait voués à la dispersion.

Clara sentit que chacun des jalons de sa vie, comme autant d'encoches dans sa mémoire, semblaient lui revenir depuis un temps et même un espace lointains, comme les chiffres d'une autre vie perdue. Le bâtiment du lycée du Vedado, avec ses murs décolorés et ses fenêtres rouillées, lui apparut comme un reflet des difficultés traversées par le pays, mais, surtout, d'elle-même, de sa propre existence. Un abandon face à un autre abandon. De ces temps de légèreté où, avec sa jupe plissée bleue et son chemisier blanc en polyester, elle franchissait les portes de l'établissement, l'esprit profitant pleinement du présent, forte d'une confiance absolue en un avenir personnel et collectif débordant de projets et d'opportunités, il restait très peu. Pour elle, presque rien : les années, la vie et l'histoire avaient érodé trop de choses, dévastant tout. Même la mémoire était en pleine dissolution, une dissolution qui concernait aussi les images de futurs possibles.

La Clara qui avait fait ses études à cet endroit et la Clara qui était aujourd'hui là étaient deux êtres à peine reliés entre eux et, ce jour-là précisément, beaucoup des relations survivantes étaient entrées dans une crise qui les menaçait de mort. La solitude qu'elle avait tant voulu fuir, le repli sur soi qu'entre ces murs elle avait conjuré avec des amis, des confidents, des fiancés, presque des frères, semblaient prêts à terminer de la dévorer au terme de leur implacable persécution. Elisa, Darío, Irving, Horacio, partis loin ; Liuba, Fabio et Walter, morts ; Ramsés dans son monde, père d'un enfant français qu'elle ne verrait pas grandir ni apprendre à soigner des lapins et des coqs de combat, et Marquitos enchanté de sa vie à Hialeah, avec une fiancée new-yorkaise dont il avait l'air fou, expatrié peut-être jusqu'à la fin des temps. Et maintenant Bernardo, son dernier lien la reliant à la terre ferme, allongé dans un lit d'hôpital, attendant qu'elle vienne lui dire qu'il avait plus de chances de mourir dans quelques mois que de parvenir à la vieillesse pour l'accompagner de sa présence, son amour et sa bonté essentielle durant les années d'ultime décadence, pour la sauver de la solitude sidérale qui allait descendre sur elle pour l'envelopper et, telle une fleur carnivore, la dévorer.

À Madrid l'hiver refusait de céder la place, le soleil n'était pas sorti ce dimanche de la fin du mois de mars et, comme s'il avait pu en tirer un effet protecteur, Irving rajusta une nouvelle fois l'épaisse écharpe à fleurs et essaya de remonter encore plus la fermeture éclair du blouson matelassé, déjà fermée au maximum. Jusqu'à quand ce putain d'enfoiré de froid allait le faire chier ?

Depuis son arrivée en Espagne, l'hiver avait été le plus grand tourment du Cubain. Certes, la chaleur sèche des étés madrilènes pouvait être énervante et nocive, elle lui desséchait les muqueuses et accumulait dans ses narines une morve sombre et sableuse, à base de suie et de sang coagulé, mais il se consolait en se disant qu'après tout, il avait un doctorat en chaleurs étouffantes. Alors qu'en hiver, le froid le dépassait. Comme dans ses trajets à travers la ville il marchait à moitié courbé, suremmitouflé, à la fin de la journée il avait mal au cou et au dos. Ensuite, quand il entrait dans des endroits chauffés, il devait enlever des couches de vêtements, car il transpirait souvent comme s'il venait de courir un dix mille mètres. Et, après avoir sué, la perspective de devoir retourner à la confrontation avec les basses températures le terrorisait toujours, et de plus en plus. Peut-être une réponse à l'un des effets de la vieillesse dont il s'approchait. Peut-être était-ce la preuve, une de plus, que, vingt ans plus tard, cet endroit qui l'avait accueilli, où il avait senti que beaucoup de ses attentes étaient satisfaites, n'était toujours pas sa place, pire encore, il lui fallait bien constater qu'il était une sorte de spectre en fuite qui n'avait pas et n'aurait plus *sa* place.

Malgré le froid, poussé par sa mauvaise humeur, Irving avait senti qu'il avait absolument besoin de solitude et d'une routine qui l'ancrait à quelque chose qui le définissait un tant soit peu. Enfin assis devant la sculpture de *L'Ange déchu*, derrière un arbre qui le protégeait mal du vent, avec la maladresse à laquelle l'obligeaient ses gants en peau, il regarda à nouveau l'heure sur son téléphone portable et estima que ce n'était pas encore le moment propice. Une heure de l'après-midi à Madrid, sept heures du matin à La Havane. Avait-elle dormi cette nuit ? Il valait mieux attendre encore une heure. Tiendrait-il une heure de plus ? De l'appel téléphonique qu'il devait passer allaient dépendre bien des choses, toutes fondamentales, certaines irréversibles, et il lui fallait prendre des décisions qui s'entrecroisaient, se contrebalançaient, le perturbaient. Comme le lui avait dit Ramsés dix ans plus tôt au même endroit, tout se réduisait à une question de responsabilité. Pour d'autres, peut-être de culpabilité et de pardon ; pour lui, toujours, il s'agissait de responsabilité.

Les dernières années avaient été difficiles et tendues pour Irving, comme pour tout le pays. L'explosion de la bulle immobilière espagnole avait entraîné, par un effet domino, toute l'économie et affecté d'une façon ou d'une autre des millions de gens, dont lui. L'imprimerie où il travaillait, après avoir joyeusement investi dans les nouvelles technologies, avait dû reconnaître que l'amortissement serait beaucoup plus long que prévu en raison de la perte de commandes, et le patron avait décidé de se séparer du quart du personnel. Irving avait fait partie des licenciés. Les deux ans de chômage auxquels il avait droit étaient une sécurité, mais pas une solution, car la reprise s'annonçait lente et ne restituerait pas la prospérité antérieure, illusoire selon certains, réelle pour beaucoup de gens, dont lui-même.

Les intenses recherches d'un travail fixe dans le domaine des arts graphiques et du design avaient donné pour seuls résultats quelques contrats temporaires économiquement bienvenus mais qui nourrissaient l'anxiété liée à leur nature temporaire justement. Et depuis, la peur, une autre peur, toujours corrosive, l'avait gagné, déclenchant des insomnies, des angoisses, aigrissant son caractère. Si, avant, il craignait le présent, maintenant il scrutait avec horreur le futur sans pouvoir deviner sa forme. Comment cela se terminerait-il, comment terminerait-il, lui ? Assistait-on à la crise finale du système capitaliste inhumain, comme l'annonçaient les tenants de l'apocalypse ? Un sentiment de vulnérabilité l'assiégeait et lui faisait imaginer les pires scénarios pour un immigrant au chômage à un âge où ses talents étaient moins recherchés. De quoi avoir peur, non ?

Dans son désespoir, Irving avait à un moment émis devant Joel l'hypothèse de la possibilité, déjà mise en pratique par d'autres exilés cubains, de faire leurs valises pour déménager aux États-Unis et chercher là-bas un boulot quelconque. Mais comme il savait lui-même que ce serait la solution la plus désespérée, il se réjouit que Joel refuse même de l'envisager. Avec les allocations chômage d'Irving et son salaire de chef d'équipe dans les services téléphoniques, ils avaient de quoi vivre en se limitant, mais ils avaient de quoi vivre. Joel le savait et le disait : les États-Unis, même avec un président afro-américain, comme ils l'appelaient, n'étaient pas un endroit pour un noir, pas même un noir cubain et, surtout, un noir sans argent. Il allait se retrouver dans un quartier de noirs de Miami après avoir vécu comme une personne digne à Cuba et avoir profité de la condition de citoyen à part entière de Chueca, d'habitant de la cosmopolite Madrid noctambule ? Vivre toute la journée, tous les jours, en se disant qu'on est noir, étranger, pauvre, de la merde ? Commencer à nouveau, apprendre à conduire une voiture à cinquante ans ? S'éloigner encore une fois de ce qu'avec le temps ils étaient parvenus à construire matériellement et à réparer sentimentalement ? Non, pas question, avait tranché Joel.

– Si la situation devient critique, on en reparlera, avait finalement dit Joel. Mais, Irving, je te jure, je n'ai pas la force de recommencer, et encore moins de revivre une autre perte.

Fin 2014, la chance qui au bout du compte lui avait toujours souri revint éclairer le moral d'Irving. Une école de dessin graphique qui venait d'ouvrir, dirigée par l'ami d'un ami d'ami, lui offrait un poste de professeur, avec un salaire tout à fait digne, même si sans contrat à durée indéterminée pour le moment, car l'avenir dépendait de la réussite économique du projet. De plus, le responsable de l'école, grâce à l'ami d'un ami qui avait des contacts, devait recevoir des commandes de différentes réalisations graphiques pour certains bureaux de la municipalité de Madrid, et Irving pourrait aussi y travailler et gagner de l'argent en plus.

Irving éprouvait déjà le soulagement dû à sa rassurante nouvelle situation quand Marcos l'appela pour lui dire qu'on avait diagnostiqué un cancer à Bernardo et lui expliquer les étapes du protocole et l'indispensable opération. Irving avait aussitôt appelé Clara, le même jour que Ramsés, Darío et Horacio depuis Toulouse, Barcelone et San Juan. Comme les deux autres amis et le fils, Irving voulut connaître tout le détail du protocole, reprocha à Clara de ne pas lui en avoir parlé avant et demanda, comme les autres, de quoi Bernardo avait besoin. De santé, répondit Clara à chaque fois, et dans tous les cas la réponse des amis consista à envoyer pour le moment un peu d'argent pour faire face aux nombreux besoins qui s'annonçaient.

Depuis la fin février, en plus des messages qu'il envoyait tous les jours et malgré le prix élevé de la communication,

Irving avait appelé Clara à un rythme de deux fois par semaine pour connaître l'évolution de l'état de son ami. Il avait plusieurs fois parlé à Bernardo et il l'avait senti oscillant entre la résignation et l'envie de se battre, confiant par-dessus tout, à parts égales, dans le pouvoir de Dieu et dans le savoir des médecins. En signe de complicité et d'espoir, ils avaient même instauré une formule au moment de raccrocher : « Les crocodiles ont la peau dure », disait indifféremment l'un, approuvé par l'autre.

Durant les soirées, qui étaient redevenues plus apaisées depuis qu'il avait la sécurité de son nouvel emploi, le sort de Bernardo et l'avenir de Clara devinrent le sujet de réflexion le plus régulier. Pour une raison qu'il ne s'expliquait pas, quand Joel lui demandait des nouvelles de Bernardo, Irving lui donnait tout juste les informations les plus importantes et évitait d'approfondir. Il sentait qu'il était mal à l'aise pour parler à quelqu'un d'autre, même à Joel, du dénouement fatidique qui s'annonçait. Il vivait ce mauvais moment comme s'il avait été victime d'une agression ou qu'il avait honte, et il se rappela que quelque chose dans le genre lui était arrivé quand, au retour de son unique voyage à Cuba, une connaissance lui demandait comment allait sa mère. Il répondait alors seulement par un vague « ça va », ou même par un faux « plutôt pas mal », pour couper court, sans plus donner d'explications qui le ramenaient à une énervante culpabilité et à son manque de responsabilité. Et c'était qu'Irving, avec sa personnalité à tendance joyeuse mais marquée par une propension à l'inquiétude et à la peur, avait toujours pensé que ses affections proches constituaient, en réalité, un bouclier qui le protégeait d'une dilution de son être, d'un état spectral.

Il avait même oublié le froid qui l'engourdissait tandis qu'il réfléchissait, une nouvelle fois, à comment aurait été sa vie à Cuba s'il ne s'était pas retrouvé poussé à l'exil. Pour les moments de doute et d'incertitude, Irving s'était créé une fable aux belles couleurs, forgée avec les bons souvenirs des jours de fête, de plage, de rencontres, de moments de complicité, d'amours naissant et croissant, de la sensation solide d'appartenance et de proximité ; une coquille d'escargot blindée ou, plutôt, une bulle illuminée de soleil qu'il faisait flotter au-dessus de la mauvaise face de la réalité qu'il avait laissée derrière lui. Un environnement également peuplé de peurs lancinantes réelles ou imaginaires, de privations en tout genre, d'incertitudes sans limites ni date de péremption.

Il lui arrivait même alors de douter d'avoir pris la meilleure décision, mais en même temps il ne la regrettait pas. Le destin et l'Histoire étaient dotés de cette force centrifuge qui les avait déplacés, lui et plusieurs de ses amis, et les avait transformés en autre chose, d'autres personnes (des citoyens de Chueca, par exemple ? Des révolutionnaires bourgeois catalans ?), et les enfants de leurs enfants en Français, Portoricains et Dieu savait quoi d'autre. Et il essayait de ne pas faire les comptes des gains palpables et des pertes notables, là n'était pas l'essentiel : le plus pesant, c'était de s'être retrouvé poussé à se transformer en quelqu'un d'autre, en un Irving qui certains matins se regardait dans le miroir et ne se voyait pas. Quand, comment, pourquoi tout avait-il merdé ? C'était une question pour Horacio. Cela avait-il merdé pour qu'ils puissent partir et trouver d'autres mondes et découvrir des paradis insoupçonnés, même si toujours insatisfaisants ?

Il contemplait *L'Ange déchu* et il se demanda jusqu'à quel point l'éloignement d'Elisa avait été pour lui une source d'angoisse, un poison qui s'obstinait à se mélanger de façon maligne avec la peur qui s'était emparée de lui depuis les événements traumatisants vécus à partir de la mort de Walter. La proximité avec cette amie avait été, peut-être, le plus important acquis de ses années de jeunesse, quand ses préférences sexuelles étaient encore un stigmate politique, idéologique et social, et étaient généralement considérées par ses camarades des deux sexes comme une faiblesse ou une déviance pernicieuse. Et c'était à cause de cela qu'avait été pour lui durant des années si douloureuse, et même déchirante, la rencontre qu'Elisa avait guillotinée ici même, quatorze ans après son évaporation. Jusqu'au jour où, justement face à *L'Ange déchu*, un argument de Clara avait modifié sa façon de voir.

Cela s'était produit durant les jours qui avaient suivi la naissance d'Adán, deux ans plus tôt, quand plusieurs des amis, y compris Clara et Horacio, s'étaient retrouvés à Toulouse. Cette rencontre avait fourni une belle occasion de recharger les batteries de la mémoire et des liens affectifs. Marissa, la femme d'Horacio, s'était excusée, sa mère était malade et elle ne voulait pas lui refiler les jumelles, en pleine période de choix universitaires. Montse avait démontré son intelligence pratique et avait argué de rendez-vous d'affaires impérieux, elle pourrait venir à une autre occasion. Ils avaient eu dès lors plus d'espace pour eux : Horacio, Darío, Irving, Joel et Clara, tous logés dans un appartement proche de celui de Ramsés, loué par Darío.

Les dîners, les soirées à boire du vin et à parler à Toulouse et les jours qu'ils avaient passés à Paris, la visite à Chartres pour admirer la cathédrale et à Auvers-sur-Oise en pèlerinage sur la triste tombe des frères Van Gogh, furent comme une récompense pour la persistance d'une confrérie qui, même diminuée et dispersée, préservait les codes d'une complicité à l'épreuve des tremblements de terre, tsunamis, cataclysmes. Ou des cyclones qui partaient pour revenir, comme l'ouragan Flora. Une complicité avec suffisamment de force pour vaincre l'apocalypse divine et l'entropie de la matière. Selon Horacio : la dynamique de la cohésion l'emportant sur la dissociation. Les fragments d'un aimant que leur propre nature ingouvernable rassemble toujours.

Comme s'ils avaient passé un accord préalable, les amis parlèrent peu des sujets douloureux, et moins encore des plus critiques. Il fallait célébrer, et ils célébrèrent sans échanger d'autres reproches que les indispensables. Clara, comme toujours, fut à la hauteur et ne s'en prit que deux fois à Darío, et lui, Irving, une seule fois demanda au médecin s'il croyait vraiment à toute cette histoire de répression dont était toujours victime le peuple catalan et à l'argument comme quoi c'étaient eux qui entretenaient le reste des Espagnols, et ne fut pas surpris de voir Horacio appuyer Darío, car, en tant que quasi-Portoricain, il comprenait les Catalans et soutenait les prétentions séparatistes dont on parlait de plus en plus. Comme c'était souvent le cas, Joel, avec son sens de la réalité, avait résolu le problème en les envoyant tous les trois se faire foutre et en leur interdisant de parler de politique.

Trois semaines avant la date prévue du retour de Clara, Irving et Joel la firent venir dix jours à Madrid et la logèrent dans le studio de Chueca (en lui cédant la chambre et en s'installant sur le canapé-lit super confortable), et Irving lui consacra, souvent accompagné de Joel, tout le temps libre dont il disposait à son travail (temporaire) qu'il avait trouvé l'année précédente. Une promenade dominicale les mena forcément à l'endroit où il se trouvait à présent, au pied de la sculpture de *L'Ange déchu*, dans le parc du Retiro. Là, forcément aussi, Irving avait raconté à Clara, avec une précision graphique et déplacements sur le terrain à l'appui, l'énigmatique échange de regards qui s'était produit une dizaine d'années plus tôt avec Elisa, et la vision fugace de l'adolescente qui devait être sa fille. Et, pour la première fois, Irving alla plus loin dans ses révélations.

– Elisa ne ressemblait pas à Elisa, ses cheveux n'étaient pas pareils, mais la fille, Clara… la fille c'était le portrait craché d'Horacio.

– Mais enfin, Irving, c'est quoi ces conneries ?

– C'est comme je te le dis, Clara… si cette gamine était la fille d'Elisa… je crois qu'elle est aussi la fille d'Horacio.

– Mais il a toujours juré…

– Moi, je te dis juste ce que j'ai vu.

– Si c'est la fille d'Horacio… – Le cerveau de Clara avait essayé d'intégrer cette possibilité et ses implications, mais une révélation vint détourner le cours de ses réflexions. – Je vais te dire un truc, Irving… je crois que disparaître, c'est ce qu'Elisa a fait de mieux… oui, bien sûr. Et ne me regarde pas comme ça… C'est vrai qu'à cause d'elle, on en a pris presque tous plein la gueule. Moi, Bernardo, toi qui étais son meilleur ami, Horacio s'il est vraiment le père de sa fille et qu'elle lui a refusé la possibilité de le savoir, de la connaître… Mais sa disparition, en fin de compte, nous a laissé un espace. Et on a pu reconstruire quelque chose sur ce vide… Tu imagines où Elisa aurait pu nous amener si toutes les choses qui pouvaient arriver avec elle s'étaient passées ? Fais le compte de tout ce qui s'est passé sans elle et dis-moi comment ça se serait passé avec elle… Moi, dans ma tête j'étais obsédée par elle et j'ai même cru, bon, tu sais ce que j'ai cru de moi-même… Et dis-moi aussi, maintenant, avec le temps : qu'est-ce qu'on pouvait croire de ce qu'Elisa disait ? Quand tu es jeune, ça ressemble à un jeu. Après, c'est une maladie.

Ni en face de Clara et de son raisonnement brutal, ni en ce jour glacial de mars 2015, tandis qu'il attendait tout en se les gelant, Irving ne se sentait en condition d'imaginer ce qu'aurait impliqué la présence d'Elisa et de tout ce qu'elle trimballait au milieu d'eux tous ; parce que si dans ce groupe il y avait un ange déchu, cela avait été Elisa, avait-il conclu. Et il valait mieux qu'elle soit loin, dans l'enfer qu'elle avait elle-même créé, ou au ciel, si son éloignement lui avait permis d'y accéder.

Il était deux heures moins dix et il se dit qu'il ne résisterait pas plus longtemps au froid, à l'incertitude, au tourbillon de ses pensées. Il finit par composer le numéro du portable de Clara, dont il avait crédité le compte la veille de vingt euros.

– Oui, mon chéri, dit-elle en décrochant presque tout de suite.

– Tu attendais mon appel ?

– Ça fait au moins une heure.

Irving ne put s'empêcher de sourire.

– Et moi, je suis en train de me les geler… Comment ça s'est passé ?

– Ils l'ont opéré vendredi. Hier, ils m'ont laissé le voir quelques minutes en soins intensifs. Si tout va bien, demain, lundi, ils le redescendent dans son lit.

– Comment il se sent ?

– En vrac. Couvert de tuyaux et d'aiguilles, tu imagines…

– Et les docteurs, ils disent quoi ?

– Que l'opération s'est bien passée. Ils lui ont apparemment enlevé tout ce qui était foutu, c'était assez localisé. Un grand nettoyage, dit Goyo… Maintenant, ils vont faire des biopsies et tous ces examens. C'est tout un processus, il faut attendre.

– Le pauvre, murmura Irving. Et toi ? Comment tu vas, toi ?

– Morte de sommeil et de fatigue, mais je crois que ça va, dit Clara qui fit une pause. Non, non, ça ne va pas. Toute cette histoire, j'en peux plus. J'ai le moral à zéro…

– Il faut que tu prennes soin de toi, Clarita. Il faut que tu sois forte. – Irving se sentit aussitôt ridicule et même coupable. Il aurait dû être là-bas, à la guerre, dans la douleur, à sa place : là était sa responsabilité. Et pourquoi fallait-il toujours qu'il sorte ces phrases toutes faites ?

– Tout ça, c'est très dur, Irving. Mais je veux garder la foi, croire que Bernardo va s'en sortir. D'autres s'en sont sortis. Pourquoi lui ne pourrait pas être sauvé ? Tu sais quoi… ? Je crois que Bernardo, c'est le meilleur d'entre nous tous…

– Bernardo va s'en sortir…

– Oui… écoute, je ne t'ai pas raconté l'autre jour… Jeudi, pendant qu'ils étaient en train de le préparer pour l'opération, un vieux métis a débarqué à l'hôpital, dans les quatre-vingts ans. Il venait de la part de Ramsés…

– Ça alors…

– Comme tu dis : le parrain de Ramsés dans la *santería*. Le *babalao*. Lázaro Morúa… Ramsés lui avait parlé, et le vieux est venu nous demander la permission de faire une cérémonie pour Bernardo. Une purification. Un truc qui s'appelle prière de tête et je ne sais plus quoi d'autre…

– Et alors, Clarita ?

– J'ai parlé à Bernardo et on a dit oui. Qu'il fasse ce qu'il devait faire. En ce moment, tout soutien est bon à prendre, tu ne crois pas ?

– Vous avez bien fait. Tu sais que je ne crois pas à tout ça, mais en même temps je crois que ça aide. Je ne sais pas comment, mais ça aide.

– Le vieux a dit des prières en yoruba, et le Notre Père, il lui a passé sur le corps un truc entouré d'un tissu blanc, il lui a frotté le dos avec des fleurs, et il lui a fait boire un verre d'eau avec du miel et des herbes… Il a mis sous son oreiller de la poudre de coquille d'œuf et l'image de ce saint, tu sais… celui qui tue le dragon.

– Mon Dieu, j'y crois pas ! – Irving imaginait le processus de « purification », il le connaissait, comme n'importe quel Cubain. – Saint Georges !

– Oui, bien sûr, saint Georges… Ensuite il lui a attaché un linge blanc autour de la tête…

– Et il vous a dit quelque chose ?

– Je n'en reviens toujours pas, Irving. Quand il a fini, il nous a dit que Bernardo était entre les mains de Dieu et des médecins.

– Entre les meilleures mains, putain ! s'exclama Irving qui avait oublié le froid et ôta son gant gauche pour mieux tenir le portable. Ce type est un sage… Et tu es où toi, là ?

– Ici, à l'hôpital. Ils doivent donner le rapport médical à neuf heures et Goyo me laissera peut-être rentrer dans cette salle pour que je le voie… Mais hier soir j'ai dormi à la maison. Pas beaucoup, mais j'ai dormi…

– Tant mieux.

– Oui… Le problème, Irving… le problème, c'est que si Bernardo meurt, je ne sais pas ce que je vais faire. J'ai tout perdu, tu sais, tout…

– Il va s'en sortir, Clarita. Ne t'en fais pas… Dis-moi, il y a quelque chose dont vous auriez besoin ?

Clara ouvrit une parenthèse de silence.

– Hé, tu es toujours là ? s'inquiéta Irving. Tu pleures ?

– Non, je ne pleure pas. Pas encore… pour quoi faire ? J'ai déjà pleuré quand tu es parti, quand Ramsés est parti, et ensuite Marquitos… Et si j'ai supporté beaucoup de choses, c'est grâce à Bernardo. Il m'a sauvée du désespoir et de la solitude. Il a été le meilleur des amis, et pas besoin de te sentir jaloux. Il m'a rendu des choses que j'avais perdues, il m'a réconciliée avec Dieu ou avec ce que l'on voudra, il m'a donné du bonheur, il m'a fait sentir… Et tu sais quoi ? Oui, tu sais toujours tout, c'est lui qui me remerciait de l'avoir sauvé. Le pauvre… Si seulement je pouvais le sauver aujourd'hui. Avec Dieu et avec les médecins et avec les *babalaos*… C'est de ça qu'on a besoin… Et tu sais de quoi on a besoin aussi ? Des amis. De vous, la famille qui nous reste…

Irving hochait la tête, il avait oublié le froid qui le martyrisait tant.

– Putain, Clara, tu me tues, dit-il en observant encore une fois l'image de *L'Ange déchu*.

Les matins où elle sortait dans le quartier ou allait en ville à la poursuite de ce dont ils avaient besoin pour vivre, Clara se retrouvait face à un monde qui lui semblait de plus en plus hostile, comme si un état d'urgence permanent avait été décrété. Dans les années 1990, les plus sinistres de la Période dite spéciale, quand on avait manqué de tout et que le combat quotidien s'était presque réduit à l'obtention désespérée de ce que l'on trouverait pour passer la journée, les gens mettaient toute leur énergie dans cette guerre pour survivre, ou se laissaient complètement aller. Le pays avait vécu si longtemps dans des limites extrêmes que, en entrant dans un contexte économique moins déprimé, les gens avaient découvert que de nouveaux codes plus durs et plus élémentaires avaient été établis. La chance d'avoir ou la malchance de ne pas avoir conditionnaient les choses, on annonçait officiellement que l'égalité n'était pas l'égalitarisme et que l'on devait accepter le fait que certains soient plus dans la merde que d'autres et d'autres que d'autres… Et les individus avaient commencé à assumer la réalité de manière différente : sans surprise, la longue cohabitation avec la misère économique avait engendré des misères humaines et morales palpables, sans aucun doute plus difficiles à surmonter que les manques matériels.

Mais à présent, dans ses pérégrinations à travers des magasins, des marchés, des pharmacies, avec heureusement pour elle la plupart du temps quelques dollars dans son portefeuille grâce aux envois providentiels de ses fils et de ses amis, Clara était confrontée aux manifestations les plus variées d'un mode de vie qui semblait avoir pour mot d'ordre le sauve-qui-peut. Si tu avais besoin d'un robinet, tu ne le trouvais pas dans le magasin spécialisé, mais il y avait quelqu'un dans la rue pour t'en proposer un qui pouvait résoudre ton problème ou t'arnaquer. Si tu cherchais de l'huile, tu pouvais te retrouver devant les rayons vides de l'épicerie et quelqu'un au coin de la rue t'en proposait pour plus cher. Quand tu achetais, à des prix de plus en plus élevés (car il y en avait de moins en moins, on produisait moins), de la viande de porc, des malangas ou des patates douces ou des tomates, à tous les coups, toujours, toujours, le poids était inférieur à ce que tu avais demandé et payé… Dans tous les endroits, qu'ils soient d'État ou privés, les vendeurs étaient de mèche avec les distributeurs, et les distributeurs avec les inspecteurs, et ces derniers avec les administrateurs, et la chaîne pouvait avoir beaucoup d'autres maillons, de ramifications sur les côtés et vers le haut. Tous ceux qui le pouvaient volaient. Ceux qui avaient de l'argent achetaient. Ceux qui ne pouvaient ni voler ni avoir d'argent restaient dans la merde. Clara avait le cœur brisé en voyant ceux qui fouillaient dans les poubelles pour en tirer quelque chose, n'importe quoi, dans un pays où personne ne jetait rien qui ne soit déjà un vrai rebut.

Devenait même évident, ou au moins perceptible, quelque chose qui pour la conscience et l'éducation de la génération romantique et sacrifiée de Clara était impensable. Même avec les médicaments, des mécanismes macabres de recherche, d'appropriation et d'achat s'étaient mis en place. Mais plusieurs scandales d'examens scolaires achetés, de fraudes collectives ou individuelles financièrement récompensées avaient aussi éclaté, et même si certains cas étaient si explosifs qu'ils avaient été rendus publics, avec la promesse de châtiments exemplaires, tout le monde soupçonnait que l'on n'avait peut-être vu que la pointe de l'iceberg.

Pour beaucoup, le comble du drame du laisser-aller et de la perte des valeurs, conduisant à la déshumanisation la plus mesquine, s'était déroulé dans le vieil hôpital psychiatrique proche de la maison de Fontanar. Il s'y était produit ce qui était peut-être l'événement limite d'un lamentable état de dégradation : près d'une trentaine de malades mentaux (ou quarante ?) étaient morts durant une nuit de basses températures. L'hécatombe des malheureux avait été provoquée par le froid (un froid cubain, pas sibérien) qui s'était infiltré par des fenêtres aux vitres cassées ou inexistantes depuis des mois, et s'était attaqué à des corps décharnés par la faim et les longues périodes de malnutrition et le manque de soins nécessaires de la part de ceux qui auraient dû s'occuper d'eux, les protéger, et qui volaient aux malades la nourriture, les couvertures et peut-être même les fenêtres par où avait pénétré l'air glacé. Ce tableau sinistre, digne d'une image de l'enfer de Bosch, s'était dessiné durant des mois sous le regard complice ou indifférent d'un grand nombre, devant les yeux, la conscience et la responsabilité d'hommes et de femmes (cubains, dirigeants, et même militants communistes et quelques médecins ayant prononcé le serment d'Hippocrate) qui ne pouvaient pas ne pas savoir ce qui se produisait à cet endroit et finirait par provoquer le terrible dénouement. L'apocalypse. Et Clara s'était demandé : c'est ça mon pays ? Comment avons-nous pu en arriver là ?

Après la tempête et les châtiments prétendument exemplaires, le calme avait à nouveau régné. Ou le laisser-faire s'était généralisé ? Clara avait pu le constater le matin où elle devait faire des analyses et où ils lui avaient dit à la clinique qu'il n'y avait pas de réactifs pour les examens prescrits. C'est alors qu'une voisine du quartier qui sortait du laboratoire après une analyse l'avait prise à l'écart pour la prévenir : avec un billet vert, ils vont retrouver les réactifs. Et Clara, après avoir versé un dollar, avait pu se faire faire les examens.

À présent, certains devaient se battre pour survivre, beaucoup pour vivre et d'autres pour vivre mieux, exhibant même en public leurs succès avec maisons, voitures et dîners dont la majorité n'osait rêver ni même rêvait qu'il était possible d'en rêver. Chacun, comme il le pouvait, avec ce qu'il pouvait, essayait de se débrouiller, en rampant sur un état de décomposition, une sorte de situation de guerre qui, pour le moment, était de faible intensité mais concernait tous les fronts. Malgré les discours triomphalistes, les appels à la conscience… après tant de lutte, de sacrifice, de slogans répétés, un marécage d'indolence et d'opportunisme qui paraissait n'avoir ni limites ni fond venait-il grossir ce marais infesté de piranhas ? Était-il possible d'arrêter les iniquités les plus flagrantes à coups de harangues, voire de contrôles qui étaient vite hors de contrôle, alors que dans le même temps s'ouvraient de nouvelles brèches ? Quelles étaient les proportions d'une corruption dont à présent, enfin, on parlait même dans les discours et les journaux, tout en promettant de la combattre ?… Où se situait la frontière entre les dignes et les indignes ?

Si la dégradation morale de tant de gens l'effrayait, le plus douloureux pour Clara était de rencontrer tous ceux qui étaient restés en dehors de ce jeu sordide ou qui n'avaient pas la chance de recevoir les bouées qui maintenaient à flot les gens comme elle et Bernardo. Ceux que, comme dans un film de Buñuel, Clara voyait se battre entre eux pour acheter un sachet de biscuits de mauvaise qualité mais bon marché, compter quelques pièces pour avoir droit à un paquet de cous et de pattes de poulet permettant d'ingérer un peu de protéine, ou des petits cubes de bouillon concentré pour donner un peu de goût au riz. Ceux qui emportaient quelques spaghettis brisés, à base de rebuts de farine, extraits d'un énorme sac et vendus à la poignée, ces spaghettis mous que dans les bons jours ils préparaient avec de la viande hachée à l'odeur et au goût suspects. Et, encore au-dessous, ceux qui vivaient dans des taudis aux toits en tôle ondulée ou bâchés, sans tout-à-l'égout, comme ceux qu'elle avait vus sur des terrains aux environs de la ville, relativement proches de chez elle, et qui lui rappelaient les rêves et les discours des temps du romantisme, des années de crédulité face aux plans pour l'avenir que répétaient des gens comme ses parents architectes, avec les habituelles promesses de logement dignes pour tous, qui faisaient partie de l'inéluctable avenir meilleur, une promesse en construction. Elle et eux tous avaient-ils mal entendu ? Quelqu'un voyait-il cette réalité ? Quelqu'un remarquait-il que, parmi les plus affectés, il y avait plus de noirs que de blancs ? Non, corrigea-t-elle, quelqu'un pouvait-il dire qu'il ne le voyait pas ?

Pour Clara, cette année 2015 était une année tendue et douloureuse, et elle en était venue à se dire que c'était le début de sa vieillesse et de sa chute définitive dans le puits sans fond que l'Histoire réelle et le destin lui avaient réservée. Encore très affectée par le départ de Marquitos, la maladie de Bernardo avait exigé d'elle la mobilisation de toutes ses forces physiques et mentales, pour se préparer à un long combat. Et Clara s'était battue, poussée par l'espoir indomptable que son homme allait être sauvé, et en même temps, aussi, poursuivie par le fantasme de la capitulation et de la défaite sans appel qui donnait tout son sens tragique à la vie. Parce que la mort existait et gagnait toujours à la fin ; la survie de l'âme, le prix du paradis ou même l'horreur de l'enfer n'étaient que des consolations avec lesquelles les humains avaient tenté de soulager leur grande défaite.

Une lueur d'illusion avait accompagné le difficile cheminement personnel et familial des derniers temps quand, fin 2014, avait semblé s'ouvrir une brèche de détente dans le processus intense qui avait marqué chacun des jours de cette génération née autour de 1959. Depuis ce moment, les gouvernements cubain et américain parlaient, échangeaient des visites, renouaient enfin des relations diplomatiques et, peu après, avaient même ouvert des ambassades à La Havane et à Washington où les drapeaux avaient été hissés, en même temps que s'adoucissaient les rhétoriques habituelles, toujours chargées d'électricité, voire d'éclairs et de coups de tonnerre. On avait même commencé à parler d'une prochaine levée de l'embargo commercial décrété un demi-siècle plus tôt, aux temps critiques de la guerre froide (ou pas si froide).

Pour des gens comme Clara et Bernardo le nouvel état de choses, même s'il ne changeait rien pour le moment à leurs vies personnelles, avait le mérite de leur donner le sentiment de se réveiller d'un cauchemar collectif dans lequel ils avaient passé chacune des journées de leurs déjà nombreuses années d'existence. Parce que, si pour eux tout continuait comme avant, en même temps ils se sentaient mieux, du moins à ce tournant spécifique de leurs rapports avec le monde. Une lumière pour éclairer ce qui leur restait d'avenir ? Et dans cet avenir : y aurait-il une possibilité que les Cubains dispersés à travers le monde et ceux restés ancrés dans l'île forgent leur réconciliation ? Espérons-le, se disait-elle, peut-être trop optimiste face à un élément aussi sensible d'une dispute qui fonctionnait comme un malheur national soigneusement entretenu.

À ce carrefour d'expériences vécues et d'hypothèses déchirantes ou pleines d'espoir, Clara eut la satisfaction de voir comment les efforts médicaux et peut-être même les interventions ésotériques de *babalaos* afro-cubains, prières à la Vierge, sève de bananier et venin de scorpion (on ne sait jamais) avaient entraîné une stabilisation de l'état de santé de Bernardo que les spécialistes observaient avec prudence, mais optimisme. Pour s'occuper de tous les besoins du convalescent, elle avait demandé un congé sans solde (son salaire ne lui permettait de toute façon pas grand-chose), et ils vivaient en fait grâce aux appuis financiers qui ne manquaient jamais. Des bouées (elle les appelait ainsi depuis des années) d'autant plus efficaces que Clara gérait avec une discipline de fer les dépenses et les priorités, forcée de garder la tête hors de l'eau dans un pays où la voiture privée qui vous amenait à une consultation, vous attendait à l'hôpital et vous ramenait chez vous, vous faisait payer pour ce service l'équivalent du salaire mensuel d'une ingénieure telle que Clara Chaple. Et si vous n'entriez pas dans la catégorie « cas social », un taxi d'État, s'il en surgissait un, vous faisait payer le double : deux salaires, pourquoi pas tant qu'on y est ?

Quatre mois après son opération, au début de l'été, Bernardo put même commencer à réaliser certains travaux pour des clients qui lui amenaient leur matériel à Fontanar. Clara, quant à elle, décida que ce n'était pas encore le moment de reprendre son travail dans l'entreprise de construction, qui avait un nouveau directeur, car le précédent, comme cela arrivait périodiquement, avait été viré pour une raison quelconque, les raisons ne manquaient jamais pour ce genre de décapitations. Mais au-dessus de Clara tournoyait, comme la mouche qui refuse de s'en aller, un pressentiment négatif qui s'obstinait à lui faire présumer que la nouvelle normalité qui commençait à poindre manquait de fondations solides et pouvait vaciller à tout moment.

Et en octobre, alors que Bernardo se sentait mieux, à l'issue de l'une de ses nombreuses visites de contrôle, la bombe avait explosé : le cancer était réapparu et les pronostics établissaient qu'il revenait comme l'ouragan Flora, en boucle sur un terrain déjà affaibli et avec une intensité maximum.

Cet après-midi-là, assise sur la terrasse de sa maison, après une conversation téléphonique avec Marcos durant laquelle Clara avait été tout le temps au bord des larmes, elle sentit qu'elle s'effondrait. Oui, comme avait coutume de le dire Bernardo : définitivement, ils avançaient de défaite en défaite, et ce qui faisait le plus chier, se disait-elle, c'est qu'on n'entrevoyait pas la victoire finale.

Marcher : quatre, cinq, six kilomètres. Marcher : chaque soir où il avait le temps. Marcher : bon pour le corps, pour ses genoux fatigués, encore meilleur pour le moral. Marcher : il préférait le faire seul, même s'il était aussi content que sa femme l'accompagne. Quintín Horacio se rapprochait de la cime venteuse des soixante ans, après laquelle commencerait la descente, et le mieux à faire était d'y arriver en marchant, à bon rythme, avec un pouls oscillant entre cent et cent vingt pulsations, lui avait dit le médecin, et si c'était possible continuer à marcher, c'était encore mieux si on était bien accompagné.

Dans ses marches en solitaire, Horacio réfléchissait. À la différence de beaucoup d'autres marcheurs qui semblaient sortir maintenant même de dessous les pierres, comme si marcher dans la ville avait été une mode de plus, il ne mettait jamais d'écouteurs. Ainsi son esprit pouvait se mouvoir à sa guise, dériver sans interférences gênantes entre des idées qui parfois le hantaient déjà, celles qui surgissaient à cause de ce qu'il avait vu ou entendu, ou celles qui sans être convoquées se faufilaient depuis les recoins les plus extravagants de sa conscience et de sa mémoire. Un temps, il avait utilisé ces marches du soir pour réviser les cours de grec ancien qu'il avait repris, toujours avec le rêve de pouvoir lire dans leur propre langue les philosophes présocratiques et socratiques,

Platon et Aristote, et surtout le *Tetrapharmakos* d'Épicure (philosophe et penseur : son favori), et arriver à l'essence et aux nuances qui se révèlent seulement dans la langue où elles ont été pensées et écrites.

Avec son bandeau rouge autour du front, il sortait de l'immeuble, prenait la direction de la côte et arrivait jusqu'à Isla Verde. Chaque fois qu'il faisait beau – et, à Porto Rico, la saison d'hiver existait seulement pour que, durant les jours autour de Noël, les gens dépensent de l'argent, achètent des sapins qu'ils saupoudraient d'un ersatz de neige, boivent plus de rhum et de bière et écoutent plus de musique, avec une chaleur presque aussi forte qu'en juillet et août –, Horacio trichait et coupait le trajet en deux, en allant sur la toute petite plage à côté du Hilton qui, grâce à une barrière artificielle de roches, était toujours chaude et calme, comme une grande piscine. Et il nageait et réfléchissait encore. Il avait toujours des pensées en tête. Trop parfois.

Quand Marissa l'accompagnait, ils parlaient. Ils ne manquaient jamais de sujets et cela avait été l'un des fondements d'une relation saine, qui avait presque vingt ans. Et si parfois ils parlaient de Cuba, de la vie antérieure d'Horacio et de l'île imaginée et même mythifiée par sa femme, le sujet avait été de moins en moins abordé avec le temps et ils passaient parfois plusieurs semaines sans en parler.

Marissa ne le suivait pas toujours car, en fait, elle préférait aller à la salle de gym proche de la résidence où ils habitaient, même tard le soir si c'était pour elle une période de travail intensif. C'était pourquoi, à quarante-neuf ans, elle avait toujours les muscles fermes et les seins lisses, et Horacio lui en était reconnaissant. Elle avait été l'un des grands acquis de sa vie et la voir belle et attirante le réconfortait, même si de son côté il n'avait pas du tout renoncé à son implacable voracité devant tout plat passant à sa portée. Maintenant, bien sûr, de façon moins compulsive ou effrénée, ainsi que l'ordonnait Épicure. Jusqu'à quand ? se demandait-il. Tant qu'il pourrait et, d'ici là, marcher et nager, se maintenir en forme même si la vie et le temps marchaient aussi à leur rythme implacable et le rapprochaient de ses soixante années de résidence sur terre.

Comme avril est souvent le plus beau mois sous les tropiques, Marissa l'avait plus souvent accompagné ces jours-ci pour profiter elle aussi de l'atmosphère de son île. L'exercice se transformait alors en véritable promenade et, à l'issue de quatre kilomètres de marche au moins, ils avaient l'habitude de s'étendre un moment sur la petite portion de sable de la plage du Hilton et d'admirer la débauche de couleurs de la tombée du jour. Et ils parlaient.

Depuis l'annonce de la maladie de Bernardo, Cuba était revenue de façon incisive dans les pensées d'Horacio. Le physicien avait maintenu le contact avec le malade et surtout avec Clara, et il avait souvent envoyé des aides pour que, au moins financièrement, l'épreuve soit la moins compliquée possible. Mais Horacio ne se leurrait pas. Il existait deux motifs qui, en plus de la vieille amitié et de son sens de la solidarité, le poussaient à entretenir assidûment cette proximité. L'un était de strict caractère existentiel : les gens de son âge, y compris ses amis, commençaient à montrer des signes de faiblesse. Darío avait du diabète ; ses longues années d'hypertension obligeaient Irving à des examens pour un durcissement des artères qui se terminerait peut-être un jour sur une table d'opération ; Clara se plaignait de douleurs cervicales et de problèmes de circulation ; et lui-même, Horacio, souffrait d'une usure des ménisques qui rendait ses marches de plus en plus ardues, et il avait eu récemment des problèmes gastriques qui l'avaient amené à se planter les fesses à l'air sur une table d'examen pendant qu'un type lui disait de se détendre, de se détendre encore plus, et lui enfonçait un tuyau dans le cul pour observer ses intestins et le fond de son âme, ou pas loin.

L'évidence de la mort possible de Bernardo pesait sur l'autre motif qui le poussait au rapprochement : son sentiment de culpabilité et de trahison, en précaire état d'hibernation, toujours prêt à ressortir. Durant des années, sa consolation avait été d'attribuer à Elisa la rupture d'un équilibre qui les avait jetés dans le lit d'un appartement du Vedado. Il avait été l'objet, plus que le sujet de l'acte, un personnage qui avait joué les utilités dans un drame commencé depuis longtemps par Elisa et Bernardo, avec leurs propres problèmes et l'usure de leur relation. Mais Horacio savait qu'il n'aurait dû sous aucun prétexte se laisser entraîner jusqu'à la boue indélébile de la trahison, parce qu'il avait non seulement eu des relations sexuelles avec une femme qui l'avait toujours attiré, mais il l'avait fait avec *la femme* de quelqu'un qu'il considérait comme son ami et qui le considérait comme son ami. Et même si les années et les péripéties les plus bizarres de la vie s'étaient de multiples manières efforcées de limer ces aspérités si regrettables, et si la relation entre lui et Bernardo était redevenue cordiale, ils ne pourraient plus jamais être de véritables amis, car lui-même savait que l'indélébile ne pourrait jamais être lavé. Bernardo, pourtant, y était peut-être parvenu, pour une raison évidente : c'était une meilleure personne que lui et, grâce à sa philosophie existentielle, il avait développé un espace pour le pardon, et même pour la rédemption, et acquis la possibilité de dépasser une humiliation telle que celle qu'il avait subie. Pour Horacio, en revanche, il y avait et il y aurait toujours des causes et des effets, de l'action et de la réaction : tout arrive parce que, auparavant, quelque chose est arrivé.

Et il existait même, de façon implicite, un troisième motif, un soupçon, à peine une folle présomption, pas moins inquiétante pour autant. Un doute trop raisonnable qui dans les dernières semaines était revenu avec de nouvelles forces troubler son esprit et la conscience de ses péchés.

C'était dans les premiers jours de ce splendide mois d'avril 2015 à Porto Rico que Marcos lui avait envoyé sur sa boîte mail une photo d'anniversaire. Quand il avait ouvert la pièce jointe et avait vu l'image de Marcos, coiffé d'une casquette des Industriales, le bras autour de la jeune femme qu'il lui présentait comme sa fiancée, Horacio avait eu un choc : la fille captée en plan moyen était le portrait craché de ses jumelles, Alba et Aurora. Le teint semblait un peu plus clair, mais les yeux, l'ovale du visage, le nez et, surtout, la forme de la bouche, avec les lèvres charnues trahissant l'ascendance ethnique, étaient si semblables qu'il ne pouvait s'agir d'un pur hasard, et si c'était le cas, comme cela devait l'être, comme cela l'était forcément, alors il s'agissait d'un miracle de la nature.

Alarmé par cette ressemblance, Horacio avait cherché dans ses archives photos numérisées une image de sa mère quand elle avait vingt ans et avait trouvé dans le visage plus sombre de sa génitrice la réplique des traits du visage qui caractérisaient Aurora, Alba… et ladite Adela. Comme un sceau persistant qui se serait transmis de sa mère métisse au reste de l'humanité.

Une inquiétude n'avait pas quitté Horacio depuis qu'il avait observé la photo, et la première chose qu'il se demandait c'était si l'envoi de Marcos résultait d'une action innocente ou d'une décision intentionnelle. « Voilà ma fiancée. Elle s'appelle Adela. Qu'en penses-tu ? » Horacio, peut-être dans un début d'autopersuasion, pour ne pas s'autoriser à croire l'incroyable, avait opté pour l'innocence la plus complète et lui avait répondu sur le moment : « Félicitations. Elle est jolie ». Et dans un message ultérieur il avait demandé à Marcos, comme en passant, où et comment il l'avait connue. C'était ainsi qu'Horacio avait su un peu de l'histoire d'Adela, née à New York de mère cubaine, une certaine Loreta, et de père argentin, ce qui déclencha chez le physicien un grand soulagement momentané. Mais, pris à l'hameçon, Horacio était alors allé voir le Facebook de Marcos où il avait observé d'autres photos d'Adela… Comment était-il possible que cette Adela ressemble autant à ses filles, à sa mère et à lui-même s'ils n'avaient pas de liens de sang ? Dans ses aventures de jeunesse avait-il eu des relations, au moins une relation avec une Loreta ? Non, il n'y en avait pas trace dans sa mémoire, il ne l'avait pas non plus trouvée sur Google et il n'osa pas demander à Marcos d'autres précisions sur la mère d'Adela.

Horacio s'était obligé à ne pas rejoindre l'équipe des paranoïaques : il fallait que la ressemblance soit un hasard. Une histoire comme celle de tous ces types qui, sans lien de parenté avec Elvis, sont les portraits crachés du chanteur et sont en compétition pour voir lequel pousse le plus loin la ressemblance. Et parce que l'autre possibilité, le soupçon qui refusait de le quitter, était si tordue et rocambolesque que, rien que d'y penser, il se répétait qu'il pouvait l'écarter. Mais il n'y arrivait pas : l'image d'Adela le poursuivait et, avec elle, l'improbable roman que cette femme qui s'appelait Loreta Fitzberg soit en réalité Elisa Correa et qu'il soit le père de l'enfant que vingt-cinq ans plus tôt attendait Elisa. Ergo : Adela… la fille de l'Elisa perdue et de lui, d'Horacio ?… Une folie totale. Il devait l'accepter ; lui aussi était définitivement et totalement paranoïaque.

Depuis lors, sur ses épaules avait commencé à peser avec plus de force la révélation d'Irving, qui des années plus tôt lui avait raconté comment il avait croisé à Madrid une femme qui devait être Elisa, accompagnée d'une adolescente qui pouvait être sa fille et qui, Irving était du genre à voir des fantômes partout, ressemblait à Horacio. Une révélation qui prenait à présent un sens inquiétant. Était-ce bien Elisa qui était apparue en

Espagne ? Vivait-elle là-bas ou était-elle de passage avec sa fille new-yorkaise et non espagnole ?… Après y avoir beaucoup réfléchi durant la marche qu'il avait effectuée après la réception du message de Marcos, il s'était décidé et avait transmis à Irving la photo de Marcos et Adela, comme s'il voulait juste savoir si Marcos lui avait déjà présenté « photographiquement » sa fiancée et s'il trouvait qu'elle ressemblait à quelqu'un. Et Irving lui avait répondu avec un coup de canon : « Comment ça, à qui elle ressemble ? avait-il écrit par SMS. Elle ressemble à la fille que j'ai vue au Retiro il y a plusieurs années… la fille dont je t'ai parlé et toi, tu t'es moqué de moi… tu te souviens ? » Horacio ne lui avait pas répondu. Il ne pouvait ni ne voulait encore le faire.

Cette fin d'après-midi d'avril, plusieurs jours après avoir reçu les messages de Marcos et Irving, les marcheurs Horacio et Marissa s'assirent sur le sable, face à la mer. Dans un quart d'heure, vingt minutes, le soleil tomberait à l'horizon et ils reprendraient le chemin du retour. Et Horacio sut qu'il ne pouvait pas continuer à avancer seul en portant ce poids. Et il fit un pas en avant.

– Mari… tu me dirais quoi si tu apprenais que j'ai eu une autre fille ?

Marissa voulut sourire mais n'y arriva pas.

– Mais de quoi tu parles, Horacio ?

– Pardon, je n'aurais pas dû commencer comme ça. Cette histoire est tellement folle que je n'arriverai jamais à bien la commencer… Une fille née avant que, toi et moi, on se connaisse, que je ne connais pas et dont j'ignorais même l'existence… ou dont je ne sais même pas si elle existe.

Marissa parvint enfin à sourire.

– Attends, attends, tu vas trop vite… tu as eu un enfant à Cuba ? Pourquoi tu ne m'en as jamais parlé ?

– Parce que je ne le savais pas. Non, parce que je ne le sais toujours pas… parce que je n'y crois pas.

– Horacio, qu'est-ce qui t'arrive ? C'est quoi ce un pas en avant, un pas en arrière ? Je te jure, je ne comprends rien…

– Moi non plus… parce que je ne sais pas comment il est possible que je puisse avoir une fille sans savoir que c'était ma fille et même qu'elle existait. Une fille dont personne ne m'a dit que c'était la mienne, et si c'est le cas, je ne sais pas comment ça a été possible…

Horacio déballa tout devant sa femme. Il lui raconta sa trahison et la possibilité d'une chance sur un million que, même avec un préservatif, il ait mis enceinte l'amie, rien de moins que la femme de son ami stérile.

– Tu parles de cette amie à vous tous qui s'appelle Elisa ? La femme de Bernardo qui a disparu ? demanda Marissa, et il confirma d'un hochement de tête. Elle l'avait écouté en silence, comme si elle avait entendu la confession d'un accusé qui, en essayant de se sauver, révèle au contraire toutes ses fautes possibles et impossibles.

– Elisa était enceinte quand elle a disparu. Si elle a eu une fille, elle doit avoir vingt-cinq ans aujourd'hui. Et, d'après ce que je sais, Bernardo ne pouvait pas et, moi, je ne l'ai pas mise enceinte. Alors, ça a dû être quelqu'un d'autre, et à cause d'une chose que j'ai sue, j'ai toujours été sûr que c'était Walter, l'autre…

– Celui qui s'est tué ?

– Ou qui s'est fait tuer… oui, celui-là. Mais le fait est que la fiancée de Marquitos… j'ai une photo… ne ressemble pas du tout à Elisa, ni à Bernardo, ni à Walter… elle me ressemble à moi… à ma mère, aux filles…

– Mais qu'est-ce que tu racontes, Horacio !

– Oui… ça te semble fou, pas vrai ? – Il mit la main dans le sac où il rangeait la bouteille d'eau, les serviettes et le téléphone portable. Il sortit le téléphone et chercha les photos archivées. Il cliqua et agrandit la photo que lui avait envoyée Marcos. Il tendit l'appareil à Marissa.

– Ah, Horacio ! s'exclama-t-elle.
– Ça te semble toujours fou ?
Marissa fit non de la tête.
– Qu'est-ce que tu vas faire ?
Le soleil était déjà en train de plonger dans la mer des Caraïbes : Horacio pensa à cet instant qu'à La Havane il brillerait une heure de plus. Et il vit Clara et Bernardo assis sur la terrasse du jardin de Fontanar, en train d'observer la tombée du jour, attendant en fait que la carte cachée soit retournée et révèle si c'était une carte de vie ou de mort. Et il se sentit misérable.
– Je ne sais pas, Mari, finit-il par dire. Tu veux que je fasse un test ADN et que la fiancée de Marcos s'en fasse un ? Parce qu'elle ressemble aux filles et à moi ? Pour quoi faire… ? Et de quel droit puis-je changer la vie d'une personne qui ne m'a rien demandé et qui, en plus, ne peut pas être ce dont elle a l'air ? J'y pense et je me dis toujours qu'il vaut mieux savoir que vivre avec un doute. Mais je crois qu'au point où on en est, tout ce que je ferais serait de remuer la merde, et quand on la remue, elle recommence à puer… Personne ne sait rien d'Elisa ni pourquoi elle a disparu. C'est ma faute ? Mais, putain qui est Loreta Fitzberg, la mère d'Adela ? Merde, moi, je ne connais aucune Loreta ! Quel désastre, mon Dieu !… Non, ce n'est pas possible, dit-il, tout en étant de plus en plus conscient que la négation dissimulait mal une lamentable stratégie d'autopersuasion.
Marissa lui prit la main et l'obligea à la regarder.
– Qu'est-ce que tu vas faire, Horacio ?

Clara pensa : cette fois, je vais vraiment devenir folle. Et elle avait eu envie de se mettre à courir, de se cacher sous le lit et même de pleurer, mais elle sentait en même temps grandir en elle, jour après jour, une joie débordante qu'elle croyait perdue face à la possibilité, qui serait bientôt réalité, qu'elle pensait irréalisable, plus que perdue. Elle regrettait seulement que la raison génératrice du miracle qui devait la ramener à son aversion presque oubliée pour les commémorations soit l'annonce d'une fin et non l'espoir d'une réparation, car il n'y avait pas d'espace pour des réjouissances ni moyen d'imaginer de nouveaux commencements pour elle et ses amis. Et en pleins sentiments contradictoires, elle découvrit qu'elle se sentait réconfortée. Une débordante manifestation d'amour et de fraternité lui signalait que, dans un monde où tant de choses étaient démolies, certaines essences ne disparaissaient pas. Non, tout n'était pas perdu.

Quand il sut ce qui se préparait, Bernardo insista pour que cela ne se fasse pas : il n'avait pas l'intention d'assister à sa propre veillée funèbre. Même s'il avait surmonté l'état proche de la dépression dans lequel l'avait plongé le diagnostic fatal et qu'il s'obligeait à se comporter avec dignité au plus indigne des moments, sa dégradation physique se reflétait dans de profondes fatigues et l'envie d'être seul avec Clara, la femme qui avait été la personne la plus importante de sa vie, une vie à présent en processus de dissolution.

Durant ces semaines de combat contre lui-même, l'informaticien ne s'était que trop souvenu des années les plus terrifiantes de sa décadence humaine, quand il avait si souvent pensé qu'il vaudrait mieux mourir une bonne fois, quand il avait même été sur le point d'y parvenir justement l'un de ces jours où son esprit noyé dans de l'alcool bon marché n'était même pas capable de le désirer. Dieu et ses voisins l'avaient sauvé à cette occasion et lui avaient ouvert la possibilité d'obtenir une prolongation qui allait se révéler la meilleure période de son séjour terrestre. Mais il savait qu'il n'y avait à présent pas d'interventions humaines ou divines capables de prolonger ce temps satisfaisant, et peut-être l'évidence qu'il allait abandonner Clara, qu'il ne profiterait plus de la présence de Clara, concentrait ce qui le contrariait le plus dans son sort inéluctable.

Ses amis, de leur côté, assumant ce qu'ils considéraient comme une responsabilité, passèrent outre la volonté du malade et les appréhensions de Clara. Ils savaient tous qu'elle en avait besoin, et eux aussi. Bernardo le méritait et eux lui devaient ce cadeau et beaucoup d'autres. C'est ainsi qu'entre le 21 et le 23 décembre 2015 débarquèrent dans la maison de Fontanar, par ordre d'arrivée, Darío et Ramsés, puis Irving et Joel et, le 23 au soir, Horacio et Marissa, la Portoricaine qui pour la première fois mettait les pieds dans la patrie de son arrière-grand-père qui, à Tampa, avait connu l'Apôtre José Martí, et de son père, *balsero* des années 1960, exilé obstiné qui n'avait jamais osé retourner sur la terre natale. Et malgré la regrettable raison qui les réunissait à nouveau à Cuba, dans l'éternelle maison de Fontanar, l'ambiance fut festive. Tellement qu'après en avoir débattu avec Clara et avoir obtenu son consentement logique, Bernardo porta le premier verre de rhum à ses lèvres après vingt-deux ans d'abstinence.

Rien de pire ne pouvait arriver, s'étaient-ils dit, et quand il huma le rhum vieux avant de savourer une gorgée, sa réaction fut aussi théâtrale que révélatrice :

– Putain, putain, dit-il en soupirant et en fixant le verre à moitié rempli d'alcool. Merde, mon salaud, tu peux pas savoir comme tu m'as manqué ! – Il le descendit d'un trait.

Pour le neurochirurgien Darío et pour son fils, le jeune ingénieur père d'un enfant français, il s'agissait du premier retour au pays. Après les retrouvailles, les accolades, la douloureuse évidence de l'état physique de Bernardo qu'ils trouvèrent amaigri et ayant du mal à respirer, la première chose qui frappa Darío ce fut de voir l'état de la maison de Fontanar, qui aurait eu grand besoin des soins qu'il lui avait prodigués quand elle était devenue *sa* maison. Ce qui l'émut le plus fut sans doute de constater que, là où il avait installé son bureau, se trouvait au même endroit où il les avait placés les deux énormes bocaux où flottaient dans le formol des masses encéphaliques de couleur sombre. Une partie visible de lui était toujours là.

Une des premières décisions d'un Darío inquiet de ce qu'il avait vu et désireux autant de soulager sa conscience que de faire quelque chose pour les autres fut d'aller voir le voisin qui, quelque trente ans plus tôt, l'avait aidé à réparer l'épave de la Lada soviétique qu'on lui avait attribuée à l'hôpital. Darío lui demanda s'il était prêt à trouver la peinture et la main-d'œuvre pour repeindre toute la maison, à l'intérieur et à l'extérieur. L'homme, qui vivait toujours de toutes sortes de petits boulots, toujours en marge de l'État (pour ce qu'ils paient, disait-il), lui fit un devis (peu importe le prix, avait dit Darío, ce qui était une grossière erreur), et même si le chiffre l'effraya (dans le Cuba où il revenait, le prix d'un soda avait été multiplié par vingt et repeindre une maison coûtait aussi cher qu'en Espagne), le médecin accepta et lui demanda que, sans déranger Clara et Bernardo, il lance les travaux dès que les visiteurs seraient repartis chez eux.

Ramsés, de son côté, fut pris d'étonnement devant une apparente disproportion, car tout dans la maison lui semblait plus petit, comme si avec le temps et la distance ce qu'il conservait comme des photos de la mémoire avait rétréci. Il se sentit plus ému que ce à quoi il s'attendait en voyant sous l'avocatier qu'il avait lui-même planté quand il était encore enfant (cet arbre, lui, était plus grand) un tumulus de pierres couronné d'une plaque blanche où l'on pouvait lire, en lettres noires déjà un peu pâlies, le nom de Danger.

Ramsés et Darío, deux personnes qui avaient fait de la distance un bouclier plus qu'une cause de lamentations et de regrets, qui avaient réorienté leurs vies de façon satisfaisante, et radicale par bien des aspects, durent se rendre aussi à l'évidence que le passé peut être une tache indélébile.

À peine débarqués, Irving et Joel avaient loué une voiture pour se rendre à Pinar del Río, où vivaient les parents de Joel, et étaient revenus avec un demi-cochon, un sac rempli de malangas, patates douces et manioc, et un autre de petits haricots noirs brillants, qui promettaient de s'attendrir et de faire un plat délicieux une fois mijotés et bien sûr parfumés de la touche indispensable de cumin. Si cela allait être le dernier dîner de Noël de Bernardo, il convenait que cela soit le meilleur qu'ils soient capables de réaliser, et en plus des aliments roboratifs achetés par Irving et Joel, ils dégusteraient les vins français apportés par Ramsés, les *turrones*, saucisses catalanes et fromages manchegos dont s'était chargé Darío, les bières et le rhum achetés par Horacio et Marissa, qui commandèrent en plus à un voisin de Fontanar un pot de noix de coco confite au sirop et remirent à Clara les paquets de café La Llave que Marcos leur avait apportés à l'aéroport de Miami, sachant que c'était le préféré de sa mère.

Le soir du 24 décembre 2015, pour la première fois depuis vingt-cinq ans, la maison de Fontanar fut le cadre d'un dîner de Noël où rien ne manquait à l'appel, et ils le savourèrent à la longue table dressée sur la terrasse, dans une température agréable, que seule Marissa la Portoricaine trouva un peu fraîche. Ils mangèrent, burent, parlèrent, rirent tout en regrettant les absences notables de Marcos, qui n'avait pas la possibilité de se rendre à Cuba, et de Fabiola, qui n'avait pas osé imposer au petit Adán un long voyage transatlantique. Comme Clara aurait aimé avoir auprès d'elle, avec Bernardo et avec Darío, ses deux fils, la « pauvre Fabiola » et son petit-fils français !

Ce soir-là, comme s'ils s'étaient mis d'accord, les rescapés du Clan laissèrent les démons au fond de leurs cavernes et, plus que la naissance de Jésus de Nazareth, célébrèrent la permanence de l'amitié. L'existence d'une confrérie, leur Clan, ce lien qu'ils avaient forgé des années plus tôt et que, malgré les douleurs et les coups que porte toujours la vie, les crises que l'Histoire s'obstine à déclencher, les motivations personnelles et les conjonctures nationales qui les avaient géographiquement éloignés en plusieurs endroits du monde, ils étaient parvenus à préserver.

Et c'est ainsi que, fidèle à son image, un verre de rhum à la main et déjà à moitié éméché, Bernardo proposa un toast.

– Et aujourd'hui, alors que nous célébrons une nouvelle fois ensemble Noël… Vous vous souvenez de quand ils nous incitaient à ne pas fêter Noël et la Nativité ?… Qu'ils aillent se faire foutre avec ça et avec toutes leurs incitations et leurs interdictions… et, ensuite, dialectiquement, avec leurs désincitations et leurs désinterdictions, hein ?… qu'ils aillent se faire foutre… et je disais, je disais… ah… je disais. – Il fit une longue pause pour reprendre son souffle. – Aujourd'hui, je me sens l'homme le plus heureux du monde. Je vous jure que oui… et je veux trinquer avec vous tous, qui n'êtes pas les mêmes même si nous sommes les mêmes, comme a dit Martí… et ne me regarde pas comme ça, Irving, c'est Martí ! Martí a tout dit ! – Il sourit, toussa, dut attendre que sa respiration redevienne normale, dans la mesure où elle pouvait redevenir normale. – Je disais : même si vous allez avoir soixante ans et que vous serez des vieux de merde, vous serez les mêmes, parce que, pour nous qui sommes ici, il y a quelque chose qui n'a jamais changé, un acquis que nous n'avons jamais perdu et que, quand il a été menacé, nous avons lutté pour sauver. – Et à cet instant il regarda Horacio. – Et cet acquis, c'est la fraternité. Et nous ne l'avons pas perdue surtout parce que quelqu'un s'est battu pour qu'elle survive et nous protège… et cette personne a été cette femme, la femme de ma vie, Clara, le morceau le plus fort de l'aimant qui nous a toujours attirés du fond de la terre et tient aujourd'hui rassemblés ici les fragments qui ont survécu jusque-là, posés au-dessus de cette pierre de cuivre magnétique venue de la terre sainte cubaine, la pierre magique sur laquelle est édifiée cette maison qui est beaucoup plus qu'une maison : c'est notre refuge, notre coquille. Pour Clara, bordel de merde ! parvint à crier Bernardo.

– Pour Clara ! lui répondirent les autres, qui furent encore capables de sourire et de boire, avant que certains d'entre eux, Irving en tête, ne se mettent à pleurer quand Ramsés, comme vingt-cinq ans plus tôt, mit la chanson de Kansas qu'aimait tant Bernardo et qui leur rappelait ce qu'ils étaient tous, ce qu'était toute la vie : *Dust in the wind*.

Ils avaient tous fixé leur date de retour pour le 2 janvier et ils consacrèrent le premier jour de l'année à se remettre de la pantagruélique célébration gastronomique, éthylique et sentimentale par laquelle ils avaient aussi pris congé de 2015.

Cet après-midi du premier jour de ce qui serait la très complexe année 2016, Darío (fidèle à ce qu'Horacio qualifierait de geste typiquement catalan), au lieu de trouver un taxi, avait demandé à Irving de lui prêter la voiture qu'il avait louée avant qu'il ne la rende à l'agence, parce qu'il voulait aller se promener en ville avec Ramsés. Au retour, le père et le fils racontèrent aux autres qu'ils avaient fait un tour nostalgico-touristique passant par le Malecón et la Habana Vieja, et Clara fut la seule à soupçonner que son ex-mari et son fils lui mentaient.

Et ils lui mentaient : en fait, Darío et Ramsés s'étaient rendus dans la vieille rue de la Perseverancia, dans le déprimant centre-ville. Darío, après s'être dit pendant des années qu'il ne reviendrait peut-être jamais sur l'île qui avait été la sienne et que, le retour arrivé, il n'avait sentie proche qu'à Fontanar, avait décidé que le moment était venu de pratiquer un exorcisme définitif. Le neurochirurgien avait besoin d'aller visiter avec son fils l'endroit dont il était sorti et où, presque trois ans plus tôt, était morte sa mère, la grand-mère de Ramsés, un dénouement qu'il n'avait appris que quand on lui avait retourné un virement d'argent par voie bancaire.

L'endroit conservait intact, voire renforcé, son aspect misérable : la même galerie centrale au ciment fissuré ; les câbles électriques qui, comme des tentacules, sortaient des compteurs et couraient à l'air libre le long des murs ; les portes des pièces ouvertes sur la promiscuité ; les murs écaillés et couverts de moisi et de saletés ancestrales. L'atmosphère sombre, la puanteur intense où se mélangeaient les tristes effluves de la pauvreté. Un sac, posé près du portail d'entrée, débordait de canettes de bière vides et ils comptèrent huit bouteilles de rhum, témoins des festivités auxquelles, malgré tout, les habitants du *solar* avaient dû se livrer la veille au soir. De l'une des pièces, en épilogue des réjouissances ou pour souligner l'identité de l'endroit, s'échappait à plein volume le bruit d'un reggaeton au rythme lourdement répétitif et aux paroles inintelligibles.

Darío ignorait qui occupait la pièce où il avait vécu toute son enfance et où, supposait-il, sa mère avait habité de sa naissance jusqu'à sa mort, deux ou trois ans plus tôt. Cela lui était égal ; mieux, il ne voulait même pas le savoir, car il le savait déjà. Devait s'y être réfugié maintenant l'un de ces malheureux n'ayant pas les moyens d'avoir un endroit digne où passer sa vie. Le neurochirurgien en vogue qui venait de s'acheter le nouveau modèle de BMW 2016 et planifiait des vacances au Japon avait seulement besoin à ce moment de montrer ce phalanstère à son fils. Que son rejeton voie de ses yeux et grave dans son cerveau, en pleine connaissance des causes et des effets, une galerie de ciment fissuré ; et lui montrer l'endroit où sa mère, en punition du seul fait d'exister, avait coutume de l'asseoir sur un banc, souvent complètement nu. Généralement après l'avoir frappé à coups de ceinture, de manche à balai, ou giflé y compris avec une écumoire tout en lui criant son insulte préférée : tu n'es qu'un fou, rien qu'un fou. Darío voulait lui montrer aussi le recoin délabré, près des lavoirs, où, si elle s'allongeait pour faire la sieste ou s'enfermait dans la pièce avec un homme, il allait se pelotonner et se couvrait avec ce qu'il trouvait : une toile de jute, une serpillière, une feuille de journal. L'endroit où une fois, vaincu par la fatigue, il s'était endormi et réveillé en criant comme un véritable fou quand il avait senti les mains d'un homme en train de caresser ses fesses maigres tout en exhibant tout près de son visage une érection sanguine. Le décor de sa honte et de son humiliation dont l'avait sauvé la bonté d'un métis chauffeur d'autobus et *santero* nommé Lázaro Morúa et, quelques années plus tard, la mère de ses fils.

– Consternant, bordel. C'est presque pareil que la dernière fois que je suis passé par là… ou pire, dit Darío, et sa voix charriait un mélange de rancœur, de douleur, de rejet. C'est terrible… Ces gens, les parents, les grands-parents de ces gens, vivent ici depuis plus de cent ans, dans une promiscuité où ça pue la merde. Et ils vont continuer jusqu'à Dieu sait quand… Chaque fois que je me revois étendu dans ce coin, je me dis que je suis un miracle de la nature. Et même s'il y a encore aujourd'hui tellement de gens qui vivent dans la merde, je serais bien ingrat de ne pas remercier ce pays qui m'a offert la possibilité d'être le miracle que je suis.

– Tu as raison de le faire… murmura Ramsés, la mort dans l'âme, tout en continuant à observer le panorama déprimant, animé à un moment par une femme d'âge imprécis qui sortait de sa pièce pour secouer dans la galerie un torchon couvert de détritus, peut-être une nappe, qui les regardait avec une évidente hostilité, comme si elle voulait mémoriser leurs visages. Comment est-ce que ta mère est arrivée ici ?

– Elle est née ici… son père aussi est né ici… Il y a autre chose que tu ne sais pas… le père de mon grand-père, mon arrière-grand-père, était apparemment un esclave. Après un baraquement dans un champ de canne à sucre, il a fini par débarquer ici quand il a trouvé un travail comme docker sur le port.

– Mon arrière-arrière-grand-père était un esclave noir ?

– Il semble que oui. Ton arrière-grand-père était noir, de ces noirs au teint cuivré, déjà métissé, et ton arrière-grand-mère, elle, était blanche. Mais ma mère avait l'air blanche, et mon père doit avoir été blanc, et c'est pour ça que j'ai l'air blanc, que tu as l'air blanc… mais nous sommes des faux blancs… comme je suis un faux Catalan…

Ramsés hocha la tête, et sourit malgré lui. Une de ses petites amies lui avait assuré qu'il avait une bite et des couilles de noir : pas seulement par la taille, mais à cause de la couleur du gland et de la texture du scrotum, rugueux, sombre, avec des poils frisés. Elle avait donc raison.

– Pourquoi tu ne parles jamais de tout ça ? Parce qu'on a du sang noir ?

– Non… parce que mentionner cet endroit, c'est mentionner l'enfer.

– Où vivaient la noire et l'Espagnol qui te recueillaient parfois ?

– Là, à la dernière porte. Celle qui est peinte en vert.

– Qu'est-ce qu'ils sont devenus ?

– Aucune idée… Eux, c'étaient des gens bien, mais cet endroit me rendait malade. Quand j'ai déménagé chez ta mère, j'ai fait en sorte de ne pas revenir. Quand j'envoyais de l'argent à ta grand-mère, je lui faisais un mandat postal. Quand je lui apportais quelque chose, j'allais la voir à la cantine où elle travaillait. Je t'y ai amené deux ou trois fois, tu te rappelles ?

Ramsés hocha la tête. Dans sa mémoire il n'y avait qu'une image floue de la femme que Darío lui avait présentée comme sa grand-mère.

– Et maman, qu'est-ce qu'elle sait de tout cela ?

– Presque rien… c'est mieux comme ça. Et toi non plus, ne le raconte jamais à Marquitos, lui demanda Darío en faisant demi-tour pour retourner à la voiture et s'éloigner le plus loin possible du phalanstère. Mais comme toi, tu savais quelque chose… je voulais que tu voies et que tu me dises si tu comprends pourquoi j'ai fait certaines des choses que j'ai faites.

Ramsés, toujours si mesuré dans ses manifestations d'affection, prit une main de son père avant de parler.

– Merci pour tout ce que tu as fait pour nous. Allez, on s'en va…

– J'ai fait ce que je devais faire, pas toujours bien, évidemment… Écoute, si avant de partir tu parles à ton parrain, dis à Morúa que je me souviens toujours de lui pour ce qu'il a été : un homme bon… mais que, comme pour moi il fait partie de tout cela, je préfère ne pas le voir.

Ramsés hocha la tête et demanda à son père, tandis qu'ils s'éloignaient du *solar* :

– Tu veux bien que je le raconte un jour à mon fils, Adán ? Peut-être que cela ne lui fera rien, mais je crois qu'il doit savoir d'où vient son grand-père, ce à quoi son père a échappé, que je ne permettrai jamais qu'il puisse souffrir, lui.

En bons Madrilènes, Irving et Joel décidèrent de faire une sieste. Clara, épuisée par les émotions et les responsabilités de tous ces jours intenses, se réfugia dans la solitude du studio où ils avaient mis la télévision et, au bout de cinq minutes, elle somnolait devant l'écran qui diffusait un film sans intérêt. Marissa, qui dans la matinée était allée voir les seuls membres de la famille de son père vivant encore à Cuba, quand le soleil baissa un peu et sans trouver personne pour l'accompagner, décida d'aller marcher ses six kilomètres, car elle voulait commencer à perdre sans attendre les kilos accumulés en plusieurs jours de laisser-aller alcoolique et alimentaire.

Seuls sur la terrasse, chacun un verre de rhum à la main, Bernardo et Horacio eurent le sentiment que le moment évité durant vingt-cinq ans était arrivé. Quelqu'un l'avait-il préparé ou devait-il simplement arriver ? S'étaient-ils retrouvés sur la terrasse par hasard ou par nécessité ? Le hasard insistant d'Épicure ?

Ce fut Bernardo qui osa faire le premier pas.

– Je te remercie d'être venu, et aussi d'avoir amené Marissa. Tu as beaucoup de chance de l'avoir rencontrée.

– Oui, là où je m'y attendais le moins. Ç'a été une rencontre providentielle… Mais toi aussi, tu as eu de la chance, tu le sais… Je ne connais aucune femme, aucune personne, devrais-je dire, meilleure que Clara.

Et je suis désolé que tu sois malade, Bernardo, vraiment, vraiment… et même si je ne cherchais pas à reparler de tout cela… bon, je crois que le moment est venu de te demander pardon. Je n'ai pas eu le courage de le faire jusque-là, mais…

– Mais comme je vais mourir… non, Horacio, il n'y a rien à pardonner…

– Déconne pas, Bernardo… tu n'as peut-être rien à pardonner, mais moi j'ai besoin de demander pardon. Ce que j'ai fait, c'était une saloperie, une trahison. Je n'ai pas d'excuses, Elisa était ta femme.

– Elle ne l'était déjà presque plus… sexuellement parlant en tout cas, si cela peut te soulager. De toute façon, quelque chose comme ça devait arriver. Avec toi ou avec un autre…

– Cela ne me soulage pas parce que je ne le savais pas, dit Horacio en buvant une gorgée de rhum. Pour moi, c'était ta femme. Pour moi, elle aurait dû être sacrée, et j'ai…

– Il y a beaucoup de choses que tu ne savais pas. Des choses que je ne t'aurais jamais dites, et d'autres que je ne vais pas non plus te dire maintenant. Encore que, comme je suis sur le départ…

– Ne raconte pas des choses pareilles, mon vieux, s'il te plaît.

– Je suis en train de mourir, Horacio, pas besoin de tourner autour du pot. Ce n'est pas pour ça que vous êtes tous là ?

Horacio n'osa pas répondre. Il n'y avait pas besoin de répondre. Il se contenta de répéter une formule passe-partout.

– La vie nous réserve de drôles de saloperies !

Bernardo but une gorgée et sourit presque.

– Écoute, laisse-moi te dire un truc… si tu as encore un doute, la fille d'Elisa qu'Irving a vue à Madrid il y a plusieurs années… s'il s'agissait vraiment d'Elisa et de sa fille. Eh bien, cette fille est peut-être la tienne… Tu as voulu croire que ça pouvait être la fille de Walter parce que tu croyais, et tu le crois encore, que tu ne pouvais pas avoir mis Elisa enceinte et tu pensais qu'elle avait couché avec Walter.

– Qui t'a raconté tout ça ?

Bernardo sourit à nouveau.

– Qu'est-ce que ça change… Bon, disons que c'est Irving… qui d'autre ?… Comme lui aussi pense que je vais mourir et… Horacio, je ne sais pas si c'est toi qui l'as mise enceinte ou si c'est un autre, mais ce que je sais, c'est qu'elle n'a pas couché avec lui. Et pas parce qu'elle l'a nié. Je ne peux garantir la véracité de rien de ce qu'a pu dire Elisa. Mais je peux garantir qu'elle n'a pas couché avec Walter.

– Merde, Bernardo, il faut vraiment qu'on parle de ça ?

– Oui, parce que je crois que tu as le droit de le savoir… Elisa n'a pas couché avec lui parce que Elisa savait qui était ce salaud, un type qui aurait pu être un indic de la police, ou qui l'était… et Elisa a essayé de s'éloigner de lui, et aussi de son père, Roberto Correa, qui était plongé dans son propre merdier…

– Donc celui qui racontait des trucs sur nous, c'était Walter ? Et Guesty ?

– Guesty, je ne sais pas, peut-être que oui, peut-être que non, tu sais comment sont ces choses… Toi, tu dis que non, Irving et Darío disent que oui, même si moi je trouve excessif qu'ils aient mis deux indics pour s'occuper d'une bande de couillons comme nous… Et Walter… je ne peux pas non plus l'assurer. Celui qui l'a accusé d'être une balance, c'est Roberto Correa, mais rien de ce que pouvait dire ce type n'était fiable… Qu'est-ce qui pouvait bien intéresser la police dans ce que des mecs comme nous pensaient ? Ce dont je suis sûr, c'est que Walter était comme fou, il voulait partir parce qu'il savait que, s'ils continuaient à tirer les fils des histoires de cocaïne, ils allaient arriver jusqu'à lui, ou ils y étaient déjà arrivés. Apparemment, lui, il était vraiment surveillé... apparemment... Tout cela est très trouble, on ne saura jamais tout... Bon, je reviens à ce que je voulais dire et dont je suis sûr : chez une amie d'Elisa où ils se sont donné rendez-vous, elle et Walter se sont disputés... Walter croyait pouvoir faire chanter le père d'Elisa et ils se sont disputés. Walter a pété un câble, il a secoué Elisa... elle a été obligée de me le raconter parce qu'elle avait des bleus sur les bras...

– Des bleus sur les bras ? – Une lumière s'alluma au fond du cerveau d'Horacio. Il avait vu ces hématomes. Qu'est-ce qu'Elisa lui avait dit ? Un coup de sabot d'une vache, d'un cheval ? Donc... ?

– Putain, Bernardo, putain... dit-il en voyant dans son esprit un casse-tête perdre des pièces tandis qu'en apparaissaient de nouvelles, comme un briquet russe, des éléments qui commençaient à s'emboîter et, en même temps, à modifier le sens d'un récit qui avait jusque-là fonctionné.

– Après cette dispute, je suis allé voir Walter. J'avais une barre de fer sous la chemise... et je lui ai dit que s'il s'approchait encore une fois d'Elisa, je le tuerais. Heureusement, autant que je sache, Walter ne l'a pas revue et... il a réglé tout seul le problème en se jetant de cet immeuble... Voilà ce que je sais. Tu vois pourquoi il fallait que je te parle de ça avant de mourir ? Et tu comprends pourquoi, de tout ce que je t'ai dit et de tout ce que je vais te dire, tu ne peux pas raconter un mot à personne, et à Clara moins que quiconque ?

Le 16 avril 2016, Clara s'était enfin décidée à ouvrir le compte Facebook que lui réclamait son fils Marcos, et elle avait mis sur la page d'accueil la photo du Clan prise le soir du 21 janvier 1990, pour la fête de ses trente ans. Et, comme en cette occasion, tout s'était à nouveau précipité, comme si les effets retenus, cachés, enchaînés, n'attendaient que ce signal pour larguer les amarres.

Trois jours plus tard arriva le premier rebond déclenché par son action anodine. Depuis Hialeah, Marquitos l'avait appelée pour lui demander de rendre nette une image, un souvenir oublié, une vision qui, à présent, l'obsédait et qui, pour Clara, était un moment amer : celui d'un baiser presque incestueux qu'elle et Elisa avaient échangé dans la chambre où Marcos avait été conçu et, bien sûr, Ramsés aussi, qu'elle avait partagée douze ans avec Darío et où, depuis presque vingt ans, elle dormait avec Bernardo.

À peine neuf jours plus tard, au matin du 25 avril, peu avant onze heures, Bernardo mourut. Clara l'avait vu souffrir toute une nuit d'agonie, entre toux, vomissements de sang, perfusions et masque à oxygène, qui avait à peine été apaisée par la léthargie produite par la très forte dose de morphine administrée par le docteur Goyo. Deux heures avant le dénouement, peut-être sans avoir idée de ce qui se passait autour de lui, il avait reçu l'extrême-onction donnée par le curé de la paroisse de Calabazar. Si Dieu existait et l'avait sauvé, Dieu devait maintenant mettre fin à ses souffrances, s'était dit Clara.

Ce même soir, Clara assista, seule comme elle le désirait, à la crémation du corps. Comme Bernardo l'avait demandé, les cendres furent déposées dans une urne rustique, en terre cuite, faite par les potiers du village d'El Cano, proche de Fontanar.

Quand le docteur Goyo la ramena chez elle avec les cendres de Bernardo, Clara se rendit dans ce qui avait été le studio de ses parents architectes, puis ensuite la pièce de travail utilisée par elle, Darío et les amis venus réviser avec l'un ou l'autre, et plus tard par ses fils avec leurs camarades. Tenant contre sa poitrine l'urne en terre cuite, elle chercha parmi les niches formées par les briques apparentes qui occupaient toute la cloison séparant le studio du reste du rez-de-chaussée la plus appropriée. Elle en choisit une. Alors elle posa l'urne sur le bureau où était installé l'ordinateur portable qu'elle avait hérité de Marcos et prit sur la niche choisie l'un des grands bocaux de verre dans lequel flottait dans le formol une masse encéphalique à moitié défaite. En le serrant contre elle, elle ouvrit la porte vitrée qui donnait sur le jardin de côté et lança le bocal là où l'herbe avait poussé. Elle rentra, prit l'autre bocal lui aussi rempli d'un cerveau humain et répéta l'opération de le jeter dans le jardin. Elle reprit enfin sur le bureau l'urne avec les cendres de Bernardo et la déposa dans la niche surélevée qu'elle avait choisie et vidée. L'urne et les briques avaient la même couleur. Cela serait son endroit, son sanctuaire, jusqu'à ce qu'elle exauce une ultime volonté et donne aux restes physiques de Bernardo leur destination finale.

Mobilisant son reste d'énergie, Clara sortit de la maison avec l'ordinateur et marcha jusqu'au petit parc, quelques rues plus loin, où avait été installée une zone wifi. Elle écrivit très soigneusement quelques lignes et posta l'annonce de la mort de Bernardo sur son compte Facebook. Dans le texte, elle demandait à ses fils et aux amis de ne pas l'appeler durant quelques jours. Elle les rassurait en disant que Bernardo était mort en paix, avec Dieu et sans douleur ; qu'elle allait bien, qu'elle était juste très fatiguée et très très triste, qu'elle avait besoin d'être seule avec elle-même. Et elle les remerciait tous pour tout le soutien reçu durant la dernière année de Bernardo dans le monde des vivants. Avant de poster le texte et de se déconnecter, Clara retrouva dans son ordinateur la photo prise par Marissa le 24 décembre, un plan rapproché de Bernardo souriant en train de porter un toast, un verre de rhum à la main. Elle cliqua dessus, la copia et la colla au-dessus des lignes qu'elle venait d'écrire, en y ajoutant : « Nous sommes de la poussière dans le vent, jusqu'à la victoire finale. » Elle publia le tout et se déconnecta.

De retour à la maison, elle se doucha, descendit à la cuisine et but le reste du jus de mangue qu'elle avait préparé à Bernardo trois jours plus tôt. Toujours dans la cuisine, en voyant à travers les baies vitrées la tache sombre du jardin, elle chercha en haut de l'étagère placée au-dessus de l'évier le paquet de cigarettes qu'elle cachait d'elle-même et de son manque de volonté. Elle alluma l'une des deux cigarettes survivantes et sentit que le vieux tabac avait un goût d'herbe. La vie avait un goût de merde. Pourquoi Bernardo, et pas un des nombreux salopards qui peuplaient le monde ? Que Dieu me pardonne, se dit-elle, mais c'est vrai.

Elle monta dans sa chambre et c'est seulement quand elle mit la tête sur l'oreiller et qu'elle vit le lit d'hôpital et le ballon d'oxygène qui occupaient encore un coin de la vaste pièce que Clara ressentit le choc terrible de sa solitude. Le silence qui l'entourait et régnait dans la maison lui sembla assourdissant. Et elle se mit enfin à pleurer, jusqu'à ce que le sommeil la terrasse.

X

LA VICTOIRE FINALE

La même vieille chanson
Rien qu'une goutte d'eau dans une mer sans fin.
Tout ce que nous faisons se désagrège,
Même si nous refusons de le voir.
Poussière dans le vent,
Nous ne sommes que de la poussière dans le vent.

Kansas, 1977

À travers la baie vitrée du restaurant, elle observa le panorama de l'avenue principale de la ville : un Wendy's, une pharmacie Walgreens, deux stations-services, une banque locale et une fédérale, un McDonald's et, à chaque coin de rue, deux imposantes églises en pierre et en bois, de structures très semblables même si affiliées à des branches protestantes de dénominations différentes, toutes deux inconnues d'elle. À son arrivée, vers midi ce même jour, et après avoir pris une chambre dans un motel d'une rue proche, elle était sortie pour se dégourdir les jambes et boire un double expresso dans un Starbucks, et elle avait pu compter, dans un périmètre de six rues, des bâtiments toujours très similaires abritant huit autres églises, toutes protestantes, avec des dénominations particulières, et aussi six pharmacies, cinq stations-services et autant de succursales de banques ; la foi, la douleur, l'argent et la combustion semblaient être les composants les plus prospères d'un lieu qui pouvait, avec des arguments solides, prétendre au titre de ville la plus moche, la plus crédule et la plus plouc du monde.

Elle ne savait pas très bien comment elle était arrivée là, mais elle savait qu'elle avait plus ou moins voulu arriver jusque-là. Quelques mois plus tôt, elle avait lu un roman d'Elmore Leonard, dont elle avait oublié le titre. L'action se déroulait dans l'Oklahoma, durant les années antérieures et postérieures au boom pétrolier, à l'époque de la prohibition et de la crise de 1929. C'était l'histoire d'un shérif adjoint qui était devenu célèbre parce que, quand il sortait son révolver, il tirait toujours pour tuer. Le personnage était le fils d'un Nord-Américain à moitié indien qui avait participé à ce qui, dans le livre, était appelé la guerre de Cuba, quand Washington avait pris comme un *casus belli* l'explosion du cuirassé *Maine*, dans le port de La Havane. L'autosabotage avait déclenché l'intervention des marines états-uniens dans le conflit entre les insurgés cubains et l'armée coloniale espagnole, en 1898, dans le but de baiser la gueule aux deux : les Cubains et les Espagnols. Et ils leur avaient bien baisé la gueule.

Le père du shérif adjoint en question avait échappé de justesse à l'explosion du bateau et, avant de rentrer en Oklahoma, s'était marié avec une Cubaine. Qui s'appelait rien de moins que Graciaplena (merde, mais qui donc à Cuba pouvait bien s'appeler *Pleinedegrâce* !), elle était morte pendant l'accouchement de l'enfant, le fameux shérif adjoint, baptisé Carlos, et pas Carl comme on insistait pour l'appeler, mais Carlos, en l'honneur de son grand-père maternel, cubain aussi. Dans le roman, à part Carlos et son père, propriétaire d'un champ de noyers, tous les autres personnages, à l'exception des fondamentalistes catholiques affiliés au Ku Klux Klan, se consacraient à la fabrication d'alcool, les femmes à la prostitution et les plus énervés au braquage de banques. Et chacun d'eux, y compris bien sûr les fanatiques du Klan, hyper religieux, tiraient pour tuer. Un roman sympathique, avec des gens amusants et déséquilibrés qui, quand ils avaient peur, reconnaissaient qu'ils « chiaient dans leur froc », exactement comme elle depuis des semaines.

Peut-être motivée par cette lecture, dans son voyage vers n'importe où, Loreta Fitzberg avait échoué dans l'ingrate bourgade de Norman, Oklahoma, à une quarantaine de miles de la capitale de l'État, Oklahoma City, qui, à en juger par ce qu'elle avait vu de la région, devait être aussi une horreur de ville. Quelle sorte de gens, en dehors des étudiants et des profs de la fac, obligés par les circonstances (les bourses et les salaires), pouvaient bien habiter un endroit pareil ?

À six heures du soir Loreta se sentait affamée : à part le double expresso, elle n'avait rien avalé depuis le petit-déjeuner pris avant de quitter le motel de bord de route où elle avait passé la nuit. Après avoir regardé très rapidement la carte rachitique du restaurant, elle choisit le *sirloin* de quatre cent cinquante grammes, à point, avec frites et double ration de salade, et un jus d'orange frais, sans paille ni glaçons. S'il y avait une seule bonne chose sur ces terres sans horizon dont, en voyant toutes ces églises protestantes, on ne pouvait pas dire qu'elles étaient abandonnées de Dieu, c'était la viande de leurs bœufs. Même Bruno, nationaliste carnivore acharné, reconnaissait qu'elle se rapprochait beaucoup de la viande argentine que, avant la prohibition décrétée contre la viande sud-américiane, il achetait pour ses asados dans une boucherie de produits argentins et brésiliens de Brooklyn.

Sur le menu, Loreta trouva le code wifi du restaurant et connecta son ordinateur portable. Comme elle utilisait à présent un téléphone à carte prépayée, cela faisait deux jours qu'elle ne s'était pas connectée, et elle sentait qu'elle n'en avait ni le besoin ni le désir. En fait, c'était à peine si elle savait ce dont elle avait besoin ou ce qu'elle désirait, même si elle éprouvait un fort pressentiment : à la fin il faudrait qu'elle se rende, les mains en l'air et en chiant dans son froc. Ou bien le ferait-elle en déchargeant ses deux révolvers ?

Depuis qu'elle avait quitté The Sea Breeze Farm, le jour de la mort de Ringo, et avait eu une douloureuse conversation téléphonique avec sa fille et une confession nécessaire auprès de Miss Miller, elle n'avait navigué qu'à deux reprises sur les espaces pouvant la rapprocher de la seule qui en ce moment la rattachait au monde : sa fille Adela. Par les voies de Facebook elle avait su que, comme elle l'avait imaginé, Adela s'était rendue au ranch avant de retourner à l'immonde Hialeah, en la haïssant sans aucun doute encore un peu plus, comme elle le méritait. Plusieurs jours plus tard, à l'hôtel de Kansas City où elle avait dormi deux nuits, elle s'était à nouveau connectée et une exigence qu'elle ne pouvait plus remettre à plus tard l'avait menée sur les murs Facebook de Clara, Irving, Darío, Horacio et Marcos. Elle avait eu alors la sensation de se pencher sur un trou noir de l'espace, dont elle connaissait l'existence, mais non le contenu, où elle identifiait les silhouettes perceptibles à distance, mais n'arrivait pas à distinguer leurs traits.

La curiosité finalement réveillée, elle était arrivée à préciser quelque chose du destin qu'en vingt-six ans avaient construit des personnes avec lesquelles elle avait vécu durant sa jeunesse dans une intense intimité et à l'existence desquelles elle avait renoncé de façon radicale. Elle n'avait pas été surprise que le chauve et vaniteux Darío soit un neurochirurgien connu ni qu'il soit devenu un furieux partisan de l'indépendance de la Catalogne : comme beaucoup de Cubains qui n'avaient jamais ouvert la bouche sur l'île et qui se transformaient en partant en perroquets et réécrivaient même leurs biographies pour les truffer de comportements héroïques et de dissidences imaginaires, alors qu'eux, eux aussi, avaient chié dans leur froc sans moufter. En revanche, elle avait été contente qu'Irving et Joel vivent toujours à Madrid, une ville qu'elle avait adorée et savourée jusqu'au moment où elle était justement tombée sur Irving et avait constaté que sa muraille pouvait s'effondrer. Un Irving à la langue, d'après ce qu'elle lisait, toujours aussi bien pendue, et qui était devenu une sorte d'exhibitionniste digital : il postait des phrases supposées intelligentes ou amusantes, mettait des photos récentes et anciennes…

Il lui avait été moins facile d'imaginer Horacio en Portoricain, marié, père de deux jumelles. Dans plusieurs messages postés ces derniers mois, le physicien s'évertuait à mener un combat passionné (inutile, se dit Elisa) contre ses compatriotes qui, sur l'île et en dehors, campaient sur leurs positions pour critiquer le voyage du président Obama à La Havane : les uns le voyaient comme un intrus, les autres comme un traître, et Horacio les qualifiait tous de malades de haine, représentants de ce que l'âme nationale avait de pire ou quelque chose dans le genre. Mais le lire avait aussi quelque chose de rassurant : Horacio était toujours Horacio, aussi naïf que jamais. Il souhaitait que ses compatriotes soient des gens plus ou moins normaux ? Il croyait possible une réconciliation nationale après tant d'insultes échangées, tant de haine accumulée et soigneusement entretenue ? Pauvre Horacio, s'était-elle dit, en observant attentivement l'image du beau métis qui n'était plus aussi beau (même s'il avait vieilli avec plus de dignité que Darío, et même qu'Irving, mais moins que Joel), et elle l'avait comparée avec celle d'Adela et, comme si ça ne suffisait pas, avec celle des jumelles d'Horacio qui, définitivement, ne pourraient jamais nier qu'elles étaient sœurs d'Adela (ou Adela nier qu'elle était leur sœur) : à moins que tous ne soient que des réplicants. C'était bien comme ça qu'on disait ?

Loreta n'avait pas non plus été trop surprise de savoir que Clara et Bernardo étaient un couple heureux, croyants en Dieu, indécrottables habitants de la maison de Fontanar, où ils étaient échoué comme Robinson sur son île (la coquille dont parlait Clara). Elisa savait que, depuis l'arrivée de Bernardo dans le groupe, Clara se sentait attirée par lui… mais c'était elle qui avait fait le premier pas pour être avec le garçon. Et elle avait su, en plus, que Bernardo souffrait d'une maladie non spécifiée mais apparemment grave. Ce qui lui avait semblé bel et bien extraordinaire, c'était que Ramsés et Fabiola se soient retrouvés mari et femme et vivent en France où ils s'étaient revus et étaient tombés amoureux, après des années sans se voir. La vie avait de ces détours ! Mais pourquoi est-ce que personne ne parlait de Fabio et Liuba ? S'étaient-ils éloignés du groupe en raison de leurs convictions politiques ? Avec une nostalgie qui la surprit par son accablante intensité, elle avait passé en revue l'album photo de la rencontre à Toulouse, durant les jours qui avaient suivi la naissance du fils de Ramsés et Fabiola, et les balades dans Paris, Madrid, Barcelone et Aix-en-Provence de Clara, Darío, Irving, Joel et Horacio. Et, de compte en compte, elle avait fini par tomber sur le commentaire éclairant l'absence de Fabio et Liuba du réseau : ils étaient morts dans un accident, à Buenos Aires, plus de vingt ans plus tôt. Mon Dieu, avait-elle murmuré.

Qu'ignorait-elle sur la vie et la mort de gens proches ? Comment se nouent les vies, les destins ? Quelle place pouvait-elle avoir eue dans la mémoire ou dans l'oubli d'êtres avec lesquels, dans une autre incarnation, elle avait tout partagé : bonheur, peur, espoirs, frustrations, amours, trahisons, fidélités, secrets, faim et trop-pleins ? Comment avait-elle fait pour se tenir durant tant d'années éloignée de ce monde, imperméable à ses palpitations grandes et petites ? Pourquoi avait-elle été obligée de foutre autant la merde dans sa vie et dans la vie de plusieurs de ces êtres proches ? Savaient-ils déjà qui était Loreta Fitzberg ? s'était-elle demandé, et se demandait-elle encore deux jours plus tard, quand, dans le restaurant de l'horrible ville de Norman, Oklahoma, elle cliqua sur le compte de Clara.

Sur son mur, elle tomba sur la photo de celui qui avait été le beau Bernardo, amaigri et souriant, avec quelques cheveux chétifs sur le crâne, brandissant un verre à moitié rempli de ce qui, s'agissant de Bernardo, ne pouvait être que du rhum. Elle lut alors que la veille, le 25 avril 2016, à l'âge de cinquante-sept ans, il était mort d'un cancer du poumon. « Comme il l'avait demandé, dans sa maison de Fontanar, sans douleur, en paix avec Dieu, avec les hommes et avec lui-même, plus convaincu que jamais que nous sommes de la poussière dans le vent et qu'un jour, après tant de défaites, nous atteindrons la victoire finale », précisait Clara qui remerciait les amis pour leur soutien envers elle et Bernardo durant toute l'évolution de la maladie.

Elisa mangea avec moins d'appétit que ce qu'elle avait prévu. Elle dut reconnaître que le *sirloin* était de première qualité. Mais quelque chose s'était déplacé à l'intérieur d'elle-même et elle flottait à la surface d'un monde qui avait un jour été le sien et qui à présent, même s'il était viscéralement le sien, lui semblait crypté, et même exotique.

De l'autre côté de la vitre du restaurant le soir tombait sur Norman, un lieu que même la douce lumière du crépuscule ne parvenait pas à rendre plus humain, et elle n'eut d'autre option que de se demander qui, bordel, elle pouvait bien être et ce que, putain de merde, elle faisait là, au milieu du néant, sans rien.

Pour la première fois depuis qu'il s'était établi aux États-Unis, deux ans plus tôt, Marcos ressentit l'étreinte asphyxiante de l'éloignement, l'absence, le déracinement, l'abandon. Il connaissait ses fragilités, mais il avait surestimé la force de ses boucliers contre les pièges de la nostalgie.

Tandis qu'il lisait ce que sa mère avait posté sur Facebook à peine une heure plus tôt, il voyait mentalement Clara, de plus en plus proche des soixante ans, de plus en plus seule, des kilos en moins par rapport à l'année dernière, face au four où était en train d'être incinéré le corps de Bernardo. Il reconstruisit dans sa tête l'instant où des cendres encore chaudes, recueillies avec une truelle semblable à celle des maçons, étaient déposées dans une urne en terre cuite de même texture et couleurs que les jardinières qu'ils avaient souvent achetées pour y planter les capricieuses violettes que, sans grand succès, sa mère essayait de cultiver, alors qu'elle avait la main si verte pour les papayes, patates douces et tomates. Il la vit sortant avec l'urne brunâtre de l'endroit de la crémation, un lieu qu'il parvint juste à imaginer comme une enceinte recouverte de tôles ondulées dans laquelle se dressait un four, comme ceux en briques réfractaires où depuis deux siècles les potiers d'El Cano faisaient cuire leurs pièces. Marcos eut envie de pleurer parce qu'il parvenait juste à être là-bas avec ses sentiments et son imagination, et non physiquement, pour soutenir la douleur de sa mère au moment des adieux aux restes calcinés de l'homme qui avait été son compagnon. Son grand amour ? Il songea que Clara leur avait dit combien, mais qu'elle n'avait jamais avoué depuis quand elle aimait Bernardo. Peut-être, se dit Marcos, depuis les années lointaines où ils s'étaient connus, quand ils étaient au lycée et qu'Elisa, la plus belle et la plus prête, s'était interposée et... Darío était entré dans le jeu, juste pour que lui et Ramsés existent ?

Il lui fut plus facile d'imaginer sa mère rentrant dans la solitude de la maison de Fontanar, ou envoyant depuis le banc d'un parc l'annonce de la mort et de la crémation de Bernardo, puis refermant l'ordinateur, éteignant le portable, regardant le ciel que traversait un avion avant de se perdre au loin, à destination d'autres mondes, emportant sans aucun doute quelques Cubains désireux de trouver une vie meilleure. Et il vit Clara se sachant seule, cosmiquement seule, avec sa coquille sur le dos. Marcos sentit, dans la nuit encore fraîche de Hialeah, que sa place, à cet instant précis, était aux côtés de la personne qu'il avait le plus aimée dans sa vie et qu'il avait cruellement, quelques semaines plus tôt, obligée à faire face à une révélation qui n'appartenait qu'à elle.

– Je t'ai entendu murmurer cette nuit dans le lit... et tu n'as pas arrêté de te retourner, lui dit Adela le lendemain matin quand elle entra dans la cuisine et vit Marcos en train de préparer la cafetière italienne.

– En fait, j'avais envie de crier, avoua le jeune homme. Tu imagines ? Tu imagines ? Si je prends un avion près d'ici, en trois quarts d'heure je suis à deux kilomètres de chez moi. Quatre, cinq heures maximum avec les formalités et les attentes ? Ma mère est à cette distance temporelle-là... Mais en fait, pour moi, c'est comme si elle était à mille années-lumière, dans une autre galaxie où je ne peux pas aller. Et je me sens coupable… mes bêtises…

– Rien n'est de ta faute. Enlève-toi ça de la tête.

– Je voudrais bien… si seulement. Tu sais quoi ? Cette fois, il faut qu'elle fasse les démarches et, si on lui donne un visa américain, qu'elle vienne faire un séjour ici, chez nous… rester ici pour toujours si elle veut. Briser cette coquille de merde.

– Quelle coquille ?

– La sienne, dit Marcos, qui fit un geste de la main : t'en fais pas.

Tout en sacrifiant à la routine de verser dans son bol le faux yaourt grec, peut-être *light*, auquel elle ajouterait aussitôt des céréales et des fruits, et en humant l'arôme revigorant du café, Adela sentit très précisément à quel point elle enviait la douleur de son amant, y compris son sentiment de culpabilité, une culpabilité amoureuse et bien à lui, forgée non seulement par les circonstances, mais aussi par ses décisions. Un amour incommensurable et invincible qui lui appartenait et le reliait à une mère presque mythique, cubainement sacrée, et en même temps avec tout un monde de relations vraies, avec des gens véritables et des souvenirs précis. Des sentiments qu'elle n'aurait jamais pu éprouver de la même manière, et dont la possibilité s'était de toute façon brutalement et amèrement évanouie, si tant est que ce genre de rapports affectifs aient pu exister avec une mère telle que la sienne. Ce qui restait de la relation avec Loreta Fitzberg se résumait à une somme de révélations douloureuses et de doutes lancinants, sombres, pleins de trous impossibles à combler, de connaissances qui passaient par les comportements étranges d'une Elisa Correa presque indéchiffrable, la mère une nouvelle fois en cavale, dont elle sentait, savait maintenant qu'elle la connaissait à peine. Des expériences issues d'un grand mensonge et d'innombrables tromperies, dissimulations et supercheries en prime.

Huit jours plus tôt, après sa tentative ratée de la retrouver au ranch de Tacoma et la conversation qu'elle avait eue avec Bruno Fitzberg, son père légal et affectif, à son retour à Hialeah Marcos l'avait mise face à une évidence qui semblait incontestable : l'oncle Horacio, Horacio Forquet, était forcément son père, même si lui-même avait répété à Marcos qu'il n'avait pu s'agir que d'un accident industriel (un préservatif non étanche) ou d'un énorme miracle de la nature, jusqu'ici inexplicable, comme tout bon miracle. Était-ce possible ? Quoi d'autre était encore possible dans la vérité ou le mensonge qu'était sa vie ?

Adoptant une attitude dont elle disait elle-même qu'elle était proche de l'irrationnel, Adela avait rejeté la proposition de Marcos d'aller à San Juan pour parler à son supposé géniteur biologique. Pour justifier sa décision, elle lui avait rappelé qu'Horacio, d'après Marcos lui-même, semblait aussi déconcerté qu'elle et avouait n'avoir pris aucune part dans les décisions de sa mère. Adela lui avait confié, en plus, que cette rencontre la terrorisait et qu'elle préférait ne pas la faire tant qu'elle ne se sentirait pas en condition de l'affronter. Sa peur, avait-elle dit, ne répondait pas seulement au choc que provoquerait logiquement le face à face physique avec l'homme qui, selon toute évidence, l'avait engendrée. L'homme, en lui-même, était seulement ça pour elle, un homme, auquel ne l'unissait aucun lien affectif (même Marcos était beaucoup plus proche de lui, Horacio était son « oncle »), un homme auquel elle ne serait peut-être jamais liée par autre chose que par le lien du sang, s'il s'avérait qu'il était bien son père. Elle était tiraillée entre le constat qu'Horacio incarnait un personnage de ce roman qu'aurait dû être sa vie, la vie qu'on lui avait volée, et l'évidence que cette soustraction destinée à la rassurer, et qu'elle s'efforçait de surmonter, était en train de provoquer des dégâts sur son autre existence, plus romanesque encore, celle qu'on lui avait construite. Bref, sa vie.

– Avant de repartir pour San Juan, Horacio a fait un test ADN. Il attend les résultats, l'avait prévenue Marcos. Il n'a pas voulu attendre ton retour… Il a laissé pour moi chez sa sœur le reçu pour aller chercher le résultat… Il m'a dit que c'était pour toi, si tu voulais savoir.

– Mais moi je n'ai aucune intention de faire un test, avertit Adela, et Marcos préféra ne pas lui révéler que, en plus de son propre échantillon, Horacio avait laissé un cheveu d'Adela.

– Tu perds quoi à la savoir ?

– Je gagne quoi à le savoir ?

– Tu peux gagner la vérité, ma jolie. Et la vérité, elle manque sacrément dans tout ça…

Comme de bien entendu, Irving l'avait prévenu qu'il irait l'attendre à l'aéroport, et Horacio savait qu'il ne pourrait pas refuser. Malgré ses protestations, Irving lui annonça aussi qu'il apporterait une écharpe de laine sans petites fleurs et un manteau épais au cas où les affaires du voyageur ne seraient pas assez chaudes. Et, bien sûr, il tenait prêt à sa disposition le canapé (super confortable) du salon. L'hiver jouait les prolongations et, dans Madrid qui aurait déjà dû profiter du printemps, le froid régnait encore, ce putain de froid de merde qui fait que je me les gèle, comme disait Irving.

Depuis qu'ils s'étaient vus à La Havane, quatre mois plus tôt, et qu'Horacio lui avait annoncé qu'il devait très probablement assister à un colloque à l'université Rey Juan Carlos, Irving avait attendu la rencontre avec le physicien et l'avait encouragé à avancer sa date d'arrivée à Madrid pour qu'ils puissent passer du temps ensemble avant que son ami n'aille sur le campus d'Aranjuez où devait se tenir le colloque. En prétextant que le décalage horaire l'affectait beaucoup, mais avec d'autres intentions en réalité, Horacio avait décidé de faire plaisir à Irving et avait débarqué à Barajas le 26 avril 2016, deux jours avant sa présence prévue à Aranjuez. Irving, qui avait apporté le fameux manteau, une casquette et une écharpe, l'attendait à l'aéroport comme promis, et à peine l'accolade donnée il lui annonça que la veille, pendant qu'il était dans l'avion, Bernardo était mort dans la maison de Fontanar.

– Pauvre Bernardo.

– Pauvre Clara, toute seule là-bas…

– On va l'appeler.

– Non. Elle ne veut pas qu'on l'appelle ni quoi que ce soit.

Horacio détestait les vols long courrier parce qu'il n'arrivait jamais à dormir une seule minute. Dans l'avion, il avait pu récupérer des journaux espagnols et il avait lu tout ce qui avait retenu son attention. Dans l'un des quotidiens, il avait trouvé un article lié à ce qui était présenté comme la visite « historique » du président Barack Obama à Cuba, un texte où l'auteur lançait de troublantes interrogations à propos de l'avenir des relations entre les deux pays et allait même jusqu'à spéculer sur le fait qu'Obama avait ouvert la brèche pour que, si elle gagnait l'élection présidentielle, Hillary Clinton trouve une ambiance propice au démantèlement de l'éternel embargo commercial de l'île.

Durant ces dernières semaines, Horacio avait suivi le cours de cet événement, devenu réalité le 20 mars, et il trouvait rassurant qu'un journaliste espagnol, à partir d'une posture qui semblait plutôt neutre et rationnelle, pense d'une manière très proche de la sienne : Obama était en train d'emprunter un chemin que, pour les motifs les plus divers, beaucoup ne désiraient pas qu'il emprunte, que beaucoup s'efforçaient déjà d'obstruer ou de fermer. Et il parlait de haines enkystées, de privilèges menacés, de fondamentalismes politiques déchaînés à l'intérieur et à l'extérieur de l'île. Même si le commentateur oubliait de mentionner les réactions que tout ce processus avait déclenchées contre ceux, de part et d'autre du détroit de Floride, qui pensaient de façon différente, pris sous le feu croisé de tous les retranchés sur leurs positions et les vociférants habituels.

Horacio ne pourrait jamais oublier ce jour, pour lui justement historique, du 17 décembre 2014, quand il avait entendu le premier tintement de cloches de ce qui allait se produire à partir de là. Stupéfait, le physicien avait senti à quel point il comprenait chacun des mots prononcés, se sentait même capable d'absorber leur sens, mais sa pensée logique s'était révélée incapable de rationaliser leur contenu, la proportion des causes et la dimension des effets. Parce que ce qu'il parvenait à assimiler poussait sa mémoire affective au bord des larmes. Était-ce possible ? se demandait-il.

Ce matin-là, deux heures plus tôt, Marissa l'avait prévenu : la Maison Blanche devait annoncer quelque chose d'important en lien avec Cuba. Et Horacio s'était rendu dans le bureau du doyen de la fac, où il avait retrouvé d'autres profs, dont plusieurs cubains, en train d'observer l'écran de la télé réglé sur CNN et d'attendre. À midi pile, Horacio, ses collègues et le reste du monde avaient compris que toutes les attentes étaient dépassées quand ils avaient appris que les gouvernements des États-Unis et de Cuba allaient non seulement échanger des espions prisonniers, chose qui flottait déjà dans l'air, mais qu'ils allaient beaucoup plus loin, puisqu'ils entamaient les discussions pour essayer de rétablir les relations diplomatiques rompues en 1960. C'était donc possible ?

Encore incapable de penser aux implications de la décision politique, le cerveau d'Horacio avait revu l'image de la tombe trop discrète de son père, Renato Forquet, à l'abandon dans un sombre cimetière de Tampa. Et il se revit aussitôt lui-même, dans l'imposant cimetière de La Havane, l'après-midi où ils avaient déposé dans un modeste caveau familial le cercueil bon marché, capitonné d'une toile grisâtre, de sa mère. Le fil de l'histoire d'amour vécue par ces deux personnes et trucidée par l'Histoire faisait aussi partie de sa propre vie personnelle insignifiante et de beaucoup des peurs et des dissimulations au milieu desquelles il avait grandi. Toute cette douleur lui apparut comme le résultat tragique, presque macabre, d'une dispute que l'on prétendait résoudre à présent d'une façon qui n'avait presque jamais été envisagée : en se parlant et peut-être même en faisant des concessions, d'un côté comme de l'autre. Quelqu'un ferait-il des concessions ? Et les parents pourraient-ils alors vivre avec leurs enfants et les enfants reconnaître leurs parents ? Son expérience personnelle d'orphelin avec un père vivant, celle de sa mère comme veuve d'un homme qui respirait et parlait, celle de son père peut-être rattrapé par la fatigue de l'attente et de la défaite, rien de tout cela ne se reproduirait plus ? Combien d'expériences lamentables comme la sienne avaient existé, engendrées par la politique et soutenues par l'intolérance ? La concorde entre les personnes et même entre les pays serait-elle possible ? Tourner la page ? Donner de la place au respect et démanteler l'arrogance, surmonter la haine ? Horacio s'était senti lugubrement pessimiste.

Dans le bureau du doyen et le même soir dans la maison de ses beaux-parents, le physicien avait commencé à vérifier que, si quelqu'un comme lui et beaucoup d'autres de ses compatriotes pouvaient assumer une issue politique comme moyen de soigner les blessures et d'aller de l'avant, d'autres l'interprétaient comme un acte qui versait du sel sur les plaies et déclenchait une brûlure incontrôlable qui réveillait des mémoires offensées et incapables, non seulement d'oublier, mais de pardonner pour permettre une possible rédemption, la concorde constructive. Comme à chaque moment critique, les Cubains se divisaient et peu importait le nombre qui se retrouvait dans chaque camp : l'important était la division et les reproches qu'ils se lançaient, le ressentiment dont ils débordaient, les agressions qu'ils se promettaient. Tu es avec moi ou contre moi. Et tous ces ingrédients nourrirent encore son pessimisme. Qui céderait ? Ceux qui criaient le plus fort, comme c'était prévisible, c'étaient ceux qui exigeaient de ne jamais céder.

Pour Horacio, cela fut une surprise que son si aimable et cubain jusqu'au bout des ongles beau-père, le *balsero* Felipe Martínez, qualifie le président américain de noir de merde, communiste et traître capable de passer des accords avec une dictature féroce. Et il se sentit en même temps réconforté quand la fille portoricaine de Felipe Martínez, épouse d'Horacio Forquet, *balsero* lui aussi, arrière-petite-fille d'un ramasseur de tabac ayant à l'époque serré la main d'un José Martí qui préparait une guerre sans haine et aspirait à une patrie avec tous et pour le bien de tous, dit à son père qu'il se comportait comme un arriéré, raciste et fondamentaliste, comme les autres Cubains exilés qui tenaient le même discours que lui, et qu'il était au même niveau que les intransigeants à l'intérieur de Cuba qui crachaient des flammes et criaient qu'aucun principe n'était négociable, aucun tort réparable. Et, pour couronner le tout, elle lui rappela qu'elle était mariée avec un noir, que ses petites-filles étaient noires.

– Des fois, je me dis que nous sommes un pays à part. D'autres, que nous sommes un peuple maudit, avait dit Horacio à Marissa ce soir-là, épuisé par les émotions de la journée. Depuis toujours… il y a eu des Cubains pour censurer un José María Heredia moribond uniquement parce qu'il voulait retourner à Cuba voir sa mère une dernière fois. Il y a eu des Cubains pour salir Carlos Manuel de Céspedes et presque le condamner à mort. Il y a eu des Cubains pour critiquer Martí d'avoir assumé un leadership et une idée de nation fondés sur la concorde, et regarde comment il a fini, tué dans une escarmouche de merde, alors que le pays qu'il rêvait de construire avait le plus besoin de lui. Et ceux qui ont trahi Chibás, et ceux qui… Indépendantistes et autonomistes, régionalistes, pro-yankees et anti-impérialistes, communistes et anticommunistes… tous cubains. Se haïssant les uns les autres depuis le début et jusqu'à l'éternité… Irving le dit toujours : à Cuba on se fiche que le soleil brille, qu'il ne fasse pas trop chaud et que la journée s'annonce splendide ; il y a aura toujours quelqu'un à un moment qui viendra tout foutre en l'air. Tu crois que c'est un châtiment historique ?

Cette fois pourtant, Horacio avait senti qu'il ne pouvait pas se taire. Il s'était trop souvent tu dans sa vie, à l'intérieur et à l'extérieur de Cuba. Il avait cinquante-six ans et il voulait pouvoir se regarder dans la glace sans avoir honte. Et, depuis fin 2014, il avait diffusé sur les réseaux sociaux ses opinions sur les débats en cours, puis exprimé sa joie à l'annonce du rétablissement des relations diplomatiques et, plus récemment, peu avant son départ pour l'Espagne, souligné les espoirs que pouvait générer le coup de fouet de la visite du président Obama à Cuba, où il avait prononcé un discours qui avait beaucoup touché Horacio, dans lequel Obama avait cité Martí, offert aux Cubains une rose blanche et admis que les problèmes de Cuba étaient l'affaire de Cuba et des Cubains. Mais, suite à cela et comme c'était prévisible, Horacio avait en retour été qualifié aussi bien de communiste que d'annexionniste, d'infiltré castriste que d'agent de la CIA, de naïf que de fils de pute, avec des injures parfois grossières et même des menaces d'anonymes qui le connaissaient sans aucun doute et promettaient de casser la gueule à l'ingrat qui avait obtenu une chaire universitaire grâce à sa condition privilégiée de réfugié cubain, d'apatride cubain. Mais il avait refusé de se taire. Il ne pouvait pas se taire. Pas cette fois.

Sans pratiquement rien dire de la nouvelle tragique que lui avait apprise Irving en l'accueillant à Madrid, Horacio lui dit qu'il avait besoin de prendre un petit-déjeuner et surtout un vrai café, après toutes ces heures où il n'avait presque rien mangé (il ne supportait pas non plus ce qu'on servait dans les avions, et encore moins le café). À la cafétéria de l'aéroport où ils s'installèrent, Horacio demanda enfin à son ami des détails sur la mort de Bernardo. Irving lui dit que, du dénouement, il ne savait que ce que Clara avait posté sur Facebook : Bernardo était mort en paix. Et confiant dans la victoire finale. Irving et Horacio furent forcés de sourire. Et de redire leur chagrin.

– Pauvre Clara.

– Pauvre Bernardo. La victoire finale… penser en termes de victoire dans ce monde de merde, dit Horacio.

– Avec le café, je commande un peu d'optimisme ?

– Ça, on n'en fabrique plus nulle part.

Dans le studio de Chueca, Joel les attendait, prêt à partir pour prendre son service, qui ce jour-là était de seize heures à minuit. Pour une raison quelconque, avec un trouble manifeste qui ne correspondait pas à son tempérament, Joel présenta ses condoléances à Horacio, comme s'il avait été le principal proche de Bernardo. Quand ils furent seuls, Irving demanda à son ami quels étaient ses plans, et le physicien lui demanda la permission de prendre une douche, puis de dormir une heure, rien qu'une heure, pour ensuite aller dîner tôt, un dîner léger avant de rentrer, prendre une pilule et essayer de dormir une nuit complète. Pour qu'il ait plus d'intimité et de bonnes conditions de repos, Irving lui offrit leur lit. Lui et Joel s'installeraient sur le canapé qui avait toujours été super confortable.

À vingt heures ils furent les premiers clients à occuper une table dans un restaurant spécialisé dans les plats à base de riz, proche du studio de la rue Santa Brígida. Le serveur, qui était en train de dresser les tables, les prévint qu'il était trop tôt pour dîner, le cuisinier venait d'arriver et ils devaient attendre qu'il soit prêt, et ensuite encore trois quarts d'heure environ pour la paella valenciana qu'ils avaient choisie.

– Ce n'est pas un problème, dit Horacio. Apporte-nous en attendant un peu de jambon et une bouteille de ce très bon rioja qui ne coûte pas plus de trente euros.

– Celui que tu demandes, il en vaut trente-deux mais je vais te faire un prix, et je vais même t'apporter en prime des petites tapas offertes par la maison, dit le serveur, avec des intonations chaudes et chantantes.

– Tu es d'où, toi ? voulut savoir Horacio quand le serveur reprit les menus. Des Canaries ?

– Hé non ! Cubain pur jus, comme vous deux… de Pinar del Río… Ça se remarque pas sur mon visage ? Bon, c'est vrai, j'ai vécu quatre ans à Tenerife…

Tous les trois éclatèrent de rire.

– Et qu'est-ce que tu faisais à Cuba ?

– La même chose qu'ici… serveur.

Leurs verres remplis, Horacio et Irving trinquèrent à la mémoire de Bernardo et purent vérifier que le vin était en effet excellent. Horacio vida le premier verre comme s'il était pressé ou qu'il avait soif, et se resservit.

– Bon, mon pote, dis-moi, dit-il comme s'il avait attendu ce moment de détente, tu as vu la fiancée de Marcos ?

Irving hocha la tête en souriant.

– Je sais où tu veux en venir, Quintus Horatius… Bien sûr, je l'ai vue en photo, avec Marcos… et je ne suis pas allé à Miami, mais je l'ai peut-être vue en personne. Tu sais, je te l'ai dit il y a des années et… depuis qu'Adela et Marcos sont ensemble, j'y repense.

– Tu es sûr qu'Adela est la fille que tu as entrevue avec Elisa ici, à Madrid ? Il y a combien de temps de ça ?

– Oui, je pense que oui… mais pourquoi tu me demandes si je l'ai vue ?

Horacio reprit son verre et but une nouvelle longue gorgée.

– Tu crois vraiment que c'est possible ? Qu'Adela soit la fille d'Elisa et qu'elle soit aussi, je ne sais pas comment, ma fille ?

– Ce serait énorme, non ? dit Irving, éludant la réponse que l'autre attendait avec une évidente anxiété, la réponse pour laquelle il avait peut-être avancé de deux jours son arrivée à Madrid.

– Tu crois que cette Loreta est Elisa ? poursuivit Horacio, en secouant la tête, tout en sortant son téléphone portable d'une poche. Il le manipula jusqu'à faire apparaître à l'écran la photo envoyée en son temps par Marcos, accompagnée d'une question dont il n'avait plus aucun doute qu'elle était piégée. Marcos croit que oui, c'est ma fille. Je l'ai vu à Miami il y a quelques jours. Elle n'était pas en ville…

– Oui, Marquitos m'a raconté.

– Marcos et moi avons parlé d'Adela. Elle cherchait sa mère et… ce qui me fait chier, c'est que je suis sûr que Marcos sait quelque chose qu'il ne m'a pas dit, il l'a gardé pour lui. Mais je suis prêt à jurer que c'est lié à la mère d'Adela, cette Loreta Fitzberg qui, d'après toi, est Elisa.

– D'après moi… ? Hé ho, moi je ne sais rien, je ne connais aucune Loreta… je sais seulement que la femme que j'ai vue ici était Elisa… avec une jolie gamine… qui pourrait être Adela. Et même s'ils ne le disent pas, Adela et Marcos croient que Loreta est Elisa… si c'est la mère d'Adela, c'est Elisa…

Horacio hocha à nouveau la tête. Puis la secoua.

– Putain de merde, tu peux me dire où Elisa était fourrée toutes ces années ? Loreta Fitzberg ?… Tu ne trouves pas que tout ça, c'est de la folie ?

Cette fois, ce fut Irving qui hocha la tête.

– Si, mais peut-être moins que toi…

– Bien sûr, parce que avant de partir, Elisa t'a dit quelque chose que tu ne m'as jamais dit, mon salaud.

Allez, lâche le morceau. Elle t'a dit qu'elle était enceinte de moi ?

– Raté, mon pote. Ce n'est pas Elisa avant de partir. C'est Bernardo à Cuba au dernier nouvel an.

Horacio ferma les yeux à demi, comme pour mieux regarder son interlocuteur.

– Bernardo ? J'ai beaucoup parlé avec lui… Il m'a assuré qu'Elisa n'avait jamais couché avec Walter. Qu'est-ce qu'il t'a dit à toi ?

– Ce que tu me dis de Walter, je le savais déjà. Le reste, je ne peux pas te le dire.

– Fais pas chier, Irving…

– Je ne peux pas, je te dis…

– Écoute, Bernardo est mort. Adela est vivante… on dirait qu'Elisa aussi. Et si tu as commencé, c'est bien…

– Mais oui, parce que j'allais te le dire… je voulais juste te torturer un peu… J'allais te le dire, mais il fallait que ce soit comme ça, *face to face*, comme on dit maintenant, c'est pour ça que je t'ai demandé d'avancer ton voyage, et à Joel de changer ses horaires de travail pour qu'on puisse…

– Mais quel salaud tu es !

– Tu imagines même pas l'ordure que je peux être.

– Je te connais par cœur… Allez, crache le morceau.

Irving sourit, finit son verre et se resservit.

– Il va falloir que tu en demandes une autre ou on va s'étouffer avec le riz, dit-il en regardant à travers la bouteille. Comme ça, tu économiseras les pilules pour dormir.

– Allez, merde, arrête de noyer le poisson, l'encouragea Horacio. Et n'oublie pas que je ne suis pas Darío…

– Il a beaucoup changé, au cas où tu ne le saurais pas.

– Accouche, bordel !

Irving lâcha un soupir théâtral. Lui et Elisa étaient les spécialistes de ce genre de coup.

– J'y viens, j'y viens… Bernardo était sur le toit avec Walter le soir où ça s'est passé…

Horacio ouvrit la bouche. Il avait senti comme un coup de massue sur la nuque.

– Bernardo a tué Walter ?

– Je n'ai pas dit ça, putain !… Allez, commence par m'écouter… Bernardo avait découvert qu'il se passait un truc bizarre entre Elisa et Walter. Un truc qui avait à voir avec le père d'Elisa, la drogue que prenait Walter et toute cette merde comme quoi il était surveillé et ses efforts désespérés pour quitter Cuba. Elisa avait été obligée de lui raconter parce que Walter l'avait pratiquement frappée. Et Bernardo était allé voir Walter. On savait tous que Bernardo était alcoolo et en chute libre, mais on savait tous aussi que c'était un mec bien…

– Meilleur que moi sans aucun doute, parvint à dire Horacio. Je te jure que c'est Elisa qui m'a provoqué… Mais cette partie de l'histoire, je la sais déjà. Bernardo me l'a aussi racontée… Bon sang, Irving, allez, continue… qu'est-ce qui s'est passé avec Walter ?

– Bernardo est allé le voir pour lui dire que, s'il touchait à nouveau Elisa, s'il la menaçait encore une fois, s'il s'approchait seulement d'elle… il le tuerait. Et il lui a montré la machette qu'il portait enveloppée dans un chiffon.

– Putain, Irving !… Ça aussi il me l'a dit, mais il ne m'a parlé de la machette… Il m'a dit que c'était une barre de fer… Viens-en aux faits, bordel…

– Va pas si vite… Il m'a dit qu'il t'avait tout raconté pour que tu ne te sentes pas coupable… Ce qu'il ne t'a pas dit, c'est qu'il a su aussi que Walter devait revoir encore une fois Elisa… deux jours après la bagarre avec moi. Il devait retrouver Elisa dans cet immeuble…

– Pourquoi dans cet immeuble ?

– Sans doute parce que c'était près de chez Elisa et que Walter avait les clés de la porte d'en bas et du cadenas de la terrasse. Toujours est-il qu'il avait convenu avec Elisa de la voir là-bas et que Bernardo y est allé.

– Putain, Irving, ça ne tient pas debout ! Qui peut aller avec un type à moitié fou sur un toit ? Sur le toit d'un immeuble où il n'habite pas ?…

– Walter avait dû dire un truc à Elisa pour qu'elle y aille. Après ce qui s'était passé entre eux, la bagarre avec moi… un truc sur son père, non ?

– Elisa savait que Bernardo avait menacé Walter ? Elle savait pour la barre de fer ou la machette ?

– Je dirais que oui…

– Alors pourquoi, putain, elle a dit à Bernardo qu'elle allait voir Walter ? Qu'est-ce qui s'est passé, Irving ?

– Non, elle ne lui a pas dit. Bernardo l'a entendue parler au téléphone avec Walter… Toujours est-il que Bernardo l'a suivie et, quand il est arrivé sur ce toit, il a vu Elisa en train de crier sur Walter. Qu'il lui fiche la paix, qu'il disparaisse et arrête de faire chier… Tu sais que Walter voulait que le père d'Elisa le fasse sortir de Cuba… Walter était complètement bourré ou pas loin. Et…

– Et quoi ?

– Quand Elisa a vu débarquer Bernardo, elle lui a crié de se barrer, elle lui a dit que c'était son problème à elle, à elle et ce salopard de Walter, qu'il n'avait pas à s'en mêler… Et Bernardo dit que, d'un seul coup, Walter a sauté. Comme ça, sans dire un mot, il a sauté.

Horacio regardait Irving. Il reposa le verre sur la table, comme s'il était chargé d'électricité.

– Il s'est tué ? Comme ça ? Devant eux ?

– Oui… il s'est jeté tout seul… c'est ce que m'a dit Bernardo en tout cas. Que Walter a sauté… Alors Elisa et lui sont partis. Il m'a dit qu'ils n'avaient pas refermé la porte ni le cadenas. En arrivant dans la rue, ils ont vu les gens, les cris, tu imagines… Ils sont rentrés en courant chez eux, ils ne pouvaient dire à personne ce qu'ils avaient vu. S'ils le disaient, ils allaient être interrogés et tout le merdier. Ne rien dire était la seule façon de se protéger… Ils étaient chacun l'alibi, le témoin de l'innocence de l'autre.

Abasourdi, à la fois par la surprise et le retour de ses soupçons, Horacio garda le silence, observant Irving tout en faisant défiler idées et questions.

– Bon Dieu… Tout ça est très bizarre… Trop… Un type comme Walter, se suicider ? Il ne se serait pas passé autre chose qui ferait que, malgré tout, Bernardo ait protégé Elisa ?

– Il la protégeait, mais je ne crois pas qu'il m'aurait raconté un mensonge. Bernardo savait qu'il était en train de mourir. Tu crois qu'il aurait essayé de me tromper ? Qu'il a vu Elisa pousser Walter et que c'est pour ça qu'Elisa a disparu ? Ou que c'est lui-même qui a poussé Walter et qu'il m'a raconté des bobards. Mais pourquoi ?

Horacio reprit son verre pour boire.

– Non, non… mais il y a un truc bizarre dans tout ça… non, plein de trucs bizarres.

– Putain, Horacio, qu'est-ce qu'il y a de plus bizarre comme truc que de voir sous tes yeux un type se balancer du dix-huitième étage et de l'entendre s'écraser sur le bitume ?

– Mais s'il avait l'intention de se tuer, pourquoi le faire devant Elisa, juste quand Bernardo a débarqué avec l'envie de le tuer ?

– Peut-être que Walter avait déjà tout planifié et que c'est pour ça qu'il avait donné rendez-vous là à Elisa, tu ne crois pas ? Et si les choses se sont passées comme ça et que Walter s'est jeté tout seul, sans que personne ne le pousse…, pour moi, les choses sont très claires. Walter était dans la merde jusqu'au cou, il ne pouvait pas quitter Cuba, il était à moitié bourré, désespéré parce qu'il n'avait plus de coke, que sais-je encore, et c'était tellement un salopard d'égocentrique que même pour ça il voulait avoir du public.

– Non, Irving, je crois que c'est encore pire. Si c'est ça qui s'est passé, et je n'en suis pas du tout sûr, Walter voulait laisser à Elisa et Bernardo la merde d'avoir été témoins de cette chose horrible. Les faire se sentir coupables. Et peut-être même faire qu'ils aient l'air coupable et…

– Oui, ça ressemble plus à Walter Macías… Écoute, quand Bernardo m'a raconté tout ça, j'ai commencé à comprendre certains trucs d'une autre façon. La raison pour laquelle Elisa est partie. C'est parce qu'elle avait peur. S'ils l'avaient interrogée comme moi, elle n'aurait pas tenu une demi-heure avant de dire qu'elle était là-haut avec Walter, que Bernardo aussi y était, qu'il avait menacé de le tuer… J'ai aussi mieux compris l'alcoolisme de Bernardo, qui a empiré, et le calvaire total qu'il a vécu… Et, en prime, j'ai compris pourquoi ensuite il était devenu catholique et allait prier dans une église et même confesser ses péchés. Quand il s'est lancé là-dedans, je ne pouvais pas concevoir qu'un type avec l'intelligence de Bernardo puisse gober la fable que le fils de Dieu était venu sur terre parce qu'un ange avait mis sa mère enceinte et toutes ces salades. Horacio, c'est seulement à cause d'une culpabilité ou d'un immense remords que Bernardo pouvait…

Horacio hocha la tête. Il but son verre en entier, se servit ce qui restait de vin et leva la bouteille en direction du serveur de Pinar del Río qui avait l'accent des Canaries. Une autre.

– Tu as demandé à Bernardo si c'était lui qui avait poussé Walter ? Comme ça, directement.

– Non, mec, comment j'aurais pu faire une chose pareille ?

– Et tu ne lui as pas non plus demandé si Elisa l'avait poussé ? Ou s'il croyait qu'Elisa ait pu le pousser sans que lui s'en rende compte ?

– Il m'a dit… ce que je t'ai dit.

– Il protégeait Elisa. Malgré tout, il la protégeait. Et d'une certaine façon… il voulait la protéger jusqu'à la fin. Tu ne crois pas ?

– Oui, bien sûr, admit Irving.

– Mais pourquoi, bordel, Elisa est montée sur ce toit avec Walter ? Qu'est-ce qu'Elisa a pu dire à Walter pour qu'il se jette de là-haut ? Pourquoi Bernardo t'a raconté cette histoire alors qu'il était en train de mourir et que personne n'en aurait jamais rien su ?… Il te l'a racontée pour que tu la racontes, Irving. Tu en es conscient ?

– Il m'a demandé de ne pas la raconter !

– Mais il savait que tu allais la raconter, merde ! Ou tu crois que tu pouvais continuer à vivre en gardant cette merde pour toi ?

– Écoute-moi bien : personne ne doit rien savoir de tout ça, et Clara encore moins. Ni Joel… et encore moins Adela, si elle est bien la fille d'Elisa.

Horacio profita de la pause provoquée par l'arrivée du serveur avec la deuxième bouteille de rioja à trente-deux euros facturée à trente et l'annonce que la paella serait prête dans cinq minutes, car le camarade cuisinier était un héros de l'avant-garde de la brigade gastronomique. La plaisanterie n'était pas si mauvaise, mais les autres ne rirent pas et le serveur de Pinar del Río s'éclipsa.

– Et pourquoi, moi, je pouvais le savoir ? demanda alors Horacio.

– Parce que tu as toujours pensé que Walter avait été tué… et parce que, de cette montagne de merde, ce qui reste c'est une Elisa quelque part, et surtout une fille à elle qui est sûrement la tienne… et parce que peut-être que ce que m'a raconté Bernardo explique plein de choses. Et parce que tu dois faire quelque chose.

– J'ai fait la seule chose que je pouvais faire. Un test ADN que Marcos doit aller chercher ces jours-ci…

– Et Adela ?

– J'ai fait ma part. Le reste dépend d'elle. Si sa mère est bien Elisa. Putain, Irving, et si la mère d'Adela était une des copines que j'ai eues à Cuba, une de celles qui étaient mariées et… ?

– Arrête tes conneries, Horacio… C'est Elisa ! assura Irving. Et pourquoi tu fais cette tronche ? Si c'est ta fille…

Horacio continua de regarder Irving.

– Putain, Irving… toute cette merde du suicide de Walter… je ne sais pas, je ne sais pas. Ça pue trop. Il y a un truc qui cloche… J'ai tout ça dans la tête depuis… Écoute, qu'on l'ait poussé ou non… Tu sais combien de temps Walter est resté en l'air avant de s'écraser par terre ?

– Comment veux-tu que je le sache, Horacio ? Et ça rime à quoi cette question ?

– Eh bien moi, j'ai fait le compte. Je suis allé à l'immeuble et je l'ai mesuré, approximativement… quarante mètres. Et Walter était maigre, il devait peser dans les soixante kilos, cent trente livres… Écoute bien : s'il n'a pas été poussé et qu'il a sauté, la vitesse initiale on va dire que c'est zéro et, au passage, on oublie la friction de l'air… Pour savoir le reste, il faut utiliser des équations du second degré… Ne me regarde pas avec cette tête, c'est facile, assura Horacio qui prit le couteau comme un crayon et commença à tracer des traits sur la nappe que lui seul déchiffrait, et il conclut : Si l'immeuble mesurait quarante mètres et que la gravité est de 9,81 m/s^2, alors le temps écoulé est de deux secondes et quatre-vingt-six centièmes… – Il traça de nouveaux traits et regarda Irving. – Le résultat donne vingt-huit mètres à la seconde, donc il est tombé à une vitesse de cent kilomètres à l'heure…

Irving, qui avait oublié toutes les équations de ses cours de physique, se passa la main sur le visage.

– Une balle, murmura-t-il.

– Moins de trois secondes. Il a volé moins de trois secondes… Et ce que je me suis toujours demandé, c'est ce que, indépendamment de si on l'a poussé ou s'il s'est jeté, Walter, durant ces presque trois secondes, a pu voir alors qu'il se rapprochait de la mort à une vitesse de cent kilomètres-heure. Oui, comme une balle.

Les vendredis soir et, surtout, les samedis soir, parfois même les dimanches, Marcos et Adela sortaient. Le plus souvent ils allaient chez des amis, généralement cubains. À Hialeah même, ou dans le South West, à Westchester, à la plage – c'était ainsi qu'ils appelaient Miami Beach. Là ils buvaient des bières, préparaient des barbecues ou des paellas ou faisaient griller une épaule de porc. Parfois ils préféraient commander à manger ou à grignoter au Rinconcito Latino ou aux Islas Canarias ou à La Carreta, ou chez Santa s'ils se retrouvaient à Hialeah. En d'autres occasions, au cas où un couple d'amis dont l'un des membres était le chauffeur désigné ne venait pas les prendre, ils commandaient un Uber et se rendaient dans un club ou une discothèque avec ces amis et d'autres, et ils dansaient et buvaient toute la nuit. Et ils parlaient, beaucoup, presque toujours fort et en en faisant généralement des tonnes dans les attitudes et les arguments. Ils parlaient du passé, du présent et même du futur, de Cuba, des États-Unis, du monde. Ils parlaient de choses sérieuses (le travail, la famille, la politique, le base-ball) ou ils disaient des conneries, avec une préférence pour les conneries cubaines ; j'étais, j'ai eu, je suis allé… toujours le meilleur ou le plus nul, le plus malheureux ou le plus génial. Et ils riaient ou pas, se disputaient ou pas.

La plupart des amis de Marcos avaient eu des diplômes à Cuba, certains avaient la chance d'avoir pu trouver leur place dans le domaine de leurs connaissances déjà acquises, même en ayant obtenu avec de gros efforts des équivalences ; d'autres, recyclés comme Marcos dans le secteur où ils pouvaient gagner le mieux leur pain quotidien. Marcos le Lynx, qu'on appelait aussi Mandrake le Magicien, connaissait plusieurs d'entre eux de leur vie antérieure, il en avait connu certains en exil et, de toute façon, les affinités avaient surgi à partir de codes partagés d'une origine commune, de l'appartenance à la même espèce et la même génération. Certains étaient financièrement très à l'aise, d'autres moins. Certains regrettaient l'île, rêvaient même d'y rentrer quand ils seraient vieux, d'avoir une maison à la plage, tandis que d'autres juraient qu'ils n'y retourneraient jamais, même les pieds et poings liés, et que pour la plage il y avait Miami Beach. La politique n'était une obsession pour presque aucun d'entre eux, juste un panorama, et toujours une entrave qui les poursuivait… et dont, même sans le vouloir, ils parlaient de temps à autre, en général pour se disputer et, parfois, foutre en l'air la soirée. Et même, quelquefois, pour déchirer l'amitié.

Marcos, qui avait besoin de compagnie, aimait ces réunions, il les encourageait, il se sentait sur son territoire et près de quelque chose qui lui ouvrait des portes familières : sans qu'il le sache, sans que ses amis le prétendent, ces rencontres fonctionnaient comme d'efficaces séances de thérapie identitaire, de nourriture pour la mémoire, de construction d'un château cubain et inexpugnable dont ils ne voulaient ou ne pouvaient pas sortir.

Adela l'États-Unienne, qui était parfois celle qui exprimait les opinions les plus tranchées sur la politique de son pays envers Cuba (elle la qualifiait d'arrogante, indécente, maladroite, et dans les derniers mois elle s'était beaucoup réjouie du virage pris par le président Obama, ce qui lui avait valu le qualificatif de communiste de la part d'un de leurs amis), prenait aussi du plaisir à ces conversations dont elle ressortait avec la sensation d'être en train de s'intégrer dans une confrérie dont, de plus en plus, elle sentait qu'elle se rapprochait tout en sachant qu'elle ne pourrait jamais pénétrer complètement toutes les sinuosités internes. Par exemple, si quelqu'un parlait des tennis *suce-pisse* qu'ils portaient quand ils étaient enfants, des réfrigérateurs chinois, ces *bruines transpirantes*, ou d'une chose aussi terrible que la Tempête du Siècle (les Cubains avaient toujours quelque chose de plus grand que les autres, et cela incluait les organes sexuels masculins ou féminins), elle manquait de références, même si la jeune femme à l'occasion avait le plaisir de deviner certains éléments grâce au contexte et de s'approcher du sens. Mais, pour d'autres, même les explications de Marcos n'y suffisaient pas : *manger du chien sans tripes* !

Il pouvait également arriver à Marcos et Adela de se réfugier dans un restaurant pas trop cher de Brickell ou de Miami Beach, car ils prenaient aussi plaisir à être seuls, à parler, à se regarder, à se toucher sous la table, à s'embrasser ensuite, en marchant dans des rues comme Ocean Drive ou sur le sable, près de la mer, avant de retourner à Hialeah faire l'amour. Parce qu'ils étaient amoureux et qu'ils aimaient ça, que c'était important.

Ce samedi soir, sans sortie prévue, ils avaient décidé de rester à la maison. Le matin même, Adela avait annoncé que ses règles étaient finies et, dans l'après-midi et comme si c'était la première fois, ils s'étaient offert une séance de sexe intensif pour solder les désirs accumulés durant quatre jours d'abstinence qui étaient sur le point de rendre Marcos fou. Et aussi pour se libérer d'autres fantasmes qui s'obstinaient à les poursuivre de leurs effets négatifs. Ils en étaient encore à reprendre leur souffle à l'issue de la séance quand Marcos avait facilement convaincu son amante d'aller à la plage le lendemain.

Elle préférait toujours rester à la maison le dimanche, au moins le matin, pour ranger et nettoyer tout ce qui avait été dérangé et sali dans la semaine. S'ils restaient aussi l'après-midi, c'était encore mieux : elle pouvait calmement s'occuper de ses mains et de ses pieds tout en regardant un vieux film argentin ou cubain, en profitant de ce que Marcos faisait une longue sieste après avoir passé la matinée avec les gamins du base-ball. Mais Marcos savait bien que, dans l'état de plénitude physique et de vulnérabilité sentimentale où était Adela après leurs séances de baise, il pouvait la convaincre d'à peu près n'importe quoi. Et Marcos adorait la Golden Beach de Hallandale, où (selon lui) la mer ressemblait à celle de Cuba et où il y avait un restaurant où l'on faisait (selon lui) le meilleur poisson frit de tout le sud de la Floride et qui disposait de chaises longues où, après manger, il pouvait faire la sieste face à la mer. Il avait trouvé son paradis.

En se réveillant ce matin de ce qui devait être un dimanche de plage, ils avaient pris le petit-déjeuner et Adela était allée dans la salle de bains se doucher et enfiler son maillot, avant de préparer le sac de plage avec les serviettes, la crème solaire, les masques de plongée et tout ce qu'elle estimerait nécessaire. Marcos, qui était déjà prêt (short, sandales, tee-shirt et une vieille casquette où étaient fixées des lunettes de soleil bon marché qu'il gardait dans l'eau, casquette et lunettes), sachant très bien à quel point les préparatifs de sa fiancée pouvaient durer, plaça la serviette blanche sur la table de la salle à manger et chercha sur son ordinateur les résultats des matchs de base-ball de la veille au soir, car, pour une raison quelconque, il préférait toujours naviguer sur son ordinateur plutôt que sur son téléphone. Il commença, comme toujours, par chercher le résultat des Kansas City Royals, l'équipe où depuis l'année précédente jouait Kendrys Morales et qui, par conséquent, était son équipe (en fait, n'importe quelle équipe de Major League de base-ball où jouait un Cubain ayant eu un passé sportif sur l'île pouvait être son équipe). Marcos avait vu jouer Kendrys quand il s'appelait Kendry, à Cuba, avec les Industriales de La Havane (sa véritable équipe, pour de vrai) et, comme des centaines de milliers ou des millions de fanatiques sur l'île, il était tombé amoureux de ce jeune athlète aux qualités exceptionnelles qui avait déclenché une véritable kendrimania. Quel joueur incroyable ! Il avait follement apprécié la victoire des Industriales dans la saison 2004, et celle des Kansas City Royals dans la Série mondiale 2015, Kendrys figurant d'abord dans une équipe, puis dans l'autre. Marcos cliquait sur « résultats » lorsqu'il entendit la sonnette de la porte, et il se demanda qui cela pouvait être un dimanche, à cette heure-là. De la table il cria :

– Tu attends quelqu'un, ma jolie ?

De la salle de bains, Adela répondit :

– Non, moi non… Va voir qui c'est…

Marcos regarda l'écran de son ordinateur : Kendrys avait été nul à la batte, merde.

– J'y vais… mais, qui que ce soit, c'est l'heure d'aller à la plage, vraiment l'heure… Merde, les gens n'ont donc pas appris qu'il faut appeler avant de débarquer chez toi, ces enculés de Cubains de merde, ça fait mille ans qu'ils vivent ici et ils apprennent toujours pas…

Le jeune homme ferma l'ordinateur et se dirigea en maugréant vers la porte, juste au moment où la sonnette se faisait à nouveau entendre, et il cria un Oui, ça vient ! Il se demandait toujours qui pouvait sonner avec autant d'insistance, et il se disait que, qui que cela puisse être, il n'allait pas foutre en l'air leur matinée de plage, et il ouvrit.

Marcos sentit un choc intense. Il ne saurait jamais ce qu'il avait pensé.

– Elisa… ?

Et la femme lui répondit :

– Mon Dieu, Marquitos… tu ressembles de plus en plus à ta mère.

– Elisa, répéta, comme s'il n'y croyait toujours pas, un Marcos sidéré.

– Tu ne vas pas me laisser entrer ?

Marcos s'écarta.

– Bien sûr, bien sûr, entre, dit-il au moment où résonnait la voix d'Adela.

– C'est qui, mon amour ?

Et Marcos cria ce qui, à un autre moment, aurait pu être une plaisanterie amusante :

– Ta mère !

Adela n'avait plus eu de nouvelles d'elle depuis le matin – qui lui semblait très loin – où sa mère l'avait appelée pour lui parler du sacrifice inévitable de Ringo. Ce même jour précis qui s'était terminé par la révélation qu'Adela était et n'était pas Adela Fitzberg et que Loreta était en réalité quelqu'un qui s'appelait Elisa Correa. Vingt-sept jours s'étaient écoulés, durant lesquels tous les matins, y compris les jours qu'elle avait passés à The Sea Breeze, armée d'une foi qui était allée en diminuant, la jeune femme avait attendu l'arrivée d'un signal qui, au moins, apaiserait son anxiété. Pendant ce temps, durant ces journées de silence et d'expectative, elle avait construit un portrait possible d'Elisa Correa avec les témoignages de Miss Miller et de Chaq l'éclairé, avec les informations soutirées à son père Bruno Fitzberg, mais surtout avec la mine des souvenirs de Marcos complétés par les apports de Clara, Darío et Horacio. Très révélatrices avaient été plusieurs conversations prolongées, suscitées par son fiancé, qu'Adela avait osé avoir avec Irving, les yeux dans les yeux, avec l'étrangeté des secondes de décalage de Skype. Et elle avait aussi intégré l'image d'un clan, à présent dispersé à travers le monde, décimé par la mort, mais fondamentalement impossible à briser.

Durant le premier de ces dialogues avec un Irving heureux de parler à celle qui était presque sûrement la fille d'Elisa et Horacio, il lui avait raconté qu'à l'été 2004, quand Adela et sa mère avaient fait un voyage en Espagne avec Bruno Fitzberg, il les avait vues dans le parc du Retiro. Ou bien cela avait-il été seulement la plus vivace et persistante de ses hallucinations ? Adela se souvenait très bien de ces vacances espagnoles – Madrid, Barcelone, San Sebastián et Séville, où une Gitane avait maudit sa mère pour lui avoir rendu le brin de romarin porte-bonheur qu'Adela avait accepté –, elle se souvenait de la promenade au parc du Retiro, et c'est pourquoi elle ne comprit pas ce que voulait dire Irving. Comment était-il possible qu'Irving les ait vues alors qu'il lui avait dit lui-même que, depuis sa disparition en 1990, il n'avait plus jamais rien su de son amie ? C'est que je vous ai vues et j'ai essayé de m'approcher, mais elle m'en a empêché et elle a pris la fuite, répondit-il sans détour, ce qui confirma pour Adela l'essence du caractère de sa mère et lui fit même penser qu'elle ne la reverrait jamais et n'aurait plus de nouvelles d'elle. Parce que tout ce qu'elle avait appris du caractère d'Elisa Correa pouvait renforcer la conviction que sa mère avait peut-être disparu pour toujours, en essayant de ne pas être rattrapée par un passé qu'Adela savait être sordide. Mais ce même savoir, utilisé pour construire à partir de traits variés l'image que la jeune femme avait à présent de sa génitrice, ne lui donnait toujours pas la possibilité de compléter un portrait définitif, d'identifier les raisons terribles pour lesquelles elle s'était enfuie de Cuba et avait prétendu rompre les amarres avec le passé jusqu'à se transformer en une autre personne.

Dans son maillot de bain, sur lequel elle avait mis un paréo, Adela passa la tête dans la pièce. Le ton de la voix de Marcos lui avait fait comprendre qu'il ne s'agissait pas de ce jeu dont les Cubains raffolaient, qui consistait à se balancer sa mère à la figure, ce qui pouvait aussi bien être une plaisanterie, une exclamation, que la pire des insultes.

– Oui, Cosi, c'est moi… J'avais très envie de te voir. Et toi ?

La voix grave, reconnaissable entre toutes. Adela avança de deux pas en direction du salon de la maison de Hialeah. Elle regardait sa mère, et elle regardait Marcos aussi. Après y avoir tellement pensé, elle ne savait pas quoi penser à cet instant, ni ce dont elle avait envie, ni même quoi dire, et elle finit par parler, plus avec le cœur qu'avec le cerveau.

– Ah, mère… décidément, c'est très difficile de t'aimer.

– Et toi, tu ne sais pas à quel point je t'aime…

Elisa s'approcha d'Adela et la prit dans ses bras, avant de l'embrasser sur la joue et de lui caresser le visage. La jeune femme ne répondit pas à son geste et resta les bras ballants. Adela paraissait en état de choc, comme si elle s'était trompée de film. Elle se sentait ridicule avec son paréo sur le maillot de bain et son chapeau de paille sur la tête, et elle se laissa entraîner par sa mère jusqu'au canapé. Marcos, qui était resté près de la porte, n'arrivait toujours pas à réagir.

– Tu veux un café ? Tu as pris un petit-déjeuner ? demanda le jeune homme quand Elisa fut assise, et il découvrit qu'il avait les mains moites, il se sentait nerveux. Moi, Marquitos le Lynx, nerveux ? s'étonna-t-il. Merde, il avait drôlement besoin d'un café.

– Merci, Marquitos, dit Elisa. J'ai pris un petit-déjeuner près d'ici, pour vous laisser le temps de vous lever. Aujourd'hui c'est dimanche et…

– On peut savoir où tu étais ? – Adela sentit la curiosité monter.

– Hier soir j'ai dormi à Naples. J'étais crevée… j'ai conduit depuis Tacoma… j'ai traversé tout ce foutu pays sans savoir bien où j'allais… J'avais besoin d'être seule. De penser à la même chose et de ne penser à rien. De beaucoup méditer, de me purifier de l'intérieur… Il y a quelques jours je me suis retrouvée dans une ville de l'Oklahoma qui s'appelle Norman. J'ai eu l'impression que c'était un des endroits les plus laids du monde… quoique, ici, c'est pas mal dans le genre non plus.

– Loreta, arrête ça ! s'exclama Adela.

– Pardon, Cosi, pardon… mais c'est la vérité !

– Tu es bien placée pour parler de vérité…

– À Norman, j'ai appris la mort de Bernardo… et j'ai décidé de changer de cap. Ça suffisait… je n'en peux plus…

– Le pauvre Bernardo, ne put s'empêcher de dire Marcos. C'était vraiment une des meilleures personnes que j'aie connue.

Elisa hocha la tête.

– Mais pour certaines choses bien trop faible, trop. C'est pour ça qu'il est tombé dans l'alcool et la frustration. C'est en grande partie ma faute, mais je ne suis pas coupable de tout. Bernardo était un pur, un croyant. Il n'avait pas le caractère pour faire face à certaines choses et il n'y a pas résisté. Cela ne m'étonne pas qu'il soit devenu catholique ensuite. – Elle se tourna vers Marcos. – Ça faisait vraiment vingt ans qu'il ne se soûlait plus ?

– Oui. Maman l'a aidé et il a arrêté de boire.

– Clara, Clara… – Elle eut un léger sourire. – Comment va ta mère ?

– Au fond du trou. Elle aimait beaucoup Bernardo…

Elisa hocha la tête.

– C'est triste, dit-elle avant de se tourner sans transition vers Adela. Il y a deux jours j'ai parlé à ton père, Bruno… je lui ai dit que j'allais venir te voir pour te raconter certaines choses et je lui ai demandé de me dire de quoi il avait parlé avec toi.

– Papa ne sait rien de toi. La vérité, il ne la connaît pas.

– Il sait ce qu'il t'a raconté. La vérité vraie je crois que là, actuellement, personne ne la connaît. Bernardo est mort.

– Mais comment tu as fait pour vivre plus de quinze ans avec mon père ? Je ne comprends pas…

– J'avais fermé toutes ces portes. Je n'étais pas Elisa, mais Loreta. C'était une renaissance…

– Tu es venue parler de bouddhisme ou m'expliquer pourquoi tu es partie de Cuba ? Pourquoi tu t'es cachée et tu m'as cachée ? Tous ces mensonges…

Elisa baissa la tête, puis regarda Marcos.

– Tu peux me donner un verre d'eau ? Et le café que tu m'as proposé ? Je vais en avoir besoin.

– Bien sûr, bien sûr. – Marcos parvint à sortir d'un état proche de la catalepsie.

– Avec très peu de sucre, s'il te plaît… Si tu as de la stévia, c'est mieux.

– On n'a pas ça… Tu ne veux vraiment pas du sucre roux ?

– Oui, OK, mais très peu. J'adorais le café que faisait Clara… toujours avec du sucre roux.

Marcos se dirigea vers la cuisine. Il avait en tête un ouragan de questions, certaines pour l'heure plus taraudantes que d'autres : la relation entre sa mère et la mère d'Adela avait-elle été plus compliquée que ce qu'il en avait vu et ce qu'il avait fini par savoir ? Quelles choses sordides était-il susceptible d'entendre de la bouche d'Elisa ? Que voulait-elle dire quand elle affirmait qu'actuellement personne ne savait la vérité ? Et, surtout, est-ce que c'était pour foutre leur vie en l'air, à lui et à Adela, qu'Elisa avait fini par réapparaître ? Tandis qu'il préparait la cafetière, cherchait les tasses pour les invités et remplissait des verres d'eau, Marcos essayait d'écouter le dialogue de la mère et la fille dans le salon.

– Tu as parlé à quelqu'un d'autre que papa ? À Horacio ou à Irving ?

– Non. Je ne veux parler à personne. Seulement à toi.

– Je t'assure, je ne comprends pas comment on peut faire un truc pareil, se plaignait Adela.

– Tu vas comprendre. Je crois, dit-elle d'un ton affirmatif, et elle osa enlever à sa fille le chapeau qu'elle avait toujours sur la tête. En plus, tu vas comprendre pourquoi je te disais toujours que ta vie avait été meilleure, que toi tu n'avais pas souffert…

– Avec ce que tu as fait à ma vie, tu crois vraiment qu'elle est meilleure ?

– J'en suis convaincue… je crois… laisse-moi boire le café… Il sent bon, Marquitos. – Elle dit cela comme si elle était sur une scène quand elle vit le jeune homme s'approcher avec un plateau où étaient posés des verres et des tasses sur des soucoupes.

Elisa termina son café et en fit l'éloge. Marcos la remercia.

Adela avait envie de fumer. Une vie meilleure ? se demandait-elle, et elle se retourna vers Elisa.

– Avant de poursuivre, dis-moi une chose… qui est mon vrai père ?

– Je suppose que tu sais déjà que c'est Horacio.

– Et pourquoi tu ne lui as pas parlé ? L'enfant… – Adela s'arrêta en se rendant compte que c'était d'elle-même qu'elle parlait. – Horacio avait le droit de savoir, non ?

– Il y a vingt-six ans j'ai été sur le point de le lui dire… Au fait, ton anniversaire est dans douze jours, Cosi… – Adela hocha la tête mais ne dit rien. – Je voulais demander à Horacio d'où il avait sorti ces préservatifs de merde, ils étaient sûrement soviétiques, ces Russes ne savaient faire que de la merde… savoir s'il avait fait la saloperie d'en perforer un… Je voulais trouver une explication, une responsabilité pour quelque chose qui n'avait pas pu se produire et qui s'était produit… dit-elle, et elle montra sa fille : la preuve vivante de ce qui était arrivé. Mais l'attitude de Bernardo, au lieu de résoudre les choses, les a compliquées. C'était déjà assez dur pour lui qu'il décide de se mentir à lui-même, pour qu'en plus je l'humilie en le révélant et en le lui disant…

– Mais Irving dit que tu as dévoilé devant Clara et Darío que l'enfant n'était pas de lui.

– Ça, c'était après, quand tout s'est compliqué. Walter a tout compliqué. Et j'ai dû dire et faire des choses… Adela… ce que je vais vous raconter est terrible. Si terrible que ça a foutu ma vie en l'air.

Marcos, qui était en train de remettre les tasses et les verres sur le plateau, sentit un coup dans l'estomac : il avait bien compris ? Il regarda sa fiancée et trouva un mélange de douleur et de rancœur dans ses yeux. Il observa Elisa et la sentit insondable. Et il décida que cette histoire qui s'annonçait terrible appartenait surtout à ces deux femmes. Et il arriva même à se dire qu'Elisa avait foutu en l'air le jour de plage.

– Il vaut mieux que j'y aille… déclara-t-il.

– Ne t'en va pas, lui demanda Adela.

– Je t'en serais reconnaissante, Marcos, oui, il vaut mieux, dit Elisa. Comme, après avoir parlé avec Adela, je crois que je vais repartir, laisse-moi te dire que je suis contente qu'Adela et toi, vous vous soyez rencontrés. Au milieu de tous ces Cubains… ! Oui, c'est mieux que ça ait été toi. Et, s'il te plaît, si je ne te revois pas, dis à ta mère que, si elle peut, elle me pardonne tout ce qu'elle doit me pardonner, et que je suis très triste de la mort de Bernardo. Et que oui, Bernardo a toujours été le meilleur d'entre nous.

Une ligne. Presque toujours, blanche. Parfois rouge, ou noire. La couleur avait-elle de l'importance ? Non, seulement la ligne.

Était-ce là son karma ? Dans ce qui serait le reste de sa vie, Elisa Correa se demanderait des millions de fois pourquoi le destin qui était le sien était soudain et pour toujours devenu ténébreux, impossible à effacer, à peine susceptible d'être allégé avec le temps et la distance. Elle insistait et se demandait : comment avait-elle pu être suffisamment bête pour accéder aux exigences de Walter ? Et, parfois, elle s'autorisait une réponse : à cause de cette confiance en elle-même qui pouvait aller jusqu'à l'autosatisfaction et qui, au fond, n'était rien d'autre qu'une forme d'arrogance.

Pour commencer à comprendre la complexité d'une histoire qui terminerait semée de cadavres, de disparitions, de mensonges, elle avait essayé d'imaginer dès le début la scène avec une simplicité aussi manichéenne que satisfaisante : le peintre, avec l'un de ses pinceaux, avait tracé une ligne sur le sol. Tu la franchissais ou tu ne la franchissais pas, c'était aussi simple que ça. Et parce qu'elle était comme elle était, parce qu'elle voulait essayer de sauver un reste de dignité (ou à cause de cette maudite arrogance qui commençait à être évidente), Elisa Correa avait relevé le défi et franchi la ligne. Si, ensuite, tout ne s'était pas terminé comme cela s'était terminé, elle n'aurait jamais pensé à l'existence de cette ligne ni à ce qu'impliquerait sa décision de passer outre. Mais elle avait franchi la ligne et, par sa détermination, ouvert les portes au pire de son karma, à cette obscurité qui ne peut qu'engendrer de l'obscurité, et à la condamnation d'avoir depuis lors toutes les raisons possibles de se demander : pourquoi ?

Walter lui avait téléphoné à midi le 26 janvier 1990 et Elisa l'avait envoyé sur les roses. Et lui avait répété qu'ils n'avaient rien à se dire.

– Tu n'as pas honte, mec. Après ton show avec mon père, de quoi, putain, tu veux encore me parler ? Tu as oublié que tu m'as bousculée alors que tu savais que j'étais enceinte ? Tu as oublié ce que t'a dit mon père ?... Et ce que tu as fait à Irving ? Ça aussi tu as oublié, Walter ? Tu me prends pour qui ? Et arrête ces larmes de crocodile, ça prend pas avec moi !

– Elisa, pardon... je crois que je deviens fou. Je ne vois aucune issue. Là, je crois que je serais capable de n'importe quoi.

– Tu es en train de me menacer, Walter ? De quoi ? De dénoncer mon père ?... Vas-y, dénonce-le, et s'il est coupable de quelque chose, qu'il aille se faire foutre. Ce n'est pas un enfant et il sait parfaitement ce qu'il fait ou ce qu'il a fait. Moi, je n'ai rien à voir avec tout ça, et je ne veux même pas en entendre parler... Et, au passage, va te faire foutre, toi... parce que si tu t'en prends à lui, crois-moi, je ne voudrais pas être dans ta peau. Tu n'as pas la moindre foutue idée de qui est mon père...

– De quoi tu parles ?

– Du fait que, quoi qu'il en soit, mon père a des amis avec des bras très longs... et aucun d'eux n'apprécie les types comme toi.

– Je ne vais rien dire sur ton père, je te le jure... mais il faut qu'on parle. Je te le jure sur tout ce que tu aimes le plus, Elisa, là, tu es la seule à pouvoir m'aider, dit le peintre tout en traçant la ligne sur le sol. Je ne peux pas en discuter au téléphone. S'il te plaît, Elisa…

– Il n'y a pas de s'il te plaît qui tienne, Walter…

– Rien que dix minutes… et je crois que c'est dans ton intérêt de parler avec moi. Je sais des trucs, Elisa, des trucs moches… Oui, c'est dans ton intérêt de parler avec moi… Écoute, je t'attends aujourd'hui à huit heures à l'entrée de l'immeuble à l'angle des rues E et 9. J'ai les clés d'un appartement. S'il te plaît, Elisa… l'entrée est sur E… à sept rues de chez toi.

À cet instant, Elisa découvrit la ligne tracée sur le sol. Walter savait des trucs moches. Il parlait de son père ou d'elle ? Qu'est-ce qui pouvait être encore plus moche que les désastres qui l'avaient déjà poussée à envisager la possibilité de disparaître ? Mais elle décida qu'elle ne se laisserait pas tenter, qu'elle ne franchirait pas la ligne, elle ne voulait ni n'avait besoin de savoir ce qu'il y avait de l'autre côté. Pour quoi faire ? Walter et son père étaient ce qu'ils étaient, et leurs problèmes, ils devaient les assumer et les résoudre eux-mêmes. Elle avait déjà suffisamment à faire avec ses propres ennuis, se dit-elle, et aucune possibilité d'aider Walter, qui, en plus, ne méritait pas la moindre pitié.

– Je ne sais pas, je ne sais pas, dit-elle, et elle raccrocha pendant que l'autre la suppliait de nouveau.

Mais l'Elisa Correa de 1990, la femme qu'elle avait été jusque-là, ou jusqu'à peu avant, quand elle était tombée enceinte de la façon la plus absurde et avec le concours de l'homme le moins approprié ; la même Elisa Correa qui, alors que tout s'y opposait, avait ensuite décidé de garder l'enfant au prix de la désorganisation de son organisme et de son cerveau, cette Elisa Correa réagit comme Walter l'avait prévu. Un sentiment de culpabilité pour avoir mis en contact son père et Walter plusieurs années avant, ajouté à la honte d'avoir trahi Bernardo et entraîné dans ses turbulences Horacio et Clara, plus quelques craintes encore imprécises mais agissantes, avec en prime le condiment de sa confiance en elle-même, se conjuguèrent pour l'envoyer à huit heures et dix minutes du soir au pied de la tour au coin des rues E et 9, sur les escaliers de laquelle l'attendait l'abominable. Et aussi la ligne.

– Putain, merci d'être venue, dit-il en la voyant apparaître.

– Bon, j'ai pas toute la nuit. Qu'est-ce que tu veux ?

– Tu as dit à Bernardo où tu allais ?

– Tu penses bien que non. Bernardo veut te tuer. Tu es amnésique ou quoi ? Hé, tu es à moitié bourré ?

– Non, j'ai bu juste deux verres... Bon, d'abord je voulais te faire des excuses pour ce qui s'est passé avec Irving. Je suis sur les nerfs, et lui...

– Tu sèmes des amis partout, mon pote. Ça en fait déjà pas mal qui ont envie de te tuer.

Walter sourit.

– Un vrai désastre. Et aussi pour la façon dont je me suis comporté chez ton père...

– OK... Et alors ? Tu veux quoi ?

Walter regarda autour de lui.

– Allez, viens, on monte là-haut. Ici, il y a des gens qui passent... c'est un truc délicat...

– Là-haut où ?

– Sur le toit... il y a des bancs. J'ai la clé, dit-il, en montrant un porte-clé qu'il avait tout le temps tenu entre les mains : un petit chien en métal avec, accroché dans le dos, les maillons d'une chaînette et un anneau où dansaient trois clés jaunes. Était-ce plutôt à cet instant, tandis qu'il montrait le porte-clé, que Walter avait tracé la ligne ?

– Je ne suis pas assez folle pour monter là-haut avec toi.

Walter fit tinter les clés et sourit.

– Tu n'as pas envie de savoir avec qui je t'ai vue sortir de l'immeuble de ton amie qui a un chat ? Tu t'en fiches si je le raconte ?

Elisa essaya de dissimuler le choc. Que savait Walter ? Il l'avait vue avec Horacio ? Ce connard voulait la faire chanter ?

Quand Elisa avait su qu'elle était enceinte et qu'elle avait pris la décision de le garder, elle avait assumé le fait qu'elle jouait avec une grenade que n'importe quelle manipulation pouvait activer. Parce que, même en sachant qui devait être l'auteur de la grossesse, de qui il était sans aucun doute (un préservatif poreux ?), si elle ne le révélait pas, personne ne connaîtrait le responsable de sa gestation : même pas Horacio. Si jamais personne ne le savait, alors l'humiliation de Bernardo ne serait pas aussi brutale, ni sa trahison aussi honteuse. Walter bluffait, ou il lui avait tiré une balle dans le front ? Encore sonnée, elle comprit que Walter ne pouvait pas être en train de tirer des coups de feu en l'air et elle se dit qu'elle devait être la plus forte et reprendre le contrôle.

Ils trouvèrent la porte principale de l'immeuble, en fer et en verre, ouverte, et le hall désert. Peut-être cet accès était-il seulement fermé en fin de soirée. Ils montèrent dans l'ascenseur, un modèle des années 1950, certainement d'origine, contemporain de la construction de l'immeuble. L'engin mécanique s'éleva lentement et cahin-caha pour rejoindre le plus haut niveau.

– Je ne sais vraiment pas de quoi tu parles… – Elisa essaya de se ressaisir, d'avoir l'air forte. – Ni ce que je fais ici avec toi.

– Tu aides un ami, dit Walter. Tu peux le faire.

– Je ne sais pas comment…

Les portes mécaniques grincèrent en s'ouvrant sur le palier du dernier étage, le dix-huitième, et Walter sortit le premier de l'ascenseur pour prendre le dernier escalier montant jusqu'au toit. Une ampoule faible était le seul éclairage dans cet angle mort. Une porte métallique, peinte de la même peinture délavée de couleur jaune, barrait la sortie. Elle était fermée par un cadenas glissé dans la targette. Avec une des clés qu'il avait auparavant montrées à Elisa, Walter parvint à ouvrir le cadenas. La clé, très certainement une des nombreuses copies faites par les voisins, refusa de ressortir du cadenas et Walter, peut-être trop nerveux, légèrement ivre, jura à voix basse, força sur la clé et finit par l'extraire. Il tira sur la targette, ouvrit la porte, laissa Elisa passer devant et la suivit. Sur un muret près de la porte, il laissa le cadenas et le porte-clé à côté. Elisa le fixa à nouveau : trois clés jaunes, un anneau métallique, le petit chien en métal pendant au bout de la petite chaîne. Sur le même petit mur, près du cadenas et des clés, elle vit un bout de barre de fer sombre et rouillé par le salpêtre de la mer proche.

Dans la pénombre du toit, Elisa observa le panorama nocturne de La Havane qui s'étendait depuis le sommet de la tour. Les hauts immeubles du Vedado, encore bien éclairés, les pâtés de maisons à deux ou trois étages, la rangée de lampadaires de l'avenue de los Presidentes qui menait à la tache nette de la mer. Dans un coin du ciel, une lune décroissante diffusait une faible lueur. À cette hauteur, on était très au-dessus des inquiétudes d'une ville pour laquelle arrivaient des temps complexes dont personne ne pouvait prévoir à quel point ils seraient difficiles. Des murs qui s'écroulaient, l'Histoire qui se modifiait.

Un vieux banc aux pieds de fer et à l'assise en bois, certainement remonté d'un parc du quartier, avait été placé près du rebord du toit qui donnait sur la rue 9, face à la ligne de la côte délimitée par le Malecón. La personne qui l'avait placé là l'avait fait avec l'intention de tourner le dos à la ville et, de jour, pouvoir observer à loisir la mer, jusqu'à l'horizon le plus lointain où, tous les soirs, le soleil se couchait. Elisa constata que, quand on s'asseyait, on perdait la vision d'une partie du paysage à cause du garde-corps d'un mètre de haut qui entourait le toit.

– Qui t'a donné les clés de cet endroit ? dit-elle à la silhouette de Walter au visage indistinct.

– Une copine que j'avais au douzième étage… il y a un an à peu près… On montait des fois fumer un joint… je ne lui ai jamais rendu les clés… Quand je suis dans le coin et que je me sens vraiment trop mal, des fois je monte regarder la vue. Ça me calme.

Elle crut voir Walter sourire tandis qu'il sortait une cigarette du paquet qu'il déposa sur le banc tout en fouillant dans ses poches à la recherche du briquet.

– Bon, allez, je n'ai pas toute la nuit…

Walter regarda vers l'obscurité de la mer. Puis il tourna la tête vers Elisa.

– Comment ça va pour toi ? Avec Bernardo ?

– Je ne suis pas là pour te raconter ma vie… ça ne te regarde pas. Dis ce que tu as à me dire ou je me barre… C'était quoi ces conneries que tu m'as servies, en bas ?

– Je vous ai vus quitter l'appartement… un pur hasard… Un peintre que je connais vit dans l'immeuble au coin de la rue. On était sur le balcon à boire des coups quand vous êtes partis…

Elisa sut que Walter devait dire la vérité. Il avait déjà mentionné cet ami à lui, peintre, et Horacio ne pouvait pas être assez bête pour avoir parlé à quelqu'un de cet épisode. Walter menaçait de la dénoncer. Il prétendait vraiment la faire chanter ? Walter cherchait à évaluer ses forces. Walter ne la connaissait pas.

– Ravie de savoir que tu sais. Mais ce que tu ne sais pas, c'est que j'en ai rien à foutre. J'ai fait ce que je voulais faire… dit-elle en se touchant le ventre. Mais réfléchis, entre ta parole de menteur et la mienne, qui est-ce qu'on va croire ? Ce que je n'imaginais pas, c'est que tu sois descendu aussi bas, espèce d'enculé de fils de pute…

Walter réagit.

– Putain, Elisa, non, non, je ne veux pas te faire chanter. Je voulais juste que tu saches, c'est tout. Et que tu m'aides… je te jure que je n'ai rien dit à personne.

Elisa ne le croyait pas une seconde. Mais elle devait jouer en fonction des cartes de l'autre. Se donner du temps pour réfléchir. Savoir. Contrôler.

– Tu es un salaud…

– D'accord, d'accord, tout ce que tu voudras… Mais, s'il te plaît, commence par m'écouter, jusqu'à la fin si tu peux. Tout ce que je vais te dire a une logique…

– Voyons si j'y arrive, accepta Elisa.

– On peut me sortir d'ici pour cinq mille dollars…

– Très bien. Et alors… ? l'interrompit Elisa. À cet instant, Walter alluma enfin sa cigarette et remit le briquet dans la poche de son pantalon.

– Laisse-moi finir, merde… Un mec qui a une barque veut bien m'emmener la semaine prochaine. Pour cinq mille dollars. J'en ai presque trois mille… il m'en manque deux mille… Et celui qui à coup sûr a ce fric, c'est ton père… à coup sûr… Attends, attends, écoute… Suis la logique : même pour lui, le mieux c'est que je me casse n'importe où et qu'il n'entende plus parler de moi. S'ils me chopent et me mettent la pression, je leur chante tout mon répertoire. Quand ces gens-là te coincent, c'est comme dans l'émission de télé : tout le monde chante.

– Je ne sais pas d'où tu tiens que mon père a ce fric…

– Je sais qu'il l'a, Elisa. Je le sais. – La voix de Walter, même quand elle prétendait être suppliante, conservait des restes de son arrogance. – Il a toujours eu plein de blé entre les mains. Je lui ai expertisé plusieurs tableaux qu'il a sortis du pays… certains étaient des faux, tu savais pas ? Et je suis sûr qu'il a importé de la drogue à Cuba.

– Et avec tout le scandale à cause de ces histoires de drogue, ils le laisseraient tranquille en liberté ? Et avec du fric, des dollars… ? Oublie ça, mec. Mon père a peut-être fait des conneries, mais pas celles que tu dis. Il sait trop ce qu'il risque…

– Et moi aussi, je sais beaucoup de choses… Et je sais qu'il doit avoir du fric. Il en brassait plein…

– Et tu veux quoi ? Que j'aille le voir pour lui dire de te filer deux mille dollars parce que tu es un maître chanteur et que tu vas le dénoncer ? Après ce que tu as fait, après ce qu'il t'a dit ? Walter, s'ils avaient voulu te choper pour n'importe quoi, tu crois pas qu'ils l'auraient fait depuis longtemps ?

– Oui mais… je leur file certains trucs… sur des gens…

– Donc, tu balances, précisa Elisa, sans être trop surprise. Mon père avait raison, tu es…

– Oui, et alors ?… Tu ne sais pas ce que…

– Tu balances aussi sur nous ?

– Non, vous ne les intéressez pas…

– Qui les intéresse ?

– D'autres gens… mais n'en parlons plus, c'est pas ça qui compte. J'ai le moyen de me tirer, et tu dois m'aider ! s'exclama-t-il en laissant tomber sa cigarette par terre et en l'écrasant violemment.

– C'est ça, je vais aller voir mon père pour lui dire que tu as besoin de deux mille dollars et c'est réglé…

– Vole-les-lui !

Elisa osa encore rire. « Encore », se dirait-elle plus tard.

– Allez, je me tire. – Et elle s'apprêta à se lever. Il était peut-être encore temps de retourner de l'autre côté de la ligne. – Tu es complètement cinglé…

Et alors qu'elle se mettait debout, Walter la saisit fortement par le bras et l'en empêcha. À cet instant, par son geste, Walter effaça la ligne. Il n'y avait plus de côté sûr où retourner.

– Putain, Elisa… aide-moi et je t'aiderai. Je peux te compliquer l'existence, putain !

– Lâche-moi, Walter !

– Merde, c'est juste un peu de fric… et ça me permet de me tirer et… !

– Mais lâche-moi, putain ! cria-t-elle en tirant sur son bras pour se dégager de Walter qui l'avait agrippée.

Elisa parvint à se mettre debout et Walter l'imita, pour la saisir à nouveau par un bras.

– Putain, merde, ça suffit, là ! cria-t-elle. Disparais et fais plus chier. Raconte ce que tu veux sur moi, espèce de pédé… Je t'ai dit de me lâcher, putain !

De l'embrasure de la porte, éclairée par la lumière en provenance de l'escalier, surgit la silhouette d'un homme. Qu'Elisa reconnut aussitôt. Dans un premier temps, Elisa et Walter se figèrent en découvrant la silhouette inattendue qui se dirigeait vers eux à grands pas. Walter lâcha Elisa et fit un pas en arrière, pour la placer entre lui et celui qui s'approchait. Elisa eut le temps de crier :

– Mais qu'est-ce que tu… ! Tire-toi tout de suite, Bernardo, c'est pas ton problème !

– Hé, toi, sale petit pédé de merde ! – Elisa entendit le cri du nouveau venu, qui était à peine à deux mètres d'elle, les yeux fixés sur Walter. Et elle parvint à voir que Bernardo avait à la main droite ce qui devait être une barre de fer. La barre qu'elle avait vue en arrivant sur le toit.

Elisa saurait ensuite que Bernardo avait entendu une partie de la conversation qu'elle avait eue le midi avec Walter. Et que, vu ce qui s'était passé entre eux, il était convaincu qu'Elisa n'irait pas au rendez-vous fixé par le peintre. Mais quand il l'avait vue sortir le soir, il avait compris qu'il s'était trompé et fait le mauvais choix de la suivre. Parce que, avant, il avait bu deux verres, assez pour troubler sa capacité de raisonnement et modifier ses perceptions. En arrivant à l'entrée de l'immeuble, il avait trouvé la porte fermée et il avait dû attendre qu'un voisin en sorte. Par chance, ce dernier, qui était peut-être pressé, l'avait laissée ouverte et Bernardo avait pu entrer sans que personne ne le voie. Le voyant de l'ascenseur indiquait le dix-huitième étage.

Tout se déroula en quelques secondes. Bernardo s'approchait, il semblait hors de lui, la barre de fer toujours dans la main. Pendant ce temps, Walter s'abritait derrière elle, cherchant une protection, peut-être effrayé. Elisa, pour sa part, ne pensait pas, même si elle devait toujours se souvenir de l'odeur aigre de l'haleine alcoolisée de Walter, tout près d'elle. Elle voyait seulement le choc arriver. Elle ne saurait pas non plus expliquer pourquoi, au lieu d'avancer vers Bernardo, elle s'était retournée vers Walter et l'avait vu tendre la main pour l'agripper à nouveau. Elisa, en voyant son geste, l'avait simplement évité, et ce faisant avait heurté la poitrine et l'une des épaules de Walter. En équilibre précaire, sous le choc, il avait reculé d'un, deux pas, sans cesser de la regarder en face. Et il avait fait encore un troisième pas avant qu'Elisa ne le voie heurter la rangée de petites colonnes décoratives qui bordait le toit, basculer et commencer un vol sur le dos, à la merci de la force universelle de la gravité.

Adela avait perdu la capacité de réagir, de respirer presque. Elle voulait comprendre, rationaliser ce qu'elle avait entendu, mais le poids de ce qu'elle venait d'encaisser l'écrasait.

– Tu comprends, Cosi, pourquoi je te disais que tu avais eu une bonne vie, bien meilleure que la mienne ? Tu comprends un peu maintenant, non ?

– Mère… c'est ça la vérité ?

– Qu'est-ce qu'il te faut de plus ? demanda Elisa, et elle chercha dans son sac. Elle leva lentement la main et mit sous les yeux de sa fille un porte-clé d'où pendaient trois clés jaunes enfermées dans un anneau relié par une petite chaînette à un chien en métal. Je suis désolée, Adela, oui, c'est la vérité.

– Et je dois la croire ? Pourquoi ?

– Parce que… parce que je le jure… sur toi…

Adela soupira.

– C'est à cause de ce qui s'est passé avec Walter que tu…

Elisa hocha la tête et garda le silence quelques instants.

– Tout s'est passé comme ça, sans qu'on ait le temps de réfléchir, je te le jure… je suis restée paralysée et Bernardo m'a pris la main pour me tirer vers la sortie. Il m'a demandé si j'avais touché quelque chose et je lui ai dit que non… En passant là où était resté le cadenas avec les clés, il a récupéré ce porte-clé et l'a mis dans sa poche…

– Et le cadenas ?

– Il est resté là-bas… Je ne sais pas si c'est vrai que quelqu'un l'a refermé après, comme on nous a dit, je ne sais pas… Bernardo non plus ne savait pas pourquoi il avait ramassé ces clés… Quand nous sommes sortis dans la rue, les gens criaient, ils couraient pour aller voir le spectacle. Personne n'a fait attention à nous. Bernardo ne m'a pas lâchée et nous sommes partis en sens contraire, vers la rue E… C'est là que je me suis rendu compte de ce que Bernardo avait à la main.

– La barre de fer, non ?

– Un journal plié… il l'avait acheté en chemin… Je ne crois pas que Bernardo aurait été capable d'agresser qui que ce soit à coups de machette, de barre de fer…

– Et pourquoi vous vous êtes enfuis ? Ce n'était pas un accident ?

– Tu imagines un peu ce qu'on était en train de vivre ?… Bernardo n'a pas réfléchi. Moi non plus… On s'est enfuis sous l'effet de la peur. Comme ça, sans réfléchir… Était-ce vraiment un accident ? Qui était coupable ? Personne n'était coupable. Si, peut-être Walter, parce qu'il était parano, à moitié bourré, qu'il m'avait menacée, moi, et mon père. Que c'était un salopard… Mais, de toute façon, il avait marqué nos fronts d'une croix noire. Depuis j'ai des cauchemars, je le revois trébucher et basculer derrière le bord de ce toit… Je revois ses yeux.

– Mon Dieu, murmura Adela, sans cesser de regarder sa mère.

Elisa appuya ses doigts sur ses paupières comme si elle voulait enterrer ses visions.

– Quand nous sommes arrivés à la maison, Bernardo m'a dit de tout oublier, que rien de ce qui s'était passé ne s'était passé… ni ne se passerait jamais. Mais si, un jour, on savait que nous étions là-bas, nous dirions tous les deux toujours la même chose : que Walter nous avait appelés, qu'il nous avait dit qu'il allait se tuer et que nous étions montés pour le sauver, mais que Walter avait sauté… Et que nous avions eu tellement peur que nous étions partis… C'était presque la vérité… Quand j'ai pu finalement rassembler mes pensées, je n'avais qu'une seule idée : je n'étais coupable de rien. Mais si cela se savait que j'avais été sur ce toit avec Walter et Bernardo, qui allait croire l'histoire du suicide ou même d'un accident et de la peur qu'on avait eue ? Quelqu'un croirait le motif pour lequel j'étais là-haut ? Non, on nous croirait difficilement, vu qui était Walter et après qu'on est partis de là en courant… Et je me suis dit que je ne pouvais pas prendre ce risque, qu'il fallait que je me sauve et que je sauve mon enfant… ma fille. Et tu sais le pire ? J'ai même pensé que, si on m'interrogeait, je nierais tout lien avec ce qui s'était passé… et je me suis même dit que si, à un moment, je n'en pouvais plus, j'étais capable de dire que Bernardo avait poussé Walter. J'étais capable de faire ça, Cosi, oui, j'en étais capable, parce que je devais me sauver. Et je me suis rendu compte que ce que je pouvais faire de mieux, c'était m'en aller…

Adela regarda autour d'elle. Elle était contente que Marcos soit sorti. Chaque nouvelle révélation de sa mère était plus douloureuse que la précédente.

– J'avais déjà pensé à la possibilité de m'en aller… Et tu sais qui m'a aidé à quitter Cuba ?

– Ton père… mon grand-père, dit Adela.

– Non, lui, il était déjà hors circuit. Beaucoup plus que ce que pensait Walter. Je ne crois pas qu'il était vraiment mêlé à un trafic de drogue, mais d'autres choses, oui. Peut-être la vente de diamants, d'ivoire ramenés d'Angola, d'œuvres d'art, de trucs qu'on lui ordonnait de sortir de Cuba… Et, apparemment, il en gardait une partie. Mais je t'assure que je ne le sais pas, je ne voulais pas le savoir…

– Mais qui t'a aidé, alors ?

– Bernardo. Sans le savoir… J'avais déjà préparé le chemin pour m'en aller quand j'ai balancé à Bernardo, devant Clara et Darío, qu'il n'était pas le responsable de ma grossesse. Je l'ai fait parce que je voulais l'éloigner définitivement de tout ce qui s'était passé et de ce que j'avais prévu de faire. Parce que, après cette histoire avec Walter, Bernardo était en train de s'effondrer, il essayait de s'anesthésier dans l'alcool, et il fallait arrêter cette farce qu'il pouvait être le père de l'enfant… Je l'avais presque convaincu de faire une autre cure de désintoxication et, deux ou trois jours avant que je balance tout ça devant Darío et Clara, je lui avais aussi coupé sa source d'approvisionnement en rhum. J'ai caché ce qui restait des deux mille dollars et quelques que son père, l'ex-vice-ministre, lui avait demandé de garder et dont il se servait pour se soûler. Bernardo disait que le voleur qui vole un autre voleur a cent ans de pardon et, avec ce qu'il a volé, du bon rhum pour s'amuser.

Elisa expliqua à sa fille que l'idée de quitter Cuba lui était venue d'un concours de circonstances ; par négligence, quand elle était pour la dernière fois revenue à Cuba, on ne lui avait pas retiré le faux passeport au nom de Loreta Aguirre (ou on le lui avait laissé parce qu'elle était la fille de son père ?), où il y avait un visa britannique, valable dix ans, délivré en 1981, à l'occasion du dernier voyage en compagnie de son géniteur. Elle avait alors volé un papier tamponné et signé dans les bureaux de la clinique vétérinaire, falsifié une lettre d'invitation à un congrès à Londres et les services de l'immigration avaient accepté le fameux passeport. Avec une partie des dollars du père de Bernardo, elle avait acheté le billet. Et pour avoir de quoi vivre un certain temps, elle avait aussi emporté l'argent de son père… Le fric dont Walter avait besoin pour s'enfuir et que, en effet, son père avait caché chez sa sœur, la tante d'Elisa.

– Et Bernardo n'a jamais rien dit ?… demanda Adela. En fait, pour autant que je le sache… non, il n'a presque rien, ou absolument rien dit de tout ça.

– J'étais certaine qu'il ne dirait rien… Je ne t'ai pas dit que Bernardo était le meilleur d'entre nous ?… Et moi je l'ai trahi, j'ai même pensé l'accuser si on m'interrogeait, mais lui non. Bernardo m'a toujours protégée… Et il a forcément su qu'une partie de son argent m'avait servi à partir… Et, avec l'argent, j'ai emporté ce porte-clé et cette croix en bois peinte que tu as dû voir. C'est ce que j'ai trouvé comme façon de lui dire d'oublier tout, de m'oublier moi… Et quand j'ai su qu'il était mort… je me suis dit que je ne pouvais pas continuer cette errance… Et me voilà dans cette maison de Hialeah, où je viens de te raconter ce que je n'avais raconté à personne et ce que j'aurais voulu ne devoir jamais te raconter. Et je te demande pardon, Adela… Et si tu ne peux pas me pardonner, essaye au moins de me comprendre, s'il te plaît.

Adela regarda très longtemps sa mère.

– C'est difficile… Je comprends que tu aies eu peur, que tu te sois sentie désespérée, et même que tu sois partie de Cuba sans le dire à personne… il y avait un mort au milieu… Mais tirer un trait sur tout ? Changer ma vie à moi et me faire vivre dans le mensonge ? Tu peux imaginer comment je me sens, comment je me suis sentie pendant tous ces jours… ?

Elisa hocha la tête. Elle aussi différa sa réponse, même si, depuis de longues années, elle devait parfaitement la connaître.

– C'est la peur qui m'a poussée, je te l'ai déjà dit. Mais ce qui m'a surtout poussée, c'est la vie que je portais en moi. – Elle se toucha le ventre. – C'est ça qui m'a décidé… et ce qui, ensuite, m'a maintenue en mouvement, c'est le dégoût, la lassitude, la fatigue de ce que j'avais vécu et de ce que j'étais moi-même. Par accident ou pas, j'avais tenu un rôle dans la mort de ce malheureux… Il fallait que je parte de Cuba, et sans le dire à personne, bien entendu. Ni à Irving, ni à Clara, ni à personne. Ni à Bernardo. Un mot pouvait tout faire rater. Je ne pouvais même pas faire confiance aux gens qui m'aimaient le plus… Là-bas, à cette époque, on savait que n'importe qui pouvait te dénoncer, vouloir partir était presque un délit. Et Walter transformé en indic, ce n'était pas un cas isolé… Marcos sait de quoi je parle, tu peux lui demander… Darío n'a qu'à te dire à combien de gens il a raconté qu'il allait rester en Espagne… peut-être même pas à Clara… Et comme moi, en plus, j'étais déjà comme une fugitive… j'ai décidé de continuer à l'être. Adela, il fallait que je tranche net, que je sois radicale… Il fallait que je te tienne éloignée de toute cette merde. Je ne sais pas si c'était une folie, je ne sais pas, mais j'avais besoin d'être une autre personne, et cette autre personne ne pouvait pas avoir mon passé et en plus te le refiler à toi. Et c'est ce que j'ai fait… Et une fois cette machine mise en route, je ne pouvais plus l'arrêter. Non, Adela, tu n'imagines pas la tension dans laquelle j'ai vécu toutes ces années.

Adela sentit les larmes couler sur ses joues. Sa vie recevait soudainement les effets d'une lumière aveuglante. Il fallait qu'elle retrouve la capacité de voir, de juger, de penser, de réparer ce qui était encore réparable.

– Les premiers auxquels tu as menti, c'est à moi et à mon père, Bruno…

– Qu'est-ce que je pouvais faire d'autre, Cosi ? Bruno a été un ange envoyé du ciel. Et toi, le miracle…

– Loreta, dit-elle, et elle s'arrêta. Mère, qu'est-ce que tu vas faire maintenant ?

– Maintenant je ne sais pas. Ça y est. Tu connais la vérité. Et je sais seulement que tu es là, Cosi. Je l'ai toujours pensé : un miracle de la nature. Et ne me dis pas que tu n'as pas eu une vie meilleure… Tu peux faire de mon histoire, de ton histoire, ce que tu voudras. Ou en inventer une meilleure… tu dois bien avoir appris quelque chose de moi, non ?

Adela détourna les yeux. Sa mère était vraiment insondable. Lui avait-elle vraiment raconté la vérité ? continuait-elle à se demander, et elle le ferait encore, peut-être pour le restant de sa vie. Adela se sentit dépassée, épuisée.

– Tu ne m'as jamais dit pourquoi tu m'as appelée Adela… ça aurait pu être Milagros, non ?

– Tu as raison… ou Graciaplena…

– Graciaplena ?

– Oui… il y a beaucoup de choses que je ne t'ai jamais dites, beaucoup… certaines bizarres… bon, puisqu'on en est là… Par exemple, que je suis bisexuelle, ou plutôt lesbienne, dit-elle.

– Miss Miller ? s'étonna Adela.

– Oui… ça fait sept ans que nous sommes amantes. Et cette relation m'a beaucoup aidée. Elle et Bouddha.

– Pourquoi tu m'as appelée Adela, tu vas me le dire ?

– Parce que je ne connaissais personne qui s'appelait comme ça. Ni dans ma famille, ni parmi mes amis, personne. Rien que toi. Ce nom ne me rappelait personne… Quand j'ai rencontré Bruno à Boston, j'ai pensé t'appeler Aline, comme la femme de Renoir, celle qu'on voit sur *Le Déjeuner des canotiers*. Mais j'ai fini par me décider pour Adela. Heureusement que je ne t'ai pas appelée Graciaplena. – Et Elisa sourit pour la première fois depuis son arrivée dans la maison de Hialeah. – Et, au fait, comme c'est ton anniversaire dans quelques jours… tu me laisses te donner un baiser, ma Cosi d'amour ?

À neuf heures du soir ce 2 juin, il faisait encore une chaleur humide et collante. Le ciel, déjà sombre, était strié par les fréquentes décharges d'éclairs qui trahissaient la masse nuageuse ancrée à l'horizon. Il pouvait pleuvoir cette nuit. Et s'il pleuvait quelque part à La Havane, ce serait à Fontanar. Depuis la porte aux barreaux d'acier qui donnait accès à la maison, Clara observait le ciel menaçant, presque apocalyptique. Pourtant, elle se sentait à présent plus tranquille, car elle avait enfin pu parler au voisin, propriétaire de la voiture qui durant la maladie de Bernardo les amenait régulièrement à l'hôpital. Ils s'étaient mis d'accord pour neuf heures du matin le lendemain.

Une heure plus tard, à dix heures du soir, Clara prit les comprimés d'antihistaminiques qu'on lui avait recommandés contre l'insomnie et elle se laissa tomber sur le lit. En attendant l'arrivée du sommeil provoqué, sans envie de lire – elle avait repris *L'Insoutenable Légèreté de l'être*, toujours intriguée par la possibilité d'un éternel retour –, Clara repensa à l'appel de Marquitos dans l'après-midi pour lui annoncer que tout semblait indiquer que sa fiancée était enceinte. Ils n'en étaient pas encore sûrs sûrs, lui avait dit Marcos, mais Adela avait deux semaines de retard et le test urinaire était positif. Et si elle était enceinte, ils en avaient parlé ensemble, ils voulaient avoir cet enfant. Le petit-fils ou la petite-fille nord-américaine de Clara ! Les enfants de Cubains de Hialeah sont-ils des Américains américains ? Celui-là au moins, si c'était un garçon, jouerait au base-ball comme son père et serait peut-être même une star, comme le fameux Duque Hernández… Après tous ces chocs et ces disparitions, Clara avait reçu une nouvelle qui, même avec ses côtés déconcertants, n'impliquait pas un malheur. Un petit-fils français, et un autre nord-américain ou quelque chose dans le genre. Comment une telle dispersion, des vies aux tracés si capricieux étaient-elles possibles ? Quelques jours plus tôt, Irving avait posté sur Facebook une phrase prémonitoire de Virgilio Piñera qu'il avait trouvée dans la correspondance de l'écrivain avec Jaime Soriano : « Un soir de 1965, sur un banc du paseo del Prado de La Havane, Virgilio Piñera s'inquiétait auprès du poète Orlando Pozo : "C'est la Grande Dispersion, dis-toi bien que nous ne nous reverrons plus." » Super, non ?

Dans la conversation avec son fils qui exigeait qu'elle entame immédiatement les démarches pour venir les voir, Clara en avait profité pour lui demander s'ils avaient eu d'autres nouvelles d'Elisa. C'était par Marcos et Adela qu'elle avait appris sa réapparition et les circonstances qui, selon elle, avaient motivé ses épouvantables décisions et, d'une certaine façon, les expliquaient, les raisons que, grâce à Irving, Clara connaissait déjà : Elisa et Bernardo avaient vu sauter Walter du toit de l'immeuble de dix-huit étages et tous les deux, après avoir pris la décision de ne rien dire, avaient suivi leur propre chemin. Bernardo, celui de l'alcool ; Elisa, celui de l'effacement… Marcos lui avait alors appris que sa « chère belle-mère », après l'anniversaire d'Adela, était retournée dans son ranch de Tacoma. Là-bas, elle pratiquait tous les jours la méditation et laissait passer le temps imprécis qu'elle avait demandé à Adela pour réparer sa conscience et, comme la jeune femme l'avait exigé, peut-être reprendre contact avec les amis pour leur donner une explication. Même s'il doutait que cela se produise.

– D'après ce que j'ai vu, Elisa est du genre à promettre n'importe quoi et à faire ensuite une chose différente, avait assuré Marcos.

– Oui... Elisa... dit-elle.

– Toi, tu aimerais la revoir ?

– Je ne sais pas. Bernardo lui avait pardonné. Plusieurs fois. Moi, je ne sais pas si je peux. Je ne suis pas Bernardo.

– Bon, s'ils te donnent un visa américain et que tu viens nous voir, tu la retrouveras peut-être ici, non ?... Elisa sera l'autre grand-mère... maman... je sais que ça ne me regarde pas, mais... il s'est passé autre chose entre vous deux ?

Dans aucun de leurs dialogues ces dernières semaines, Marcos n'avait mentionné l'aveu des préférences sexuelles fait par Elisa à Adela. Dans sa maison de Fontanar, Clara réfléchit à la réponse.

– Non, rien d'autre que ce que tu as vu... il ne s'est rien passé d'autre.

– Bon, tu ne la verras peut-être pas... si tu ne veux pas... Oncle Horacio, quand il est enfin venu ici il y a quelques jours et a parlé avec Adela, lui a dit que lui n'avait aucune envie de voir Elisa. Celui qui en crève d'envie, c'est...

– Irving.

– Irving, bien sûr... Maman, oublie Elisa, ce serait génial que tu sois là pour la naissance... Ce serait trop nul que tu aies été là pour la naissance du morveux de mon blaireau de frère et que tu n'y sois pas quand c'est mon tour, tu crois pas ?

Clara sourit. Marcos serait toujours Marcos. Son fils.

– J'aimerais bien... et que ton père aussi soit là... Tu lui as déjà dit ?

– Non, tu es la première...

– Dommage que Bernardo ne voie pas ça.

– Oui, dommage… c'est quand, maman ?

– Demain, dit Clara.

– J'aurais dû être là avec toi, maman…

– Non. Ici, c'est la mort. La vie est avec toi… Mon Dieu, voilà que je parle comme Irving… Bon, ne dépense pas trop en téléphone… Félicite Adela et dis-lui que je vous embrasse très fort tous les trois. Ciao.

– Maman, maman… si tu viens nous voir… pourquoi tu ne resterais pas ? Là-bas tu es toute seule, dans la maison… maintenant, à Cuba, on a le droit de vendre les maisons et, avec cet argent, tu…

– Ne me demande pas ça, Marcos… Pas maintenant. Il faut que je reste.

– Pour quoi faire ? Regarde tous ceux qui sont partis, moi je suis là, ta petite-fille…

– Il faut que je reste. C'est mon sort… Tu as dit petite-fille ?

– C'est qu'on veut une fille, et on l'appellera Clara.

– Non, s'il te plaît… Cherche-lui un joli prénom… Allez, ça suffit. Ciao, ciao.

Clara raccrocha avec un sentiment d'inquiétude. Est-ce qu'elle aussi finirait par quitter le pays, attirée par ses fils et ses petits-fils, effrayée par la solitude ? Quelle folie ! se dit-elle.

À six heures du matin, quand elle ouvrit les yeux, Clara vit les filets de pluie courir sur la vitre de la fenêtre de la chambre. Elle se souvint du petit matin de ses trente ans, les sillons de pluie sur le verre. Le baiser d'Elisa qui la poursuivait. Un éternel retour ? Et elle se dit : même si c'est le déluge, je dois le faire.

Ce 3 juin 2016 était le quarantième jour après la mort de Bernardo et, à neuf heures du matin, il avait cessé de pleuvoir, et le soleil brillait même. Cette journée promettait d'être à nouveau torride, plus encore à cause des effets de l'évaporation de l'humidité accumulée. Chaussée de bottes en caoutchouc, incongrues avec la robe presque élégante exigée par les circonstances, Clara attendit devant l'entrée l'arrivée du chauffeur. Il avait toujours dix minutes de retard et une bonne raison.

Portant l'urne en terre cuite qui contenait les cendres de Bernardo, Clara monta dans la voiture et demanda au voisin de prendre une drôle de direction : les environs du village de Managua, où se dressent les collines connues sous le nom de Lomas de Tapaste.

– Tapaste ? Mais il y a quoi là-bas, Clara ? demanda le chauffeur.

– L'endroit qu'il faut.

Elle le guida sur la route qui reliait Santiago de las Vegas à Managua, et elle lui dit ensuite de tourner à droite sur un chemin de terre. Il protesta parce que la voiture allait être couverte de boue et Clara lui rappela que la voiture était déjà assez sale, mais elle le calma en lui disant qu'elle lui donnerait cinq dollars de plus que ce qui avait été prévu. Il n'avait qu'à continuer.

– Arrête-toi ici. Je crois que c'est ici…

Clara descendit de la voiture près de la clôture en fil de fer barbelé d'une ferme qui avait l'air abandonné. Elle franchit la clôture pour se diriger vers une petite élévation où, au-dessus des arbustes, se dressaient quelques palmiers royaux, un fromager et un flamboyant à la cime enflammée de fleurs orange. Les bottes pleines de boue, elle s'avança dans la campagne et marcha sur le sol glissant, avançant dans les taillis jusqu'à trouver un petit trou d'eau, alimenté apparemment par plusieurs sources des collines environnantes. C'était l'endroit.

Plusieurs semaines auparavant, avec l'aide d'un ex-camarade de fac spécialiste d'hydrologie, Clara avait cherché les informations lui permettant de trouver cet endroit précis. Elle savait à présent que la petite mare d'eau claire était l'une des sources du fleuve Almendares, le seul à traverser une grande partie de La Havane, en la coupant d'est en ouest pour déboucher, puant et pollué, sur la côte nord de l'île. De cet endroit, par la pente du côté opposé à celui par lequel Clara était montée, commençait à courir un petit ruisseau. Il rencontrerait sur son passage d'autres cours d'eau dans son genre pour, deux kilomètres plus bas, se transformer en rivière modeste mais mythique pour les habitants de La Havane, la rivière qui durant des siècles avait alimenté la ville en eau, depuis les jours lointains de la construction du Fossé Royal, peu après la fondation de la cité.

Clara respira la paix de cet endroit. Sur un arbuste, un oiseau moqueur chantait, peut-être pour elle. Elle sentit aussi la chaleur de dix heures du matin, qui lui brûlait le cou et les bras. Elle se demanda si elle devait dire une prière avant ou après, mais elle écarta l'idée. Aucun dieu ne serait attentif, prêt à l'entendre. Ou peut-être que si ? Le chant de l'oiseau moqueur, en revanche, était la musique de la vie, le chant du pays. Clara ferma les yeux pour mieux écouter les trilles. Dans son esprit elle vit alors une autre forêt, un champ de cannes à sucre bercées par la brise, et elle sentit sur sa peau la main de Bernardo lui caressant le visage et elle retrouva le moment où ses lèvres et celles de Bernardo s'étaient jointes pour la première fois, à l'abri de cette frondaison. Là, sans rien, sans même perspectives d'avenir, ils avaient découvert qu'ils pouvaient encore aspirer au bonheur au milieu de tous les désastres, les privations, et même les trahisons et les abandons. Ils le méritaient. Et ils y étaient parvenus. Ils avaient découvert, en plus, combien ils avaient tardé à savoir qu'ils étaient prédestinés à ce que leurs vies se croisent. Clara rouvrit les yeux. L'oiseau moqueur avait changé d'arbuste mais insistait pour l'accompagner de son chant.

Alors, comme Bernardo l'avait demandé, elle versa dans les eaux pures de la source les cendres de celui qui avait été son homme et son soutien, le meilleur être humain qu'elle avait connu de sa vie, pour que le courant les dissolve et les entraîne. Une partie de Bernardo serait absorbée par la terre de l'île et se fondrait pour toujours avec elle. Et l'autre, comme les rivières de la vie, se jetterait dans la mer et parcourrait le monde. Jusqu'à la victoire finale.

Dust in the wind, dit-elle. *All we are is dust in the wind…*

Quand ils revinrent à Fontanar, Clara donna vingt-cinq pesos convertibles au chauffeur, qui protesta encore, et elle le regarda s'éloigner. Avec dans les bras l'urne en terre cuite vide et aux pieds ses bottes maculées de terre, elle fouilla dans son sac, sortit les clés, ouvrit la porte et entra dans la maison où l'accueillirent la solitude, le silence et ses souvenirs. La coquille de Clara.

Mantilla, avril 2018-avril 2020

Note et remerciements

Poussière dans le vent est un roman et doit se lire comme tel. Les événements historiques mentionnés dans le livre se sont passés dans la réalité, mais leur présence dans le roman est assumée depuis la perspective de la fiction. Beaucoup des situations sociales rapportées sont aussi tirées de la réalité et de l'expérience personnelle et générationnelle, même si leur traitement a répondu aux impératifs dramatiques d'une fiction. Les personnages et leurs histoires sont inspirés d'individus réels, parfois de la somme de plusieurs personnes concrètes, mais leurs biographies sont fictives. En revanche, les endroits dans lesquels circule l'intrigue – depuis le quartier de Fontanar, à La Havane, jusqu'à un élevage de chevaux aux environs de Tacoma, dans le nord-ouest des États-Unis – sont des lieux qui ont une existence réelle et je les ai transformés juste assez pour les ajuster aux objectifs dramatiques du récit. L'œuvre d'imagination a surtout consisté à rassembler tous ces éléments historiques, humains et physiques d'une époque et de divers espaces, pour leur donner la forme d'un roman. En tant qu'écrivain, je me nourris de la réalité, mais je ne suis pas responsable d'elle, au-delà de mes avatars personnels et de mes engagements civils, comme citoyen et comme témoin parlant, qui prétend juste laisser un témoignage personnel de ma présence terrestre.

Chacun de mes romans est, d'une certaine manière, le fruit de collaborations. Sans mes amis lecteurs et mes éditeurs, il m'aurait été impossible de l'écrire et de l'amener à la forme pour moi satisfaisante sous laquelle il a été publié. Pour l'occasion cependant, je crois que la liste est beaucoup plus fournie que pour toutes les autres occasions où j'ai écrit des notes similaires.

Pour la connaissance d'endroits comme le Miami et le Hialeah cubains, la collaboration de mes chers et généreux amis Miguel et Nilda Vasallo a été indispensable, j'ai parcouru avec eux des lieux qu'ils connaissent pour y avoir vécu, et ils m'ont fait voir de mes propres yeux les sites où j'allais placer les personnages et les conflits. Ont été également décisives les promenades à travers les espaces du roman que j'ai effectuées avec le peintre Orestes Gaulhiac, avec mon vieil ami de Mantilla Rafael Collazo, et les précieuses informations fournies avec une infinie générosité par l'historien Waldo Acebes. À mon vieil et toujours disponible ami Wilfredo Cancio je dois une lecture diligente et la mise en contact avec Raúl Martínez, le premier maire cubain de Hialeah, Le Maire, véritable encyclopédie vivante de la vie dans cette ville. Pas moins importante s'est avérée la collaboration de Javier Figueroa et de son épouse Silvia, grâce à leurs conversations, leurs contacts et, surtout, la lecture des premières versions, pour lesquelles leurs apports ont été décisifs, particulièrement en ce qui concerne le monde universitaire américain.

Sans l'appui des professeurs John Lear et de son épouse cubaine Marisela Fuentes-Lear, il aurait été impossible d'imaginer comme l'un des lieux du roman un élevage de chevaux des environs de Tacoma. Avec eux j'ai découvert l'endroit, j'ai forgé le destin d'un des personnages avant d'y retourner : là, j'ai été accueilli par Michael Wall, dans le beau ranch où il élève des chevaux Cleveland Bay, et aussi par la très aimable éleveuse et dresseuse

Asia Thayer, qui m'a confié énormément de secrets de sa profession et des habitudes et personnalités des chevaux parmi lesquels elle a vécu toute sa vie, parce qu'ils sont sa vie. De plus, Marisela a été une implacable lectrice de l'une des versions du roman et a beaucoup contribué à ce qu'il atteigne le niveau où il est parvenu.

J'ai toujours un groupe de lecteurs qui m'aident généreusement à trouver les erreurs, excès et enthousiasmes superflus de mes textes. Parmi eux se trouvent, toujours, mes chères Vivian Lechuga et Lourdes Gómez. Et aussi mon traducteur grec, Kostas Athanassiou et mon vieil ami Alex Fleites, qui a relevé de nombreux détails que j'ai pu améliorer. Mon collègue Arturo Arango avec des remarques pertinentes. Les lectures de mes amis José Antonio Michelena et de son épouse, Ana María, ont été importantes. De même celles du docteur en physique Mario Fidel García, le Russe.

La plus exhaustive de mes lecteurs est toujours Elena Zayas, qui a traduit en français plusieurs de mes romans et qui est une amie très généreuse : Elena a lu les manuscrits deux fois, à différents moments de leur écriture, et elle m'a toujours apporté son œil de lynx, qui contribue tant à améliorer ce que j'écris.

Mes éditeurs Anne Marie Métailié et Juan Cerezo (Tusquets) m'ont offert leur soutien enthousiaste, et Juan s'est livré à une lecture sans pitié de l'original qui m'a beaucoup servi pour éviter certains excès stylistiques auxquels je suis enclin.

Et au début, au milieu, à la fin, en bas et en haut, d'un côté et de l'autre de mon travail… il y a toujours Lucía. Je peux seulement redire que, sans elle, ce roman (de même que le reste de mes livres) n'aurait pas été écrit, que sans ses lectures il ne serait pas le roman qu'il est. Je dirai même plus : sans elle, je ne serais pas la personne que je suis.

DU MÊME AUTEUR

Électre à La Havane
prix Café Gijón 1995
prix Hammett 1997
Métailié, 1998, 1999
et « Points Policier », n° P1495

L'Automne à Cuba
prix Hammett 1998
prix du Livre insulaire de Ouessant 2000
Métailié, 2000, 2002
et « Points Policier », n° P1584

Passé parfait
prix des Amériques insulaires 2002
Métailié, 2001, 2006
et « Points Policier », n° P1942

Mort d'un Chinois à La Havane
Métailié, 2001
et « Points Policier », n° P2277

Le Palmier et l'Étoile
Métailié, 2003
et « Suites », n° 143

Vents de Carême
Métailié, 2004, 2006
et « Points Policier », n° P2060

Adios Hemingway
Métailié, 2005
et « Points Policier », n° P1662

Les Brumes du passé
prix Brigada du Meilleur roman noir 2006
Métailié, 2006
« Suites », n° 151
et « Points Policier », n° P2530

L'homme qui aimait les chiens
prix Roger-Caillois 2011
prix Carbet de la Caraïbe 2011
Métailié, 2011
et « Points Grands romans », n° P3398

Hérétiques
Métailié, 2014
et « Points Grands romans », n° P4243

Ce qui désirait arriver
Métailié, 2016
et « Points », n° P4579

La Transparence du temps
Métailié, 2019

Retour à Ithaque
(avec Laurent Cantet)
Métailié, 2020
et « Points », n° 5406

L'Eau de toutes parts : vivre et écrire à Cuba
Métailié, 2022

Les Éditions Points s'engagent pour la protection de l'environnement et une production française responsable

Ce livre a été imprimé en France, sur un papier certifié issu de forêts gérées durablement, chez un imprimeur labellisé Imprim'Vert, marque créée en partenariat avec l'Agence de l'Eau, l'ADEME (Agence de l'Environnement et de la Maîtrise de l'Énergie) et l'UNIC (Union Nationale de l'Imprimerie et de la Communication).

La marque Imprim'Vert apporte trois garanties essentielles :

- La suppression totale de l'utilisation de produits toxiques
- La sécurisation des stockages de produits et de déchets dangereux
- La collecte et le traitement de produits dangereux

RÉALISATION : NORD COMPO À VILLENEUVE-D'ASCQ
IMPRESSION : CPI FRANCE
DÉPÔT LÉGAL : JANVIER 2023. N° 152575 (3050623)
IMPRIMÉ EN FRANCE